EIN BRITISCHER SPORT-LIEBESROMAN

SWEEPER

EINE GESCHICHTE ÜBER DEN GEHEIMEN HARRIS-BRUDER

Amy Daws

Besuche Amy im Netz!
amydawsauthor.com/deutsch

Abonniere den deutschen Newsletter:
www.subscribepage.com/amydaws_deutscher_newsletter

www.facebook.com/amydawsauthor
www.instagram.com/amydaws.deutsch
www.tiktok.cm/@amydaws_deutsch

PROLOG

Fußball statt Bullshit

Zander

„Zander!", ruft mein Teamkollege Jude McAllister mit britischem Akzent von irgendwo aus der Umkleidekabine. „Wo bist du, Kumpel?"

„Hier hinten!", rufe ich von meinem Platz aus, während ich die schlammigen Socken und Schienbeinschoner in den Wäschekorb des Clubs stopfe. Scheiße, das Set muss gewaschen werden. Oder besser noch, verbrannt werden. Fußballspielen in Seattle ist immer eine nasse und schlammige Angelegenheit, aber das heutige Spiel war extrem.

Und leider beeinträchtigt der Gestank meiner Ausrüstung den Genuss des Haferflocken-Rosinen-Kekses meiner Mutter. Vor Spieltagen schickt mir meine Mutter einen Haferflocken-Rosinen-Keks. Und ich esse ihn nur, wenn wir gewinnen. Wenn wir verlieren, wandert er in den Müll. Und nichts macht mich mehr fertig, als die Kekse meiner Mutter wegzuwerfen.

Es ist eine Tradition, die begann, als ich für das Boston College Fußball spielte. Als meine Mutter einmal vergaß, mir vor dem Spiel einen Keks zu geben, bekam ich eine Rote Karte, weil ich mit dem Schiedsrichter diskutiert hatte. Die Schuld lag natürlich beim Keks. Oder beim fehlenden Keks. Wenn ich jetzt nach einem Spiel keinen in meinem Spind habe, bin ich davon überzeugt, dass wir verloren sind, egal wie gut wir spielen.

Ich weiß, das ist ein klischeehafter Aberglaube, aber es ist viel besser, als immer und immer wieder stinkende Socken zu tragen, wie es einige meiner Teamkollegen tun, wenn wir eine Siegessträhne haben.

Kekse riechen gut, egal, ob man gewinnt oder verliert.

Jude kommt um die Ecke und wirft mir einen schlammigen Fußball zu, seine tätowierten Arme mit Schlamm besudelt. Seine Augen sind groß und aufgeregt, noch immer vom heutigen Tag beflügelt. Der alte Mann hat ein verdammt gutes Spiel hingelegt. Ich fange den Ball mit einer Hand und schiebe mir den Rest des Kekses in den Mund, als er auf mich zukommt.

„Mein Freund, der Anwerber aus London, ist hier und will dich im Büro vom Coach sehen." Jude wackelt mit den Augenbrauen, und mein Herz sinkt zusammen mit dem dreckigen Ball zu Boden.

„Fuck", murmle ich mit vollem Mund.

Jude zieht die Stirn in Falten. „Das ist eine gute Sache, Junge!"

Ich kaue weiter und verschlucke mich fast an dem riesigen Bissen, der wie ein Ziegelstein meine Kehle hinunterrutscht. „Wie kann das eine gute Sache sein?" Ich wische mir den Mund ab und schüttle nervös die Arme aus.

„Wir haben darüber gesprochen. Der Bethnal Green F. C. in London wäre ein *großer* Schritt nach oben für deine Karriere." Jude stellt sich vor mich und versprüht diese väterliche Ausstrahlung, die er seit der Geburt seines Sohnes Gabriel entwickelt hat. „Sie gehören zur Premier League. Das war alles Teil unseres Plans für dich."

„Das war ein dummer Plan." Hartnäckig schüttle ich den Kopf. „Ich hätte mich nie von dir dazu überreden lassen sollen. Dieser Anwerber wird wissen, dass etwas nicht stimmt." Der Keks wird in meinem Magen zu Blei. Was ist, wenn der Typ merkt, dass ich aus anderen Gründen zu Bethnal Green wechseln will?

„Er weiß nichts, Zander", blafft Jude mit mürrischem Blick. „Shawn ist hier, weil ich ihm schon vor Monaten gesagt habe, er soll ein Auge auf dich haben. Wenn ich raten müsste, dann sieht er, was ich seit meiner Ankunft in diesem Club gesehen habe, und er ruft dich ins Büro, um die Verhandlungen zu beginnen."

„Verdammte Scheiße." Der Keks droht wieder aufzutauchen. „Das ist viel zu schnell eskaliert."

Judes Hände ruhen schwer auf meinen Schultern. „Vergiss die persönliche Verbindung zu Bethnal Green, okay? Konzentriere dich auf die Tatsache, dass du vielleicht eine Chance bekommst, in Großbritannien zu spielen. Weißt du, wie viele Fußballer in dieser Umkleidekabine für diese Chance töten würden?"

Ich schaue mir meine Mannschaftskameraden an, die in der Umkleidekabine verstreut sind. Viele von ihnen spielen schon viel länger Profifußball als ich, und für Amerikaner ist das Spielen in der Premier League ein Traum, den nur wenige jemals erreichen. Ich weiß, dass ich mir diese Chance nicht entgehen lassen kann. Ich wünschte nur, es würde nicht mit *diesem* speziellen Verein passieren.

Ich erschaudere, als mich die Erinnerung an den Fund des Umschlags mit voller Wucht trifft. Dieses verdammte Stück Papier war es, das diesen wilden Plan in Gang setzte. Wenn ich den Brief nicht gefunden hätte, hätte ich Jude nichts davon erzählt. Dann wäre Jude nicht inspiriert worden, für mich mit seinem Freund, dem Anwerber, zu sprechen, und ich wäre immer noch in meiner sicheren, nichtsahnenden Blase.

Ich vermisse diese verdammte Blase.

Vor sechs Monaten lebte ich ein privilegiertes Leben als Profifußballer. Endlich hatte ich mir meine Stollen als Innenverteidiger bei den Seattle Sounders verdient, und sie hatten meinen Vertrag und mein Gehalt kräftig aufgestockt. Ich hatte mir gerade meine erste Wohnung mit einer tollen Aussicht gekauft. Ich kaufte ein neues Auto. Ich war mit der Mannschaft in Nachtclubs unterwegs, und es gab ein Mädchen nach dem anderen. Ich hatte die Welt in der Tasche.

Dann rief meine Mutter an.

Sie erzählte mir, mein Vater sei in einen schrecklichen Autounfall verwickelt gewesen.

Er war sofort tot.

Er hatte nicht gelitten.

Das Leben hatte eine komplette Kehrtwende gemacht.

Am nächsten Tag saß ich in einem Flugzeug zurück nach Boston und half meiner Mutter vom Badezimmerboden auf. Ich hatte sie noch nie so verzweifelt gesehen. Da war ich also, vierundzwanzig Jahre alt, und half ihr unter die Dusche, während ich mit dem Bestattungsinstitut sprach, um zu entscheiden, welche Urne ich für meinen eingeäscherten Vater haben wolle. Wie zum Teufel bereitet einen das Leben auf so etwas vor?

Dann bat mich der Bestattungsunternehmer, einige alte Fotos für die Totenwache zu sammeln. Meine Mutter war nicht in der Lage zu helfen, und so stieß ich beim Durchwühlen alter Kisten auf einen vergilbten Umschlag, der an einen Mann namens Vaughn Harris in England adressiert war. Da ich wusste, dass meine Mutter in England studiert und danach viele Jahre dort gearbeitet hatte, hatte ich ein ungutes Gefühl. Ich öffnete ihn, und es wurde nur noch schlimmer.

Lieber Vaughn,

ein altmodischer Brief fühlt sich so förmlich an, aber jedes Mal, wenn ich versuche, den Hörer abzunehmen, um dich anzurufen, scheine ich nicht den Mut dazu zu finden. Ich glaube, ich habe zu viel Angst, deine Stimme zu hören. Also hoffe ich, dass ich den Mut haben werde, das hier abzuschicken, und du erfährst, dass ich mit deinem Sohn schwanger bin. Viel dramatischer kann es doch nicht mehr werden, oder?

Doch das kann es, weil ich jetzt wieder in den USA bin und du immer noch in London. Eine weitere Komplikation ist die Tatsache, dass du bereits fünf Kinder allein aufziehst. Ich wollte dir vor meinem Aufbruch zu meinem neuen Job in Boston von dem Baby erzählen, aber du warst gerade mitten in einem heftigen Streit mit deinem ältesten Sohn, und in euren beiden Stimmen lag so viel Schmerz, so viel Kummer und Verlust. Ich konnte den Gedanken nicht ertragen, dir noch mehr aufzubürden, also bin ich gegangen, ohne es dir zu sagen.

Und das ist falsch. Ich weiß, dass das falsch ist. Ich habe die letzten acht Monate damit verbracht, diesem Baby in meinem Bauch beim Wachsen zuzusehen und mich dafür zu hassen, dass ich es dir nicht gesagt habe. Aber ich komme nicht darüber hinweg, dass Vilmas Tod nun schon sechs Jahre her ist, und dass in deinen Augen, in deinem Haus und bei deinen Kindern immer noch so viel Schmerz zu sehen ist. Vilma war meine beste Freundin, aber sie war die Liebe deines Lebens und eine Mutter, die fünf Kinder viel zu früh verloren haben. Ihr braucht diese Komplikation in eurem Leben nicht.

Und vielleicht ist das auch gut so, denn ich habe jemanden kennengelernt. Sein Name ist Jerry, und er ist in der Buchhaltung meines neuen Jobs. Er ist wundervoll, nett, süß und sicher. Aber vor allem ist er nicht immer noch wahnsinnig in seine Frau verliebt, die vor Jahren gestorben ist. Tut mir leid, wenn das hart rüberkommt, aber es ist die Wahrheit. Du und Vilma, ihr wart seelenverwandt. Das wusste ich in der Nacht, als ihr euch in dem Londoner Pub getroffen habt, und wenn ich ehrlich bin, wusste ich es auch in der Nacht, in der wir miteinander geschlafen haben. Du hast gelitten, und ich fühle mich schrecklich, weil ich das ausgenutzt habe.

Deshalb halte ich es für das Beste, wenn wir getrennte Wege gehen. Jerry und ich werden heiraten. Er liebt mich so sehr, und ich liebe ihn. Und er freut sich auf das Baby. Er wollte schon immer Vater sein, und ich weiß, er wird ein großartiger sein. Und ich möchte, dass mein Baby mit zwei Elternteilen aufwächst. Das ist mir wichtig, nachdem ich meinen

eigenen Vater viel zu früh verloren habe. Ich weiß, dass das für dich viel-
leicht nicht fair ist, aber du hast deine eigenen Kinder, auf die du dich kon-
zentrieren musst, und ich hoffe, du kannst meine Entscheidung in dieser
Sache respektieren.

Also bitte, ruf nicht an, schreib nicht. Versuch einfach zu verstehen,
dass es für alle das Beste ist, wenn du in Großbritannien bist und ich in
den USA. Ich will wirklich nur das Beste für dich, Vaughn. Und für all
deine Kinder. Ich hoffe, dass du mit deiner Familie irgendwann wieder
heilen und ein neues Leben mit einer Liebe beginnen kannst, wie die, mit
der ich gesegnet wurde.

Alles Gute
Jane

Der Brief war einen Monat vor meinem Geburtstag datiert, sodass
ich ohne jeden Zweifel wusste, dass meine Mutter von mir sprach. Und
ich wusste, dass meine Mutter vor meiner Geburt etliche Jahre lang in
London gelebt hatte. Sie hatte nie viel darüber gesprochen, aber ich wusste
von ihrer Zeit dort. Eine Menge verdammter Scheiße passte zusammen,
und ich mochte das Gefühl nicht.

Ich wollte meine Mutter von Anfang an damit konfrontieren und die
ganze Geschichte erfahren, aber sie war so deprimiert über den Verlust
meines Vaters, dass ich sie zur Beerdigung schleppen musste. Dann musste
ich für die Saison zurück nach Seattle, und ihr diese Bombe kurz vor
meiner Abreise zu präsentieren, erschien mir grausam …, auch wenn
sie mich vielleicht mein ganzes Leben lang belogen hatte.

Und mein Vater … Wusste er es? Hatte er mich auch angelogen?
Oder hatte meine Mutter ihn angelogen? Dieser Gedanke macht mich
jeden Tag fertig. So sehr, dass ich es immer noch nicht ganz begriffen
habe, dass er nicht mehr da ist.

Seine Beerdigung kommt mir wie ein beschissener Traum vor, und
ich stelle mir noch immer vor, wie er zu Hause in Boston in seinem ner-
digen Heimbüro mit zwei Computermonitoren sitzt, wo er wie immer
meine Match-Highlights zusammenschneidet. Ich könnte nächste Woche
nach Hause kommen, in sein Büro gehen, und er würde in seinem riesigen Drehstuhl herumwirbeln und sagen: „Das war ein Killer-Stop letzte
Woche, Buddy Boy, sieh dir dieses Highlightvideo an, das ich davon gemacht habe!"

Meine Hand fährt über die Innenseite meines Bizeps, wo sein Spitzname für mich meine Haut ziert. *Buddy Boy.* Ich habe mir dieses Tattoo in der Nacht stechen lassen, als meine Mutter mich anrief, um mir mitzuteilen, dass mein Vater tot ist, noch bevor ich in ein Flugzeug stieg, um sie zu sehen. Nachdem ich diese schreckliche Nachricht gehört hatte, musste ich etwas tun, um den Schmerz zu überdecken, der mich durchfuhr, als mir klar wurde, dass er nicht am Flughafen sein würde, um mich in seinem blöden Minivan abzuholen. Er war verdammt noch mal tot.

Die Tinte fühlte sich in diesem Moment richtig an. Ehrenhaft. Jetzt dient sie mir als ständige Erinnerung an eine Lüge, die ich möglicherweise mein ganzes Leben lang gelebt habe.

Interessierte es mich überhaupt, wer Vaughn Harris ist? Es ist doch irgendwie verkorkst, sich für ihn zu interessieren, wenn die Asche meines Vaters kaum unter der Erde liegt, oder? Und vielleicht hat sich meine Mom geirrt. Vielleicht schlief sie damals herum und nahm einfach an, dass Vaughn Harris der Vater sei. Vielleicht ist es irgendein anderer Kerl?

Das Problem ist (na ja, eines der Probleme, denn es gibt viele), dass Vaughn Harris nicht nur irgendein Typ in England ist, der mein leiblicher Vater sein könnte. Vaughn Harris ist eine Legende in der Welt des Fußballs. Er war nicht nur Profispieler bei Manchester United, sondern begann irgendwann nach meiner Geburt einen Verein in London zu leiten, der sich von der Championship bis in die Premier League hochkatapultiert hat, zusammen mit seinen vier Söhnen, die alle ebenfalls Profis sind. Sie sind berüchtigt als die Harris-Brüder, und eine kurze Google-Suche zeigt seitenweise Berichte über diese Spieler und ihre Karrieren. Die vier haben die verdammte Weltmeisterschaft für England gewonnen … Man muss schon in einem verdammten Loch leben, um nicht zumindest von den Harris-Brüdern gehört zu haben. Die gesamte Harris-Familie ist eine Legende im Profifußball, und hier bin ich, ein amerikanischer Junge, der Profifußball spielt, also kann ich nicht anders, als mich zu fragen, ob an diesem verdammten Brief ein Körnchen Wahrheit dran ist.

Könnte ich mit diesen Menschen verwandt sein?

Scheiße, jedes Mal, wenn ich daran denke, fängt mein ganzer Körper zu zittern an. Ich brauche ernsthaft mehr Therapie. Nach meiner Rückkehr von der Beerdigung zwang mich der Coach, mit dem Teampsychologen zu sprechen, aber ich hatte nicht einmal die Gelegenheit, den Brief zu erwähnen. Er konzentrierte sich mehr auf die Tatsache, dass ich immer noch keine Träne über den Verlust meines Vaters vergossen hatte. Offenbar ist es besorgniserregend oder so, nicht wie ein Baby zu weinen, wenn ein Elternteil stirbt.

Ich versuchte zu weinen. Ich betrachtete mich im Spiegel und erinnerte mich an meine Mutter, die schluchzend in meinen Armen lag, und daran, wie ich mir wünschte, ich könnte irgendetwas tun, um ihr den Schmerz zu nehmen. Ich erinnerte mich daran, wie ich am Grab stand, wo die Urne meines Vaters beigesetzt ist. Ich erinnerte mich daran, dass wir keinen offenen Sarg haben konnten, weil seine Leiche durch den Unfall zu schlimm zugerichtet war. Sicherlich sollte das etwas in mir auslösen, um zu zerbrechen.

Nichts funktionierte. Meine Gedanken hingen an diesem Brief fest.

Als sich mein Fußballspiel verschlechterte, beschloss ich, Jude alles mitzuteilen. Ich dachte, wenn ich einem Freund von dem Brief erzählte, würde mich das vielleicht zur Vernunft bringen. Mir eine neue Perspektive geben. Mich in die Realität zurückbringen. Seine Reaktion war nicht das, was ich erwartet hatte.

„Du weinst nicht, weil du nicht weißt, wen du betrauerst. Und das wirst du auch nicht tun, bis du diese Harris-Familiensituation geklärt hast."

Und da ein Gespräch mit meiner Mutter nicht in Frage kam, wurde Jude mir gegenüber völlig abtrünnig. Er rief seinen Freund Shawn an, der der Anwerber des Bethnal Green F. C. in London ist. Er war der Meinung, dass ein Wechsel zum Club von Vaughn Harris der beste Weg für mich sei, um herauszufinden, wer die Harris-Familie wirklich ist und ob ich überhaupt mit ihnen verwandt sein will. Anscheinend ist einer der Zwillingsbrüder Co-Trainer, und der jüngste ist immer noch der Torwart der Mannschaft, sodass ich viele Gelegenheiten haben werde, zu sehen, welche Leute sie sind.

Jude sagte, das Hauptziel bestehe darin, dass ich einen großen Karrieresprung mache, und das zweite Ziel sei, sie während meines Auslandsaufenthaltes zu treffen, um zu sehen, wie sie sind.

Ich glaubte nicht, dass ich in der Premier League eine Chance hätte, also verdrehte ich nur die Augen und ließ Jude sein Ding machen. Ich muss allerdings zugeben, dass es mir sehr geholfen hat, ein Ziel zu haben, nach dem ich streben konnte. Es war viel einfacher, auf dem Fußballplatz alles zu geben, als darüber nachzudenken, dass ich vielleicht mein ganzes verdammtes Leben lang betrogen worden war.

Aber wenn Bethnal Green wirklich hier ist, um mir ein Angebot zu unterbreiten, wird die Sache jetzt richtig ernst.

„Jude, du musst mir helfen. Was soll ich tun, wenn sie mir ein Angebot machen?", frage ich und schlucke den Kloß in meinem Hals hinunter. „Hingehen, für den Club von Vaughn Harris spielen und wie verrückt beten, dass es keine Familienähnlichkeit gibt?"

Jude zuckt zusammen, als sein Blick über mein Gesicht wandert. „Das wird wahrscheinlich nicht funktionieren, weil du wirklich wie der älteste Bruder Gareth aussiehst."

„Fick dich!", knurre ich und stoße meinen Freund von mir weg. „Gott, ich kann nicht glauben, dass ich mich von dir dazu habe überreden lassen. Wie zur Hölle haben wir das nur angestellt? Ich meine es ernst! Wer sucht sich einfach so seinen verdammten Profifußballverein aus?"

„Ich bin auch irgendwie schockiert darüber. Manifestation kam mir immer wie völliger Schwachsinn vor." Er lacht nervös und bemüht sich dann, ruhig und gefasst zu wirken. „Aber entspann dich einfach. Keiner wird zwei und zwei zusammenzählen. Es ist ja nicht so, dass die Leute ihren Doppelgänger auf der Straße sehen und sagen … ‚Hey! Ich glaube, du könntest mein lang vermisster Bruder sein! Kann ich eine DNA-Probe bekommen?'"

Sein unbekümmerter Tonfall lässt mich mit den Zähnen knirschen. „Das hier ist mein Leben, Mann."

Jude verzieht sein Gesicht vor Mitgefühl. „Ich weiß, ich weiß. Konzentriere dich einfach auf die Fakten, Junge. Vaughn Harris weiß nicht, dass du sein Sohn sein könntest. Und deine Mutter weiß nicht, dass du den Brief gefunden hast. Soweit wir wissen, könnte der Brief auch gefälscht sein. Das ist im Moment dein Geheimnis … und meins." Er hebt die Augenbrauen und gibt mir einen spielerischen Klaps auf den Arm. „Und die Chance, in England zu spielen, ist zehnmal größer als jedes Familiendrama. Mach es für diesen Club, und niemand muss von deiner Verbindung zur Harris-Familie erfahren. Das musst du selbst entscheiden, wenn du drüben bist. Fußball statt Bullshit, oder?"

„Fußball statt Bullshit", wiederhole ich mit einem schweren Seufzer. „Falls die mich tatsächlich unter Vertrag nehmen, musst du mich an dieses Mantra erinnern, sonst wird meine Karriere noch viel schmutziger als das heutige Spiel."

1

Ich nehme die Ente

Zander
Sechs Monate später

„Noch mehr verdammter Regen", stöhne ich, während ich meine Red-Sox-Kappe nach vorn drehe und meine zwei schweren Koffer und ein Handgepäckstück in Richtung der Taxischlange vor dem Flughafen Heathrow schiebe.

„Wohin?", fragt ein Taxifahrer, während er mein Gepäck in den Kofferraum packt und angesichts des kalten Januarwinds zusammenzuckt.

Ich reiche ihm den Zettel aus meiner Tasche. „Ich muss in einen Pub namens Old George in Bethnal Green."

„East London, verstanden", antwortet er mit einem britischen Akzent. „Setzen Sie sich auf diese Seite. Sie sind ein großer Kerl, und da haben Sie mehr Beinfreiheit."

Ich nicke und falte mich auf den Rücksitz, wobei ich mich an das Gefühl gewöhnen muss, auf der falschen Straßenseite zu fahren. Als ich zwölf war, kam ich einmal für ein Camp nach England. Mein Vater begleitete mich, und ich erinnere mich, dass er mir sagte, England sei zuerst da gewesen, also sei Amerika eigentlich das seltsame Land.

Ich würde alles tun, um meinen Vater jetzt anzurufen und mit ihm über diesen großen Wechsel zu sprechen. Er war mein größter Fan, und obwohl sein Tod schon ein Jahr her ist, ertappe ich mich immer noch dabei, dass ich mein Telefon in die Hand nehme, um ihn anzurufen. Und wie oft ich die Sprachnachrichten abspiele, die ich von ihm habe, ist wahnsinnig ungesund. Aber jedes Mal, wenn ich das tue, kann ich das Lächeln in seiner Stimme hören. Es erinnert mich an den Mann, den ich liebe, unabhängig davon, ob er mich belogen hat oder nicht.

Es wäre schön, wenn ich mit meiner Mutter sprechen könnte, aber die Dinge zwischen uns sind nicht gerade in bester Ordnung. Als wir den Flughafen verlassen, ziehe ich mein Handy heraus, um die SMS zu beantworten, die ich von ihr erhalten habe, da mein Handy mit dem Netzwerk verbunden ist. Nach mehreren Flugverspätungen bin ich gut fünf Stunden später hier, als ich es eigentlich sein sollte.

Ich: Endlich in London angekommen, und ich sitze in einem Taxi.

Mom: Hat dein ganzes Gepäck es geschafft?

Ich: Ja.

Mom: Wirst du pünktlich ankommen, um deinen Vermieter zu treffen?

Ich: Ja, ich habe ihm eine SMS geschickt, als wir abgeflogen sind, und er sagte, er könne mich später treffen.

Mom: Hast du im Flugzeug überhaupt geschlafen?

Ich: Nicht wirklich.

Mom: Du hast morgen deinen Ausdauertest, richtig? Wirst du dafür ausgeruht genug sein?

Ich: Mir geht es gut.

Mein Kiefer spannt sich an, als ich sehe, wie die drei Punkte im SMS-Verlauf erscheinen und verschwinden, erscheinen und wieder verschwinden. Sie weiß nicht, was sie sagen soll. Wir haben uns heftig gestritten, als ich ihr von dem Angebot von Bethnal Green erzählt habe. Sie sagte, es sei zu früh für mich, nach dem Tod meines Vaters den Verein zu wechseln, was mich schockierte, weil es zu diesem Zeitpunkt ein halbes Jahr her war und dieses Angebot meine gesamte Laufbahn verändern könnte. Und ich wusste, dass es nicht die Entfernung war, die sie störte, denn ich war bereits Tausende von Meilen von ihr entfernt, seit ich einen Vertrag in Seattle annahm.

Der stumme Elefant im Raum musste sein, dass ich für einen Verein spielen würde, der von einem Mann geleitet wird, den sie nur zu gut kennt, wenn man diesem Brief Glauben schenken kann. Dieses blöde Stück Papier, das ich wie ein Psychopath in meiner Brieftasche mit mir herumtrage. Ich wartete darauf, dass sie die Verbindung anspricht. Ich war geduldig, weil ich wusste, dass sie immer noch mit ihrer Trauer und ihren Depressionen zu kämpfen hatte. Sie ging deswegen zu einem Therapeuten und nahm all diese neuen Medikamente. Es dauerte Monate, bis sie wieder arbeiten konnte, also verschob ich meine Versetzung von August auf Januar, in der Hoffnung, dass sie endlich ehrlich zu mir sein würde.

Zu Weihnachten war der Tod meines Vaters ein Jahr her, und so habe ich sie mit allen möglichen Fragen über die Jahre gelöchert, die sie in London gelebt hat. Ich bat sie um Ratschläge über die Gegend, die Sprache und die Sehenswürdigkeiten, die ich sehen sollte. Ich gab ihr eine Million Gelegenheiten, mir zu sagen, dass sie Vaughn Harris aus ihrer Zeit dort kennen könnte. Alles.

Aber sie sagte nichts.

Am Tag vor meiner Abreise sagte sie mir, dass der Fußball in Übersee zu hart und es besser sei, in Amerika ein Star zu sein als ein Bankdrücker in England.

Es fühlte sich an wie ein verdammtes Messer im Herzen. Meine eigene Mutter glaubt nicht an mich.

Dad hätte so einen Scheiß *nie* gesagt. Er hätte ein verdammtes Schild im Garten aufgehängt, um allen Nachbarn mitzuteilen, dass sein Sohn in der Premier League unter Vertrag steht. Er hätte einen Leitartikel für die Zeitung geschrieben. Er hätte seinen Beruf auf seinem Facebook-Profil von Buchhalter auf „Vater eines Premier-League-Fußballers" geändert.

Da wurde mir klar, dass ich im letzten Jahr nicht nur meinen Vater verloren habe. Ich habe auch meine Mutter verloren.

Während des Flugs schwirrten mir Zweifel durch den Kopf. Vielleicht bedeutet die Tatsache, dass sie nichts gesagt hat, dass der Brief Blödsinn ist? Vielleicht hat sie in meiner Kindheit einen DNA-Test machen lassen und festgestellt, dass sie sich geirrt hat und Vaughn Harris nicht mein Vater ist. Vielleicht hat sie den Brief deshalb nie abgeschickt. Vielleicht komme ich zum Tower Park Field, werfe einen Blick auf Vaughn Harris und weiß, dass er nicht mein Vater ist. Dann kann ich mich wieder auf das konzentrieren, weswegen ich hier bin: Fußball statt Bullshit.

Auf jeden Fall hätte ich bessere Abschiedsworte von ihr verdient als „Viel Glück als Bankwärmer".

Ich starre aus dem Taxifenster auf den Nieselregen und bete inständig, dass dieser miserable Tag kein Omen für den Verlauf meiner Saison ist. Bullshit hin oder her, die Premier League ist ein großer Schritt, und ich darf mir diese Chance nicht entgehen lassen.

Nach einer langen Fahrt hält der Taxifahrer vor einer Bar an der Ecke mit einem verwitterten grünen Banner und goldenen Buchstaben, auf denen „The Old George" zu lesen ist. Mein Magen knurrt, als ich den Mann bezahle und meine Taschen hineinschleppe.

Es ist eine dunkle, gemütliche Bar mit einer langen, stark lackierten Holztheke auf der rechten Seite und einem Sammelsurium an schrulligen alten Möbeln, die überall verstreut sind. Hinter der Bar entdecke ich einen Korridor, der zu weiteren Sitzgelegenheiten und einer Art Terrasse im Freien führt.

Der Vermieter meiner Wohnung soll mich hier mit einem Schlüssel treffen, also suche ich kurz den leeren Raum nach einem Mann ab, der aussieht, als würde er auf jemanden warten. Mein Handy piepst mit einer Benachrichtigung, und ich schaue nach unten, um zu sehen, dass er mir eine SMS geschrieben hat.

Hayden Clarke Vermieter: Ich komme etwa zwanzig Minuten zu spät. Bestell dir bitte Tee auf meine Rechnung, ich werde so schnell wie möglich da sein.

„Tee?" Ich runzle die Stirn und drehe meine Baseballkappe nach hinten. In England gibt es doch sicher auch Kaffee. Außerdem ist es fast fünf, und ich könnte ein Bier und etwas zu essen gebrauchen. Mein Handy piepst erneut.

Hayden Clarke Vermieter: Tee ist übrigens die britische Bezeichnung für Abendessen. Cheers.

Abendessen klingt schon anders. Ich tippe meine Antwort in Form eines Bier-Emojis, als eine raue weibliche Stimme ruft: „Du kannst dir einen Platz aussuchen, wo du willst, außer im Garten, denn der ist wegen der Affenkälte da draußen geschlossen."

„Affenkälte?" Ich schaue auf und muss ein zweites Mal hinsehen, als ich die britische blonde Granate entdecke, die mit mir spricht. „Ähm … hey." Verdammt noch mal, habe ich die Fähigkeit verloren, vollständige Sätze zu bilden?

Sie hält mit einer Sprühflasche und einem Lappen an der Hüfte inne, den Blick auf mich gerichtet. „Hi. Ich sagte, setz dich. Du kannst dein Gepäck in die Ecke stellen. Hier drin ist es tot, also sollte es niemand stibitzen."

„Stibitzen?", wiederhole ich stirnrunzelnd, während ich mein Bestes gebe, das Mädchen vor mir nicht anzustarren, und dabei kläglich versage, indem ich jede ihrer Kurven bewundere.

Sie zieht erneut die Augenbrauen zusammen. „Stehlen. Bist du der amerikanische Fußballer?"

Ich nicke.

„Na dann", fügt sie etwas langsamer hinzu, als wäre ich schwerhörig. „Stell deine Koffer in die Ecke und setz dich hin, wo immer du willst." Sie nimmt ihre Arbeit wieder auf, und ich höre sie murmeln: „Er spricht kein Britisch, obwohl es Englisch ist."

Ich stoße einen Atemzug aus, den ich völlig unterbewusst angehalten habe, und versuche, meine Benommenheit abzuschütteln. Mein Gott, es ist nicht so, als hätte ich noch nie mit einem hübschen Mädchen gesprochen. Ich meine, ich hatte im letzten Jahr eine kleine Durststrecke, aber das letzte Mädchen, mit dem ich davor ausgegangen bin, war ein Bademodenmodel der *Sports Illustrated*, also habe ich meinen Reiz sicher nicht völlig verloren. Das muss der Jetlag sein.

Nachdem ich meine Koffer abgestellt habe, setze ich mich und werfe einen Blick auf die Speisekarte, über deren Rand ich heimlich spähe, während die Blondine in rasender Geschwindigkeit zehn Tische abwischt. Obwohl ihre zerschlissene Jeans und ihr schwarzes T-Shirt ihre Kurven verbergen, bringt sie mich praktisch zum Sabbern. Dieses Mädchen ist nicht nur hübsch ..., sie ist eine absolute Granate. Aber auf eine coole, unaufdringliche Art. Ich frage mich, wie schnell ich ihre Nummer bekommen könnte. Sex hat meinem Fußballspiel schon immer geholfen.

Im Studium war es einfach, Mädchen abzuschleppen. An meiner Uni gab es jede Menge Trikotjägerinnen, und da ich einer ihrer besten Spieler war, musste ich kaum einen Finger rühren. In Seattle haben die Mädchen aus dem pazifischen Nordwesten meinen Bostoner Akzent geliebt, obwohl er gar nicht so stark ist. Ich frage mich, ob britische Frauen den Bostoner Akzent mögen?

Die Blondine legt ihren Lappen und die Sprühflasche auf dem Tisch neben mir ab. „Normalerweise bestellt man an der Theke, aber da hier gerade tote Hose ist, kannst du mir auch sagen, was du willst."

„Was empfiehlst du?", frage ich, von ihren stahlblauen Augen angezogen. Sie sind super rund und funkeln, als würden sie sich im Wasser spiegeln. Es ist sehr ablenkend.

„Die Fish and Chips sind gut", antwortet sie, während sie mich mit diesen magnetischen Augen ansieht. „Oder das geräucherte Rindfleisch ... die Sticky Chicken Wings. Es ist alles gutes Pub-Essen, vor allem, wenn du Fleischfresser bist."

Ich nicke und beobachte, wie sie nachdenklich auf ihrer Unterlippe kaut. Sie sind obszön prall, und meine Gedanken werden schmutzig, als ich frage: „Kann ich Pommes haben?"

Sie hebt die dunklen Augenbrauen. „Chips sind Pommes, Crisps sind Chips."

„Warum?" Ich schaue sie stirnrunzelnd an.

Belustigung flackert über ihre engelsgleichen Gesichtszüge. „Weil du in England bist, Kumpel."

„England war zuerst da, richtig?" Ich schenke ihr ein neckisches Lächeln, während mein Blick über ihren Körper schweift, als hätte er einen eigenen Willen.

Sie atmet schwer aus. „Kannst du mir einfach sagen, was du willst? Ich habe noch einiges zu tun, bevor der Andrang nach Feierabend einsetzt."

„Wie heißt du?", frage ich und ignoriere ihre Frage, als eine laute Gruppe durch die Tür kommt.

„Daphney", antwortet sie mit Blick auf die neuen Gäste.

„Hast du Daffy gesagt? Wie die Ente?", frage ich lachend. „Das ist niedlich."

„Nein … ich heiße Daphney, wie … *Bridgerton*." Sie rollt mit den Augen, als sie das letzte Wort zwischen zusammengebissenen Zähnen herauspresst. „Aber es wird anders geschrieben."

„Ich habe keine Ahnung, was Bridgerton ist. Steht es auf der Speisekarte?" *Oder stehst du auf der Speisekarte?*, überlege ich und versuche gar nicht erst, meine Belustigung über meinen eigenen Witz zu verbergen, als sie mich verärgert anschaut.

„Oh mein Gott, bestell einfach etwas zu essen", schnauzt sie, während sie eine blonde Haarsträhne wegpustet, die ihr ins Auge gefallen ist.

Ein träges Lächeln breitet sich auf meinem Gesicht aus. Sie ist süß, wenn sie aufgeregt ist. „Tut mir leid, Ducky. Ich bin neu in der Gegend und versuche nur, Freunde zu finden."

Sie stemmt die linke Hand in ihre schmale Hüfte. „Du kennst mich gerade mal vier Sekunden und glaubst, du kannst mir einen Spitznamen geben? Ein kleiner Ratschlag: Die Briten sind nicht so kumpelhaft."

„Ich spiele professionell Soccer." Ich zucke mit den Schultern, lehne mich zurück und verschränke die Arme vor der Brust. „Wir geben all unseren Freunden Spitznamen."

Ihre Augen werden schmal, sie beugt sich vor, legt die Hände auf den Tisch und zieht die dicken, dunklen Augenbrauen zusammen. „Nun, hier heißt es Fußball, also konzentriere dich vielleicht auf deine britischen Ausdrücke, bevor du Spitznamen verteilst, sonst wirst du bei lebendigem Leibe aufgefressen."

Sie rümpft die Nase, und ich lehne mich näher an sie heran, als mein Blick auf das Grübchen an ihrem Kinn fällt. „Vielleicht könnte ich die Ente kosten, wenn sie verfügbar ist?"

Sie blinzelt mich ausdruckslos an, bevor sie sich wieder aufrichtet. „Soll das ein Anmachspruch sein?"

Ich lecke mir wissend über die Lippen. „Kommt darauf an, ob er dir gefällt."

Ihre Nasenflügel blähen sich auf, als ihre Stimme zu einem zuckersüßen Tonfall wechselt. „Willst du wirklich, dass ich dir ins Essen spucke?"

„Ich glaube, ich würde dich an einigen Stellen spucken lassen." Ich schenke ihr mein legendäres jungenhaftes Grinsen, das mehrere Zeitschriften in meinen Medieninterviews bemerkt haben. Sie zieht die Lippen nach innen, während sich ihr Gesicht zu einem bizarren Ausdruck verzieht, und erst als sie sich vornüber beugt und ihren Bauch hält, wird mir klar …

Sie lacht.

Über mich.

Heftig.

Es ist ein seltsames, leises Lachen, aber die Tränen, die ihr über die Wangen laufen, und das gelegentliche Schnappen nach Luft machen deutlich, dass sie sich kaputt lacht. Sie ist kurz davor, sich vor Lachen auf dem Boden zu wälzen wie in der SMS-Abkürzung ROFL. Ich dachte nicht, dass Leute so etwas wirklich tun, aber sie lässt mich an diesem Gedanken zweifeln.

„Er will die Ente kosten!" Sie dreht sich auf dem Absatz um und geht von mir weg. „Auf deine Spuck-Bemerkung werde ich nicht einmal eingehen. Das ist zu einfach. Aber die Ente? Das werde ich mir merken", ruft sie über die Schulter.

Ich runzle die Stirn, als mich ein seltsames Gefühl überkommt. Ist es … Demütigung? Ich drehe meine Kappe nach vorn und ziehe den Schirm tief nach unten, werfe einen unbeholfenen Blick auf die Gruppe in der Nähe und hoffe inständig, dass sie nichts von diesem Austausch mitbekommen haben. Ich bin noch nie von einer Frau so heftig zurückgewiesen worden. Und ich habe auch noch nie darum gebeten, ihre *Ente* zu kosten.

Mein Gott, das muss der Jetlag sein.

Ein paar Minuten später erscheint ein stämmiger, bärtiger Mann namens Hubert hinter der Bar, und ich seufze erleichtert, dass die süße Blondine für heute gegangen sein könnte. Eine Demütigung pro Stunde reicht mir völlig aus, vielen Dank. Ich bestelle bei ihm am Tresen ein Bier und Fish and „Chips" und gehe zurück an meinen Tisch, um mich in meiner Erbärmlichkeit zu suhlen. Vielleicht werden mich die britischen Mädchen nicht mögen? Vielleicht habe ich hier keinen jungenhaften Charme?

Scheiße, ich vermisse mein Zuhause.

Gerade als ich den letzten Rest meines Essens vertilge, ruft eine Stimme: „Ist hier ein Zander Williams?"

Ich drehe mich zum Eingang und sehe einen Mann, der Ende dreißig zu sein scheint, mit einem kleinen blonden Mädchen, das sich fest an seine Hand klammert. Unter ihrem bauschigen Wintermantel sieht es so aus, als trüge sie einen schwarzen Turnanzug und eine rosa Strumpfhose mit großen flauschigen Stiefeln an den Füßen.

„Ich bin Zander", antworte ich, stehe auf und nicke ihm zu.

Er lächelt und kommt mit dem Mädchen im Schlepptau hinüber. „Tut mir leid, dass ich zu spät dran bin. Meine Frau sollte eigentlich zu Hause sein, um Rocky hier zum Ballett zu bringen … aber sie hatte einen Notfall auf der Arbeit." Er kramt in seiner Tasche und wirft einen kurzen Blick auf sein Handy. „Hier sind die Schlüssel zu deiner Wohnung. Sie ist in dem braunen Haus auf der anderen Straßenseite." Er deutet auf die hinteren Fenster, die auf die kleinere Seitenstraße zeigen. „Das ist der Schlüssel zu dem Gebäude, und das ist der Schlüssel zu deiner Wohnung. Du bist in Wohnung sieben im zweiten Stock. Sie ist komplett möbliert, wie du es gewünscht hast."

Ich nehme ihm die Schlüssel ab. „Toll, danke."

„Normalerweise würde ich dir mit deinem Gepäck helfen und dich herumführen, um dir zu zeigen, wie alles funktioniert, aber Rocky darf den Ballettunterricht nicht verpassen."

„Oder die Lehrerin lässt mich in der Aufführung einen Baum sein", mischt sich das kleine Mädchen mit ernsthaft säuerlicher Miene ein. „Ich werde nicht noch mal ein Baum sein, Daddy."

„Ich weiß, mein Schatz. Deshalb wird Tantchen uns auch helfen." Hayden sieht zu mir auf. „Meine Schwester wird dich rüberbringen und dir alles genau erklären. Sie wohnt auch in dem Gebäude und ist sozusagen die inoffizielle Hausverwalterin." Haydens Augen wandern an mir vorbei und weiten sich. „Da ist sie ja schon!"

Ich drehe mich um, um seinem Blick zu folgen, und spüre einen plötzlichen Schauder über mich kommen, als ich die Blondine von vorhin auf uns zuschreiten sehe. Ihr Blick fällt auf das kleine Mädchen, als sie an mir vorbeigeht und die kleine Ballerina vom Boden hochhebt.

„Wie geht es meinem Lieblingsrockstar?", fragt sie, während die langen Beine des Mädchens um ihre zierliche Gestalt baumeln.

„Daphney, Daddy wird wieder zu spät kommen, und ich muss ein Baum sein." Sie wirft ihrem Vater einen bösen Blick zu, und ich muss zugeben, dass er mir leidtut. Rocky sieht nicht wie ein Mädchen aus, das leicht verzeiht.

„Nein, wirst du nicht." Hayden blickt wieder auf sein Handy hinunter. „Aber wir müssen jetzt gehen, sonst könntest du als Busch enden. Daphney, das ist Zander. Zander, das ist meine Schwester, Daphney."

„Oh, wir kennen uns schon", sagt Daphney mit einem strahlenden Lächeln, das ein bisschen zu viele Zähne zeigt. „Wir kennen uns schon lange. Nicht wahr, Zander?"

Ich runzle die Stirn, während ich versuche, eine passende Antwort zu finden.

„Seit der Ente?", bietet Daphney an, und meine Augen weiten sich vor Entsetzen.

„Welche Ente?", fragt Hayden, und mir bleibt die Spucke weg, als mir klar wird, dass sie vor ihrem Bruder erklären wird, dass ich sie angemacht habe.

„Ich will eine Ente!", schreit Rocky.

Nachdem ich mich geräuspert habe, öffne ich den Mund, um etwas zu sagen, irgendetwas, das mich aus dieser schrecklich peinlichen Begegnung retten kann, ohne meinem Vermieter mitzuteilen, dass ich ein verdammter Idiot bin, der seine Schwester angebaggert hat, indem er um eine Kostprobe ihrer Ente bat.

Daphney lacht und wendet sich an ihren Bruder. „Nur ein kleiner Insider-Witz in Bezug auf die Speisekarte. Du kennst doch Fußballer und ihre seltsamen Diäten."

Hayden sieht mich stirnrunzelnd an, als sei ich ein Spinner, und schüttelt es dann ab. „Na dann. Also, alles klar, Daphney? Hast du das alles im Griff?"

Daphney nickt. „Alles gut. Geht ihr zwei nur."

Hayden wirft mir noch einen fragenden Blick zu, während er das kleine Mädchen in die Arme nimmt. „Santino Rossi, der Anwalt des Fußballvereins, hat deinen Mietvertrag, Zander, also wird er irgendwann vorbeikommen."

„Okay", antworte ich und fasse mir nervös in den schweißnassen Nacken.

Hayden wendet sich zum Gehen und hält dann inne, um zurückzurufen: „Willkommen in Bethnal Green, und viel Glück in dieser Saison!"

„Danke." Ich zwinge mich zu einem Lächeln und drehe mich langsam zu Daphney um, da ich das Gefühl habe, dass meine Schultern dauerhaft unter meinen Ohren kleben. Sie zieht gerade einen großen Schlüsselbund aus ihrer Gesäßtasche, als ich sage: „Du bringst mich hier zum Schwitzen."

„Das habe ich bemerkt." Sie lacht, und es ist verrückt, dass mein Körper mit diesem heiseren und sexy Klang innerhalb von zwei Sekunden von gedemütigt auf geil umschalten kann.

„Hör mal …, wegen vorhin", beginne ich, um in die Offensive zu gehen.

„Kein Grund, es zu herrklären." Daphney grinst, als sie zu meinem Gepäck hinübergeht. „Bringen wir dich einfach in deine Wohnung, *Soccer Boy*."

„Ich hatte nicht vor, es zu herrklären." Wollte ich das?

Darüber denke ich nach, während wir meine Koffer über die Seitenstraße zum Gebäude schleppen. Mein Kopf schnellt hoch, als mir dämmert, dass sie mich Soccer Boy genannt hat, was offensichtlich ein Spitzname ist. Ein herablassender, das ist sicher, aber dennoch ein Spitzname. Diese kleine Tatsache gibt mir einen winzigen Hoffnungsschimmer, dass ich meine Chancen bei diesem Mädchen nicht völlig verspielt habe.

An der Ecke hält sie inne und zeigt auf die Straße. „Der Bahnhof Bethnal Green ist nur fünf Minuten zu Fuß von dort entfernt. Dort kannst du dir eine Oyster Card kaufen."

„Oyster? Ich kann keine Austern essen. Zu schleimig."

Sie dreht sich um und blinzelt mich an. „Es ist die Karte für den öffentlichen Verkehr."

„Oh." Ich schlucke den Kloß in meinem Hals hinunter. *Ich habe einen Abschluss in Mathematik. Ich bin nicht so dumm, versprochen.*

„Und die Bushaltestellen liegen alle an der Hauptstraße hier. Es gibt einen Tesco, der etwa zehn Minuten zu Fuß entfernt ist."

Ich zucke zusammen, als ich in die Richtung schaue, in die sie zeigt. „Ist Tesco so etwas wie ein Lebensmittelladen?“

„Es ist ein Supermarkt.“ Sie stößt ein Lachen aus. „Hast du dich eigentlich über die Gegend informiert, bevor du hierhergezogen bist?“

„Nur Informationen über Soccer … ähm … Fußball“, antworte ich und drehe nervös meine Kappe nach hinten. Jude und ich haben einen Crashkurs über den europäischen Fußball gemacht, aber ich habe nicht daran gedacht, ihn nach grundlegenden britischen Begriffen zu fragen. „Aber das ist schon in Ordnung. Ich werde Taxis benutzen, um mich fortzubewegen.“

„Taxis werden zum Albtraum, wenn man viele Lebensmittel einkaufen muss.“

Ich verziehe das Gesicht. „Du hast kein Auto, oder?“

„Ich habe eins.“ Sie mustert mich vorsichtig.

„Nun, vielleicht kann Soccer Boy mal einen Ausritt mit dir machen?“ Meine Augen weiten sich, als ihr Gesicht hart wird. „Fuck, das kam falsch rüber. Scheiße.“ *Mein Gott, ich brauche Schlaf. Oder Medikamente. Vielleicht sogar einen Exorzismus.*

Sie rollt mit den Augen und dreht sich, um auf das große Sandsteinhaus zuzugehen, und ich frage mich, ob ich ihr überhaupt folgen oder mich einfach vor einen der roten Doppeldeckerbusse werfen soll. Wahrscheinlich würde sie mich jetzt mit Freude schubsen.

Als wir die Tür erreichen, antwortet sie: „Du kannst mitkommen, wenn ich wieder fahre – ein einziges Mal.“

Bei diesem kleinen Zeichen des Mitgefühls atme ich aus, während sie die Tür öffnet und ins Haus geht. Ich versuche, nicht auf ihren Hintern zu starren, während wir die Koffer drei Treppen hochschleppen. Ich schätze, dass ich gar nicht daran gedacht habe, nach einem Gebäude mit einem Aufzug zu fragen. Beim Unterzeichnen des Vertrags habe ich an vieles nicht gedacht …, außer vielleicht daran, ganz auszusteigen und so zu tun, als hätte es diesen blöden Brief nie gegeben.

Daphney geht durch den Flur und bleibt vor der Tür mit der Sieben stehen. „Hier wohnst du.“

„Meine Glückszahl.“ Ich lächle wie ein Trottel. „Was ist deine?“

Ein fragender Blick trübt ihr Gesicht. „Ich habe keine.“

Halt die Klappe, Zander. Du klingst wie ein verdammter Spinner. Ich ziehe eine Grimasse und stütze mich an der Wand ab. „Ich schwöre, ich bin normalerweise nicht so.“

Sie streckt eine Hand nach meinen Schlüsseln aus und schließt damit die Tür auf. „Dieses Gebäude war früher eine Keksfabrik, deshalb sind alle Wohnungen irgendwie unförmig und im Studio-Stil. Das ist die Eckwohnung mit sechs Meter hohen Decken. Sie hat auch die beste Aussicht, also denke ich, du wirst zufrieden sein."

Ich schiebe die Koffer zur Seite, und meine Augen weiten sich, als ich den Raum in Augenschein nehme, den ich mir überhaupt nicht vorgestellt habe. Um ehrlich zu sein, habe ich mir nicht viel vorgestellt. Es war Judes Idee, meine Unterkunft auszuhandeln, weil ich mir nicht im Klaren darüber war, ob ich überhaupt bei Bethnal Green unterschreiben sollte. Ich konnte mir nicht einmal vorstellen, wie mein Leben in London aussehen würde. Aber wenn es so ist wie hier, werde ich wohl ziemlich gut dastehen.

Das Apartment hat große Industriefenster mit Blick auf die Hauptstraße und die Seitenstraße, die an dem von Daphney bereits erwähnten Biergarten vom Old George vorbeiführt. Die warme, erdige Einrichtung besteht aus knorrigen Kiefernholzböden und freiliegenden Metallträgern. Es ist ganz anders als mein modernes Hochhaus in Seattle. Es ist etwas kleiner, aber sehr offen, sodass es sich geräumig anfühlt.

Vor den Fenstern auf der linken Seite mit Blick auf Old George steht ein Kingsize-Bett. Ein paar riesige cremefarbene Sichtschutzvorhänge hängen von den Rohren darüber, um die Fenster abzuschirmen. Es wird schön sein, nicht das Gefühl zu haben, rund um die Uhr in einem Fischglas zu leben. Das Schlafzimmer geht in den Ess- und Wohnbereich über. An das Wohnzimmer schließt sich die Küche an, die mit weißen Fliesen, Edelstahlgeräten und einer glänzenden hölzernen Frühstücksbar ausgestattet ist, die das Wohnzimmer von der Küche trennt.

Ich zeige auf den Flachbildschirm vor der schokoladenfarbenen Couchgarnitur. „Ist das eine Xbox?"

„Ja, das ist es." Daphneys Augen werden schmal. „Hoffentlich bist du kein PlayStation-Spieler. Wir haben versucht, mehr Informationen darüber zu bekommen, was du willst, aber du warst so schwer zu erreichen."

Ich schüttle schnell den Kopf. „Xbox ist cool."

Sie atmet aus. „Okay, gut. In der Konsole unten gibt es Spiele. Der Club hat frühzeitig Zugriff auf das nächstjährige FIFA-Fußballvideospiel erhalten, vielleicht willst du dir das ansehen. Die PR-Leute haben mir gesagt, dass sie dich vielleicht für Social-Media-Promotions ansprechen."

„Okay." Ich nicke und drehe meine Kappe um, wobei ich die Stirn über ihre Bemerkung runzle. „Es war schwer, mich zu erreichen?"

Sie blinzelt mich neugierig an, ihre blauen Augen immer noch ablenkend. „Ja, nun, du hattest keinen Agenten, den wir kontaktieren konnten, und du solltest schon vor sechs Monaten kommen, also haben wir uns wie verrückt beeilt, um diesen Raum einzurichten. Dann hieß es plötzlich, du würdest nicht sofort kommen, also hatten wir mehr Zeit."

„Oh …, richtig." Ich beiße mir auf die Zunge, als ich mich an mehrere Vertragsrevisionen mit Santino, dem Anwalt des Clubs, erinnere. Sie waren wirklich frustriert, dass ich mich selbst vertreten habe, weil ich keine Ahnung hatte, was ich da tat. Und als ich dann darum bat, meinen Transfer zu verschieben, hatte ich Angst, dass alles den Bach runtergehen würde.

Die Unterzeichnung mit Seattle war so viel einfacher, weil ich die Hilfe meines Vaters hatte. Er kümmerte sich um alle meine Vertragsverhandlungen, mein Geld, Sponsorenverträge, einfach alles. Jerry Williams kannte die geschäftliche Seite des Fußballs in- und auswendig, und was er nicht wusste, recherchierte er eifrig. So kurz nach dem Tod meines Vaters einen x-beliebigen Agenten zu engagieren, fühlte sich an, als würde ich ihn verraten, also habe ich mich allein durchgeschlagen.

Ich räuspere mich und fasse mir in den Nacken, weil ich nicht erklären will, dass ich zum ersten Mal ohne die Hilfe meines Vaters einen Vertrag ausgehandelt habe. „Tut mir leid, dass es so lange gedauert hat. Vertragskram ist kompliziert."

„Das kann ich mir vorstellen", antwortet Daphney, wobei das Grübchen unter ihrer Unterlippe wieder zum Vorschein kommt. „Wie auch immer, das Bad ist durch diese Tür." Sie zeigt auf die geschlossene Tür neben dem Bett. „Da wir mehr Zeit hatten, konnten wir es aufrüsten, sodass es jetzt mit einer Dusch-Wannen-Kombination und einem Dampfbad ausgestattet ist. Ich habe gehört, dass das gut für Fußballer ist. Und … oh … wenn du dich hierher stellst", sie geht an mir vorbei und stellt sich neben das große, perfekt gemachte Bett mit mehr Kissen, als ich mir je hätte ausgesucht hätte, „kannst du deinen Pitch sehen, Tower Park."

Ich stelle die Taschen in der Küche ab und gehe zu ihr, um die Aussicht auf den Platz zu genießen, auf dem ich in wenigen Stunden Fußball spielen werde. Es fühlt sich surreal an, dass ich tatsächlich in London bin und mich darauf vorbereite, in der Premier League zu spielen. Dad wäre so verdammt stolz auf mich, auch wenn Mom es nicht ist. Ein tiefer Schmerz nagt in meinem Bauch.

Daphney stupst mich mit dem Ellbogen an. „Pitch ist die englische Bezeichnung für Fußballfeld, falls du das nicht wusstest."

Ich lächle dankbar über ihren Scherz. „Ob du es glaubst oder nicht, ich wusste tatsächlich, dass ihr es Pitch nennt." Ich zwinkere ihr zu, und ihre Augen blicken auf meine Lippen, was eine fast aggressive Reaktion in meiner Jeans auslöst.

Sie leckt sich über die Lippen und fügt hinzu: „An Spieltagen, wenn der Tower Park abends beleuchtet ist, ist das eine tolle Aussicht." Ihre Augen werden schmal. „Aber ich nehme an, dass du dann draußen sein wirst, also wirst du eine viel bessere Aussicht haben."

Ich schaue sie neugierig an. „Magst du eigentlich … Fußball?" Ich fange mich, bevor ich Soccer sage.

„Ich bin Britin. Wir werden sozusagen mit der Liebe zum Fußball geboren." Sie schnaubt, als sie sich mit einer Hand durch die Haare fährt. „Ich kann allerdings nicht behaupten, dass ich ein Bethnal-Green-Fan bin. Aber ich wohne jetzt seit etwa einem Jahr in Bethnal, und wenn ich höre, wie die Einheimischen über den FA-Cup-Sieg sprechen, den ihr vor ein paar Jahren errungen habt, wird mir ganz warm ums Herz. Nicht nur, weil ich auf der Jagd nach Siegen bin, sondern weil Bethnal Green wirklich mit Herzblut spielt. Ich bin gespannt, ob sie in dieser Saison ihren Titel zurückerobern können. Dein Verein ist die ultimative Aschenputtel-Geschichte. Vom Tellerwäscher zum Millionär, ohne die pompösen, überteuerten Egos eines langjährigen Premier-League-Clubs mit den lächerlichen Spielerbudgets. Sie sind eine Mannschaft des Volkes, weißt du? Sie haben mich sogar dazu gebracht, darüber nachzudenken, mein geliebtes West Ham zu betrügen, aber ich bin kein wankelmütiger Fan, also wiederhole nie etwas von dem, was ich dir gerade gesagt habe, sonst lasse ich dich verprügeln und rausschmeißen. Ich kenne da Leute."

Letzteres sagt sie völlig trocken und ich kann mir das Lächeln nicht verkneifen, das sich auf meinem Gesicht ausbreitet. Ducky ist keine Trikotjägerin. Sie ist eine Trikotträgerin … und diese Mädels sind der heilige Gral der heißen Mädchen. Ich bin nicht wütend über diese Erkenntnis. Ganz und gar nicht.

Meine Gedanken schweifen wieder ab, und ich sage mir, dass sie nach Bier und Frittierfett riecht, als würde das irgendwie ihre Anziehungskraft mindern. Tut es aber nicht. Ich würde sie dennoch mit Freude vögeln. Besonders jetzt, da ich weiß, dass sie Fußball mag. Ein Bild von ihr, nur mit meinem Trikot bekleidet, dringt in meine Gedanken ein.

Daphney räuspert sich, und ich zucke zusammen, als es so aussieht, als könnte sie meine schmutzigen Gedanken lesen. „In der Küche liegt eine Mappe, in der steht, wohin du deinen Abfall bringen kannst, Speisekarten für Takeout-Essen, eine Karte mit Sehenswürdigkeiten in der Nähe und eine Telefonnummer der Hausverwaltung, falls etwas gewartet werden muss."

Ich könnte gerade jetzt etwas nackte Wartung gebrauchen. Es war ein verdammt langer Flug, und es ist eine Ewigkeit her, seit ich ein Mädchen im Bett hatte. Ich stecke die Hände in die Taschen und versuche, nicht zu offensichtlich zu klingen, als ich frage: „Wo ist dein Apartment?"

Ihre Wangen färben sich rosig, als sie auf die Wand mit dem Fernseher zeigt. „Meine *Wohnung* ist auf der anderen Seite dieser Wand."

Meine Augen weiten sich, wenn ich daran denke, wie nah wir uns wirklich sind. „Na, howdy Nachbar." Der seltsame Unterton in meiner Stimme lässt mich zusammenzucken.

Sie unterdrückt ein Lachen, als sie sich umdreht, um wegzugehen. „Ich lasse dich in Ruhe auspacken. Oh …, die Kisten, die du geschickt hast, stehen im Kleiderschrank auf der anderen Seite deines Bettes. Kleiderschrank bedeutet Garderobe, falls du kein Englisch kannst." Sie zwinkert mir zu, und ich lächle anerkennend.

„Okay, danke. Für alles. Ganz ehrlich. Das Apartment ist toll, und ich nehme an, du hattest deine Finger im Spiel, also weiß ich das zu schätzen." Sie hat keine Ahnung, welche Erleichterung das für mich ist.

Sie nickt, anscheinend erfreut über meine Dankbarkeit. „Freut mich, dass es dir gefällt."

Sie beginnt, die Tür zu öffnen, und ich folge ihr. Verzweiflung blüht in meiner Brust auf, weil ich mir irgendwie wünsche, sie würde bleiben und mir beim Auspacken Gesellschaft leisten. Nicht nur, weil ich sie ficken will …, denn das will ich natürlich. Sondern weil ich ein verdammt hartes Jahr hinter mir habe. Mein Vater ist gestorben, ich habe einen verkorksten Brief gefunden, der mein ganzes Leben auf den Kopf gestellt hat, ich spreche kaum noch mit meiner Mutter, und ich bin in einem neuen Land und fange in einem neuen Team an, zu dem ich vielleicht eine genetische Verbindung habe, vielleicht auch nicht.

Es war ein höllisches Jahr.

Und die letzte Stunde, die ich damit verbracht habe, mich vor Daphney zu blamieren, war wie ein Hauch frischer Luft, den ich nicht enden lassen möchte. Es ist nicht Einsamkeit, was ich fühle. Ich war mein ganzes Leben lang ein Einzelkind, weshalb ich regelmäßig Zeit allein verbracht habe. Es ist nur schon so lange her, dass sich mein Gehirn auf etwas anderes konzentrieren konnte als auf mein verkorkstes Leben.

Ich hebe meine Kappe und fahre mir nervös mit der Hand durchs Haar, als ich auf den Flur trete und Daphney zu ihrer eigenen Tür gehen sehe. „Ich bin eigentlich ziemlich sympathisch, wenn man mich erst einmal kennengelernt hat."

Sie schenkt mir ein reumütiges Lächeln. „Schön für dich."

„Im Ernst. Und wenn du mich nicht magst, ich bin so etwas wie ein Golden Retriever. Sehr trainierbar." Ich strecke die Zunge heraus und hechle wie ein Hund.

Sie rümpft ihre niedliche Nase. „Ich bin eher ein Katzenmensch."

Mein Gesicht verzieht sich bei diesem schrecklichen Gedanken, aber ich schalte schnell um. „Nun, vielleicht stellst du dir mich wie eine nette, fette Katze vor, die niemanden belästigt …, die nur rumsitzt und Musch…" Meine Stimme bricht ab, als ich merke, dass ich gerade einen wirklich ekelhaften Witz über Muschis machen wollte. „Schlechter Witz", gestehe ich in der Hoffnung, dass sie mich nicht gehört hat.

Ihre Augen werden groß und ein Lächeln umspielt ihre Lippen. „Ruh dich aus, Soccer Boy. Mit dem britischen Fußball ist nicht zu spaßen."

Als ich wieder in meiner eigenen Wohnung bin, schlage ich mit der Stirn gegen die Tür. Wenn das hier ein Fußballspiel wäre, stünde es Daphney eins, Zander null.

2

Premier Blut

Zander

Am nächsten Morgen habe ich Mühe, meinen Wecker zu hören, und drücke öfter auf die Schlummertaste, als mir lieb ist. Mein Kopf ist ein nebliges Durcheinander aus Erschöpfung, Verwirrung und Jetlag. Die Sonne ist noch nicht einmal aufgegangen, als ich durch meine Wohnung stolpere und Kartons öffne, um die Trainingsklamotten zu finden, die ich für meinen ersten Tag im Tower Park brauche. Heute wollen sie eine einfache medizinische Untersuchung durchführen. Es ist ein wenig seltsam, weil ich schon vor ein paar Wochen eine vollständige Untersuchung bei einem Arzt gemacht habe, den sie geschickt haben, aber ich schätze, Bethnal Green möchte vor dem Ausdauertraining heute Nachmittag eine solche Untersuchung persönlich durchführen. Ich muss meinen Lebenswillen wiederfinden, denn wenn ich mich so beschissen fühle, wer weiß, was meine Testergebnisse sagen werden?

Zum Glück hilft die Dampfdusche, mich ein wenig menschlicher zu fühlen, und als ich mich gerade angezogen habe und meine Fußballklamotten in die Sporttasche stopfe, klopft es an meiner Tür. Ich schlurfe hinüber ins Foyer und öffne, in der Hoffnung, meine sexy Nachbarin mit Kaffee und Donuts zu sehen, denn das wäre ein toller Start in den Tag, aber stattdessen stehe ich einem großen Mann im Anzug gegenüber, der Ende dreißig zu sein scheint.

Die Augen des Mannes konzentrieren sich auf mein Gesicht, und seine Stimme ist ein heiseres Flüstern, als er sagt: „Na, Scheiße."

„Wie bitte?" Meine Hand sehnt sich danach, die Tür vor der Nase dieses Spinners zuzuknallen.

Der Mann schüttelt den Kopf und zerzaust sein schwarzes Haar, während er sich räuspert. „Entschuldigung, ähm ... ich bin Santino Rossi, der Anwalt des Bethnal Green F. C."

Er streckt eine Hand aus, die ich misstrauisch schüttle, dann erinnere ich mich an Hayden Clarkes Bemerkung, dass er vielleicht vorbeikommen würde. „Ach ja. Du wolltest, dass ich etwas unterschreibe?"

Santino nickt, runzelt die Stirn und starrt mich länger als nötig an. „Ja, das ist richtig. Was dagegen, wenn ich reinkomme?"

Ich trete zurück und gebe ihm mit einer Geste zu verstehen, dass er eintreten soll. „Entschuldige die Unordnung. Ich bin buchstäblich erst gestern Abend angekommen, und, nun ja …" Ich starre auf die Kartons, die überall herumstehen. „Ich habe eindeutig noch einiges auszupacken."

Santino nickt wieder, sein Blick verweilt nicht auf dem Chaos, sondern auf mir. „Tut mir leid, dass ich starre …, du siehst einfach aus wie jemand, den ich kenne."

„Wirklich?" Ich fasse mir in den Nacken und frage mich, ob alle britischen Anwälte so unheimlich sind.

Santino lacht und greift dann in seine Tasche, um einige Papiere herauszuholen. „Ich komme einfach gleich zur Sache." Er legt den Papierkram auf den Esszimmertisch und nimmt einen Stift. „Das ist ein Standard-Mietvertrag. Darin steht nur, dass der Club die Miete übernimmt, aber alle Schäden oder Renovierungswünsche musst du selbst bezahlen."

Ich nicke und gehe zu ihm, um die Papiere in die Hand zu nehmen und durchzulesen. Santino beobachtet mich, also frage ich: „Es ist doch okay, wenn ich das lese, oder?"

„Ja, natürlich." Santino reißt sich aus seiner Benommenheit und tritt zurück, um mir etwas Platz zu machen. „Nimm dir so viel Zeit, wie du brauchst."

Ich konzentriere mich auf den Text, und nachdem ich ihn gründlich gelesen habe, stelle ich fest, dass alles ziemlich normal zu sein scheint. Ich unterschreibe die markierten Stellen, und als ich mich umdrehe, sehe ich Santino, der auf den Stift in meiner Hand starrt. „Hier." Ich gebe ihn ihm zurück, da es so wirkt, als hätte er erwartet, ich würde ihn stehlen oder so.

„Danke." Er schiebt ihn samt der Papiere zurück in seine Tasche. Er schaut sich im Raum um und sagt: „Zufrieden mit deiner Unterkunft?"

Ich hebe die Augenbrauen. „Ja, sie ist großartig."

„Brillant." Er starrt mich einen Moment lang schweigend an. „Irgendwelche … Themen, die du besprechen willst?"

„Mit dir?"

Santino zuckt mit den Schultern. „Ich bin der Teambetreuer. Du kannst dich mit allem an mich wenden, was dich beschäftigt."

„Okaaay", antworte ich zögernd, da ich das Gefühl habe, dass er eher wie ein Psychiater als ein Anwalt mit mir spricht.

„Ich habe schon viele Spieler aus schwierigen Situationen befreit", sagt Santino und schiebt die Hände in die Hosentaschen. „Mich schockt nichts."

„Wenn man bedenkt, dass ich noch nicht einmal vierundzwanzig Stunden im Land bin, kann man wohl sagen, dass ich noch keine Zeit hatte, in Schwierigkeiten zu geraten." Ich zwinkere ihm wissend zu, aber er scheint den Humor in meiner Antwort nicht zu erkennen.

Santinos Lippen werden schmal. „Probleme können dir von überall her folgen."

Verärgerung kribbelt in meinen Adern. „Gibt es ein Problem, von dem ich nichts weiß? Denn das einzige Problem, das ich im Moment sehe, ist ein Anwalt, den ich gerade kennengelernt habe und der mir wirklich bizarre Fragen stellt."

Santino zuckt zusammen. „Tut mir leid, Kumpel. Das ist kein Problem. Ich wollte dir nur sagen, dass ich hier bin, wenn du etwas brauchst. Völlig vertraulich." Er gibt mir seine Karte.

„Verstanden." Ich lache schnaubend und lege die Karte auf den Tisch. „Was dagegen, wenn ich mich jetzt für die Arbeit fertig mache?"

„Keineswegs." Santino bietet mir erneut eine Hand an und schüttelt die meine fest. „Es war schön, dich endlich kennenzulernen, Zander. Ich weiß, was Vaughn Harris mit dir im Club vorhat, und ich hoffe, dass das alles für alle gut funktioniert."

Seine seltsame Wortwahl lässt mich die Stirn runzeln, aber ich straffe schnell meine Gesichtszüge, um meine Reaktion zu verbergen. Die Wahrheit ist, dass allein die Erwähnung von Vaughn Harris' Namen Angst in mir aufkeimen lässt. Ich habe versucht, die Tatsache zu vergessen, dass ich diesen Mann bald treffen werde. Einen Mann, der mein Vater sein könnte? Nein …, er ist nicht mein Vater. Ich hatte einen Vater. Jerry Williams. Er war der verdammt Beste.

Fußball statt Bullshit.

Ich werfe Santino einen wissenden Blick zu. „Ich habe die feste Absicht, mich der Herausforderung zu stellen."

„Willkommen bei Bethnal Green, meine Herren", sagt Coach Zion, der vor zwei anderen Amerikanern entlanggeht, die zur gleichen Zeit wie ich rekrutiert wurden. „Ihr werdet gleich herausfinden, wie richtiger Fußball aussieht." Der Trainer bleibt stehen und beugt sich vor, sodass er auf Augenhöhe mit uns ist. „Ich hoffe, ihr seid bereit für die Herausforderung."

Zu meiner Rechten sehe ich Link Conlin, einen Stürmer aus Arizona, und zu meiner Linken Knight Timmons, ein Mittelfeldspieler aus Florida. Wir haben alle den gleichen Ausdruck von *Oh scheiße, das passiert wirklich*, während wir in unseren grün-weißen Bethnal Green F. C. Trikots mit unseren Namen auf dem Rücken dasitzen.

„Erster Punkt der Tagesordnung", sagt der Coach und gibt uns ein Zeichen, ihm zu folgen. Er bleibt an einer Tür am Ende des Ganges stehen, ein Stück von der Umkleidekabine entfernt, in der wir uns gerade umgezogen haben. „Bringt mich nicht in Verlegenheit."

Er öffnet sie und gibt den Blick auf einen Raum voller Reporter frei, und mir dreht sich der Magen um, als sich alle Augen auf uns richten. Ich habe schon öfter Pressekonferenzen gegeben, aber ich dachte wohl, sie würden uns ein wenig vorbereiten. Jude hat mir gesagt, dass die britische Presse brutal sei, und als amerikanische Fußballspieler in England … gibt es sicher ein paar Insider-Informationen, die jetzt hilfreich sein könnten?

Wir gehen im Gänsemarsch in die Höhle des Löwen und setzen uns hinter den Tisch, auf dem mehrere Mikrofone und Aufnahmegeräte verteilt sind, während alle im Raum still werden. Der Coach stellt uns alle kurz vor und eröffnet dann den Beginn der Fragen.

„Zander Williams!", sagt ein Reporter im Hintergrund. „Sie sind der jüngste Rekrut aus Amerika. Glauben Sie wirklich, dass Sie das Zeug dazu haben, in der Premier League zu spielen?"

Links und Ritters Augen werden groß, als sie mich zu gleichen Teilen mit Mitleid und Erleichterung darüber anstarren, dass ihnen nicht die erste Frage gestellt wurde. Es ist eine Frage, die ohne Umschweife auf den Punkt kommt. Ich trinke einen Schluck aus der Wasserflasche, die vor mir steht, und versuche, den richtigen Augenblick abzuwarten, denn was zum Teufel wollen sie von mir hören? Schließlich beuge ich mich vor und antworte ehrlich: „Ich denke, wir werden es herausfinden."

Der Saal lacht, obwohl ich nicht wirklich einen Witz gemacht habe.

„Warum, glauben Sie, hat man Sie ausgewählt?", fügt eine Reporterin in der ersten Reihe hinzu.

Ich zucke mit den Schultern. „Das habe ich mich in den letzten sechs Monaten gefragt."

„Apropos sechs Monate", wirft ein anderer Reporter ein. „Warum haben Sie Ihren Wechsel von Seattle hinausgezögert? Die meisten Jungs in Ihrem Alter würden die Gelegenheit, in Europa zu spielen, beim Schopf ergreifen."

Ich schlucke den Kloß in meinem Hals hinunter und höre, wie Knight leise „Meine Güte" murmelt.

Ich ziehe eine Grimasse, bevor ich sage: „Ich hatte einige Familienprobleme zu Hause, um die ich mich kümmern musste."

Das Gemurmel aus der Menge deutet darauf hin, dass sie die Gründe für meine Antwort kennen, und ich bete wie verrückt, dass mich niemand über den Tod meines Vaters befragt.

„Das Warten wird sich lohnen, das versichere ich Ihnen", ertönt eine tiefe Stimme aus dem hinteren Teil des Raumes.

Alle drehen sich um und sehen einen Mann am Hinterausgang stehen. Als er an den Reportern vorbeikommt und das Licht sein Gesicht erhellt, erkenne ich sofort Vaughn Harris.

Er ist groß und breitschultrig, ganz offensichtlich ein ehemaliger Sportler. Sein Haar ist stark graumeliert und er hat ernste Augen, die zeigen, dass er keinerlei Unsinn duldet. Er fixiert mich mit seinem Blick, und ich spanne mich an, denn ich wusste, dass dieser Moment kommen würde. Während meiner Untersuchung bei der Mannschaftsärztin war ich nervös und wartete nur darauf, dass er hereinkommt, um seine neuen Rekruten zu treffen. Die Ärztin, die mich untersuchte, musste meinen Blutdruck erneut messen, weil er viel zu hoch war. Wahrscheinlich dachte sie, ich würde mich zu ihr hingezogen fühlen – was ich auch tat –, aber das war nicht der Grund, warum ich mich nicht beruhigen konnte.

Ich bin ausgeflippt, weil ich in den sechs Monaten, die ich auf mein Transferfenster gewartet habe, stalkerartige Nachforschungen über die gesamte Harris-Familie angestellt habe. Als ich die rothaarige Ärztin mit der passenden roten Brille sah, wusste ich sofort, dass sie nicht nur eine beliebte Teamärztin war. Sie war Dr. Indie Porter-Harris, die Frau von Camden Harris, einem der Harris-Zwillingsbrüder, der derzeit als Stürmer für Arsenal spielt. Sie haben zwei kleine Töchter und leben in Notting Hill, wie ich auf einer Website erfahren habe.

Gott, wenn ich mich nur an den Namen der Website erinnere, schrecke ich vor Scham zurück. Die Seite hieß HarrisHoandProud.com. Es ist, als hätte das Universum gewusst, dass ich nach Informationen über diese Familie suchen würde, also hat es ihren gesamten gottverdammten Stammbaum ausgebreitet.

Natürlich war ich kein Zweig in diesem Baum, denn der Brief, den ich gefunden hatte, war wahrscheinlich Blödsinn oder aus dem Zusammenhang gerissen, und nichts davon ist von Bedeutung, denn ich bin hier, um Fußball zu spielen, nicht um eine neue verdammte Familie zu finden. Trotzdem wusste ich nach dem Desaster mit Dr. Indie, dass dieser Moment hier, das Treffen mit Vaughn Harris, nicht einfach werden würde.

Vaughn bleibt vor dem Tisch, an dem wir sitzen, stehen und wendet sich an die Medien. „Zander Williams war ein Rekrut, auf den mein amerikanischer Scout schon eine Weile ein Auge geworfen hat. Wir denken, dass er der perfekte Spieler ist, um einige Fußballtechniken der alten Schule wiederzubeleben, von denen wir erwarten, dass sie unseren Club in der Premier League nach vorn bringen. Unser Ziel ist es, ihn als unseren Libero auszubilden. Das ist eine Position, die im schönen Fußball längst in Vergessenheit geraten ist, aber als ich noch für ManU gespielt habe, hatten der Torwart und der Libero das Potenzial, das Tempo des Spiels zu bestimmen, sei es, um einen Ball zu halten oder ihn weiterzuleiten. Ein Libero kann von hinten heraus Spielzüge einleiten, und ich wollte schon lange meine Verteidigung für die Offensive aufrüsten. Coach Zion und ich glauben, dass Zander Williams diesen Traum von uns verwirklichen kann."

Ein Schauder läuft mir über den Rücken, als ich merke, dass ich schon viel zu lange die Luft angehalten habe, während Vaughn zu Link und Knight übergeht. Gott, ich muss mich zusammenreißen. Mir war nur nicht klar, wie seltsam es sein würde, wenn ein Mann, der durchaus mein Vater sein könnte, in den höchsten Tönen von mir und meiner Spielweise spricht. Der Stolz wird sofort von Schuldgefühlen unterdrückt, weil ich bereits einen Vater habe, der mich in den höchsten Tönen gelobt hat. Und er ist alles, was in meinem Kopf zählen sollte.

Verdammt, diese Situation wird schwieriger, als ich dachte.

Fußball statt Bullshit, wiederhole ich in meinem Kopf. Dieser Brief war Bullshit. Er sagte mir nichts Konkretes, und im Moment ist Vaughn Harris nichts weiter als der Manager meines neuen Clubs. Mehr nicht. Ich bin hier, um Fußball zu spielen und all das zu sein, was er von mir will. Damit ich das tun kann, muss ich mich darauf konzentrieren.

Die Pressekonferenz geht zu Ende, und Vaughn und Coach Zion begleiten uns aus dem Raum, in dem es gefühlt zwanzig Grad heißer ist als auf dem Flur. Als wir vor der Umkleidekabine stehenbleiben, dreht sich Vaughn schließlich um und reicht mir zuerst seine Hand.

„Es ist schön, dich kennenzulernen, mein Sohn. Ich habe mir viele deiner Spielvideos angesehen und finde, dass du unglaublich talentiert bist.“

Er fixiert mich mit einem aufrichtigen Blick der Dankbarkeit, den ich kaum wahrnehmen kann, weil das Wort „Sohn“ eine Welle der Angst durch meinen ganzen Körper schießen lässt.

Hat er mich allgemein als Sohn bezeichnet? Oder weiß er etwas, was ich nicht weiß? Das kann doch nicht sein, oder? Mein Gott, natürlich nicht. Wenn er etwas wüsste, würde er es nicht in einem verdammten Flur vor der Umkleidekabine zum ersten Mal erwähnen, während ein Haufen Presseleute lautstark hinter uns herauskommt.

Dieser Mann ist nicht mein Vater. Ich hatte einen Vater.

Ich versuche, den kalten Schweiß abzuschütteln, der mir über das Gesicht läuft, und konzentriere mich auf Bilder meines Vaters statt auf den Mann vor mir. Bilder von seinem aschblonden Haar, das im Wind weht, während er in seinem Minivan Classic Rock hört. Bilder von seiner schlaksigen Statur in Anzughose und Hemd, wie er sich abmüht, mit mir im Garten einen Fußball zu kicken. Bilder von seinen Händen, die immer so zart und schmal waren. Wie ein Pianist.

Mein feuchter Griff wird aus Nervosität fester, als ich auf meine Hand in der von Vaughn hinunterschaue. Er und ich sind uns in Größe und Statur viel ähnlicher, und ich stelle fest, dass seine Fingernägel meinen sehr ähnlich sind.

Ich räuspere mich, reiße meine Hand aus seiner und erschaudere innerlich, als sein Lächeln nachlässt. Ich zwinge mich, mein eigenes

Lächeln aufzusetzen, das sich falsch anfühlt, während ich roboterhaft antworte: „Ich freue mich über die Gelegenheit und darauf, das Team kennenzulernen."

„Das wird heute nicht passieren", sagt der Coach unwirsch und schlägt mir mit einer Hand auf die Schulter. „Es ist eine kleine Tradition, dass ich persönlich die Ausdauertests für alle unsere neuen Rekruten durchführe. Das Team wird sich mit Vaughn Spielvideos ansehen, um sich auf das erste FA-Cup-Spiel vorzubereiten, das wir morgen im Tower Park austragen. Wir wollen nicht, dass ihr Neulinge die Konzentration des Teams stört. Heute gibt es also nur euch drei, mich und einen wirklich leeren Trainingsplatz nebenan, der für frisches Blut bereit ist."

„Blut?" Ich wiederhole sein Wort mit ernsten Augen.

„Es ist Premier Blut, wenn du dich dann besser fühlst." Coach Z wackelt mit den Augenbrauen, und das Glitzern in seinen Augen gefällt mir nicht.

Vaughn klopft ihm auf den Rücken. „Sei nicht zu hart zu den Jungs, Coach. Sie haben sich noch nicht einmal an die Zeitzone gewöhnt. Sie sollen nicht denken, die Premier League sei ein Haufen Sadisten."

„Nicht?" Das zurückkehrende Lächeln des Coachs erreicht nicht seine Augen.

3

Soccer Boy

Daphney

„Daphney, hi …, hier ist Drake Lambert von Commercial Notes."

„Oh ja …, hallo, Mr. Lambert." Ich springe aus dem Bett und wische mir schnell mit den Händen über das Gesicht, um mich zu wecken. Es ist fast zwei Uhr nachmittags, und ich wollte gerade ein Nickerchen vor meiner Schicht im Old George heute Abend machen, aber ein Anruf von Drake Lambert, dem Talentmanager, der Musik von mir kauft, ist viel wichtiger.

„Ich rufe mit einer kleinen Bitte an."

„Okay." Ich halte das Telefon fest an mein Ohr und stelle mich neben mein Klavier, als hätte ich den ganzen Tag daran gearbeitet.

„Zunächst einmal haben Sie einige großartige Tracks für unsere lizenzfreie Musikbibliothek eingereicht, also machen Sie weiter so."

Ein stolzes Lächeln breitet sich auf meinem Gesicht aus. Ich reiche schon seit einigen Jahren Tracks bei Commercial Notes ein, aber die Aufträge werden immer über das Commercial Notes Freelancer Portal abgewickelt, daher ist es wirklich aufregend, einen Anruf von dem Mann zu bekommen, der meine Schecks unterschreibt.

„Vielen Dank, dass Sie das sagen. Ich freue mich sehr über diese Gelegenheit und werde im Laufe der Woche noch ein paar Tracks aufnehmen."

„Brillant …, aber ich habe heute angerufen, um zu fragen, ob Sie sich an einem richtigen Jingle versuchen wollen."

„Einem Jingle?" Ich beiße mir auf die Lippe, während die Nervosität an meiner Wirbelsäule kribbelt.

„Haben Sie jemals eine der nationalen Werbungen für Tire Depot gesehen?"

„Ach, die Reifenwerkstatt mit den Fünf-Sterne-Wartebereichen? Das habe ich tatsächlich", antworte ich ehrlich. „Ich wollte mein Auto für die nächste Inspektion dorthin bringen. Die sehen alle wahnsinnig schön aus."

„Nun, ihr Kreativteam war von einem Ihrer Instrumentalstücke mit dem Titel ‚Driving to Nowhere' begeistert und fragt sich, ob Sie für einen Fernsehspot, den sie produzieren wollen, einen Text dazu schreiben könnten. Sie können doch singen, oder? In Ihrem Profil bei Commercial Notes steht, dass Sie singen können, aber bisher haben Sie uns noch keinen Text vorgelegt."

„Oh … ähm … ja, ich kann ein bisschen singen", bestätige ich. Mir rutscht das Herz in die Hose, als ich mir vorstelle, auf einer Bühne stehen zu müssen. „Ich muss es ihnen nicht vorspielen, oder?"

„Nein, ganz und gar nicht", antwortet Drake schnell. „Das wäre nur für die Werbung. Sie können es in Ihrem Heimstudio aufnehmen."

„Okay, gut." Ich seufze erleichtert. „Ich bin nicht scharf darauf, im Rampenlicht zu stehen."

„Ich verstehe. Und nur damit Sie es wissen, da es sich um einen individuellen Jingle handelt, würden wir zehntausend Pfund für eine lokale Auflage bezahlen und mehr, wenn der Spot landesweit läuft."

„Sagten Sie zehntausend Pfund?" Meine Kinnlade hat den Boden erreicht. Ich arbeite jetzt seit etwa fünf Jahren für Commercial Notes und habe fünfzehn meiner Kompositionen an sie verkauft. Keine von ihnen hat auch nur annähernd zehntausend Pfund eingebracht. „Verdammte Scheiße."

Drake lacht in die Leitung. „Ich dachte, das würde Ihnen gefallen. Eine ziemliche Gehaltserhöhung gegenüber den lizenzfreien Tracks, nicht wahr?"

„Das kann man wohl sagen."

„Sie hätten gern innerhalb von drei Wochen eine Gesangsvorlage. Glauben Sie, dass Sie das schaffen können?"

Ich beiße mir auf die Lippe, während ich leise vor mich hin lache. Für zehntausend Pfund würde ich ihm sogar meinen Erstgeborenen verkaufen. Ich räuspere mich und versuche, ruhig und professionell zu klingen. „Ich glaube, das kann ich schaffen."

„Ausgezeichnet. Ich schicke Ihnen die Details zu, was sie in Bezug auf die Botschaft suchen, und Sie können Ihrer Kreativität freien Lauf lassen. Ich freue mich zu hören, was Sie sich einfallen lassen."

Wir legen auf, und ich lasse mich auf das Sofa sinken, während sich mir der Kopf dreht. Zehntausend Pfund sind mindestens das Zehnfache dessen, was ich normalerweise für meine anderen Tracks verdiene. Mir war gar nicht bewusst, wie viel Geld in der Arbeit mit Jingles steckt. Es kam mir immer ein bisschen kitschig vor, aber für so viel Geld kann ich auch kitschig sein!

Ich habe früher ständig Texte geschrieben, also sollte ich das hinbekommen. Und wenn ich das schaffe, kann ich meinen Eltern vielleicht endlich die ganzen Anwaltskosten zurückzahlen, die sie letztes Jahr für mich übernommen haben.

Ich erschaudere, als die Erinnerung an meinen Ex und das, was er getan hat, mich durchflutet. Rex Carmichael war ein Wichser. Mehr als ein Wichser, er war ein zwielichtiger Schwachkopf. Ein fauler Sack, der dachte, er könnte mit mir Geld machen, ohne dass ich es merken würde. *Gott, ich hasse ihn immer noch genauso sehr wie damals, als ich herausfand, was er getan hatte.*

Die ganze Tortur war so furchtbar, dass ich mir nicht sicher war, ob ich jemals wieder Texte schreiben könnte. Aber diese Gelegenheit könnte genau die treibende Kraft sein, die ich brauche, um diesen Albtraum für immer aus meinem Kopf zu verdrängen.

Als ich mich in meiner winzigen Wohnung umsehe, lächle ich stolz vor mich hin. Diese Gelegenheit ist genau der Grund, warum ich vor fast einem Jahr nach London gezogen bin. Ich musste weg vom Haus meiner Eltern, alles über Rex the Hex vergessen und mich selbst wiederfinden.

Und für ein Mädchen vom Land, das in einem kleinen Dorf in Essex aufgewachsen ist, gibt es nichts Besseres, als nach London zu ziehen, um „sich selbst zu finden".

Wenn ich mit diesem Jingle Erfolg habe, bleibt vielleicht so viel Geld übrig, dass ich aufhören kann, im Old George zu arbeiten. Nicht dass ich die Arbeit dort hasse, im Gegenteil. Hubert ist ein toller Chef. Aber zwischen der Arbeit im Old George und dem Job als Hausverwalterin für die Immobilie meines Bruders, um einen Rabatt auf die Miete zu bekommen, bin ich oft zu erschöpft, um an dem zu arbeiten, weswegen ich hierhergekommen bin – meiner Musik.

Ein Blick auf die Uhr verrät mir, dass ich nur noch zwei Stunden Zeit habe, bevor meine Schicht im Old George beginnt, also könnte ich noch etwas Schlaf nachholen, wenn ich mich beeile. Dann kann ich morgen frisch mit dem Jingle anfangen.

Ich lege mich wieder ins Bett und will gerade einschlafen, als ein tiefer Bass in meine Wohnung dröhnt. Ich setze mich auf und mein Herzschlag beschleunigt sich, als ich mich auf den Fernseher meines Nachbarn konzentriere, der durch die Wand meiner Wohnung dröhnt. Sportansager, wie es scheint, in alarmierend hoher Lautstärke. Vor Drakes Anruf habe ich Bewegungen in der Wohnung meines Nachbarn gehört, also nehme ich an, dass es nur Zander ist, aber was ich jenseits der Fernsehansager höre, ist wesentlich schwerer zu ignorieren.

Es ist ein hoher Schrei, der wie eine schreiende Ziege klingt. Eindeutig nicht menschlich. Es folgen Weinen und ein unbeholfenes Stöhnen und Ächzen. Was zum Teufel macht Soccer Boy da drüben? Wenn er ein Mädchen vögelt, dann macht er es eindeutig falsch.

Soccer Boy, alias Zander Williams aus Boston mit dem passenden Akzent, ist kaum vierundzwanzig Stunden in Großbritannien, und schon macht er mich ein wenig verrückt. Das ist ein neuer Rekord für mich mit einem Kerl, und ich hatte schon mit vielen Arschlöchern im Pub zu tun. Rex muss nicht erwähnt werden.

Aber Soccer Boy ist besonders nervig.

Zuerst kam sein entsetzlicher Flirtversuch, als wir uns das erste Mal trafen. Zumindest glaube ich, dass das ein Flirt war. Er war nicht gut, so viel weiß ich. Dann, gestern Abend, als ich von der Spätschicht im Old George zurückkam, bemerkte ich, dass er den Fernseher *die ganze Nacht über* laufen ließ. Und zwar in einer Lautstärke, die durch die Wand in mein Zimmer drang.

Als wäre das nicht schon ärgerlich genug, wurde ich heute Morgen zu einer unchristlichen Zeit von seinem Wecker geweckt, der ein Dutzend Mal klingelte. Von 5:55 Uhr bis 6:55 Uhr musste ich mir alle fünf Minuten das Lied „Baby Got Back" anhören. *Ich wollte ihn umbringen.*

Ich habe ihm zugutegehalten, dass er heute Morgen unter Jetlag gelitten hat, aber jetzt kann ich nicht einmal ein Nickerchen machen, weil es sich anhört, als würde er nebenan ein Menschenopfer darbringen. Wir müssen hier eine gemeinsame Basis finden, vor allem, wenn ich für dieses Jingle-Projekt Überstunden machen muss.

Ich werfe die Decke zurück und schreite zu unserer angrenzenden Wand, um mit der Faust dagegen zu schlagen. „Hey! Alles in Ordnung da drüben?"

Das leise Weinen ist alles, was ich als Antwort höre, also beiße ich die Zähne zusammen und versuche es noch einmal etwas lauter, in der Hoffnung, dass ich meine Stimme nicht zu sehr strapaziere. Als ich immer noch keine Antwort erhalte, schnappe ich mir meinen geblümten Seidenmantel vom Sofa, werfe ihn über meinen Seidenpyjama und laufe barfuß zu seiner Tür. Nur weil er süß ist, heißt das noch lange nicht, dass Soccer Boy eine Nervensäge sein darf.

Und das Schlimmste daran ist, dass Zander weiß, dass er süß ist. Gestern kam er mit seiner umgedrehten Baseballmütze in den Pub geschlendert und sah ganz amerikanisch, eingebildet und ahnungslos aus, und ich müsste schon blind sein, um sein bezauberndes, schiefes Grinsen nicht zu bemerken. Auf der einen Seite ist es irgendwie schief, auf der anderen nicht. Es ist seltsam, aber irgendwie beruhigend, denn wenn er ein perfektes Lächeln hätte, wäre es der Menschheit gegenüber wirklich unfair, wenn ein Mann so gut aussehen könnte.

Aber es gibt ein großes Problem. Zander ist mein Nachbar. Das heißt, es gibt kein Entkommen. Und zum Glück wusste ich in der Sekunde, als er im Pub den Mund aufmachte, ohne den geringsten Zweifel, dass er niemand ist, dem ich dauerhaft Aufmerksamkeit schenken werde. Diese Sache kenne ich schon. Beweisstück A: Rex.

Zander ist ein Hurenbock. Ein süßer, unbeholfen charmanter und lächerlich eingebildeter Hurenbock, der auch noch Fußballer ist, was bedeutet, dass er der schlimmste Cocktail von Mann ist und ich weit, weit weg bleiben muss.

Oder zumindest … eine Wand weit weg. Wenn er erst einmal herausgefunden hat, dass ich absolut alles hören kann, was er da drüben macht.

Ich schlage mit der Faust gegen die originale dicke Holztür des viktorianischen Gebäudes und warte, wobei meine Nerven aufgrund der Aussicht auf unser Wiedersehen wie elektrisiert sind. Aber das ist nicht wichtig. Ich bin nur hier, um ihm mitzuteilen, wie dünn die Wände sind. Das Open Mic im Old George heute Abend bedeutet, dass ich bis weit nach Mitternacht dort sein werde, und diesem Mann bei dem zuzuhören, was er da drüben macht, wird einfach nicht funktionieren.

Nach einer gefühlten Ewigkeit schwingt die Tür endlich auf, und mein Körper schwankt, als ich es sehe. Soccer Boy steht vor mir und bedeckt seinen Schritt mit einem sehr kleinen, blassrosa Geschirrtuch, das ich persönlich für eine Küche ausgesucht habe. Der schockierende Anblick zwingt mich dazu, mich am Türrahmen festzuhalten, um das

Gleichgewicht zu halten, während ich schwach versuche, meine Augen vor den Fleischbergen abzuschirmen, die nur wenige Zentimeter von mir entfernt sind.

Aber natürlich kann ich nicht umhin, einen kurzen Blick zu riskieren. Es ist schon beeindruckend, was das menschliche Auge innerhalb weniger Sekunden aufnehmen kann, denn ein Blick sagt meinem Gehirn, dass Soccer Boy *durchtrainiert* ist.

Das macht ihn jedoch nicht zu etwas Besonderem. Die meisten Fußballer sind durchtrainiert. Ich bin mir sicher, wenn ich einen Job hätte, bei dem ich jeden Tag für das stundenlange Trainieren bezahlt würde, hätte ich auch endlose Muskeln. Aber das ändert nichts an der Tatsache, dass Zanders Körperbau absolut perfekt ist. Wie ein Kunstwerk, das in einer Skulptur verewigt werden muss.

Er ist kein bulliger Typ, der im Fitnessstudio lebt und sich von Proteinshakes ernährt. Er ist schlank und muskulös, als könnte er tagelang laufen, ohne ins Schwitzen zu kommen. Und seine großen, muskulösen Schultern, seine harten Brust- und Bauchmuskeln haben eine schöne olivfarbene Farbe, als ob er viel Zeit draußen ohne Hemd verbrächte. Verflucht sei er. Wie kann er im verdammten Januar so braun sein? Der Winter verwandelt mich in den Geist der vergangenen Weihnacht, während er bronzene Muskeln zur Schau stellt, von denen ich nicht einmal wusste, dass sie am menschlichen Körper existieren. Es ist recht ärgerlich. Sogar seine Brustwarzen sind gebräunt.

Oh, fuck, ich habe gerade seine Brustwarzen gesehen.

Schließlich löse ich mich aus meiner Benommenheit und werfe ihm einen strengen Blick zu. „Darf ich fragen, was du da drinnen machst?"

Er zittert vor mir, als ich die Gänsehaut bemerke, die sich auf seinen Armen ausbreitet. „Ich h-h-habe gebadet", stammelt er.

„Und du konntest dir nicht mal ein richtiges Handtuch nehmen, um dich zu bedecken?" Ich werfe einen Blick auf seine Bauchmuskeln, die mit jedem Ausatmen hervortreten. Ich frage mich, wie sie sich wohl anfühlen würden, wenn ich sie streicheln würde? „Wenn das wieder so eine lächerliche Anmache ist, werde ich deine Miete erhöhen." Nicht dass er sie bezahlt.

„Das war alles, was ich finden konnte. Ich habe überall gesucht." Er flucht und fährt sich mit einer Hand durch seine feuchten Locken. Seine haselnussbraunen Augen sind rot gerändert.

„Warum zitterst du so? Funktioniert dein heißes Wasser nicht?"

Er schluckt, und es sieht gequält aus, sein Gesicht ist fast verhärmt, während er mich anschaut. „Eis…bad", stottert er.

„Eisbad? Wozu das denn?" Ich schaue ihn von oben bis unten an, als hätte er einen schrecklichen Unfall haben müssen, der eine solch grausame und ungewöhnliche Bestrafung erfordert.

„Mein Körper tut überall weh." Sein Gesicht verzieht sich vor Schmerz, und er sieht aus, als wollte er weinen.

„Bist du krank?" Ich strecke eine Hand aus und berühre seine Stirn. Es ist eine instinktive Bewegung, denn ich hatte meine Nichten oft genug zu Besuch, um zu wissen, wann etwas nicht stimmt. Er ist kalt und feucht, aber er fühlt sich nicht fiebrig an. Jetzt, da ich so nahe an seinem glitzernden, nackten Körper stehe, fürchte ich sogar, dass ich an Stellen Fieber habe, für die ich mich eigentlich schämen müsste. Ich wage zu behaupten, dass in diesem Moment verdammter Dampf zwischen uns beiden aufsteigt.

Er schüttelt mich ab und ich werde in die Realität zurückgerissen, als seine Zähne laut klappern. „Ich bin nicht krank. Heute war die erste Trainingseinheit. Der Coach versucht, mich umzubringen. Was mir eigentlich ganz recht ist, denn im Moment will ich sterben." Er stöhnt und beugt sich vor, während er sein Handtuch fest umklammert hält.

Schamlos kann ich meinen Blick nicht von seinen zitternden Händen losreißen, die gefährlich nahe daran sind, den einen Fetzen des rosa Stoffes fallen zu lassen, der seine Männlichkeit bedeckt. Ein leichtes Zittern durchfährt seinen ganzen Körper, und ich lenke meine Aufmerksamkeit lange genug von seiner Leistengegend ab, um dem Himmel zu danken, dass er nicht bemerkt hat, dass ich im Stillen für den Fall des rosa Stoffes gebetet habe.

„Geh zur Seite", rufe ich lauter als beabsichtigt und lege meine Hand auf seinen festen, wenn auch gefrorenen Körper. Gott, ist der fest. Er fühlt sich an wie Stein. Ich marschiere in seine Wohnung und werfe einen Blick zurück. „Ich zeige dir, wo die Badetücher sind."

Ich verschlucke mich fast an meinen eigenen Worten, als ich seinen äußerst nackten Hintern erblicke. Er sieht aus wie zwei perfekt geformte Brötchen, an denen man eine Münze abprallen lassen könnte. Geradezu unmenschlich.

Mein Blick schnellt nach vorn, als ich in sein Bad marschiere und das

Fach hinter dem großen antiken Spiegel aufziehe, an dem ich Scharniere angebracht habe. „Hier sind auch alle möglichen Toilettenartikel drin." Ich schnappe mir ein großes, flauschiges, weißes Handtuch und drehe mich um, als ich ihn in der Tür stehen sehe. Ich werfe es ihm zu.

„Ich wusste nicht, dass man das öffnen kann." Neugierig blinzelt er zurück.

Ich verdrehe die Augen, als er sich abmüht, das Geschirrtuch über seinem Schniedel zu halten und das größere um seine Taille zu wickeln. Er steht da und friert sich zu Tode, während sich mein eigener Körper auf ein unangenehmes Maß erhitzt. Das wird ein Problem werden. Ich drehe ihm den Rücken zu, um ihm etwas Privatsphäre zu geben, und versuche dabei zu ignorieren, wie durchtrainiert auch seine Oberschenkel sind. Guter Gott, Fußballspieler und Oberschenkel …, das ist doch besser als Pudding mit Sahne, oder? Ich werfe einen Blick auf die Whirlpoolwanne. „Meine Güte, du musst ja die gesamte Eismaschine des Gebäudes geleert haben."

„Ich wollte nicht, dass die anderen Rekruten sehen, wie ich in der Umkleide ein Eisbad nehme." Er atmet schwer aus. „Ich muss härter aussehen als die anderen Neulinge."

Ich lache und bemerke das Sudoku-Rätselheft auf dem Boden. „Das ist also eine Ego-Sache. Warum bin ich nicht überrascht?"

„Es ist eine Überlebenssache", korrigiert er mit fester Stimme. „Verstößt es gegen die Hausordnung, so viel Eis zu verwenden?"

„Es verstößt nicht gegen die Hausordnung, aber nur, weil ich nicht wusste, dass ich diese Regel aufstellen muss." Ich drehe mich um und stelle fest, dass er wieder etwas bedeckt ist, und meine verräterischen Augen richten sich auf seine Hüftknochen, die über das Badetuch hinausragen und mir einen Anblick bieten, den ich in der Dunkelheit der Nacht nur schwer aus meinem Gedächtnis werde löschen können. „Soll ich die Heizung in deiner Wohnung aufdrehen?" Verdammt, ich könnte selbst ein Eisbad brauchen, wenn diese Tortur vorbei ist.

Er schüttelt den Kopf und sieht ein wenig traurig aus, während er das Handtuch enger um seine Taille wickelt. „Ich muss wieder rein."

„Was bringt es dir überhaupt? Körperlich?" Ich blinzle schockiert zurück.

„Es hilft meinen Muskeln, sich schneller zu erholen. Wenn ich morgen zum ersten Mal auf den Rest der Mannschaft treffe, darf ich keinen

Muskelkater haben. Auf keinen Fall." Ein Ausdruck der Verzweiflung huscht über sein Gesicht, und der Kerl tut mir fast leid.

„Nun, es ist in Ordnung, wenn du das ganze Eis benutzt, aber ich muss dich fragen, ob du deinen Fernseher anlassen musst, während du das tust? Du kannst ihn hier drinnen unmöglich hören, und das, zusammen mit deinen unmenschlichen Schreien, während du dich selbst quälst, macht anderen das Schlafen wirklich schwer."

Die Farbe kehrt auf Zanders Wangen zurück, als er auf die Uhr neben seinem Bett schaut. „Es ist fünfzehn Uhr. Warum sollte da jemand schlafen?"

„Weil einige von uns abends arbeiten. Und nicht alle von uns beginnen ihren Tag um sechs Uhr morgens, nachdem sie eine Million Mal auf die Schlummertaste gedrückt haben." Meine Wangen erhitzen sich vor Wut über die kürzliche Erinnerung daran, dass ich heute Morgen nicht schlafen konnte.

„Was?", fragt er und ein verwirrter Blick huscht über seine jungenhaften Züge.

„Du hast heute morgen mindestens zehnmal die Schlummertaste gedrückt." Ich fixiere mit wenig begeistertem Blick.

„Es kann nicht zehnmal gewesen sein." Er rollt mit den Augen und der Muskel in seinem Kiefer zuckt, als er den Kopf schüttelt.

Ich ignoriere seinen blöden nackten Oberkörper, als er die Arme verschränkt, um mir zu sagen, dass ich zu weit gehe. „Du hast recht." Ich verschränke die Arme und ziehe herausfordernd eine Augenbraue hoch. „Die ersten paar Male habe ich wohl verschlafen, also war es wahrscheinlich mehr als das. Obwohl es durch den Lärm deines Fernsehers, der die ganze Nacht lief, schwer zu hören war. Ich werde eine Umfrage bei den anderen Nachbarn im Haus machen und dir die genaue Zahl mitteilen."

Zander zieht die Stirn in Falten und seine haselnussbraunen Augen glitzern verschmitzt im warmen Licht des Badezimmers. „Bin ich ein schlechter Nachbar, Ducky?"

„Deine Frechheit wird bei mir nicht funktionieren." Ich hasse es, wie er jedes Mal, wenn ich mit ihm spreche, jedes Merkmal in meinem Gesicht zu inspizieren scheint. Es ist nervtötend. „Ganz ehrlich, Zander, wer drückt so oft die Schlummertaste?"

Er lacht schnaubend und sieht nicht mehr so mitleiderregend aus wie noch vor ein paar Minuten, sondern wesentlich nerviger. „Nun, ich wusste nicht, dass die Wände hier so dünn sind. Scheint ein bauliches Problem zu sein, wenn du mich fragst."

„Ist es so schwer, beim ersten Klingeln aufzuwachen?" Ich stemme die Hände in die Hüften. „Oder kannst du vielleicht deinen Wecker auf die Zeit einstellen, zu der du tatsächlich aufstehen musst?"

„Ich brauche Zeit, um zu mir zu kommen." Seine Nasenflügel blähen sich auf, als er mich mit unverhohlenem Ärger ansieht. „Nicht alle von uns haben den Luxus, auszuschlafen."

Oh, diese Frechheit! Ich trete einen Schritt näher an ihn heran, damit er die volle Wirkung meiner Verärgerung spüren kann. „Ich konnte heute nicht ausschlafen, weil ich mir immer wieder den Wecker meines Nachbarn anhören musste. Deshalb hatte ich gehofft, vor meiner Schicht heute Abend ein Nickerchen machen zu können, aber auch das musstest du mir so eifrig vermasseln. Du hast mir schon zweimal den Tag versaut, Soccer Boy. Das ist ziemlich beeindruckend."

In diesem Moment merke ich, dass er auch näher an mich herangekommen ist. Ich muss den Kopf in den Nacken legen, um ihn anzusehen, während er sich über mich beugt. Sein Brustkorb hebt und senkt sich beim Atmen, sodass es mir schwerfällt, seinen feuchten Duft nicht zu riechen. Er riecht nach Menthol-Sportcreme und Schweiß. Keine attraktive Kombination, aber ich frage mich trotzdem ein wenig, wie es wohl wäre, wenn ein großer Mann wie er mich packen und gegen die glänzend weiße Fliesenwand drücken würde.

Verdammt noch mal, wenn er meine Gedanken hören könnte, würde sein Ego explodieren.

Ich zwinge mich, den Blickkontakt aufrechtzuerhalten, aber das Problem ist, dass sein Gesicht auch nicht so schrecklich anzusehen ist. Die natürlichen Locken seines struppigen, kastanienbraunen Haars unterstreichen seine jungenhaften Züge und das schiefe Grinsen. Und seine Augen werden von dunklen, unmöglich langen Wimpern umrahmt. Meine sind blond und nur dank der Wimperntusche sichtbar, die ich jeden Tag auftragen muss. Männer haben wirklich alles Glück der Welt.

„Nimm doch bitte Rücksicht auf die anderen im Gebäude, okay?", sage ich mit zusammengebissenen Zähnen, in dem Versuch, den kleinen Streit zu deeskalieren, den wir gerade im Badezimmer haben.

„Du könntest auch daran arbeiten, leiser zu sein", stößt er hervor, seine vollen Lippen zu einer festen Linie zusammengepresst, von der ich feststelle, dass sie sehr küssbar ist. „Ich habe vorhin Musik durch die Wände dringen hören, du bist also keine leise Kirchenmaus."

Bei dieser Anschuldigung verliere ich leicht die Luft. Die Wohnung, in der Zander wohnt, stand ein Jahr leer, und ich hatte gar nicht daran gedacht, dass er auch meine Musik bei sich hört, wenn ich seinen Fernseher in meiner Wohnung hören kann. Ich muss meine Vorgehensweise ein wenig überarbeiten. „Ich werde sehen, was ich tun kann."

„Ich auch." Sein Blick wandert meinen Körper hinunter, wo sich eine Gänsehaut bildet.

„Cheers", sage ich und gehe schnell hinaus, wobei ich ihn in meiner Eile mit der Schulter streife.

„Wir trinken nicht einmal", antwortet er mit verwirrter Miene.

„Cheers heißt *danke*, Soccer Boy." Ich kann nicht anders, als über ihn zu lachen. Ich breite die Arme am Türrahmen des Badezimmers aus und füge hinzu: „Mein Gott, du solltest wirklich mal ein britisches Buch lesen oder so, versuch mal *Bridget Jones,* ich bitte dich."

Er erstarrt, als sein Blick sinkt, und jeder sichtbare Muskel oberhalb des Handtuchs spannt sich an, wodurch die Adern in seinen Armen hervortreten, als ich seinem Blick folge. Zu meinem Entsetzen stelle ich fest, dass mein Seidenmantel sich geöffnet hat, als ich mich am Türrahmen festgehalten habe, wodurch mein sehr dünnes Satin-Oberteil zum Vorschein gekommen ist, das meine sehr harten Nippel zu durchstoßen versuchen.

Schnell bedecke ich mich, mein Gesicht gerötet vor Verlegenheit. Als ich Zander in die Augen schaue, ist sein Kiefer angespannt und seine Nasenflügel beben. Ein Anflug von Spannung baut sich zwischen meinen Beinen auf, als ich den Ausdruck in seinen Augen sehe, der mir keinen Zweifel daran lässt, was er gerade denkt.

Ich öffne den Mund, um etwas zu sagen, verschlucke mich aber an dem Keuchen, das er ausstößt, als er aussieht, als wolle auch er etwas sagen. Die Luft um uns herum verdichtet sich, während ich um einen Weg ringe, diesen angespannten Moment zu entschärfen.

Ich muss gehen.

Mit fester Entschlossenheit nicke ich, drehe mich auf dem Absatz um und verlasse seine Wohnung so schnell wie möglich. Ich bin mir ziemlich sicher, dass ich bei einem Blick in den Spiegel denselben erhitzten Blick in meinen Augen erkennen würde, den ich gerade in seinen gesehen habe.

4

Teil der Familie

Zander

„Glaubt ihr, der Coach hat mich gestern kotzen sehen?", grummelt Knight leise von der Bank in der Umkleidekabine neben mir. Er trägt sein grünweißes Trikot vom Bethnal Green F. C. genau wie ich, auch wenn unsere Stollenschuhe heute von der Bank aus keinen Grashalm brechen werden.

„Wenn er es nicht gesehen hat, konnte er es riechen." Link gluckst mit einem angewiderten Gesichtsausdruck. „Was zum Teufel hast du gestern gegessen, Alter?"

„Flugzeugessen. Der verdammte verspätete Flug hat alles durcheinandergebracht. Ich hatte Glück, es noch rechtzeitig zu unserem Gesundheitscheck geschafft zu haben." Knight fährt sich mit einer Hand durch sein langes braunes Haar, das er oben auf dem Kopf zu einem unordentlichen Dutt zusammengebunden hat. Er hat diesen verdammten Pferdeschwanz in dreißig Minuten achtmal neu gebunden. Seine Unruhe macht mich unruhig.

„Du musst dich entspannen, Kumpel", sage ich und lehne mich zurück an das Fach mit meinem eingravierten Namen, während ich meine Socken zurechtrücke und auf die geschlossene Bürotür des Trainers starre.

„Du hattest gestern auch Schwierigkeiten, Williams." Link richtet seine blauen Augen auf mich. „Hast du den Porzellangöttern ein britisches Cheerio geopfert?" Er streicht sich sein struppiges blondes Haar hinter die Ohren und kneift die Augen zusammen, als wäre er ein Detektiv, der ein Verbrechen untersucht.

Ich zucke zusammen, als ich versuche zu vergessen, wie schlecht ich gestern bei diesem Ausdauertraining ausgesehen habe. Es war nicht die normale Art von Schwierigkeiten, die ich als neuer Spieler in Großbritannien erwartet hatte. Es war, als hätte ich zwei linke Füße. Meine Konzentration war völlig durcheinander. Coach Z musste meinen

Namen mehrmals wiederholen, obwohl wir buchstäblich nur zu viert da draußen waren. Aber ich will verdammt sein, wenn ich diesen Jungs erkläre, was mir die ganze Zeit durch den Kopf ging.

Ich räuspere mich und antworte: „Ich musste nur noch mehr auspacken und bin gestern Abend noch einmal spät joggen gegangen, weil ich nicht schlafen konnte."

„Was?", sagen Knight und Link gemeinsam und blicken mich entsetzt an.

Ich tue so, als wäre es keine große Sache, aber in Wirklichkeit war es eine sehr große Sache. Das gestrige Training war furchtbar. Coach Zion ist wirklich ein Sadist, was mich wohl zum Masochisten macht, denn anstatt früh ins Bett zu gehen, damit sich mein Körper erholen kann, ging ich laufen, um die bizarren Gedanken abzuschütteln, die mir durch den Kopf gingen.

Die Begegnung mit Vaughn Harris gestern hat mich mehr erschüttert, als ich dachte. Es löste Gedanken darüber aus, wie es sein wird, wenn ich seinem Sohn Booker Harris, dem Torwart, gegenüberstehe. Oder seinem anderen Sohn, Tanner Harris, dem Assistenztrainer. Werde ich ihre Finger so gruselig inspizieren wie die von Vaughn? Was, wenn die beiden anderen Brüder, Gareth und Camden, zufällig hier sind, um ihre Brüder anzufeuern? Sie haben eine Schwester namens Vilma, die sie auch Vi nennen. Woher weiß ich das? Warum schere ich mich darum? Ich muss mich zusammenreißen und versuchen, diese ganze Harris-Familie zu vergessen. Fußball statt Bullshit.

Um meine verräterischen Gedanken in den Griff zu bekommen, habe ich gestern Abend beschlossen, mich auf meine süße Nachbarin zu konzentrieren: Ducky.

Meine Güte, ich bin geradezu besessen davon, sie für mich zu gewinnen. Ich bin in einen verdammten Buchladen gegangen und habe mir *Bridget Jones – Schokolade zum Frühstück* geholt, um Himmels willen. So etwas habe ich noch nie für eine Frau getan. Und ich habe es nicht getan, um über den britischen Jargon zu recherchieren. Tatsächlich liebe ich nichts mehr, als etwas Falsches zu sagen, um sie zu verärgern. Sie bekommt dieses kleine Grübchen im Kinn, und ich mag es zu wissen, dass ich ihr unter die Haut gehe.

Die Wahrheit ist, dass ich das Buch gekauft habe, um ihre Aufmerksamkeit zu erregen. Es war ein Schachzug. Und ich brauche normalerweise keine Schachzüge bei Frauen, mit denen ich schlafen will. Normalerweise besteht mein Schachzug nur darin, sie zum Ficken aufzufordern.

Daphney wird eine ganz andere Geschichte sein.

Und wenn ich mit ihr ins Bett gehen will, muss ich wahrscheinlich aufhören, sie so sehr zu ärgern. Wenn sie nur nicht so süß aussähe, wenn sie wütend ist.

Bilder von ihr auf meiner Türschwelle in winzigen Seidenshorts und einem Tanktop ohne verdammtem BH schießen mir durch den Kopf. Sie hatte einen Morgenmantel an, aber sie hat nicht einmal bemerkt oder es war ihr egal, dass er weit offen stand und all ihre Kurven zeigte, die noch beeindruckender waren, als ich es mir vorgestellt hatte. Sie ist auf jeden Fall heiß, aber ihre hitzige Art macht es mir unmöglich, den Blick von ihr abzuwenden.

Selbst mein Eisbad konnte die Steifheit meines Schwanzes nicht lindern. Ich habe mir nach unserem kleinen Streit zweimal einen runtergeholt, nur um etwas Erleichterung zu finden, und trotzdem, nichts. Irgendetwas ist lächerlich sexy daran, ein Mädchen nebenan zu haben, das man nicht vögelt und das einen im Grunde zu hassen scheint.

Das ist eine sehr spezifische Perversion, über die ich wahrscheinlich mit einem Therapeuten sprechen sollte.

Die Gedanken an Daphney waren der eigentliche Auslöser für den nächtlichen Lauf. Es muss geholfen haben, denn ich kam nach Hause und schlief danach wie ein Stein. Allerdings bin ich mir ziemlich sicher, dass mein Wecker mehrmals geklingelt hat, obwohl ich versucht habe, mich beim ersten Klingeln aus dem Bett zu schwingen. Aber wenn sie wütend zu machen bedeutet, dass sie wieder an meine Tür klopft, werde ich mich nicht daran stören.

Egal, heute ist ein wichtiger Tag, und ich muss nicht über den Streit mit meiner sexy Nachbarin nachdenken. Ich schüttle die Gedanken an Daphney ab und konzentriere mich wieder auf den Raum um mich herum.

Es ist Spieltag im Tower Park, und die Umkleidekabine ist voller konzentrierter Profisportler, die sich schon seit Stunden aufwärmen und Strategien besprechen. Der Coach hat uns gesagt, wir sollen später kommen und uns zurückhalten, er würde uns vor dem Spiel vorstellen. Ich habe jedoch das Gefühl, dass die meisten dieser Jungs sich einen

Dreck um die drei Neulinge in der Ecke scheren. Sie gehen wahrscheinlich alle davon aus, dass wir scheitern und in ein paar Monaten wieder weg sind. Drei Amerikaner, die zum Spielen nach England kommen, sind in jeder Hinsicht ein Risiko, aber ich habe im Laufe meiner Jahre in den USA sowohl gegen Link als auch gegen Knight gespielt, und sie sind nicht ohne Grund hier.

Von der Persönlichkeit her könnten die beiden nicht unterschiedlicher sein. Knight ist der grüblerische, sensible Typ, der sich von seinen Emotionen überwältigen lässt. Ich weiß noch, wie ich gegen ihn gespielt habe, als er eine Rote Karte bekam, weil er den Schiedsrichter mit der Brust gestoßen hatte. Es war eine blödsinnige Entscheidung, aber es hat Spaß gemacht, seine Explosion in den Highlights zu sehen.

Link hingegen ist der typische, großmäulige Offensivspieler, der sich mit jedem anfreundet. Ein Charmeur bei den Schiedsrichtern und der gegnerischen Mannschaft. In der High-School ist er bestimmt das Arschloch gewesen, das in der Umkleidekabine mit Handtüchern ausgeholt und sich die ganze Zeit vor Lachen gekrümmt hat.

Trotzdem ist es schön, andere Amerikaner zu haben, um Mitleid in dieser ungewöhnlichen Situation zu haben. Hoffentlich kann ich mich zusammenreißen, damit ich weiter mit ihnen spielen kann und nicht nach Amerika zurückgeschickt werde, um meiner Mutter recht zu geben.

Link stößt mich mit dem Ellbogen an und zeigt auf einen Spieler in der Ecke, den wir alle als Roan DeWalt kennen. Er ist der südafrikanische Stürmer, der schon seit einigen Jahren für Bethnal Green spielt. Er ist etwas älter als wir drei, und Link hat mir erzählt, dass Roan verheiratet ist und ein Kind hat, aber sein Alter sieht man ihm überhaupt nicht an. Er kann locker mit Billy Campbell, dem anderen Stürmer, mithalten, der erst dreiundzwanzig Jahre alt ist.

Mit meinen zweiundzwanzig Jahren war ich einer der Jüngsten im Fußballclub von Seattle, aber in Großbritannien ist man schon in einem viel jüngeren Alter bereit für den Profifußball. Der britische Fußball ist eine Institution. Eine Bestie an und für sich. Spieler, die hier aufwachsen, brauchen kein College, um ihre Fähigkeiten zu verbessern. Sie fangen an, zu trainieren, wenn sie noch in den Windeln stecken. Deshalb hat mein Vater so darauf gedrängt, dass ich hier in dieses Jugendfußballcamp gehe, als ich noch jünger war. Er sagte, ich müsse sehen, wie Fußball ist, wenn ein Land ihn so behandelt wie Amerika den American Football.

Er hatte nicht unrecht.

In diesem Camp in Großbritannien wurde mir in den Arsch getreten, und ich kam zurück nach Boston und trainierte härter und länger als je zuvor. Ich werde nicht zulassen, dass mir in Bethnal Green in den Arsch getreten wird. Ich weigere mich.

„Okay, meine Herren, zuhören!", sagt Coach Zion, als er aus seinem Büro tritt. „Bevor ich euch von unserem Manager Vaughn Harris auf unser erstes FA-Cup-Spiel einschwören lasse, möchte ich euch mitteilen, dass wir heute ein paar neue Gesichter in der Umkleidekabine haben. Sie stehen noch nicht im Kader, werden aber ab nächster Woche mit uns trainieren. Ich hoffe, ihr könnt ihnen heute einen Eindruck davon vermitteln, was sie erwartet, wenn sie für einen richtigen Premier-League-Verein spielen." Die Spieler geben zustimmende Laute von sich, ehe der Coach fortfährt. „Alle drei kommen aus Amerika, wir haben Knight Timmons, einen Mittelfeldspieler, Link Conlin, einen Angreifer, und Zander Williams, einen Innenverteidiger. Und bitte, um Himmels willen, verarscht die drei nicht so, wie ihr es mit Billy getan habt. Wir brauchen nicht noch ein Medienfoto von einem Fußballer in Frauenunterhose."

Billys Gesicht wird so rot wie seine Haare, und alle lachen, während Knight, Link und ich einander nervöse Blicke zuwerfen und versuchen, hart zu wirken, aber kläglich scheitern.

Jeglicher Humor verschwindet aus dem Raum, und ich schaue mich um und sehe, dass alle Augen auf Vaughn Harris gerichtet sind, der gerade hereingekommen ist. „Sind sie bereit, Coach?"

„So gut sie es nur sein können." Der Coach stemmt die Fäuste in die Hüften, während Vaughn in die Hände klatscht, um unsere Aufmerksamkeit zu gewinnen.

„Also gut, das ist unser erstes FA-Cup-Spiel, und wir müssen viel beweisen, nachdem wir letztes Jahr so früh ausgeschieden sind. Ich werde hier nicht sitzen und eine große Rede halten, um euch zu inspirieren. Das war letztes Jahr eindeutig Blödsinn. Ich werde euch nur daran erinnern, dass dies euer Job ist: Fußball spielen. Ihr müsst alles geben. Der Beste sein, der ihr sein könnt. Also, bewegt eure Ärsche auf das Spielfeld und zeigt unseren Fans, dass der FA Cup nach Bethnal Green gehört!"

Die Mannschaft springt auf und stürmt in die Mitte der Umkleidekabine, jubelt laut und ruft immer wieder Bethnal Green. Roan DeWalt sieht, dass wir drei uns im hinteren Bereich aufhalten, also nickt er uns zu, während sie ihre Hände in die Mitte legen. Ein Spieler, den ich nicht sehen kann, schreit: „Ich bin dein!"

Und das Team brüllt zurück: „Du bist mein!"

Als alle auseinandergehen, dreht Roan sich um und streckt eine Hand aus. „Willkommen, Leute. Ich bin Roan DeWalt, Teamkapitän."

„Ja, verdammt, das bist du." Link tritt vor und ergreift zuerst seine Hand. Er sieht aus, als wolle er den Stürmer küssen, als er etwas zu aggressiv schüttelt. „Eine Ehre, Mann. Ganz im Ernst."

Roan lächelt, wobei seine Zähne sich strahlend weiß von seiner hellbraunen Haut abheben. „Ag, nein, es ist alles in Ordnung, Mann. Ich bin nur vorbeigekommen, um euch von dem Spruch zu erzählen, den wir gerade gerufen haben", sagt er mit seinem südafrikanischen Akzent. Er dreht sich um und zeigt auf einen Bereich über der Tür zur Umkleidekabine, in dem ein Teil der Wand nicht mit Trockenbauwänden verkleidet ist wie im Rest des Raums. Auf einem freiliegenden Eichenbalken sind die Worte eingebrannt, die das Team gerade gerufen hat, und jeder Spieler klatscht mit der Hand darauf, als er die Umkleide verlässt. Roan wirft uns einen ernsten Blick zu. „*Ich bin dein, du bist mein* ist das Mantra unseres Teams … es bedeutet, dass wir zum Fußball gehören und der Fußball zu uns. Es mag kitschig klingen, aber wenn ihr nach Inspiration sucht, berührt ihr diesen Scheiß jedes Mal, wenn ihr diesen Umkleideraum verlasst. Verstanden?"

Wir nicken ernst, denn es war keine Bitte. Es war ein Befehl. Wir folgen ihm hinaus, dankbar für die Gelegenheit, die Hände auf den heiligen Gral des Bethnal Green F. C. zu pressen.

Als ich in dem langen Betontunnel stehe, wird der Lärm der Menge ohrenbetäubend, denn sie singen laut und stolz das Lied ihrer Mannschaft und warten auf den Auftritt ihrer Spieler. Ich schleiche mich nach vorn und genieße die Aussicht, als die andere Mannschaft rausgeht. Das Stadion ist voll, die helle Samstagssonne glitzert auf dem grünen Rasen. Die ganze Stimmung ist ein verdammter Rausch.

Fußball in Amerika ist nicht so. Das hier fühlt sich wie eine religiöse Erfahrung an. Daphneys Worte von vor ein paar Tagen, dass Bethnal Green die Mannschaft des Volkes sei, fühlen sich wahrer an als je zuvor. Ein ehemals unterklassiger Fußballverein, der sich bis in die Premier League vorgekämpft und bereits den FA Cup gewonnen hat, kommt heraus, um sich diesen Titel zurückzuholen: *Ich bin dein, du bist mein*, verdammt richtig.

„Das kriegt einen direkt an den Kronjuwelen, nicht wahr?", sagt eine heisere Stimme hinter mir, die mir feuchte, heiße Luft ins Ohr bläst und mich fast aus der Haut fahren lässt.

Ich drehe mich um und sehe einen blonden, bärtigen Mann in hellbrauner Hose und einem weißen Bethnal-Green-Polo, der viel näher an mir steht, als ich erwartet hatte.

Er streckt eine Hand aus. „Tanner Harris, Assistenztrainer ... Ich wollte dich nicht erschrecken, Bruv."

Ich nehme seine Hand und nicke. Von der Harris-Ho-Website weiß ich noch, dass Tanner der Harris-Bruder ist, der vor nicht allzu langer Zeit in den Ruhestand ging und jetzt Assistenztrainer im Verein seines Vaters ist. Ich versuche, nicht auf seine Fingernägel zu schauen, um zu sehen, ob sie wie meine sind. Stattdessen wische ich mir über das feuchte Ohr und stoße ihn spielerisch mit dem Ellbogen an. „Du hast so nah an meinem Ohr gesprochen, dass es ein wenig feucht geworden ist."

„Nicht feuchter, als deine Träume heute Nacht sein werden, nachdem du das hier von der ersten Reihe aus erlebt hast", sagt er und legt dann einen Arm um meine Schultern, um uns in Richtung Feld zu drehen. „Es ist eine verdammt schöne Aussicht, Kumpel, und ich weiß es zu schätzen, dass du dir einen Moment Zeit genommen hast, sie zu genießen. Es ist besser als Sex, würden manche sagen ..., andererseits hatten sie keinen Sex mit meiner Frau. Sie ist übrigens Ärztin. Du wirst sie in der Reihe direkt hinter unserem Team sehen. Da sitzt unsere ganze Familie."

Ich nicke und zwinge mich zu einem Lächeln. Ich hasse die Tatsache, dass ich bereits wusste, dass seine Frau Ärztin ist, weil ich ein verdammt unheimlicher Stalker bin, der vor Monaten den Newsletter von *Harris Ho and Proud* abonniert hat. Tanners Frau ist Dr. Belle Ryan, und sie ist die beste Freundin von Indie, der Teamärztin, weil sie zusammen studiert haben. Zwillingsbrüder, die beste Freundinnen heiraten ... Wie verdammt seltsam ist das denn?

„Belle ist schön und klug. Sie rettet kleine Babys, bevor sie überhaupt geboren sind. Sie spielt weit außerhalb meiner Liga, aber wir haben zwei Kinder zusammen, also habe ich sie ordentlich in die Falle gelockt, und jetzt ist sie dazu verdammt, für immer bei mir zu bleiben. Manchmal habe ich deswegen ein schlechtes Gewissen, aber unsere Kinder sind das Beste. Sie …"

„Tanner, hör auf, dein ganzes Privatleben vor den neuen Rekruten auszubreiten", hallt eine andere Stimme von der anderen Seite zu mir herüber. Ich drehe mich um und blicke in die Augen eines Spielers, den ich sofort wiedererkenne. Er streckt mir eine behandschuhte Hand entgegen und ich schüttle sie, wobei ich ein seltsames Kribbeln in meinem Arm spüre.

„Du bist Booker Harris", sage ich wissend, während mir Bilder von ihm, seiner Frau und ihren Zwillingsjungen von der Website in den Sinn kommen.

„Und du bist Zander Williams", antwortet er mit einem freundlichen Lächeln. Er überragt mich fast um einen halben Kopf.

Verdammte Torwarte. Sie sind alle riesig. Und wenn ich zu Tanner hinüberschaue, erkenne ich, dass die beiden völlig unterschiedlich aussehen, obwohl sie Brüder sind. Beide sind athletisch gebaut, aber wo Tanner blond und blauäugig ist, hat Booker einen dunkleren Teint und haselnussbraune Augen wie ich, auch wenn wir unterschiedliche Gesichtszüge haben.

„Ich habe gehört, mein Vater will dich zu meinem neuen besten Freund machen." Booker lacht.

„Was?", frage ich und spüre, wie mich ein seltsames Gefühl überkommt, während ich hier stehe, flankiert von zwei Typen, zu denen ich vielleicht eine genetische Verbindung habe, vielleicht auch nicht.

„Mach dem Burschen keine Angst, Book", dröhnt die Stimme von Vaughn Harris hinter uns durch den Flur. Wir drei drehen uns um und sehen ihn auf uns zukommen. „Ich hatte noch keine Gelegenheit, ihm meine Pläne zu offenbaren."

„Pläne?" Ich habe plötzlich das Gefühl, den Mund voller Wattebällchen zu haben.

Vaughn rollt mit den Augen und legt mir eine Hand auf die Schulter. „Du hast auf der Pressekonferenz einen Eindruck davon bekommen, was ich mir für den Torwart und den Libero ausgedacht habe, um das Spiel zu leiten. Allerdings habe ich dir noch nicht gesagt, dass ich möchte, dass du und Booker auch außerhalb der Trainingseinheiten zusammenkommt. Um eine wirkliche Verbindung und Chemie zu entwickeln."

„Eine Männerfreundschaft", wirft Tanner mit einem dreckigen Grinsen ein.

Booker lacht und schüttelt den Kopf über seinen Bruder, während er seine Aufmerksamkeit auf mich richtet. „Da du der potenzielle zukünftige Libero bist und direkt vor mir spielst, will Dad nur, dass wir synchron sind."

„So wie ich und Camden, als wir Stürmer für diesen Verein waren", sagt Tanner und stößt mich mit dem Ellbogen, als würde ich die gesamte Geschichte des Bethnal Green F. C. kennen.

Und das tue ich auch irgendwie. Die Harris-Ho-Website ist mehr auf die persönlichen Angelegenheiten der Harris-Familie ausgerichtet, aber ich habe meine eigenen Nachforschungen über den Verein angestellt. Die Highlights, die ich von Tanner und Camden Harris gefunden habe, Zwillingsbrüder, die als Co-Stürmer für den Verein ihres Vaters spielten, einer mit einem starken linken Fuß, der andere mit einem starken rechten Fuß, waren unglaublich anzusehen. Ohne Tanners tätowierte Arme, sein langes blondes Haar und seinen Bart könnte ich gar nicht sagen, wer wer ist. Sie liefen praktisch im Gleichschritt. Es war wie verdammtes Synchronschwimmen, aber auf einem Fußballfeld. Die Fans von Bethnal Green waren am Boden zerstört, als Camden das Team verließ, um für seinen jetzigen Verein Arsenal zu spielen, aber ich kann es ihm nicht verübeln ... Damals, als Cam und Tan für Bethnal Green spielten, waren sie ein mittelmäßiges Team. Seitdem haben sie einen langen Weg hinter sich.

Jetzt ist Tanner zusammen mit Gareth, dem ältesten Harris-Bruder, im Ruhestand. Booker und Camden sind die letzten beiden, die noch für verschiedene Vereine auf dem Platz stehen.

„Es muss keine, wie sagt man, Bromanze werden", sagt Vaughn und zeigt mit dem Finger auf mich. „Ich möchte nur, dass du und Booker ..." Er macht eine Pause, während er versucht, sich ein Wort einfallen zu lassen. „Na ja, wie Brüder spielt. Camden und Tanner haben sich die Gebärmutter geteilt, aber ich denke, wenn du und Booker euch kennenlernt, könnt ihr einen Rhythmus finden und eine unaufhaltsame Kraft sein. Vielleicht ist Bromanze ja doch das richtige Wort."

Ich atme scharf ein, als ich merke, dass ich eine Sekunde lang nicht geatmet habe. Hier stehe ich, umringt von drei Mitgliedern der Harris-Familie. Drei Männer, mit denen ich ... nun ja ... verdammt, verwandt sein könnte. Und es fühlt sich an, als würde mich das Universum mit dieser ganzen Unterhaltung gerade auslachen. Weiß Vaughn Harris etwas, das ich nicht weiß?

Mein Gott, das klingt verrückt. Es klingt verrückt, weil es verrückt ist. Diese Typen wissen einen Scheiß über mich. Und es ist mir egal, ob wir blutsverwandt sind. *Fußball statt Bullshit, Zander.*

Ich räuspere mich und antworte mit etwas, von dem ich nicht einmal glauben kann, dass ich den Mut habe, es zu sagen. „Nun, dann betrachtet mich als Teil der Familie."

Alle lachen und klopfen mir aufmunternd auf den Rücken, als wir uns auf den Weg zum Spielfeld machen und in eine Welt eintauchen, die ich nie für mich erwartet hätte.

5

Co-Kommentar

Daphney

„Bupp, bupp, bupp", ertönt eine tiefe Stimme viel zu nah an meinem Gesicht, und ich reiße erschrocken die Augen auf, als ich den Finger von Zander Williams an meiner Nase erblicke.

„Was machst du da?", rufe ich, springe von meinem Sofa hoch und stelle mich hinter die Armlehne, um etwas Abstand zwischen uns zu bringen. Ich halte meine dicke Decke vor mich, als würde sie mich irgendwie vor dem Psychopathen schützen, der gerade in meiner Wohnung steht.

Zander hält abwehrend die Hände hoch, die Augen weit aufgerissen. „Ich wollte dich nicht erschrecken!"

Ich blinzle ihn an, als sich mein schlafvernebelter Geist klärt und ich meine Wohnung in Augenschein nehme. Ich greife nach meiner Nase. „Hast du gerade meine Nase berührt?"

„Ich habe sie gebuppt." Ein unbeholfenes Lächeln breitet sich auf seinem Gesicht aus, während er sich in den Nacken greift. „Du hast so süß geschlafen. Ich dachte, es wäre eine lustige Art, dich zu wecken."

„Lustig?", wiederhole ich, fahre mir mit den Fingern durch meinen Dutt und werfe einen Blick nach unten, um mich zu vergewissern, dass ich in seiner Gegenwart nicht schon wieder eine Kleiderpanne habe. „Du dachtest, es wäre lustig, in meine Wohnung einzubrechen und mich anzufassen?"

Sein Gesicht wird lang. „Nun, wenn du es so ausdrückst, klingt es gruselig."

„Weil es das ist!" Ich werfe die Decke auf das Sofa. „Was machst du hier?"

„Es ist viertel nach eins", sagt er, als sollte das etwas für mich bedeuten. „Ich habe dir eine SMS geschickt, dass ich Lebensmittel einkaufen muss. Du hast gesagt, ich soll dich um eins abholen. Und ich bin nicht in deine Wohnung eingebrochen. Die Tür war einen Spalt offen. Ich dachte, du wartest auf mich, weil ich eine Viertelstunde zu spät bin. Ich hatte nicht erwartet, dich so fest schlafend vorzufinden." Seine Augen wandern an meinem Körper entlang, und ich wünsche mir die Decke zurück.

Ich schaue auf die Uhr an meinem Bett und bin fassungslos, dass fünfzehn Minuten so schnell vergangen sind. Ich erinnere mich, da vor wenigen Sekunden die Augen geschlossen zu haben, als ich auf ihn wartete, und ich muss wohl eingenickt sein.

Trotzdem ist das keine Entschuldigung dafür, einen anderen Menschen zu … buppen. Ich fixiere ihn mit einem finsteren Blick. „Bitte buppe mich nie wieder."

„Notiert. Der Duckmeister ist Anti-Bupp", antwortet er, verlagert sein Gewicht auf die Fersen und sieht dabei lächerlich niedlich aus. Nach einer kurzen Pause fügt er hinzu: „Also, können wir trotzdem einkaufen gehen, oder bist du zu sauer auf mich?"

„Wir können gehen", sage ich und versuche, meine anfängliche Verärgerung zu verdrängen. Gott, wer buppt schon Leute, die er kaum kennt? Soccer Boy. Soccer Boy ist ein totaler Bupper. Und warum muss er so niedlich sein, obwohl er so nervt? Das ist ein seltsames Nebeneinander, das mir nicht gefällt.

Ich gehe zu meinem Küchentisch, um meine Handtasche und meine Schlüssel zu holen, bevor ich zur Tür marschiere. Ich halte inne, als ich sehe, dass Zander nicht hinter mir ist.

„Das ist also deine Wohnung?", fragt er, während er sie neugierig betrachtet.

„Ja." Ich nehme mein Zuhause in Augenschein, um herauszufinden, welchen Eindruck er mitnehmen würde. Es ist auf jeden Fall viel kleiner als seins. Mein ungemachtes Bett ist rechts an die Wand gepresst, und mein schwarzes Sofa steht genau in der Mitte der gesamten Einzimmerwohnung. Wegen des unförmigen Gebäudes habe ich weniger hohe Decken wie er, also ist es hier viel gemütlicher, was durch die warmen, funkelnden Lichter an den Wänden noch verstärkt wird. Zander könnte meine Wohnung wahrscheinlich in sechs großen Schritten durchqueren, wenn er wollte, aber ich liebe meine kleine Wohnung trotzdem.

Meine Stimme ist neckisch, als ich hinzufüge: „Mir ist klar, dass meine ganze Wohnung ungefähr so groß ist wie dein Schlafbereich nebenan, aber leider habe ich keinen großen Fußballvertrag bekommen."

Zander schenkt mir sein schiefes Lächeln, als er zu meinem kleinen Keyboard hinübergeht, das vor dem Fenster steht. Er schlägt ein paar Töne an und füllt den Raum mit Missklang. Sein Blick wandert in die Ecke.

„Du hast also gestern nicht nur Musik aus einem Lautsprecher gespielt." Er zeigt auf das riesige Gebilde, das einen großen Teil meiner begrenzten Bodenfläche einnimmt. „Was ist das?"

„Eine Tonkabine", antworte ich, während Nervosität in mir kribbelt, dass er meine Sachen anfasst.

„Ich nehme an, du bist eine große Musikerin?" Zander geht hinüber zu meiner Gitarre, die auf ihrem Ständer ruht. Er zupft gedankenlos darauf herum, und ich erschaudere angesichts des verstimmten Klangs.

„Nicht groß", murmle ich, weil ich es hasse, über meine Arbeit zu sprechen. Die Leute neigen dazu, die Tatsache zu verherrlichen, dass ich Musik mache. Sie denken sofort daran, dass ich auf einer Bühne auftrete oder als Künstlerin auf TikTok virale Videos erstelle. Was ich mache, ist so etwas wie das Fast Food der Musikindustrie, deshalb möchte ich lieber nicht darüber sprechen.

„Ich sehe eine Tonkabine, ein Keyboard und eine Gitarre. Außerdem jede Menge Aufnahmegeräte in der Kabine, die viel zu technisch aussehen, um keine große Musikerin zu sein."

„Vielleicht sammle ich musikalische Sachen." Ich schiebe die Hände in die Hosentaschen, da ich es hasse, im Mittelpunkt der Aufmerksamkeit zu stehen.

„Blödsinn", antwortet er lachend. „Bist du berühmt oder so?" Seine Augen sind mit echter Neugier auf mich gerichtet. „Gibt es da draußen auf Spotify eine Ducky-Playlist, die ich mir sofort herunterladen sollte?"

„Wenn das so wäre, würde ich wohl kaum im Pub gegenüber arbeiten", antworte ich entschlossen, während mein Magen bei der unangenehmen Erinnerung, die das Wort „Spotify" auslöst, rebelliert. Ich verdränge diese dunklen Gedanken und fixiere Zander mit ernstem Blick. „Und wenn, dann sicher nicht unter dem Namen Ducky." Ich verdrehe bei dem Spitznamen die Augen, dankbar, dass allein der Klang des Namens meine Stimmung aufhellt. „Ich nehme kommerzielle Tracks auf. Langweilige Promo-Musik. Zeug, das man in Werbespots, Dokumentarfilmen und Schulungsvideos hört. Das ist wirklich keine große Sache."

Zander nickt, als er meine Kabine betritt und sich umschaut. „Diese Kabine sieht nach einer großen Sache aus. Hast du sie selbst gebaut?"

„Mein Bruder Theo hat sie für mich gemacht. Er entwirft individuelle Möbel in einem Laden in der Nähe, also ist er ziemlich geschickt. Können wir bitte gehen? Ich habe später ein Abendessen, zu dem ich nicht zu spät kommen möchte." Ich stelle mich an die offene Tür, da ich mich seltsam verunsichert fühle, dass Soccer Boy so groß und breit in meiner Wohnung steht.

„Hast du ein heißes Date?" Zander kommt auf mich zu, die Augenbrauen vor echtem Interesse hochgezogen.

Ich kneife die Augen zusammen. „Warum sollte dich das etwas angehen?"

„Ich wollte nur nachbarschaftlich sein." Ein verletzter Ausdruck huscht über sein Gesicht, als wir den Flur betreten, und ich fühle mich ein wenig schuldig, so ein Miststück zu sein.

„Es ist nur eine Familienangelegenheit." Ich bleibe vor seiner Tür stehen, als ich seine Abfalltüte sehe, die dort steht und … nun ja … wie Abfall aussieht. Mit verlegener Miene zeige ich darauf. „Ich bin wirklich ungern eine Nervensäge, aber du kannst deinen Abfall nicht im Hausflur abstellen. Vor ein paar Monaten ist eine Maus in das Gebäude eingedrungen und hat Miss Kitchems fast einen Herzinfarkt beschert. Danach hatten wir eine Ewigkeit lang ein Ungezieferproblem."

Zander atmet aus und schüttelt den Kopf, während er den Beutel aufhebt. „Der böse Nachbar schlägt wieder zu."

Ich ziehe eine Grimasse, als ich ihm die Treppe hinunter folge. Ich hasse es wirklich, so ein Miststück zu sein, aber vielleicht ist es besser so. Wenn ich zickig bin, wird er zu genervt sein, um mit mir zu flirten, und ich muss mich nicht so sehr anstrengen, seinem nervigen Charme zu widerstehen.

„Übrigens, herzlichen Glückwunsch zum gestrigen Sieg", sage ich und stoße mit meinem Einkaufswagen gegen den von Zander, als ich ihn in der Gemüseabteilung finde. Wir kaufen seit über dreißig Minuten ein, und jedes Mal, wenn ich ihn in einem Gang entdecke, ist es, als würde er alle Lebensmitteletiketten lesen, als wären sie in einer Fremdsprache verfasst.

Er legt eine Rübe zurück in die Auslage und hebt die Augenbrauen. „Hast du das Spiel gesehen?"

„Es lief im Pub, während ich gearbeitet habe, also habe ich hin und wieder etwas mitbekommen."

Er gesellt sich neben mich und nickt. „Der Gewinn war nicht wirklich mein Verdienst, ich war zu sehr damit beschäftigt, das Pausenpony zu reiten."

„Wie bitte?" Ich blicke ihn verwirrt an.

„Das bedeutet, auf der Bank zu sitzen. Lies ein Buch oder so, Ducky." Das flirtende Zwinkern, das er mir schenkt, verpasst meinem Körper einen Stromschlag.

„Wir sind immer noch in England, soweit ich weiß", gebe ich zurück und merke dann, dass ich ihn im Supermarkt albern anlächle, was ich *nicht* tun sollte.

Ich wende meine Aufmerksamkeit wieder meinen Einkäufen zu, als Zander hinzufügt: „Morgen beginnt das Training mit dem Team, dann müssen wir uns wohl beweisen." Ein nervöser Ausdruck huscht über sein Gesicht, aber er versucht, ihn mit einem gezwungenen Lächeln zu verbergen.

„Knight und Link sind die beiden anderen amerikanischen Rekruten, richtig?", frage ich und beobachte ihn neugierig.

„Ja, sie sind gute Jungs", antwortet er, schnappt sich eine Tüte Grünkohl und wirft sie in seinen Wagen. „Ich kannte sie schon in den Staaten, es ist also, als hätte ich ein Stück Heimat dabei."

„Du weißt, dass ganz Bethnal Green Vaughn Harris für verrückt hält, weil er drei Amerikaner angeworben hat, oder?"

Zander zuckt zusammen. „Den Eindruck hatte ich bei der Pressekonferenz, die ich geben musste. Die Mannschaft war gestern beim Spiel auch nicht gerade begeistert von uns, aber ich bin fest entschlossen, sie zu überzeugen."

„Ich wette, das wirst du." Ich lächle, während mein Blick zu seinen Einkäufen hinunter schweift. „Gott, was packst du denn da in deinen Trolley?"

„Trolley?" Zander runzelt verwirrt die Stirn.

„Das hier", antworte ich und greife nach dem Metallwagen, den er herumgeschoben hat. „Wie nennen die Amerikaner das?"

„Einkaufswagen, was viel mehr Sinn macht."

„Gott, das ist so offensichtlich. Die Amerikaner nennen die Dinge so wörtlich."

„Na ja, dann wissen wir wenigstens, was wir bekommen. So wie das hier." Er hält inne, als er eine Tüte mit Grünzeug aus dem Kühlfach nimmt, neben dem er steht. „Was zum Teufel ist Rauke? In den USA nennt man das Rucola, damit man auch tatsächlich weiß, was man isst."

Ich lache schallend. „Wir waren zuerst hier, weißt du noch?" Ich wiederhole die Worte, die er bei unserem ersten Aufeinandertreffen im Pub zu mir gesagt hat, und ein seltsamer Ausdruck huscht über sein Gesicht.

Er schüttelt ihn schnell ab und zieht meinen Wagen zu sich herüber. „Sieh mal, was du in deinem Wagen hast … nur Zucker."

„Ich mag meine Süßigkeiten!", verteidige ich mich und starre auf einen Trolley voller Kekse und Backwaren, die mir langsam ausgegangen sind. „Und ich passe oft auf meine beiden Nichten auf, und sie lieben es, meine Schokokekse zu backen."

„Und du isst tatsächlich all diesen Müll?"

„Ja."

„Wo geht das alles hin?" Seine Augen wandern an meinem Körper hinunter, während sich ein Grinsen auf seinen Lippen ausbreitet. Mein Körper erhitzt sich, je länger er starrt, und ich hasse seinen Einfluss auf mich.

Ich räuspere mich, um den Moment zu unterbrechen, und antworte dreist: „In meinen Mund."

Heiterkeit tanzt über seine Züge. „Machst du überhaupt Sport?"

„Ich habe eine Mitgliedschaft im Fitnessstudio, an deren Verwendung ich gelegentlich denke." Ich zucke wissend zusammen.

Er presst die Lippen aufeinander und nickt. „Nun, ich werde dir deine schlechten Essgewohnheiten verzeihen, wenn du weißt, wie man Haferflocken-Rosinen-Kekse macht."

„Was ist so besonders an Haferflocken und Rosinen?"

„Das ist mein Ding." Er zuckt lässig mit den Schultern. „Fast jeder Sportler, den ich kenne, hat so ein Ding. Knight zum Beispiel sagt, er isst vor dem Spiel einen Grashalm von jedem Feld, auf dem er spielt. Link hüpft dreimal auf seinem linken Fuß, bevor er das Spielfeld betritt. Er schwört, dass das seinen linken Fuß für das Spiel stärker macht. So dumm."

„Und Haferflocken und Rosinen sind schlau?", frage ich mit spitzem Blick.

„Ich esse nur einen nach einem Sieg. Das ist mein Aberglaube, denn Haferflocken-Rosinen-Kekse sind eine köstliche und nahrhafte Belohnung für gute Arbeit. Da sind Haferflocken und Obst drin … Schokokekse sind purer Zucker."

„Mein Gott, du hast auf alles eine Antwort", sage ich kopfschüttelnd. „Bist du immer so?"

„Ja", lacht er vor sich hin. „Mein Vater hat mir immer gesagt, wenn meine Fußballkarriere vorbei ist, sollte ich Sportreporter werden, weil ich den Co-Kommentar für eine Beerdigung liefern könnte."

„Er scheint ein kluger Mann zu sein, wenn auch ein wenig düster", antworte ich lachend, in der Erwartung, dass Zander mitlacht, aber das tut er nicht. Tatsächlich hat sich seine Stimmung innerhalb eines Wimpernschlages sichtlich verändert. „Habe ich etwas Falsches gesagt?"

Er schüttelt schnell den Kopf. „Nein. Alles gut. Bist du bereit, zur Kasse zu gehen?"

„Sicher." Ich werfe ihm einen neugierigen Blick zu. Wir machen uns auf den Weg zu den Kassen, und der fröhliche Junge, der noch vor wenigen Sekunden hier war, ist durch einen nachdenklichen, grüblerischen, abgelenkten Mann ersetzt worden.

„Was geht dir durch den Kopf?", frage ich, während wir unsere Sachen auf das Band legen.

„Nichts Besonderes", antwortet er leise.

Ich kaue auf meiner Lippe und nicke nachdenklich. Vielleicht ist es besser, nicht neugierig zu sein. Je weniger ich über Zander Williams weiß, desto besser.

6

Brüder von einer anderen Mutter

Zander

Das war eine schlechte Idee, denke ich, als ich mich mit Knight, Link und drei anderen Jungs aus dem Team in einem Pub wiederfinde. Die Bar befindet sich in der Nähe des Tower Park Trainingsgeländes, aber ich habe nicht einmal einen Blick auf den Namen geworfen, als wir hineingegangen sind. Obwohl der Ausdruck „hineingehen" vielleicht nicht ganz korrekt ist. Wir wurden von unseren Mannschaftskameraden, die auf den gleichen Positionen wie wir spielen, reingeschoben. Man kann also mit Sicherheit sagen, dass ich mich in der Menge, die mich umgibt, ein wenig unwohl fühle.

Zunächst haben wir einen schottischen Mittelfeldspieler, der zu Ehren des ehemaligen schottischen Mittelfeldspielers Maclay Logan, der vor ein paar Jahren in den Ruhestand ging, liebevoll Macky Junior genannt wird. Sein eigentlicher Name ist Banner Macleod, weshalb der Spitzname aus mehreren Gründen zu ihm passt. Banner hat dunkles, schwarzes Haar und schmale, blaue Augen, die praktisch sagen: „Du kannst mich mal." Dann ist da noch Billy Campbell, der dreiundzwanzigjährige Stürmer aus Wales. Wir wurden ausdrücklich davor gewarnt, ihn nach dem Vorfall mit den Damenunterhosen zu fragen, und das ist auch schon alles, was wir über den stillen Billy wissen.

Und schließlich ist da noch Lance Finnegan, auch bekannt als Finney. Er ist ein einunddreißigjähriger Innenverteidiger aus Irland. Er hat kurzes blondes Haar, ein langes Gesicht und einen immerwährend finsteren Blick, der ständig auf mich gerichtet zu sein scheint.

„Noch ein Shot", sagt Finney und schlägt mit der Hand auf die klebrige Theke. Es ist fast acht Uhr und wir sind hier, seit das Training um vier Uhr zu Ende ging. Ich habe nichts zu essen im Bauch und bin mir ziemlich sicher, dass ich kotzen werde wie Knight letzte Woche.

„Ich kann nicht mehr trinken." Ich werfe Finney einen flehenden Blick zu. „Ich brauche was zu essen. Ich bin total besoffen, Mann."

„Du bist blau", sagt Finney entschieden.

„Ich bin nicht blau! Meinem Körper geht es fantastisch", lüge ich. Meinem Körper geht es alles andere als fantastisch, aber Finney muss mich mögen, denn ich brauche eher einen Mentor als einen Rivalen.

„Blau bedeutet betrunken. Besoffen klingt amerikanisch. Sag mir, dass du richtig Craic hast, und wir werden Freunde fürs Leben sein."

Meine Augen werden groß. „Du nimmst harte Drogen? Werden wir im Club nicht auf diesen Scheiß getestet?"

Finneys Gesicht verzieht sich vor Abscheu. „Craic ist irisch für Spaß, du Idiot! Es ging mir darum, dass du einen schönen Abend hast."

Er schüttelt den Kopf, als sei ich ein Volltrottel, während er beim Barkeeper zwei weitere Shots bestellt. Mich überkommt das Grauen, als Finney mir ein Glas mit einer klaren Flüssigkeit hinhält. „Wenn du das nicht trinkst, werde ich dem ganzen Team sagen, dass du ein Wichser bist."

„Ich glaube, der Zug ist abgefahren", lalle ich langsam blinzelnd. Ich habe das Wort Wichser schon ein paarmal in der Umkleidekabine gehört.

Ich halte inne, als ich daran denke, wie verdammt hart die letzten vier Tage waren. Mir war bewusst, dass das Training hier schwierig sein würde, aber ärgerlicherweise scheint es für mich schlimmer zu sein als für Knight und Link. Sie scheinen mitzuhalten, während ich so aussehe, als wäre ich das erste Mal im Fußballcamp.

In Amerika war ich immer der schnellste Spieler auf dem Feld. Aber hier ist das Tempo und die Angriffsgeschwindigkeit, die diese Jungs an den Tag legen, ein echter Kulturschock. Ich treibe mich so sehr an, dass ich täglich Eisbäder nehmen muss, und ich weine mich jede Nacht fast in den Schlaf. Heute habe ich tatsächlich darüber nachgedacht, um eine Rollstuhl-Eskorte zu bitten, um mich vom Trainingsplatz zu hieven. Ich weiß wirklich nicht mehr weiter.

„Was genau bedeutet Wichser?", frage ich Finney, obwohl ich mir ziemlich sicher bin, dass ich die Antwort kenne.

Er macht eine anzügliche Geste mit der Hand, woraufhin ich stöhne und mir mit einer Hand über das Gesicht fahre. „So ziemlich das, was ich dachte. Hey, wie willst du nach so vielen Drinks morgen noch trainieren können?"

„Ich bin Ire." Finney leert seinen Shot und ich tue es ihm mit einem schweren Seufzer gleich. Er nickt mir zustimmend zu und sagt: „Okay."

In den letzten Stunden hat sich nichts okay angefühlt. Finney hat die ganze Woche während des Trainings kein einziges Wort mit mir gesprochen. Er hat nur finster dreingeblickt und jede Gelegenheit genutzt, um mich wie einen Anfänger aussehen zu lassen.

„Glaubst du wirklich, dass du das Zeug zum Anführer hast, Williams?", fragt Finney, als er mir einen weiteren Shot zuschiebt.

„Anführer?" Ich starre unheilvoll auf die Flüssigkeit.

Er nickt und blickt nach vorn. „Ein Innenverteidiger … oder Libero, wenn Vaughn Harris dich so nennen will …, wir sehen das Feld wie kein anderer. Wir müssen Entscheidungen für das Team treffen, wie wir den Ball von unserem Netz wegbewegen und den nächsten Spielzug vorbereiten können. Erwartest du wirklich, ich würde glauben, dass du aus Amerika, wo du ein großer Fisch in einem kleinen Teich bist, hierherkommst, eng mit Booker Harris zusammenspielst und ein Team von europäischen Fußballern anführst, die schon Fußball gespielt haben, als du noch in deine Windeln geschissen hast?"

„Nicht alle von uns sind Europäer", sagt Link und hält einen neonfarbenen Appletini hoch, den er und Billy schon die ganze Zeit trinken. Das Martiniglas sieht in seiner großen Hand aus wie eine winzige Kindertasse. Finney wirft Link einen strafenden Blick zu, woraufhin dieser seine Aufmerksamkeit wieder auf die grüne Flüssigkeit lenkt.

„Ich sage dir, was ich denke." Ich setze mich aufrecht hin und gebe mein Bestes, mich auf einen der Finneys neben mir zu konzentrieren, nicht auf die anderen beiden, die um ihn herumschwirren. Dieses Arschloch hat mich hierhergebracht, um mich fertigzumachen, nicht zum Aufbau einer Freundschaft, und da ich mich diese Woche schon *mehr* als genug selbst fertiggemacht habe, weigere ich mich, ihn das Ganze noch schlimmer machen zu lassen.

Ich beuge mich vor und gebe mein Bestes, um nüchtern zu klingen, als ich sage: „Ich denke, dass du seit über drei Jahren mit einem kaputten Knie kämpfst, und ob großer Teich oder kleiner Teich, ein Kerl in deinem Alter wird mit einer solchen Verletzung irgendwann ertrinken." Ich hebe wissend die Augenbrauen. „Und tief in deinem Inneren weißt du, dass Vaughn Harris mich deshalb rekrutiert hat. Und wenn du glaubst, dass eine schlechte Trainingswoche und der Versuch, mich betrunken zu machen, mein Potenzial für den Club sabotieren wird, dann verspreche ich dir, dass du schwer enttäuscht sein wirst."

Finneys Nasenflügel blähen sich auf, seine Augen sind zu mörderischen Schlitzen zusammengekniffen. „Wenn du meinen Platz auf dem Spielfeld einnehmen willst, musst du viel besser spielen als in dieser Woche." Er steht auf, trinkt seinen Shot und gibt Macky und Billy ein Zeichen, ihm nach draußen zu folgen. „Ich sage es, wie es ist, Junge, und ich glaube nicht, dass du das Zeug dazu hast, hier zu sein. Es ist nur eine Frage der Zeit, bis der Trainerstab das auch sieht."

Ich zucke leicht zusammen, als seine Worte Salz in die Wunde streuen, die ich schon die ganze Woche zu behandeln versuche, während Finney, Macky und Billy den Pub verlassen. Sie bewegen sich wesentlich agiler, als sie es nach vier Stunden Alkoholkonsum tun sollten. Stirnrunzelnd greife ich nach Finneys Schnapsglas an der Bar und schnuppere daran. Mit einem leisen Knurren kippe ich die übrig gebliebenen Tropfen in meinen Mund. „Das ist verdammtes Wasser."

„Was?", lallen Link und Knight, kaum in der Lage, den Kopf von der Theke zu heben, während sie mich ansehen.

„Finneys Shots waren Wasser." Ich schaue den Barkeeper an, der wissend die Hände hebt.

Link greift nach dem Appletini, der neben seinem Getränk steht. „Das riecht nach Alkohol."

Der Barkeeper lehnt sich mit einem breiten Grinsen über die Bar. „Du hattest sechs, er nur einen. Und die Shots, die du vorhin getrunken hast … ja, seine waren auch Wasser."

„Er hat nur einen Appletini getrunken?", ruft Link und streicht sich sein aschblondes Haar hinter die Ohren. „Ich fühle mich so ausgenutzt. Wie kann er nur solche Zurückhaltung zeigen? Diese Appletinis sind köstlich."

Der Barkeeper lacht, und ich schüttle den Kopf und sehe, dass Knight den Kopf auf eine Hand gestützt hat, die Augen völlig geschlossen und mehrere leere Schnapsgläser vor ihm.

„Ich werde definitiv wieder kotzen", murmelt er, bevor er den Kopf auf seinen gebeugten Arm senkt.

Ich atme schwer aus und stehe auf, in dem Wunsch, ich wäre nüchtern. „Ich wohne gleich die Straße runter. Ihr könnt bei mir pennen."

Link und ich hieven Knight von seinem Barhocker. Der Kerl ist ein

Riese, und seine frisch gewaschenen langen braunen Haare hängen ihm über die Augen. Knight passt zu meiner Stimmung. Zum Glück interessiert sich die Presse noch nicht für uns, sodass wir uns keine Sorgen machen müssen, fotografiert zu werden, als wir die drei Blocks zu meinem Gebäude laufen und uns abmühen, Knight die drei Stockwerke hochzukriegen, bevor er anfängt, sich zu übergeben.

Wir treten von der Stelle zurück, an der er in meinem Badezimmer auf dem Boden kniet, und ich sehe, dass Link ihn mit einem seltsamen Lächeln beobachtet. „Mit einer Alkoholvergiftung sieht er irgendwie friedlich aus, nicht wahr?" Ein zärtlicher Blick huscht durch Links Augen.

„Ich habe keine Alkoholvergiftung", murmelt Knight in die Toilettenschüssel. „Mein Körper bricht durch das Training diese Woche zusammen."

Ich nicke wissend. „Ich hole uns Wasser und bestelle etwas zu essen, das den Alkohol aufsaugen kann. Scheiß auf die Trainingsdiät, wir brauchen Fett zum Ausnüchtern."

Knight hebt einen Daumen nach oben und ich schließe die Tür, um ihm etwas Privatsphäre zu geben. Ich nehme mein Handy und bestelle bei Hubert, dem Manager des Old George, drei Fish and Chips und frage dann, ob ich extra dafür bezahlen kann, dass einer der Kellner sie auf die andere Straßenseite liefert. Er stimmt zu, und ich bin erleichtert, denn der Gedanke, jetzt dort hineinzugehen und noch mehr Alkohol zu riechen, ist nicht sonderlich reizvoll.

Link und ich sitzen auf der Küchentheke und trinken Wasser, während wir auf das Essen warten. „Das Training morgen wird beschissen sein", sage ich, weil ich an nichts anderes denken kann.

„Ohne Scheiß", antwortet Link wissend, bevor er seine Flasche austrinkt. „Ich kann nicht glauben, dass diese Typen uns heute Abend verarscht haben. Ich dachte, wir würden endlich Freunde werden."

„Sie wollen uns hier nicht", erkläre ich, eine Erkenntnis, die mich den Kiefer anspannen lässt.

Link sieht mich ernst an. „Hast du den ganzen Scheiß geglaubt, den Finney gesagt hat, dass du in Amerika ein großer Fisch in einem kleinen Teich warst?"

„Nun ja. Ich meine, er hat nicht unrecht." Ich zucke mit den Schultern und denke daran, wie viel härter das Training hier ist als in den Staaten. „Das habe ich diese Woche bewiesen." Ich streiche mir durch mein zotteliges Haar und seufze schwer, als sich in meinem Kopf Rückblenden von Finney und Booker beim gemeinsamen Training abspielen. Sie kommunizieren mit solcher Leichtigkeit. Es ist offensichtlich, dass sie schon eine ganze Weile zusammen spielen, und Vaughns Worte, dass ich mich mit Booker anfreunden soll, wiederholen sich in meinem Kopf immer wieder. Wie kann ich überhaupt versuchen, eine Verbindung zu Booker aufzubauen, wenn ich zu sehr damit beschäftigt bin, mir den ganzen Tag in den Arsch treten zu lassen?

„Aber deshalb sind wir doch hier, oder? Um besser zu werden, um von den Besten zu lernen", meint Link hoffnungsvoll. „Es ist aufregend, nicht wahr?"

„Klar, ich schätze schon." Ein Gefühl macht sich in meinem Bauch breit, denn ich fühle mich alles andere als aufgeregt. Ich fühle mich panisch.

Knight lenkt unsere Aufmerksamkeit voneinander ab, als er an uns vorbei zu meinem Kühlschrank stapft, um sich ein Wasser zu holen. Ihm steht der Schweiß auf der Stirn und ich rümpfe die Nase, als der Geruch von Erbrochenem eindringt.

„Was ist los mit dir?", fragt Link, der mich erwartungsvoll anstarrt.

„Was?" Ich richte meine Aufmerksamkeit wieder auf Link.

„Du hast einen komischen Gesichtsausdruck."

Mein Kiefer verkrampft sich. „Es scheint nur so, als würdet ihr euch viel besser an all das anpassen als ich."

„Ist das eine Anpassung?", fragt Knight und rülpst, während er sich die Flasche mit dem kalten Wasser an die Stirn hält.

„Zumindest beim Training." Ich atme schwer aus. „Ich habe diese Woche niemanden beeindruckt, das kannst du aber glauben. Es ist, als sollte ich gar nicht hier sein."

Link nickt. „Ich werde dich nicht anlügen, Kumpel, ich habe dich schon viel besser spielen sehen."

„Ich weiß", brumme ich, wobei sich mein Magen zu einem Knoten verdreht.

„Ist es ein mentales Problem?", fragt Knight ohne Umschweife, und ich fühle mich plötzlich bloßgestellt. „Geht etwas Großes in deinem Kopf vor?"

Ich weiß nicht, wie ich darauf reagieren soll, denn die Wahrheit ist, dass ich weiß, dass es mental ist. Ich dachte, Judes Mantra „Fußball statt Bullshit" würde ausreichen, um konzentriert zu bleiben, aber das tut es nicht. Der Überfall der Harris-Familie letzten Samstag im Gang hat mich aus der Bahn geworfen. Jetzt kann ich nicht aufhören, mich zu fragen …, was, wenn der Brief echt war? Was, wenn ich mit ihnen verwandt bin? Was, wenn Vaughn Harris die Wahrheit kennt und ich nicht gut genug bin, um überhaupt hier zu sein, sondern er mich als eine Art Mitleidstaktik rekrutiert hat, weil er mein ganzes verdammtes Leben lang ein abwesender Vater war? Was, wenn das der wahre Grund ist, warum meine Mutter nicht wollte, dass ich hierherkomme, und ich eigentlich nie gut genug war, um in der Premier League zu spielen?

Ich war so besessen davon, dass ich neulich sogar einen Albtraum hatte, in dem die Presse herausgefunden hat, dass Vaughn Harris mein richtiger Vater ist und die Harris-Brüder mir die Beine gebrochen haben, damit ich nicht mehr Fußball spielen kann. Und jetzt soll ich Zeit mit Booker verbringen und mich ganz normal verhalten? Wie zum Teufel soll ich das anstellen?

„Ist es dein Vater?", drängt Link weiter.

Ich blicke ihn mit einer stummen Warnung an, die er auch beherzigt. „Nein, es geht nicht um ihn."

„Was ist es dann?" Link sieht mich ernst an, als könne er Essen in meinem Gesicht sehen.

Ich stoße mich von der Theke ab. „Wisst ihr was …, vielleicht solltet ihr euch ein Taxi rufen. Ihr seht aus, als würdet ihr nüchtern werden."

„Jetzt spuck es schon aus", blafft Knight und kneift sich in den Nasenrücken. „Wir können in der Premier League nur überleben, wenn wir uns gegenseitig helfen. Und negative interne oder externe psychologische Probleme können zu Problemen im Team, zu schlechten Leistungen und sogar zu Verletzungen führen."

Link und ich blinzeln Knight an, vor Verblüffung in seltenes Schweigen getrieben.

„Das ist keine Raketenwissenschaft", schnaubt er und nimmt einen Schluck aus seiner Wasserflasche, bevor er hinzufügt: „Lest doch mal ein verdammtes Buch über Sportpsychologie. Die psychische Gesundheit ist im Profisport genauso wichtig wie die körperliche. Ehrlich gesagt ist das ein Thema, dem nicht genug Aufmerksamkeit geschenkt wird, und wenn man es in sich hineinfrisst, verschlechtert sich nur die eigene Leistung."

Ich ziehe die Augenbrauen hoch, als Link von der Theke springt und mit zusammengekniffenen Augen zu mir herüberkommt. „Er hat recht. Und da wir die Einzigen sind, denen du auf dieser Seite des großen Teiches vertrauen kannst, kannst du auch gleich dein Herz ausschütten." Link pikst mich in den Bauch, und es ist dieser eine Druckpunkt, der meine harte Schale brechen lässt.

„Mein Gott", stöhne ich, als mich der Druck der letzten anderthalb Wochen zu ersticken beginnt. Es war schwer, das alles allein zu bewältigen. Seit meiner Ankunft habe ich ein paarmal versucht, Jude anzurufen, aber der Zeitunterschied und unsere Tagesabläufe machen das schwierig. Ich kann nicht mit meiner Mutter sprechen. Ich kann nicht mit meinem Vater sprechen. Es gibt niemanden, der sich um mich sorgt, dem ich diese verdammte Last aufbürden kann.

Link und Knight scheinen gute Kerle zu sein, aber kann ich ihnen das wirklich anvertrauen? Was, wenn sie es jemandem erzählen und mir die ganze Sache um die Ohren fliegt?

Dann landest du wieder in Amerika, wo du hingehörst, weil deine Mutter recht hatte und du von vornherein nicht gut genug für die Premier League warst.

Scheiß auf diese Stimme.

Ich schlucke schwer und sage leise: „Okay, was ich euch jetzt erzähle, darf diese Wohnung nicht verlassen, weil es sich auf unseren gesamten Club auswirken könnte." Ich schaue meine beiden Teamkollegen an, deren Gesichter beide sehr ernst werden, als sie langsam nicken.

„Und ich erzähle es euch nur, weil ich nicht will, dass meine mentale Blockade das Team runterzieht." Ich lasse meine Hände in die Taschen gleiten und erschaudere angesichts der Schwere, die mich umgibt. „Und ich habe eine Scheißangst, dass ich mich selbst sabotiere, wenn ich es niemandem erzähle und zurück in die Staaten fliege."

„Du kannst uns vertrauen", sagt Knight feierlich, seine Augen auf die meinen gerichtet.

Ich lecke mir über die Lippen, atme tief ein und spreche es einfach aus. „Mir ist kürzlich bewusst geworden, dass die Möglichkeit besteht, dass ich mit der Harris-Familie blutsverwandt sein könnte."

Ich beiße die Zähne zusammen, sobald die Worte meinen Mund verlassen, und frage mich, wie lange es dauern wird, bis sie anfangen, über mich zu lachen.

Aber sie lachen nicht.

Sie stehen in meiner Küche, die Arme verschränkt, die Stirn gerunzelt ... und lachen nicht.

Ich schlucke den Kloß in meinem Hals herunter und füge hinzu: „Es besteht die Möglichkeit, dass Vaughn Harris mein leiblicher Vater ist, was Booker und Tanner Harris zu meinen Halbbrüdern machen würde."

Link nickt schnell, als er diese Information verarbeitet. „Ich brauche mehr Kontext, Kumpel."

Mit einem leisen Knurren stapfe ich zu meinem Nachttisch hinüber, in dem der grauenhafte Brief in der Handschrift meiner Mutter liegt. Seit meiner Ankunft in London habe ich jeden Abend vor dem Schlafengehen auf dieses Stück Papier geblickt. Ich hoffte, wenn ich es nur lange genug anstarrte, würde es irgendeinen Hinweis auf seine Legitimität geben oder nicht. Kein Wunder, dass ich verdammte Albträume habe.

Ich übergebe den Brief an Knight und Link, denn eine bessere Erklärung gibt es nicht. Ich drehe mich auf dem Absatz um und krame in meinem Kühlschrank nach mehr Wasser, und als ich mich umdrehe, starren die beiden auf das Papier ..., völlig fassungslos.

„Moment, ist deine Mutter Britin?", fragt Link, der verwirrt das Gesicht verzieht.

„Das ist deine erste Frage, nachdem du das gelesen hast?" Ich gehe hinüber und reiße Link den Brief aus der Hand, verärgert mich über mich selbst, in dieses Wespennest gestochen zu haben. Auch Judes Reaktion war ein Scherz, und mir ist klar, dass ich mich zum Gespött mache, wenn ich dieses blöde Stück Papier jemandem zeige. „Sie ist keine Britin, aber sie hat in London studiert und einige Jahre dort gearbeitet, bevor sie mich bekam."

„Vor ungefähr fünfundzwanzig Jahren?", fragt Knight mit ernster Miene. „So alt bist du doch, oder?"

Ich fahre mir mit einer Hand durch die Haare. „Ja. Und der Brief ist datiert, also passt es."

„Scheiße", schnaubt Knight. „Was hat sie gesagt, als du sie danach gefragt hast?"

Ich atme schwer aus. „Ich habe sie nie gefragt."

„Warum?" Link fällt die Kinnlade herunter.

„Weil mein Vater erst seit einem Jahr tot und sie immer noch nicht darüber hinweg ist." Ich rolle mit den Augen und fasse mir in den Nacken. „Sie ist in Therapie und so. Sie kommt ... nicht gut damit klar."

Link legt die Stirn in Falten. „Willst du damit sagen, dass du diesen Brief gelesen hast, zufällig von dem Club rekrutiert wurdest, der möglicherweise von deinem leiblichen Vater geleitet wird, und niemand weiß, dass es eine mögliche genetische Verbindung zwischen dir und der Harris-Familie gibt?"

„Mehr oder weniger." Ich stoße einen Atemzug aus, der sich anfühlt, als würde er hundert Pfund wiegen. „Ich weiß nicht einmal, ob mein Vater von diesem Brief wusste, bevor er starb, was die ganze Sache noch komplizierter macht. Meine Mutter ist seit seinem Tod emotional so instabil, dass ich ihr diesen Scheiß nicht erzählen kann. Und wir sprechen im Moment nicht miteinander, weil sie von vornherein nicht wollte, dass ich diesen Transfer mache, aber keinen wirklich guten Grund dafür hatte … was diesen Brief im Grunde sogar noch realer macht.

Andererseits, wenn dieser Brief Blödsinn ist, wird es unserer Beziehung sicher nicht helfen, wenn ich sie nach dem Tod meines Vaters darauf anspreche. Und selbst wenn ich sie nach diesem Brief frage, kommt es mir so vor, als würde ich auf das Andenken meines eigenen Vaters scheißen. Mein Vater war ein guter Vater. Der verdammt beste …" Meine Stimme bricht ab, als sich ein Kloß in meiner Kehle bildet, aber ich verdränge ihn, so wie ich es seit dem Tag seiner Beerdigung getan habe. „Ich dachte, ich könnte herkommen, Fußball spielen und diesen Brief ignorieren, aber jedes Mal, wenn ich in der Nähe von Booker, Tanner oder Vaughn bin, ertappe ich mich dabei, wie ich sie ansehe und versuche zu entscheiden, ob wir irgendwelche ähnlichen Merkmale haben. Oder ich frage mich, ob der Transfer nur aus Mitleid geschehen ist. Es ist völlig verkorkst, und ich werde meine Chance verspielen, Finneys Platz auf dem Spielfeld einzunehmen, und noch vor Ende der Saison wieder in den Staaten landen."

„Mein Gott, das ist ja wie die Seifenoper, die meine Oma mich immer gezwungen hat, anzusehen", fügt Knight wenig hilfreich hinzu.

Ich grummle verärgert. „Vergesst einfach, dass ich etwas gesagt habe. Ich bin zu betrunken für dieses Gespräch."

Der Raum wird für einen Moment still, während ich mich im Geiste dafür bestrafe, diese Typen hereingelassen zu haben. Ich muss nur diesen verdammten Brief verbrennen, vielleicht kommt mir mein Verstand dann auf dem Spielfeld nicht mehr in die Quere.

„Ich habe eine Idee", sagt Link und hebt einen Finger in die Luft, als würde er auf eine Glühbirne in seinem Kopf zeigen. „Wie wäre es mit einem Gentest?"

„Wie zum Teufel soll ich das machen?", frage ich, als hätte ich nicht schon eine Million Mal darüber nachgedacht. „Soll ich Booker Harris einfach fragen, ob ich einen Wangenabstrich machen kann, weil ich glaube, dass wir Brüder sein könnten?"

„Nein, das klingt wirklich unangenehm." Link zuckt zusammen. „Genau!"

„Nun, du musst etwas tun", sagt Knight mit ernster Miene. „Für dich steht im Moment zu viel auf dem Spiel, und dieser Brief belastet dich mental. Du musst das auf die eine oder andere Weise hinter dir lassen."

„Ich weiß, aber wie?"

„Es muss ja nicht gleich ein Wangenabstrich sein", sagt Link mit großen, aufgeregten Augen. „Ich höre tonnenweise True-Crime-Podcasts, und es gibt jede Menge Möglichkeiten, den Mördern und Vergewaltigern etwas nachzuweisen. Mir ist klar, dass wir hier nicht versuchen, einen Verbrecher zu fangen, aber wenn du ein Stück Fingernagel oder ein paar Haare findest, ein benutztes Wattestäbchen. Zum Teufel, sogar ein Kaugummi könnte funktionieren."

„Soll das ein Witz sein?", blaffe ich, die Hände zu Fäusten geballt.

„Das ist mein voller Ernst", ruft Link aus. „Du hast doch gesagt, dass du sowieso etwas Zeit mit Booker Harris verbringen musst, um eine Verbindung aufzubauen, oder? Das ist die perfekte Gelegenheit. Vielleicht könnte sogar ein Glas helfen, aus dem er trinkt. Du kannst online Kits kaufen und anonyme Proben einschicken, und sie werden dir sagen können, ob es eine genetische Verbindung zwischen deiner Probe und der der anderen Person gibt." Link holt sein Handy heraus und beginnt, nach Gott weiß was zu suchen.

„Woher weißt du so viel über diesen Scheiß?", frage ich, die Stirn angesichts der seltenen Intensität in seinem Gesicht in Falten gelegt.

„Ich habe es dir gesagt, Mann … True Crime. Ich bin besessen." Er lächelt halb, was in mir irgendwie den Wunsch auslöst, ihm eine zu verpassen.

Ich schlucke den Kloß im Hals hinunter, als die Erkenntnis über mich hereinbricht. „Was passiert, wenn ich herausfinde, dass es eine genetische Verbindung gibt?"

„Was passiert, wenn du herausfindest, dass es keine gibt?", schießt

Knight zurück und wirft mir einen ernsten Blick zu. „Was, wenn du dir umsonst Sorgen machst und Links verrückte Idee dir tatsächlich die Klarheit geben könnte, die du brauchst, um dich von diesem Brief zu befreien?"

Link nickt mit einem wilden Ausdruck in den Augen. „Ganz genau. Und auf die eine oder andere Weise brauchst du Antworten, richtig? Das ist der beste Weg, um diese Antworten zu bekommen und möglichst wenige Leute einzubeziehen. Lass mich dein Sherlock Holmes sein und dieses Rätsel für dich lösen. Bitte."

Ich beobachte ihn genau und warte darauf, dass ein Zeichen von Schalk in seinem Gesicht auftaucht, als wäre dies ein langwieriger Scherz, den er mit mir treiben will, aber ich sehe nichts davon. Er meint es ernst. Ebenso wie Knight. Ich hatte in den Jahren, in denen ich Fußball spiele, schon viele Mannschaftskameraden, aber keiner hat sich so für mich eingesetzt.

„Du willst mir wirklich dabei helfen?", frage ich, weil ich es laut ausgesprochen hören muss.

Link zuckt mit den Schultern und blickt wieder auf sein Handy hinunter. „Ja, Mann ... Ich bin dein amerikanischer Bruder von einer anderen Mutter. Und hoffentlich von einem anderen Vater, aber ohne DNA werden wir das nie mit Sicherheit wissen."

Er lacht und schafft es sogar, ein Grinsen auf Knights Gesicht zu zaubern. Ich kann nicht anders, als mich ihnen anzuschließen, denn seit über einem Jahr fühlt sich dieser ganze Mist so schwer und ernst an. Es fühlt sich gut an, ausnahmsweise etwas Leichtigkeit hineinzubringen.

Ein Klopfen an der Tür dröhnt in meine Wohnung und lässt uns alle aufschrecken.

„Wer weiß, dass wir hier sind?", fragt Link mit großen Augen und ohne einen Hauch von Humor in der Stimme.

Eine heisere Frauenstimme schreit durch die dicke Holztür: „Komm schon, Soccer Boy ... auf der anderen Straßenseite warten echte Tische auf mich!"

„Oh Scheiße, das ist das Essen." Ich jogge hinüber, um die Tür zu öffnen, und der Anblick von Daphney in ihren zerrissenen Jeans und dem übergroßen T-Shirt ist eine Augenweide. Wie kommt es, dass allein ihr Anblick meine Laune heben kann? „Mann, bin ich froh, dich zu sehen."

„Wie du Hubert dazu gebracht hast, zu liefern, ist mir schleierhaft", schnauzt Daphney, eine Tüte mit drei Styroporschachteln darin in der Hand. „Ich glaube, er würde mir nicht einmal etwas liefern, wenn ich ihn darum bitten würde!"

Ein Grinsen breitet sich auf meinem Gesicht aus. „Hast du mich vermisst, Ducky?"

Ihre blauen Augen schimmern, während sie ihre dunklen Augenbrauen hebt. „Nein, aber du hast deinen Wecker eindeutig verschlafen."

Ich klammere mich an den Türrahmen und kann mein Lächeln nicht verbergen. „Aber ich werde immer besser. Ich sagte doch, ich bin wie ein Retriever und sehr lernfähig."

„Und ich habe dir gesagt, dass ich ein Katzenmensch bin." Sie hasst mich.

„Ich versuche, diese deprimierende Tatsache zu vergessen." Ich liebe sie.

Sie stößt mir die Tüte vor die Brust. „Hier ist dein Essen. Es kostet dreißig Pfund."

Ich nehme die Tasche und deute mit dem Kopf hinter mich. „Komm rein, ich suche mein Geld."

Ich drehe mich zu meinem Rucksack um und sehe, wie Link und Knight Daphney anstarren.

„Hiya", sagt sie.

„Du bist das Liefermädchen?", fragt Link, und ich spanne mich an, als ihm praktisch die Zunge aus dem Mund hängt, während er Daphney anstarrt.

„Unter anderem", antwortet sie mit verschränkten Armen. „Ich wohne auch nebenan."

„Das Liefermädchen und die Nachbarin. Mein Gott." Link sabbert jetzt, und das ist verdammt nervig.

Sie sieht ihn stirnrunzelnd an, als ich zu ihr eile, um ihr vierzig zu geben. „Behalte den Rest."

„Danke, Soccer Boy." Sie lächelt und zwinkert. „Versuch, den Wecker morgen beim ersten Mal zu bemerken. Vielleicht wäre das mal etwas Neues und Anderes?"

Ich grinse, da ich immer noch die Auswirkungen des Alkohols in meinem Körper spüre. „Vielleicht kannst du heute Nacht zu mir ins Bett kriechen und mir helfen, mich morgen früh zu wecken?"

„Ha!" Sie lacht schallend, als sie sich zum Gehen wendet. „Ich glaube, deine Anmache mit dem Kosten der Ente hat mir besser gefallen."

„Es hat dir also gefallen!", rufe ich und sehe zu, wie sie die Treppe hinuntergeht. „Ich wachse dir ans Herz, Ducky. Gib es einfach zu."

„Du wächst wie Schimmelpilz auf dem Müll, der immer noch im Hausflur zu landen scheint."

Ich zucke zusammen. „Ich bringe ihn heute Abend raus."

Sie winkt, und ich kehre in meine Wohnung zurück, wo mich meine beiden Teamkollegen mit heruntergeklappter Kinnlade anstarren. „Das ist deine verdammte Nachbarin?", fragt Link mit großen Augen.

Ich nicke und seufze. „Das ist sie."

7

Keine Leckerlis mehr

Daphney

„Natürlich bist du hier", sagt meine Freundin Phoebe, als sie ins Old George stürmt, als gehöre ihr der Laden. „Ich weiß nicht, warum ich mir die Mühe gemacht habe, in deiner Wohnung zu klingeln, nachdem du mittlerweile praktisch hier wohnst."

„Nun, einige von uns müssen für ihren Lebensunterhalt arbeiten", antworte ich, während ich einen Korb mit Biergläsern aus der Spülmaschine ziehe und zurücktrete, damit mein Gesicht nicht von dem ausströmenden Dampf angegriffen wird.

„Ich arbeite", sagt sie abwehrend, wobei ihr schwarzes Haar über ihre rechte Schulter fällt. „Ich warte nur … auf mein nächstes pikantes Projekt."

Ich lache und rolle mit den Augen. Phoebe ist freiberufliche Journalistin, Influencerin, Bloggerin und Alleskönnerin. Vor Kurzem hat sie angefangen, für ein Londoner Studio einige Liebesromane als Hörbuch aufzunehmen. Sie ist eine dieser Frauen, die bei absolut allem ein glückliches Händchen haben.

Phoebe und ich sind zusammen in Essex aufgewachsen, und ihre Familie ist mehr als reich, weshalb das Mädchen nicht einmal arbeiten muss. Das bedeutet aber auch, dass sie den Luxus hat, viele Risiken einzugehen und sich in allem zu versuchen.

Ehrlich gesagt ist sie all das, was ich gern sein würde. Sie ist fast unmittelbar nach ihrem Schulabschluss nach London gezogen. Sie hat eine wunderschöne kleine Wohnung in Notting Hill und ist ständig auf Dates.

Wirklich ständig.

Sie klatscht mit den Händen auf die Theke. „Ich muss mir am Freitagabend vielleicht deine Wohnung ausleihen."

„Oh?", antworte ich wissend.

„Ich habe ein Date."

„Natürlich hast du das." Ich rolle mit den Augen.

„Und wir treffen uns in einem süßen Laden in Shoreditch, und na ja …, wenn alles gut geht, ist deine Wohnung viel näher als meine, um …"

„Zu vögeln?"

Sie zwinkert mir zu und zeigt mit den Fingern auf mich.

„Du bist so ein Kerl."

„Ich weiß! Du solltest dich mir in meinem Kerl-Dasein anschließen. Es macht Spaß, und du hast es dir eindeutig verdient." Sie lächelt, ihre smaragdgrünen Augen funkeln verschmitzt. „Irgendwelche Neuigkeiten über den unartigen Nachbarn?"

„Er ist immer noch sein normales, nerviges Selbst", grummle ich. Meine Nerven kribbeln vor Ärger, denn ich schwöre, erst heute Morgen hat er eine Büffelherde aus seiner Wohnung getrieben. „Ich habe aus Respekt vor ihm in meiner winzigen Tonkabine geübt … aber sein Weckerproblem besteht definitiv noch immer, und ich schwöre, dass er das mit Absicht macht, um mich zu ärgern. Und dann ist sein Fernseher ständig auf maximaler Lautstärke, auch wenn er nicht da ist. Am Anfang habe ich versucht, nett zu sein, aber seit seinem Einzug fühlt sich jeder Tag an wie bei *Und täglich grüßt das Murmeltier*, und ich werde den Verstand verlieren, wenn er mich diesen Jingle kostet." Ich bin fast außer Atem, als das Bild seines dämlichen Lächelns von gestern Abend wieder in meinem Kopf auftaucht.

Phoebe lächelt mich an. „Ich glaube, du bist verwöhnt."

„Verwöhnt?" Mir fällt die Kinnlade runter. „Wie?"

„Die Wohnung stand die ganze Zeit über leer, und du hast dich daran gewöhnt, das Stockwerk ganz für dich allein zu haben. Willkommen in London, meine Liebe. So läuft es eben. Ich hatte mal einen Nachbarn, der in seiner Unterhose in die Waschküche ging … Sie sollte weiß sein …, aber … sie war nicht weiß."

„Schwachsinn", murmle ich leise und ignoriere ihr vorgetäuschtes Würgen. „Zander ist zum Verrücktwerden. Einmal sind wir im Flur aneinander vorbeigegangen, und er fing an, in übertriebener Weise auf Zehenspitzen vor mir herzulaufen. Er ist wirklich ein Wichser."

„Was sagen die anderen Mieter über ihn?"

Ich seufze. „Er ist direkt über Miss Kitchems, und sie sagt, wenn sie nachts ihre Hörgeräte herausnimmt, ist es, als würde sie in einem Grab schlafen.“

Phoebe rümpft die Nase. „Das ist morbide.“

„Ich weiß. Peter unter mir ist nie zu Hause, und ich habe mir nicht die Mühe gemacht, die beiden Mieter unter ihnen zu fragen. Er macht nur mir das Leben zur Hölle.“ *Und erregt mich auf nervige Weise, aber den Teil lasse ich weg.* „Gestern Abend hat er Hubert sogar dazu gebracht, dass ich ihm Essen in seine Wohnung auf der anderen Straßenseite liefere. Wir liefern hier nichts aus … Das haben wir noch nie getan.“

„Er klingt charmant.“ Phoebe stützt ihr Kinn auf die Hand und wackelt mit den Augenbrauen.

„Er klingt eingebildet“, erwidere ich. „Und das beeinträchtigt meine Arbeit. Ich muss aufpassen, dass ich nichts aufnehme, wenn er in der Nähe ist, denn er ist so laut, dass es durch die Tonkabine dringt.“

Phoebe kichert, und dann wird unsere beider Aufmerksamkeit von dem Neuankömmling geweckt, der das Old George betritt.

„Wenn man vom Teufel spricht“, murmle ich leise vor mich hin, als Zander mit seiner umgedrehten Baseballkappe und seinem schiefen Lächeln auf die Bar zuschreitet. Gott, warum wird mein Körper jedes Mal sofort warm, wenn ich ihn sehe? Es ist leicht, ihn nicht zu mögen, wenn er auf der anderen Seite der Wand in seiner Wohnung sitzt. Aber wenn ich ihm begegne, muss ich mich jedes Mal daran erinnern, dass er eine Plage ist.

„Daphney Adelle Clarke … was zum Teufel?“ Phoebe fällt fast von ihrem Barhocker, als sie ihn anstarrt. „Wieso hast du nicht erwähnt, dass er verdammt umwerfend ist?“

Ich schnaube, und sie dreht sich um, greift über die Bar und zieht mich zu sich heran, sodass wir Nase an Nase sind und ihr Atem sich mit meinem vermischt.

„Ich meine es todernst, Daph.“ Sie sieht mich an. „Du und ich sind eine Familie, Freundinnen, die einander als Familie gewählt haben …, was bedeutet, dass du mir das aus einem bestimmten Grund vorenthalten hast, und ich will wissen, warum … Sofort.“

Ich öffne den Mund, um zu antworten, aber es kommt nichts heraus.

„Sag es“, befiehlt sie, wobei ihre grünen Augen zu Schlitzen zusammengekniffen sind. „Du stehst auf ihn.“

„Das tue ich nicht!“ Ruckartig entziehe ich mich ihrem Griff und spüre, wie mein Gesicht rot wird, weil sie mich so unverhohlen konfrontiert.

Wir beide werden still, als Zander sich an das Ende der Bar lehnt. Er mustert Phoebe mit einem amüsierten Blick und wendet sich dann an mich. „Störe ich bei etwas?"

„Nein", schnauze ich wie ein bockiges Kind, das sich weigert, etwas zuzugeben.

Seine Brust bebt vor stummem Lachen. „Ich wollte nur etwas zu essen bestellen."

„Was darf es sein?"

„Das Übliche."

„Zander, du hast hier erst zweimal bestellt ..., ich habe keine Ahnung, was dein Übliches ist."

Er leckt sich über die Lippen, und sein Blick wandert an meinem Körper hinunter, als sollte ich sein Übliches sein. Als er mir schließlich in die Augen schaut, zeigt er ein teuflisches Grinsen, das meinen Magen verkrampfen lässt. „Ich nehme die Fish and Chips und ein Bier."

Ich ignoriere Phoebes unverhohlenes Glotzen in meinem Augenwinkel und frage: „Hast du morgen nicht ein Spiel?" Mein verräterischer Blick wandert ebenfalls an seinem durchtrainierten Körper hinunter.

Zander nickt. „Wir spielen gegen Manchester City."

„Ist ein Bier dann wirklich eine gute Idee?" Ich schnappe mir ein Bierglas und beginne, es zu füllen. „Außerdem heißt es nur Man City. Du brauchst nicht Manchester zu sagen."

Er zuckt mit den Schultern. „Nun, es ist egal, weil ich nicht gegen sie spielen werde, also werden mir ein Bier und etwas Bar-Essen nicht schaden. Aber danke, dass du dir Sorgen um mich machst, Ducky. Das bedeutet mir eine Menge." Er zwinkert mir zu.

„Ducky?", prustet Phoebe, woraufhin ich ihr einen mörderischen Blick zuwerfe, bevor ich meine Aufmerksamkeit wieder auf Zander richte.

„Ich mache mir keine Sorgen um dich", antworte ich mit zusammengebissenen Zähnen, während ich ihm sein Bier reiche. „Ich werde deine Essensbestellung aufgeben."

„Danke." Er zwinkert Phoebe zu, bevor er sich umdreht, um einen Tisch zu suchen, und ich versuche, die Tatsache zu ignorieren, dass es mich stört, dass er uns beiden zugezwinkert hat.

Phoebe dreht sich mit ernsten Augen zu mir um. „Es ist gut, dass du nicht auf ihn stehst, denn ich werde diesen Kerl bis zur Besinnungslosigkeit vögeln."

„Nein, wirst du nicht", stammle ich, während ich versuche, mir einen plausiblen Grund auszudenken, warum meine Freundin nicht mit einem Mann schlafen kann, auf den ich nicht stehe. „Ich meine ..., das kannst du nicht. Er ist mein Nachbar. Das wäre unangenehm."

„Nicht für mich." Sie mustert ihn wie ein Stück Fleisch, während Eifersucht in mir aufsteigt. „Ich werde mich einfach vorstellen, da du es so unhöflicherweise nicht getan hast."

„Nein!", sage ich zu schnell und zucke angesichts der Lautstärke meiner Stimme zusammen, meine Wangen heiß vor Verlegenheit. Phoebe kann jeden Mann innerhalb von Sekunden dazu bringen, ihr aus der Hand zu fressen, und der Gedanke, dass die beiden zusammen sind, verursacht ein seltsames Gefühl in meinem Magen.

Phoebe lächelt. „Ich wusste, dass du lügst. Du stehst total auf ihn."

„Er ist Fußballer." Ich rolle mit den Augen. „Und er ist nervig."

„Das sind die Besten immer." Sie legt den Kopf schief, und ihre Augen fixieren mich wie Laserstrahlen. „Ich kann sehen, wie sich das Hamsterrad in deinem Kopf dreht, Daph."

„Wovon redest du?"

„Du denkst zu viel nach, wie immer." Sie schüttelt den Kopf, und ihre markanten Gesichtszüge werden von einem abschätzigen Blick gezeichnet. Phoebe lehnt sich über die Theke und zeigt mit einem Finger auf mein Gesicht. „Das kleine Grübchen an deinem Kinn ist zu sehen, und das kommt nur zum Vorschein, wenn dein Verstand rast."

„Mein Verstand ist auf diese Gläser konzentriert", lüge ich und halte eins hoch, das ich gerade abgetrocknet habe.

„Blödsinn", schnaubt sie und dreht sich zu Zander um. „Und ich weiß genau, was du denkst. Aber niemand hat gesagt, dass du den Fußballer heiraten musst. Wir haben nach Rex the Hex entschieden, dass du eine Beziehungspause brauchst."

Allein die Erwähnung von Rex' Namen jagt mir einen Schauder über den Rücken, und zwar nicht von der guten Art. Es ist die Art von Schauder, bei der man die Nase rümpft und der Körper sich anfühlt, als würde er gleichzeitig scheißen und kotzen wollen. Meine Güte, warum muss ich nur so oft an ihn denken? Es ist ein Jahr her, seit ich dieses

Arschloch gesehen habe, und jetzt musste ich innerhalb von zwei Wochen zweimal an ihn denken.

Das ist nicht gut.

Das letzte Mal, als mir Gedanken an Rex ununterbrochen durch den Kopf gingen, konnte ich wochenlang keine Musik schreiben oder aufnehmen, was bedeutete, dass kein Geld reinkam. Mein großer Plan, nach London zu ziehen, um mich selbst zu finden und eine erfolgreiche, unabhängige Musikerin zu werden, die auf eigenen Füßen steht, endete damit, dass mein Bruder mich als Hausverwalterin einstellte, weil er Mitleid mit mir hatte.

Glücklicherweise war ich für die Stelle qualifiziert, nachdem ich all die Jahre im Möbelgeschäft meines Vaters Gelegenheitsjobs erledigt habe. Aber es war trotzdem nicht genug. Und ich weigerte mich, Hayden meine gesamte Miete zahlen zu lassen. Da beschloss ich, einen Job im Old George anzunehmen, um irgendeine Art von Einkommen zu haben.

Aber all das bedeutet, dass ich viel am Hals habe und nicht noch einen Hurenbock brauche, der mein Leben auf den Kopf stellt, vor allem nicht mit dieser großen Jingle-Gelegenheit, die gerade in meinem Schoß gelandet ist.

„Das ist die perfekte Situation für dich, Daphney. Ein Fußballer ist in keiner Weise für eine feste Beziehung geeignet. Fußballer sind zum Spaß da, nicht für Beziehungen. Und wenn jemand ein bisschen Spaß verdient, dann du."

„Nun, ich habe im Moment keine Zeit für Spaß, also ist das alles egal", erwidere ich und versuche, meinen festen Griff um das Bierglas zu lockern, bevor es zerbricht. Ich atme tief durch und sehe zu Zander hinüber, der an seinem Handy spielt. Als würde er meinen Blick spüren, schaut er hinüber, also sehe ich schnell weg.

Phoebe lässt ihr Kinn sinken. „Jeder sollte sich Zeit für Spaß nehmen."

Phoebes Aufmerksamkeit wird abgelenkt, als ihr Telefon in ihrer Tasche klingelt. Sie eilt aus dem Pub, um den Anruf entgegenzunehmen, und ich gebe mein Bestes, um nicht mehr zu Zander hinüberzusehen. Ich weiß, dass ich mich wie ein Kind benehme, aber er braucht nicht zu denken, dass ich ihn anstarre. Er ist wie ein Hund, der Aufmerksamkeit sucht, und jeder kleine Blick wird ihn dazu bringen, zu mir zu sprinten und nach einem verdammten Leckerli zu fragen.

Für Männer wie ihn habe ich keine Leckerlis mehr.

Es gibt eine lange Liste von Gründen, warum ich mich nicht mit Zander Williams einlassen sollte. Erstens war ich immer nur ein Beziehungsmensch, und Fußballer sind dafür bekannt, dass sie das nicht sind. Zweitens sind wir Nachbarn, was zu Unannehmlichkeiten führen kann, wenn etwas schiefgeht. Drittens hat die letzte Beziehung, an der ich mich verbrannt habe, meinen Lebensunterhalt gekostet, und ich weigere mich, das noch einmal geschehen zu lassen. Und schließlich weiß ich nicht einmal, ob er mich wirklich mag oder ob er nur mit mir flirtet, um ein Arsch zu sein.

Ich neige dazu, Letzteres zu glauben.

Als Zanders Essen fertig ist, bringe ich es ihm und falle beinahe auf den Hintern, als ich sehe, was er in den Händen hält. „Was machst du da?", frage ich und stelle sein Essen vor ihm ab.

„Lesen", antwortet er abwesend und sieht nicht einmal auf, als er die Seite, auf der er sich gerade befindet, zu Ende liest.

„Warum?" Ich bin mir sicher, dass mein Gesicht vor Schreck verzerrt ist.

Er schnappt sich ein Lesezeichen und schiebt es an seinen Platz, wobei er das kultige Cover von *Bridget Jones – Schokolade zum Frühstück* offenbart. Er lächelt mich mit diesem dummen, schiefen Grinsen an und antwortet: „Ich versuche, ein wenig britische Terminologie zu verstehen. Ich habe wirklich unter einem Stein gelebt, was verrückt ist, denn einer meiner engsten Teamkollegen in den USA war Brite. Hey, ihr serviert hier keinen Chardonnay, oder? Das ist das, was Bridget Jones gern trinkt."

„Ich werde so tun, als hättest du das nicht gefragt." Ich versuche, einen neutralen Gesichtsausdruck beizubehalten, um nicht meine Faszination zu zeigen, dass er meinen Rat tatsächlich befolgt hat.

Zander nickt nachdenklich. „Das klingt sowieso nicht so gut. Hey, da war doch nicht etwa ein Paket für mich im Gebäude, das du aus Versehen mitgenommen hast, oder?"

„Nein, warum?"

Er seufzt. „Ich dachte, meine Mutter schickt vielleicht ein Paket."

„Sind dir schon die sauberen Unterhosen ausgegangen?", necke ich.

„Ich trage selten welche, also wäre das kein Problem." Er wackelt mit den Augenbrauen, und ich hasse die Tatsache, dass mein Blick nach unten zu seiner jeansbekleideten Leistengegend fällt. „Eigentlich hatte ich gehofft, sie würde mir ein paar ihrer Haferflocken-Rosinen-Kekse schicken. Ich weiß, dass ich dieses Wochenende keine Spielzeit bekommen werde, aber keinen in meinem Spind zu haben, macht mich wirklich nervös."

„Kannst du nicht einfach welche kaufen? Ich kann dir den Namen einer Bäckerei geben."

Er schüttelt den Kopf. „Sie müssen selbst gemacht sein. Man schmeckt die Liebe und den Scheiß."

„Man schmeckt die Liebe und den Scheiß", wiederhole ich in seinem amerikanischen Akzent. „Nun, ich werde dir Bescheid sagen, wenn ich ein Paket sehe."

„Cheers."

Ich ziehe die Brauen hoch. „Du hast *tatsächlich* gelesen."

„Ja, aber das habe ich von dir, nicht von *Bridget Jones*." Er zwinkert mir zu, und ich hasse es, wie sehr ich mich von ihm um den Finger wickeln lasse, während ich mir auf die Lippe beiße und versuche, nicht zu lächeln. Bevor ich mich zum Gehen wende, fügt er hinzu: „Daniel Cleaver scheint ein Mistkerl zu sein, aber das ist schwer zu sagen. Kannst du es mir einfach verraten? Ich habe die Filme nie gesehen."

„Nein", antworte ich, mein ganzer Körper entsetzt darüber, dass er sein ganzes Leben gelebt und nicht einen der Filme gesehen hat.

Zander atmet schwer aus. „Gut, dann lese ich weiter."

„Mach du das, Soccer Boy."

8

Von wegen Discreet DNA

Zander

DiscreetDNA.com. Es ist kaum zu glauben, dass es eine solche Website gibt, aber in einer Welt, in der es eine *Harris Ho and Proud*-Website gibt, weiß ich nicht, warum ich überrascht bin. Discreet DNA gibt mir alle Anweisungen, die ich brauche, um mein eigenes DNA-Kit zu erstellen, sodass ich nicht auf die Entnahme meiner Proben warten muss. Wie praktisch. Auf der Website steht auch, dass die Genauigkeit um fünfundzwanzig Prozent abnimmt, wenn keine Speichelprobe genommen wird, aber da es etwas schwierig sein dürfte, Booker oder Tanner Harris ein Wattestäbchen in den Mund zu schieben, beschließe ich, das Risiko einzugehen.

Ich kann immer noch nicht glauben, dass ich mich von Link und Knight dazu habe überreden lassen.

Und jetzt kommt der Schocker: Es ist verdammt schwer, von jemandem DNA zu entnehmen, ohne dass er es merkt. Dummerweise dachte ich, wenn ich mir mit Booker eine Umkleidekabine teile, wäre dieser Plan ein Kinderspiel. Ich könnte ein Haar von seiner Haarbürste nehmen, oder vielleicht sogar ein verschwitztes Handtuch oder so etwas, aber Booker Harris ist ein ordentliches Arschloch. Nach dem Training lässt er nichts vor seinem Spind zurück, nicht einmal ein Taschentuch. Und Tanner Harris' Büro ist ein Gemeinschaftsbüro, also wer weiß, wessen DNA ich in die Finger bekäme, wenn ich dort herumstöberte.

Am nächsten Tag beschließe ich, Tanner etwas genauer zu beobachten. Mit dem Bart und den langen Haaren fällt bestimmt etwas heraus. Oder vielleicht kann ich ein Haar von seinem Hemd nehmen?

Nach dem Training sehe ich, wie er die Flasche eines Sportgetränks in den Mülleimer wirft und denke …, los geht's. Ich gehe hinüber, um sie zu holen, als die Stimme von Vaughn Harris höchstpersönlich mich fast aus der Haut fahren lässt.

„Hey, Zander! Warum zum Teufel wühlst du im Abfall?"

Abfall bedeutet Mülleimer, denke ich mir, bevor ich antworte. „Ich, ähm …, habe etwas fallen lassen." Ich kämpfe gegen den kalten Schweiß an und hoffe, dass das ein ausreichender Grund ist, um im Müll zu wühlen.

„Was um alles in der Welt ist so wichtig, dass du durch Müll waten würdest?" Vaughns ernste Augen geben mir das Gefühl, nur noch halb so groß zu sein.

„Ähm … meine Zahnspange?", platze ich heraus wie ein Idiot, weil ich mich daran erinnere, wie ich als Kind mit meinem Vater einen Mülleimer von Pizza Hut durchwühlt habe, um meine Zahnspange zu finden, die zum Glück nie entdeckt wurde.

Vaughn sieht mich finster an. „Bist du nicht ein bisschen zu alt für eine Zahnspange?"

Ich räuspere mich und zwinge mich zu einem professionellen Ton. „Man sagt, je länger man sie trägt, desto besser werden die Zähne."

„Nun, wir zahlen dir doch sicher genug, um einen Ersatz zu kaufen. Wer will schon etwas in den Mund nehmen, das im Müll gelandet ist?", schnaubt Vaughn (offenbar mein Vater). „Frag den Chef nach einer zahnärztlichen Überweisung, wenn du jemanden in der Nähe brauchst, und um Himmels willen, geh weg von diesem Abfalleimer."

Ich werfe einen Blick auf den Müll und gebe die Suche nach der Flasche auf, da ich bereits vergessen habe, wie sie aussah. Seufzend antworte ich: „Wird gemacht, Sir."

Am vierten Tag des DNA-Entnahmeplans schlägt Link vor, dass ich Tanner einen Kaugummi anbiete, und dieses Mal werden er und Knight Wache halten, während ich im Müll nach dem zerkauten Ding krame. Es ist verdammt eklig und stinkt nach Verzweiflung, aber je schneller ich das hinter mich bringe, desto schneller kann ich mein Leben weiterleben.

„Kaugummi?" Ich halte Tanner ein Stück hin, während er sich einen Sack mit Fußbällen über die Schulter wirft, bevor wir zum Training aufbrechen.

Er hebt seine blauen Augen und nimmt an. „In manchen Teilen Englands nennt man das Chuddy."

Ich ziehe die Brauen hoch. „Das wurde in *Bridget Jones* nicht erwähnt."

„Was?“

„Nichts.“ Ich lächle unbeholfen und hoffe, dass ich einigermaßen lässig rüberkomme.

„Wie fühlst du dich, Kumpel?“ Tanner klopft mir auf die Schulter, während er auf dem frischen Kaugummi herumkaut, und tritt zurück, damit das Team aus der Umkleidekabine zum Trainingsplatz gehen kann.

„Ich fühle mich eigentlich ganz gut.“ Ich fasse mir in den Nacken und atme aus, als ich merke, dass die Schwere, die ich seit meiner Ankunft in London mit mir herumgetragen habe, weg ist. Seltsamerweise hat mir die Tatsache, dass ich einen Angriffsplan für meine Situation habe, wirklich geholfen. Und ich hoffe, dass der DNA-Test keine genetische Verbindung aufzeigt, damit ich mich wieder auf den verdammten Fußball und nichts anderes konzentrieren kann.

Scheiße, schon meine Gedanken werden britisch.

„Du hast in den letzten Tagen auf dem Spielfeld großartig ausgesehen. Du hast wirklich die Kurve gekriegt“, sagt Tanner. Ich richte mich angesichts seines Kompliments ein wenig auf. „Ich weiß nicht, ob du regelmäßig flachgelegt wirst oder was, aber du fängst endlich an, dich anzupassen, also mach weiter mit dem, was du tust.“

„Ich werde definitiv nicht flachgelegt“, antworte ich mit einem traurigen Lachen, während Bilder von Daphney sofort in meine Gedanken eindringen.

„Schade“, sagt Tanner, und dann sehe ich, wie sich seine Kehle bewegt.

„Hast du gerade …?“

„Den Kaugummi geschluckt?“, beendet er meinen Gedanken und lächelt. „Habe ich. Ich habe eine Vorliebe für Süßigkeiten.“ Er tätschelt seinen leicht runden Bauch. „Meine Schwester Vi ist eine fantastische Köchin. Meine Frau nicht so sehr. Zum Glück haben wir jeden Sonntagabend diese großen Familienessen bei meinem Vater. Meine Schwester kocht immer, also decke ich mich mit den Resten ein, um mich die ganze Woche über zu versorgen. Vis schwedische Pfannkuchen mit Preiselbeermarmelade sind einfach zum Sterben gut.“

Ich nicke langsam, als ich Links große Augen in der Tür sehe, die genauso enttäuscht aussehen, wie ich es bin. So viel zur Kaugummi-DNA. Verdammt noch mal, es ist, als wollte das Universum nicht, dass ich mit meinem verdammten Leben weitermache. Das wird schwieriger, als ich dachte.

„Hey, warum verabredest du dich nicht mit Booker, um dieses Team-Ding zu machen, um das Vaughn Harris dich gebeten hat", sagt Link, während wir auf dem Rasen liegen und uns dehnen, bevor Coach Z anfängt, Körperverletzung zu begehen.

„Daran habe ich gedacht." Ich werfe einen Blick über die Schulter zu Booker, der sich hinter uns im Netz dehnt. „Ich habe mich gefragt, ob es nicht zu früh ist, dieses Team-Ding zu machen, wenn ich noch nicht einmal Stammspieler bin. Ich meine, er hat nicht gerade versucht, Kontakt zu knüpfen."

„Ich glaube, ihr werdet früher anfangen, als du denkst", sagt Knight, während wir hinüberschauen, wo Vaughn, Coach Z und Tanner mit einem Klemmbrett stehen und auf verschiedene Spieler auf dem Feld zeigen. „Ich habe zufällig gehört, wie Tanner sagte, dass sie heute in der Verteidigung etwas umstellen werden, und sieh dir nur Finney an." Wir drei blicken hinüber und Finneys Gesicht sieht aus, als würde er einen wirklich ranzigen Furz riechen. „Ich glaube, er weiß etwas, was wir nicht wissen."

„Scheiße, das wäre der Hammer." Meine Stimme wird dank der Hoffnung lauter, während Adrenalin durch mich pumpt. Ich bin bereit, mich zu beweisen.

„Es gibt also keinen besseren Zeitpunkt, um deine Bromanze mit Booker zu beginnen." Link schubst mich. „Geh und lade dich nach dem Training zu ihm nach Hause ein. Dort kannst du jede Menge DNA bekommen."

„Okay, okay. Du musst mich nicht misshandeln." Ich stehe auf und ignoriere die Nervosität in meinem Bauch, während ich zu Booker hinüberjogge, der sich gerade seine Torwarthandschuhe überstreift.

Als ich näherkomme, schenkt er mir ein breites Lächeln. „Zander! Gut gemacht in den letzten Tagen. Du bist ganz schön schnell da draußen."

„Danke … ähm … ich versuche es." Ich stoße ein Lachen aus und mein Selbstvertrauen wächst, dass ein anderer Mannschaftskamerad meine Verbesserungen anerkennt. „Hey, ich habe mich gefragt, ob du dich vielleicht mal treffen willst, damit wir uns kennenlernen können oder was auch immer …, was dein Dad gesagt hat, meine ich. Eine Verbindung aufbauen?"

Booker lacht schallend. „Zander, wenn du so Frauen aufreißt, würde es mich nicht wundern, wenn du noch Jungfrau bist."

Ich ziehe eine Grimasse, als ich mich an meine erste Begegnung mit Daphney erinnere. „Leider ist das hier nicht weit hergeholt. London scheint mein Talent an mehr als einer Stelle kaputt gemacht zu haben. Aber, ähm …, vielleicht könnte ich zu dir kommen? Wo wohnst du? Ich könnte mal ein Taxi dorthin nehmen." *Und wir könnten zusammen essen, und ich könnte deine Gabel stehlen oder wie ein Stalker in deinem Badezimmer herumschnüffeln.*

Booker zieht die Stirn in Falten. „Bei mir ist nicht gut. Ich habe fünfjährige Zwillingsjungs, und na ja …, sagen wir einfach, du bist nicht bereit für Teddy und Oliver."

„Okay …, wie wäre es bei mir?", biete ich an, denn wenn wir ausgehen, werde ich keine DNA sammeln können. „Ich wohne nicht weit von hier."

„Deine Wohnung wäre großartig. Wie wäre es mit heute Abend?", fragt Booker, und ich bin ein wenig schockiert über die Dringlichkeit, habe aber keinen Grund, Nein zu sagen.

„Heute Abend hört sich fantastisch an."

„Ist neun zu spät?" Booker sieht mich nachdenklich an. „Ich muss Poppy helfen, die Jungs ins Bett zu bringen, sonst verzeiht sie mir nie."

„Neun funktioniert."

„Gut, gib mir nach dem Training deine Handynummer. Ich freue mich schon darauf, Zander." Er streckt die Hand aus, um mir einen Faustsstoß zu geben, und ich tue dasselbe.

„Ich mich auch." *Hoffe ich.*

9

Date-Abend-Debakel

Zander

„Hey! Du kannst nicht passen, wenn du einen so klaren Gegenangriff hast!", schreit Booker, der den Controller so fest umklammert, dass seine Knöchel weiß werden. „Spielst du zum ersten Mal FIFA?"

„Nein", schnauze ich und rutsche unbehaglich auf meinem Sofa hin und her, um gegen die schweißnasse Feuchtigkeit in meiner Jeans anzukämpfen. Seit Booker angekommen ist und ich versuche, einen Weg zu finden, vor seinem Abschied seine DNA zu bekommen, bin ich ein nervöses Wrack. „Ich habe schon tausende Male gespielt, aber diese neue Version bringt mich wirklich durcheinander."

„Offensichtlich." Booker lacht, lehnt sich zurück und wischt sich die Schweißperlen von der Stirn. „Mein Gott, es ist anstrengend, dir in den Arsch zu treten."

„Würde ich sagen." Ich werfe einen Blick auf die Wasserflasche, die den ganzen Abend vor ihm gestanden hat. Ich habe mich bewusst entschieden, ihm Wasser in einer Plastikflasche zu servieren, damit ich es später einschicken kann. Ich hoffe nur, es reicht für die DNA-Probe.

„Du musst doch nicht nach Hause zu deinen Kindern oder so?", frage ich und schaue auf die Uhr, um festzustellen, dass es schon nach Mitternacht ist.

„Ach, ist schon in Ordnung." Booker rutscht auf meinem Sofa zurück und sieht sich in meiner Wohnung um. „Sie sind im Bett, und ich bin im Paradies. Ich hatte vergessen, wie es ist, wenn man nachts den Fernseher so laut laufen lassen kann, wie man will. Ich erlebe hier meine Jugend wieder, also wirst du mich rausschmeißen müssen, Kumpel." Aus den Augenwinkeln sehe ich, wie er zusammenzuckt, bevor er fortfährt: „Meine Frau hingegen könnte mich erdrosseln, wenn ich mich später ins Bett schleichen will. Aber nach einer Nacht wie dieser nehme ich das gern in Kauf."

Ich lache. „Du bist noch gar nicht so alt, um deine Jugend wiederzuerleben."

Er seufzt schwer und fährt sich mit einer Hand über sein dunkelbraunes Haar, das dieselbe Farbe hat wie meines. „Ich bin erst Anfang dreißig, aber die Zeiten, bevor ich fünfjährigen Jungen hinterhergelaufen bin und ihnen gesagt habe, sie sollen aufhören, in Mamas Pflanzen zu pinkeln, scheinen eine Ewigkeit her zu sein."

„Das Elternsein hört sich toll an", sage ich trocken.

„Tatsächlich ist es das", antwortet er mit einem liebevollen Lächeln. „Und zum Glück sind meine Jungs das Ebenbild ihrer Onkel, sodass ich weiß, wie ich mit ihnen umgehen muss."

„Meinst du damit Tanner und Camden? Sie sind Zwillinge, richtig?"

Er nickt. „Ja. Und in unserer Kindheit waren sie absolute Teufel. Haben immer auf mir rumgehackt. Verdammt furchtbar. Als mir klar wurde, dass wir Zwillinge bekommen, habe ich Poppy gesagt, dass ich keine mehr will, weil ich nur zu gut weiß, wie es ist, von Zwillingsbrüdern drangsaliert zu werden, die eine Bindung teilen, die man nicht einmal ansatzweise nachvollziehen kann."

„Haben eure Eltern nicht versucht, sie daran zu hindern, sich gegen dich zu verbünden?", frage ich und betrete damit fremdes Terrain, denn ich habe keine Ahnung, wie es ist, Geschwister zu haben.

„Nicht wirklich." Mitgefühl tritt in Bookers Augen. „Meine Mutter starb, als ich ein Jahr alt war, ich habe sie also nie wirklich gekannt. Und mein Vater … nun ja … sagen wir einfach, er brauchte nach ihrem Tod Jahre, um auch nur annähernd normal zu werden. Der Mann, der heute auf dem Spielfeld steht und den Club leitet, ist nicht der Mann, mit dem ich aufgewachsen bin."

„Wie meinst du das?", frage ich und spüre, wie mein Körper sich anspannt, als ich merke, dass ich viel mehr an dieser Antwort interessiert bin, als ich es sein sollte.

Ein nachdenklicher Ausdruck huscht über Bookers Gesicht. „Die Erinnerungen, die ich an meinen Vater habe, sind vor allem, dass er sehr verärgert und sehr kontrollierend war. Stoisch und kalt. Er hat sich wirklich immer nur für eine Sache interessiert."

„Seine Kinder?", frage ich, während mir Bilder meines eigenen Vaters durch den Kopf gehen.

„Gott, nein." Booker stößt ein trockenes Lachen aus. „Er interessierte sich nur für Fußball."

Ich atme tief durch die Zähne ein. „Das hätte ich mir wohl denken können."

„Er behandelte mich und meine drei Brüder wie seinen persönlichen Fußballclub. Er hat unsere Karrieren bis ins kleinste Detail kontrolliert und uns oft an unsere Grenzen gebracht. Es war in Ordnung, denke ich. Ich bin mir sicher, dass es schlimmere Kindheiten gibt, und es hat mir natürlich eine erfolgreiche Karriere beschert. Aber es hat uns alle etwas unterschiedlich getroffen. Mein ältester Bruder, Gareth, hat es gehasst. Er und mein Vater ... uff ... zwischen den beiden hat es oft geknallt. Vor allem, als Gareth sagte, er wolle nicht mehr für meinen Vater bei Bethnal Green spielen, sondern für Man United, den Verein, den mein Vater verlassen hatte, als meine Mutter krank wurde."

„Das ist heftig." Ich runzle die Stirn, als ich diese neue Information verdaue. „Das ganze Leben deines Vaters war Fußball, nicht wahr?"

Booker nickt. „Er droht immer wieder damit, in den Ruhestand zu gehen, aber mittlerweile ist es ein Familienscherz. Wir werden ihn zum Aufhören zwingen müssen. Aber er ist gut im Fußball und hat jetzt etwas mehr Ausgeglichenheit. Großvater zu werden, hat ihn wesentlich weicher gemacht. Er hat viel von unserer Kindheit verpasst, weil er sich so sehr auf unsere Fußballkarrieren konzentriert hat. Mit seinen Enkelkindern macht er es so viel besser. Es ist, als würde er unsere Jugend durch die Augen seiner Enkelkinder wiedererleben."

Ich runzle die Stirn, wenn ich daran denke, wie viel Zeit Booker mit seinem Vater verbringen muss, nachdem er sein ganzes Leben lang schon für ihn spielt. „Wolltest du jemals wie Gareth für einen anderen Verein spielen? Ein bisschen Abstand von deinem Vater gewinnen?"

Booker schüttelt den Kopf. „Nein, sobald ich Stammtorwart wurde, wusste ich, dass ich im Tower Park leben und sterben würde. Ich liebe diesen verdammten Platz. Sie werden mich rausschmeißen müssen. Und weißt du, mein Vater und ich haben nicht die Probleme, die er mit meinen älteren Brüdern hat, also vermute ich, dass es für mich einfacher ist."

Ich schnaube bei dem Gedanken, dass ich mit Vaughn vielleicht gerade noch einmal davongekommen bin, selbst wenn ich feststelle, dass ich dieselbe DNA habe. Meine Eltern haben mich nie unter Druck gesetzt, wenn es um Fußball ging. Meine Mutter hat mich sogar oft dazu gedrängt, mir eine Auszeit zu nehmen, was nach diesem Brief vielleicht etwas verdächtig ist. Vielleicht hatte sie Angst, dass sich meine Wege mit dieser Familie kreuzen würden, wenn ich diese Karriere weiterverfolge?

Aber zu hören, wie hart Vaughn zu seinen Kindern war und wie Booker im Grunde von seinen Zwillingsbrüdern ins Visier genommen wurde, obwohl er buchstäblich der netteste Kerl im Team ist, klingt nicht nach einer Familie, bei der ich etwas verpasst habe.

Booker greift nach meinem Arm und reißt mich aus meinen Gedanken. „Mein Gott, Zander. Ich war so damit beschäftigt, mir den Mund fusselig zu reden, dass ich völlig vergessen habe, dass dein Vater gestorben ist.“

„Oh, ist schon gut.“ Ich räuspere mich und stehe auf, um den Pizzakarton und die Teller vom Couchtisch zu nehmen. Mit der anderen Hand greife ich nach Bookers Wasserflasche, wobei ich darauf achte, den Rand nicht zu berühren, während ich hinzufüge: „Es ist ein Jahr her, also habe ich damit abgeschlossen.“

Booker folgt mir in die Küche, während ich vor der Spüle stehe und meine Augen glasig werden, als ich an die Erinnerungen meines Vaters zurückdenke, wie er erfolglos versucht, mit mir Fußball zu spielen. Er hatte keinerlei sportliches Talent, aber er hat es dennoch versucht. Ich frage mich, wie es wohl gewesen wäre, mit einem Vater aufzuwachsen, der tatsächlich gut im Fußball war.

Booker setzt sich auf meine Küchentheke und sieht mich nachdenklich an. „Es ist jetzt dreißig Jahre her, dass meine Mutter gestorben ist, und ich glaube, ich bin immer noch nicht ganz damit fertiggeworden. Andererseits bin ich das, was meine Familie den Sensiblen nennt.“ Er lacht und schüttelt den Kopf. „Gareth ist der Grübler. Tanner ist der Lächerliche, aus offensichtlichen Gründen. Camden ist der Wilde … und meine Schwester Vi ist die Vernünftige. Wir mögen Bezeichnungen in unserer Horde.“

„Ich bin mir nicht sicher, wie ich mich selbst bezeichnen würde.“ Ich blinzle ihn verwirrt an und frage mich, warum zum Teufel ich überhaupt eine Bezeichnung haben will. Es ist nicht so, als wäre ich ein Mitglied der Harris-Familie. Und ich will es auch nicht sein.

Booker legt den Kopf schief. „Hast du Geschwister?“

„Nein …, Einzelkind.“

Er nickt. „Wir nennen dich den Überraschenden. Du hast mich

diese Woche auf dem Spielfeld überrascht. Und ich glaube, du verwandelst Finney in einen neuen Rotton."

Wir lachen beide über dieses Bild, aber meines ist erzwungen. Ich frage mich, wie überrascht die Harris-Familie wäre, wenn sich herausstellte, dass wir verwandt sind. Wären sie dann bereit, mir eine Bezeichnung zu geben? Oder würden sie mir die Tür vor der Nase zuschlagen?

Ich schüttle den Gedanken ab und drehe den Wasserhahn auf, um meinen Teller abzuspülen, und das Wasser fängt an, auf seltsame Weise aus dem Hahn zu sprudeln, bevor es ein zischendes Geräusch macht. Ich senke den Kopf, als das Zischen verstummt, und alles wird ganz still, bevor ein Klappern unter der Spüle ertönt. Ich gehe in die Hocke, um den Schrank zu öffnen und nachzusehen, was los ist, und werde von einem riesigen Wasserschwall, der aus einem Rohr schießt, ins Gesicht getroffen.

„Scheiße", rufe ich und stütze mich ab, um nicht zu fallen.

Booker springt von der Theke, um mir aufzuhelfen, und reißt dabei versehentlich den Pizzakarton, zwei Teller und seine Wasserflasche mit. Die Steingutteller zerbrechen um mich herum. „Verdammte Scheiße, tut mir leid, Kumpel!" Er deutet auf den Boden zwischen uns. „Pass auf deine Hände auf. Da sind überall Scherben."

„Das sehe ich", antworte ich mit zusammengebissenen Zähnen, während ich auf seine Wasserflasche auf dem Boden starre. Ich hebe sie schnell auf und stelle sie auf den Tresen, weg von der Unordnung, während ich mich auf den Weg zu einer Schublade mache, um ein paar Handtücher zu holen.

„Hier, gib mir eins", sagt Booker, und ich werfe es ihm zu, während er in die Hocke geht, um den Lappen um das Leck zu wickeln. „Es tut mir leid, dir das mitzuteilen, aber ich habe keine Ahnung von Klempnerarbeiten. Hast du hier einen Handwerkerdienst rund um die Uhr?"

„Oh, Scheiße, ich glaube, das könnte sein. Lass mich die Nummer suchen." Vorsichtig gehe ich über den mit Scherben und Wasser versauten Boden und suche in der Schublade nach dem Ordner, den Daphney mir hinterlassen hat. Ich schicke eine schnelle SOS-SMS an die Nummer des Handwerkers und finde eine Schüssel im Schrank. Ich hocke mich neben Booker und stelle sie unter das Wasser, das über seine Hände läuft.

„Das ist auf jeden Fall eine interessante Art, um eine Freundschaft zu entwickeln", scherzt Booker, während ein Wasserstrahl seinen Weg durch seine Finger in unsere Gesichter findet.

Ich lache und hoffe inständig, dass ich noch etwas wertvolle DNA von der Wasserflasche bekommen kann. Verdammt, das Universum scheint wirklich gegen diesen dummen Plan von mir zu arbeiten.

Wenige Augenblicke später klopft es laut an der Tür, und ich rufe der Person zu, sie solle hereinkommen. Als ich mich umdrehe, erwarte ich, einen schwergewichtigen weißen Kerl mit einer kilometerlangen Arschritze zu sehen. Stattdessen sehe ich Daphney. Sie trägt wieder diesen Seidenpyjama und darüber ihren geblümten Morgenmantel, den Gürtel an der Taille geknotet. Ihr Haar ist zu einem unordentlichen Dutt gebunden, sie ist ungeschminkt und hat einen roten Werkzeugkasten in der Hand. Ich schäme mich, zuzugeben, dass mein Schwanz bei diesem Anblick zuckt.

„Ich wollte dir keine SMS schicken", rufe ich über das Wasser hinweg.

„Hast du der Nummer für Wartungsarbeiten eine SMS geschickt?", fragt sie, während sie das Chaos auf dem Boden begutachtet.

„Ja, das dachte ich."

„Das wird auf mein Handy weitergeleitet. Geh zur Seite."

„Vorsicht, da sind Scherben", rufe ich etwas zu nachdrücklich.

Sie blickt nach unten und tritt über die großen Teile, bevor sie Booker und mich aus dem Weg schubst. Wir stehen auf gegenüberliegenden Seiten des Spülbeckens und sehen zu, wie sie ihr Werkzeug auf den Boden stellt und den Kopf unter das Spülbecken schiebt, wo sie völlig durchnässt wird, bevor sie wieder herauskommt, um in der Kiste zu wühlen. Vielleicht hasst mich das Universum doch nicht, denn ich habe einen sehr guten Blick auf Daphneys nasses Gesicht und Brust. Ihr Morgenmantel hat sich geöffnet und gibt den Blick auf ein herrliches Dekolleté frei, und ein kurzer Blick nach unten zeigt, dass das Wasser tatsächlich sehr kalt ist. In meiner Leiste beginnt es zu pochen, und ich zwinge mich, an die Decke zu schauen, während sie arbeitet, damit ich nicht vor meinem verdammten Teamkollegen einen Steifen bekomme.

Nach wenigen Minuten hört das Wasser auf, und das einzige Geräusch in der Küche ist das leise Tröpfeln des restlichen Wassers, das aus dem Schrank auf den Boden tropft. Daphney richtet sich auf und dreht der Spüle den Rücken zu, während sie sich mit einer Hand über das Gesicht streicht und die feuchten Strähnen zurückschiebt, während sie ihren Morgenmantel wieder über ihre Brust zieht.

Sie lässt einen Schraubenschlüssel in ihren Werkzeugkasten fallen.

„Altes Gebäude bedeutet alte Rohre. Ich habe meinem Bruder gesagt, dass einige der Anschlüsse von einem richtigen Klempner ausgetauscht werden müssen, aber er ist noch nicht dazu gekommen."

Ich habe das Gefühl, dass mir die Zunge aus dem Mund hängt, weil Daphney einfach reingekommen ist und das Problem wie ein Profi gelöst hat. Ich frage mich, was sie sonst noch lösen kann.

„Klar ist das Haydens Schuld", sagt Booker wissend. „Aber wenigstens konnte ich dich sehen, Daph." Er beugt sich vor und drückt ihr einen flüchtigen Kuss auf die Wange. „Wie geht es dir?"

„Mir geht's gut, Booker. Was in aller Welt treibt dich so spät nach draußen? Ich dachte, Teddy und Oliver würden noch nicht durchschlafen."

„Das tun die kleinen Kerle auch nicht", jammert Booker übertrieben. „Und Poppy wird mich umbringen, dass ich weggeblieben bin, aber ich habe die Zeit aus den Augen verloren."

Mein Gesicht verzieht sich vor Verwirrung, während ich mit offenem Mund auf die beiden starre, die sich wie alte Freunde unterhalten. „Wie habt ihr beide …?" Ich zeige zwischen den beiden hin und her, vor lauter Entsetzen unfähig, den Satz zu beenden.

„Bookers Schwester ist mit meinem Bruder verheiratet", antwortet Daphney, als würde das alles einen Sinn ergeben.

„Meine Schwester Vi, ihr Bruder Hayden", fügt Booker hinzu, als ich sie weiter anstarre, als würde ich kein Englisch sprechen.

„Moment, wollt ihr mir sagen, dass der Vermieter Hayden mit Vi Harris verheiratet ist?", frage ich, um alles mit meinen eigenen Worten zusammenzufassen.

Booker nickt. „Vi heißt jetzt mit Nachnamen Clarke."

Meine Augen zucken, als ich versuche herauszufinden, ob das bedeutet, dass Daphney mit Booker verwandt ist. Denn wenn sich herausstellt, dass ich mit Booker verwandt bin, bedeutet das, dass ich sexuelle Gedanken über jemanden habe, mit dem ich möglicherweise blutsverwandt bin. *Ich bin ein verdammter Perverser.*

Mein Kopf ist chaotischer als der Boden, auf dem wir stehen, also frage ich einfach: „Seid ihr zwei verwandt?"

„Nicht blutsverwandt", antwortet Daphney beiläufig und wirft einen Blick auf Booker. „Ich schätze, man könnte sagen, wir sind angeheiratet, verschwägert? Gibt es das?"

„Das kann es, wenn wir es wollen." Booker zuckt mit den Schultern.

„Obwohl das ein wenig distanziert klingt. Du gehörst mittlerweile praktisch zur Familie."

Daphney streckt eine Hand aus und reibt Bookers Arm. „Oh, danke, Booker. Du warst immer mein Lieblings-Harris-Bruder, also beruht es auf Gegenseitigkeit. Obwohl, ich denke, du könntest mich als ‚Framilie' bezeichnen. So nennt mich meine Freundin Phoebe. Es sind im Grunde Freunde, die man sich als seine Familie ausgesucht hat."

„Das ist eigentlich perfekt." Booker lächelt. „Ich habe eine Menge Framilie, wenn ich so darüber …"

„Es ist nur …, ich … ich hatte keine …" Mein Mund kann keine Worte finden.

Booker und Daphney mustern mich argwöhnisch, bevor Booker sagt: „Nun, während Zander diese offensichtlich schockierende Information verdaut, werde ich mich aus dem Staub machen, um nach Hause zu kommen, bevor die Jungs heute Nacht zum ersten Mal aufwachen. Tut mir leid, dass ich dich mit einem Chaos zurücklasse, Kumpel." Booker klopft mir auf meine steife Schulter. „Aber danke für den lustigen Abend. Das war genau das, was ich gebraucht habe." Er sieht Daphney an. „Sehen wir uns Sonntag?"

„Ich könnte Vis Kochkünste nicht ablehnen, selbst wenn ich es versuchte. Sie wird mich buchstäblich hier rauszerren, wenn ich nicht auftauche."

„Das wird sie." Booker lacht und macht sich eilig auf den Weg.

Als er geht, dreht Daphney sich um, um das Rohr noch einmal zu überprüfen, also schnappe ich mir einen Besen und fange an, das Chaos aufzuräumen. Diese neue Information hat mich mehr erschüttert, als sie sollte. Ich bin mir nicht sicher, warum mich das so trifft. Vielleicht, weil sich zwei Welten kreuzen?

Daphney hält mir den Mülleimer hin, während ich die Scherben hineinkippe. „Ich werde morgen einen Klempner kommen lassen, damit so etwas nicht noch einmal passiert."

„Klingt gut." Ich umklammere den Besen, ziehe unbeholfen an meinem nassen Hemd und spüre, wie mir ein Schauder über den Rücken läuft. „Du … stehst also der Harris-Familie nahe?"

Daphney zuckt mit den Schultern. „Ein bisschen, nehme ich an. Als ich letztes Jahr nach London zog, verlangten sie geradezu, dass ich zu ihren Sonntagsessen in Vaughns Haus komme. Und die Harris sind nicht gerade eine Familie, zu der man Nein sagen kann. Sie haben diese ganze Harris-Shakedown-Sache, für die sie berühmt sind, wirklich gemeistert."

Ich blinzle sie mit großen Augen an. „Du hängst jeden Sonntag mit ihnen allen ab? Im Haus von Vaughn Harris?"

„Nicht jeden Sonntag. Nur wenn ich kann." Sie lacht und schüttelt den Kopf. „Ich kann nicht glauben, dass du immer noch von den Harris fasziniert bist. Du trainierst doch schon seit ein paar Wochen mit dem Team, oder? Siehst du Booker, Tanner und Vaughn nicht jeden Tag?"

Ich spanne den Kiefer an. „Ja, das ist es nicht …, ich … ich wusste nur nicht, dass dein Bruder mit einer Harris verheiratet ist. Das hat mich etwas überrascht, schätze ich."

Daphney stellt ihren Werkzeugkasten auf den Tresen. „Nun, der Harris-Clan unterstützt sich gegenseitig in vielerlei Hinsicht … Mode, Wohnungsbau, Philanthropie. Wo auch immer einer von ihnen seine Finger im Spiel hat, sie finden alle einen Weg, einander zu unterstützen. Hayden besitzt einige Immobilien, und ich bin sicher, dass Vaughn zuerst nachgesehen hat, was bei Hayden frei ist, als er eine Wohnung für dich brauchte."

„Ich verstehe." Meine Stirn fühlt sich an, als sei sie dauerhaft gerunzelt, also rolle ich die Schultern und versuche mich zu entspannen. „Tut mir leid, dass ich so spät geschrieben habe."

„Wirklich?", fragt sie, bevor sie ihre Werkzeugkiste nimmt. „Denn wenn es dir leidtut, mir so spät zu schreiben, dann hätte es dir vielleicht auch leidtun können, dass dein lauter Fernseher die ganze Nacht direkt in meine Wohnung dröhnt und es mir unmöglich macht, etwas anderes zu hören."

„Scheiße", murmle ich und wische mir mit einer Hand über das Gesicht. „Das tut mir leid."

„Ich weiß, dass es das tut." Ein reumütiges Lächeln breitet sich auf ihrem Gesicht aus. „Obwohl ich nicht so sauer gewesen wäre, wenn ich gewusst hätte, dass ein Harris hier drin ist."

„Ein Harris darf also laut sein, aber ich nicht?" Ich lege eine Hand auf meine Brust und fühle, wie ein Dolch sie durchbohrt, aber sie zwinkert mir so liebenswert zu, dass ich mich nicht einmal über die Doppelmoral ärgere. „Was muss ich tun, um bei dir so beliebt zu werden wie Booker? Ich bin ein verzweifelter Mann."

„Du bist alles andere als verzweifelt." Ihre Wangen werden rosig, als sie auf meine Brust hinunterschaut. „Aber dein nasses T-Shirt ist nicht der schlimmste Weckruf, den ich je bekommen habe."

Mir fällt die Kinnlade runter. Wäre ich ein Torwart und Daphney eine Stürmerin, hätte sie mich mit diesem Schuss völlig überrumpelt. „Wie bitte?"

Sie lacht nervös und macht Anstalten zu gehen. „War nur ein Scherz."

„Nein, nein", antworte ich mit einem aufrichtigen Lächeln und stelle mich ihr in den Weg. „Hast du …?" Meine Stimme stockt mir in der Kehle, als Erregung durch meinen Körper schießt wie bei einem verdammten Teenager. „Hast du gerade mit mir geflirtet, Ducky?"

„Nein", faucht sie und rollt mit den Augen. „Du machst mich zu sehr verrückt, um mit dir zu flirten."

Ich ziehe die Augenbrauen hoch und zeige auf ihr Gesicht. „Aber du lächelst irgendwie, wenn du das sagst, also kannst du sicher meine Verwirrung verstehen."

„Ich lächle nicht", sagt sie mit einem Lächeln. „Würdest du mir aus dem Weg gehen? Ich muss ins Bett. Es gibt da einen Jingle für eine Reifenwerkstatt, den ich unbedingt fertigstellen muss."

„Es scheint, als wären wir beide in diesen Tagen ein wenig verzweifelt." Ich beiße mir auf die Lippe und kann nicht umhin, zu bemerken, wie aufmerksam sie meinen Mund beobachtet. Mein Blick wandert zu ihren Lippen, die den perfekten Rosaton haben, den ich jetzt wirklich gern kosten würde.

Ein kleines Grübchen erscheint auf ihrem Kinn, während sie ruckartig den Kopf schüttelt. „Ich muss wirklich weiter."

Ich nicke und trete einen Schritt zurück, spanne meine Brust an und versuche gar nicht erst, mein zufriedenes Grinsen zu verbergen, als ich sehe, wie sie mich abcheckt …, und zwar erneut. Sie ist wie ein Kerl, und ich liebe es.

Ich lehne mich aus der Tür, als sie sich auf den Weg zurück in ihre Wohnung macht. „Ich glaube, ich zermürbe dich ein bisschen, Ducky."

„In deinen Träumen, Soccer Boy."

Ich schließe meine Tür mit einem selbstgefälligen Lächeln im Gesicht, denn ich glaube, der Spielstand hat sich gerade zu Daphney: eins, Zander: eins geändert. Über diese neue Entwicklung kann ich alle möglichen guten Träume haben.

10

Kein Höschen

Zander

Morgen spielen wir gegen Everton, was eine weitere lange Busfahrt bedeutet, bei der Link nicht die Klappe halten und Knight die ganze Fahrt über schlafen wird. Hoffentlich kann ich auch im Bus schlafen, denn ich hätte schon vor Stunden einschlafen sollen. Mein Verstand rast jedoch, und das aus gutem Grund.

Heute früh habe ich einen großen Umschlag abgeschickt, der die Wasserflasche enthielt, aus der Booker gestern Abend getrunken hat, sowie einen Wangenabstrich von mir. Es gab auch mehrere Formulare, die ich für den Geschwister-DNA-Test bei discreetdna.com ausfüllen musste, und die Tatsache, dass ich tatsächlich den sprichwörtlichen Abzug betätigt und diesen Scheiß abgeschickt habe, verdreht mir den Magen.

In einer Woche oder so werde ich herausfinden, ob ich mein ganzes Leben lang belogen wurde. Kein Druck.

Zu allem Übel weiß ich auch noch nicht, ob ich morgen spielen werde. Coach Z hat mich heute mit dem A-Team trainieren lassen, aber er sagte, es sei nur ein Training, also solle ich mir keine Hoffnungen machen.

Er ist wirklich inspirierend.

Ich nehme mein Handy vom Beistelltisch und rufe die Nummer meiner Mutter auf. Hier ist es elf, in Boston ist es etwa sechs. Wahrscheinlich kommt sie gerade von der Arbeit zurück, trinkt ein Glas Wein und sitzt allein da. Dieses Bild lässt mir das Herz in die Hose rutschen.

Es war nie eine große Sache, so weit von ihr weg zu sein, als mein Vater noch da war. Die beiden waren die besten Freunde. Sie schauten alle ihre Fernsehsendungen zusammen und verbrachten jeden Tag fröhliche Stunden im Wintergarten. Sie gingen sogar gemeinsam einkaufen. Und sie gehörten nicht zu den Paaren, die beim Essen auf ihre Handys schauten. Sie hatten immer etwas zu besprechen. Klatsch und

Tratsch in der Stadt, Arbeitsdrama, mich. Sie sprachen viel über mich. Meine Mutter weinte bei jedem meiner Spiele, die sie besuchte. In dem Moment, in dem ich das Spielfeld betrat und auf die Tribüne blickte, hatte sie garantiert Tränen in den Augen, und mein Vater klopfte ihr auf die Schulter, während er die Videokamera in der Hand hielt, die er zu der Zeit gerade besaß.

Deshalb fühle ich mich wie ein verdammtes Arschloch, seit meiner Ankunft in London nicht mit ihr gesprochen zu haben. Sie hat mich ein paarmal angerufen, aber ich schreibe ihr normalerweise zurück und sage ihr, dass ich mit dem Training überfordert bin. Theoretisch stimmt das, aber die Wahrheit ist, dass ich einfach nicht bereit bin, mit ihr zu reden.

Egal, wie sehr ich mich anstrenge, ich kann nicht vergessen, dass sie mir gesagt hat, ich sei nicht gut genug, um hier zu sein. Und bei den Schwierigkeiten, die ich in der ersten Woche mit meinem Spiel hatte, brauchte ich niemanden, der mir noch mehr Zweifel einredet. Nach der zweiten Woche habe ich endlich meinen Rhythmus gefunden, und wenn ich sie anrufe, um ihr meine guten Neuigkeiten mitzuteilen, könnte das alles zunichtegemacht werden.

Außerdem reden wir sowieso selten über Fußball. Das war immer die Sache meines Vaters. Er fragte mich nach meinem Training, den Statistiken, den Spielen, einfach nach allem. Er hatte sogar eine Tabelle für jede meiner Saisons, die er grafisch darstellte und mir zeigte, wo ich mich verbesserte oder wo ich härter arbeiten musste. Der Mann konnte nicht einmal einen Ball schießen, aber er war ein Zahlenmensch und mein größter Fan.

Ich reibe mit dem Daumen über die Tätowierung auf meinem Bizeps und schließe die Augen. Ich kann gerade noch seine Stimme hören, die mir zuruft: „Hey, Buddy Boy!" Scheiße, ich vermisse ihn.

Und ich vermisse meine Mutter. Sie ist nicht mehr dieselbe Person, die sie war, als er noch lebte, und obwohl ich weiß, dass sie ihr Bestes tut, kann ich nicht anders, als zu denken, dass ich ihr inzwischen eine Videotour durch meine Wohnung gegeben hätte und sie mir alle möglichen Sachen bestellt hätte, von denen ich nie gewusst hätte, dass ich sie brauche, wenn die Dinge zwischen uns normal wären. Und ich hätte eine verdammte Gefriertruhe voll mit Haferflocken-Rosinen-Keksen. In meiner Wohnung gibt es zurzeit keine Kekse, also weiß ich, dass zwischen uns etwas nicht stimmt. Und ich bin mir nicht sicher, wann sich das ändern wird.

Ich lege mein Handy weg und drehe mich auf die Seite, um zur Ruhe zu kommen und den dringend benötigten Schlaf zu finden. Hoffentlich kann ich mein Leben wieder in den Griff bekommen, sobald ich diese DNA-Tests zurückbekomme, egal wie die Ergebnisse lauten.

Gerade als ich einzuschlafen beginne, höre ich eine Tür im Flur laut zuschlagen, gefolgt von einem Tumult. Ich setze mich auf, mein ist Körper in Alarmbereitschaft, weil ich selten etwas anderes als Musik aus Daphneys Wohnung höre. Ich frage mich, ob sie vielleicht Hilfe beim Tragen von etwas braucht, als weibliches Kichern mich innehalten lässt. Das Kichern wird von einem männlichen Begleiter unterdrückt und dann … Stille.

Ich schlucke den Kloß in meiner Kehle herunter. Hat Daphney da drüben einen Kerl? Bei diesem seltsamen Gedanken umklammere ich die Bettdecke, denn seit meiner Ankunft vor zwei Wochen hat Daphney keine Anzeichen für ein Sozialleben gezeigt. Andererseits bin ich an den Wochenenden nicht da, wer weiß, was sie dann so treibt.

Ein langes weibliches Stöhnen erfüllt meine Wohnung und verkrampft meinen Magen. Mein Gott, kein Wunder, dass Daphney meinen Wecker und meinen Fernseher so sehr hasst. Es ist, als wäre ich mit ihnen im Zimmer. Der Kerl gibt ein grunzendes Geräusch von sich, und ich erschaudere, als ich ihn sagen höre: „Kein verdammtes Höschen, du ungezogenes Mädchen.“

Dann gibt es Keuchen und noch mehr Kichern, das ich verdammt noch mal nicht mag. Nicht im Geringsten. Daphney kichert nicht auf diese Weise. Ich muss es wissen, ich habe sie schon zum Kichern gebracht. Das Lachen, das sie ihm schenkt, ist eindeutig unecht und gezwungen. Es hört sich nicht einmal nach ihr an, ehrlich gesagt. Andererseits klinge ich wahrscheinlich auch nicht wie ich, wenn ich Sex habe. Sexstimmen sind einfach anders.

Sekunden später höre ich das Knarren eines Bettes und dann ein rhythmisches Stoßen. Oh, verdammte Scheiße, ist das ihr Ernst?

„Oh Gott“, sagt Daphney, und ich hasse es, dass mein Schwanz in meiner Jogginghose zuckt. Ein anderer Typ vögelt sie da drüben, und ich sitze hier und werde dadurch erregt? Verdammte Scheiße, ich muss flachgelegt werden.

„Tiefer", schreit sie laut.

Tiefer? Wenn ein Mädchen einem sagen muss, dass man tiefer gehen soll, dann ist dieser Typ eindeutig schlecht bestückt. Ich kann mit absoluter Sicherheit sagen, dass mich noch nie ein Mädchen aufgefordert hat, tiefer zu gehen.

„Ja!", jubelt sie, und ich erschaudere, genervt davon, dass das, was er getan hat, funktioniert hat und er dafür gelobt wird.

Eifersucht kribbelt in meinem Bauch, also springe ich aus dem Bett und stapfe in mein Badezimmer, um den Geräuschen zu entkommen. Jetzt stöhnt und ächzt der Kerl, und es ist nicht so angenehm zu hören wie Daphney.

Wer ist dieser verdammte Kerl überhaupt? Sosehr ich auch mit Daphney geflirtet habe, sie hätte doch erwähnt, dass sie einen Freund hat, oder? Besonders nach letzter Nacht. Ich bin nicht verrückt. Sie hat mich abgecheckt. Wenn sie einen Freund hätte, würde sie mich sicher nicht abchecken und mit mir flirten.

Vielleicht ist es nur irgendein Kerl, den sie aus dem Pub mitgebracht hat? Vielleicht macht sie das oft, und ich muss mich an den Gedanken gewöhnen, dass sie es nebenan mit Typen treibt.

Verdammte Scheiße, das ist doch völlig verquer. Ich bin hier der Profi-Sportler. Sollte ich nicht derjenige sein, der regelmäßig Sex hat? Das ist Bullshit.

Um ehrlich zu sein, war ich nicht gerade auf der Suche nach Mädchen. Link und Knight sind ein paarmal durch die Clubs in West London gezogen, aber ich habe immer abgelehnt. Ich habe zu beschissen gespielt, um mich so anzustrengen. Außerdem war ich nicht in der Stimmung für Bettgeschichten. Ich wollte nur meinen Scheiß auf die Reihe kriegen und nicht aus diesem verdammten Team rausgeschmissen werden.

Daphney und dieser Typ scheinen nicht langsamer zu werden, und je länger ich vor meinem Waschbecken im Bad stehe und ihnen zuhöre, desto nervöser werde ich. Meine Handflächen sind schweißnass, als ich das Porzellanwaschbecken umklammere. Früher hat Sex meinem Fußballspiel geholfen. Ich habe ihn nach jedem Spiel gesucht wie einen verdammten Haferflocken-Rosinen-Keks. Meine kleine Belohnung nach einem großen Sieg. Vielleicht war es eine schlechte Idee, nicht mit Knight und Link auszugehen.

„Scheiß drauf", knurre ich. Ich schiebe eine Hand in meine

Jogginghose und umfasse meinen steinharten Schwanz. „Gott", stoße ich aus, denn so hart war ich seit Monaten nicht mehr. Es ist fast schmerzhaft, ihn zu streicheln, so verdammt hart ist er. Aber der Schmerz fühlt sich auch gut an. Auf eine kranke Art belohnend.

Ich pumpe meinen Schwanz und stelle mir vor, wie ich mit Daphney da drin bin, sie über das winzige Sofa beuge, sie gegen ihre Tonkabine drücke, die Tasten auf ihrem Keyboard klimpern lasse, während ich ihr das Hirn rausvögle und höre, wie sie meinen Namen ruft … und den des Arschlochs, das bei ihr ist.

Daphney erträgt mich gerade so, weshalb es mich gewissermaßen zum Perversen macht, mir einen runterzuholen, während sie nebenan einen Typen vögelt, aber das habe ich für all die fiesen Blicke verdient, die sie mir jedes Mal zuwirft, wenn sie mich sieht. Für all die Male, die sie mich wegen meines Weckers angeschrien oder mir eine SMS geschickt hat, um mich daran zu erinnern, meinen Müll zum Müllcontainer zu bringen und ihn nicht im Flur verrotten zu lassen. Seit ich das Old George betreten habe, hat sie nichts anderes getan als zu nörgeln, während ich immer nur freundlich war.

„Fuck!", rufe ich aus, als mein Höhepunkt mich unvorbereitet trifft und ich meine Erlösung über das ganze Waschbecken im Bad spritze. Ich atme schwer aus, mein Bauch spannt sich mit jedem Atemzug an.

Ich halte inne, um zu lauschen, und stelle fest, dass von nebenan keine Geräusche mehr zu hören sind. Sie müssen vor mir fertig geworden sein. Verdammter Amateur.

Ich mache alles sauber und lege mich wieder ins Bett, und der Gedanke, dass ich Daphney zehnmal besser befriedigen könnte als der Wichser nebenan, lässt mich in einen tiefen, erholsamen Schlaf fallen.

11

Ist die Katze aus dem Haus, regt sich die Maus

Daphney

> Phoebe: Und, ist die Musik geflossen wie die wunderschönen Hügel von Essex?
>
> Ich: Nicht so, wie ich gehofft hatte. Ich habe einen Text für einen ganz anderen Song geschrieben, nicht für den Jingle, mit dem ich gutes Geld verdienen kann.
>
> Phoebe: Nun, du schreibst wieder! Das ist ein Grund zum Feiern.
>
> Ich: Ich denke schon. Ich bin nur frustriert. Das ist keine Raketenwissenschaft. Es ist eine Reifenwerkstatt. Ich muss den Text in drei Tagen abliefern, sonst lasse ich mir etwas entgehen.
>
> Phoebe: Entspann dich einfach. Du wirst es schaffen. Das tust du immer.
>
> Ich: Nicht immer.
>
> Phoebe: Weißt du, was man sagt, was die Kreativität fördert?
>
> Ich: Harte Drogen?
>
> Phoebe: Sex, Daph …, was vielleicht etwas leichter zu finden ist als harte Drogen. Ich kenne einen ungezogenen Nachbarn, der wahrscheinlich nur allzu bereit wäre, dir einen solchen Service zu einem viel günstigeren Preis als ein Drogendealer anzubieten.

Allein die Erwähnung von Zander lässt meinen ganzen Körper heiß werden. Seit ich gesehen habe, wie er dieses blöde *Bridget Jones* Buch gelesen hat, hat sich meine Einstellung zu ihm geändert. Es hat ihn vermenschlicht oder so. Er ist jetzt viel weniger ein Wichser und viel mehr der liebenswerte Junge von nebenan. Und obwohl ich weiß, dass es eine kilometerlange Liste von Gründen gibt, warum ich mich weit, weit von ihm fernhalten sollte, muss ich zugeben, dass ich mich gefreut habe, als ich gesehen habe, dass er derjenige mit dem Klempnerproblem neulich Abend war. Ich meine, er ist ein sexy Fußballer, der mein Nachbar ist. Ein Mädchen kann Anziehungskraft nicht ewig leugnen.

> **Ich: Glaubst du wirklich, dass ich einen One-Night-Stand mit ihm durchziehen kann, Phoebe? Er ist mein Nachbar, es könnte also unangenehm werden. Außerdem bin ich ein Beziehungsmensch. Das war ich schon immer.**

> **Phoebe: Menschen ändern sich, Daph. Ich bin jetzt eine Liebesroman-Erzählerin! Keiner hat das kommen sehen.**

> **Ich: Gutes Argument.**

> **Phoebe: Außerdem ist es nur unangenehm, wenn du es zulässt. Und du wirst es nicht wissen, wenn du es nicht versuchst. Du brauchst einen Lückenbüßer, um zu deinem alten Selbst zurückzufinden. Sieh einfach mal, was passiert, wenn du dir erlaubst, ein bisschen Spaß zu haben.**

> **Ich: Leichter gesagt als getan.**

> **Phoebe: Ich habe größtes Vertrauen in dich, Daph. XX**

Ich lache und stecke mein Handy in die Tasche, während ich die drei Stockwerke zu meiner Etage hinaufsteige. Es ist später Sonntagabend, und ich fühle mich nach einem vergeudeten Wochenende bei meinen Eltern ein wenig niedergeschlagen. Ich dachte, die Rückkehr nach Essex, wo ich in meiner Jugend tonnenweise Songs geschrieben habe, würde mich daran erinnern, dass ich zu so etwas fähig bin.

Leider hat die Reise zu viel von meiner Jugend inspiriert, denn am Ende schrieb ich einen Text zu etwas, das nichts mit Tire Depot zu tun hatte. Kreativität ist ein wankelmütiges Miststück. Vielleicht hat Phoebe recht und ein bisschen Spaß würde helfen?

Als ich im dritten Stock ankomme und eine Maus sehe, die aus einer Abfalltüte vor Zanders Tür flüchtet, sinkt mein hoffnungsvoller Ausblick bezüglich Soccer Boy auf den dreckigen Boden unter meinen Füßen.

Ich lasse meinen Koffer im Flur stehen, marschiere zu Zanders Tür und hämmere lautstark dagegen. Es ist mir völlig egal, ob er süß wirkte, als er im Old George *Bridget Jones* gelesen hat, oder ob seine Brustmuskeln in dem nassen weißen T-Shirt neulich fantastisch aussahen. Er hat mir gerade meine Woche total versaut, indem er Ungeziefer in unser Gebäude gebracht hat. Gott, ich hätte bei ihm nie unachtsam dürfen! Man gibt ihnen den kleinen Finger, und sie nehmen die ganze Hand.

Es dauert ewig, bis ein verschlafen aussehender Zander seine Tür öffnet. Er trägt tief sitzende graue Jogginghosen und das V seiner Hüften ist schon fast obszön, aber ich vergrabe dieses grässliche Bild in einem tiefen Strudel in meinem Körper, als ich ihm fest in die Brust stoße und ignoriere, wie hart er ist.

„Wie oft habe ich dir schon gesagt, dass du deinen Abfall nicht im Hausflur abstellen sollst?", zische ich, die Hände zu Fäusten geballt.

„Ich habe geschlafen", murmelt er und reibt sich mit den Fäusten über seine haselnussbraunen Augen, die dunkle Ringe zieren.

„Das ist mir egal!", rufe ich und hasse sein süßes Aussehen, während ich wütend auf ihn bin. Frustriert stampfe ich mit dem Fuß auf. „Ich habe vorhin eine Maus in unserem Flur gesehen!"

„Stell halt ein paar Fallen auf. Es wird schon alles gut. Ich bringe ihn morgen früh raus." Er dreht sich um, um die Tür vor meiner Nase zu schließen, und ich stelle meinen Fuß dazwischen.

Wie unhöflich kann er nur sein? „Du wirst ihn jetzt rausbringen."

Zander sieht mich mit zusammengekniffenen Augen an. „Ich weiß, dass du den Job als Hausverwalterin sehr ernst nimmst, aber wenn hier draußen nicht gerade eine verdammte Zombie-Apokalypse herrscht, kann ich mich morgen früh darum kümmern. Ich hatte ein wirklich hartes Wochenende und muss mich ausruhen."

„Gut, dann mache ich es eben selbst!" Ich stoße ein Knurren aus, als ich mich bücke und seine Tüte aufhebe. Ich drehe mich, um die Treppe hinunterzugehen, und spüre, wie sich eine warme Hand fest um meinen Ellbogen legt und mich nach hinten zerrt.

„Du bringst meinen Müll nicht raus." Zander löst seinen Griff um mich, dann greift er nach unten und reißt mir den Abfall aus der Hand. Seine Augen sehen im grellen Licht des Flurs ernst aus, während er sich über mich beugt, wobei die Anspannung förmlich von seinem durchtrainierten Körper abstrahlt.

„Versuch nur, mich aufzuhalten", schnauze ich und weigere mich, die Tüte loszulassen. „Du hältst dich offenbar für zu gut, um deinen eigenen

Abfall rauszubringen. Und da ich keine Lust auf eine Maus in meiner Wohnung habe, muss ich das wohl oder übel selbst machen!"

„Warum kann das nicht bis morgen warten?" Er reißt mir die Tüte aus der Hand und greift sich in den Nacken, während er einen Schritt zurücktritt. Mein Blick fällt auf seinen wulstigen Bizeps und eine kleine Tätowierung, die mir vorher nie aufgefallen ist. Seine Stimme ist flach, als er hinzufügt: „Ich sehe andere Leute, die ihre Müllsäcke über Nacht im Flur stehen lassen. Hängst du denen deshalb auch am Hintern?"

„Ich hänge dir wohl kaum am Hintern. Und was für eine lächerliche Phrase", spotte ich, verärgert darüber, wie schroff sein Ton mir gegenüber gerade ist. Das ist nicht der Zander, den ich gewohnt bin. Aber dieser Muskel in seinem Kiefer, der sich wütend bewegt, ist wirklich attraktiv.

„Oh bitte, Daphney. Du hängst seit meiner Ankunft so sehr an meinem Arsch, dass du inzwischen wahrscheinlich für mich sprechen könntest, wenn du nur etwas tiefer gehst. Ich kann hier mit nichts davonkommen. In der Zwischenzeit kannst du die ganze Nacht lang irgendwelche Typen so laut vögeln, wie du willst, ohne eine Sorge auf der Welt."

„Irgendwelche Typen vögeln? Wovon in aller Welt redest du?"

„Freitagabend, der Abend vor meinem ersten Spiel, bei dem ich übrigens in der Startaufstellung war, habe ich gehört, wie du nebenan einen Typen genagelt hast. Ich wurde viermal geweckt. Ich hätte nicht gedacht, dass der Typ das Durchhaltevermögen hat, aber er hat mich eines Besseren belehrt. Bitte richte ihm meine Anerkennung aus. Du weißt wirklich, wie man sie auswählt."

Erschrocken starre ich ihn an und versuche zu verstehen, was er da gerade gesagt hat. „Warte …, du hast ein Match gespielt?" Mein Brustkorb zieht sich zusammen, als ich in seinem Gesicht nach Bestätigung suche. Ich habe mir das Spiel nicht angesehen, weil ich arbeiten musste, und nach unserem Gespräch im Supermarkt habe ich nicht damit gerechnet, dass Zander spielen würde. Hätte ich gewusst, dass er auf dem Spielfeld ist, hätte ich den Fernseher eingeschaltet. „Du hast tatsächlich gespielt? Zander, das ist genial!"

„Ich weiß! Und ich habe es versaut, dank dir", schnauzt er mit angespanntem Kiefer, während Enttäuschung über sein Gesicht huscht. „Ich habe als zweiter Innenverteidiger neben Finney gespielt, und ich habe einen Stürmer herausgefordert, um mich zu beweisen, und wurde völlig fertiggemacht. Sie haben ein Tor geschossen und das verdammte Spiel am Ende gewonnen."

Ich blinzle meine Verwirrung weg. „Und das ist irgendwie meine Schuld?"

„Ja! Ich habe Freitagnacht beschissen geschlafen, weil es da drüben wie in einem perversen Horrorfilm klang. Ich wusste gar nicht, dass du so ein Schreihals bist, Duckmeister."

„Das war ich nicht!", rufe ich abwehrend, nachdem ich endlich herausgefunden habe, wovon er spricht.

„Klar, sicher." Er rollt mit den Augen.

„Ich war es nicht!"

„Wer war es dann?" Ein eifersüchtiger Blick huscht durch seine Augen, und meine Brust verkrampft sich vor Aufregung über diese Erkenntnis.

„Das geht dich nichts an, aber ich versichere dir, dass ich es nicht war." Ich schlucke den Kloß in meiner Kehle hinunter, verschränke die Arme vor der Brust und ignoriere die Wärme, die sich in meinem Körper ausbreitet. Selbst wenn ich es gewesen wäre, gäbe das Zander nicht die Erlaubnis, die sehr einfachen Regeln des Hauses zu ignorieren. „Ich war zu Hause in Essex, um meine Eltern zu besuchen und zu arbeiten, weil du buchstäblich der lauteste Nachbar im Universum bist."

„Du vermietest also stundenweise deine Wohnung, während du weg bist?" Er stößt ein trockenes Lachen aus. „Ich bin sicher, dein Bruder würde sich freuen zu hören, dass du sein Haus in ein Bordell verwandelst. Vielleicht schreibe ich ihm einfach eine SMS."

„Du hast vielleicht Nerven!", zische ich, als er sich umdreht, um zurück in seine Wohnung zu gehen. Ich ergreife seinen Arm und wirble ihn zurück, damit er mir ins Gesicht schaut. Meine Hand drückt instinktiv auf das Muskelpaket, und ich spüre, wie eine Flamme durch den direkten Kontakt meinen ganzen Arm hinauf züngelt. „Nicht dass du ein Recht hättest, es zu wissen, aber es war nicht irgendeine beliebige Person. Es war eine Freundin", stoße ich hervor, verärgert über mich selbst, dass ich die Sache klären will, weil mir seine Meinung über mich wichtig ist. „Ich werde dir nicht sagen, wer es war, denn das wäre ein Eingriff in ihre Privatsphäre und geht dich überhaupt nichts an, aber sie hat mich um Erlaubnis gebeten, meine Wohnung zu benutzen, und ich habe Ja gesagt."

„Sie hat dich um Erlaubnis gebeten, jemanden in deiner Wohnung zu ficken?" Zander starrt mich ungläubig an. „Eine stilvolle Freundin."

„Männer würden dasselbe tun, ohne zu fragen", erwidere ich, als ich schmerzlich an den Zander erinnert werde, den ich im Pub getroffen habe und der ein totales Schwein war. Vergessen ist der Kerl, der nervös aussah, wenn er über Fußball sprach, oder der, der ein *Bridget Jones*-Lesezeichen passend zum Buch kaufte. Den gibt es schon lange nicht mehr. Der Mann vor mir sieht dem Mistkerl, der mich vor nicht allzu langer Zeit verarscht hat, gefährlich ähnlich. „Das ist so eine frauenfeindliche Doppelmoral."

„Hör zu, es ist mir egal, wen und wo deine Freunde vögeln. Ich wünschte sogar, du wärst es gewesen, denn dann würde es dir vielleicht helfen, den Stock aus deinem Arsch zu bekommen."

„Ich habe keinen Stock im Arsch!", kreische ich förmlich, als ich einen Schritt auf ihn zu mache.

„Und ob du das hast, denn du magst mich verdammt noch mal, Ducky! Und du redest dir ein, dass du es nicht tust, aus weiß Gott welchem Grund. Ein Braves-Mädchen-Komplex? Denkst du, es macht dich schlecht, den Fußballer zu ficken? Nun, das wird es nicht. Es macht dich nur schlecht, dich selbst damit zu belügen, was du willst."

Wie kann er wissen, was ich will? Er kann unmöglich wissen, welche Gefühle seine dämliche umgedrehte Kappe bei mir auslöst.

„Das ist nicht …, ich …, das ist nicht …" Um Himmels willen, könnte er aufhören, mich mit diesem dummen, schiefen Grinsen anzulächeln, damit ich meine Gedanken ordnen kann?

Meine Finger zittern, während Zander so groß, selbstgefällig und aufdringlich über mir aufragt, als wüsste er genau, was er mit mir macht. Ich glaube nicht, dass Sex mit Zander Williams mich schlecht machen wird. Das ist lächerlich. Ich bin eine erwachsene Frau, und wenn ich mit einem Fußballspieler schlafen will, kann ich das auch tun.

Er schnaubt und schenkt mir ein herablassendes Grinsen. „Das habe ich mir gedacht. Kleine Miss Perfect."

Kleine Miss Perfect, von wegen.

Er bückt sich, um den Müll aufzuheben, und die Nähe, gepaart mit der Wut, die durch meine Adern fließt, lässt etwas Schockierendes mit meinem Körper geschehen. Eine dämonische Besessenheit, eine Fehlentscheidung, vorübergehende Unzurechnungsfähigkeit? Ich bin mir nicht sicher …, aber ehe ich mich versehe, lege ich die Hände in seinen Nacken und ziehe ihn zu mir herunter, um ihm einen sehr überraschenden, sehr unerwarteten, für Daphney Clarke sehr untypischen … Kuss zu geben.

Zanders Lippen sind hart auf meinen, als ich die Hände verschränke und unsere Münder miteinander verschmelzen lasse. Er riecht wie eine Mischung aus Zitrusfrüchten und Zahnpasta. Mir wird schlagartig klar, dass ich seit Rex keinen Kerl mehr geküsst habe, und ich hasse es, dass er mir schon *wieder* in den Sinn kommt. Ich will, dass Rex the Hex für immer aus meinem Gedächtnis gestrichen wird. Und nun, Phoebe sagt immer, der beste Weg, über jemanden hinwegzukommen, sei, unter jemand anderem zu kommen.

Und zum Glück küsst Zander überhaupt nicht wie Rex. Zander fühlt sich fremd, neu und ein bisschen hart an, jetzt wo ich darüber nachdenke. Andererseits ist der Kuss eher seltsam, weil ich erst jetzt merke, *dass er ihn nicht erwidert.*

Oh, scheiße …, ist das einvernehmlich? Hätte ich vorher fragen sollen? Wenn er das nicht will und ich ihn gegen seinen Willen als Hausverwalterin küsse, könnte das sehr, sehr schlimm werden.

Ich reiße meine Lippen von seinen los und atme scharf ein, während ich ihn mit entsetzten Augen anstarre. „Mein Gott … Ich kann nicht glauben, dass ich das gerade getan habe. Das war so unangebracht. Wir sollten …"

Meine Stimme wird unterbrochen, als er seine warmen Handflächen auf meine Wangen presst und seine Lippen wieder auf meine senkt, um meine Worte mit seinem schönen, gefühlvollen Mund zu verschlingen, der den Kuss dieses Mal definitiv erwidert. Er dringt mit seiner Zunge in mich ein, und ein tiefes Knurren vibriert in seiner Brust, während seine Hände an meinen Armen hinuntergleiten und sich fest um meine Taille legen, um mich an seinen breiten Körper zu ziehen.

Okay, was wir vor Sekunden gemacht haben, war kein Küssen. *Das* hier ist Küssen. Mein Gott, das ist Küssen. Das ist richtiges Knutschen, wie ich es noch nie erlebt habe.

Was wahrscheinlich bedeutet, dass mein Kuss vorher einvernehmlich war, ihn aber nur ein bisschen verblüfft hat? Oder wenn er nicht einvernehmlich war, dann ist er es jetzt …, also … alles gut, denke ich? Gott, Hirn …, halt die Klappe und küss ihn zurück. Du verdienst das!

Meine Hände breiten sich auf seiner nackten Brust aus, als er uns rückwärts bewegt und mich gegen die nächste Wand stößt. Als sein Körper an meinem ist, spüre ich ein sofortiges Kribbeln zwischen den Beinen, das mir ein Stöhnen entlockt. Rex und ich hatten nie ein solches Maß an Leidenschaft. Nicht einmal annähernd. Keiner der Männer, mit denen ich zusammen war, hatte so etwas. Vielleicht, weil wir so lange zusammen waren, bevor wir wirklich intim wurden? Zum Teufel, vielleicht hat Phoebe recht, und Bettgeschichten können Spaß machen.

Zanders Hände gleiten über meinen Rücken und wandern hinunter zu meinem Po. Er zieht mich gierig, heftig an seinen Unterleib. Als würde ihn jeder Millimeter Abstand zwischen uns wütend machen. Unsere Lippen hören nicht auf, sich zu bewegen, und meine Schenkel spannen sich vor Verlangen an, als ich die Erregung auch unterhalb seiner Taille spüre. Meine Haut steht in Flammen, und Zanders Lippen sind das Benzin, das die Flamme anfacht.

Zander unterbricht den Kuss, seine Stimme heiser und schroff, als er mir ins Ohr flüstert: „Sag mir, dass du nicht in deiner Wohnung gesessen, auf die dünne Wand zwischen uns geschaut hast und sie durchbrechen wolltest, um mich zu ficken."

Ein nervöses Geräusch dringt aus meiner Kehle. „Ähm …"

„Denn ich habe es getan." Er streicht mit den Stoppeln an seinem Kinn über meinen Hals und flüstert in mein anderes Ohr, während seine heiße Zunge mich reizt. „Fast jede verdammte Nacht seit meinem Einzug wollte ich dich …, habe an dich gedacht."

„Oh mein Gott", stöhne ich angesichts des übertrieben sexuellen Tonfalls seiner Stimme, und mein Körper schmilzt förmlich in seinen Armen dahin, während meine Nippel unter meinem Hemd hart werden. Ganz ehrlich, wenn er mich nicht an der Wand festhielte, läge ich in einer Pfütze auf dem Boden.

„Sag mir, dass du mich willst, Daphney." Zanders Stimme ist so selbstbewusst, so sicher. Als hätte er das schon mal gemacht. Mehrere Male mit mehreren Frauen.

Das Bild, das sich mir bietet, überfordert all meine Sinne. Wenn ich Phoebe wäre, wäre das eine einfache Antwort. Sag einfach Ja und lass dich von ihm durchvögeln, Daphney! Das hast du verdient! Du brauchst einen Lückenbüßer.

Leider bin ich nicht Miss Zwanglos. Ich bin Miss Monogamie. Wenn ich mich ausziehe und mit einem Typen schlafe, mit dem ich nicht in einer Beziehung bin, bedeutet das mit Sicherheit peinlichen und unbeholfenen

Sex. Ich werde mich für meinen Körper schämen, und er wird aussehen wie der fitte Fußballer, der er ist. Dann werden wir uns auf seltsame Weise verabschieden, und die ganze Frage, ob er anruft oder nicht, wird mich sterben lassen wollen.

Wenn man wirklich darüber nachdenkt, ist zwangloser Sex alles andere als zwanglos. Sex mit einem festen Freund ist wirklich zwanglos. Er weiß, was man mag und was nicht, also kann man sich einfach entspannen und es genießen …, ohne Sorgen. Man muss sich nicht einmal Sorgen um einen Orgasmus machen, weil man nicht versucht, den anderen zu beeindrucken, wenn man in einer festen Beziehung ist.

Was ist, wenn ich beim zwanglosen Sex scheiße bin? Was ist, wenn ich ausflippe und nicht zum Höhepunkt komme und es vortäuschen muss? Ich bin eine miese Schauspielerin …, das war ich schon immer. Ich kann nicht mal richtig lügen! Phoebe hat in Sekundenschnelle gemerkt, dass ich auf Zander stehe, und ich glaube, ich wusste es selbst noch nicht mal!

Oh Gott, das ist eine schreckliche, schreckliche Idee. Ich kann das nicht tun.

„Ich will …“ Ich löse meine Lippen von Zander und drücke gegen seine Brust, während ich murmle: „Du sollst deinen verdammten Abfall rausbringen. In Amerika nennt man das Müll.“

Zanders Gesicht wird lang, und ich nutze seine schockierte Reaktion, um mich aus seinem Griff zu befreien. Ich stolpere zu meinem Koffer an der gegenüberliegenden Wand und ziehe ihn hinter mir her, während ich zu meiner Tür eile. In meiner Wohnung angekommen, lasse ich mich auf den Boden sinken und überlege, ob ich mir den Kopf anschlagen soll, um mir eine starke Dosis Amnesie zu verpassen, damit ich mich nie wieder an diesen peinlichen Moment erinnern muss.

Ich schätze, ich weiß, was passiert, wenn ich aufhöre zu denken.

12

Katz und Maus

Zander

„Steigerst du dich wieder in den DNA-Test hinein?", murmelt Link mit einem Mund voll Proteinpfannkuchen.

„Was?", frage ich, mit meinen Gedanken völlig abgelenkt, während ich an meinem Proteinshake nippe. Es ist früher Montagmorgen, und wir drei haben uns zum Frühstück in einem Café getroffen, das direkt gegenüber dem Tower Park liegt und The Full Monty heißt. Wir haben in einer Stunde Training, und ich muss zugeben, dass ich keine Ahnung habe, worüber sie geredet haben, weil ich sehr abgelenkt war.

„Du hast die Ergebnisse noch nicht, richtig?", erkundigt Knight sich, der seine Kaffeetasse umklammert.

„Gott, nein. Es ist erst ein paar Tage her." Ich schüttle den Kopf, um meine Gedanken zu ordnen, während Link und Knight mich ernsthaft mustern.

„Denkst du an das Spiel am Samstag?", fragt Knight mit einem wissenden Ausdruck im Gesicht.

Ich zucke zusammen und überlege, ob ich lügen und so tun soll, als sei ich damit abgelenkt, aber dann denke ich *scheiß drauf* und entscheide mich für Offenheit. „Ich stecke mitten in einer bizarren, sexuellen Katz- und Mausjagd mit meiner heißen, geschickten Nachbarin, von der ich ziemlich sicher bin, dass sie mich hasst, aber mich auch ficken will."

„Wie bitte?", antwortet Knight trocken.

Link zieht die Stirn in Falten. „Ist das das Mädchen, das in der Nacht, als wir betrunken in deiner Wohnung waren, das Essen geliefert hat?"

Ich nicke und stütze mein Kinn in die Hände, während ich auf den Verkehr auf der belebten Straße von Bethnal Green hinausblicke. „Sie geht mir auf die Nerven, weil ich zu laut war und mich nicht an die Hausordnung gehalten habe. Es gab ein bisschen Geschrei, und ich glaube, ich bin vielleicht verliebt." Nicht *verliebt* verliebt …, aber verdammt, wenn ich nicht aufhören kann, an diesen Kuss zu denken, hat es mich wirklich erwischt.

„Du klingst wie ein Perverser, Mann." Knight schüttelt den Kopf.

„Ich weiß." Ich starre hinauf in den Himmel. „Sie inspiriert mich."

„Mag sie dich überhaupt?" Link unterbricht meine Tagträumerei mit einer ärgerlich offensichtlichen Frage. „Ich habe an dem Abend in deiner Wohnung keine guten Schwingungen zwischen euch beiden wahrgenommen."

„Das war vorher." Ich beuge mich mit einem verschmitzten Lächeln vor.

Link ahmt meine Körperhaltung nach, seine Augen leuchten vor Neugierde. „Vor was?"

„Bevor sie letzte Nacht an meine Tür gehämmert und mich aus dem Tiefschlaf geweckt hat, um mich wegen meines Mülls im Hausflur anzuschreien. Dann, wie aus dem Nichts, hat sie mir eine Schockzunge verpasst."

„Was ist Schockzunge?", fragt Link, der mich mit großen, faszinierten Augen ansieht. „Klingt aggressiv."

Meine Mundwinkel zucken. „Eine Schockzunge ist die Art von Kuss, die man nicht kommen sieht, aber sobald der Schock nachlässt, ist man froh, dass es passiert."

„Klingt reizend", krächzt er, räuspert sich dann unbeholfen und senkt seine Stimme um eine Oktave. „Ich meine …, klingt verdammt heiß."

„Oh, das war es." Ich kann mir das Lächeln nicht verkneifen, selbst wenn ich es versuche. Ich bin mir ziemlich sicher, dass ich heute mit einem Lächeln aufgewacht bin.

„Was ist danach passiert?", grunzt Knight, der mehr Interesse zeigt, als ich so früh am Morgen von ihm erwartet hätte.

„Sie hat den Kuss unterbrochen, mich angeschrien, ich solle meinen Müll rausbringen, und ist in ihrer Wohnung verschwunden. Verdammt heiß."

„Sie klingt verrückt", schnaubt Knight.

„Sie klingt perfekt", korrigiert Link.

„Sie klingt, als ob sie mich will, aber nicht zugeben will, dass sie mich will." Ich lege meine Gabel hin, schiebe mein Essen weg und lehne mich in meinem Stuhl zurück, um nachzudenken. „Was kann ich tun, damit diese Schockzungensache regelmäßig stattfindet?"

„Können wir aufhören, Schockzunge zu sagen?", grummelt Knight und starrt in seine Kaffeetasse. „Das klingt vergewaltigend."

„Ich habe eine Idee", sagt Link, und ich kann nicht anders, als zusammenzuzucken, weil es mich daran erinnert, dass es Links Idee war, die DNA einzuschicken, und jedes Mal, wenn ich an die möglichen Ergebnisse denke, strömt Angst durch mich hindurch. „Was ist, wenn wir heute Abend vorbeikommen und etwas in deiner Wohnung kaputt machen, sodass sie kommen muss, um es zu reparieren, wie als Booker bei dir war? Wir planen im Grunde den perfekten Pornofilm."

„Klar", antworte ich langsam. „Aber wir machen keine Orgien-Szene, also warum sollte ich euch da brauchen?"

Link sinkt in sich zusammen. „Och schade, wirklich?"

Ich blinzle ihn an. „Du würdest einen Vierer mit mir und Knight machen wollen?"

„Ich bin aufgeschlossen." Link zuckt mit den Schultern.

„Ich bin verschlossen", blafft Knight. „Euch gegenüber. Und anderen Schwänzen im Allgemeinen. Ich bin nicht verschlossen gegenüber Männern, die Schwänze mögen. Spiel mit den Eiern, die du magst. Aber ihr braucht sie nicht an mich weiterzureichen, versteht ihr?"

„Nun, ich brauche sie auch nicht", verteidigt Link sich, der dabei urkomisch zurückgewiesen aussieht. „Ich sage nur, wenn ich mitten in einen Porno hineingeworfen würde, wäre ich nicht so angewidert von der Vorstellung, mit ein paar durchtrainierten Profifußballern zusammen zu sein. Ich glaube, ich wäre schwul für euch! Wollt ihr mir sagen, ihr wärt nicht schwul für mich? Habt ihr meine Bauchmuskeln gesehen?"

Er hebt sein Hemd hoch, und obwohl der Mann ein solides Sixpack hat, fürchte ich, dass uns dieses Gespräch entgleitet. „Wie wäre es, wenn ich heute nach dem Training im Old George vorbeischaue und nachsehe, ob sie arbeitet?"

Link seufzt niedergeschlagen. „Immer die Brautjungfer, nie die Braut."

„Oder …" Knight beugt sich über den Tisch und zeigt mit seiner Gabel auf mich. „Du konzentrierst dich auf das Spiel, das wir am Mittwochabend im Tower Park haben. Du hast die Chance, bei einem

Heimspiel in der Startelf zu stehen, und darauf solltest du dich zu hundert Prozent konzentrieren. Nicht auf irgendein Mädchen."

Ich seufze schwer und fahre mir mit einer Hand durch die Haare. „Scheiße, du hast recht. Aber nach dem, was am Samstag passiert ist, werde ich wahrscheinlich wieder auf der Bank sitzen." Mein Kiefer verkrampft sich, als ich den Moment in meinem Kopf noch einmal durchspiele. „Gott, ich weiß, ich hätte nicht nach vorn drängen sollen. Sie haben mich als Innenverteidiger eingesetzt, aber ich war so verdammt nah dran, den Ball abzunehmen, dass ich nicht anders konnte. Ich habe Booker hängen lassen. Ein Anfängerfehler, ganz klar. Coach Z wird mir heute den Arsch aufreißen."

„Da wäre ich mir nicht so sicher", antwortet Knight mit einem wissenden Blick. „Du magst irgendwann mal übereifrig gewesen sein, aber bis dahin hast du eher wie ein Libero als ein Innenverteidiger gespielt, und dafür hat Vaughn dich rekrutiert."

„Meinst du?", frage ich, immer noch verärgert über mich selbst. „Ich habe uns das verdammte Spiel gekostet, Knight."

„Ich weiß, aber du und Booker wart völlig synchron. Das ist es, was Vaughn Harris von dir will. Einen Libero, der sich zurückhält und den Strafraum schützt, wenn es nötig ist, und der seinem Torwart den Rücken freihält … oder die Front. Ich denke, dass deine Instinkte über weite Teile des Spiels genau richtig waren. Du hast dich nur verbrannt, weil Finney dir nicht den Rücken freigehalten hat. Hast du nicht bemerkt, dass Vaughn Finney nach dem Spiel zur Seite genommen hat und nicht dich?"

„Ja", antworte ich und spüre, wie ein nervöses Kribbeln in meinen Fingern beginnt. „Ich dachte, das wäre, weil er zu angewidert von mir war, um zu reden."

Knight zuckt mit den Schultern. „Oder du tust genau das, was er will, und jetzt muss er nur die Dinge umstellen, um den neuen Spielplan zu beschleunigen."

„Na, scheiße." Ich stoße ein Lachen aus und fühle mich zehnmal leichter als vorhin beim Hinsetzen. „Knight, wenn du recht hast, muss ich dir vielleicht eine Schockzunge verpassen."

„Ich werde zusehen!", ruft Link, und das unheimliche Funkeln in seinen Augen lässt sowohl Knight als auch mich in Gelächter ausbrechen.

13

Mausefalle

Daphney

Es ist Dienstagabend, und ich sitze in meiner winzigen Klauenfuß-Badewanne, die Gitarre fest an meine Brust gepresst, während die Akustikakkorde laut von den Fliesenwänden widerhallen. Ich singe den letzten Takt des Jingles von Tire Depot, den ich endlich fertiggestellt habe, und spüre, wie mich ein euphorischer Rausch überkommt.

„Oh, mein Gott", rufe ich, und meine Gitarre gibt einen wütenden Protestlaut von sich, als ich sie am Hals packe und mich aus der leeren Wanne stürze. „Das ist es!"

Ich greife nach meinem Notizbuch mit dem Text, den ich mir gerade ausgedacht habe, und sehe mich nach meinem Stift um, nur um mich daran zu erinnern, dass er in meinem unordentlichen Dutt steckt. Ich ziehe ihn heraus und mache die letzte Notiz, die mir gerade eingefallen ist, während ich aus dem Bad schlurfe, um meine Gitarre wieder auf ihren Ständer zu stellen.

Mittlerweile sind zwei Tage vergangen, seit ich mit Zander im Flur geknutscht habe, und ich hatte noch nicht einmal Zeit, darüber nachzudenken. Offenbar braucht es keinen Sex, um meine Kreativität freizusetzen – ein heißer Kuss im Flur tut es auch.

Zuerst habe ich mit einem Text herumgespielt, der nichts mit der Arbeit zu tun hatte. Dann fiel mir plötzlich einfach so die Melodie für Tire Depot ein, und ich habe mein Badezimmer nicht verlassen, bis sie perfekt war.

Ich habe meine Musik schon immer im Badezimmer geübt und meine Geschwister damit in den Wahnsinn getrieben, als wir noch klein waren. Wir teilten uns zu viert ein Badezimmer im ersten Stock des Landhauses meiner Eltern, und nach der Schule nahm ich meinen zusammenklappbaren Notenständer zusammen mit meinem Waldhorn mit ins Klo und übte bis zum Spätnachmittag meine Noten. Ich war wirklich die nervigste jüngste Schwester.

Als ich mich auf die Gitarre konzentrierte, wurde es für alle etwas erträglicher, aber sie beschwerten sich trotzdem jeden Abend bei unseren Eltern, weil ich stundenlang im Badezimmer saß. Meine Eltern haben mir aber nie gesagt, dass ich aufhören soll, und so ist diese Angewohnheit geblieben.

Ich habe mich nie auf Gesang konzentriert, aber wenn ich etwas singen muss, zum Beispiel einen Jingle für eine Reifenwerkstatt, habe ich das Gefühl, dass das Badezimmer mich besser klingen lässt, als ich bin. Phoebe sagt, mein heiserer Ton sei wie eine Mischung aus Adele und Janis Joplin, was sie natürlich nur sagt, weil sie meine beste Freundin ist, und das ist es, was beste Freundinnen tun. Sie lügen nach Strich und Faden, damit man sich selbst besser fühlt. Aber ich weiß, dass ich keine schlechte Sängerin bin. Zumindest treffe ich den Ton, und das ist die halbe Miete. Ich tue es nur nicht gern, um Aufmerksamkeit zu erregen, wenn ich es vermeiden kann.

Ich habe auf der Hochzeit von Hayden und Vi gesungen, und das hat mir nichts ausgemacht, denn der Fokus lag ganz auf der Braut und dem Bräutigam. Niemand erwartete von mir einen Auftritt. Die Musik war einfach nur eine emotionale Untermalung. Das ist die Art von Gesang, die mir Spaß macht. Oder diese Art, bei der ich sie in meiner Wohnung aufnehme, wo mich niemand hören kann.

Sobald mein Text perfekt ist, gehe ich in meine kleine Aufnahmekabine, werfe mein Equipment an und setze mir die Kopfhörer auf. Ich rufe die Originalspur der Instrumentalversion auf, die ich vor Ewigkeiten bei Commercial Notes eingereicht habe, und spiele sie mir ins Ohr, damit ich eine Begleitung habe, zu der ich mitsingen kann.

Für die Aufnahme der sechzigsekündigen Gesangsspur brauche ich nur zwanzig Minuten, weil ich alles noch so frisch im Kopf habe. Ehrlich gesagt ist es das, was ich an Promo-Tracks liebe. Sie sind kurz, knackig und kommen auf den Punkt. Wir sind nicht darauf aus, eine große Plattenfirma zu beeindrucken oder einen Raum voller Meinungen zu bekommen. Ich habe meinen Big Mac mit Pommes der Musikindustrie zubereitet, und nach ein paar kleinen Änderungen habe ich diesen Track an Drake geschickt, werde hier mit angehaltenem Atem sitzen und abwarten, was sie denken.

Ich versuche, mir keine allzu großen Hoffnungen zu machen. Zehntausend Pfund wären unglaubliches Geld, aber mit meiner Stimme auf dem Stück ist es vielleicht nicht das, was sie suchen. Hoffentlich kaufen sie wenigstens die Instrumentalversion für eine geringe Gebühr, damit es kein Totalverlust ist.

Als ich aus meiner Kabine trete, höre ich ein lautes Klacken im Flur, und meine Augen weiten sich, als die Erkenntnis einsetzt. Ich wappne mich, gehe auf Zehenspitzen zu meiner Wohnungstür und schaue hinaus, um meinen Verdacht zu bestätigen.

Ein winziges, braunes, perlenäugiges Wesen ist in der neonpinken Lebendfalle gefangen, die ich gestern Morgen in einer Tierhandlung gekauft habe. Ich habe eine Lebendfalle gekauft, weil ich es nicht ertragen konnte, mit den Überresten einer toten Maus zu hantieren. Aber jetzt, da ich das Tier lebendig und sehr verärgert darüber sehe, in einem winzigen Mäusehotel gefangen zu sein, denke ich, dass es viel schlimmer sein könnte, als ich dachte.

Mit einem leisen Quietschen ziehe ich mich in meine Wohnung zurück und gehe in dem kleinen Raum umher, um den Mut aufzubringen, hinauszugehen und das Ding loszuwerden. Wenn gewisse Leute so höflich wären, ihren Müll rauszubringen, müsste ich mich gar nicht erst mit diesem Chaos herumschlagen.

Mit zusammengekniffenen Augen gehe ich zu der Wand hinüber, die meine und Zanders Wohnung trennt. Ich drücke mein Ohr an die Wand, um zu lauschen, ob mein frecher Nachbar zu Hause ist, denn das sollte sein Problem sein.

Natürlich ist es dort zum ersten Mal in den drei Wochen seit seiner Ankunft totenstill, also ist er wohl nicht zu Hause.

„War ja klar", schnaube ich.

Mir dreht sich der Magen bei dem Gedanken an dieses Ding da draußen ..., es wird von Sekunde zu Sekunde wütender. Ich schätze, dass Neonpink nicht gerade eine beruhigende Farbe ist.

Ich schüttle meine Arme aus und springe auf und ab, um mich in Stimmung zu bringen. „Du bist die Hausverwalterin, Daphney. Du bist unabhängig. Du bist stark! Du kannst damit umgehen. Ganz zu schweigen davon, dass das zu deinem Job gehört und dein Bruder dir deshalb einen Rabatt auf die Miete gibt. Also, geh da raus und kümmere dich ums Geschäft!"

Mit einem entschlossenen Knurren marschiere ich in meine Küche und hole gelbe Gummi-Geschirrspülhandschuhe unter der Spüle hervor. Da ich mich in meinen Leggings und meinem T-Shirt immer noch ein wenig entblößt fühle, beschließe ich, dass der rote Poncho, den ich eines Abends von einem Straßenverkäufer kaufen musste, als ich auf dem Blumenmarkt in Columbia in den Regen geriet, vielleicht einen guten Schutz vor dem Ungeziefer bieten könnte. Oh, und meine Gummistiefel. Kniehohe Gummistiefel und ellbogenlange Handschuhe werden all meine wackeligen Teile vor den Krankheiten schützen, die diese schreckliche Kreatur möglicherweise in sich trägt. Zur Sicherheit ziehe ich noch meine riesige Sonnenbrille an – man weiß nie, was diese Kreaturen aus ihrem Körper ausstoßen können.

Ich schnappe mir einen leeren Amazon-Karton und gehe auf Zehenspitzen aus der Wohnung, in der Hoffnung, dass das winzige Ding schläft und ich es vielleicht behutsam in den Karton legen, nach draußen bringen und die Falltür öffnen kann, ohne es zu wecken.

Guter Gott, könnte ich noch mehr ein Mädchen sein?

Ich weiß, dass ich auf dem Land aufgewachsen bin, aber wir waren nicht der Typ Bauernhof. Wir waren der Typ Geländemotorrad und Quad. Wir waren der Typ, der lange Spaziergänge im Freien macht, und nicht der, der reitet und sich um das Vieh kümmert. Außerdem hatte ich einen Vater und zwei bärenstarke Brüder, die sich um die unschönen Dingen kümmerten, die man in der Natur erwarten kann. Und sicher, ich habe vielleicht Geschick mit dem Schraubenschlüssel und habe Miss Kitchems' Wasserboiler mit einer ausreichenden Anzahl von YouTube-Videos zu meiner Unterstützung repariert, aber keine dieser Fähigkeiten qualifiziert mich, mit dieser Maus auf eine erwachsene Weise umzugehen.

Also … Mädchen hin oder her, ich werde diese Maus loswerden.

Ich halte den Atem an und gehe langsam auf die Falle zu, wobei ich darauf achte, keinen Augenkontakt herzustellen, denn ich bin mir ziemlich sicher, dass ich gelesen habe, dass sich Wildtiere durch direkten Augenkontakt bedroht fühlen. Als der kleine Kerl keinen Muskel rührt, beuge ich mich vorsichtig vor, um ihn aufzuheben, und der winzige Kerl wird dämonisch, als er an den Plastikwänden abprallt und das Mäusehotel auf den Kopf stellt. Ich kreische, als hätte man mir in den Arsch geschossen, und drehe mich um, um aus dem Gebäude und vielleicht sogar aus dem verdammten Land zu fliehen, als ich direkt gegen einen großen, festen Körper pralle, der vor einer Sekunde noch nicht da war.

„Uff", sagt eine männliche Stimme, als mein Ellbogen gegen einen Unterleib knallt.

Ich schreie, denn mittlerweile bin ich im Grunde ein reinstes Nervenbündel, und da ich nicht mit einem anderen Menschen in meiner Nähe gerechnet habe, drängt sich für eine kurze, neurotische Sekunde das Bild einer riesigen, mannshohen Ratte in mein Gehirn.

„Beruhige dich, Ducky. Ich bin es nur!" Zander hält meine Arme fest, als seine Stimme meinen inneren Ausraster unterbricht und mich irgendwie beruhigt, während ich tief durchatme.

„Wo kamst du denn her?", frage ich und schaue ihn mit großen Augen an, die er hinter meiner Brille wahrscheinlich nicht sehen kann.

„Aus meiner Wohnung", sagt er lachend. „Wo kamst du her? Vom Mars?" Seine Augen wandern an meinem ganzen Körper hinunter, und sein Blick der totalen Belustigung ist nicht einmal annähernd verborgen.

„Ist etwas komisch?" Ich löse mich aus seiner Umarmung und stemme meine Hände mit den Gummihandschuhen in die mit Poncho bedeckten Hüften.

„Ich habe dich nicht für ein Cosplay-Mädchen gehalten, aber dieses Bild hier hat in meinem Kopf einen ganz neuen Katalog von dir eröffnet."

Ein schmutziger Blick huscht über sein Gesicht, und ich strecke eine Hand aus und gebe ihm einen Klaps auf die Brust, wobei ich überhaupt nicht bemerke, wie hart sie ist. „Hör auf damit. Hör auf mit dem, was auch immer in deinem Dickschädel vorgeht. Ich will mich nur … schützen."

„Vor einer epischen Paintball-Schlacht?"

„Vor dieser verdammten Maus, die du in unser Gebäude gebracht hast. Ich habe den kleinen Kerl tatsächlich gefangen und versuche nun, ihn wieder loszuwerden."

„Welche Maus?", fragt Zander mit verwirrtem Blick.

Ich drehe mich um, um die Falle zu überprüfen, und das Herz rutscht mir vor Verzweiflung in die Hose, als ich sehe, dass sich die Tür des Mäusehotels bei dem Gerangel irgendwie geöffnet hat und das kleine Tier nun für immer weg ist. „Oh Zander, das ist alles wieder deine Schuld!"

„Meine Schuld? Ich stand doch nur hier! Du warst diejenige, die ausgeflippt ist."

„Ich bin nicht ausgeflippt. Die Maus ist ausgeflippt. Sie hat mich zu

Tode erschreckt." Ich lege eine behandschuhte Hand auf meine Brust und spüre, wie mein Herzschlag unter meiner Handfläche hämmert. „Was schleichst du hinter den Leuten herum, wenn sie arbeiten?"

„Ich wusste nicht, dass du in der Schädlingsbekämpfung arbeitest", antwortet er lachend, und ein liebevoller Blick huscht über sein Gesicht, während er mich anschaut. „Ich dachte, dass die Zombie-Apokalypse hier draußen vielleicht doch stattfindet, also bin ich rausgekommen, um nachzuforschen."

Ich schiebe mir die Sonnenbrille auf den Kopf und hasse es, dass er mich in diesem Zustand sieht, während er dort drüben in sexy Jeans und einem taillierten grünen T-Shirt steht, das die moosige Farbe seiner Augen richtig zur Geltung bringt.

Ich schlucke den Kloß in meinem Hals hinunter, während ich wegschaue und meine gelben Handschuhe ausziehe. Meine Handflächen sind schweißnass, und dieser Poncho lässt meinen Körper in Angstschweiß ausbrechen. Oder vielleicht liegt das an Zander.

„Du hast dich vorhin übrigens gut angehört", sagt Zander, seine Stimme weich und beruhigend wie geschmolzene Schokolade, während er auf meine Wohnungstür zeigt.

Mein Gesicht wird lang. „Du konntest mich hören?"

Er nickt und lächelt. „Ja, ich dachte erst, es wäre ein Radio, bis ich dich murmeln und fluchen hörte."

Ich bedecke meine Augen mit einer Hand. „Ich dachte nicht, dass du zu Hause bist, sonst hätte ich nicht im Badezimmer geprobt."

„Ich bin mir ziemlich sicher, dass mein Weckerproblem dir unbegrenzte Badezimmerproben einbringt …, wenn das dein Ding ist." Er zuckt mit den Schultern und schenkt mir ein reumütiges Lächeln.

Ich reibe meine Lippen aneinander und antworte: „Dort probe ich gern."

„Weil die Akustik fantastisch ist", bestätigt er.

Ich rolle mit den Augen. „Das ist peinlich."

„Was?"

„Das." Ich zeige auf mein Outfit. „Dass du mich so siehst, mich singen hörst … Sonntagabend."

„Sonntagabend war peinlich?" Sein Gesicht wird ernst, als er näher an mich herantritt, und ich rieche einen Hauch seiner Körperseife, an der ich unbedingt mein Gesicht reiben möchte.

„Sonntagabend war beschämend!" Ich fahre mir mit der Hand durch die Haare und merke, dass ich meinen Stift schon wieder da reingesteckt habe. Mein Gott, ich biete ihm einen herrlichen Anblick, an dem er sich laben kann. „Ich weiß nicht, was über mich gekommen ist. In der einen Minute war ich wütend auf dich, und in der nächsten …"

„Hast du mir eine Schockzunge verpasst?", beendet er lachend den Satz und berührt dann meinen Arm. „Ich war nicht böse darüber."

„Ich schon." Ich zucke zurück, da ich Abstand zwischen uns brauche, weil man mir in der Nähe von Zander Williams eindeutig nicht trauen kann. Ich erschaudere, als ich mich an den fassungslosen Ausdruck in seinen Augen erinnere, als wir uns voneinander lösten und ich dachte, der Kuss sei nicht einvernehmlich gewesen. Was für eine furchtbare, furchtbare Angst, um sie auch nur in Erwägung zu ziehen. „Das war nicht die Art, wie ich das anfangen wollte."

Seine Augenbrauen schnellen zu seinem Haaransatz. „Es gibt ein Das?"

„Nein", blaffe ich, stoße ein nervöses, robbenartiges Lachen aus und entferne mich noch weiter. „Eindeutig nicht."

Er kommt näher und greift wieder nach mir. „Es könnte ein Das geben."

„Aber ich will kein Das." Ich mache mit der Hand einen kleinen Kreis zwischen uns. „Ich will dies", sage ich und zeige auf meine Wohnung. „Und dies", füge ich hinzu und zeige aus dem Seitenfenster auf das Old George. „Und ich will mich hierum kümmern." Ich zeige auf die Mausefalle und seufze schwer. „Ich habe alle Hände voll zu tun, weshalb *das* nicht passieren sollte."

„Was ist dieses *Das* überhaupt, von dem du sprichst, Ducky? Es muss nicht unbedingt auf die Liste der Dinge gesetzt werden, die dich stressen. Es kann einfach sein. Es kann zwanglos sein. Zwanglos ist sogar meine Spezialität." Er greift sich in den Nacken, und ein Ausdruck nervöser Hoffnung huscht über sein Gesicht. „Außerdem sind wir Nachbarn, also sollte der Bequemlichkeitsfaktor nicht außer Acht gelassen werden."

Ich lache nervös und schüttle den Kopf über die Vorstellung, dass Sex eine zwanglose Bequemlichkeit sein kann. Das ist so anders als alles, was ich in der Vergangenheit gemacht habe. Früher musste ich mindestens einen Monat lang mit jemandem ausgehen, bevor ich mit ihm schlafen konnte. Ich brauchte Zeit, um Vertrauen aufzubauen und mich wohlzufühlen. Um sicher zu sein, dass ich die Person kannte, bevor wir miteinander intim werden konnten.

Andererseits habe ich einen ganzen Monat gewartet, um mit Rex zu schlafen, und siehe da, wie gut das geklappt hat. Ich war in ihn verliebt, obwohl ich ihn gar nicht kannte. Vielleicht wird es überbewertet, einen Kerl zu kennen, bevor man mit ihm nackt ist.

Ich meine, ich muss mir nur Phoebe ansehen. Bei ihr sehen zwanglose Bettgeschichten leicht und sorglos aus. Sie jammert nie über Männerprobleme. Es erfüllt sie, die Männer, mit denen sie schläft, nicht zu kennen.

Zander Williams ist wahrscheinlich die männliche Version von Phoebe, und er lässt sich von nichts und niemandem aus der Ruhe bringen. Vielleicht mache ich die Sache mit dem Erwachsensein ganz falsch.

Zander tritt näher an mich heran und streicht mir eine Haarsträhne hinters Ohr. Das Gefühl verursacht einen Schauder unter meinem Poncho, und ich wende mich seiner warmen Berührung zu. Es ist ein berauschendes Gefühl, ihn wieder so nah bei mir zu haben. Ich will nicht, dass es aufhört.

„Das kann Spaß machen, Ducky", sagt er mit tiefer, sinnlicher Stimme. „Wir sind Erwachsene und können unsere eigenen Regeln aufstellen. Also denk einfach darüber nach, was du willst, und sag mir Bescheid." Er schenkt mir ein sanftes, schiefes Lächeln, das ich in diesem Moment wirklich gern küssen würde. Dann beugt er sich vor, und ich halte den Atem an, als er zärtlich mit seinen Lippen über meine Wange streicht. „Ich bin nur eine Wand entfernt."

14

Doppel-Sieg

Zander

„So macht man das, Jungs!", brüllt Coach Z, als das gesamte Team ver-schwitzt, schreiend und überglücklich über den Heimsieg im Tower Park in die Umkleidekabine geht.

Nachdem ich die ganze Woche auf der offiziellen Libero-Position trainiert und immer wieder Übungen mit Booker gemacht hatte, konnte ich es immer noch nicht glauben, als Vaughn mir sagte, dass ich in der Startformation stehe. Er hat mich vor dem Spiel zur Seite genommen, mir in die Augen geschaut und gesagt: „Du hast dich in den letzten anderthalb Wochen so unglaublich verbessert, dass ich ein Idiot wäre, wenn ich dir heute Abend die Flügel stutze. Also geh da raus und flieg, mein Sohn."

Dass er mich in diesem Moment Sohn nannte, traf mich auf eine Weise, die ich nicht erwartet hatte. Ich war so gut darin, mich auf den Fußball zu konzentrieren und den DNA-Ergebnissen, auf die ich noch warte, keinen Platz in meinem Kopf einzuräumen. Aber in dem Moment, als mein Manager und möglicher leiblicher Vater mir mit so vielen Worten sagte, dass er stolz auf mich sei, kam in meinem Kopf eine Fantasie in Gang. Ich erlaubte mir nur kurz die Vorstellung, wie es wäre, für Vaughn als sein tatsächlicher Sohn zu spielen.

Das Erschreckendste an diesem Bild? Es gefiel mir.

Die Schuldgefühle aufgrund dieser Erkenntnis waren fast lähmend. Ich spürte, wie es über mir schwebte, als ich aus dem Tunnel auf das Spielfeld marschierte, um mich aufzuwärmen. Ich hatte einen Vater. Für ihn sollte ich heute spielen und für niemanden sonst.

Vor Spielbeginn zeigte ich zum Himmel und wiederholte mein Mantra: Fußball statt Bullshit. Mein erstes Spiel ist nicht die Zeit, um irgendwelche Fantasiewelten zu leben. Es ist der Zeitpunkt, sich zu konzentrieren.

Und das habe ich auch getan, bis der Schiedsrichter abpfiff.

Als Knight und Link mich mit einer feierlichen Umarmung auf dem Spielfeld zu Boden rissen, wurde mir klar, dass ich gerade irgendwie das beste Spiel meiner Karriere beendet hatte. Plötzlich werden Link und Knight durch Booker Harris von mir weggeschoben. Er hält mir eine behandschuhte Hand hin und hilft mir auf, bevor er mich in eine lange Umarmung zieht.

„Lass uns das die ganze Saison machen, Williams." Er zieht sich zurück und schüttelt mich an den Schultern, bevor er mit den Fingern auf meine Brust zeigt. „Wir feiern heute Abend."

„Scheiße ja!", brüllt Link und legt einen Arm um Booker, der nicht so aussieht, als hätte er vorgehabt, mit Link zu feiern. Er lacht und schubst ihn weg, dann zeigt er noch einmal auf mich, bevor er zur Seitenlinie läuft, um Vaughn und Tanner zu umarmen.

Ich stehe wie erstarrt auf dem Rasen und beobachte, wie sich die drei umarmen und angeregt unterhalten, wobei sie mit den Händen gestikulierend Spielzüge nachahmen, die sich während des Spiels ereignet haben. Irgendwann sehen alle drei zu mir rüber, und Tanner zeigt mir zwei große Daumen nach oben, während Vaughn in meine Richtung applaudiert.

Ein Kloß bildet sich in meinem Hals, als ich mich wieder einmal frage, ob meine Verbindung zu diesen Männern nur mit Fußball zu tun hat oder auf Blutsverwandtschaft beruht. Die DNA-Ergebnisse, auf die ich immer noch warte, hatte ich in den letzten Tagen schon fast vergessen, aber ein Sieg wie dieser hat etwas in mir verändert. Ich fühle eine Verbundenheit mit ihnen, die ich vorher nicht gespürt habe. Vielleicht möchte ich tatsächlich mit ihnen verwandt sein?

Nachdem wir geduscht, uns umgezogen und ein paar Medieninterviews geführt haben, machen wir uns auf den Weg zum Spielerparkplatz. Die Fans von Bethnal Green drängen sich auf dem Bürgersteig und jubeln durch das Tor, und einige der Spieler halten an, um Autogramme zu geben und Selfies zu machen.

Sobald wir fertig sind, verteilen wir uns auf verschiedene Fahrzeuge. „Wohin fahren wir?", fragt Link Booker, als wir in seinen großen Geländewagen rutschen.

„Wir gehen ins Old George bei deiner Wohnung, Williams", antwortet Booker und schaut mich auf dem Beifahrersitz an. „Das ist ein

Lieblingsort der Familie. Und wenn wir danach noch zu dir fahren, um ein bisschen FIFA zu spielen, wäre das auch nicht schlecht."

Ich lache und ziehe den Schirm meiner Kappe tief nach unten. Ich bin erstaunt, dass dieser Profifußballer es überhaupt in Erwägung zieht, auf der Couch eines Neulings zu sitzen und Videospiele zu spielen, anstatt in einen schicken Nachtclub mit einer Million Fans zu gehen, um seinen ganzen Ruhm aufzusaugen. Booker Harris ist irgendwie der Hammer.

Minuten später schlendern wir ins Old George, und die Gäste beginnen sofort, das Tower-Park-Stolzlied zu singen und bilden einen Halbkreis um uns. Viele Gäste sind in grün-weiße Bethnal Green-Trikots und T-Shirts gekleidet und applaudieren uns allen für den großen Sieg heute Abend. Einige Fans kommen herüber und machen Selfies mit dem Team, und als einer mich bittet, mit ihm und Booker ins Bild zu gehen, kann ich mir ein Lächeln nicht verkneifen. Es ist ein Wahnsinnsgefühl, wieder an der Spitze zu stehen, und die Atmosphäre der Gemeinschaft, die sich um das Team schart, ist unglaublich. Wir sind wirklich das Team des Volkes, genau wie Daphney sagte.

Sobald sich die Menge lichtet und allen etwas Platz macht, gehe ich zur Bar, um nach der guten alten Duckmeister zu sehen, ob sie gerade arbeitet. Nach unserem zweiten kleinen Stelldichein auf dem Flur gestern Abend konnte ich nicht aufhören, an sie zu denken. Sie sah so verdammt lächerlich aus in dieser Mäusefänger-Verkleidung und trotzdem so bezaubernd wie immer. Es ist schon eine Weile her, dass ich einem Mädchen hinterherlaufen musste, aber ich muss zugeben, dass es mir gefällt, dass sie es mir nicht leicht macht.

Allerdings bin ich mir nicht sicher, was aus uns werden wird. Ich weiß, dass sie ein Beziehungsmädchen ist, und ich war ehrlich gesagt noch nie wirklich in einer Beziehung. Eine Freundin in der High-School, die ich abserviert habe, um mich auf den Fußball zu konzentrieren, zählt nicht wirklich, oder? Und bei all dem, was ich in Bethnal Green zu tun habe, will ich mich auch nicht auf etwas Ernstes einlassen. Aber allein der Gedanke an eine verpasste Chance mit Daphney lässt meine Eier schmerzen.

Als Hubert hinter der Bar auftaucht, nähere ich mich zusammen mit Link, Knight, Booker, Roan und ein paar anderen Teamkollegen, um Getränke zu bestellen. Mein Kopf zuckt, als mein Handy an meinem Oberschenkel summt. Ich ziehe es heraus und sehe einen verpassten

Anruf von meiner Mutter. Sie hat eine Nachricht auf der Mailbox hinterlassen, bei der ich mich frage, ob ich sie überhaupt abhören sollte. Es könnte meine gute Laune verderben.

Unfähig, mich zurückzuhalten, drücke ich auf Play und gehe zum Ende der Bar, um zuzuhören. „Hey Zander, ich bin's, Mom. Ich habe das Spiel online gesehen … Ich konnte dieses Paket kaufen, mit dem ich die Spiele sehen kann, aber da ich nicht in der richtigen Region bin, musste mein Nachbar eine Art Hacker-Ding machen, um den Standort meines Computers zu verbergen. Ich war etwas besorgt, dass er meinen Computer benutzt hat, um ins Dark Web zu gelangen, aber am Ende konnte ich zusehen und … wow …, was für ein Spiel, Junge." Sie hält für einen Moment inne und ich höre ein leises Schniefen, als sie hinzufügt: „Dad wäre so stolz gewesen." Mir treten sofort Tränen in die Augen, während sich mein Griff um mein Handy festigt. „Jedenfalls habe ich mir eine lange Mittagspause gegönnt, also muss ich zurück an die Arbeit, bevor sie merken, wie lang ein Fußballspiel wirklich ist." Sie lacht und fügt hinzu: „Ich habe dich lieb", bevor sie auflegt.

Mein Herz klopft in meiner Brust. Sie hat zugesehen. Sie hat sich überwunden und mir verdammt noch mal beim Spielen zugesehen. Es gab keine Entschuldigung für die Worte, die in der Vergangenheit gesagt wurden, aber es ist zumindest ein Schritt in die richtige Richtung. Ich rufe sie besser morgen an.

„Zander, wir gehen in den Biergarten!", sagt Booker, reicht mir ein Getränk und bedeutet mir, ihm zu folgen.

Ich nehme das Bier und wische über das Brennen in meinen Augen, in der Hoffnung, dass er nicht merkt, dass etwas nicht stimmt. Es sind zwar keine Tränen, aber es ist das, was ihnen seit Langem am nächsten kommt. Ich nicke zuerst in Richtung Toilette. Ich brauche nur eine Minute. Eine Minute, dann werde ich bereit sein, mit meinem neuen Team zu feiern.

Als ich mich endlich zusammengerissen habe, gehe ich durch den kleinen Gang, der nach hinten in den Biergarten führt, und sehe mich nach meinen Teamkollegen um. Meine Augen betrachten den Platz mit Anerkennung. Der Biergarten sieht von hier aus viel schöner aus als von meinem Wohnungsfenster aus, das ist verdammt sicher.

Überall stehen Picknicktische, die mit Glühbirnen beleuchtet sind. Die Leute sitzen um eine große Feuerstelle in der Mitte und einige

Propanheizungen entlang der mit Efeu bewachsenen Wände, um nicht zu frieren. Ich ziehe meinen Mantel bis zum Kinn hoch und werfe einen Blick auf die Bar im Freien auf der rechten Seite, auf der Suche nach den Jungs.

„Z, hierher!", ruft Link aus der hinteren Ecke.

Ich mache mich auf den Weg, aber meine Stiefel stolpern über das Kopfsteinpflaster, als eine vertraute Stimme über ein Mikrofon ertönt. „Das ist so gar nicht mein Ding."

Mit einem Stirnrunzeln drehe ich mich nach rechts, um die Quelle der Stimme zu finden, und entdecke eine kleine, leere Bühne. Sie ist mit ein paar Lichtern, großen Lautsprechern und einem leeren Mikrofonständer vor einem Holzschemel ausgestattet. Es gibt kein Lebenszeichen von dort oben, also schaue ich in die Menge, um zu sehen, woher die Stimme kommen könnte.

„Ich hasse es, in der Öffentlichkeit zu singen, fast so sehr wie ich meine beste Freundin Phoebe hasse", ertönt Daphneys Stimme aus den Lautsprechern, und mir läuft ein Schauder über den Rücken, denn das muss sie sein. Keiner hat eine Stimme wie Daphney.

Daphney taucht aus der Menge auf, als sie mit dem Mikrofon in der Hand auf die schwach beleuchtete Bühne tritt. „Das passiert, wenn man eine Wette verliert."

Das Publikum antwortet mit wohlwollendem Gemurmel, als sie das Mikrofon in die Halterung einrastet und sich eine Akustikgitarre aus dem nahe gelegenen Ständer schnappt. Sie zupft einen schnellen Akkord auf der Gitarre, während sie sie stimmt.

Mit einem reumütigen Lächeln auf dem Gesicht geht sie zurück zum Mikrofon und sagt: „Das hier ist für Phoebe. Du Miststück."

Ein lauter Jubel schallt aus der Menge, und ich erkenne etwas, das aussieht wie das dunkle schwarze Haar ihrer Freundin, die ich neulich im Old George gesehen habe. Die Menge drängt näher heran, als Daphney sich auf den Holzhocker setzt und das Mikrofon auf ihre Höhe einstellt.

Ich erstarre, als ich mir einen Moment Zeit nehme, um sie zu mustern, denn sie hat mich noch nicht gesehen. Ich stehe im Dunkeln, und so fühle ich mich ein bisschen wie ein Voyeur, als mein Blick über ihren übergroßen Mantel schweift. Ihr blondes Haar liegt lose und lockig um ihre Schultern und passt zu der hellbraunen Kunstpelzjacke. Ihre Lippen sind dunkelrot, und ihre Augen sind stärker als je zuvor geschminkt. Sie sieht umwerfend aus.

Sie schlägt die Beine auf dem Hocker übereinander und legt die Gitarre auf ihren Oberschenkel, wobei sie einen kurzen schwarzen Rock und eine gemusterte Strumpfhose mit schwarzen Stiefeletten offenbart. Sie sieht extrem cool aus, mit einem Hauch von Glamour, und ich schäme mich nicht, zuzugeben, dass mein Schwanz vor Aufmerksamkeit pocht. Und die Tatsache, dass sie gleich singen wird, wirft in mir die Frage auf, ob ich in diesem Moment träume.

Sie beginnt auf der Gitarre zu spielen, und der Anfang von John Legends „All of Me" dröhnt aus den Lautsprechern. Als sie sich zum Mikrofon lehnt und ihre heisere Stimme durch den Biergarten hallt, werden die Gäste ganz still, offensichtlich überrascht von ihrem Können.

Mir war bereits klar, dass Daphney singen kann. Selbst als ich sie durch die Wand meiner Wohnung hörte, bekam ich Gänsehaut, und ich bin mir ziemlich sicher, dass sie über Reifen sang. Nicht dass das wichtig wäre. Das Mädchen könnte das Alphabet singen, und ihr einzigartiger Ton würde mich verzücken.

Aber heute Abend, was sie jetzt macht …, das ist unglaublich. Ihr rauer Ton ist wie ein Schrei, während sie die sanfte Melodie singt, doch ihr Gesicht ist völlig entspannt, trotz ihres angeblichen Hasses auf Auftritte in der Öffentlichkeit.

Die Darbietung ist intensiv. Und die Tatsache, dass ich hier sitzen und sie erleben kann, ist ein Geschenk, das ich heute Abend nicht erwartet habe.

Als sie das Lied zu Ende singt, muss ich meine verblüffte Reaktion abschütteln, als die Menge ausrastet. Ihre Freundin kommt zu ihr auf die Bühne, und die beiden umarmen sich lachend, während Daphney mit den Augen rollt.

Sie verlassen die Bühne, und ich versuche, auf sie zuzugehen, als jemand einen Arm um mich legt. „Ist das deine Nachbarin?", dröhnt Links Stimme in mein Ohr, während er einen Schluck von seinem Bier nimmt.

„Ja", antworte ich mit zusammengebissenen Zähnen und wünschte, ich müsste jetzt nicht zu meinen Teamkollegen gehen.

„Verdammte Scheiße, sie war schon vorher heiß, aber jetzt ist sie der Hammer", sagt Link, und ich knirsche mit den Zähnen angesichts der Erkenntnis, dass wahrscheinlich jeder Kerl in diesem Pub dasselbe denkt. „Wirst du etwas tun?"

„Ich bin mir noch nicht sicher." Ich drehe meine Kappe nach hinten, während sich in meinem Bauch eine seltsame Nervosität breitmacht. „Hey, lass uns noch ein Bier trinken gehen."

Ich habe noch nie flüssigen Mut bei einem Mädchen gebraucht, aber nachdem ich Daphney habe singen hören, fürchte ich, dass sie mir schmerzlich überlegen sein könnte. Als wir uns auf den Weg zum Team machen, schlägt mir das Herz bis zum Hals, als ich sehe, dass Daphney vorn auf dem Picknicktisch neben Booker sitzt und ganz entspannt aussieht, während sie sich mit allen unterhält.

Als ihr Blick den meinen trifft, nicke ich leicht mit dem Kopf, und sie schenkt mir ein heimliches Lächeln, von dem ich denke, dass es etwas aussagen könnte – aber ich weiß nicht genau, was.

Mein Kopf zuckt zurück, als ihre Freundin vor mich tritt. „Hallöchen, ungezogener Nachbar. Ich bin Daphneys beste Freundin, Phoebe."

Mein Blick wandert von Daphney zu ihrer schwarzhaarigen Freundin. Ich schenke ihr ein leichtes Lächeln. „Hi, Phoebe, ich bin Zander."

„Oh, ich weiß alles über dich", sagt sie mit einem verschmitzten Funkeln in den Augen. „Und wer mag dieser Kerl sein?"

„Ich bin Link Conlin. Stürmer aus Arizona." Link streckt eine Hand aus, die sie lachend ergreift.

„Stellst du dich immer so vor? Nun denn, ich bin Phoebe Oxley aus Essex, Liebesroman-Erzählerin der Stars."

„Wie bitte?", fragt Link mit einem neugierigen Stirnrunzeln.

„Ich nehme Hörbücher von Liebesromanen auf." Sie blinzelt zu ihm hoch. „Willst du eine Probe hören?"

„Scheiße, ja", antwortet Link und stößt mich mit der Schulter aus dem Weg.

Ich lasse ihnen gern etwas Platz, während ich zum Tisch hinübergehe und versuche, Daphney nicht anzustarren, als hätte ich sie mir nicht schon vierhundertzweiundzwanzig Mal nackt vorgestellt.

„Glückwunsch zum Sieg, Soccer Boy", sagt Daphney mit einem strahlenden Lächeln und streckt mir ihr Glas Bier entgegen. „Du hast das ganze Match gespielt."

„Verdammt richtig, das hat er!", brüllt Booker und hält sein Bier hoch. „Willkommen in Bethnal Green, Williams!"

Die Jungs jubeln alle und stoßen mit mir an, bevor sie trinken. Ich schlucke den Kloß in meinem Hals hinunter und rücke näher an Daphney heran. „Also, hast du zugesehen?"

Ihre Wangen färben sich vor meinen Augen rosig, und ich schwöre, dass ich einen Tunnelblick habe, weil ich nur Daphney sehen kann. Sie rümpft die Nase und zuckt mit den Schultern. „Im Fernsehen läuft sonst nichts Gutes."

Ich lache und nicke. „Oh, ich verstehe, wie es ist." Sie kichert, und es ist verdammt noch mal zu sexy für ihr eigenes Wohl. Ich drehe mich, setze mich neben sie auf den Tisch und stoße sie mit meinem Bein an. „Ich hätte dich nicht als Biertrinkerin eingeschätzt."

„Warum nicht?", fragt sie, und ich muss mich zwingen, nicht auf ihre dunklen Lippen zu starren.

Ich zucke mit den Schultern. „Ich weiß nicht. Die meisten Mädels, die ich kenne, trinken Wein oder Cocktails, denke ich."

„Nun, ich bin nicht wie die meisten Mädels."

„Da kann ich nur zustimmen", antworte ich leise, während ich sie dabei beobachte, wie sie einen Schluck nimmt und ihre Augenlider auf eine Weise senkt, dass ich an sie in meinem Bett denken muss. Ich verdränge meine schmutzigen Gedanken und frage: „Was war das für eine Wette, die du verloren hast?"

Sie verliert alle gute Laune in ihrem Gesicht. „Du bist schon so lange hier?"

„Oh ja", bestätige ich, und mein Schwanz drückt gegen den Reißverschluss meiner Jeans, als ein Bild von ihrem Gesang in meinem Kopf aufblitzt.

Sie bedeckt ihre Augen mit den Händen. „Das war peinlich."

„Das muss dir nicht peinlich sein. Du klangst …" Ich atme schwer aus und schüttle den Kopf, wobei mein ganzer Körper vor Bewusstsein vibriert. „Fantastisch."

Sie zuckt mit den Schultern. „Es ist ein einfaches Lied."

Ich rolle mit den Augen. „Nimm einfach das Kompliment an, Ducky."

„Tut mir leid", ruft sie und hält das Bier in beiden Händen, ohne das Lächeln aus ihrem Gesicht vertreiben zu können. „Danke."

Ich beobachte sie einen Moment lang neugierig. „Warum grinst du heute Abend so?"

„Ich grinse nicht", antwortet sie lächelnd.

„Doch, das tut sie", brüllt Phoebe uns gegenüber. „Und sie grinst, weil sie heute ihren ersten Jingle verkauft und einen Haufen Geld verdient hat! Ihr seht vor euch die Stimme von Tire Depot!"

Alle sehen Daphney mit einer Mischung aus Belustigung und echter Wertschätzung an. Booker hält ihr sein Bier hin. „Glückwunsch, Daph! Das ist großartig."

„Danke, Booker." Sie streicht sich die Haare hinter die Ohren, da ihr die ganze Aufmerksamkeit offensichtlich nicht gefällt. „Phoebe hat verlangt, dass wir heute Abend feiern, aber erst da fiel mir auf, dass ihr Vorschlag nur dem Einlösen meiner Wettschulden dient."

„Was genau war die Wette?", frage ich erneut und beobachte sie fasziniert, denn sie wirkt beschwingter, als ich sie je zuvor gesehen habe, und ich kann meinen Blick gar nicht mehr abwenden. An diesem Punkt versuche ich es nicht einmal mehr.

„Sie hat nicht geglaubt, dass sie das verdammte Lied verkaufen würde, und sie hat es getan, weil sie brillant ist", antwortet Phoebe mit einem wissenden Funkeln in den Augen. „Jetzt ist sie reich und spendiert uns allen heute Abend Drinks!"

Phoebe jubelt zusammen mit den anderen Jungs, und Daphney verzieht das Gesicht. „Ich bezahle keine Drinks", ruft sie und verliert dabei jegliche gute Laune auf ihrem Gesicht. „Ich habe einen Song über Reifen geschrieben, nicht über Schmuck!"

Phoebe lacht gutmütig und zwinkert ihrer Freundin zu.

Ich stupse Daphney mit der Schulter an. „Entspann dich, diese Jungs können sich definitiv ihre eigenen Drinks leisten."

Sie schnaubt und nimmt noch einen Schluck, wobei ihr vorheriges Lächeln zurückkehrt.

„Glückwunsch zum Jingle", sage ich leise.

„Danke. Es ist albern, aber auch irgendwie aufregend, damit richtig Geld zu verdienen." Sie wendet mir ihre atemberaubenden blauen Augen zu. „Und ich versuche verzweifelt, die Tatsache zu vergessen, dass ich meine Stimme vielleicht irgendwann im Fernsehen hören werde. Vielleicht sogar nach einem eurer Fußballspiele."

„Das ist abgefahren." Ich hebe interessiert die Augenbrauen. „Mit einer Stimme wie deiner solltest du auf Bühnen singen."

„Ich passe." Sie zuckt zusammen. „Nicht alle von uns sind für das Rampenlicht bestimmt." Sie schenkt mir ein umwerfendes Lächeln und fügt hinzu: „Heißer neuer amerikanischer Fußballspieler erobert die Premier League im Sturm. Das ist doch mal eine Schlagzeile."

Ich lache laut. „Hast du mich gerade heiß genannt?"

Sie rollt mit den Augen. „Das war nur so daher gesagt."

„Das war ein Kompliment." Ich wackle mit den Augenbrauen. „Und ich könnte dir dasselbe Kompliment machen. Du siehst heute Abend umwerfend aus."

Unsere Blicke treffen sich und das Lächeln auf ihrem Gesicht verschwindet, als ihr Blick zu meinen Lippen wandert. Der Ausdruck in ihren Augen ist unverkennbar, und ich habe Grund zur Hoffnung, dass ich heute Abend zwei Siege nach Hause bringen könnte.

15

Schmecke die Liebe und den Scheiß

Daphney

Operation: Vögle den nuttigen Fußballer ist in vollem Gange.

Es ist ein lächerlicher Plan, was offensichtlich bedeutet, dass er von Phoebe stammt. Nachdem ich ihr von meinem Kuss mit Zander und seinem unverhohlenen Vorschlag erzählt hatte, war sie sich sicher, dass eine Affäre mit einem nuttigen Fußballer genau das sei, was ich brauche, um Rex für immer zu vergessen. Das heißt, mein ruhiger Abend, an dem ich zu Hause in meinem Pyjama saß und mir das Spiel von Bethnal Green im Fernsehen ansah, wurde durchkreuzt, als sie in meine Wohnung platzte und rief: „Aufstehen, wir gehen aus!"

Ich war sogar ein bisschen erleichtert über die Unterstützung, denn ich war mir nicht sicher, wie es mit Zander weitergehen würde. Ich wusste nur, dass ich seit diesem Kuss – nun ja, ehrlich gesagt seit seiner Ankunft in London – nicht mehr aufgehört habe, an ihn zu denken. Zander Williams geht mir unter die Haut wie kein anderer Kerl. Ich bin mir ziemlich sicher, dass er zu neunzig Prozent ein verwöhnter Kindskopf und zu zehn Prozent ein Hurenbock ist.

Aber ich bin sechsundzwanzig, Single und wohne neben einem Mann, der sehr wohl meine Muse sein könnte – nicht, dass ich ihm das *jemals* sagen würde. Sein verdammtes Ego würde nicht unter diese blöde, umgedrehte Kappe passen, die er immer trägt. Aber es ist unbestreitbar, dass der Kuss, den ich mit Zander geteilt habe – so dysfunktional er auch sein mag –, etwas in mir entfacht hat. Es ist, als hätte er einen Teil von mir geweckt, der seit Rex geschlafen hat. Vielleicht sogar schon vor Rex. Ich bin begierig darauf, diesen Teil von mir zu erforschen, auch wenn es ein wenig außerhalb meiner Komfortzone liegt.

Außerdem muss ich mir nur ansehen, was passiert ist, nachdem ich aus meiner Komfortzone getreten bin und ihn im Flur geküsst habe. Ich habe meinen Jingle fertiggestellt, ihn bei Drake eingereicht, eine begeisterte Kritik bekommen und zehntausend Pfund verdient.

Alle Zeichen stehen auf … Lebe ein bisschen, Daphney Clarke!

Phoebes Plan für den heutigen Abend bestand darin, es uns mit Drinks im Old George bequem zu machen und auf eine Zander-Sichtung zu hoffen. Die Harris-Familie besucht den Pub oft nach einem Heimspiel. Es war der Lieblingsort der Ehefrauen der Zwillinge, Indie und Belle, als sie zusammen im selben Krankenhaus arbeiteten, und ich schätze, dass er danach irgendwie als Harris-Treffpunkt bekannt wurde. Hubert erinnert die Gäste daran, den Fußballern Freiraum zu lassen, da sie sonst gehen müssen, also bleiben alle ziemlich cool. Und nachdem Zander und Booker auf dem Spielfeld so gut gespielt haben, hatte ich das Gefühl, dass Booker ihn hierherschleppen würde.

Ich wusste, dass sie auftauchen würden, und doch schlug mir das Herz bis zum Hals, als ich ihn zu uns am Picknicktisch in der Ecke herüberkommen sah. Er sah so fit aus in seiner engen Jeans und seinem grauen, langärmeligen Oberteil, das einen Kontrast zu seiner schwarzen Daunenjacke bildete. Sein zotteliges braunes Haar steckte unter der amerikanischen Baseballkappe, die er immer trägt, aber zum Glück war sie nach hinten gedreht, sodass man seine hellen und lebendigen Augen sehen konnte. Höchstwahrscheinlich ist er noch ganz aufgeregt wegen des großartigen Sieges. Er hat ein perfektes Spiel abgeliefert, und obwohl ich sehr bewundert habe, wie er im Fernsehen in seinem Fußballtrikot aussah, wecken die Schnürstiefel aus Tabakleder, die er an diesem Abend trägt, Holzfällerfantasien in mir, die mich unruhig werden lassen.

Der Plan war also, zuerst Zander zu treffen. *Check.*

Als Nächstes sollte ich mit ihm flirten und ihn nicht für etwas Nerviges anschreien, das er in den letzten vierundzwanzig Stunden vielleicht getan hatte. Das war schwierig, weil sein Wecker heute Morgen viermal geklingelt hat, aber ich habe noch einige Flirtfähigkeiten in mir. Also, Flirtmission erfüllt. *Check, check.*

Den Rest des Abends soll ich die Unbeteiligte spielen, während wir alle essen, trinken und die Band genießen, die nach meinem Soloauftritt auf die Bühne zurückgekehrt ist. Sie klingen unglaublich, und mit dem Mondlicht, dem Feuerschein und der Luft voller Möglichkeiten fühlt sich mein Körper so lebendig an wie schon lange nicht mehr.

Bookers Frau Poppy, Tanners Frau Belle und Roan DeWalts Frau

Allie, die Cousine der Harris-Brüder, die vor ein paar Jahren aus Amerika hierhergezogen ist, haben sich heute Abend ebenfalls zu uns in den Pub gesellt, um den Sieg zu feiern – es ist also eine richtige Party im Old George. Die meisten von ihnen sehe ich bei den wöchentlichen Sonntagsessen in Vaughns Haus, aber ihnen dabei zuzusehen, wie sie ohne ihre Kinder miteinander umgehen und etwas Dampf ablassen, ist eine ganz andere Geschichte.

Alle Paare sind auf der Tanzfläche, völlig verliebt ineinander und tanzen auf ihre ganz eigene Art. Tanner verhält sich wie ein Kind, während Belle seine schimpfende Mutter ist. Booker und Poppy tanzen langsam zu einem schnellen Lied. Und Roan wirbelt Allie herum wie ein Profi. Es ist bezaubernd.

Phoebe tanzt neben mir und stößt mich in die Rippen. „Komm bloß nicht auf dumme Gedanken."

„In Bezug auf?", frage ich und reibe die Stelle, die sie getroffen hat.

„Die Harris-Brüder sind die Ausnahme, nicht die Regel." Ihre grünen Augen funkeln im Licht des nahen Feuers, während sie mit den Hüften zur Musik wackelt.

„Ich weiß nicht, wovon du sprichst." Ich packe Phoebe und zwinge sie, mich anzuschauen.

Sie wirft mir einen ernsten Blick zu, wie man ihn selten bei ihr sieht. „Fußballer sind Schlampen. Alle von ihnen. Selbst die Harris-Männer waren zu ihrer Zeit Schlampen."

„Okay ..." Mein Gesicht muss ein Bild der Verwirrung sein, denn ich verstehe nicht, worauf sie hinaus will.

„Zander Williams ist kein Harris-Bruder", sagt sie mit zusammengebissenen Zähnen. „Er ist Rex 2.0. Glaube also ja nicht, dass du aus ihm einen festen Freund machen kannst, okay? Zander ist zum Spaß da, nicht für die Zukunft."

„Das weiß ich." Ich trete zurück, wobei mein Körper vor Verärgerung angespannt ist, nachdem sie Rex erwähnt hat. „Können wir bitte zu einem Punkt in meinem Leben kommen, an dem nicht mehr alle Spuren zu Rex Carmichael führen?"

Phoebe hebt kapitulierend die Hände. „Entschuldige!"

„Ich bin heute Abend hier und befolge all deine dummen Regeln, also gib mir ein wenig Anerkennung."

„Na gut." Sie kommt näher und legt einen Arm um meine Schultern.

„Ich passe nur auf dich auf. Du hast ein zartes Herz, Daph, und ich möchte, dass du es beschützt, wenn du deine erste Bettgeschichte wagst."

„Du lässt mich erbärmlich klingen", schmolle ich und verschränke die Arme vor der Brust. „Ich bin genauso wenig auf der Suche nach einem Freund wie du."

„Okay." Sie schenkt mir ein schiefes Grinsen. „Und wir haben immer noch unsere Regel, dass wir uns gegenseitig heiraten und einen Samenspender benutzen, wenn wir mit achtunddreißig noch Single sind, oder?"

„Ja, aber ich will trotzdem nicht schwanger sein."

„Ich auch nicht", sagt sie abwehrend.

„Deshalb lassen wir es beide gleichzeitig machen." Ich wackle aufgeregt mit den Augenbrauen.

„Mögen die Chancen immer zu unseren Gunsten stehen."

Sie stößt mit mir an und erinnert mich daran, von meiner Position aus gelegentlich Augenkontakt mit Zander aufzunehmen. Das fällt mir nicht schwer, denn Zander fühlt sich wie ein Stück Metall an, und meine Augen sind zwei riesige Magnete. Jedes Mal, wenn sich unsere Blicke treffen, ist das Kribbeln in meinem Bauch so stark, dass ich gezwungen bin, wegzusehen, sonst könnte ich in Ohnmacht fallen.

Die letzte kleine Technik, die Phoebe mir beigebracht hat, war der Versuch, einem anderen Kerl Aufmerksamkeit zu schenken. Booker Harris wäre die einfachste Wahl, da ich ihn kenne, aber er ist zu sehr mit Poppy beschäftigt, um dieses Spiel mit mir zu spielen.

Als ich schließlich von einem schottischen Mittelfeldspieler namens Banner in die Enge getrieben werde, denke ich mir, dass er den Job schon erledigen wird.

„Ich komme aus Edinburgh", sagt Banner, während er unverhohlen auf meine Brust starrt.

„Das ist schön. Ich war schon ein paarmal dort", antworte ich und gebe mein Bestes, ihm in die stahlblauen Augen zu schauen, aber es ist schwer, wenn sein Blick nicht auf meinem Gesicht ruht.

„Du warst aber nicht mit mir in Edinburgh", antwortet er mit knurrender, unheimlicher Stimme.

Ich runzle die Stirn über diese seltsame Bemerkung. „Nein, weil wir uns gerade erst kennengelernt haben."

„Wenn du mit mir nach Edinburgh kommst, zeige ich dir einen Teil der Stadt, von dessen Existenz du nicht einmal wusstest." Banner nickt stolz und bläht die Brust auf, als wolle er eine Pose einnehmen. „Dinge, die du dir nicht einmal vorstellen kannst. Die zwielichtige Schattenseite."

„Klingt gruselig." Ich lache nervös und werfe einen Blick über Banners Schulter, um Zander zu sehen, der an der Bar steht und mich fasziniert beobachtet. Ich kann nicht anders, als triumphierend zu lächeln. Verdammt noch mal, vielleicht funktionieren Phoebes verrückte Ideen tatsächlich.

Ich richte meine Aufmerksamkeit wieder auf Banner. „Ich komme aus Essex. Ich fürchte, was man dort sieht, ist das, was man bekommt."

„Da bin ich mir nicht so sicher", sagt Banner lachend. „Ich bin mir ziemlich sicher, dass du unter deinem Pelzmantel einige Überraschungen versteckt hast."

Bei seiner bizarren Antwort runzle ich die Stirn. Was ist das nur mit Fußballern und schrecklichen Anmachsprüchen? Ich meine, ich weiß, dass die Tatsache, dass sie Fußballer sind, sie schon von vornherein heiß macht, aber sie können es sicher besser.

Als ich wieder an Banner vorbeischaue, hat sich eine Gruppe von Mädchen zu Zander gesellt. Eine große Blondine beugt sich vor und flüstert Zander etwas ins Ohr, und mein Funke der Eifersucht entfacht sofort. Als ihre Hand seinen Arm hinaufgleitet und sich um seinen Bizeps legt, implodiert mein Kopf.

Das ist dumm.

Mit Männern Spielchen zu spielen, ist dumm. Warum habe ich mich von Phoebe dazu überreden lassen? Ich wusste bereits, dass Zander mit mir schlafen will. Er hat es mir im Flur praktisch gesagt. Und meine ursprüngliche Idee war viel, viel einfacher. Ich wollte in meiner Wohnung abhängen, bis ich ihn nach Hause kommen höre, und ihn dann zu der kleinen Überraschung einladen, die ich für ihn vorbereitet habe. Diese ist ein Mädchen, das aussieht, als würde sie gleich die *Operation: Vögle den nuttigen Fußballer* gewinnen, und ich habe keine Lust zu verlieren.

„Würdest du mich bitte entschuldigen", rufe ich Banner zu, und ohne seine Antwort abzuwarten, gehe ich direkt zu Zander hinüber, der an der Bar steht und von drei Mädchen bedrängt wird.

Seine Augen weiten sich, als ich näherkomme. „Kann ich dich kurz sprechen?" Meine Stimme ist schroff, während ich ungeduldig mit meinem Stiefel auf das Kopfsteinpflaster tippe.

„Er ist beschäftigt", lallt ein Mädchen, aber ich ignoriere sie, weil Zanders Augen nicht von meinen weichen.

Seine Augenbrauen zucken besorgt, als er die Krallen der Frau von seinem Arm löst und sich fast gezwungen sieht, sich aus der Schar der Frauen heraus zu drängen. „Was brauchst du?"

Ich ergreife seine Hand und ziehe ihn in Richtung des Pubs, wo ich rechts in den schmalen Gang bei den Toiletten einbiege. Ich drehe mich auf dem Absatz um und atme angesichts unserer Nähe scharf ein. Er ist groß und heiß, mit einem neugierigen Schimmer in den haselnussbraunen Augen. Ich schüttle meine verräterischen Gedanken ab und frage entschlossen: „Amüsierst du dich heute Abend?"

Seine Augen tanzen über mein Gesicht, und ich schwöre, dass er sich ein Lächeln verkneift. „Ja, klar. Was ist mit dir?"

„Bis vor ein paar Minuten schon." Ich kaue auf meiner Lippe und schmecke meinen Lippenstift.

„Kann ich dir bei irgendetwas helfen?", fragt Zander, wobei er mir dieses nervige schiefe Grinsen schenkt.

„Hast du vor, heute Abend eines dieser Mädchen zu vögeln?", fauche ich, schockiert vom wütenden Klang meiner Stimme. Ich schwöre, dieser Mann hat mir eine Persönlichkeitstransplantation verpasst. Normalerweise bin ich nicht so konfrontativ.

„Wie bitte?" Zanders Gesicht ist eine Mischung aus Belustigung, Verwirrung und Schock.

„Was ist dein Plan?", stoße ich mit zusammengebissenen Zähnen hervor. „Weil es schön wäre, ihn zu kennen, damit ich aufhören kann, die dummen Dinge zu tun, die Phoebe mir aufgetragen hat, um einfach nach Hause zu gehen."

Zander tritt zurück, nimmt seine Kappe ab und fährt sich mit einer Hand durch die Haare, die sich an den Spitzen locken. Ich verspüre den flüchtigen Drang, mit meinen Fingern hindurchzufahren, aber ich verdränge diesen Gedanken in den dunklen Strudel, in dem sich mein Temperament befindet.

„Ich weiß nicht einmal, wovon du sprichst, Ducky", sagt Zander lässig, während er mich mit seiner großen, anmaßenden Art anstarrt, durch die ich mich zierlich und weiblich fühle.

Mein Gesicht wird heiß, als ich mich zwinge, den Blickkontakt zu unterbrechen, damit ich mich auf das konzentrieren kann, was ich sagen will. Ich atme tief durch und treffe die unüberlegte Entscheidung, alle Ratschläge von Phoebe über Bord zu werfen und stattdessen brutal ehrlich zu sein. „Ich tue diese dummen Dinge, um dich zu verführen, weil ich zwanglosen Sex mit dir versuchen will." Ich zucke zusammen und bedecke mein Gesicht, weil ich spüre, wie sich seine haselnussbraunen Augen in mich bohren, als sei ich ein Zirkusfreak. „Aber wenn das, was du gestern im Hausflur gesagt hast, völliger Blödsinn war, dann sag es mir jetzt, damit ich nach Hause gehen und dich wieder für alle Zeiten hassen kann. Wie sich herausstellt, war ich darin wohl außergewöhnlich gut."

Schließlich senke ich meine Hand und blicke auf, um Zanders amüsiertes Gesicht zu sehen. Seine prallen Lippen sind geschürzt, als er sich ein Lächeln verkneift. „Du willst zwanglosen Sex mit mir versuchen?"

Meine Hände ballen sich zu Fäusten, da ich ihm am liebsten direkt auf die Nase schlagen würde. Es wäre schön, ihm eine schiefe Nase zu verpassen, die zu seinem schiefen Lächeln passt. Leider leben die Bilder von ihm, nackt und nur mit diesem blöden rosa Geschirrtuch bedeckt, mietfrei in meinem Kopf, also wäre es mir wesentlich lieber, wenn er es mir gäbe … auf die Zwangloser-Sex-Art.

„Ich dachte, zwangloser Sex sei die ursprüngliche Idee", krächze ich, und mein Atem wird zittrig, als mir seine Bauchmuskeln in den Sinn kommen. „Ohne Verpflichtungen und so." Gott, ich klinge, als würde ich einen Big Mac bestellen. Am besten nehme ich gleich noch eine Portion Pommes dazu, damit ich am Ende des Abends auch wirklich satt bin.

Zander legt den Kopf schief, seine Augen werden dunkel, als er an meinem Körper hinunterblickt, was meine Nippel hart werden lässt. „Ich habe dir schon gesagt, dass das meine Spezialität ist."

„Was hast du dann da draußen gemacht?" Ich zeige mit dem Finger in Richtung des Biergartens, wo er gerade von Harris-Ho-Möchtegerns umgeben war.

„Was hast du da draußen gemacht?", schießt er zurück, und die Vene in seinem Nacken sieht lächerlich sexy aus. „Ich habe nur mit diesen Mädchen gesprochen, weil du mit Banner gesprochen hast."

„Na schön", erwidere ich, und mein Brustkorb hebt sich, als er sich mir nähert.

„Schön", wiederholt er und zwingt mich, aufzublicken, während er sich über mich beugt. Sein köstlicher Duft betört meine Sinne, und ich lecke mir über die Lippen, da ich seine unbedingt wieder auf meinen spüren will. Seine Stimme ist tief und kontrolliert, als er hinzufügt: „Heißt das, du bist bereit zuzugeben, dass du mich genauso ficken willst, wie ich dich ficken will?"

Mein Gleichgewicht gerät ins Wanken, als das gesamte Blut in meinem Körper in meine unteren Regionen strömt. Ich zwinge mich, den Blickkontakt mit ihm aufrechtzuerhalten, als ich zittrig antworte: „Bedauerlicherweise, ja."

Zander legt den Kopf schief und mustert sehnsüchtig mein Gesicht. „Daran ist nichts Bedauerliches."

Einen Moment lang herrscht angespannte Stille zwischen uns, und ich überlege kurz, ob ich ihn einfach ins Klo zerren und mich von ihm an der Wand nehmen lassen soll. Diese Sehnsucht in mir ist so stark, dass ich nicht sicher bin, ob ich hier rausgehen kann, ohne dass meine Knie nachgeben. Aber ich muss in Zanders Gegenwart cool bleiben. Ich bin mir sicher, dass er das mit Frauen ständig macht, also gibt es keinen Grund, ihn darüber zu informieren, wie verzweifelt und ausgehungert nach Sex ich tatsächlich bin.

Ich kaue auf meiner Lippe und hole mein Handy aus der Tasche, um Phoebe eine schnelle SMS zu schreiben.

„Was machst du da?", fragt Zander, sein Atem warm an meinem Hals, als er auf mein Handy hinunterschaut.

„Ich sage Phoebe, dass wir gehen." Ich drücke auf Senden und schaue auf, um ein beeindrucktes Grinsen auf Zanders Gesicht zu sehen. „Ist das okay für dich?"

„Du bist der Boss." Er wackelt spielerisch mit den Augenbrauen, während ich Zanders Hand nehme und ihn zum Seitenausgang des Old George ziehe.

Mir schwirrt der Kopf vor Ärger und Genervtheit darüber, wie schrecklich ich mich bei diesem Spiel heute Abend angestellt habe. Ehrlichkeit ist immer die beste Strategie. Ich hätte Phoebe nie in meinen Kopf lassen sollen. Und außerdem, wenn Zander und ich wirklich nur zwanglosen Sex haben wollen, gibt es keinen Grund, diese blöden Spiele zu spielen.

Während wir die drei Stockwerke hinaufgehen, verwandelt sich mein Unbehagen mit jedem Schritt in Erregung. Ich spüre seine Wärme und Präsenz hinter mir. Ich muss mich nicht umdrehen, um zu wissen, dass er mich beobachtet. Und es ist ein berauschendes Gefühl zu erkennen, dass ich das auch will. Ich will seine Augen auf jedem Teil meines Körpers.

Das passiert wirklich. Ich werde wirklich Sex mit meinem Fußballernachbarn haben. Der letzte Junge, der meine Vagina so zum Tanzen gebracht hat, war Sam Thompson in der neunten Klasse. Ich war zu jung und dumm, um etwas zu tun. Jetzt bin ich älter. Ich bin reif und unabhängig. Ich habe mir diese Erfahrung verdient, und ich werde all unsere vergangenen Dramen verdrängen, um das hier zu genießen.

Als wir unseren Flur erreichen, gehe ich auf meine Tür zu und rufe über die Schulter: „Ich habe etwas für dich, aber du kannst nicht reinkommen."

„Ernsthaft?" Zander zögert mit verwirrter Miene vor meiner Tür. „Was hat es mit dir und diesem Hausflur auf sich?"

Ich verdrehe bei seinem kleinen Scherz die Augen. „Meine Nichten waren heute hier und haben einen totalen Saustall hinterlassen. Ich gehe kurz rein und hole es, dann können wir zu dir rübergehen."

Zander lächelt und macht einen Schritt auf mich zu, wobei er sich mit einer Hand an meinem Türrahmen abstützt, während er sich mit einem sinnlichen Gesichtsausdruck vorbeugt. „Ich mag Sauställe."

„Niemand mag Sauställe", sage ich trocken, ausnahmsweise immun gegen seinen Charme und verärgert darüber, dass Phoebe mir heute Abend keine Zeit zum Aufräumen gegeben hat, bevor sie mich in den Pub geschleppt hat. Meine Rettung bestand darin, dass wir es in Zanders weitaus besserer Wohnung tun würden, aber natürlich lässt sich dieser aufdringliche Arsch nicht so leicht überreden.

Zander zieht sich zurück und verschränkt die Arme vor der Brust. „Lass mich einfach reinkommen."

Meine Augenbrauen heben sich bei dieser Doppeldeutigkeit, und ich erschaudere, als ich mir ziemlich sicher bin, dass er gerade meine schmutzigen Gedanken gelesen hat. Mit einem geschlagenen Knurren schließe ich meine Tür auf und lasse ihn in das Chaos. Wozu muss ich ihn beeindrucken? Es ist schließlich nicht so, als wäre dies eine Beziehung.

„Sieh nur nicht zu genau hin", rufe ich über die Schulter, während ich die Lichterkette anknipse, die meinen Wohnbereich dekoriert und die Wohnung in schummriges Licht taucht. Ich schlurfe in meine dunkle Küche, um schnell alle Backformen in die Spüle zu schieben und all die Dinge zu sortieren, die ich vorhin liegen gelassen habe. Hausarbeit war noch nie meine Stärke. Und meine Nichten sind wilde kleine Bestien, wenn sie zu Besuch kommen. Ich glaube nicht einmal, dass sie das Backen besonders mögen, aber ich tue es mit ihnen, damit sie meinem Wohnzimmer und von meiner Musikanlage fernbleiben.

Ich finde die kleine Schüssel mit der Sache, die ich für Zander habe, und drehe mich, um zu sehen, dass er mich vom Eingang meiner Küche aus mit einem amüsierten Gesichtsausdruck beobachtet. „Mach dich nicht über mich lustig, sonst bekommst du dieses Geschenk nicht."

Sein Gesicht wird ernst. „Es ist ein Geschenk?"

Nervös halte ich die Plastikschüssel in den Händen. „Ich kann nicht versprechen, dass er so gut ist wie der von deiner Mutter, weil ich noch nie Haferflocken-Rosinen-Kekse gemacht habe und die Mädchen sagten, die Rosinen sähen aus wie Schafskacke, aber ich versichere dir, das sind sie nicht."

Ich strecke ihm den Behälter mit einem Haferflocken-Rosinen-Keks entgegen. Der Keks liegt auf einem neongrünen Stück Seidenpapier, und die Mädchen haben ein kleines Kärtchen mit der Aufschrift „Tolles Spiel, Soccer Boy" verziert, aber am Ende haben sie über meinen Text gekritzelt, sodass ich mir nicht sicher bin, ob er ihn überhaupt noch lesen kann.

Zander hält den Behälter auf Augenhöhe, während er den Keks mit einem unleserlichen Gesichtsausdruck anstarrt.

„Die Sauerei sollte dir sagen, dass er selbst gemacht ist, also kannst du hoffentlich ,die Liebe und den Scheiß' schmecken." Ich lache nervös, weil ich nicht weiß, was er denkt. Sicherlich weiß er, dass die Bemerkung mit der Liebe und dem Scheiß ein Scherz war. Ich habe nur wiederholt, was er einmal über die Kekse seiner Mutter gesagt hat. Ich spreche gar nicht so. Es ist ein sehr amerikanisch klingender Ausdruck, aber je länger er schweigt, desto mehr fürchte ich, dass er denkt, ich sei ein Stalker der Stufe zehn und versuche, ihn zu meinem festen Freund zu machen!

Schließlich blickt er vom Keks auf. „Du hast mir einen Keks gebacken?"

„Ja, aber das mit *Liebe und dem Scheiß* war ein Witz", stottere ich nervös. „Der Keks wurde mit einer gehörigen Portion Frust und wahrscheinlich vielen Keimen gebacken. Ich habe Marisa und Rocky gebeten, sich die Hände zu waschen, aber du kennst ja kleine Kinder. Sie sind wirklich eklig, und ihre Hände scheinen ständig mit Marmelade zu kleben. Weißt du was …, wenn ich es mir recht überlege …, vielleicht solltest du den Keks lieber nicht essen. Wir können es nicht gebrauchen, dass sich Bethnal Greens neuer Starverteidiger wegen eines verdorbenen Kekses schlecht fühlt."

Ich greife nach dem Behälter, aber Zander reißt ihn zurück, sodass ich gegen ihn stolpere. Er schlingt seinen freien Arm um mich, während sich ein Grinsen auf seinem Gesicht ausbreitet. „Du hast mir einen Keks gebacken."

Sein ehrfürchtiger Blick lässt Schmetterlinge in meinem Bauch flattern. Ich beiße mir auf die Lippe und mir wird seltsam schwindlig, weil ich ihn so glücklich gemacht habe. Ich atme tief durch und kneife die Augen zusammen. „Ich habe auch um zwanglosen Sex mit dir gebeten, und das scheint auch keine gute Idee gewesen zu sein."

Seine Schultern beben vor leisem Lachen, als er mich loslässt, um den Keks aus dem Behälter zu nehmen. Er nimmt einen großen Bissen und macht eine große Show, indem er bei praktisch jedem Krümel stöhnt. Ich hasse es, dass ich das so gern sehe.

„Ein wahrer Triumph", murmelt er mit vollem Mund.

„Sei kein Arsch." Ich verdrehe die Augen und verpasse ihm einen Klaps.

Er leckt sich über die Lippen und schluckt, sein Gesicht ist einen Moment lang nachdenklich. „Mir hat noch nie ein Mädchen Kekse gebacken."

Ich ziehe eine Augenbraue hoch. „Deine Mutter ist höchstwahrscheinlich ein Mädchen."

„Du weißt, was ich meine." Er lässt den Blick über mein Gesicht schweifen, was ein wärmendes Gefühl in mir auslöst.

„Gern geschehen." Ein verlegenes Lächeln breitet sich auf meinem Gesicht aus. „Lass es dir nicht zu Kopf steigen."

Er schenkt mir ein selbstgefälliges Grinsen. „Zu spät."

16

Keks für unterwegs

Zander

Daphney schenkt mir ein Glas Wasser ein, und die ganze Zeit, in der ich sie dabei beobachte, wie sie in ihrer unordentlichen Küche herumläuft und sich für das Chaos entschuldigt, kann ich nicht anders, als zu denken, dass diese Situation verdammt perfekt ist. Wir sind Nachbarn, sie mag mich nicht, will aber trotzdem Sex mit mir haben.

Ich habe gerade das beste Tor meines Lebens geschossen. Damit stehen wir bei Zander: zwei, Daphney: eins.

Da ich weiß, dass ich etwas unternehmen muss, bevor ihr ein lächerlicher Grund einfällt, die ganze Sache abzubrechen, werfe ich meine Kappe zur Keksdose auf den Tresen. Ich stelle mich hinter Daphney an die Spüle und lege die Hände um ihre Hüften. Sie atmet scharf ein, als ich sie umdrehe, sodass ihr Hintern an den Tresen gepresst ist und unsere Körper eng aneinander liegen.

„Bekomme ich jetzt mein zweites Geschenk?" Mein Blick tanzt von ihren vollen Lippen zu ihren funkelnden Augen, unsicher, was ich mehr anstarren möchte.

Ihre Stimme ist heiser, als sie antwortet: „Auf welches Geschenk beziehst du dich genau?"

Ich verkneife mir ein Lächeln, während ich mit den Daumen über ihre Hüftknochen streiche und beobachte, wie ihr die Röte über die Wangen kriecht. „Oh, wie hast du es noch mal genannt? Zwangloses Verhältnis?"

Sie bedeckt ihr Gesicht mit den Händen. „Das klingt genauso schlimm wie beim ersten Mal, als ich es gesagt habe."

Mein Körper zittert vor Belustigung. Gott, sie ist süß. Und sexy. Und als sie mich ganz aufgeregt und eifersüchtig gefragt hat, ob ich mit den Mädchen in der Bar schlafen würde, hätte ich sie fast zur Toilette gezerrt und auf der Stelle genommen. Und die Tatsache, dass sie zugegeben hat, nur mit Banner gesprochen zu haben, um meine Aufmerksamkeit zu bekommen, ist noch süßer. Sie ist wirklich ein braves Mädchen.

„Vielleicht sollten wir ein paar Regeln aufstellen", krächzt sie, als ich meine Hände auf ihre Schultern lege und ihr den Kunstpelzmantel ausziehe.

Ich werfe ihn zur Seite und mein Blick wandert nach unten, um zu sehen, dass sie ein langärmeliges, durchsichtiges schwarzes Oberteil trägt, unter dem ein schwarzer BH zu sehen ist. In Kombination mit dem Rock und der Strumpfhose wird mein Schwanz in meiner Jeans bereits dicker.

„Auf dem Spielfeld gibt es genug Regeln, Ducky", antworte ich, ziehe meine eigene Jacke aus und lasse sie zu ihrer auf den Boden fallen. „Scheiß auf die Regeln."

Ihre Augen leuchten vor Erregung, also greife ich nach hinten und ziehe mir das Hemd über den Kopf. Der kehlige Laut, den sie daraufhin von sich gibt, sorgt für eine unangenehme Situation in meiner Jeans.

„Mein Gott." Sie seufzt und lässt ihren Blick über meine Brust und meinen Unterleib schweifen. „Du bist wirklich sehr selbstbewusst, nicht wahr?"

Wenn es um Daphney geht, weiß ich nicht, was ich bin, aber in diesem Moment … in dieser Sekunde … will ich sie, und wenn ich in ihre Augen schaue, will sie mich auch. Das ist alles, was zählt.

„Du bist dran." Ich werfe einen Blick auf ihren Körper und trete zurück, um ihr Platz zu machen.

Sie lächelt schüchtern, und mit einem leichten Augenrollen streift sie den dünnen Stoff von ihrem Körper, woraufhin sie in einem schwarzen BH vor mir steht. Ihre Haut ist blass im Kontrast zum Stoff, und ich kann die Umrisse ihrer Nippel durch die Spitze sehen.

Mein Herz schlägt schneller, während ich mich zurückhalte. „Brauchst du Hilfe bei dem letzten Teil?", frage ich und zeige auf ihre Brust, da ich darauf brenne, sie zu berühren. „Ich bin so etwas wie ein Experte."

„Experte darin, ein frecher Arsch zu sein." Sie greift hinter sich, öffnet ihren BH in Lichtgeschwindigkeit und wirft ihn zur Seite. Sie stemmt die Hände in die schmalen Hüften. „Zufrieden?"

Mein Lächeln wird schwächer, als ich auf ihre Brüste starre. Sie sind verdammt perfekt. Sogar besser als in meinen Träumen. Zierlich und tropfenförmig mit winzigen, blassrosa Nippeln, die ich ..., *oh verdammt, worauf warte ich noch?*

Ich strecke eine Hand aus und streichle sanft ihre Brüste, während mein Daumen über die verhärteten Knospen gleitet und das Gewicht der Brüste prüft. Sie ist ein zierliches Mädchen, aber diese Brüste sind trotzdem eine bewundernswerte Handvoll. Und ich habe große Hände.

Mir läuft das Wasser im Mund zusammen, als ich den Kopf senke und meine Lippen um ihren rechten Nippel schließe und das harte Ding tief in meinen Mund sauge. Ihr Parfüm betört meine Sinne, als ich mit der Zunge darüber fahre, und sie schreit auf, als sie ihre Finger in meinem Haar vergräbt und mit ihren Nägeln über meine Kopfhaut kratzt. Das Gefühl lässt meinen ganzen Körper erbeben.

Genervt vom unbequemen Winkel packe ich Daphney an der Taille und hebe sie auf den Tresen. Eine Mehlwolke steigt um uns herum empor, als ich meine Lippen auf ihre andere Brust lege. Wie ist es möglich, dass diese noch besser schmeckt als die andere? *Verdammt, ich werde nicht lange durchhalten.*

„Zander." Daphney seufzt, und ihre Beine umschließen meine Hüften, während sie mich näher an sich heranzieht.

Sie packt meinen Kiefer und zieht meinen Mund zu ihrem. Unsere Lippen berühren sich und sie lässt ihre Zunge tief in meinen Mund eindringen, um mich so zu nehmen, wie sie es auf dem Flur getan hat. Ich kann das Verlangen auf ihren Lippen schmecken, und es macht mich verzweifelt danach, mehr von ihr zu kosten.

„Ich möchte dich berühren", murmle ich gegen ihre Lippen, während ich meine Hände an ihren Beinen hochgleiten lasse und von ihrer Strumpfhose frustriert werde. „Die müssen wir ausziehen."

Sie nickt und stützt sich auf meinen Schultern ab, während sie von der Theke rutscht und ihre Stiefel abstreift. Ich tue dasselbe und lache, als sie mir den Rücken zudreht, da ihr Hintern mit Mehl bedeckt ist.

„Was gibt es da zu lachen?", zischt sie und dreht sich stirnrunzelnd um.

Meine Bauchmuskeln spannen sich vor schlecht verborgener Belustigung an, als ich zu ihr gehe und ihr auf den Hintern klopfe. Zuerst schaut sie verwirrt, aber dann weht die Mehlwolke um uns herum.

„Du hast gesagt, du magst Sauställe, Soccer Boy", kichert sie, während sie den Reißverschluss ihres Rocks öffnet, auf dem jetzt mein

Handabdruck zu sehen ist. Sie lässt ihn über ihre Hüften gleiten und sagt: „Lass mich meinen Morgenmantel holen, dann schleichen wir zu dir rüber."

„Auf keinen Fall." Ich schüttle entschlossen den Kopf, trete zurück und betrachte ihren halbnackten Körper, der nur mit einer schwarzen Strumpfhose bekleidet ist, während sie in ihrer Küche steht. „So möchte ich mir dich von nun an in all meinen Fantasien vorstellen."

Sie schenkt mir einen tödlichen Blick. „Ich habe genug von deinem selbstgefälligen Mundwerk."

Ich trete an sie heran und hebe ihr Kinn. „Mit deinem fange ich gerade erst an."

Ich presse meine Lippen auf ihre und nehme mir einen Moment Zeit, um ihren Mund, ihren Hals und ihre Schultern zu erkunden, während wir zu ihrem ungemachten Bett stolpern, wobei ich mich meiner Jeans entledige. Wir halten auf dem Sofa am Fußende des Bettes inne, als ich meine Hände hinten an ihrer Strumpfhose hinuntergleiten lasse und ihren prallen nackten Hintern betaste. Er ist weich und geschmeidig. Und mir wird klar, dass kein Höschen unter der Strumpfhose meine neue Lieblingssache sein könnte.

Daphney schnappt nach Luft, als meine Erektion ihre Mitte streift. Meine schwarzen Boxershorts sind das einzige Hindernis, als sie zwischen uns greift und mit ihren zarten Fingern über meinen Schaft gleitet. Das sanfte Streicheln überwältigt mich, und ich unterbreche den Kuss und lege meine Stirn auf ihre Schulter, um mich abzustützen. Ich spüre bereits die ersten Lusttropfen. Verdammte Scheiße, diese Frau wird mich noch umbringen.

„Hast du ein Kondom?", fragt Daphney mit einer tiefen, heiseren Stimme, die das ganze Blut in meinem Körper zu meinem Schwanz fließen lässt.

Mühsam drehe ich mich um und hole ein Kondom aus der Tasche meiner Jeans. Ich hatte große Hoffnungen für heute Abend, und die Tatsache, dass Daphney bereits alle übertroffen hat, bevor ich überhaupt in sie eingedrungen bin, ist ein ziemlich alarmierender Gedanke.

Daphneys Augen sind auf mich gerichtet, als ich meine Boxershorts ausziehe und das Kondom über meine pralle Erektion rolle. Es ist schon eine Weile her, dass ich Sex hatte, und das ist mir schmerzlich bewusst.

Deshalb weiß ich, dass ich mich ablenken muss, wenn ich eine Chance haben will, dass das hier von Dauer ist.

Daphney macht es mir nicht gerade leicht.

Sie beißt sich auf die Lippe und entledigt sich ihrer Strumpfhose, bevor sie sich auf das Bett legt. Ihr blondes Haar fällt in Wellen über das weiße Kissen, als sie sich für mich öffnet. Ihr glatter Schamhügel glitzert in der schummrigen Deckenbeleuchtung. Sie sieht aus wie ein gottverdammter Engel, und ich bin der Teufel, der sie auf die dunkle Seite gezogen hat.

Die Matratze gibt nach, als ich mich auf sie zu bewege, und ein flüchtiger Blick der Besorgnis huscht über ihre Züge. „Willst du, dass ich aufhöre?", frage ich, während mein Schwanz in dem Gummi weint.

Sie schüttelt den Kopf, während ihre kühlen, weichen Hände mich näher an sich heranziehen und ihre Brüste über meine Brust streichen. „Hör nicht auf."

Ich schlucke den Kloß in meinem Hals hinunter und fahre mit meinen Fingern an ihrer heißen Mitte entlang. „Daphney, du bist völlig durchnässt", krächze ich, wobei meine Stimme wie eine völlig andere Person klingt.

Sie krümmt sich in meine sanfte Liebkosung, und mit geschlossenen Augen greift sie nach meiner Hand und schiebt meine Finger in sie hinein.

„Heilige Scheiße", stöhne ich, als sie einen Moment lang auf meiner Hand reitet, ihre Lippen geöffnet, ihre Laute unerträglich sexy.

Sie ist mehr als eine verdammte Fantasie. Sie ist ein gottverdammter feuchter Traum, der wahr geworden ist. Sie ist unsterblich. Sie ist legendär. Sie ist alles. Weich und geschmeidig. Süß und unschuldig. Mutig und scharf. Und das Beste von allem, bedürftig, begierig und ohne Angst, es zu zeigen.

Die verdammt beste Kombination.

Langsam stoße ich meine Finger in sie hinein, verzaubert von der Art, wie sie sich bewegt. Ich will es langsam angehen, damit ich es auskosten kann. Gleichzeitig will ich bis zur Ziellinie sprinten, weil ich so verdammt erregt bin.

Mein Schwanz verhärtet sich schmerzhaft, als sie den Rücken krümmt und meine Lippen bittet, ihren Brüsten mehr Aufmerksamkeit zu schenken. Ich beuge mich hinunter und lecke um ihren Nippel herum. Ich genieße das überraschte Stöhnen, als ich sie festhalte und sauge, während meine Finger schneller werden. Ihre feuchte Hitze benetzt meine Finger, während sich mein Schwanz zwischen uns anspannt.

Ich konzentriere mich auf meine Atmung, fest entschlossen, sie zum Kommen zu bringen, als sie meinen Kopf mit wildem Blick von ihrer Brust wegstößt. „Jetzt", sagt sie und nickt mit dem Kopf, während sie ihre Fersen in meinen Hintern gräbt und mich an sich zieht. „Ich brauche dich jetzt, Zander."

Mir fehlen die Worte, als sie meine Finger aus ihrer Mitte zieht und meinen Schwanz positioniert. Als ich beginne, in sie einzudringen, presst sie ihren Kopf auf das Kissen und beißt sich auf die Lippe. Ich gleite bis zum Anschlag hinein und erstarre. Verdammt, sie fühlt sich fantastisch an. Eng und warm, wie die perfekte Umarmung für meinen Schwanz. Ich ziehe mich zurück und stoße erneut zu, diesmal noch tiefer, während ihre Nässe mich umhüllt. Ihr Rücken wölbt sich vom Bett und ihre Titten strecken sich meinem Gesicht entgegen. Meine Kontrolle zerbricht, als ich ihre Nippel und ihren Hals förmlich verschlinge und beginne, heftig in sie zu stoßen. Ich will jeden Zentimeter von Daphneys Körper kosten.

Sie schreit, aber ich tue mein Bestes, um ihre Laute auszublenden, damit ich nicht zu früh komme. Ich kann nicht zu früh kommen. Sie muss zuerst kommen, oder ich werde es mir nie verzeihen.

Ich beginne, das Bethnal-Green-Spielbuch in meinem Kopf durchzugehen, um mich von ihr abzulenken. Ich habe es seit meiner Ankunft jeden Abend studiert, aber eine Auffrischung kann nie schaden.

Verdammt, das Spiel heute Abend war episch. Meine Verbindung auf dem Feld mit Booker – und Finneys Augen, als er erkannte, dass ich bleiben werde – war alles, was ich mir in der ersten Woche meiner Ankunft gewünscht habe. Und jetzt darf ich das Ganze auch noch mit einer fantastischen Nummer mit meiner Nachbarin krönen, die mir einen verdammten Keks gebacken hat.

Der übrigens furchtbar war.

Er hat geschmeckt wie Knete.

Aber es war ein Haferflocken-Rosinen-Keks, und ich habe ihn wie ein Champion verdrückt, denn die Tatsache, dass ich mein Ritual der Keksbelohnung nach jedem Sieg nicht unterbrechen musste, bedeutet mir mehr, als ich ihr jemals sagen werde.

Ich werde zurück in den Moment gerissen, als sich Daphneys Nägel in meinen Rücken bohren, und das Gefühl ihrer Muschi, die sich um mich herum zusammenzieht, ist der intensivste weibliche Orgasmus, den mein Schwanz je erlebt hat. Sie stöhnt meinen Namen, und das heisere Geräusch klingt viel zu gut, als dass ich es noch eine Sekunde länger aushalten könnte.

Mit einem kehligen Stöhnen drücke ich mein Gesicht an ihren Hals, als ich mich mit schockierender Wildheit in ihr entleere. Mein Schwanz in dem engen Kondom pulsiert und jeder Nerv in meinem Körper zuckt.

Als mein Gehirn wieder zu sich kommt, rolle ich von Daphney herunter, verschwitzt, außer Atem und dringend schlafbedürftig. Ich setze mich auf und mache mich auf den Weg in ihr Badezimmer, um das Kondom zu entsorgen und mich zu waschen. Das war verdammt intensiv. Mehr, als ich von meiner süßen, nörgelnden Nachbarin erwartet habe, die mich sicher auch nach dem Sex noch hasst.

Als ich einige Augenblicke später zurückkomme, sitzt Daphney im Bett, vollständig bekleidet mit ihrem Seidenpyjama, den sie vor einer Sekunde noch nicht anhatte. Sie hat ein Notizbuch und einen Stift fest in der Hand und sieht aus, als würde sie eine verdammte Einkaufsliste schreiben.

Ich runzle die Stirn, während ich nackt in ihrer Wohnung stehe. „Geht es dir gut?"

Sie schenkt mir ein breites Lächeln. „Mir geht es ausgezeichnet. Und dir?"

„Ähm …, mir geht's gut", antworte ich etwas verwirrt. „Soll ich …?"

„Zurück zu dir gehen? Ja, das wäre perfekt", sagt Daphney strahlend, wobei ihr Blick nicht einmal auf meinen Schwanz fällt, der immer noch halbhart und alles andere als bettfertig ist. „Willst du noch einen Keks für unterwegs?"

Mein Kopf zuckt zurück. „Äh …, nein. Einer reicht."

„Cool. Wir sehen uns dann später, ja?" Sie führt den Stift zum Mund und starrt konzentriert auf ihr Notizbuch, als würde sie versuchen, eine Art Rätsel zu lösen.

„Ähm, okay." Ich fahre mir mit der Hand durch die Haare, die sich anfühlen, als wären sie einen halben Meter gewachsen, weil sie die ganze Nacht mit ihren Fingern hindurchgefahren ist. Während ich umherstolpere und mich anziehe, frage ich mich, ob sie mich abblitzen lässt. War es nicht gut für sie? Es war gut für mich. Umwerfend gut für mich, auch wenn ich über Eckstoß-Formationen nachdenken musste, die null

Sexappeal haben. Aber ich tat das für sie. Damit ich dafür sorgen konnte, dass sie kommt. Und sie ist hundertprozentig gekommen. Ihre Muschi war wie ein Schraubstockgriff um meinen Schwanz. Sie war so eng, dass ich mich fragte, ob ich vielleicht für immer darin gefangen wäre.

Ich könnte mir schlimmere Orte vorstellen, um mit dem Schwanz steckenzubleiben.

Aber im Ernst …, die Teile, bei denen ich voll dabei war, waren verdammt heiß. Ich sollte zumindest einen guten Klaps auf den Hintern oder so bekommen, oder? Ich bin ihr Soccer Boy, verdammt noch mal.

Als ich meine Jacke vom Küchenboden aufhebe, schaue ich zu ihr hinüber und überlege, ob ich ihr einen kurzen Abschiedskuss geben soll, aber ihre Körpersprache zeigt, dass sie mich einfach nur loswerden will.

Ich versuche, so zwanglos zu klingen wie der Sex, den wir gerade hatten, und sage: „Gute Nacht?"

„Nacht!" Sie winkt mir zu, so wie sie dem Postboten zuwinkt.

Ich gehe auf den Flur hinaus und sacke an ihrer Tür zusammen, als mir ein schrecklicher Gedanke durch den Kopf geht: *Bin ich schlecht im Bett?*

17

Bye Bye, Schnarchgasmus

Daphney

„Phoebe, ich könnte dich erwürgen!", rufe ich, als ich am nächsten Morgen um acht Uhr in Phoebes Schlafzimmer marschiere.

Sie setzt sich kerzengerade im Bett auf, ihre blaugrüne Seidenaugenmaske immer noch aufgesetzt, während sie ihre Hände weit ausstreckt. „Ich habe nur dieses eine Mal zum Würgen eingewilligt!"

Ich blinzle über diese seltsame Antwort, aber ich denke mir, dass wir dieses Gespräch ein anderes Mal weiterführen können. Wir haben heute Morgen Wichtigeres zu tun. „Mach dich trotzdem auf meinen Zorn gefasst, denn ich koche förmlich", knurre ich und stecke meinen Wohnungsschlüssel zurück in meine Handtasche.

Phoebe schiebt ihre Maske in die Haare und offenbart grüne Augen, die am Morgen noch genauso lebendig sind wie gestern Abend. Wie kann sie so aufwachen?

„Was habe ich getan?", fragt sie und schiebt sich die schwarzen Haarsträhnen aus den Augen.

„Oh, wo soll ich nur anfangen?" Ich gehe in ihrem sehr mädchenhaften Schlafzimmer auf und ab. Es ist ganz in Weiß und Blassrosa dekoriert, genau wie damals, als wir Kinder waren. Es ist wie ein Babyzimmer für Erwachsene. Blumig, flauschig, mädchenhaft, das genaue Gegenteil von der Wut, die gerade in mir kocht. „Erstens hast du mich gestern Abend im Pub zu diesen blöden Spielen mit Zander gezwungen."

„Was offensichtlich funktioniert hat, weil du dich gestern Abend ohne mich verpisst hast." Phoebe wackelt mit den Augenbrauen.

„Ich habe deinen Plan verworfen und habe ihm gesagt, dass ich mit ihm schlafen will", sage ich, die Hände in die Hüften gestemmt.

Phoebe zuckt mit den Schultern. „Du wurdest also inspiriert, abtrünnig zu werden. Was ist daran falsch? Hattet ihr keinen Sex?"

„Oh, wir hatten Sex." Ich lache, und meine Wangen flammen auf, als mich die Erinnerung überfällt.

„Gut!" Phoebe nickt aufgeregt.

„Nicht gut!"

Phoebes Gesicht wird lang, als sie sich ein rosa Kissen schnappt und es wie einen Panzer an ihre Brust drückt. „War es so schlimm? Soccer Boy hat tonnenweise Big Dick Energy. Ich war mir sicher, ob er gut bestückt ist."

„Oh, er hat einen großen Schwanz. Einen sehr schönen Schwanz. Wahrscheinlich sogar den schönsten, den ich je hatte." Das Bild von ihm, wie er das Kondom mit Leichtigkeit überzieht, hat sich für immer und ewig in mein Gehirn eingebrannt.

„Das ist brillant. Ein guter Schwanz ist die halbe Miete", bietet Phoebe an.

„Aber du hast es mir nie gesagt." Ich fahre mit den Händen durch mein verfilztes Haar, das ich nicht einmal gebürstet habe, bevor ich heute Morgen hergeeilt bin. Ich habe mich die ganze Nacht hin- und hergewälzt, also sehe ich sicher schrecklich aus.

„Dir nie was gesagt?"

„Wie es sich wirklich anfühlt!", rufe ich. Mein ganzer Körper erhitzt sich bei der Erinnerung daran. „Du und ich haben bis zum Überdruss über Sex gesprochen. Und ich habe dir meine vergangenen Erfahrungen bis ins kleinste Detail beschrieben. Und du hast es mir nie gesagt."

„Dir was gesagt? Ich bin so verwirrt." Sie wirft ihr Kissen nach mir. „Du bist doch nicht etwa eine heimliche Jungfrau, oder?"

Ich fange es auf und beiße mir auf die Lippe. „Ich könnte es genauso gut sein."

„Wovon zum Teufel redest du, Daph?"

Ich nehme einen reinigenden Atemzug und konfrontiere Phoebe mit der harten Realität, die ich erst vor wenigen Stunden erfahren habe. „Bis letzte Nacht hatte ich keine Ahnung, dass ich noch nie einen richtigen Orgasmus hatte." Ich deute in Richtung meiner Vagina, als würde sie mir zustimmend nicken.

Phoebe geht auf die Knie, ergreift mein Handgelenk und zerrt mich auf ihr Bett hinunter. Sie berührt ihre Schläfen. „Warte, klär mich auf, denn ich habe einen lähmenden Kater und bin mir nicht sicher, ob ich dir folgen kann. Hattest du letzte Nacht einen Orgasmus mit Zander Williams?"

„Ja." Ich lasse mein Kinn sinken und sehe sie streng an.

„Wo liegt dann das Problem?"

„Mein Problem ist, dass ich dachte, ich hätte mein ganzes Leben lang Orgasmen gehabt. Ich hatte fünf halbwegs ernsthafte feste Freunde und hatte mit all diesen Kerlen mehrere sexuelle Begegnungen. Ich dachte, ich sei jedes Mal zum Höhepunkt gekommen, wenn wir gevögelt haben! Allerdings fand ich es immer seltsam, dass ich nie stöhnte und ächzte, wie es die Leute im Fernsehen taten. Trotzdem dachte ich, ich wäre genauso wie meine Partner gekommen! Bis gestern Abend hatte ich keine Ahnung, dass ich noch nie gestöhnt habe, weil ich nicht einmal einen Orgasmus hatte!"

Phoebes Augen werden groß. „Daphney Clarke, willst du mir sagen, dass Zander Williams der erste Kerl ist, mit dem du je zum Höhepunkt gekommen bist?"

„Ja!"

„Oh mein Gott!"

„Ich weiß! Deshalb möchte ich dich erwürgen!"

„Was habe ich denn getan? Ich war doch gar nicht da!"

„Du … du hast es mir einfach nie beschrieben. Du hast alles andere beschrieben! Ich glaube, ich kenne seit dem letzten Jahr jede Sommersprosse auf deiner Brustwarze."

„Nun, ich dachte, ich hätte einen Knoten gespürt. Ich brauchte eine Freundin, die es sich genauer ansieht." Sie verschränkt die Arme schützend vor der Brust.

Ich seufze und reibe ihr liebevoll die Schulter. „Ich verstehe, aber Phoebe, irgendwie haben du und ich in all den Jahren unserer Freundschaft nie richtig darüber gesprochen, wie sich ein Orgasmus anfühlt. Das heißt, ich habe den größten Teil meines Erwachsenenlebens damit verbracht, zu glauben, ich wüsste es …, aber nach dem, was mir gestern Abend passiert ist, weiß ich jetzt, dass all meine sexuellen Erfahrungen in der Vergangenheit komplette und totale Lügen waren. Ich meine …, hatte ich überhaupt Sex? Ist es Sex, wenn man nicht zum Höhepunkt kommt?"

„Natürlich ist es Sex. Sei nicht dumm."

Ich atme schwer aus. „Ich weiß, aber Phoebe, was letzte Nacht mit meinem Körper passiert ist, war … bewusstseinsverändernd."

Phoebes Augen leuchten vor Interesse. „Was hat er getan?"

Ich beiße mir auf die Lippe und schüttle den Kopf hin und her, immer noch verblüfft von der ganzen Angelegenheit. „Ich glaube nicht, dass er etwas Besonderes gemacht hat. Es hat einfach verdammt gut funktioniert. Ich fühlte mich, als sei ich unter Strom gesetzt worden. Es war, als würde Starkstrom durch mich hindurchfließen, und es war ein so gewaltiger Schwall der Erlösung, dass ich dachte, ich hätte gepinkelt."

„Verdammt großartig."

„Ich weiß!" Ich stoße ein unbeholfenes Lachen aus. „Ich konnte letzte Nacht nicht schlafen, weil ich darüber nachgedacht habe, wie großartig es war. Und du bist ein Trottel, weil wir eine Familie sind und du mich schon vor Jahren hättest aufklären müssen. Was habe ich nur mein ganzes Leben lang verpasst?"

„Nun, du bist erst sechsundzwanzig, also kann man sagen, dass du ein bisschen dramatisch bist."

Ich sehe sie stirnrunzelnd an. „Ich fühle mich wie eine neue Frau."

„Diese Unterhaltung braucht Champagner." Phoebe erhebt sich vom Bett und verlässt das Schlafzimmer, wobei ihr langes Satin-Nachthemd dramatisch hinter ihr her weht. Ich folge ihr in ihre weiß gestrichene Küche, wo sie eine Flasche Champagner aus dem Weinkühler und zwei Gläser aus dem Schrank holt. Sie verfeinert den Alkohol mit einem Schuss Cranberrysaft und reicht mir ein Glas. „Auf deinen ersten sexuellen Höhepunkt."

Unsere Gläser klirren, und wir nehmen beide einen größeren Schluck, als es für acht Uhr morgens angemessen ist. Phoebe senkt ihr Glas und wirft mir einen strengen Blick zu. „Hast du noch nie masturbiert?"

„Nein", antworte ich und nehme noch einen Schluck. „Ich habe es versucht, als ich jünger war, aber es fühlte sich komisch an."

„Womit hast du es versucht?"

Ich wackle mit den Fingern.

„Das ist dein erster Fehler", schnaubt sie und nimmt noch einen Schluck. „Du brauchst ein Spielzeug. Das ist viel weniger anstrengend. Ich schicke dir einen Link für einen guten Vibrator. Ich habe einen Gutscheincode für einen und so, weil ich einer ihrer Influencer bin."

„Ich brauche keinen Vibrator, Phoebe", schnauze ich, frustriert darüber, dass ich mich wieder wie eine Jungfrau fühle. „Ich weiß nicht, was ich brauche."

„Nun, du musst mir offensichtlich dafür danken, dass ich dich zum Gelegenheitssex mit dem nuttigen Fußballer ermutigt habe." Sie verschränkt die Arme, während sie ihr Glas vor sich hält. „Ich meine, wenn ich nicht gewesen wäre, hättest du immer noch Schnarchgasmen."

„Gott, du hast recht." Ich lasse mich auf einen ihrer weich gepolsterten weißen Barhocker fallen. „Es ist nur so seltsam, weil ich die ganze Zeit dachte, ich käme zum Höhepunkt. Ich schätze, es hat sich einfach … gut angefühlt? Und die Tatsache, dass ich meinen ersten Orgasmus mit jemandem hatte, der mich so ziemlich jeden Tag in den Wahnsinn treibt, bringt mich durcheinander. Denkst du, das macht mich verrückt? Ist das so eine seltsame Perversion, die ich habe?"

Phoebe stützt ihr Kinn auf eine Hand. „Nein, ich glaube, es bedeutet, dass du dich locker machst und endlich mal ein bisschen Spaß hast, Daph. Ich habe schon seit Jahren Spaß, und meine Haut hat noch nie besser ausgesehen."

Sie deutet auf ihre schöne, makellose Haut, und ich ziehe die Brauen hoch.

„Also, wie oft habt ihr es getan?" Sie wackelt mit den Augenbrauen.

Ich ziehe meine Lippen in den Mund und zucke zusammen. „Nur einmal. Und dann bin ich irgendwie ausgeflippt und habe ihm gesagt, er solle nach Hause gehen. Ich kann mir nicht vorstellen, dieses Gefühl mehrmals zu erleben! Ich würde in eine Million Stücke explodieren."

„Das ist doch genau der Sinn der Sache! Du kommst so oft zum Höhepunkt, dass dein Körper zu Brei wird und du stundenlang keinen Muskel mehr bewegen kannst. Es ist fantastisch." Phoebe erschaudert, als eine Erinnerung sie überfällt. „Glaubst du, er wollte noch einmal?"

„Vielleicht? Ich bin mir nicht sicher. Er sah irgendwie traurig aus, als er ging. Ich fühle mich schlecht, wenn er eine zweite Runde erwartet hat. Ich habe ihn einfach nur gevögelt, schätze ich."

Ein schockierter Blick huscht über Phoebes Gesicht. „Mein Gott, ich könnte in diesem Moment nicht stolzer sein, als wenn du mir anbieten würdest, unsere zukünftigen Samenspenderkinder auszutragen."

18

Nervös im Dienst

Zander

„Ich glaube, ich bin schlecht im Bett", sage ich am nächsten Tag beim Frühstück mit Knight und Link im Full Monty.

Link beugt sich vor, seine Augen sind voller Interesse, als er antwortet: „Wir brauchen wieder etwas mehr Kontext, mein Freund."

Ich schlucke den Kloß in meinem Hals hinunter und frage mich, wann zum Teufel ich so mitteilungsbedürftig geworden bin. Ich bin Einzelkind. Ich brauche niemanden, der mir beim Treffen von Entscheidungen hilft. Aber seit dem Tod meines Vaters scheine ich nichts mehr allein hinzubekommen …, und so sitze ich hier, frühstücke mit Knight und Link und teile ihnen meine geheimsten Gedanken mit, bevor wir zum Tower Park fahren, um uns die Aufzeichnungen des Spiels von gestern Abend mit der Mannschaft anzusehen. Ich bin so ein Schwächling.

Ich schaue beide mit einem ernsten Blick an, der ausdrückt, dass ich es todernst meine. „Letzte Nacht habe ich mit Daphney geschlafen, und nachdem wir fertig waren, hat sie mich sozusagen … rausgeschmissen."

Link legt den Kopf schief. „Wolltest du bleiben und Löffelchen liegen oder so?"

„Scheiße, nein", blaffe ich. „Aber ich hätte wahrscheinlich eine zweite Runde machen können. Ich meine, es ist schon eine Weile her, seit ich das letzte Mal Sex hatte, also war ich bereit dafür. Ich glaube sogar, dass ich mich nicht von meiner besten Seite gezeigt habe, weil ich zu sehr damit beschäftigt war, mich von dem abzulenken, was wir taten, damit ich nicht …"

„In sechzig Sekunden fertig bist?", beendet Link lachend den Satz und streckt mir seine Kaffeetasse entgegen. „Habe ich schon erlebt."

Ich rolle mit den Augen und schüttle den Kopf. „Ja, ich meine, ich war nicht ganz auf sie konzentriert, während wir es taten, weil ich versucht habe, es in die Länge zu ziehen, aber ich weiß, dass sie verdammt noch mal kam. Was wollte sie denn noch?"

Knight stützt sich mit den Ellbogen auf den Tisch. „Vielleicht hat sie es vorgetäuscht."

„Sie hat es nicht vorgetäuscht", knurre ich fast.

Knight zuckt mit den Schultern. „Vielleicht dachte sie, einen Profisportler zu ficken, sei aufregender?"

Die Antwort fühlt sich an wie ein scharfes Messer im Bauch. „Ich bin aufregend."

„Bist du das?", gibt Knight zurück.

Ich runzle die Stirn. „Ich bin der verdammte Zander Williams. Ich bin so aufregend, wie es nur geht."

Link lacht schnaubend. „Du versuchst, die falschen Leute zu überzeugen, Kumpel."

Knight nickt zustimmend, und mein Körper schreckt bei dem Gedanken zurück, dass es ihr einfach nicht gut genug war, um mich bleiben zu lassen. Mein Gott, ist das demütigend. Wie soll ich mich jemals wieder vor ihr blicken lassen?

Link schnippt mit den Fingern vor meinem Gesicht. „Meine Schwester liest viele Liebesromane und sagt immer, dass es sexy ist, wenn der Held zum Alpha wird und sich die Frau einfach nimmt, ohne zu fragen."

„Das nennt man Vergewaltigung", sagt Knight trocken über seine Kaffeetasse hinweg.

„Nicht, wenn beide Seiten zustimmen", betont Link.

Knight schüttelt den Kopf, offensichtlich nicht überzeugt.

„Sie wollen nur, dass man ein Mann ist", erklärt Link. „Natürlich mit ihrer Erlaubnis."

„Hat dir deine Schwester das alles erzählt?", frage ich, den Kopf neugierig geneigt, während ich meinen Bruder von einer anderen Mutter ansehe. „Denn das ist ein wirklich zu seltsames Gespräch, um es mit der eigenen Schwester zu führen."

Link lächelt selbstgefällig. „Ich habe einmal in ihrem Buchclub gelauscht. In einem Buchclub für Liebesromane kann man viel darüber erfahren, was eine Frau mag."

Knight nimmt einen Schluck von seinem Kaffee. „Das ist wirklich seltsam, Mann." Die beiden fangen an, über Liebesromane zu diskutieren, die unrealistische Erwartungen an Männer stellen, während ich über meinem Kaffee grüble.

Ich meine, Link hat nicht unrecht. Ich muss Daphney zeigen, dass ich viel mehr bin als das, was wir letzte Nacht gemacht haben, was ich nicht schlecht fand. Es fühlte sich sogar verdammt gut an. Aber vielleicht war es zu offensichtlich, dass ich mich nicht voll und ganz auf sie konzentriert habe. Ich kann mich nicht erinnern, wann ich das letzte Mal ein Jahr lang keinen Sex hatte. Ich bin sicher, ich war nur ein bisschen eingerostet. Jetzt, da ich wieder im Sattel sitze, werde ich beim nächsten Mal viel besser sein.

Allerdings bin ich mir nicht einmal sicher, ob Daphney ein nächstes Mal will. Wir haben nicht wirklich über unsere Situation gesprochen. War es eine einmalige Angelegenheit? Oder könnten wir regelmäßig im Leben des anderen sein?

So oder so, ich brauche einen neuen Versuch. Ich kann ihr nicht jeden Tag im Flur gegenüberstehen und sie denken lassen, ich sei schlecht im Bett. Auf keinen verdammten Fall. Ich habe einen Ruf zu verteidigen. Vielleicht ist Links Idee, *sie zu nehmen*, gar nicht so verrückt, wie sie klingt. Ich brauche nur eine Chance, um ihr zu zeigen, dass ich ihre Erwartungen übertreffen und sie um mehr betteln lassen kann.

19

Premier League Sexperte

Daphney

Meine Finger erstarren auf dem Keyboard, als ich ein Klopfen an meiner Tür höre. Es ist vierzehn Uhr am Freitag, und ich habe mich in den letzten zwei Tagen in meiner Wohnung versteckt und versucht, Zander nicht zu begegnen. Nachdem ich mich vor ein paar Nächten so danebenbenommen habe, bin ich mir sicher, dass er seinen One-Night-Stand nicht wiedersehen will.

Natürlich habe ich das Pech, dass Bethnal Green an diesem Wochenende keine Spiele hat, sodass die Chancen, ihm aus dem Weg zu gehen, nicht gut stehen. Ich würde übers Wochenende nach Hause fahren, wenn ich nicht heute und morgen Abend Schichten im Old George hätte.

Widerwillig erhebe ich mich von meiner Klavierbank und gehe zur Tür, in der Hoffnung, dass nur mein Bruder oder Phoebe vorbeischaut. Als ich durch das Guckloch blicke und Zander auf der anderen Seite entdecke, schlägt mir das Herz bis zum Hals.

„Ich habe dich auf deinem Klavier spielen hören, Ducky. Mach einfach auf und hör auf, mir aus dem Weg zu gehen." Seine Stimme ist rau und sexy, was meine Vagina wieder zum Tanzen bringt. Verdammt soll er sein.

Ich atme schwer aus und öffne meine Tür, um Zander zu sehen, der dort in Sportkleidung steht, die aus einer Adidas-Trainingshose und einem Kapuzenpulli mit Reißverschluss besteht. Seine Kappe ist nach vorn gedreht, und der launische Ausdruck in seinen Augen lässt meinen Körper vor Verlangen zusammenkrampfen.

„Hiya." Ich erschaudere über den seltsamen Ton in meiner Stimme. Genau dieser Moment ist der Grund, warum zwangloser Sex eine schreckliche Idee ist. Es ist nie peinlich, seinen Freund zu sehen, nachdem man ihn gevögelt hat. Aber einen One-Night-Stand? Unangenehm!

Zander kommt auf mich zu und sagt mit eisigem Blick: „Ich werde dich jetzt küssen, okay?"

„Wie bitte?", krächze ich, und im nächsten Moment pressen sich seine Lippen auf meine, während er mein Gesicht in seinen großen, schwieligen Händen hält und seine Zunge gierig in meinen Mund schiebt.

Unter den meisten Umständen und bei jedem anderen Mann wäre ich beleidigt. Ich würde ihn wegstoßen und ihm sagen, dass er kein Recht hat, mich einfach so zu küssen. Aber das hier sind nicht die meisten Umstände, und Zander ist nicht irgendein Mann. Er ist … Soccer Boy. Und das Zittern meiner Glieder in diesem Moment ist ein klares Anzeichen dafür, dass er mit mir machen kann, was er will.

Meine gespitzten Lippen schieben sich nach vorn, als Zander sich zurückzieht, wobei seine Augen vor Sorge glühen. „Scheiße, du hast nicht Ja gesagt."

„Was?", krächze ich, denn mein Mund fühlt sich an, als hätte man ihn auf die grausamste Art und Weise gereizt.

„I-Ich dachte nur, du würdest Ja sagen", stammelt er mit unzusammenhängenden Worten, während er hungrig auf meine Lippen starrt. „Ist das Einverständnis?"

„Wovon in aller Welt redest du?" Ich greife in die Seiten seiner Jacke, verärgert darüber, dass wir uns nicht noch immer küssen.

Er lässt mein Gesicht los und tritt zurück, und mein Körper fällt fast nach vorn, weil er nicht mehr da ist. Seine Brust hebt und senkt sich mit schnellen Atemzügen. „Ich will dich nehmen."

„Meint du mitnehmen? Wohin?", frage ich und starre zu ihm auf, als sei er ein verdammter Außerirdischer, der eine andere Sprache spricht.

„Hier … sexuell", blafft er, und in seiner Stimme schwingt Frustration mit.

Mir fallen fast die Augen aus dem Kopf. „Zander, ich kann dich kaum verstehen. Was ist hier los?"

„Ja oder nein, Ducky?" Er zieht seine Kappe vom Kopf und fährt sich aufgeregt mit einer Hand durch die Haare.

„Ja", krächze ich, denn mein Körper schreit förmlich danach, berührt zu werden, seit ich vor weniger als achtundvierzig Stunden meinen ersten Orgasmus hatte.

In einem Atemzug stürmt Zander auf mich zu, packt mich am Hintern und zieht mich hoch, sodass ich die Beine um ihn schlinge.

Er küsst mich wild und drückt mich gegen die Tür, als er sie hinter uns schließt. Seine Zunge wandert meinen Hals hinunter, während er an meiner Haut knabbert. Bei diesem Gefühl spannt sich jeder Muskel in meinem Körper an, und ich spüre, wie meine Hüften den seinen entgegen wippen.

Er stößt uns von der Wand weg und stapft zu meinem Bett hinüber. „Zieh dich aus", knurrt er, während er mich wie einen Sack Kartoffeln auf die Matratze fallen lässt.

Verwirrt, aber auch wahnsinnig erregt, tue ich, was er sagt, und beobachte ihn, während er sich auch seiner Kleidung entledigt. Meine Augen sind groß wie Untertassen, als ich sehe, dass er bereits steinhart ist. Sein nackter Schwanz zeigt direkt auf mich, und im hellen Tageslicht wage ich zu behaupten, dass es der schönste Schwanz ist, den ich je gesehen habe.

Ich hocke auf der Kante meines Bettes, nackt und leicht verwirrt, als er ein Kondom überstreift. Mein Körper zittert, als seine Hände meine Knöchel packen und mich an die Bettkante zerren. Ich stoße einen kurzen Schrei aus, der peinlich nach einem verängstigten Yorkie klingt, aber Zander bemerkt das nicht, denn er legt meine Beine auf seine Schultern und positioniert sich an meinem Eingang.

„Schon wieder verdammt feucht", stöhnt er, als er seinen langen Finger tief in mich hineinschiebt. Er beißt sich auf die Lippe, während er langsam und gleichmäßig in meinen Kanal stößt. Er sieht aus, als hätte er Schmerzen, und das ist vielleicht das Heißeste, was ich je gesehen habe.

Ohne Vorwarnung zieht er seinen Finger heraus und ersetzt ihn durch seinen Schwanz. Durch das plötzliche Eindringen verkrampft sich mein ganzer Körper. „Oh mein Gott", schreie ich, weil der Druck überwältigend ist.

Zander überrascht mich, als er eines meiner Beine über seinen Kopf zieht und mich auf die Seite dreht. Er hält jetzt beide Waden an seiner linken Schulter fest, während er sich nach unten beugt und herauszieht, bevor er wieder in mich eindringt. Der neue Winkel lässt ihn noch tiefer gleiten, und mit geschlossenen Beinen kann ich jeden Zentimeter von ihm spüren, während er eine neue Stelle trifft, die noch nie zuvor berührt wurde.

„Heilige Scheiße", kreische ich unattraktiv, während ich mich am Fußende festhalte. Zander bewegt sich so schnell, so rücksichtslos und hemmungslos, dass mein Körper auf Hochtouren läuft. Der Druck, der sich in meinem Inneren aufbaut, ist so intensiv, dass meine Beine un-kontrolliert zittern, während meine Sinne die Kontrolle übernehmen.

Ohne Vorwarnung beginne ich unter seinem festen Griff zu krampfen, und der konzentrierte Blick in seinen Augen, während er sich selbst dabei beobachtet, wie er in mich stößt, ist so erotisch, dass ich mich zu verlieren beginne.

„Zander, ich werde …"

Meine Stimme wird unterbrochen, weil er eine Hand zwischen meine Beine schiebt und seinen Daumen auf meine Klitoris drückt. Er lässt ihn schnell hin und her gleiten, und ein Orgasmus überkommt mich mit solch unbändiger Gewalt, dass ich ihn fast wegstoße.

Aber sein Griff ist stark, und er ist noch nicht fertig. Er stößt immer noch unerbittlich in mich, und als er seinen Daumen, der mich gerade berührt hat, an seine Lippen führt und daran saugt, denke ich, dass ich mich mitten im schmutzigsten Sextraum meines Lebens befinden muss, denn das kann nicht real sein.

Ich werde erneut überrascht, als er sich aus mir herauszieht und mich auf den Rücken wirft. Ich halte den Atem an, als er meine Beine spreizt und sich auf die Knie fallen lässt. Seine Lippen und seine Zunge sind jetzt an meiner Muschi, und mein Körper fühlt sich an, als könnte er aus der Haut fahren. Es kommt alles so schnell, so hart, so hektisch. Er bewegt seinen Kopf hin und her und labt sich an mir, während sich seine Finger in die Haut meiner Schenkel graben. Die Laute, die er von sich gibt, vibrieren in meinem Inneren, und ich fühle mich, als sei ich in eine andere Dimension geschleudert worden. Ich habe nicht einmal die Chance, zu Atem zu kommen, meine Gedanken zu fassen, mein Herz … alles ist weg, entleert in die Tiefen meiner tanzenden Vagina, die sich auf ein weiteres Mal vorbereitet …

„Nicht schon wieder …", krächze ich, als die Erlösung mich wie ein scharfes Brandeisen trifft, und ich schreie: „Zander!"

Er stöhnt seine Zustimmung in mich und leckt an meiner empfindlichen Knospe, während ich erzittere und unter ihm schlaff werde. Er steht auf und dringt wieder in mich ein. Sein Schwanz ist immer noch herrlich hart, als er sich über mir aufrichtet und mit einem gleichmäßigen, sinnlichen Rhythmus stößt. Ich versuche, meinen Kopf vom Bett zu heben, um ihn zu küssen, aber jedes Quäntchen Muskelkraft ist aus meinem Körper gewichen, und meine Vagina scheint das Einzige zu sein, das noch übrig ist, während sie zwischen meinen Beinen mit ihrem eigenen Herzschlag pulsiert.

Zanders Augen sind auf mich gerichtet, aber ich kann kaum über die Sterne hinwegsehen, die in meinem Blickfeld tanzen. „Willst du dich selbst kosten, Daphney?", fragt er mit heiserer Stimme, während er sich über seine feuchten Lippen leckt.

Ich nicke und finde die Kraft, nach oben zu greifen und seinen Hals zu packen. Ich ziehe ihn zu meinen Lippen hinunter, und er schiebt seine Zunge tief in meinen Mund. Er schmeckt ungezogen und sinnlich, und der ganze Akt lässt mein Becken gierig kreisen. Ein dritter Orgasmus naht, und ich kann nicht glauben, dass das möglich ist.

Wie konnte ich mein ganzes Leben lang leben, ohne zu merken, dass mir das fehlte? Wie werde ich mein ganzes Leben leben, wenn ich das möglicherweise nie wieder haben werde? Dieser Gedanke löst einen Angstschauer in mir aus, der offenbar einen Dominoeffekt auslöst, denn im nächsten Moment stürze ich zum dritten Mal über den Abgrund.

Ich schreie auf, als Zander durch meine zitternden Nachbeben stößt. Es fühlt sich an, als würde ich ihn praktisch melken, und ich fürchte, er wird versuchen, mich noch einmal kommen zu lassen, und ich bin mir nicht sicher, ob mein Körper das überleben wird.

Schließlich stößt er ein frustriertes Knurren aus, und als ich sehe, wie sich sein Kiefer anspannt und seine Arme um mich herum zu steinharten Felsbrocken werden, atme ich erleichtert aus. Sekunden später stößt er ein wildes Stöhnen aus und erstarrt, als er sich in mir entlädt.

Mit einem Schnauben lässt er sich auf meinen Körper fallen, und sein Totgewicht ist wie eine köstliche, schwere Decke, die ich gern besitzen würde.

Schließlich kommt er zu sich und blickt mit einem selbstgefälligen Blick auf mich herab, von dem ich überrascht bin, dass er überhaupt die Energie dafür hat. „Siehst du? Ich bin nicht schlecht im Bett."

Seine Bemerkung löst einen verwirrten Ruck in mir aus, als er sich abrollt und aufsteht, sodass ich einen perfekten Blick auf seinen wohlgeformten Hintern habe, während er auf mein Bad zugeht.

„Was hast du gerade gesagt?" Ich stütze mich auf die Ellbogen und beobachte sein Profil durch die offene Badezimmertür, während er das Kondom auszieht und sich Gesicht und Hände in meinem Waschbecken wäscht.

Er wischt sich die Hände mit einem Handtuch ab und dreht sich zu mir in die Tür. Er zieht eine zufriedene Braue hoch. „Ich habe es dir gezeigt, nicht wahr?"

„Mir was gezeigt?" Ich setze mich auf und streiche mir die zerzausten Haare aus dem Gesicht.

„Dass ich ein guter Liebhaber bin."

Mein Körper spannt sich an. „Wer hat gesagt, dass du ein schlechter seist?"

Er lacht mit einem Kopfschütteln, als er sich wieder vor mich stellt. Er schnappt sich seine Boxershorts vom Boden und zieht sie an. „Niemand. Niemals. Deshalb musste ich es dir ja beweisen."

Stirnrunzelnd nehme ich meinen Morgenmantel vom Bettpfosten, ziehe ihn an und binde ihn eng um meine Taille, während ich ihn anstarre. „Zander, was redest du da?"

Er wirft mir einen trockenen Blick zu. „Ich habe neulich Abend gemerkt, dass du nicht beeindruckt warst. Was wirklich unfair ist, weil ich gerade neunzig Minuten Fußball gespielt hatte. Was hast du von mir erwartet? Es ist verkorkst, weißt du. Frauen sind wütend auf Männer, weil sie frauenfeindlich sind, aber eine mittelmäßige Leistung, und ihr seid bereit, einen Kerl abzuschreiben. Das ist Doppelmoral, Ducky. Ich hätte mehr von dir erwartet."

„Zander, ich schwöre bei meinem Leben, ich habe keine Ahnung, wovon du sprichst." Ich stehe auf und halte ihn davon ab, sein Oberteil anzuziehen, denn ich muss verstehen, was er sagt.

Seine Augen werden schmal. „Gib einfach zu, dass du mich neulich zum Teufel gejagt hast, weil du mich für einen schlechten Liebhaber hältst."

„Das habe ich nie gesagt!"

„Ich kann zwischen den Zeilen lesen", gibt er zurück. „Obwohl ich überrascht bin, dass ich das musste. Du kommst mir nicht wie ein Mädchen vor, das zu Männern nicht ehrlich sein kann."

Ich verschränke die Arme vor der Brust, jetzt wirklich verärgert, weil er aus den falschen Gründen einen Anschlag auf meinen Charakter verübt. „Glaubst du, ich wollte, dass du neulich nachts gehst, weil du schlecht im Bett warst?"

„Ja, deshalb musste ich dir das Gegenteil beweisen." Er macht es mir nach und reckt das Kinn. „Ich kann nicht zulassen, dass meine

Glaubwürdigkeit wegen einer einzigen glanzlosen Leistung in den Schmutz gezogen wird."

Ein hyänenartiges Lachen entweicht mir, während ich mir den Mund zuhalte. „Ich kann nicht glauben, dass du das ernst meinst!" Ich schüttle den Kopf und streiche mir die Haare aus dem Gesicht. „An den meisten Tagen ist dein Ego so groß, dass ich fürchte, du würdest nicht in dieses Gebäude passen. Aber manchmal bist du einfach so menschlich, dass es fast … liebenswert ist." Ich presse eine Hand auf meine Brust und starre den halbnackten Fußballer vor mir an, der aussieht, als hätte ich gerade seinen Welpen getreten.

„Was war dann das Problem?", knurrt er, und sein Gesichtsausdruck verwandelt sich im Handumdrehen von einem eingebildeten Arschloch zu einem verwirrten Jungen.

„Nicht das", antworte ich ehrlich und fummle am Gürtel meines Morgenmantels herum, um den Blickkontakt zu vermeiden.

„Dann sag mir, was es war", fordert er.

„Es ist nichts, worüber du dir Sorgen machen müsstest." Ich setze mich auf mein Bett und schlage die Beine übereinander, um so zu tun, als sei ich entspannt, denn ich fühle mich alles andere als entspannt nach den drei Orgasmen, die er mir gerade verpasst hat.

„Also ist da etwas?" Zanders Ton ist herausfordernd, als er sich vor mich stellt, um mich mit seiner massigen Gestalt einzuschüchtern.

„Lass es sein", sage ich entschlossen.

„Nein."

„Doch."

Ich funkle ihn an, eine Herausforderung, mir noch einmal zu widersprechen, und bevor ich weiß, wie mir geschieht, stößt Zander mich nach hinten und legt seinen Körper auf mich. Mit einer Hand umklammert er meine Handgelenke über meinem Kopf und macht mich damit handlungsunfähig.

„Was machst du da?", keuche ich und winde mich gegen seinen Körper, während mein Brustkorb sich unter seinem erdrückenden Gewicht hebt. Er positioniert sich zwischen meinen Beinen, woraufhin mein Morgenmantel sich öffnet.

Hungrig mustert er meine entblößten Brüste. „Ich werde meine Antwort aus dir herausholen." Er bläst kühle Luft über meine beiden Nippel, die sich unter seinem gierigen Blick zusammenziehen.

Mein Becken zuckt unter ihm und ich sehne mich danach, seinen Atem an einer ganz anderen Stelle zu spüren. Aber das kann ich ihm natürlich nicht sagen. Ich rolle mit den Augen und seufze dramatisch. „Nur weil du mir ein paar Orgasmen geschenkt hast, bist du noch lange kein Sexgott, weißt du."

Sein Körper bebt vor Lachen und ich sehe ein böses Glitzern in seinen Augen, kurz bevor er meine Handgelenke loslässt, um mit seinen Fingern meine Seiten zu attackieren. Ich quieke protestierend und gebe mein Bestes, um mich gegen ihn zu wehren, während seine Hände über meine Rippen und meinen Bauch wandern und mich unablässig kitzeln, bis ich kaum noch Luft bekomme.

„Gut, ich sage es dir!", schreie ich. Mein Körper zuckt unter seinen Angriffen, während mir vor Lachen Tränen über die Wangen laufen. „Hör einfach auf, mich zu kitzeln."

Wie ein stolzer Hund mit einem Knochen schwebt er über mir und grinst wie ein Verrückter.

Ich seufze und wende mich ab, weil ich keinen Augenkontakt herstellen kann, wenn ich das sage, sonst würde ich vor Verlegenheit sterben. „Ich habe dich neulich nachts weggeschickt, weil ich gerade meinen ersten Orgasmus erlebt hatte und ein bisschen durchgedreht bin."

Ich riskiere einen Blick auf ihn, und er blinzelt schockiert. „Du lügst."

„Warum sollte ich bei so etwas lügen? Das ist nicht gerade etwas, womit man prahlen kann."

Er schüttelt den Kopf und klettert von mir herunter, um sich auf die Bettkante zu setzen. Ich ziehe meinen Morgenmantel wieder zu und setze mich auf, um ihn dabei zu beobachten, wie er diese offenbar sehr schockierende Information verarbeitet.

„Aber du bist doch keine Jungfrau mehr, oder?", fragt er mit verwirrter Miene.

„Nein." Ich lache.

„Aber du sagst, ich habe dir deinen ersten großen O verpasst?"

Ein niedergeschlagener Seufzer entweicht meinen Lippen. „Es scheint so."

„Ich bin also nicht schlecht im Bett." Ein selbstgefälliges Grinsen erhellt sein Gesicht.

Ich möchte ihn beleidigen, um ihn ein wenig zurechtzuweisen, aber ich bin ehrlich. „Du bist nicht schlecht im Bett."

Mit einem siegreichen Lächeln beißt er sich auf die Lippe. „Und gerade eben …“, er zeigt auf das Bett, wie ein Hund, der um ein Leckerli bettelt.

„Hast du mir drei weitere Orgasmen beschert“, sage ich schlicht und einfach.

„Verdammt, ja, das habe ich.“ Er macht eine Faust und reckt sie ein paarmal in die Luft, während seine Augen funkeln.

Ich fahre mit den Fingern durch mein zerzaustes Haar. „Ich bin froh, dass du zufrieden bist, denn Sex ist für mich jetzt wahrscheinlich für immer ruiniert.“

Er unterbricht seinen gedanklichen Tanz und sieht mich neugierig an. „Was soll das denn bedeuten?“

„Nun, ich hatte in meinem Leben fünf Sexualpartner, die es nie geschafft haben. Die Chancen, in meiner nächsten Beziehung jemanden zu finden, der es tun kann, stehen also wahrscheinlich nicht gut. Im Moment stehe ich bei eins zu fünf.“

Zander runzelt die Stirn, als er mich anschaut, und seine Stimme klingt überraschend ehrlich, als er sagt: „Na ja, es ist nicht viel anders als Fußball. Du brauchst wahrscheinlich nur Übung.“

„Was genau soll ich üben?“, frage ich und schaue ihn verwirrt an.

„Herausfinden, was du magst. Ich meine …, Sex ist eine Teamleistung, also ist Kommunikation der erste Schritt.“

Ich runzle die Stirn bei diesem Gedanken. „Du meinst, ich soll dem Kerl einfach sagen, was er tun soll?“

Zander nickt. „Im Grunde, ja.“

„Aber ich weiß nicht einmal, was ich ihm sagen soll. Ich habe dir nichts gesagt. Du hast es einfach herausgefunden.“

„Das liegt daran, dass ich ein Premier League Sexperte bin.“ Er lacht wie ein Idiot.

„Sei nicht albern.“

„Okay, okay.“ Er schlingt einen seiner muskulösen, weichen Arme um mich und mein Körper schmiegt sich instinktiv an ihn, während ich seinen männlichen Duft einatme, um mich zu beruhigen. „Wie wäre es, wenn das zwischen uns weitergeht?“

„Was?“ Ich sehe ihn aus den Augenwinkeln an und hoffe, dass er mich nicht verarscht. „Weiter Sex haben?“

„Ja …, ich meine, wir können es zwanglos halten. Aber ganz normal.

Auf diese Weise kannst du herausfinden, was dir gefällt. Und eines Tages, wenn ich dir genug sexuelle Heilung verschafft habe, kannst du den Schwanz eines Sterblichen so steuern, dass er zu deinem Vergnügen besser funktioniert."

„Ich hasse es wirklich, dass ich dir das alles erzählt habe", stöhne ich und stütze mein Gesicht in die Hände. „Dein Ego hat es nicht nötig."

„Ich finde es toll, dass du das mit mir geteilt hast." Er lacht. „Seit meiner Ankunft in London habe ich mich in deiner Nähe wie ein Trottel benommen. Es ist verdammt noch mal an der Zeit, dass ich auf die Beine komme."

Ich verdrehe die Augen und schaue in sein dummes, süßes Gesicht. Er ist die perfekte Kombination aus sexy und liebenswert. Es ist wirklich unangenehm.

„Gib einfach zu, dass du meinen Schwanz magst, Ducky." Er beugt sich vor und wackelt mit seinen dunklen Augenbrauen.

„Halt die Klappe."

„Und meinen Mund magst du auch." Er beißt sich wieder auf die Lippe, und mein Innerstes verkrampft sich vor Verlangen. Verdammt noch mal, ich mag seinen Mund wirklich.

Ehrlich, wie kann es sein, dass ich von diesen drei Orgasmen noch nicht erschöpft bin? Das ergibt keinen Sinn.

„Im Grunde magst du alles, außer den Worten, die aus meinem Mund kommen."

„Dem werde ich zustimmen." Ich zucke spielerisch mit den Schultern.

„Also, lass uns weitermachen. Lass uns Spaß haben und einander kennenlernen … im biblischen Sinne."

„Würdest du das als Freunde mit Zusatzleistungen bezeichnen?"

„Freunde ist etwas weit hergeholt, wenn du gerade offen zugegeben hast, dass du alles hasst, was aus meinem Mund kommt." Er lacht gutmütig. „Aber ich weiß, du magst Bezeichnungen und Regeln, also nennen wir uns … Nachbarn mit Zusatzleistungen."

„Nachbarn mit Zusatzleistungen", wiederhole ich die alberne Bezeichnung und spüre, wie ich langsam nicke. „Was ist das Schlimmste, was passieren kann?"

20

Ehemaliger Wildfang

Zander

Der Text von Marvin Gayes „Let's Get It On" dröhnt aus meinem tragbaren Lautsprecher, als ich am nächsten Tag um elf Uhr in meinem Wohnzimmer sitze. Ich bin seit acht Uhr wach und habe bereits trainiert und meine Wohnung aufgeräumt. Ich war sogar bei der Post und habe meiner Mutter ein Bethnal Green-Trikot geschickt.

Und das Beste daran ist, dass ich das alles *leise* gemacht habe.

Deshalb hoffe ich, dass Daphney, wenn sie meine nicht ganz so subtile Musik durch diese hauchdünnen Wände hört, nicht herüber marschiert und mir den Kopf abreißt. Ich versuche wirklich nicht, sie zu verärgern. Andererseits ist sie süß, wenn sie wütend ist, also ist es für mich selbst dann ein Sieg, wenn sie gereizt ist. Niemand hat je behauptet, dass ich erwachsen sei.

Ich zucke zusammen, als der Song weitergeht. Das ist sicher eines der verzweifeltsten Dinge, die ich je mit einem Mädchen gemacht habe. Aber ich habe ein seltenes fußballfreies Wochenende, weil Länderspielpause ist und ich dieses Mal nicht für das Team USA spiele. Es war ein verdammtes Wunder, dass der Sadist, Coach Z, uns allen das Wochenende frei gegeben hat. Das heißt, ich muss das Beste daraus machen. Und ich kann mir keine andere Person vorstellen, mit der ich es lieber verbringen würde.

Nachdem ich Daphney gestern drei Orgasmen verpasst hatte, musste sie duschen und zur Arbeit gehen. Ich bot ihr an, ihren Rücken zu waschen, aber sie sagte, dass wir diese Komfortstufe noch nicht erreicht hätten. Das war eine witzige Antwort, denn sie sah verdammt komfortabel aus, als ich sie vernaschte und sie mir sagte, sie wolle sich selbst auf meinen Lippen kosten.

Fuuuck, war das heiß.

Tatsächlich war es schmutzig heiß, was ein schöner Kontrast zu der Persönlichkeit des braven Mädchens ist, die Daphney meistens projiziert. Ich habe vor, noch viele schmutzige Erinnerungen mit ihr zu schaffen. Ab heute.

Als es an meiner Tür klopft, breitet sich ein Lächeln auf meinem Gesicht aus. Als ich von meinem Sofa aufspringe und nachsehe, wer es ist, freue ich mich über den Anblick, der sich mir bietet. Daphney trägt ein breites, mädchenhaftes, schüchternes Lächeln, das ich ihr am liebsten aus dem Gesicht küssen würde.

Ich setze eine neutrale Miene auf, um distanziert zu wirken, während ich nach meinem Telefon greife und die Musik pausiere. „Oh, Entschuldigung, ist meine Musik zu laut für dich, Nachbarin?"

Sie verschränkt die Arme vor der Brust und schenkt mir ein teuflisches Grinsen. „Wie um alles in der Welt kommst du auf so etwas?"

Ich lehne mich an den Türrahmen und kann das Aufflackern der Hitze in ihren Augen nicht übersehen, als ihr Blick meinen Körper hinunter schweift. „Oh, vielleicht, weil ich sie auf höchster Lautstärke gespielt habe, um deine Aufmerksamkeit zu erregen." Ich wackle mit den Augenbrauen und mache keinen Hehl daraus, dass auch mir schmutzige Gedanken durch den Kopf gehen.

Sie beißt sich auf die pralle Unterlippe. „Du bist so ein freches Arschloch. Du hättest einfach an meine Tür klopfen können."

„Ich habe versucht, charmant zu sein", sage ich schlicht und werfe einen Blick auf ihr Aussehen. Sie trägt einen grünen Pullover und eine enge Jeans mit hochhackigen Stiefeln. Auch ihr Make-up und ihre Haare sehen frisch gemacht aus. Sie ist nicht gerade erst aufgewacht. Sie ist schon eine Weile auf. Was zum Teufel? „Wie lange bist du schon wach? Ich dachte, du schläfst noch, weil du gestern Abend lange gearbeitet hast. Ich habe buchstäblich den ganzen Morgen hier gesessen und gewartet, dass du aufwachst."

„Ich bin vor einer Stunde aufgewacht." Sie fährt sich mit einer Hand durch ihre lockeren blonden Locken. „Ich treffe mich mit Phoebe zum Brunch."

Ich sehe sie ernst an. Die Tatsache, dass ich nach dem Aufwachen nicht ihre erste Priorität war, ist eine Beleidigung, die ich nicht einfach so hinnehmen werde. „Na, so ein Zufall. Ich liebe Brunch."

Sie lacht schallend. „Du willst mit uns zum Brunch gehen?"

„Ich habe einen Bärenhunger." Ich kneife verschmitzt die Augen zusammen.

„Du kennst doch meine Freundin Phoebe, oder?" Sie deutete mit einem Daumen über die Schulter.

„Ja, sie schien cool zu sein."

Sie presst die Lippen zusammen, und das kleine Grübchen auf ihrem Kinn erscheint. „Na gut, dann komm mit uns zum Brunch, Soccer Boy. Das dürfte unterhaltsam werden."

Sie will sich zurückziehen, aber ich packe sie am Pullover und ziehe sie zu mir heran. „Haben wir noch Zeit für einen Appetithappen?"

Sie starrt hungrig auf meine Lippen. „In England nennt man das Vorspeise."

Ich lache und versuche gar nicht erst, das Lächeln in meinem Gesicht zu verbergen, als ich ihren besserwisserischen Mund küsse.

Die Autofahrt mit Daphney ist erstaunlich angenehm. Nicht dass ich gedacht hätte, es würde unangenehm werden. Aber ich kann nicht behaupten, dass ich mit Mädchen, mit denen ich schlafe, außerhalb des Schlafzimmers schon viele Erfahrungen gemacht hätte. Vielleicht in einem Nachtclub oder in einer Bar. Aber am helllichten Tag, ohne einem einzigen Bier in Sicht? Das ist untypisch.

Andererseits ist auch an Daphney nichts typisch. Die meisten Mädchen, die herausfinden, dass sie neben einem Profifußballer wohnen, hätten sich praktisch überschlagen, um mit mir zu flirten oder mich zu beeindrucken. Daphney hat sich überschlagen, um mich anzuschreien. Bis sie mich geküsst hat, natürlich.

Und was für ein Kuss das war. Ich schätze, es stimmt, was man sagt, die Jagd lässt wirklich alles süßer schmecken. Ich will mich ja nicht selbst loben, aber ich schwöre, Daphney wirkt fröhlicher, seit wir im Bett waren. Vielleicht sind wir uns in einem Punkt ähnlich. Guter Sex ist gleich gute Laune.

Daphney plaudert, während sie uns zum Brunch fährt, und erzählt mir von den verschiedenen Stadtteilen Londons und den Menschen, die dort leben. Ich habe erfahren, dass sie zwei Brüder hat, die in der Nähe unserer Wohnungen leben, und dass es für sie eine große Angelegenheit war, letztes Jahr aus ihrem Elternhaus in Essex auszuziehen. Für mich ist das ein etwas ungewohntes Konzept, denn seit ich mit dem Studium begann, bin ich im Grunde nie wieder nach Hause zurückgekehrt. Ich dachte, ich stünde meinen Eltern nahe, aber nicht so, wie Daphney es zu tun scheint.

Wir kommen in einem schick aussehenden Brunch-Lokal in Soho an. Das Restaurant hat weiße Tischdecken und die Kellner laufen in schwarz-weißen Uniformen herum. Es kommt mir vor, als würde ich eine Folge von *Downton Abbey* sehen, das meine Mutter mich eine ganze Staffel lang mit ihr schauen ließ.

„Scheiße, das gibt's doch nicht", schreit eine Stimme, und ich drehe mich, um zu sehen, dass es Daphneys Freundin Phoebe ist, die an einem kleinen quadratischen Tisch sitzt und uns anstarrt.

Daphneys Augen werden groß, als sie eine Frau mit zwei kleinen Kindern an einem Tisch direkt neben Phoebe entdeckt. Sie wirft ihrer Freundin einen wütenden Blick zu, als sie meine Hand ergreift und zum Tisch eilt. „Pass auf, was du sagst, Phoebe", zischt Daphney, während sie mich fast auf einen Platz neben sich schubst.

Phoebe starrt uns mit offenem Mund an, als wären wir voller Blut. „Tut mir leid, aber ich hätte nicht erwartet, dass du den nuttigen Fußballer mitbringst."

„Phoebe", knurrt Daphney praktisch und entschuldigt sich bei der Frau, die uns nun offen anfunkelt.

„Auch bekannt als Zander Williams", antworte ich mit gespielt verletzter Stimme. „Es ist schön, dich wiederzusehen, Phoebe."

Sie stößt ein amüsiertes Lachen aus und lehnt sich mit verschränkten Armen zurück. „Was bedeutet das?" Mit wütender Miene zeigt sie zwischen Daphney und mir hin und her, dann beugt sie sich vor und senkt die Stimme. „Es bedeutet offensichtlich, dass du ihn wieder gevögelt hast, aber was bedeutet es noch? Ich meine, vögeln ist eine Sache. Vögeln und Brunch ist eine ganz andere Sache."

Ich muss lachen, denn sie redet, als wäre ich gar nicht da.

Daphney hebt die Speisekarte vor ihr Gesicht und ignoriert ihre Freundin. „Gibt es hier auch gute Eier Benedict?"

Phoebe lässt ihren Blick zu mir hinübergleiten. „Wirst du mir sagen, was los ist?"

Ich ziehe die Brauen hoch. „Ich bin nur wegen des Essens und der Kameradschaft hier."

„Mm-hmm." Phoebe greift nach ihrem Champagnerglas und nippt mit einer skeptisch hochgezogenen Augenbraue an ihrem Sekt-Orange.

Ich folge Daphneys Beispiel, schaue mir meine eigene Speisekarte an und beschließe, zwei Hauptgerichte statt einem zu bestellen. Dieser heiße Stuhl hat mir wirklich Appetit gemacht.

Der Kellner kommt und nimmt unsere Bestellungen auf, und kaum ist er wieder weg, schnaubt Phoebe. „Ich wusste, dass du niemals einen One-Night-Stand durchziehen kannst."

Daphneys Gesicht wird feuerrot, als sie ihrer Freundin einen scharfen Blick zuwirft. „Phoebe!"

„War das der ursprüngliche Plan?" Ich lache und sehe zu Daphney hinüber, die mit ihrer Stoffserviette herumfuchtelt.

„Ich weiß es nicht", faucht sie. Ihre Nasenflügel blähen sich auf, als sie stottert: „Ich habe versucht, ein paar Regeln aufzustellen, aber du hast mich nicht gelassen, wenn du dich erinnerst."

Phoebe schüttelt den Kopf. „Also, was jetzt? Seid ihr zwei zusammen?"

Daphney verschluckt sich an ihrem Wasser, und ich klopfe ihr auf den Rücken, wobei ich meine Finger auf ihrer nackten Schulter verweilen lasse, die aus ihrem Pullover hervorschaut. Sie zittert unter meiner Berührung, und ich kann nicht anders, als sie anzulächeln. Sie ist süß, wenn sie durcheinander ist.

Als sie wieder zu Atem gekommen ist, fixiert sie ihre Freundin mit einem harten Blick. „Wir haben nur Spaß."

„Das glaube ich erst, wenn ich es sehe", sagt Phoebe schlicht, ohne den Blickkontakt mit mir abzubrechen, als der Kellner einen Kaffee vor mich und einen Orangensaft vor Daphney stellt.

Wir nehmen alle einen kräftigenden Schluck, und Phoebe stürzt sich direkt wieder auf mich. „Was hat es mit dir auf sich, Zander Williams? Was hast du für einen Schaden?"

„Schaden?", frage ich und gebe etwas Süßstoff in meine Tasse.

„Vorgeschichte, Ballast … Lass uns deine schmutzige Wäsche waschen, damit ich mich vergewissern kann, dass meine Freundin in deinen offensichtlich sehr talentierten Händen sicher ist."

Ich muss lachen, als ich mich zurücklehne und einen Arm über die

Lehne von Daphneys Stuhl lege. „Hier gibt es keine schmutzige Wäsche. Ich bin nur ein Fußballspieler."

Sie schnaubt spöttisch. „Keine außerehelichen Kinder in Amerika? Irgendwelche Baby-Mamas, denen du Unterhalt zahlst?"

„Nein." Ich verschlucke mich fast an meinem Kaffee. Wir sind wirklich in einer Folge von *Downton Abbey*. „Uneheliche Kinder? Nennt ihr sie wirklich so?"

„Ex-Frauen also?", fragt Phoebe, und ich spüre, wie sich Daphneys Blick in mich hineinbohrt.

Ich rolle die Augen und zucke mit den Schultern. „Ich bin fünfundzwanzig, also lautet auch hier die Antwort Nein."

„Mutterkomplexe? Vaterkomplexe?"

Jeglicher Humor verschwindet aus meinem Körper, als ich auf meinem Stuhl hin und her rutsche, da ich mich schmerzlich an die dumme Situation erinnert fühle, in der ich mich gerade befinde – ich warte auf das Ergebnis eines verdammten Dann-Tests. Ich bemühe mich, lässig auszusehen. „Wie gesagt, ich bin nur Fußballspieler. Was du siehst, ist, was du bekommst."

Phoebe scheint nicht überzeugt zu sein, als sie zu Daphney hinüberschaut, die erschöpft aussieht, nachdem sie von ihrer besten Freundin völlig überrollt wurde.

Seltsamerweise fühle ich mich ihr gegenüber beschützend. Ich sehe Phoebe an. „Was hat es mit dir auf sich?"

„Moi?", antwortet Phoebe mit vorgetäuschter Unschuld.

„Ja." Ich lehne mich über den Tisch und fixiere sie mit ernstem Blick. „Wie lange sind du und Daphney schon befreundet?"

„Oh, Liebling." Phoebe seufzt dramatisch. „Wir sind keine Freundinnen. Wir sind eine Familie. Und das schon seit wir noch gewickelt wurden."

„Das bedeutet Windeln", flüstert Daphney.

„Ich weiß, was das bedeutet", zische ich Daphney zu, da ich vor ihrer Freundin nicht schwach wirken will, nachdem wir eindeutig vor Gericht stehen. Ich werfe ihr einen skeptischen Blick zu. „Wenn ihr euch so nahe steht, was ist dann eine deiner Lieblingsgeschichten aus deiner Kindheit, in der Daphney vorkommt?"

Phoebes Augen leuchten bei diesem Kurswechsel auf. „Mein Gott, für welche soll ich mich entscheiden?"

„Bring mich nicht in Verlegenheit“, jammert Daphney, und ich bereue meine Frage ein wenig.

„Wie kommst du darauf, dass ich dich in Verlegenheit bringen würde?“ Phoebe lacht und wirft mir einen teuflischen Blick zu. „Okay …, da ist das eine Mal, als Daphney mich gezwungen hat, die Schule zu schwänzen.“

„Es war deine Idee!“, wirft Daphney ein.

Phoebe winkt ab. „Wir haben uns in das Haus meines Nachbarn geschlichen, eine Schachtel Zigaretten gestohlen und versucht, sie im Wald hinter seinem Haus zu rauchen. Am Ende haben wir beide gekotzt und fast ein Feuer ausgelöst. Es war völlig verrückt. In der letzten Stunde sind wir zurück in die Schule gegangen, nach Rauch stinkend und voller Übelkeit.“

Ich blicke Daphney amüsiert an. „Du hast eine Vorliebe für Nachbarn, nicht wahr?“

Sie öffnet schockiert den Mund. „Das habe ich nicht!“

„Oh, und dann“, Phoebe greift nach meinem Arm, um meine Aufmerksamkeit zu bekommen, „hat sie versucht, mir die Haare zu schneiden, als wir, ach, ich weiß nicht …, elf waren? Sie hat geschworen, dass sie mich wie Reese Witherspoon in *Sweet Home Alabama* aussehen lassen kann. Es sah so schrecklich aus, dass meine Mutter mich nach London bringen musste, um es richten zu lassen.“

„Es sah gar nicht so schlimm aus“, behauptet Daphney, deren Augen amüsiert leuchten. „Ich habe nur ein bisschen mehr Zeit gebraucht.“

„Du meinst Zeit, dass es herauswächst?“

„Nein!“ Sie beginnt zu kichern. „Zeit, dass du so etwas wie Geschmack entwickelst.“

„Oh, also war mein Geschmack das Problem?“

„Oder der deiner Mutter. Sie hat mich nie gemocht“, grummelt Daphney, verschränkt die Arme vor der Brust und schmollt.

Phoebe rollt mit den Augen. „Meine Mutter mag niemanden.“

„Moment mal“, unterbreche ich den Spaziergang in die Vergangenheit, da ich versuche, mir einen Reim darauf zu machen, was ich da höre. „Phoebe, willst du mir sagen, dass Ducky hier ein böses Mädchen war?“

„Ganz und gar. Sie hatte einen furchtbaren Einfluss auf mich.“

„Stimmt nicht!“, wirft Daphney ein.

„Das ist nicht nachvollziehbar“, antworte ich und rücke meinen

Stuhl vor, damit ich mich ganz auf Daphney konzentrieren kann. „Jetzt scheinst du so ein Gutmensch zu sein."

Sie funkelt mich an. „Ich bin kein Gutmensch."

Ich sehe ihre Freundin eindringlich an. „Ist das dasselbe Mädchen, mit dem du aufgewachsen bist?"

Phoebe blickt mit zusammengekniffenen Augen zu Daphney. „Ich glaube, der ehemalige dunkle Begleiter lebt immer noch in ihr. Er ist nur ruhiger geworden."

„Oder vielleicht bin ich einfach nur erwachsen geworden", faucht Daphney, als der Kellner das Essen vor uns abstellt. „Das tun Menschen doch, oder? Wir sind keine Kinder mehr. An Verantwortungsbewusstsein ist nichts falsch."

„Daran ist überhaupt nichts falsch", antworte ich wissend und ignoriere mein Essen für einen Moment. „Aber es macht normalerweise nicht viel Spaß."

„Das versuche ich ihr schon die ganze Zeit zu sagen!", ruft Phoebe und deutet in einem Moment der stillen Kameradschaft mit ihrer Gabel auf mich.

„Ich habe viel Spaß", sagt Daphney, bevor sie zu essen beginnt.

„Wenn du nicht siebzig Stunden die Woche arbeitest." Phoebe rollt mit den Augen und beginnt, ihre Pfannkuchen zu schneiden.

Ein mürrischer Ausdruck beginnt Daphneys markante Gesichtszüge zu trüben, also sage ich: „Du hast gestern viel Spaß gemacht." Ein wissendes Grinsen umspielt ihre Mundwinkel, also beuge ich mich vor und flüstere: „Dreimal, wenn du dich erinnerst."

„Dreimal?", quiekt Phoebe um eine Gabel voller Essen herum. „Gut gemacht, Soccer Boy!"

„Musstest du das wirklich teilen?" Daphney funkelt mich an, aber das Lächeln auf ihren Lippen ist unverkennbar. „Du bewegst dich auf sehr dünnem Eis."

„Apropos dünnes Eis", wirft Phoebe ein. „Weißt du noch, als Marisa dich aus dem Teich deines Vaters ziehen musste? Sie sagte uns, es sei nicht kalt genug zum Schlittschuhlaufen, und wir haben sie ignoriert. Mein Gott, ich dachte, sie würde uns umbringen. Zum Glück ist der Teich nicht sehr tief, sodass wir nicht wirklich in Gefahr waren, aber trotzdem habe ich immer noch das Bild vor Augen, wie du gefroren und gezittert hast, während Marisa dich anschrie."

Ich lache über die Vorstellung. „Wer ist Marisa?"

Es herrscht eine peinliche Stille, während ich zwischen Daphney und Phoebe hin und her schaue und merke, wie die Freude aus Daphneys Gesicht weicht.

„Nur ein Mädchen, das wir kannten", antwortet Daphney schnell. Sie räuspert sich und lächelt, während sie ihre Aufmerksamkeit wieder auf ihr Essen richtet. „Diese Eier sind wirklich lecker."

Phoebe lächelt sanft, und ihr Verhalten ändert sich merklich. Ich überlege, ob ich noch mehr Fragen stellen soll, aber ich habe den Eindruck, dass wir uns an ein Thema herangewagt haben, das Daphney lieber nicht besprechen möchte.

Meine Hand wandert zu meinem Bein, als ich mein Telefon in meiner Tasche klingeln höre. Ich ziehe es heraus und sehe, dass es eine ausländische Nummer ist. Mit einem Lächeln entschuldige ich mich vom Tisch und gehe nach draußen, um den Anruf entgegenzunehmen.

„Hallo, hier ist Zander Williams", sage ich und atme die kühle Luft ein, während ich meine andere Hand in die Hosentasche stecke.

„Hi, Zander Williams, hier ist Bernard von Discreet DNA, haben Sie einen Moment Zeit?"

Ein Schauder durchfährt meinen ganzen Körper, als ich mitten auf dem Bürgersteig stehen bleibe und nicht einmal die Leute bemerke, die versuchen, um mich herumzukommen. „Okay", antworte ich hölzern und schäme mich, dass ich „okay" gesagt habe, anstatt ihm zu erklären, dass jetzt ein schlechter Zeitpunkt ist.

„Ich befürchte, dass die Probe, die Sie mit der Wasserflasche eingeschickt haben, nicht ausreicht. Das passiert manchmal, wenn die Probe in irgendeiner Weise manipuliert oder verunreinigt ist. Wissen Sie, ob sie irgendwelchen äußeren Einflüssen ausgesetzt war, bevor Sie sie eingeschickt haben?"

Ich zucke zusammen, als ich daran denke, wie sie auf den Boden fiel, als die Spüle explodierte und Booker alles von der Theke warf. Der Deckel war noch drauf, also dachte ich, es sei in Ordnung.

„Sie könnte ein wenig nass geworden sein", antworte ich und drehe mich um, um durch das Fenster auf Daphney und Phoebe zu schauen. Sie sehen so entspannt aus, während sie da drin ihr Frühstück genießen. Ich würde alles tun, um jetzt mit ihnen zu tauschen.

„Das ist dann wohl das Problem", sagt Bernard fröhlich. „Wenn Sie uns eine neue Probe schicken, können wir sie noch einmal testen. Aber ich fürchte, es wird eine weitere Gebühr von sechzig Pfund fällig."

Ich schüttle den Kopf und blaffe: „Es war schon schwer genug, die erste Probe zu bekommen."

Einen Moment lang herrscht Schweigen, bevor der Mann antwortet: „Nun, wenn das der Fall ist, sollten Sie sich vielleicht eine Probe des Vaters besorgen. Halbgeschwistertests haben ohne Proben des gemeinsamen Elternteils nicht die gleiche Genauigkeit. Wir können Ihnen zwar Ergebnisse mit einer neuen Probe Ihres potenziellen Halbgeschwisters liefern, aber die Erfolgsquote ist ziemlich gering."

„Meine Güte", antworte ich und fahre mir mit einer Hand durch die Haare. „Das war ein Fehler."

„Ich entschuldige mich für die Unannehmlichkeiten, Sir." Er hält einen Moment inne und fügt dann hinzu: „Wenn Sie sich entscheiden, es noch einmal zu versuchen, beachten Sie bitte, dass ein Haarfollikel Ihres mutmaßlichen Vaters neben Blut oder Speichel die beste Probenmöglichkeit ist, um eindeutige Ergebnisse zu erzielen. Die Erfolgsquote ist viel höher als bei einer Wasserflasche. Wenn Sie also jemals ein Haarfollikel auftreiben können, würden wir den Test gern für Sie wiederholen."

Ich verdrehe die Augen und starre in den Himmel. „Klar, das klingt einfach."

„Es tut mir leid, dass wir Ihnen nicht behilflich sein konnten, Sir."

Ich lege auf und beiße die Zähne zusammen, verdammt verärgert darüber, dass all die Mühen, die ich auf mich genommen habe, umsonst waren. Wie zum Teufel soll ich an eine Haarprobe von Vaughn Harris kommen? Eher würde ich Daphney Clarke dazu bringen, sich in mich zu verlieben.

Ich atme schwer aus und lasse meinen Nacken knacken. Dieser Rückschlag sollte mir besser nicht das Spiel vermasseln. Ich kann mir keine Schlappe leisten. Nicht jetzt, wo ich so weit gekommen bin.

21

Plan B

Zander

„Oh, Mist", schreit Link, als er sich in das mit Eiswasser gefüllte Metallbecken im Physiotherapieraum des Tower Park sinken lässt. „Warum hasst Coach Z mich so sehr?"

„Weil du beim Training immer so verdammt glücklich aussiehst." Ich drossle die Geschwindigkeit meines Laufbandes und nehme einen schnellen Schluck aus meiner Wasserflasche. „Er denkt, er treibt dich nicht hart genug an. Versuch mal, so unglücklich auszusehen wie der Rest von uns."

Link stützt den Kopf auf den Wannenrand und verzieht sein Gesicht zu einem dümmlichen Ausdruck. „Wie sieht das aus?"

Ich lache, und im selben Moment kommt Knight herein, blickt Link finster an und geht zu den Medizinbällen hinüber. Er lässt sich auf dem größten nieder und nickt mir zu. „Wo warst du das ganze Wochenende? Hast du dich wegen des DNA-Problems selbst bemitleidet?"

„Nein", spotte ich und kann das Lächeln nicht verbergen, das sich auf meinem Gesicht ausbreitet. „Ich habe kein Trübsal geblasen."

Eis klirrt gegen das Metallbecken, als Link sich mir zuwendet. „Ich dachte, ich hätte heute beim Training einen zusätzlichen Schwung in deinem Schritt gesehen. Hast du meine romantische Weisheit mit Daphney genutzt?"

„Halt die Klappe", lache ich, und das Bild von Daphney in meinem Bett nach dem Brunch am Samstag trifft mich mit voller Wucht. Es war einer dieser epischen Sex-Marathons, bei denen man sich am Ende ausgehöhlt fühlt. Verdammt überwältigend. „Ich hatte ein schönes Wochenende, und das ist alles, was ihr von mir bekommt." Ich werfe einen Blick zur Tür und lege den Finger an die Lippen. „Und erwähnt ihren Namen nicht. Sie steht der Harris-Familie nahe, und es ist nur eine zwanglose Sache, also kann ich es nicht gebrauchen, dass ihr das hier alles versaut."

„Wie nah?", fragt Knight mit einem neugierigen Stirnrunzeln.

„Sie ist gestern zum Sonntagsessen mit der ganzen Familie zu Vaughn Harris gegangen."

„Heilige Scheiße", antwortet Link mit großen Augen. „Das ist definitiv nah."

Ich nicke und wische mir den Schweiß von der Stirn. „Das hat mich auf eine Idee gebracht."

„Oh?" Link und Knight sehen mich beide mit neuem Interesse an.

„Der DNA-Typ, der mich am Samstag angerufen hat, hat gesagt, dass Haarfollikel des Vaters die höchste Trefferquote bei ihren Tests haben. Und ich habe mir gedacht, wenn ich Daphney dazu bringen könnte, mich zu einem dieser Sonntagsessen mitzunehmen, könnte ich vielleicht in das falsche Badezimmer stolpern und bekommen, was ich brauche."

„Du willst zu Vaughn …" Link zuckt zusammen, als ich ihn laut zum Schweigen bringe. Er senkt seine Stimme. „Du willst in das Haus von dem, dessen Name nicht genannt werden soll, gehen, in sein Badezimmer schlüpfen und eine Strähne seines Haars nehmen?"

Ich zucke mit den Schultern. „Da habe ich wohl bessere Chancen, an Haare zu kommen, als wenn ich versuche, etwas aus seinem Büro zu schmuggeln."

„Was ist, wenn du erwischt wirst?", fragt Knight mit ernstem Blick. „Er ist der Manager unseres Clubs."

„Ihr habt euch keine Sorgen gemacht, dass ich erwischt werde, als ich im Umkleideraum herumgerannt bin, um Tanners Kaugummi aus dem Müll zu holen. Diese Idee scheint viel vernünftiger zu sein. Ich werde allein im Badezimmer sein. Keine Chance, dass ich erwischt werde."

Link wirft ein: „Ist das Angeln nach einer Einladung von Daphney ein Zeichen für Zwanglosigkeit? Was ist, wenn du ihr gemischte Signale sendest?"

„Wir sind Freunde. Irgendwie." Ich zucke wieder mit den Schultern.

Link wirft mir einen zweifelnden Blick zu. „Weiß sie das auch?"

Ich rolle mit den Augen. „Ich werde sie irgendwann diese Woche ausführen. Zum Abendessen oder zu etwas, das keinen Sex beinhaltet. Eine Grundlage schaffen, die über mein Schlafzimmer hinaus existiert. Vielleicht wäre eine dieser Doppeldeckerbustouren eine nette Geste."

„Das klingt nicht zwanglos. Das klingt nach einer Beziehung", erwidert Link.

„Auf wessen Seite stehst du eigentlich?", schnauze ich, überrascht über mein Temperament, aber auch wirklich verärgert darüber, dass diese Jungs mich nicht unterstützen. Es war ihre dumme Idee, dass ich überhaupt DNA besorge. Und jetzt haben sie kalte Füße? Oh, nein.

Link hält seine schrumpeligen Hände aus dem Wasser. „Auf deiner, Kumpel. Beruhige dich."

Ich fahre mir mit einer Hand durch die Haare, während Zorn in meinen Adern kribbelt. „Ich will diese verdammte Sache einfach nur hinter mich bringen und mag es nicht, Dinge so offen zu lassen. Ich habe heute gut trainiert, und das soll auch so bleiben, das heißt, ich muss mich auf diesen Plan konzentrieren und beenden, was ich angefangen habe."

„Also gut." Link nickt solidarisch. „Ich bin für dich da, Mann."

Ich schaue zu Knight hinüber, der definitiv nicht das Bild der Unterstützung ist. „Sei einfach vorsichtig", sagt er und wirft mir einen eindringlichen Blick zu. „Es ist eine Sache, mit ein paar Mitgliedern der Harris-Familie Fußball zu spielen. Eine andere ist es, ein ganzes Essen mit ihren Frauen und Kindern zu teilen."

Ich schüttle den Kopf und erhöhe die Geschwindigkeit meines Laufbandes wieder, um diese Diskussion zu beenden. Das ist keine schlechte Idee. Das ist eine gute Idee. Und je mehr ich darüber nachdenke, desto mehr vermute ich, dass ich herausfinden werde, dass Vaughn Harris nicht mein Vater ist. Wahrscheinlich hat meine Mutter deshalb den Brief gar nicht erst abgeschickt. Ich weiß, wer mein Vater ist. Ich muss nur diesen dummen Plan zu Ende bringen, um diese Tatsache zu bestätigen, damit ich mit meinem Leben weitermachen kann.

Ich drossle die Geschwindigkeit meines Laufbandes wieder und hole mein Handy heraus, um Daphney eine SMS zu schreiben.

Ich: Wie sieht dein Terminplan diese Woche aus?

Daphney: Absolut verrückt, deiner?

Ich: Ich möchte eine dieser Doppeldeckerbustouren machen.

Daphney: Verscheißerst du mich?

Ich: Ich bin ein Mann mit vielen Talenten, aber Scheißen und gleichzeitig SMS schreiben gehört nicht dazu.

Daphney: Seufz. Verscheißern bedeutet, mich zu veräppeln. Mich verarschen oder Witze zu machen.

Ich: Das haben sie bei *Bridget Jones* nicht behandelt. Ich bin aber schon beim zweiten Buch, also kommt es vielleicht noch.

Daphney: Du liest schnell!

Ich: Dieses heiße Mädchen, das ich getroffen habe, hat sie mir empfohlen. Ich versuche, sie zu beeindrucken.

Daphney: Warum schmierst du mir Honig ums Maul? Ich habe bereits zugestimmt, deine Nachbarin mit Zusatzleistungen zu sein.

Ich: Kann ich heute Abend etwas von diesen Zusatzleistungen haben?

Daphney: Ich fürchte, nein. Ich arbeite im Old George.

Ich: Also, wenn du diese Woche Zeit hast, sag mir Bescheid. Ich möchte diese Bustour machen, und ich brauche dich als Reiseleiterin.

Daphney: Diese Busse haben schon Reiseleiter.

Ich: Ja, aber du kannst mir die Sachen nennen, die sie bei *Bridget Jones* nicht behandeln ;) Was sagst du, Ducky?

Daphney: Na gut, Soccer Boy. Ich habe Dienstag nach 16 Uhr Zeit.

Ich: Perfekt. Ich werde dich abholen.

22

Doppeldecker-Geständnisse

Daphney

Es ist Dienstag um fünfzehn Uhr fünfzig, als ich ein leichtes Klopfen an meiner Tür höre. „Mach weiter", sage ich zu meiner Nichte Marisa, während sie an meinem Keyboard sitzt und die Lektion durchspielt, die ich ihr letzte Woche aufgegeben habe.

Ich schleiche auf Zehenspitzen hinter ihr entlang und eile zur Tür. „Du bist früh dran", sage ich zu Zander, als ich durch die leicht geöffnete Tür schaue.

Er runzelt die Stirn. „Wer spielt denn da auf deinem Klavier?"

„Meine Nichte. Sie hat noch zehn Minuten Unterricht. Geh einfach zurück in deine Wohnung und ich hole dich, wenn wir fertig sind."

Ich will die Tür schließen, doch er schiebt eine Hand dazwischen. „Darf ich zusehen?"

„Zusehen, wie ich meiner siebenjährigen Nichte Klavierunterricht gebe? Nein!", zische ich.

„Komm schon", flüstert er, und seine Augen tanzen vor Interesse. „Ich kann sie sowieso schon durch die Wand hören. Ich werde meinen unsichtbaren Mantel tragen und mucksmäuschenstill sein."

„Es ist noch zu früh, um Mäuse zu erwähnen", murmle ich vor mich hin, denn ich habe diese abscheuliche Kreatur noch immer nicht gefangen. Sie hinterlässt im Gebäude Spuren ihrer Existenz. Ich rolle mit den Augen und öffne die Tür. „Du kannst reinkommen, aber sag kein Wort. Ich will nicht, dass sie abgelenkt wird."

Er lächelt siegessicher und geht leise hinter mir her. Ich zeige auf das Sofa, damit er sich setzen kann, und bin dankbar, dass Marisa sich immer noch auf ihre Musik konzentriert. Wir müssen keine Zeit mit der Vorstellung verschwenden. Sie hat mir schon in den ersten zehn Minuten der Stunde von ihren Schwierigkeiten mit dem Stuhlgang in der Schule erzählt. Ich hatte aufrichtig Mitleid mit dem armen Mädchen.

Ich setze mich wieder auf den Stuhl neben der Klavierbank und erschaudere, als Marisa aus Versehen zwei Tasten nebeneinander trifft. „Okay, Marisa, sieh dir deine Hände an. Was stimmt da nicht?"

Sie atmet schwer aus und streicht sich eine Strähne ihres kastanienbraunen Haares aus dem Gesicht. „Ich weiß es nicht, Tante D."

„Doch, das tust du. Vergiss nicht, dass du deine Hände wie eine kleine alte Dame krümmen solltest, ja?" Ich verstelle meine Stimme so, dass ich meine Großmutter so gut wie möglich nachahmen kann. „Zeig mir deine Oma-Hände, und füge auch eine richtige Oma-Stimme hinzu."

Marisa kichert und hält mir ihre Hände hin. „Wie ist das, Liebes?"

„Das ist ein bisschen wie die böse Hexe des Westens, aber es ist nah genug dran! Versuchen wir es noch einmal."

Marisa lächelt, als sie das Notenblatt vor sich wieder aufnimmt, und ich kann nicht umhin, einen Blick über meine Schulter zu Zander zu werfen. Der Ausdruck in seinem Gesicht ist nicht gerade das, was ich als Belustigung bezeichnen würde. Ich bin mir nicht sicher, wie ich es nennen soll, aber es lässt mir die Haare im Nacken zu Berge stehen.

Als Marisa fertig ist, tätschle ich ihr die Schulter und zeige mit dem Daumen hinter mich. „Wusstest du, dass dir gerade ein Profifußballer beim Spielen zugeschaut hat?"

Marisas grüne Augen werden groß, als sie sich auf der Klavierbank umdreht und Zander sieht. Sie blinzelt ihn neugierig an. „Er sieht nicht wie ein Fußballer aus."

Ich lache über diese sehr offene Antwort. „Wie sieht er denn aus?"

Sie rümpft die Nase. „Er sieht aus, als könnte er ein Putzmann sein? Es ist ziemlich unordentlich hier drin, wenn er also dein Putzmann ist, glaube ich nicht, dass er seine Arbeit gut macht."

„Oh, du frecher Schlingel!" Ich strecke die Hände aus, um sie an den Seiten zu kitzeln, und ihr Kichern ist Musik in meinen Ohren. „Meine Wohnung ist sauber genug."

Als ich schließlich damit fertig bin, sie zu kitzeln, geht sie zu Zander hinüber und streckt eine Hand aus.

„Gut gespielt." Er gibt ihr ein High-Five.

„Schuldest du mir kein Geld?" Sie legt den Kopf schief und legt die Stirn in Falten.

„Wirklich?", fragt Zander und blickt mich an. „Wofür genau?"

„Dass du mein Spiel gehört hast, natürlich. Nur Papier, bitte. Keine Münzen." Marisa hält Zander wieder ihre kleine Hand hin, und er sieht so erschüttert aus, dass ich ein ungläubiges Lachen ausstoße.

„Also gut." Zander kramt in seiner Tasche und holt einen Zwanzig-Pfund-Schein heraus. „Ich nehme an, du hast kein Wechselgeld?"

Marisa seufzt schwer. „Wenn du wirklich Fußballer bist, kannst du es dir leisten."

Jemand räuspert sich in der Tür und ich blicke zu meinem Bruder Theo hinüber. „Hey, woher hast du das?" Er zeigt auf den Schein in der Hand seiner Tochter.

„Von diesem Mann, der behauptet, er sei Fußballer." Marisa zeigt mit dem Finger auf Zander. „Daddy, ist er nicht ein bisschen klein für einen Fußballer?"

„Ich bin nicht klein!", jammert Zander und steht auf, um es zu beweisen. Marisa sieht unbeeindruckt von Zanders Größe aus, und ich muss mir die Hand vor den Mund halten, um mein Lachen zu unterdrücken.

Schließlich reiße ich mich zusammen und gehe zu meinem Bruder hinüber. „Theo, das ist mein Nachbar, Zander."

„Ah ja, der neue Verteidiger aus Amerika." Theo rückt seine Brille zurecht und geht hinüber, um Zanders Hand zu schütteln. „Tut mir leid wegen meiner Tochter. Sie hat keinen Filter, genau wie ihre Mutter."

„Und möglicherweise ihre Tante", fügt Zander mit einem Augenzwinkern hinzu.

„Marisa kann sich glücklich schätzen, Leslie und mich als wichtige Bezugspersonen in ihrem Leben zu haben. Das bedeutet, dass sie weiß, was sie will, nicht wahr, Mar?"

„Ja, das tut es", beharrt Marisa, verschränkt die Arme und wirft Zander einen strafenden Blick zu, der mich wirklich amüsiert.

Meine Augen treffen auf die von Zander, und in seinem Blick liegt ein gewisses Funkeln, das vorher nicht da war. Es löst in mir eine gewisse lüsterne Reaktion aus, was in Gegenwart meiner Nichte und meines Bruders ein wenig unangenehm ist.

Ich sehe auf und bemerke, dass Theo die Stirn runzelt, als er den Austausch bemerkt. Er räuspert sich. „Gut, wir müssen los. Das Fußballtraining beginnt in dreißig Minuten. Ich werde dich per Venmo bezahlen, Daphney."

„Keine Eile", antworte ich und umarme Marisa. „Wir sehen uns später, okay? Und vergiss nicht, diese Woche zu üben."

„Mit meinen Oma-Händen", sagt Marisa, während sie hinüberläuft, um ihr Notenbuch von der Tastatur zu nehmen.

Ich lächle liebevoll, als ich sehe, wie Theo Marisas Hand nimmt und hinauseilt. Sobald sie weg sind, drehe ich mich zu Zander um und reibe seinen Arm. „Geht es dir gut? Musst du ein wenig kuscheln, nachdem du von einer Siebenjährigen so ordentlich belehrt wurdest?"

„Vielleicht", antwortet Zander mit niedergeschlagenem Gesicht. „Sie ist ein brutales kleines Ding."

„Sie kommt wirklich nach mir." Ich strecke die Zunge raus und gehe zu meiner Garderobe, um meinen Mantel zu holen. „Und du hast es verdient, weil du so früh gekommen bist. Ich habe dir sechzehn Uhr fünf gesagt und keine Minute früher."

„Wer wählt Zeitabstände von fünf Minuten?", schnaubt Zander.

Ich stemme die Hände in die Hüften. „Dein Wecker, anscheinend."

Zander schenkt mir ein verlegenes Lächeln. „Nun, du hast nicht erwähnt, dass du deiner Nichte Klavierunterricht gibst."

„Warum sollte ich?", gebe ich zurück. Er zuckt mit den Schultern und begegnet mir mit einem seltsamen Gesichtsausdruck, den ich immer noch nicht ganz deuten kann.

Er räuspert sich. „Also, bist du immer noch bereit für die Bustour? Wenn du müde von der Arbeit bist, verstehe ich das."

„Tatsächlich freue ich mich darauf. Ich habe noch nie eine richtige Bustour gemacht. Zumindest nicht als Erwachsene."

„Wie kannst du dann so eine britische Expertin sein?", neckt er.

Ich werfe ihm einen bösen Blick zu. „Sei nicht so frech."

Der Bus ist touristisch und kitschig und all das, was ich erwartet hatte, aber es ist auch sehr lustig. Ehrlich gesagt glaube ich, schon lange nicht mehr so viel gelacht zu haben. Zanders alberne Amerikanismen überraschen mich immer wieder. Und die Art und Weise, wie er dem Reiseleiter Fragen stellt, als sei der Mann nur wegen uns hier, amüsiert mich wirklich. Aber ich lerne tatsächlich einige Dinge, die ich vorher nicht wusste. In meiner Kindheit haben wir oft Ausflüge nach London gemacht, aber ich war damals wohl noch zu jung, um wirklich etwas Nützliches zu lernen. Das war eine nette Auffrischung, und die Tatsache, dass ich die ganze Zeit neben einem Profifußballer sitze, ist eine Erinnerung, von der ich nie gedacht hätte, dass ich sie in meinem Leben haben würde.

„Glaubst du, dass du irgendwann von den Leuten auf der Straße erkannt werden wirst?", frage ich, während ich meinen Mantel bis zum Kinn hochziehe, um nicht zu frieren. Es ist Februar in London, also ist es natürlich arschkalt, aber Zander hat mich angefleht, auf dem Oberdeck des Busses zu sitzen, damit er das richtige Touristenerlebnis haben kann. Und ganz ehrlich, bei seinen Dackelblicken ist es fast unmöglich, nein zu sagen. „Du bist jetzt in der Premier League."

Zander merkt, dass ich zittere und legt einen Arm um mich, als hätte er das schon hundertmal gemacht. „Das bezweifle ich. Ich bin Verteidiger, und die Fans vergöttern normalerweise die Stürmer. Außerdem bin ich noch viel zu neu, als dass sich jemand für mich interessieren würde. Es sind die etablierten Spieler, die auf der Straße angehalten werden. Diejenigen mit vielen Sponsorenverträgen und Fernsehwerbung. Bei mir ist das alles nicht der Fall."

„Hattest du in den USA irgendwelche Sponsorenverträge?", frage ich und stecke die Hände in die Taschen.

„Ein paar in Boston, die mein Vater organisiert hat." Zander zuckt zusammen, als hätte er etwas gesagt, was er nicht sagen wollte.

„Musst du dir hier einen Agenten suchen? Oder kann dein Vater dich immer noch von den Staaten aus managen?"

Ein Muskel in Zanders Kiefer zuckt nervös, als er seinen Arm von mir löst und vom Bus auf die Straße hinunterblickt. Seine Stimme ist schroff, als er antwortet: „Er ist letztes Jahr verstorben."

Mir fällt die Kinnlade herunter, als ich seine Worte verarbeite. „Oh mein Gott, ich hatte ja keine Ahnung."

„Wie solltest du auch?" Er stößt ein trockenes Lachen aus und versucht, mir ein Lächeln zu schenken, aber es ist erzwungen.

Ich schweige, denn ich spüre die volle Wirkung dessen, was er gerade gesagt hat. Ich habe Zander absichtlich nicht gegoogelt, weil ich vor seinem Einzug neben mir keine vorgefasste Meinung über ihn haben wollte. Aber um ehrlich zu sein, habe ich ihn schon vor unserem ersten Treffen in ein Klischee gepresst. Und als er mich dann im Pub anmachte, schien er diese Gedanken, die ich bereits hatte, zu bestätigen.

Jetzt bereue ich ernsthaft, dass ich mich nicht mit ihm beschäftigt habe, denn ich hätte ihn anders behandelt, wenn ich gewusst hätte, dass er gerade seinen Vater verloren hat. Ich wäre weniger streng gewesen, weniger fordernd. Sicherlich wäre ich nachsichtiger mit seinen Schwierigkeiten umgegangen, sich in einer neuen Stadt einzuleben. Mein Magen zieht sich vor Bedauern zusammen.

Ich schlucke den schmerzhaften Kloß in meiner Kehle hinunter. „Darf ich fragen, wie er gestorben ist?"

Zander kratzt sich am Kiefer und setzt sich wieder hin. „Autounfall. Er hat auf einer vereisten Autobahn die Kontrolle verloren und sich überschlagen. Er war auf der Stelle tot, haben sie gesagt."

„Das ist ja furchtbar." Ich blinzle das brennende Gefühl in meinen Augen weg. „Standet ihr euch sehr nahe?"

„Ja, das kann man so sagen." Ein halbes Lächeln hebt Zanders Mundwinkel an. „Ich war ein Einzelkind, also war ich sozusagen die ganze Welt meiner Eltern. Allerdings war ich auch immer ein bisschen zu sehr die ganze Welt meiner Mutter. Wir sind oft aneinandergeraten. Dad war immer derjenige, der kam und die Wogen glättete. Er war ein totaler Friedensstifter."

Dieser Kommentar zaubert ein Lächeln auf mein Gesicht. „Er klingt reizend."

„Das war er." Zander nickt und leckt sich nachdenklich über die Lippen. „Wir haben viel geredet. Nie über irgendetwas Tiefgründiges … nur … Zeug. Ich vermisse das."

Sein Blick geht in die Ferne, und ich frage mich, ob ich eine Erinnerung unterbreche, als ich frage: „Stehst du deiner Mutter nahe?"

Zanders Verhalten ändert sich sofort bei dieser Frage, und ich sehe, wie sein Kiefermuskel zuckt, bevor er antwortet: „Nicht so sehr, nein."

Meine Lippen werden bei dieser Antwort schmal, denn ich weiß, wie wichtig die Nähe zur Familie nach einem Verlust ist. „Sie muss sich sehr einsam fühlen, jetzt, wo du so weit weggezogen bist."

Zander stößt ein trockenes Lachen aus. „Sie wollte nicht, dass ich herkomme."

„Wirklich?", sage ich, schockiert und voller Mitgefühl zugleich über dieses Eingeständnis. Ich bin mir sicher, dass sie Zander nicht so weit weg haben wollte, aber sie muss wissen, dass es eine große Chance für einen Amerikaner ist, von einem Premier-League-Team rekrutiert zu werden.

Zanders Ausdruck wird nachdenklich. „Sie ist der Grund, warum ich meinen Transfer vor sechs Monaten hinausgezögert habe. Nach dem Tod meines Vaters war sie in ziemlich schlechter Verfassung. Das ist sie immer noch, ehrlich gesagt. Nicht viele Leute wissen das, aber sie kam kurz nach dem Unfall dazu. Der Verkehr stand auf der Autobahn still, und sie hatte ein komisches Gefühl, also stieg sie aus ihrem Auto aus und ging zum Krankenwagen. Sie hatten ihn gerade auf eine Trage gelegt, und … na ja …, es war wohl schlimm.“

Mein Körper zittert bei diesem Bild. „Ich kann es mir nicht einmal vorstellen.“

„Ich wünschte, ich könnte es nicht.“ Zander rümpft die Nase. „Meine Mutter hat es recht detailliert beschrieben, als ich zu ihr nach Hause geflogen bin.“

„Das tut mir so leid.“

Er zuckt mit den Schultern. „Sie tut ihr Bestes.“

„Wird sie dich besuchen kommen?“, frage ich. „Ich wette, sie würde sich über so eine Bustour freuen.“

Er schüttelt den Kopf und ein trauriger Ausdruck huscht über sein Gesicht. „Nein …, das ist unwahrscheinlich. Mein Vater musste meine Mutter immer zu meinen Fußballspielen schleppen. Jetzt, wo er nicht mehr da ist, kann ich mir nicht vorstellen, dass sie den Mut hat, es allein zu tun. Schon gar nicht in einem fremden Land.“

Ein Moment der Stille entsteht zwischen uns, und mir fehlen die Worte. Ich habe vor langer Zeit gelernt, dass es manchmal besser ist, weniger zu sagen, wenn es um einen Verlust geht.

Schließlich sage ich: „Meine Nichte ist nach meiner Schwester Marisa benannt, die vor etwa zehn Jahren verstorben ist.“

Zander blickt auf und sieht mir in die Augen. „Mein Gott, wirklich?“

Ich schürze die Lippen und zucke mit den Schultern. „Ich war damals sechzehn. Sie war sechsundzwanzig. Es war ein tragischer Unfall im Haus meiner Eltern. Meine beiden Brüder, meine Schwester und ich sind auf dem Grundstück meiner Eltern Quad gefahren, und Marisa fiel herunter und war sofort tot.“ Ich erschaudere, weil ich sicher bin, dass ich gerade zu viel erzähle. Andererseits hat er angefangen.

Zander blinzelt mich langsam an. „Hast du es gesehen?“

Ich schüttle den Kopf. „Nein, mein Bruder Theo hat mich von allem abgeschirmt. Aber Hayden war genau dort. Und obwohl ich nicht viel sehen konnte, haben mir die Schreie meiner Mutter verraten, dass es wirklich schlimm war."

„Scheiße." Zander schnaubt, lehnt sich vor und schüttelt den Kopf, während er verarbeitet, was ich ihm gerade offenbart habe.

„Sie war so alt wie ich jetzt." Ich reibe meine Lippen aneinander. „Es ist irgendwie traurig, daran zu denken. Unsere Familie war jahrelang verkorkst."

„Das kann ich mir vorstellen." Zander blickt über seine Schulter zu mir zurück. „Ich hoffe, es dauert nicht Jahre, bis meine Mom wieder sie selbst wird. Ich habe das Gefühl, dass ich damit fertig geworden bin. Jetzt will ich das auch für sie."

Ich schürze die Lippen. „Ich bin mir immer noch nicht sicher, ob ich mit dem Verlust von Marisa fertig geworden bin. Trauer fühlt sich für mich wie eine ewige Sache an. Sie ist nur in verschiedenen Stadien deines Lebens unterschiedlich stark ausgeprägt. Ich glaube, es ist noch schwieriger, damit umzugehen, wenn es ein Unfall ist, der sich nicht ankündigt."

Zander nickt langsam, als er sich aufrichtet und umdreht, um wieder vom Doppeldeckerbus hinunterzuschauen. Seine Stirn ist gerunzelt, er ist offensichtlich tief in Gedanken versunken. Es ist interessant, wie man jemanden ansehen kann, ohne eine Ahnung zu haben, was in seinem Kopf vor sich geht. Ich hatte keine Ahnung, wie sehr mein Bruder Hayden mit dem Verlust von Marisa zu kämpfen hatte, als ich noch ein Teenager war. Er verbarg seinen Schmerz vor mir, und meine Eltern und Theo ließen sich nie anmerken, wie schwierig es mit ihm war und wie sehr er sich selbst die Schuld gab.

Sie hatten alle zu kämpfen, aber ich hatte das Gefühl, zu jung zu sein, um ihren Schmerz mitzutragen. In vielerlei Hinsicht fühlte ich mich wie eine Voyeurin, die von außen beobachtete, wie alle Marisas Verlust betrauerten. Erst als ich älter war, habe ich ihren Verlust wirklich gespürt. Meine einzige Schwester. Es ist jetzt zehn Jahre her, und ich wünsche mir immer noch, ich könnte mit ihr über Jungs, meine Musik oder meine Arbeit sprechen. Trauer ist nichts, womit man „fertig wird". Es ist etwas, womit man lebt. Die Tatsache, dass es erst ein Jahr her ist, dass Zander seinen Vater verloren hat, lässt mich daran zweifeln, ob er diese Tatsache realisiert hat. Vielleicht braucht Zander mehr als nur eine Nachbarin mit Zusatzleistungen. Vielleicht braucht er einen richtigen Freund, der ihn versteht.

Ich zucke zusammen, als die Stimme des Reiseleiters durch den Lautsprecher dröhnt, und wir beide richten unsere Aufmerksamkeit wieder auf die Worte, dankbar für die Abwechslung von einem überraschend ernsten Gespräch.

Wir lauschen den Beschreibungen über den nächsten Halt, aber mein Blick bleibt an Zander hängen. Ich fühle mich jetzt fast mit ihm verwandt, was ich bei Zander Williams nie erwartet hätte.

23

Je mehr sich die Dinge ändern, desto mehr bleiben sie gleich

Zander

„Hey, Mom." Meine Stimme ist angespannt, als ich sie am nächsten Tag nach dem Training aus heiterem Himmel anrufe. Nachdem ich gestern mit Daphney über den Verlust meines Vaters gesprochen hatte, wusste ich, dass ich mein Ego beiseiteschieben und wieder mit ihr reden musste. Es war an der Zeit.

„Zander?" Die Stimme meiner Mutter ist heiser, und ich zucke zusammen, als mir klar wird, dass es dort drüben erst sechs Uhr ist und ich sie wahrscheinlich geweckt habe.

„Scheiße, tut mir leid. Ich habe nicht an den Zeitunterschied gedacht."

„Nein, schon gut", murmelt sie, und ich höre das Rascheln ihres Bettes und das Klicken ihrer Nachttischlampe. „Ich bin so froh, dass du angerufen hast."

„Ich bin gerade mit dem Training fertig geworden", erkläre ich, weil ich nicht weiß, was ich sonst sagen soll.

„Oh?"

„Ja, wir fahren am Samstag nach Leicester. Der Coach wird mich offiziell als Libero einsetzen."

„Oh, Junge, das ist so toll", sagt meine Mutter, und ich bin überrascht, dass sie sich tatsächlich für mich freut.

Ich weiß nicht, was ich als Nächstes sagen soll. „Einer meiner Teamkollegen hat mir erzählt, dass Leicester der Herkunftsort von Walker's Crisps ist."

„Was?"

„Crisps ist hier die Bezeichnung für Chips. Pommes nennen sie Chips. Es ist schwer, es sich zu merken. Die Marke Walker's ist wie unsere Lay's Kartoffelchips."

„Ja, das weiß ich. Ich habe dort gelebt, weißt du noch?" Sie lacht, aber es klingt erzwungen.

Ich beiße mir nervös auf die Lippe. „Geht es dir gut?"

„Oh, du kennst mich." Sie schnaubt in die Leitung, aber ihre Stimme klingt schwach.

Ich reibe meine Lippen aneinander und warte darauf, dass sie mich fragt, wie es mir geht, aber sie tut es nicht.

„Gehst du immer noch zu diesem Arzt?"

„Ja", antwortet sie, klingt aber nicht glücklich. „Ich fange wieder mit einem neuen Medikament an."

Bei dieser Antwort zucke ich zusammen. Es scheint, als würde sie immer ein neues Medikament einnehmen, was mir vorkommt, als würde sie immer wieder von vorn anfangen. „Ich hoffe, es hilft."

„Ich auch", sagt sie leise. „Oh, ich wollte dich etwas fragen."

„Ja?"

„Willst du diese alten Baseballkarten deines Vaters?"

„Was?", frage ich und ziehe verwirrt die Stirn in Falten.

Sie atmet scharf ein, und ihre Stimme ist erstickt, als sie antwortet: „Die Baseballkarten deines Vaters liegen immer noch in seinem Büro, und ich kann sie nicht jeden Tag ansehen, also muss ich sie loswerden."

„Ernsthaft?"

„Ja, ernsthaft", weint sie in die Telefonleitung. „Ich weiß, ich sollte mittlerweile stärker sein, und ich versuche es auch, Zander. Ich kann mir diese Dinge einfach nicht mehr ansehen, weil ich mir vorstelle, wie er sie mit dieser blöden Vergrößerungslampe an der Wand ansieht. Mein Therapeut sagte, ich solle die Dinge entfernen, die für mich einen Trigger darstellen. Wenn du sie nicht willst, werde ich sie verkaufen."

„Mom, natürlich will ich sie", rufe ich, während ich das Handy fest umklammere. Ein Kloß bildet sich in meinem Hals, denn ich habe unzählige Erinnerungen daran, dass mein Vater mich weiße Handschuhe tragen ließ, bevor ich auch nur eine Karte berühren durfte. Er war verrückt nach diesen Dingern.

„Großartig, ich werde sie verpacken und dir schicken", sagt sie mit abgelenkter Stimme.

„Können sie nicht einfach in einem Schrank oder so liegen? Sie sind ziemlich wertvoll. Sie zu verschicken, ist riskant."

„Nein, Zander, das ist nicht das, was mein Therapeut mir geraten hat."

Mein Kiefer verkrampft sich und ich schreie innerlich, bevor ich steif antworte: „Gut, Mom. Schick sie über den Ozean."

„Okay. Danke, Junge."

„Kein Problem."

„Und hey, ich bin stolz darauf, wie gut du dich da draußen machst. Mach weiter so, okay?"

„Ja, sicher."

Wir legen auf, und es kostet mich meine ganze Beherrschung, um mein Telefon nicht auf die verdammte Straße zu werfen. Ich hatte gehofft, dass die Tatsache, dass sie sich meine Spiele anschaut, bedeutet, dass es ihr besser geht, aber das ist eindeutig nicht der Fall. Ihr geht es nicht besser als damals, als ich gegangen bin.

Es ist kein Wunder, dass ich nach dem Tod meines Vaters nicht geweint habe. Es gab keine Zeit dafür, verdammt. Ich musste die Beerdigung planen, ihr Trauerkleid aussuchen, die Urne auswählen, eine Grabstelle kaufen. Wer hätte gedacht, dass ein Familiengrab eine kluge Investition ist, weil es im Laufe der Zeit an Wert gewinnt? Das wusste ich natürlich nicht. Also habe ich drei Gräber neben meinen Großeltern gekauft. Eins für meinen Dad, meine Mom und mich, wenn ich ins Gras beiße. Was besser nicht vor meiner Mutter sein sollte, denn sie ist eindeutig nicht in der Lage, mich zu beerdigen, und ich möchte nicht irgendwo in einer Leichenhalle verrotten.

Und warum sollte ich keine wertvollen Erinnerungsstücke in meiner winzigen Wohnung in London aufbewahren wollen? Ich bin doch nur ein Profifußballer mit einem brandneuen Team, der keine Ahnung hat, ob er nächstes Jahr noch bei diesem Verein ist. Aber klar, Mom, schick mir all die Sachen von meinem toten Vater, der, ach ja, vielleicht nicht mal mein Vater war. Vielleicht war er auch nur ein verdammter Lügner, wie du.

Ich schaue auf meine Füße und frage mich, wann ich angefangen habe, wegzulaufen. Ich kann mich nicht erinnern, mich zum Weglaufen entschlossen zu haben. Aber das Brennen in meiner Lunge zeigt mir, dass ich schon eine Weile laufe.

Es gibt nur eine Sache, die ich mir vorstellen kann, um diesen Schmerz in mir zu lindern. Zumindest für eine kleine Weile.

24

Regeln der Verführung

Daphney

„Also gut, dann wollen wir mal ein paar Regeln aufstellen", sagt Zander, als er ohne anzuklopfen in meine Wohnung kommt. Er lässt seinen Rucksack auf den Boden fallen und stützt sich mit den Händen auf den Knien ab, eindeutig außer Atem.

„Bist du hierher gelaufen?", frage ich, nehme meine Gitarre von meinem Hals und stelle sie in den Ständer.

„Ja."

Ich stehe auf und gehe stirnrunzelnd zu ihm hinüber. „Also, Regel Nummer eins: Anklopfen."

Er stößt ein Lachen aus, richtet sich zu seiner vollen Größe auf und sieht mich mit seinem heißen Blick an. Er neigt den Kopf zur Seite, und ein deutlicher Blick der Verärgerung trübt seine jungenhaften Züge. „Wirklich? Ich darf deine Muschi lecken, aber ich darf nicht reinkommen, ohne anzuklopfen?

„Zander!", fauche ich und verschränke die Arme vor der Brust. „Warum bist du so böse?"

Er atmet schwer aus und dreht seine Baseballkappe nach hinten. „Scheiße, es tut mir leid. Das war nicht an dich gerichtet."

„Ich bin mir ziemlich sicher, dass ich die Einzige bin, die sonst hier im Raum steht." Ich gehe drei Schritte zurück, um ihm und seiner Stimmung den nötigen Raum zu geben.

Sein Gesicht verzieht sich vor Mitleid. „Es tut mir leid. Ich hatte gerade ein schlimmes Telefonat mit meiner Mutter und bin … angespannt." Er geht zu mir hinüber und nimmt meine Hand. „Ich werde ab jetzt anklopfen, versprochen. Wir können uns sogar einen Geheimcode ausdenken, wenn du willst. Einmal klopfen für oral. Zweimal für Sex. Dreimal für …"

Ich drücke eine Hand auf seinen Mund. „Beende diesen Gedanken nicht, wenn du jemals willst, dass ich die Tür öffne."

Sein Atem ist heiß auf meiner Handfläche, als er lacht und meine Hand von seinem Gesicht zieht. Er küsst sie zärtlich. „Okay, Anklopfen ist Regel Nummer eins. Was ist Regel Nummer zwei?"

Ich löse mich aus seiner Umarmung und gehe in Richtung meiner Küche, überrascht von seinem plötzlichen Drang nach Regeln. Aber ehrlich gesagt bin ich ein wenig dankbar dafür. Da dies meine erste zwanglose Beziehung ist, denke ich, dass ich besser mit Grenzen umgehen kann, besonders nach unserem Gespräch über tiefgreifende Gefühle gestern im Bus.

Ich greife in meinen Kühlschrank, hole zwei Flaschen Wasser und biete Zander eine an. Wir müssen beide einen kühlen Kopf bewahren, während wir das hier herausfinden. „Ich glaube nicht, dass wir die Nacht miteinander verbringen sollten", sage ich und verziehe das Gesicht, während ich seine Reaktion abwarte.

„Okay." Seine Augen weiten sich überrascht, als er seine Kappe umdreht. „Das ist wahrscheinlich eine kluge Regel. Außerdem hast du ein wirklich schönes Bett für meine Wohnung ausgesucht, also bin ich damit einverstanden."

Ich kann mir ein Lächeln nicht verkneifen. „Du hast Wohnung gesagt, nicht Apartment. Gut gemacht."

„Ich bin jetzt verdammt britisch." Er wackelt mit den Augenbrauen.

Ich zucke zusammen und schüttle den Kopf. „Nach dieser letzten Bemerkung bist du doch nicht so britisch."

Er lacht und nimmt einen großen Schluck Wasser, wobei sein Adamsapfel auf eine Weise über seinen kräftigen Hals wippt, die mir seinen Körper wirklich … bewusst macht. Er wischt sich die Flüssigkeit ab, die an seinem Kinn heruntergetropft ist. „Regel Nummer drei … nicht beleidigt sein wegen nächtlicher Booty Calls. Wir beide wissen, worum es geht, also warum sollten wir wegen einer spontanen Entscheidung zum Ficken unseren Stolz zerschmettern lassen?"

„Wie du es geschafft hast, das Wort zerschmettern und ficken im selben Satz zu verwenden, ist entweder ein echtes Zeichen von Genialität oder eine Beleidigung für die gesamte Menschheit."

„Ich tippe auf Ersteres." Er zwinkert mir zu. „Deine Regel als Nächstes."

Ich lecke mir über die Lippen und nicke, während ich mich gegen den Küchentisch lehne. „Ich würde das gern geheim halten. Ich weiß, dass Phoebe es schon weiß, aber ich möchte nicht, dass es noch jemand erfährt. Meinem Bruder würde es nicht gefallen, dass ich mit einem Mieter schlafe, und ich bin mir ziemlich sicher, dass es den Harris-Brüdern nicht gefallen würde, dass ich mit einem ihrer Teamkollegen schlafe. Schon gar nicht zwanglos."

Zander lässt seinen Nacken knacken, während ein verärgerter Ausdruck über sein Gesicht huscht. „Gut." Der Muskel in seinem Kiefer zuckt.

„Wir können immer noch zusammen ausgehen, wenn wir wollen. Nur vielleicht nicht die üblichen Treffpunkte", biete ich an, weil er aufgeregt wirkt.

„Verstanden", antwortet er und seine Nasenflügel blähen sich auf. „Und ich denke, das sollte exklusiv sein."

„Wirklich?"

Zander vermeidet den Blickkontakt mit mir, während er hinzufügt: „Ich mag die Idee des Teilens nicht wirklich."

„Sprichst du von mir?" Ich kann mir ein Lachen nicht verkneifen. Das ist eine ziemlich besitzergreifende Aussage von jemandem, der sich mit dem Gedanken an zufällige Bettgeschichten gut auszukennen scheint.

„Ja, ich spreche von dir", antwortet er entschlossen, und unsere Blicke treffen sich für einen angespannten Moment der Stille. Es ist die Art von Stille, die sich wie die Ruhe vor dem Sturm anfühlt. Es ist … wirklich heiß.

„Na gut", antworte ich, denn wenn ich ehrlich bin, gefällt mir der Gedanke nicht, dass er mit anderen Frauen zusammen ist. Nicht dass sein Ego es nötig hätte, mich das laut sagen zu hören.

„Gut." Er nickt knapp.

„Gut", wiederhole ich und verschränke die Arme vor der Brust, da ich mich in diesem Moment seltsam nackt fühle.

„Dann sind wir uns einig."

„Es scheint so."

„Wir haben sowieso zu tun", sagt Zander und marschiert auf mich zu.

„Was meinst du?", frage ich wie eine Idiotin, denn ich habe keine Ahnung, worauf er hinaus will.

Zander bleibt vor mir stehen und streicht mir mit den Fingern eine Haarsträhne hinters Ohr. „Wir müssen herausfinden, was Daphney Clarke anmacht." Ich verdrehe die Augen und versuche, ihn wegzustoßen, aber er nutzt meinen Schwung, um mich an seine Brust zu ziehen. „Die letzten Male, als wir miteinander geschlafen haben, warst du sehr still."

„War ich das?" Ich schrecke zurück, denn ich bin mir ziemlich sicher, dass ich noch nie in meinem Leben mit einem Mann lauter war.

„Nicht in jeder Hinsicht." Er legt den Kopf schief, und sein Blick fällt auf meine Lippen. „Aber du hast mir nicht gesagt, was dir gefällt. Und das war doch der Sinn dieser Vereinbarung, oder etwa nicht?"

Ich beiße mir auf die Lippe, meine Stimme ist leise, als ich antworte: „Na ja, du hast nicht viel Anleitung gebraucht."

„Das liegt daran, dass ich ein Profi bin." Sein Brustkorb vibriert vor Lachen, und so gern ich ihm diesen selbstgefälligen Ausdruck aus dem Gesicht wischen würde, er hat nicht unrecht.

„Dein Ego wird nicht in meine Wohnung passen, wenn du so weitermachst."

Er grinst auf mich herab, seine Lider sind vor Erregung gesenkt. „Was hältst du davon, wenn wir duschen gehen und deinen Körper kennenlernen?"

Sein Vorschlag lässt mein Herz bis zum Hals schlagen. Eine Dusche ist so intim, so entblößt. Ich würde nicht sagen, dass ich wegen meines Körpers verlegen bin, aber ich habe auch noch nie mit einem Profifußballer geduscht. Andererseits hat Zander schon so ziemlich jeden Teil von mir gesehen, was macht es also für einen Unterschied, wenn wir in einer hell erleuchteten Dusche stehen?

Zanders Lippen sinken auf meine, und meine Gedanken kreisen vor Erregung, während er mich rückwärts zu meinem winzigen Badezimmer führt. Ich habe nur eine kleine Dusche mit Glaswänden, nicht so wie seine. Aber in die andere Wohnung zu gehen könnte den Moment ruinieren, und ich genieße das, was jetzt gerade passiert.

Als wir auf die kühlen Fliesen treten, zieht Zander sich zurück und beginnt, mir das Oberteil auszuziehen, als sein verwirrter Blick an mir vorbei auf den Waschtisch fällt. „Was ist das?"

Meine Augen quellen förmlich aus dem Kopf, als ich mich umdrehe und mir das Hemd von den Armen reiße, um das Geschenk zu verbergen, das Phoebe heute Morgen vor meiner Tür hinterlassen hat. Ich habe es mir vorhin angesehen und völlig vergessen, dass ich es nicht weggelegt habe.

„Es ist nichts", rufe ich und stopfe die ganze Verpackung unter mein dünnes Oberteil, als sich Zanders warmer Körper hinter mich drängt.

„Sieht nicht nach nichts aus." Er lacht und küsst mein Schulterblatt, während er um mich herum greift. „Komm schon, gib es her."

Ich stöhne vor Demütigung, als mir klar wird, dass Zander das auf keinen Fall auf sich beruhen lassen wird. Er ist wie ein Hund mit einem Knochen. Deshalb nehme ich ein wenig Selbstvertrauen zusammen, schnappe mir das kleine, blassrosa Gerät und drehe mich auf dem Absatz um, um die Suppe auszulöffeln. „Das ist ein Vibrator, den Phoebe mir geschenkt hat, nachdem ich ihr gesagt habe, dass ich vor dir noch nie einen Orgasmus hatte."

Zander muss sich ein Lächeln verkneifen, wobei er furchtbar liebenswert aussieht. „Ich dachte, wir erzählen den Leuten nicht von unserer Situation?"

„Phoebe ist keine Leute. Sie gehört zur Familie. Und offenbar ein Influencer für …" Ich drehe mich um und suche die Schachtel, in der der Vibrator geliefert wurde. „Lelo Sona." Ich atme schwer aus. „Manchmal hasse ich sie wirklich."

Zander streckt eine Hand aus und nimmt mir das Gerät ab. Er schaltet den Knopf ein und ein leises Summen erfüllt das Bad. Er runzelt die Stirn, als er zu mir aufsieht. „Hast du noch nie masturbiert, Ducky?"

Meine Nasenflügel beben vor Verärgerung. „Ich habe es versucht …, aber nie richtig. Und nie mit einem Spielzeug."

Zander zieht die Mundwinkel nach unten, als er diese Information verarbeitet. „Ist das Ding wasserdicht?"

„Ja, warum?"

„Oh, das kannst du dir sicher denken", antwortet er und zieht sich das Hemd über den Kopf.

Fasziniert beobachte ich, wie er sich seiner restlichen Kleidung entledigt und in die Dusche greift, um das Wasser aufzudrehen. Er hilft mir aus meinen Klamotten, und ehe ich mich versehe, stehen wir in meiner winzigen Dusche und er spielt immer noch mit dem dämlichen Vibrator.

„Macht es dir etwas aus?", fragt er, während seine Augen langsam an meinem Körper hinuntergleiten.

Ich schlucke langsam und schaue nach unten, um zu sehen, dass er voll erigiert ist. „Nur zu."

Seine Bauchmuskeln beben mit seinem leisen Lachen, als er mich unter dem Wasserstrahl an sich heranzieht. Er beißt sich auf die Lippe, schaltet das Gerät ein und senkt es zum Bereich zwischen meinen Beinen.

Ich zucke zurück, denn das Vibrieren schockiert mich für eine kurze Sekunde.

„Entspann dich einfach", murmelt Zander, bevor er seine Lippen auf meine senkt und mich sanft küsst.

Es hat den gewünschten Effekt, als mein Körper sich an seinen schmiegt, meine Hände seine festen Brustmuskeln hinauffahren und sich um seinen Hals legen, während wir in meiner Dusche stehen und rummachen wie zwei Teenager. Er fühlt sich hart und feucht an, und ich ertappe mich dabei, wie ich mich nach mehr sehne.

„Was willst du, Daphney?", fragt Zander zwischen zwei Küssen, während seine Lippen meinen Hals hinunterwandern und über meine Schulter gleiten.

„Ich will, dass du das Ding benutzt", sage ich seufzend und lehne mich mit dem Kopf gegen das Glas.

Er knabbert an meinem Hals, und dieses Mal, als das Gerät meine Mitte berührt, weiche ich nicht zurück. Mein Körper ist bereit und willig. Zander hört auf, mich zu küssen, während er nach unten starrt und beobachtet, wie er das Spielzeug mit Leichtigkeit bedient und mit den verschiedenen Einstellungen spielt. Gelegentlich trifft er den perfekten Punkt, einen Punkt, an dem sich meine Hände fest an seine Schultern klammern, während sich mein Höhepunkt aufbaut.

Und dann, gerade als ich mich auf das Loslassen vorbereite, bewegt er das Gerät und hinterlässt meine Mitte in traurigem, begierigem Zustand. Ich beiße mir auf die Lippe, mein Geduldsfaden wird dünner, als er das immer und immer wieder tut. Er findet eine Stelle, ich fühle, wie es sich aufbaut, und dann geht er weiter. Ehrlich gesagt ist es zum Verrücktwerden.

Schließlich reißt mir der Geduldsfaden, und ich greife nach unten und nehme ihm das Gerät aus der Hand.

„Was ist los?", fragt er und blickt mich verwirrt an, während um uns herum Dampfschwaden aufsteigen.

„Du bewegst es ständig", sage ich entschlossen und bin schockiert, wie selbstbewusst meine Stimme in diesem Moment ist.

„Das ist quasi die Idee", argumentiert er, den Kopf neugierig geneigt. Ich schüttle den Kopf und wische mir das Wasser aus dem Gesicht.

„Nein, ich glaube nicht, dass es so ist. Es fühlt sich so an." Ich schaue mich um und versuche, eine Requisite zu finden, um meinen Standpunkt zu demonstrieren. Meine Shampooflasche hat einen großen, blaugrünen Deckel, also drehe ich ihn ab und halte ihn verkehrt herum, sodass es wie ein kleines Schnapsglas aussieht.

Zander schenkt mir sein schiefes Lächeln, während ich den Vibrator zwischen uns halte. „Stell dir vor, das ist eine Flasche richtig teuren Alkohols, okay?"

Er stößt ein Lachen aus. „Okay …"

„Und du bist derjenige, der mir einen Schnaps einschenkt." Ich halte den Vibrator hoch, als würde ich Flüssigkeit aus seiner Spitze ausgießen und halte die Kappe darunter. „Die Kappe ist meine Klitoris."

„Verstanden." Zander klingt nicht mehr amüsiert, aber auch nicht verärgert. Er scheint fasziniert zu sein.

Ich tue so, als würde ich aus meinem Vibrator ausgießen, und bewege ihn überall hin, während mein Deckel verzweifelt dem wilden Strom der Flüssigkeit hinterherjagt, der nicht stillhält. Damit will ich Zander zeigen, dass er sich jedes Mal, wenn er anfängt, meine Kappe zu treffen, bewegt und mir so wertvoller Alkohol entgeht.

Zander legt eine Hand über meinem Shampoo-Deckel. „Ducky, willst du sagen, dass du kommen willst?"

„Ja, ich glaube, das will ich", antworte ich, mein Körper angespannt, nachdem er in den letzten Augenblicken gnadenlos gereizt wurde.

Er lacht, schüttelt den Kopf und geht zur gegenüberliegenden Wand der Dusche. Seine Erektion pocht zwischen uns, während er auf meine mit Wasser bedeckten Brüste hinunterschaut. Er nimmt seinen Schaft in die Hand und beginnt, sich langsam zu streicheln, während sich sein Gesicht mit einem erhitzten Blick verdunkelt. „Dann lass mich dich einfach beobachten, Süße."

Der überraschende Kosename lässt mich scharf einatmen, als sein Bostoner Akzent, den ich normalerweise nicht bemerke, deutlicher hervortritt. Der Anblick, wie er dasteht und sich selbst streichelt, während er mich anschaut, ist so erotisch, dass ich mir nicht sicher bin, ob ich den Vibrator überhaupt noch brauche.

Andererseits hasse ich es, ein schönes Geschenk zu verschwenden.

Den Blick auf Zanders Schwanz gerichtet, lehne ich mich an das Glas und stütze einen Fuß auf den kleinen Vorsprung in der Dusche. Ich drücke den Vibrator an meine Klitoris und schalte ein paar Einstellungen durch, bis ich eine gefunden habe, die mir gefällt. Ich bewege ihn einen Moment lang und suche die Stelle, an der Zander immer wieder vorbeigekommen ist.

Als ich sie treffe, schnappe ich nach Luft und halte ihn fest, während meine Augen darum kämpfen, offenzubleiben, um Zander zu beobachten, der immer schneller vor mir zu pumpen beginnt.

„Oh mein Gott", rufe ich, und meine Stimme hallt laut von den Glaswänden wider.

„Genau so, Süße", knurrt Zander mit rauer Stimme. „Lass dich gehen. Zeig mir, wie du kommst."

Seine ermutigenden Worte stoßen mich über den Abgrund und ich fühle mich wie im freien Fall, als eine kribbelnde Wärme von meinem Zentrum ausgeht, die sich durch mein Becken und in meine Gliedmaßen ausbreitet, bis hin zu den Spitzen meiner Finger und Zehen. Ich merke nicht, dass ich einen lauten, langen Ton stöhne, bis ich die Augen öffne und sehe, dass Zander mich anstarrt. Seine Hand liegt immer noch an seinem Schwanz, seine Augenlider sind gesenkt, während er mich fasziniert beobachtet.

„Du bist unglaublich", murmelt er, und seine Stimme ist ebenso angespannt wie sein ehrfürchtiges Gesicht.

Ich ringe nach Luft, meine Augen blinzeln schockiert über die bizarre Wahl seines Kompliments. Er hätte alles andere sagen können. Er hätte mich sexy nennen können oder einen Witz reißen und mich aufziehen können, weil ich so schnell gekommen bin. Aber er hat es nicht getan. Er hat beschlossen, mich auf eine Weise zu beschreiben, die sehr wenig mit meinem Aussehen zu tun hat.

Es ist … unerwartet.

Ohne Zögern lasse ich mich vor ihm auf die Knie fallen und nehme seinen feuchten Schwanz tief in den Mund.

„Daphney", stöhnt er und seine Überraschung ist deutlich zu hören, als seine Hand meinen Hinterkopf berührt. „Das musst du nicht."

Aber ich will es. Das ist der Punkt. Ich will dieses Selbstvertrauen, diese Kraft, dieses sexuelle Erwachen, das ich spüre, nutzen und niemals wieder loslassen. Ich packe Zanders Hüften und lasse meine Lippen über ihn gleiten, wobei ich meine Zunge fest an seinem Schaft entlang ziehe. Die Laute, die ich seinem Körper entlocke, sind berauschend.

Nie einen Orgasmus zu haben, scheint eine Kleinigkeit zu sein, um mich mein ganzes Leben darüber zu ärgern, es verpasst zu haben. Aber es ist nicht nur der Orgasmus, der in den letzten Wochen etwas in mir ausgelöst hat. Es ist der Orgasmus, der Jingle, das Leben allein und eine zwanglose Affäre mit jemandem.

All das fühlt sich an, als wäre ich endlich damit fertig, alles zu zerdenken. Ich hole mir endlich mein verdammtes Leben zurück. Und ich lasse nicht zu, dass sich jemand jemals wieder daran zu schaffen macht.

25

Nach einer Einladung angeln

Zander

„Dein Vater hat dich Buddy Boy genannt, nicht wahr?", fragt Daphney, während ihr Finger träge die Ränder der Tätowierung auf der Innenseite meines Bizeps nachzeichnet.

Wir sind beide in einem postkoitalen Nebel, ich nackt und auf die Lichterketten an ihren Wänden starrend. Sie ist ebenfalls nackt und über mir drapiert, während meine Hände sanft durch ihre blonden Strähnen streichen.

Nach dem überraschenden Bus-Geständnis vor ein paar Tagen und unserer verrückten Dusche am nächsten Tag habe ich den Rest dieser Woche genutzt, um mich genau daran zu erinnern, was ich mit Daphney mache. Sie ist nicht meine Therapeutin. Sie ist nicht meine Teamkollegin. Sie ist niemand, dem ich meine innersten Gedanken beichten muss, damit sie mir durch den ganzen Scheiß hilft, den ich in meinem kaputten Kopf habe.

Sie ist meine heiße Nachbarin, die sich von mir ficken lässt.

Ja, ihr Moment unter der Dusche war etwas verblüffend. Ich bin mir nicht einmal sicher, warum genau. Es war, als sähe ich sie vor meinen Augen aus ihrem Schneckenhaus herauskommen. Ich habe schon viele Frauen kommen sehen, aber ihr dabei zuzusehen, wie sie sich selbst zum Kommen bringt, war irgendwie erotischer und umwerfender als jede andere Frau, mit der ich zusammen war. Und vor allem, weil ich weiß, dass es für sie neu ist. Es war beeindruckend zu sehen, wie sie das Kommando übernahm.

Aber Daphney und ich sind nur Sex. Wir haben Regeln aufgestellt, um diese Entscheidung zu bestätigen. Nach ein paar nächtlichen Booty Calls in den letzten Tagen, die sehr beidseitig waren, dachte ich, wir wären wieder auf dem richtigen Weg.

Ich schätze, ich habe mich geirrt.

Ich ziehe meinen Arm herunter, um mein Tattoo zu verbergen. „Ja, das hat er.“

Daphney legt ihre Handflächen auf meine Brust und stützt ihr Kinn auf ihre Handrücken. Sie sieht so süß und unschuldig aus, ihre Zehen zeigen zur Decke, während sie die Beine bewegt. „Wann hast du dir das Tattoo stechen lassen?“, fragt sie, wobei sie mich mit großen Augen ansieht.

Sie besinnungslos zu küssen klingt nach viel mehr Spaß als die Richtung dieses Gesprächs. Aber ich will kein Arschloch sein, also antworte ich zähneknirschend: „Ich habe es in der Nacht stechen lassen, als ich erfuhr, dass er gestorben ist, bevor ich zu meiner Mutter geflogen bin. Wahrscheinlich nicht die klügste Entscheidung meines Lebens.“

„Ich finde, es sieht gut aus.“ Sie schürzt die Lippen, als sie meinen Ellbogen ergreift und meinen Arm wieder hochhält, um die Tätowierung erneut zu begutachten. „Diese Bs sind die gleichen wie auf deiner Kappe.“

„Mein Vater war ein großer Red-Sox-Fan.“ Ich schlucke einen Kloß in meinem Hals hinunter.

„Und du?“ Sie zieht eine dunkle Augenbraue hoch.

Ich zucke mit den Schultern. „Ich bin eher Fußballfan, aber ich war ein Fan meines Vaters.“

„Das ist wirklich süß.“ Ein zärtlicher Blick huscht über ihr Gesicht, und das kleine Grübchen in ihrem Kinn bildet sich wieder. „Übrigens, ich habe eine Keksdose auf der Theke stehen, die du morgen zu deinem Spiel mitnehmen kannst.“

Ich schaue schockiert zu ihr hinunter. „Du hast mir wieder Kekse gebacken?“

Sie zuckt mit den Schultern. „Ich habe von der ersten Ladung, die ich gemacht habe, einen Haufen in den Gefrierschrank getan. Das ist keine große Sache.“

Ich bemühe mich, dankbar auszusehen, aber die Gewissheit, dass dieser Keks genauso schmecken wird wie der letzte, den ich herunterwürgen musste, dreht mir den Magen um. Scheiße, dieser Keks war furchtbar. Und Daphney sah so begeistert aus, als sie ihn mir gab. Als hätte sie keine Ahnung, wie ein Haferflocken-Rosinen-Keks schmecken soll.

Ich könnte vielleicht ihren Nichten die Schuld dafür geben, dass sie das Blech vermasselt haben, aber Daphney hat sie doch sicher probiert, oder? Sogar der Geruch des Kekses stimmt nicht. Als wäre er mit jahrzehntealtem Mehl gemacht worden oder so. Ich habe das Gefühl, dass dies Teil eines langen Schwindels ist, aber ich will Daphney nicht darauf ansprechen, falls sie tatsächlich glaubt, dass ihre Kekse gut sind.

Und verdammt, wenigstens versucht sie es. Meine Mutter hat offensichtlich aufgegeben. Und das liegt nicht daran, dass sie nicht weiß, wie internationale Post funktioniert. Schließlich findet sie problemlos heraus, wie sie mir Baseballkarten schicken kann.

Meine Stimmung kippt in eine Richtung, in die ich lieber nicht gehen möchte, also greife ich schnell nach unten und packe Daphneys Bein, um uns umzudrehen. Ich gleite an ihrem Körper hinunter, küsse mit offenem Mund ihr Dekolleté und knurre vor Vergnügen, als sich ihr Rücken wölbt und sie mir mehr von sich anbietet. Ihre Haut ist so verdammt weich. Und ihre Laute machen mich wieder hart, obwohl es erst fünf Minuten her ist, seit ich das letzte Mal gekommen bin.

„Was machst du am Sonntag?", murmle ich gegen ihre Haut und umschließe mit den Lippen ihren harten Nippel.

Sie stöhnt sexy, während sie die Hände in meinem Haar vergräbt. Verdammt, ich liebe es, wenn sie das tut.

„Was?", fragt sie atemlos, während sie ihre langen Beine um meinen Rücken schlingt.

„Sonntag", wiederhole ich und bewege meinen Mund hinüber zu ihrer anderen Brust, um ihr dieselbe Aufmerksamkeit zu schenken. „Wir sind morgen in Leicester, also werde ich lange weg sein, aber später am Sonntag hab ich frei."

Sie atmet scharf ein, als ich mit meinen Zähnen fachmännischen Druck auf ihren Nippel ausübe. „Ich esse am Sonntag bei Vaughn."

„Lass es ausfallen", knurre ich, während meine Lippen über ihren Bauch wandern und sanft ihren Bauchnabel küssen. Es ist verrückt, wie sehr ich in dieser Woche nach ihrem Geschmack süchtig geworden bin.

„Ich kann nicht." Sie schnappt nach Luft und krümmt sich meiner Berührung entgegen. „Vi wird böse auf mich, wenn ich es auslasse."

Ich knurre voller Unmut, während ich an ihren Hüftknochen knabbere, die leicht hervorstehen. „Darf ich mitkommen?"

„Zum Sonntagsessen?" Sie wimmert, als ich mit dem Daumen über ihren Schlitz streiche. „Das scheint mir keine Veranstaltung für Nachbarn mit Zusatzleistungen zu sein."

Ich schaue ihr in die Augen, während ich mich auf die Schulter rolle und meinen Mittelfinger tief in sie hineinschiebe. Daphney stützt sich auf die Ellbogen, die Lider gesenkt und einen lautlosen Schrei auf den Lippen. Ich beiße mir auf die Lippe und gleite langsam in sie hinein und wieder heraus.

„Es ist ewig her, dass ich ein richtiges Familienessen hatte." Ich schwanke zwischen dem Blick in ihre atemberaubenden Augen und der Beobachtung, was ich mit ihrem Körper anstelle. „Du glaubst doch nicht, dass Vaughn etwas dagegen hat, oder? Immerhin ist er mein Manager."

Daphney stöhnt auf, als ihr Kopf aus Kontrollverlust nach hinten sinkt. „Mein Bruder Hayden könnte etwas dagegen haben, und er wird natürlich dabei sein."

Ich lache und lasse meinen Finger in ihr regungslos werden. „Wir werden ihnen nicht sagen, dass wir vögeln. Sag ihm einfach, dass du eine gute Nachbarin bist." Ich neige den Kopf und küsse ihren weichen Bauch. „Das ist keine Lüge."

Sie mustert mich einen Moment lang misstrauisch, während sie die Hüften hochdrückt und meinen Finger zwingt, sich in ihr zu bewegen. „Hör nicht auf. Du bist genau da."

Lächelnd ignoriere ich ihre Bitte, ihren G-Punkt weiter zu streicheln, und beschließe stattdessen, mit meinem Daumen über ihre Klitoris zu fahren. Ihr Kopf fällt in den Nacken und sie stöhnt laut auf. Das gefällt ihr auch. Wir schlafen erst seit einer Woche miteinander, und sie ist schon sehr gut darin geworden, mir zu sagen, was ihr gefällt.

„Kann ich mitkommen?", frage ich erneut, schiebe einen zweiten Finger in sie hinein und krümme beide nach oben.

Ihr ganzer Körper spannt sich an und ich kann sehen, dass sie kurz vor einem weiteren Orgasmus steht. Gott, sie ist so empfänglich. Ich könnte allein vom Zusehen zum Höhepunkt kommen.

Sie reibt sich an meiner Hand und nickt kraftlos. „Meinetwegen, wie auch immer. Komm zum Sonntagsessen. Und jetzt beende, was du angefangen hast, Soccer Boy, sonst wirst du dafür bezahlen."

Mit einem siegreichen Lächeln tausche ich meinen Finger gegen meine Zunge aus und genieße den doppelten Sieg ihres Orgasmus und meiner Einladung zum Sonntagsessen.

26

Sonntagsausflug

Zander

„Zieh die Kappe nicht auf", sagt Daphney, die mich vom Fahrersitz ihres Wagens aus nervös anblinzelt.

„Warum nicht?", frage ich, nehme sie ab und kämme mir mit den Fingern durch die Haare, weil ich sicher bin, dass sie jetzt scheiße aussehen.

„Es ist sehr amerikanisch und viel zu leger." Sie starrt mit einem Blick des Grauens auf den Eingang von Vaughn Harris' Haus in Chigwell.

„Hätte ich einen Anzug tragen sollen?", frage ich, während Nervosität in mir aufsteigt. „Du hast gesagt, ein Hemd sei gut genug."

„Das ist es. Du siehst gut aus." Sie reißt ihren Blick vom Haus los und ihre Augen werden weicher, als sie mein Aussehen betrachtet. Sie streicht mit den Fingern durch mein Haar, das wirklich lang geworden ist, weil ich dringend zum Friseur muss. „Du siehst echt toll aus."

„Warum bist du dann so nervös?", frage ich scharf, denn wenn jemand im Moment nervös sein sollte, dann ich. Ich betrete das Haus eines Mannes, der möglicherweise mein leiblicher Vater ist, und hoffe, dass ich wie irgendein Serienmörder eine Haarsträhne bekommen kann. Ich bin mir ziemlich sicher, dass ich derjenige sein sollte, der jetzt ausflippt.

„Ich hätte einfach mehr darüber nachdenken sollen", sagt sie hastig und ringt die Hände im Schoß. „Mein Bruder soll nicht denken, dass wir beide zusammen sind. Das wäre sehr, sehr schlecht."

„Nun, ich will das auch nicht, aber warum bist du so besorgt darüber?" Ich bin überrascht, dass ich mich durch ihre Aussage leicht beleidigt fühle.

Sie atmet schwer aus und kaut auf ihrer Lippe. „Weil es nach dem ganzen Drama letztes Jahr zu früh ist."

Ich runzle die Stirn über diese seltsame Antwort. „Was zum Teufel soll das bedeuten? Was für ein Drama?"

Sie schluckt und schaut mich mit ihren strahlend blauen Augen an. Wenn sie mich so ansieht, verschlägt es mir oft den Atem. Ich glaube nicht, dass Daphney eine Ahnung hat, wie umwerfend sie ist.

„Ich habe meinen letzten Freund verklagt, und das hat meine Eltern viel Geld gekostet."

„Wie bitte?", frage ich, wobei meine Stimme einen seltsamen Klang annimmt, während sich meine Hände im Schoß zu Fäusten ballen. „Hat er … hat er dir wehgetan?" Ich bin schockiert über die Wut, die in mir aufsteigt. Die Tatsache, dass ein Mann jemandem von Daphneys Süße und Unschuld wehtun könnte, lässt mich Rot sehen.

„Er hat mir nicht körperlich wehgetan, aber er hat mich bestohlen." Sie schüttelt den Kopf, als sei es eine Erinnerung, die sie nicht wieder aufleben lassen will.

Ich runzle die Stirn und warte darauf, dass sie fortfährt.

„Das ist eine lange Geschichte und du brauchst nicht alle schmutzigen Details zu hören. Aber bitte lass bei meinem Bruder nicht den Eindruck entstehen, dass wir miteinander schlafen, okay? Nichts von dem Zwinkern, das du vor meinem anderen Bruder an dem Tag gemacht hast, als ich Marisa ihre Klavierstunde gab."

„Ich habe dir zugezwinkert?"

„Ja", faucht sie. „Und Theo hat mich danach angerufen und gefragt, ob zwischen uns etwas läuft."

„Was hast du ihm gesagt?"

„Dass du ein flirtender Hurenbock bist und wahrscheinlich einer Straßenlaterne zuzwinkern würdest."

„Autsch", schmolle ich, kann mir aber ein Lachen nicht verkneifen. Sie ist süß und wild. Es ist eine seltsam sexy Kombination.

„Entschuldigung, aber liege ich falsch?" Sie sieht mich verlegen an.

Ich schnaube missbilligend. Sie lässt mich wie einen geilen Hund klingen, der jedes Bein in der Nähe bespringen würde. Ich denke gern, dass ich gewisse Standards habe. „Bleib einfach auf Abstand, dann sollte alles in Ordnung sein", brumme ich, verärgert darüber, dass ich anscheinend der Schwächere bin, wenn es um unsere gegenseitige Anziehung geht.

Sie tätschelt mir den Arm und will aus dem Auto aussteigen, als mich ein Gefühl des Grauens durchfährt. Ich ergreife ihre Hand und starre auf unsere ineinander verschränkten Finger. Ich sollte sie nicht auf diese Weise ausnutzen. Ich hätte sie nicht überreden sollen, mich heute einzuladen. Sie ist viel zu nett, um so ausgenutzt zu werden. Und ich sollte mich wirklich nicht so anstrengen, um herauszufinden, ob Vaughn Harris tatsächlich mein Vater ist. Wegen eines dummen Briefes, der vielleicht völliger Blödsinn ist, habe ich mein ganzes Leben auf den Kopf gestellt. Was mache ich hier eigentlich?

Mein Körper zittert, als ich spüre, wie Daphneys kühle Hand meine Wange berührt, während sie mich so dreht, dass ich sie ansehe. „Hey, beruhige dich. Es tut mir leid, dass ich das gesagt habe, okay? Ich sehe dich nicht so. Nicht wirklich. Und ich bin froh, dass du heute kommst. Es ist sicher schwer für dich, so kurz nach dem Verlust deines Vaters ganz allein in London zu sein. Aber das wird gut für dich sein. Es ist heilsam, Menschen reinzulassen. Neue Verbindungen zu finden. Es wird großartig werden. Die Harris-Familie ist sehr gastfreundlich.“

Ich schlucke den Kloß in meiner Kehle hinunter. „Ich glaube, ich sollte nicht hier sein.“

Und mit *hier* meine ich nicht das Haus von Vaughn Harris. Ich meine … alles hier. Für seinen Club spielen, im Gebäude seines Schwiegersohns wohnen, mich selbst zum Familienessen einladen. Sex mit einem Mädchen haben, das keine Ahnung hat, wer ich überhaupt bin. Ich mache gerade Schritte, die ich nie wieder rückgängig machen kann.

„Natürlich solltest du hier sein“, sagt Daphney und schenkt mir ein sanftes Lächeln, das so hoffnungsvoll ist, dass es mich innerlich zerreißt. „Wir sind nicht nur Nachbarn mit Zusatzleistungen. Wir sind Freunde, richtig?“

Ich lecke mir die Lippen und lehne mich herüber, um sie zu küssen. Mir war nicht klar, dass wir bei all dem Freunde geworden sind, aber die Tatsache, dass sie mich so sieht, lässt mich wieder menschlich fühlen. Ich weiß, ich habe Jude in den Staaten und Knight und Link hier, aber seit ich meinen Vater und, na ja, im Grunde auch meine Mutter verloren habe, fühle ich mich so einsam. Und dieses Mädchen hier, diese Nachbarin, auf die ich getroffen bin? Sie scheint irgendwie die dunklen Stellen in mir aufzuhellen.

Unsere Lippen wollen sich gerade berühren, als uns ein lautes Klatschen auseinanderreißt. Daphney schnappt nach Luft und wir werfen beide einen Blick nach vorn, um einen kleinen braunhaarigen Jungen zu sehen, der auf der Windschutzscheibe ausgebreitet ist. Er reißt den Mund auf und presst Nase und Zunge gegen die Scheibe, während er einen schrecklichen, hohen Schrei ausstößt.

„Teddy!", dröhnt eine Stimme, und ich sehe, dass es Booker ist. Er joggt die Einfahrt hinunter und öffnet das Tor, bevor er den Jungen vom Auto nimmt. Er winkt Daphney und mir im Inneren zu. „Ich suche ihn jetzt schon seit fast zwanzig Minuten. Ich dachte, ich hätte ihn für immer verloren!"

Daphney und ich trennen uns und springen schnell aus dem Auto, während Booker Teddy an seine Brust drückt und mir ein Lächeln schenkt. „Ich habe gehört, dass du heute zum Familienessen kommst. Ich hätte dich schon vor Wochen einladen sollen."

„Oh, schon gut", antworte ich und fasse mir in den Nacken. „Ist das deiner?"

„Ich fürchte ja." Booker lacht und gibt Daphney einen kurzen Kuss auf die Wange. „Kommt doch rein, Leute. Es ist eiskalt hier draußen."

Booker lässt Teddy auf den Boden und der kleine Kerl kommt sofort auf mich zu gerannt. Er zieht sein Bein zurück und zielt mit dem Schuh direkt auf mein Schienbein. Ich hebe meinen Fuß gerade noch rechtzeitig an, und als er mich verfehlt, kippt sein ganzer Körper nach hinten, woraufhin er auf dem Rücken landet.

Er stößt einen lauten Schrei aus, und Entsetzen überkommt mich. „Scheiße, es tut mir leid, Kleiner!", rufe ich aus, greife nach unten und hebe ihn hoch, um zu sehen, ob es ihm gut geht. Es dauert eine Sekunde, bis ich merke, dass er nicht vor Schmerzen wimmert. Er lacht tatsächlich. Er lacht so sehr, dass er kaum atmen kann. Er stolpert zu mir hinüber und schlingt die Arme um mein Bein. Völlig verwirrt sehe ich zu Booker und Daphney auf. „Geht es ihm gut?"

Booker nickt und lächelt. „Er mag dich. Und das will viel heißen, denn Teddy hasst jeden."

„Okay", sage ich und beobachte Booker und Daphney, wie sie durch das Tor und die Schotterauffahrt hinaufgehen. Ich zeige auf das Kind, das immer noch um mein Bein gewickelt ist. „Soll ich einfach …? Okay, ich schätze, ich bringe dich zum Haus."

„Hühott!", brüllt Teddy, und ich schüttle den Kopf, als ich mir schließlich erlaube, über diesen super verkorksten Moment zu lachen.

Vaughn Harris' Haus ist ein großes dreistöckiges Herrenhaus mit stattlichen Säulen und einem leuchtend gelben Eingang mit zwei Türen. Eine riesige Treppe empfängt uns, als wir durch die Vordertür kommen. Booker zeigt nach oben und erzählt mir, dass seine Schwester und seine Brüder hier als Kinder aufgewachsen sind. Er lacht, als er sich an all die Mädchen erinnert, die Tanner durch das Fenster hereingeschmuggelt hat.

Booker führt Daphney und mich durch den langen, marmorierten Flur, bevor er links durch eine Schwingtür in die Küche geht. Obwohl ich auf den ersten Blick erkennen kann, dass es viel mehr als nur eine Küche ist. Es ist einer dieser Räume, in denen sich alles abspielt. Und das nicht nur, weil es nach Massenchaos aussieht und überall Menschen sind.

Auf der linken Seite befindet sich die Küche mit hochwertigen Geräten, einer langen Arbeitsplatte und Barhockern. Auf der rechten Seite steht ein großer Esstisch vor einer ganzen Wand aus Fenstern und Türen, die auf die große Terrasse führen. Der Garten ist von einem Waldgebiet umgeben, und ich sehe ein Tor, das in den Wald führt. Wenn ich mich umschaue, stelle ich fest, dass es mehr Leute als Stühle gibt. Und die Lautstärke der Stimmen, die alle gleichzeitig sprechen, ist so ohrenbetäubend, dass ich nicht sicher bin, ob ich meine eigenen Gedanken hören kann.

Vaughn steht in der Küche neben einer blonden Frau in einer Schürze, die ein Kind anschreit, das gerade auf der Arbeitsplatte steht. Er sieht mich und lächelt breit. „Zander! Booker hat mir gesagt, dass du heute zu uns stoßen würdest. Komm rein, mein Sohn!" Er geht um den Tresen herum und begrüßt erst Daphney, dann mich. Sein Blick fällt auf mein Bein, an das Teddy sich noch immer klammert. „Hast du einen neuen Freund gefunden?"

Ich zucke mit den Schultern. „Ich habe ihn draußen besiegt und anscheinend mag er Herausforderungen?"

Vaughn lacht und beugt sich vor, um Teddy von meinem Bein zu ziehen. Er schreit und tritt, gibt dann aber schließlich nach. „Mein Enkel will Stürmer werden, nicht wahr, Bursche?"

Teddy nickt und sieht mich an. „Was spielst du?"

Ich ziehe die Brauen hoch. „Ich bin Verteidiger."

„Er ist Libero", sagt Vaughn. „Er beschützt deinen Daddy, wenn die Mittelfeldspieler es vermasseln."

„Mein Daddy braucht keinen Schutz", ruft Teddy, löst sich aus den Armen seines Großvaters und rennt in den Garten, wo ein paar andere Kinder auf der dünnen Schneedecke spielen, die gerade auf den Rasen gefallen ist.

„Teddy ist unterwegs!", schreit Vaughn, woraufhin eine Frau mit kurzen blonden Haaren, die ich als Bookers Frau Poppy erkenne, nickt und schnell zur Tür hinauseilt. Vaughn richtet seinen Blick wieder auf mich. „Schön, dass du uns Gesellschaft leistest, Zander. Daphney ist seit ihrem Umzug nach Bethnal Green eine gute Freundin der Familie geworden."

Ich schaue auf die andere Seite des Zimmers und sehe Daphney, die ihre Nichte Rocky im Arm hält, die ich bei meiner Ankunft in London im Pub kennengelernt habe. Ihr Bruder Hayden sieht mich stirnrunzelnd an, und ich tue mein Bestes, um meine Aufmerksamkeit auf Vaughn zu lenken. Je weniger ich Daphney oder ihren Bruder heute ansehe, desto besser.

„Nun, danke für die Einladung. Ich glaube, ich hatte ein wenig Heimweh."

„Natürlich hast du das." Vaughn nickt nachdenklich und legt einen Arm um meine Schultern. „Lass mich dich allen richtig vorstellen."

Die Harris-Familie ist äußerst fruchtbar. Zuerst lerne ich Camden kennen, Tanners Zwillingsbruder. Er ist ein fantastischer Stürmer bei Arsenal, und seine Frau Indie kenne ich natürlich schon, denn sie ist die Teamärztin. Aber ihre beiden Kinder kenne ich noch nicht. Sie haben eine Tochter, Bex, die zwei Jahre alt ist, und ihren Sohn, Porter, der ein Jahr alt ist. Porter hat rotes Haar wie seine Mutter und scheint einen herausfordernden Geist wie sein Vater zu haben.

Dann lerne ich den anderen kleinen Jungen von Booker und Poppy kennen, Oliver. Er ist derjenige, der auf der Arbeitsplatte in der Küche stand. Ihre Zwillinge sind fünf Jahre alt und spielen Fußball, seit sie drei sind.

Danach schleppt Vaughn mich zu seiner Tochter Vi, die sehr beschäftigt am Herd aussieht. Sie ist die Mutter des kleinen Mädchens namens Rocky, das ich kennengelernt habe, als Hayden mir die Schlüssel für meine Wohnung im Old George übergab. Vi plaudert ein wenig mit mir über all die Arbeit, die Daphney in dem Gebäude verrichtet. Es scheint mir etwas zu persönlich zu sein, als sie erzählt, dass Daphney durch die Übernahme der Instandhaltung des Gebäudes ihre und Haydens Ehe gerettet hat.

Sie beginnt mich zu fragen, wie ich mich in London zurechtfinde, als mein Teamkollege Roan DeWalt mich umdreht und mir auf die Schulter klopft. Ich hatte völlig vergessen, dass seine Frau Allie eine Cousine der Harris-Brüder ist. Anscheinend ist ihr Vater Vaughns Bruder und lebt noch in den Staaten. Ihr kleiner Junge, Neo, wird bald ein Jahr alt.

Ein paar unbekannte Gesichter, die ich als Nächstes kennenlerne, sind Mac Logan, der ehemalige Mittelfeldspieler von Bethnal Green, und seine Frau Freya. Sie sehen aus wie eine Cartoon-Familie mit ihrem rothaarigen Dreiergespann, bis hin zu ihrem neugeborenen kleinen Jungen, Fergie. Als ich zu Bethnal Green kam, habe ich viel über Macs Karriere im Verein gehört. Hauptsächlich von Knight, weil sie auf der gleichen Position spielen und Knight Mac vergöttert. Mac sagt jedoch, dass er jetzt glücklich im Ruhestand ist.

Schließlich treffe ich Gareth, den ältesten der Harris-Brüder, und zu behaupten, er sei nicht einschüchternd, wäre eine glatte Lüge.

„Wie kommst du in der Premier League zurecht?", fragt er, während er mir einen Stuhl am Tisch neben sich anbietet.

Ich zögere, ihn zu nehmen, weil ich das Gefühl habe, dass ich gleich verhört werde. „Am Anfang war es schwierig, aber ich glaube, ich gewöhne mich langsam daran."

„Amerika schenkt dem Fußball nicht genug Aufmerksamkeit."

„Ja, als ich jünger war, war ich zu einem Camp hier, und es hat mich fast umgebracht."

„Ich habe versucht, mein Jugendprogramm namens Kids Kickers auf die USA auszuweiten. Vielleicht hast du dort ein paar Kontakte, die du mir vorstellen könntest?" Gareth sieht mich an, und obwohl es eine Frage ist, fühlt es sich eher wie eine Forderung an.

„Ja, vielleicht", antworte ich zögernd.

„Und ich hätte dich wirklich gern in einem Camp. Die Kinder würden sich sehr über einen Amerikaner freuen." Gareth lächelt und nickt.

„Sicher, ja, das kann ich machen." Ich lächle höflich zurück.

Gareth mustert mich wieder einen Moment lang. „Tut mir leid, aber du kommst mir sehr bekannt vor. Wie alt bist du?"

Ich schlucke nervös. „Fünfundzwanzig."

Er schnaubt. „Dann bin ich viel zu alt, um damals mit dir in dieses Camp gegangen zu sein."

„Ja", krächze ich und tue mein Bestes, um das unheimliche Gefühl zu ignorieren, dass wir uns irgendwie ähnlich sehen. Ich räuspere mich und wechsle das Thema. „Bereust du es, in den Ruhestand gegangen zu sein?“

„Nein.“ Gareth schnaubt und winkt einer brünetten Frau mit einem kleinen Jungen auf der Hüfte zu. „Meine Frau Sloan und ich haben genug damit zu tun, uns um unsere Kinder zu kümmern. Unsere Tochter Sophia ist zwölf und ist ganz schön begabt, also trainiere ich ihr Team. Für ihre Spiele sind wir viel unterwegs. Das ist sehr zeitaufwändig.“

„Ach ja?“ Ich lächle Sloan an und schüttle ihre Hand, als sie sie mir reicht.

„Er hat nicht erwähnt, dass er den letzten Trainer ihres Teams vergrault hat.“ Ihr amerikanischer Akzent ist offensichtlich, als sie den Blick amüsiert zu ihrem Mann hinübergleiten lässt. „Der arme Kerl hat mitten im ersten Spiel aufgehört.“

„Nur weil er nicht wusste, was zum Teufel er da tut!“, schnauzt Gareth.

„Onkel Gareth!“, gurrt Rocky und deutet auf seinen Mund. „Flüche-Glas.“

Gareths Kiefer wirkt angespannt, als er in seiner Tasche kramt und einen Geldschein in das gut gefüllte Glas steckt.

Wie aus dem Nichts taucht Tanner neben mir auf. „Das meiste Geld in diesem Glas stammt von mir. Ich habe das schmutzigste Mundwerk in dieser Familie. Kannst du dir das vorstellen, Williams?“

„Das kann ich tatsächlich“, lache ich herzhaft.

„Lass mich dir meine Frau vorstellen.“ Tanner schnappt sich eine dunkelhaarige Frau, wirbelt sie in seinen Armen herum und drückt sie spielerisch an sich, woraufhin diese ihm einen Klaps auf die Brust gibt. „Williams, das ist meine Frau, Dr. Belle Ryan, und unsere jüngste Tochter Alexandra.“ Tanner hält inne und schaut aus dem Fenster, wo ein älteres Mädchen mit einem kleineren rennt.

„Unsere Nichte Sophia spielt mit unserer anderen Tochter Joey. Kurz für Josephine.“

„Freut mich, dich kennenzulernen.“ Belle ergreift meine Hand und schüttelt sie. „Ich hoffe, Tanner ist nicht zu streng mit dir.“

Ich kichere und schüttle den Kopf. „Nein, es ist Coach Zion, den wir alle als Sadist bezeichnen.“

Im Raum wird es völlig still. Ich schlucke den Kloß in meinem Hals hinunter, als ich sehe, dass alle Augen auf mich gerichtet sind.

„Was hast du gerade gesagt?“, fragt Gareth, seine Stimme tief und ernst.

Ich schaue mich nervös um. „Ich, ähm …, habe gesagt, dass Coach

Z ein Sadist ist." Ich lache unbeholfen. „Ich meine …, er benimmt sich auf jeden Fall so."

Wie aus dem Nichts schlägt Tanner mit der Hand auf den Tisch. „Wie kannst du es wagen, so über Coach Zion zu sprechen?"

Jeglicher Humor verschwindet aus meinem Gesicht, denn ich habe Tanner Harris noch nie ohne Lächeln gesehen. „Ernsthaft?"

„Er gehört praktisch zur Familie", sagt Camden und tritt mit finsterem Blick vor.

„Okaaay", antworte ich. „Ich habe nicht gesagt, dass er ein schlechter Trainer sei. Ich habe nur gesagt …"

„Wir haben gehört, was du gesagt hast", unterbricht mich Vaughn und sieht mich streng an, als wolle er mich am Hemd packen und zur Tür hinauswerfen.

Meine Augen suchen den Raum nach Daphney ab, die mich in meiner Stunde der Not im Stich gelassen hat. Genau dieser Moment ist der Grund, warum ich nicht auf eine Einladung hätte drängen sollen. Ich kenne diese Familie nicht. Ich weiß nicht, was sie explodieren lässt oder wem gegenüber sie loyal sind. Sie verstehen nicht mal meinen Sinn für Humor. Ich bin sicher, Daphney würde mir sagen, dass ich viel zu amerikanisch sei. Das habe ich davon, mit Daphney Sex zu haben, anstatt *Bridget Jones* fertig zu lesen!

Plötzlich brechen alle in Gelächter aus, die Kinder, die Frauen, sogar das kleine Baby, das Belle im Arm hält, sieht aus, als würde es mit dem Finger auf mich zeigen und sich köstlich amüsieren.

„Wir verarschen dich, Kumpel", sagt Gareth in mein Ohr und klopft mir herzhaft auf die Schulter. „Dein Gesicht."

Daphney taucht aus dem Nichts auf und hat vor lauter Lachen Tränen in den Augen. „Du wirst den britischen Sinn für Humor lieben lernen."

Ich stütze die Ellbogen auf den Tisch und fahre mir mit den Fingern durch die Haare, als hätte ich gerade Jahre meines Lebens verloren. „Verdammte Scheiße."

Ein kleines blondes Mädchen kommt mit zusammengekniffenen Augen zu mir herüber. „Das macht zwanzig Pfund für dein erstes Vergehen." Sie schiebt das Glas in meine Richtung. „Keine Sorge, das kommt alles Wohltätigkeitsorganisationen zugute."

27

Mission Impossible

Zander

„Das ist es also?", fragt Link, der sich am nächsten Tag beim Frühstück ein Tütchen mit Haaren vor das Gesicht hält. Er begutachtet es, als würde es ihm die DNA-Ergebnisse allein durch den Anblick zeigen.

„Hör auf, damit herumzuspielen", schnauze ich, reiße ihm die Tüte aus der Hand und stecke sie zurück in meine Manteltasche. Ich fahre mir mit beiden Händen durch die Haare und greife nach meiner Kaffeetasse. „Ich kann nicht noch ein ungültiges Ergebnis haben. Dieser Scheiß stresst mich."

Knight sieht mich nachdenklich an. „Und wie war das Essen?"

„Es war in Ordnung", sage ich und zucke mit den Schultern.

Die Wahrheit ist, dass es großartig war. Der ganze Besuch war lustig und amüsant. Köstlich und herzlich. Es war ein richtiges Familienessen, und ehrlich gesagt hatte ich so etwas noch nie erlebt. Meine Eltern waren schon älter, als ich geboren wurde, also hatte ich keine Cousins und Cousinen in meinem Alter um mich herum. Meine Großeltern starben, als ich noch klein war. Ich hatte keine Geschwister. Es gab immer nur meine Eltern und mich. Es war schön, aber ruhig.

Das Sonntagsessen der Harris-Familie war das genaue Gegenteil. Jeder sprach über jeden hinweg. Es gab immer ein Kind, das weinte, fehlte oder kackte. Das Flüche-Glas wurde wie ein Dessert herumgereicht. Nach dem Dessert wurde über den Küchentisch hinweg über Fußball geredet, und Gewürzflaschen wurden benutzt, um die Positionen auf dem Feld anzuzeigen. Die Damen tranken draußen Wein, während die Kinder im Schnee spielten. Hayden untersuchte Daphneys Auto, weil es merkwürdige Geräusche gemacht hat.

Und es gab Liebe. Viel, viel Liebe. Paare, die sich küssten, Kinder, die Tanten und Onkel umarmten. Ständig wurden Fotos gemacht.

Es war das reinste Chaos.

Wunderschönes, völlig echtes und mir fremdes … Chaos.

Ich musste mich nicht einmal besonders anstrengen, um Vaughns Badezimmer zu benutzen. Eines der Kinder hatte im unteren Bad eine Sauerei veranstaltet, also wies mir Vaughn den Weg zu seinem Bad im Obergeschoss. Seine Haarbürste lag wie ein Geschenk des Universums auf dem Tresen.

Ich sah mich im Spiegel an, nachdem ich ein paar Haare herausgenommen hatte, und war mir nicht einmal sicher, wer mich da ansah. Ich bin kein Typ, der große Familienessen genießt. Ich sehe nicht wie der älteste Harris-Bruder aus. Aber ich fand auch nicht, dass ich wie meine eigenen Eltern aussehe. Ehrlich gesagt fühlte ich mich, als starrte ich in das Spiegelbild eines verdammten Fremden.

Je eher ich diese verdammte DNA-Probe abschicke, desto eher kann ich mein verdammtes Leben wieder aufnehmen.

„Es war in Ordnung?" Knight wiederholt meine gleichgültige Antwort mit einem misstrauischen Ausdruck im Gesicht. „Komm schon, Mann. Selbst ich würde mehr als das sagen, nachdem ich im Elternhaus der Harris-Familie gegessen habe."

„Ich habe mich amüsiert", schnauze ich, während Ärger in meinen Adern kribbelt. „Und ich fürchte, das war etwas, das ich gar nicht bedacht habe."

„Was meinst du?", fragt Link und blinzelt neugierig zu mir herüber.

Ich schaue zwischen meinen beiden Freunden hin und her. „Ich hatte nicht erwartet, sie zu mögen. Ich hatte erwartet, dass sie ein Haufen aufgeblasener, überheblicher Arschlöcher sind. Ich dachte, ich würde herausfinden, dass sie alle zu berühmt, erfolgreich und reich sind, um mit ihnen etwas anfangen zu können. Ich dachte, sie würden arrogant und unhöflich sein."

„Und sie waren es nicht?", fragt Knight, obwohl er die Antwort bereits kennt.

„Nein." Ich atme schwer aus. „Sie waren das genaue Gegenteil. Sie waren entspannt und cool. Sie haben mich aufgezogen, als würden sie mich schon seit Jahren kennen. Ich fühle mich furchtbar."

„Warum?", fragt Link mit gerunzelter Stirn.

„Weil ich eine Familie habe." Ich lasse meine Kaffeetasse los, während ich meine Hände auf dem Tisch zu Fäusten balle. „Und ich habe das Gefühl, dass jedes Lächeln, das ich am Sonntag gezeigt habe, so war, als hätte ich auf Dads Grab geschissen."

Knight streckt eine Hand aus und fasst mein Handgelenk. „Was ist, wenn du die Haare nicht einschickst?"

„Was meinst du?"

Er zuckt mit den Schultern. „Was du nicht weißt, macht dich vielleicht nicht heiß."

Ich lehne mich zurück und schüttle den Kopf. „Ich kann nicht so weit kommen und dann das Rennen abbrechen."

„Das ist kein Spiel, Zander", antwortet Knight mit ernster Stimme. „Es ist dein Leben."

„Ich weiß!" Ich wende mich ab und schaue aus dem Fenster. „Und wenn ich das nicht abschicke, werde ich nie zur Ruhe kommen. Ich muss es wissen. Die Unruhe, es nicht zu wissen, wird schlimmer sein als die Wahrheit, die sich herausstellt."

„Der Meinung bin ich auch", sagt Link und schenkt mir ein halbes Lächeln. „Information ist Macht. Was auch immer du herausfindest, wir können damit umgehen."

Knight atmet schwer aus, und ich hoffe, dass ich das als stummes Verständnis deuten kann.

28

Freunde mit Zusatzleistungen

Daphney

„Würden wir gegen ein paar Regeln verstoßen, wenn du in ein paar Wochen mit mir zu einer Hochzeit gehst? Ich habe nachgesehen und festgestellt, dass du am Samstag ein Spiel in Southampton hast, aber die Hochzeit ist erst am Sonntagabend." Ich sehe Zander an, als wir im Serpentine Restaurant im Hyde Park sitzen.

Dieser Ort ist einer der Lieblingsorte von Phoebe und mir. Es ist ein malerisches kleines Gebäude mit Glaswänden, das direkt am See liegt und eine Auszeit aus der Geschäftigkeit der Stadt bietet. Zander hat sich in den letzten Tagen wie ein Verrückter benommen, also dachte ich, dass es ihm vielleicht helfen könnte, einen anderen Teil Londons zu sehen, um ihn aus seinem Tief zu holen.

„Wessen Hochzeit?", fragt er, nimmt einen Schluck von seinem Bier und schaut zu dem Gitarristen in der Ecke hinüber.

„Die des Clubanwalts, Santino Rossi. Deshalb findet die Hochzeit auch an einem Sonntag statt."

„Oh ja, ich habe ihn kennengelernt, als ich hierhergezogen bin", antwortet Zander und dreht seine Baseballkappe nach hinten. Damit sieht er immer so süß aus. „Er kam wegen meines Mietvertrags vorbei, weißt du noch? Ich sehe ihn auch ab und zu im Tower Park."

„Oh, natürlich." Ich nicke und lächle, als mir klar wird, dass Zander immer noch nicht zugesagt hat, mit mir zu kommen. „Nun, er heiratet Mac Logans Schwester, Tilly? Du hast Mac und seine Frau Freya am Sonntag kurz in Vaughns Haus getroffen, und sie haben mich gebeten, auf ihrer Hochzeit zu singen. Alle, die ich kenne, werden dort sein, also wäre es schön, wenn ich einen Freund dabeihätte. Und ich weiß, dass wir nicht in einer Beziehung sind, aber die ganze Exklusivitätsregel macht es mir schwer, ein anderes Date zu finden."

„Wen würdest du sonst mitbringen?", fragt Zander, die Augen vor Neugier zusammengekniffen.

„Ich weiß es nicht." Ich zucke mit den Schultern. „Vielleicht diesen schottischen Mittelfeldspieler Banner MacLeod?" Ich kann das Lächeln in meinem Gesicht nicht verbergen.

Zander schüttelt den Kopf, während ein Grinsen seine Augen strahlen lässt.

„Er schien sehr interessiert zu sein. Und ich kann nicht aufhören, an die zwielichtige Schattenseite von Edinburgh zu denken, von der er mir im Pub erzählt hat", sage ich trocken.

„Das reicht jetzt", brummt Zander, und ich muss lachen.

„Ich könnte ihn oder Finnegan fragen. Er hat nicht viel Spielzeit bekommen, also ist er wahrscheinlich fällig für eine nette Runde Kuscheln."

„Finney muss nicht kuscheln. Finney braucht einen Exorzismus."

„Das ist ziemlich hart." Ich hebe mein Glas Wein an die Lippen und trinke einen Schluck. „Wenn ich es nicht besser wüsste, würde ich sagen, du bist eifersüchtig." Ich wackle spielerisch mit den Augenbrauen, bevor sich Stille zwischen uns legt. Mein Lächeln verblasst. Vielleicht habe ich es mit dem Scherz zu weit getrieben. Vielleicht klinge ich wie ein Mädchen, das will, dass der Kerl, mit dem sie schläft, eifersüchtig ist.

Die Wahrheit ist, dass ich nicht möchte, dass jemand anderes mit mir geht. An Zanders unbeholfenem Gesichtsausdruck erkenne ich, dass er sich wahrscheinlich vorbereitet, mich zu enttäuschen. Ich werde niedergeschmettert sein. Und die Tatsache, dass ich niedergeschmettert sein werde, ist wahrscheinlich schlecht, denn das hier sollte zwanglos sein. Ich hätte einfach Phoebe fragen sollen. Ich werde sie wahrscheinlich sowieso heiraten, wenn ich in meinen Dreißigern immer noch Single bin.

„Hast du gesagt, du singst?" Zander schenkt mir ein schiefes Lächeln, und in meinem Bauch keimt wieder Hoffnung auf.

„Ja", stöhne ich und spiele nervös mit meinem Haar. „Ich hätte nicht einmal Ja gesagt, aber es ist ein bezahlter Job und ich mag Geld."

Zander lacht prustend. „Das ist alles, was du sagen musstest."

„Halt die Klappe." Ich lege den Kopf schief und sehe ihn mit zusammengekniffenen Augen an. „Kommst du mit?"

„Ja", antwortet er, beugt sich vor und wirft mir einen verschmitzten Blick zu, der mir genau zeigt, woran er denkt. „Ich wollte dich seit dem Abend im Old George wieder singen sehen."

„Warum hast du mich dann nicht davon abgehalten, mich lächerlich zu machen?"

„Weil ich gern gesehen habe, wie du versucht hast, mich eifersüchtig zu machen." Zander dreht seine Kappe nach vorn und zieht sie tief über seine Augen.

„Es hat offensichtlich nicht funktioniert", murmle ich niedergeschlagen, da ich mich wie eine Idiotin fühle.

„Hat es nicht?" Er wirft mir einen wissenden Blick zu, und ich öffne den Mund, um zu antworten, aber mir fehlen plötzlich die Worte.

Zander greift hinüber und nimmt lässig eine Pommes von meinem Teller. „Bin ich dein Freund, Ducky?"

Ich rolle mit den Augen. „Du bist seit unserem Kennenlernen irgendwie weniger schrecklich geworden, also scheint es so, als wären wir auf dem Weg zur Freundschaft."

Er lacht und wackelt mit den Augenbrauen. „Oder all der gute Sex, den ich dir beschere, hat deine normalerweise mürrische Einstellung mir gegenüber verbessert."

„Schmeichle dir nicht selbst." Ich kichere, und Zander überrascht mich, als er sich für einen Kuss über den Tisch lehnt. Er ist intim, zärtlich und hält länger an als erwartet, was meinen Bauch flattern lässt.

Er zieht sich zurück und steckt sich eine Olive in den Mund, als hätte er mich nicht gerade Sterne sehen lassen. „Tatsächlich bin ich großartig auf Hochzeiten. Ich kann tanzen wie Jagger."

„Oh, das muss ich sehen", krächze ich, nachdem ich mich von dieser überwältigenden öffentlichen Liebesbekundung erholt habe. Ich richte meine Aufmerksamkeit wieder auf mein Essen und fühle mich viel entspannter als zuvor. Es fühlte sich wie ein großer Schritt an, Zander zu fragen, ob er mit mir zu dieser Hochzeit kommt. Aber ich dachte mir, wenn er mich zu einem Sonntagsessen der Harris-Familie begleiten kann, dann ist das nicht völlig abwegig. Ich lächle ihn an und füge hinzu: „Es wird schön sein, einmal nicht die Außenseiterin unter den Harris zu sein."

Zander zieht die Augenbrauen zusammen. „Es wird also die ganze Harris-Familie dort sein?"

Ich nicke mit einer Erdbeere im Mund. „Natürlich. Santino ist seit über einem Jahrzehnt der Anwalt des Bethnal Green Clubs, glaube ich. Er steht der Familie sehr nahe."

„Sie stehen allen nahe, nicht wahr?", sagt Zander und richtet seinen Blick mit einem merkwürdigen Gesichtsausdruck auf das Wasser.

„Was soll das bedeuten?" Meine Stimme hebt sich vor Neugierde.

„Nichts." Er schüttelt den Kopf und räuspert sich. „Hast du keine Angst, dass sie vermuten, dass zwischen uns etwas läuft? Es war doch deine Regel, unsere kleine Vereinbarung geheim zu halten."

„Ich bringe dich als befreundeten Nachbarn zur Hochzeit mit, genauso wie ich dich zum Sonntagsessen mitgebracht habe", antworte ich und fühle mich leicht in die Defensive gedrängt. „Mach einfach keine *Dirty Dancing*-Moves mit mir, dann sollte alles gut gehen."

Ein langsames Lächeln breitet sich auf seinem Gesicht aus, als er sich von seinem Stuhl erhebt und über den Tisch lehnt. „Willst du eine Vorschau auf meine Tanzschritte sehen?"

Ich ziehe die Augenbrauen hoch und sage: „Ein Lapdance wäre viel schlimmer als *Dirty Dancing*, fürchte ich."

„Ich gebe dir keinen Lapdance, Ducky", sagt er und ergreift meine Hand, um mich vom Stuhl zu zerren. Er zieht mich an sich und flüstert mir ins Ohr: „Zumindest nicht jetzt."

Dann legt er eine Hand um meine Taille und hält meine andere seitlich hoch. Ich platze fast vor Aufregung, als er uns im Takt um den Tisch herumführt und damit die Blicke aller im Restaurant auf sich zieht.

Vor Faszination fällt mir die Kinnlade herunter. „Tanzen wir …?"

„Walzer? Ja, Darling", säuselt er mit einem schrecklichen britischen Akzent.

„Oh mein Gott." Ich lache und schaue auf unsere Füße hinunter. „Ich bin …"

„Beeindruckt? Fasziniert? Angetörnt?" Er zieht mich näher zu sich heran, und der hitzige Blick in seinen Augen trifft mich tief im Bauch.

Ich schlucke den Kloß in meinem Hals hinunter. „Vielleicht alles davon", gebe ich ehrlich zu.

Seine Brust bebt vor leisem Lachen, während er sich weiter mit Leichtigkeit zur Musik bewegt.

„Du überraschst mich immer wieder, Soccer Boy."

„Das könnte ich auch zu dir sagen, Süße."

29

Schönwetter-Fan

Daphney

„Daphney Clarke, wie ich lebe und atme!", brüllt Phoebe, als sie in ihren rot-weißen Arsenal-Fußballklamotten ins Old George stürmt.

„Hallo", rufe ich zu ihr hinüber, während ich die Bar mit Desinfektionsmittel abwische. „Mit diesem Trikot solltest du hier besser aufpassen. Vor allem, weil heute Abend das FA-Cup-Spiel gegen Bethnal Green ansteht."

Sie ignoriert meine Warnung und stützt sich mit den Ellbogen auf der Bar ab. „Ich habe dich ewig nicht mehr gesehen."

Ich rolle mit den Augen. „Es ist doch erst ein paar Wochen her."

„In Teenie-Jahren ist das eine Ewigkeit. Und du weißt, dass ich im Herzen immer noch ein Kind bin." Sie klimpert spielerisch mit den Wimpern.

Ich seufze schwer und werde von leichten Gewissensbissen geplagt, weil ich mich in meinem SMS-Austausch mit ihr so kurz gehalten habe. Drei Jobs und ein gesundes Sexleben erschöpfen mich. „Lass uns nächstes Wochenende ein richtiges Date planen. Vielleicht können wir uns die Nägel machen lassen? Ich habe nächsten Sonntag eine Hochzeit, auf der ich singe, da könnte ich ein bisschen Verwöhnung gebrauchen."

„Abgemacht!" Ihr Gesicht verzieht sich zu einer fast spekulativen Miene. „Also komm schon. Raus damit."

„Raus womit?"

„Ich bin sicher, dass du inzwischen in ihn verliebt bist." Sie rollt spielerisch mit den Augen.

„Ich bin nicht verliebt."

Sie atmet dramatisch aus. „Schläfst du immer noch mit ihm?"

„Ja, aber wir verbringen nicht die Nacht miteinander." Ich schenke ihr ein selbstgefälliges Grinsen, als hätte ich sie ausnahmsweise überlistet.

„Das ist neu." Sie nickt. „Vielleicht gibt es noch Hoffnung für dich."

Ich lache und schüttle den Kopf. „Wir haben Spaß, das ist alles."

„Nun, gut. Dann freue ich mich für dich."

Ich schaue noch einmal an ihrem Körper hinunter. „Also, was soll die Aufmachung? Du warst doch noch nie ein Fußballfan."

Ihre Augen funkeln fasziniert. „Du kennst doch den Typen, mit dem ich vor ein paar Wochen in deiner Wohnung geschlafen habe?"

„Nun, ich kenne ihn nicht. Aber ich habe von ihm gehört." Ich lache in mich hinein, als ich mich daran erinnere, wie wütend Zander war, als er dachte, es sei jemand, mit dem ich schlafe. Gott, er ist so süß, wenn er eifersüchtig ist.

„Er arbeitet im Marketing von Arsenal, und rate mal, was ich bekommen habe?" Sie greift in ihre große Handtasche und hält zwei Eintrittskarten hoch.

Ich schaue stirnrunzelnd hinüber. „Sind die für das Spiel heute Abend?"

„Ja", sagt sie, während sie dagegen schnippt.

„Neidisch! Ihr zwei werdet viel Spaß haben."

„Ich gehe nicht mit ihm hin, du blöde Kuh", antwortet sie mit einer übertriebenen Geste. „Ich gehe mit dir."

Ich lache kopfschüttelnd. „Netter Versuch …, aber wie du siehst, bin ich ausgebucht."

Phoebes Augen werden schmal. „Das werden wir ja sehen." Sie geht die Bar hinunter zum Büro meines Chefs.

„Wenn du in Huberts Büro gehst, um ihn anzuflehen, wird das nicht funktionieren", rufe ich, aber sie ist schon um die Ecke und außer Hörweite.

Ich schüttle wieder den Kopf, denn Phoebe wird ihn auf keinen Fall davon überzeugen, mir freizugeben. Wir werden heute Abend wegen des Spiels überfüllt sein. Die Leute lieben es, in einem Pub Fußball zu schauen.

Augenblicke später taucht Phoebe mit triumphierender Miene wieder auf. „In dreißig Minuten kannst du gehen." Sie greift in ihre Tasche und wirft mir ein grün-weißes Hemd zu.

„Wie hast du das denn geschafft?", frage ich, während ich den nagelneuen Kapuzenpulli von Bethnal Green ausstrecke, den sie wohl gerade auf dem Weg hierher gekauft hat.

Sie wirbelt herum und macht einen Knicks. „Ich bin eine Frau, hör mich brüllen."

„Glaubst du nicht, dass Zander es ein bisschen verzweifelt finden wird, dass ich zu einem seiner Spiele komme?", frage ich Phoebe, als wir uns einen Weg durch das Gedränge im Emirates Stadium bahnen.

Es ist ein riesiges Gebäude, das ich noch nie zuvor besucht habe. Wir holen uns etwas zu essen und zu trinken und stellen uns an einen kleinen Tisch im Erfrischungsbereich, um ein Bier zu trinken und einen Snack zu essen, bevor wir unsere Plätze einnehmen. Ich ernte immer wieder böse Blicke, weil ich das Trikot der gegnerischen Mannschaft trage, also ziehe ich mir meinen Kunstpelzmantel eng um die Brust, in der Hoffnung, mich etwas besser einzufügen.

„Es ist ja nicht so, als wären wir im Tower Park!", ruft Phoebe, bevor sie einen großen Schluck von ihrem Bier nimmt. „Und außerdem kann er dir die Freikarten für ein FA-Cup-Spiel nicht missgönnen. Und jetzt beeil dich. Der Typ am Ticketschalter hat gesagt, unser Gang sei gleich da drüben, und ich will unbedingt unsere Plätze sehen."

Wir leeren unsere Getränke und werfen sie in den Mülleimer, während wir uns durch die Menschenmassen zum Eingang unseres Bereichs manövrieren. Als wir ins Licht hinaustreten, nehme ich mir einen Moment Zeit, um alles zu betrachten. Wir befinden uns genau in der Mitte des Spielfelds, und die Tribüne ist fast bis auf den letzten Platz gefüllt. Es gibt wirklich nichts Schöneres als ein volles Fußballstadion. Selbst wenn es das Emirates ist.

Ich runzle die Stirn, als ich sehe, dass Phoebe die Treppe hinunter- und nicht hinaufgeht. „Mein Gott, das müssen gute Plätze sein", sage ich, während ich ihr folge. Je länger wir gehen, desto weiter fällt mir die Kinnlade auf den Boden. „Phoebe!"

„Was?" Ihr schwarzer Pferdeschwanz schnippt mir ins Gesicht, als sie sich umdreht und zu mir zurückschaut, bevor sie in einen Gang geht.

„Wir sitzen in der ersten Reihe", schreie ich völlig verblüfft.

„Überraschung!" Sie lächelt triumphierend und packt mich am Arm, um mich hinter sich herzuziehen.

Wir machen uns auf den Weg zu unseren Plätzen und ich werfe einen Blick auf alle, die um uns herum sitzen. Sie sehen alle so aus, als hätten sie viel mehr Geld als ich, und keiner von ihnen trägt Grün und Weiß.

„Warum musste ich das tragen?", grummle ich und ziehe meine Jacke noch enger zusammen.

„Weil du deinen Freund unterstützen musst!" Phoebe lacht und wackelt mit der Brust.

Ich werfe ihr einen mörderischen Blick zu. „Zander Williams ist nicht mein Freund."

Plötzlich verstummt die Musik im Stadion und mein Blick schweift zum Spielertunnel, wo ich die Spieler von Arsenal und Bethnal Green zusammen mit den Schiedsrichtern und dem Trainerstab herausmarschieren sehe. Sie alle halten die Hände von kleinen Kindern, die ungefähr so alt sind wie meine Nichten.

Ich sehe Camden Harris als Ersten in einer Reihe mit seinem Team. Sein tätowierter Arm ragt aus seinem Arsenal-Trikot heraus, und er sieht völlig entspannt aus – ein erfahrener Spieler, der sich sicherlich dem Rentenalter nähert, aber das zeigt er auf dem Spielfeld überhaupt nicht.

Mein Blick wandert am Arsenal Club vorbei zu Bethnal Green. Ich sehe Booker, Tanner und Vaughn. Es wäre schön gewesen, ein Spiel von Bethnal Green zu sehen, als Camden, Tanner und Booker noch alle für den Verein spielten. Ich glaube, Gareth ist zu ManU gegangen, bevor sie alle die Chance bekamen, für ihren Vater zu spielen, aber sie alle bei der Weltmeisterschaft spielen zu sehen, war nicht nur für mich ein magisches Erlebnis, sondern für ganz England, also kann ich mich nicht wirklich beschweren.

Mein Blick wird von den Spielern direkt vor mir angezogen, und ich zucke zusammen, als ich sehe, dass Zanders Augen auf mich gerichtet sind. Mein ganzer Körper zittert vor Anspannung, als er den Kopf schief legt und etwas sagt, das ich nicht ganz verstehen kann.

Ich nehme an, es ist etwas in der Art von: *„Was zum Teufel machst du hier, du gruseliger Stalker? Gibt es keine Möglichkeit, dir zu entkommen?"*

Ich werfe ihm einen entschuldigenden Blick zu, mein Gesicht heiß vor Beschämung, während ich zur Erklärung mit einem Daumen auf Phoebe zeige. Ich lächle gutmütig, und er lächelt zurück, hoffentlich nicht in der Absicht, gleich nach dem Spiel seinen Vereinsanwalt anzurufen und um eine Versetzung zu bitten. Ich meine, wir haben auch Sex miteinander. Dass ich ihm beim Fußballspielen zuschaue, ist für ihn sicher nicht unangenehmer, als wenn ich in der Dusche den Vibrator übernehme.

Das Spiel beginnt, und ich bin erleichtert, als Zander zu sehr auf seine Position als Libero vor Booker am Netz konzentriert ist, um mir Blicke zuzuwerfen, über die ich ewig nachdenken kann.

Bethnal Green geht in der ersten Halbzeit nach einer Reihe von Chancen überraschend in Führung. Ehrlich gesagt war auf der Arsenal-Seite des Spielfelds so viel los, dass ich mir Sorgen machte, Zander und Booker könnten sich ein wenig nutzlos fühlen.

Bethnal Greens einziges Tor, das in der vierunddreißigsten Minute fällt, ist eine Mannschaftsleistung. Roan DeWalt schießt von der Strafraumgrenze, der Schuss wird vom Torhüter von Arsenal abgefälscht. Zum Glück ist der dreiundzwanzigjährige Stürmer Billy Campbell im Strafraum und nutzt den Abpraller voll aus. Er schießt den Ball direkt ins Netz zum 1:0.

Arsenal ist in der zweiten Halbzeit wesentlich weniger zögerlich und bietet Booker und Zander einen harten Wettkampf. Zwischen den beiden habe ich mindestens sieben Paraden gezählt. Einmal wehrt Zander einen von Booker abgefälschten Schuss mit einer Glanzparade ab. Und schließlich gelingt es dem Iren Lance Finnegan, der das ganze Spiel über mit seiner Position als Innenverteidiger zu kämpfen hatte, die beiden aus einem Gerangel zu befreien.

Kurz vor Ende der zweiten Halbzeit kann sich Camden Harris auf der linken Seite durchsetzen und landet im Eins-gegen-Eins mit Zander. Er trickst ihn mit einem verblüffenden Drehmanöver aus und liefert mit seinem rechten Fuß einen vernichtenden Tritt ab, der nur knapp Bookers Handschuh verfehlt.

Als der Ball im Netz landet, bricht das Emirates Stadium in Jubel aus, und mein Blick wandert sofort wieder zu Zander, der auf den Knien liegt, sich mit den Händen durch die Haare fährt und schmerzlich verzweifelt aussieht. Er schüttelt den Kopf und steht auf. Sein Blick richtet sich auf die Seitenlinie, wo Vaughn und Tanner Camden nach seinem Tor umarmen und beglückwünschen.

Ich wende meinen Blick wieder Zander zu, und der Ausdruck auf seinem Gesicht ist verwirrt. Vielleicht sogar wütend. Und nicht nur, weil er geschlagen wurde, sondern weil es ihn fast zu stören scheint, dass sie Camden gratulieren? Vielleicht versteht er nicht, wie nahe sich die Harris-Familie steht. Sie mögen zwar im Moment Gegner sein, aber jeder, der diese Familie kennt, weiß, dass sie sich gegenseitig blind unterstützen, ganz gleich, welches Trikot sie tragen.

Zander dreht ihnen den Rücken zu, spuckt ins Gras und geht wieder in Position. In der achtundachtzigsten Minute steht es unentschieden. Bethnal Green hat einen Eckstoß, und alle drängen in den Strafraum von Arsenal, auch Zander. Booker steht ganz allein in der hinteren Hälfte und feuert sein Team lautstark an. Dies ist wahrscheinlich die letzte Chance für Bethnal Green, ein Tor zu erzielen.

Der Eckball kommt und Roan DeWalt springt hoch, um einen Kopfball zu machen. Der Ball trifft die Latte und geht vorbei. Als Roan sich wieder dem Boden nähert, trifft ihn der Ellbogen eines Verteidigers genau an der Seite des Kopfes und schleudert ihn zur Seite. Als Roan auf dem Boden aufschlägt, bewegt er sich nicht und im ganzen Stadion wird es totenstill.

Ein Schiedsrichter gibt dem medizinischen Team auf Bethnals Seite ein Zeichen, und ich sehe, wie Indies rotes Haar erscheint, als sie mit einer Arzttasche auf das Spielfeld sprintet. Eine weitere Person des Sanitätsteams und möglicherweise eine Krankenschwester schließen sich ihr an, während sie sich hinunterbeugen, um Roans Verletzung zu beurteilen.

„Gehirnerschütterung, wette ich", sage ich, die Hände vor Angst auf die Wangen gelegt. Wenn ich Roans Frau Allie wäre, wäre ich jetzt ein Nervenbündel. Kopfbälle sind eine beängstigende Angelegenheit, deshalb werden Kopfverletzungen in der Liga so ernst genommen.

„Wer wird wohl den Strafstoß schießen?", fragt Phoebe, ihre Stimme hohl vor Sorge.

„Der andere Stürmer, Billy Campbell, da bin ich mir sicher", antworte ich abgelenkt, als ich eine Bewegung an der Seitenlinie bemerke. Ich schaue nach unten und sehe Booker, der zu Coach Zion hinüberjoggt, um etwas zu besprechen. Er deutet auf das Spielfeld, und Coach Z sieht nicht so aus, als würde ihm gefallen, was Booker sagt. Vaughn und Tanner kommen herüber, um sich an der Diskussion zu beteiligen, und sie scheinen viel eher mit Bookers Plan einverstanden zu sein.

Als Roan schließlich aufsteht, jubelt das ganze Stadion erleichtert. Auch die Arsenal-Fans. Niemand sieht gern eine Verletzung auf dem Spielfeld. Die Sanitäter helfen Roan an die Seitenlinie, während der Schiedsrichter das Spiel fortsetzt.

Bethnal Green hat jetzt einen Elfmeter, der das Spiel entscheiden könnte, wenn sie es schaffen, den Torwart von Arsenal zu überwinden, der heute sehr gut gehalten hat. Ich beobachte neugierig, wie Booker zu Zander hinüberjoggt, ihm die Hand auf die Schulter legt und auf das Netz zeigt. Zander sieht verwirrt aus und blickt zu Coach Zion und Vaughn hinüber, die ihm beide zunicken.

Schließlich trennen sich die Wege von Booker und Zander, der ziemlich benommen aussieht, zum Elfmeterpunkt joggt und sich in Position bringt, um den Schuss auszuführen.

„Lassen sie Zander schießen?", frage ich und klammere mich an Phoebes Arm, meine Augen ständig auf das Spielfeld gerichtet.

„Du tust mir weh!", schreit Phoebe und löst meine Finger von ihr.

„Oh, mein Gott, er schießt den Ball!" Ich schaue zur Seitenlinie hinunter, als würde er vielleicht nur die Position für jemand anderen halten. Aber da ist niemand anderes.

„Nun, offensichtlich ist Roan nicht bereit dafür", erwidert Phoebe, und ich schüttle verwirrt den Kopf.

„Ich weiß, aber … Zander ist so neu!" Ich wende meinen Blick vom Spielfeld ab und sehe Phoebe an. Mein ganzer Körper kribbelt vor Anspannung. „Das ist Wahnsinn!"

„Ich gehe davon aus, dass sie wissen, was sie tun", antwortet Phoebe und umklammert meinen Arm, während wir uns beide wieder auf das Spielfeld konzentrieren.

Der Schiedsrichter pfeift, und Zander hält einen Moment inne, atmet tief durch, bevor er langsam joggt, um dann schnell in einen Sprint überzugehen. Er vollführt eine einzigartige kleine Sprungbewegung, bevor er mit seinem rechten Fuß kickt und einen überwältigenden Treffer ganz oben ins Netz setzt.

Tor, Bethnal Green.

Ich merke nicht einmal, dass ich schreie, bis Phoebe mich herumwirbelt, damit ich mich ihr zuwende. Schließlich schnappe ich nach Luft und fange wieder an zu schreien, während ich meine Hand in die Luft strecke. Das gesamte Team umschwärmt Zander. Sogar Vaughn Harris joggt auf das Spielfeld, um seinem Libero zu gratulieren. Schließlich stelle ich fest, dass Phoebe und ich die Einzigen sind, die in unserem Bereich so durchdrehen, also beruhige ich mich und genieße Zanders Anblick, der zu seiner Position am anderen Ende des Spielfelds zurückläuft. Die letzten Sekunden laufen ab, und Bethnal Green gewinnt mit zwei zu eins.

30

Schönwetter-Fan, die Fortsetzung

Daphney

Meine Stimme ist heiser, als Phoebe und ich aus dem Stadion kommen. Ich war wie betäubt, als Phoebe eine Ewigkeit auf der Tribüne stand und sich mit dem Kerl unterhielt, der uns die Tickets gab. Ich habe noch nie in meinem Leben ein Fußballspiel so hautnah miterlebt, und diese Erfahrung werde ich mit in mein verdammtes Grab nehmen.

Als wir schließlich draußen sind, höre ich eine Stimme, die meinen Namen ruft. „Daphney, bist du das?"

Ich schaue in die Ferne und sehe das blonde Haar meiner Schwägerin Vi auf mich zukommen. „Was machst du denn hier?", fragt sie und umarmt mich. „Warst du beim Spiel? Wo hast du gesessen?"

Ich schüttle die Benommenheit ab, die ich immer noch von diesem Spiel verspüre, räuspere mich und antworte: „Wir hatten Plätze in der ersten Reihe, die Phoebe besorgt hat."

„Ich kenne da einen Kerl." Phoebe lacht und streicht sich die Haare über die Schulter.

„Oh mein Gott, ich hätte mich gern zu euch gesellt", knurrt Vi fast, als sie Phoebe und mich dorthin führt, wo Poppy, Belle und Allie an einem Maschendrahtzaun stehen. „Wir waren hoch oben in einer Suite, weil Camden uns das gebucht hat, und von da oben kann mich niemand schreien hören."

„Oh, mach dir keine Sorgen. Die hier hat man gehört", sagt Phoebe, packt mich am Arm und zeigt auf mich. „Du hättest sie hören sollen, wie sie bei jedem Spielzug gebrüllt hat. Vor allem am Ende, als Zander geschossen hat."

„Wie geht es Roan?", frage ich und wende mich Allie zu, denn es muss beängstigend gewesen sein, ihn so auf dem Spielfeld liegen zu sehen.

„Er ist okay", antwortet sie mit einem traurigen Lächeln. „Indie hat angerufen und mir gesagt, dass er wieder eine Gehirnerschütterung hat, aber sie denken, dass er in einer Woche wieder fit ist. Ich will ihn einfach nur nach Hause und ins Bett bringen. Ist es schrecklich von mir, dass ich schon bereit bin, ihn im Ruhestand zu sehen?"

„Nicht schrecklich", antwortet Vi und legt einen Arm um Allie. „Vernünftig."

Allie lächelt dankbar und sieht mich dann an, um zu sagen: „Zander hat ihn bei diesem Elfer jedoch gut vertreten."

„Absolut genial", fügt Poppy hinzu. „Sie hatten keine Ahnung, was sie von Zander erwarten sollen, also war es ein genialer Schachzug."

Vis blaue Augen blicken mich an. „Es ist sehr nett von dir, deinen *Nachbarn* anzufeuern, Daphney. Wie ich sehe, trägst du sogar seine Vereinsfarben."

Meine Wangen glühen vor Verlegenheit. „Ich unterstütze nur ein wenig die Familie."

„Soweit ich weiß, ist Zander kein Harris", gurrt Phoebe, und ich muss mich beherrschen, um ihr nicht auf den Arm zu schlagen.

Vi zwinkert mir spielerisch zu. „Grün und Weiß zu tragen ist sehr nachbarschaftlich von dir, Daphney."

„Haltet die Klappe, ihr beiden", rufe ich und hasse es, wie Vi mich immer durchschaut. „Zander und ich sind nur Kumpel."

„Ich wünschte, ich hätte mehr Kumpel, die so aussehen", fügt Belle hinzu, woraufhin alle anfangen, auf meine Kosten zu kichern.

„Oh, mein Gott. Ich werde jetzt gehen." Ich beginne, mich umzudrehen.

„Bleib locker", jammert Vi und packt mich am Arm. „Wir wollen dich nur aufziehen."

Ich verschränke die Arme und räuspere mich. „Wo ist mein Bruder heute Abend?"

„Zu Hause, um auf das Kind aufzupassen", lacht Vi. „Wir machen heute Abend einen Tequila-Sunrise-Frauenabend. Wir warten nur darauf, dass Indie aus den Umkleidekabinen kommt."

„Da ist sie!", sagt Belle und zeigt auf die Einfahrt, wo die Autos mehrerer Spieler geparkt sind. „Hey, du heißes Ding! Hast du deinen Mann in der Umkleidekabine beobachtet? Dafür nehmen sie dir die ärztliche Zulassung weg!"

Indie lacht, schüttelt den Kopf und geht zum Maschendrahtzaun hinüber. „Sei still, du", erwidert Indie und spielt mit ihren roten Locken, die auf ihrem Kopf zusammengebunden sind. „Ich warte nur, bis Camden herauskommt, um ihm zum Spiel zu gratulieren, und dann bin ich bereit für einen Drink!"

Wie aufs Stichwort öffnen sich die Türen wieder, und ich schwöre, dass alles in Zeitlupe abläuft, als mehrere Fußballer herausspaziert kommen. Sie sind unterschiedlich schick und leger gekleidet, aber nicht weniger teuer mit ihren schicken Uhren, Turnschuhen und passenden Jogginghosen.

Ich höre ein kollektives Seufzen von allen Frauen in Sichtweite. Und, seien wir ehrlich, auch von den Männern. Fußballer in England bekommt man nicht jeden Tag aus nächster Nähe zu sehen, und nach einem packenden Spiel wie diesem wurde mir klar, wie gottgleich sie alle sind.

Ich werde augenblicklich aus meiner Schwärmerei gerissen, als ich Zanders Red-Sox-Kappe entdecke, die aus der Mischung herausragt. Ich drehe mich auf dem Absatz um und werfe Phoebe einen strengen Blick zu. „Scheiße, er wird denken, ich warte hier draußen auf ihn wie eine Spielerfrau."

„Nein, er wird denken, dass du hier draußen auf ihn wartest wie eine Nachbarin mit Zusatzleistungen", murmelt Phoebe.

Ich kann mir ein Lächeln nicht verkneifen. „Du bist wirklich eine freche Kuh."

„Hey, Ducky." Zanders vertraute Stimme jagt mir eine Gänsehaut über den Rücken.

Ich atme scharf ein und wappne mich, als ich mich umdrehe, um ihn anzusehen. Ich öffne den Mund, um zu antworten, aber es kommt nichts heraus. Irgendwie verblüfft mich sein Aussehen. Ich habe ihn jetzt schon ein paarmal im Fernsehen spielen sehen, aber nachdem ich ihn auf dem Spielfeld aus nächster Nähe gesehen habe, kann ich nicht anders, als ins Schwärmen zu geraten.

Ist er größer geworden? Muskulöser? Und haben seine Augen schon immer so gefunkelt? Es ist, als seien sie mit Licht elektrisiert worden, und er richtet sie direkt auf mich, was mir vor Verblüffung sprachlos macht.

Er lacht, als ich nach Worten ringe, und fragt: „Warum hast du mir nicht gesagt, dass du hier sein würdest?"

Ich schlucke den Kloß in meinem Hals hinunter und streiche mir die Haare hinter die Ohren. „Ich wusste es nicht, bis Phoebe kam und mich aus dem Pub befreit hat. Ich habe keine Ahnung, wie sie Hubert dazu gebracht hat, mich gehen zu lassen."

„Das wird ein Geheimnis zwischen Hubie und mir bleiben." Phoebe sieht Zander mit wackelnden Augenbrauen an, und das sofortige Aufblitzen meiner Eifersucht trifft mich unvorbereitet.

Ich verdrehe die Augen und versuche, meine Emotionen unter Kontrolle zu bringen, bis ich merke, dass Zander sie nicht einmal ansieht. Er sieht mich an. Er beißt sich auf die Lippe, während sein Blick an meinem Körper hinunterschweift und sich alles in mir vor Verlangen zusammenzieht. Mein Gott, wann werde ich aufhören, jedes Mal an Sex zu denken, wenn ich in seiner Nähe bin?

„Was machst du jetzt?", erkundigt er sich mit heiserer Stimme als zuvor.

„Wir gehen auf einen Drink ins Old George", sagt Phoebe und legt ihren Arm um mich.

Ich beiße mir auf die Lippe und wünschte, ich könnte meine beste Freundin gerade jetzt loswerden. Zander hat diesen Ausdruck in den Augen, der deutlich macht, dass ihm nicht nach Gesellschaft zumute ist. Ich mag diesen Ausdruck. Ich glaube, wenn ich in den Spiegel schaue, sehe ich genau denselben Ausdruck auf meinem Gesicht.

„Darf ich mitkommen?", fragt Zander, womit er mich überrascht.

„Ja", antworte ich, und meine Stimme klingt so offensichtlich, dass ich mir selbst in den Hintern treten will.

„Wir treffen dich dort!", ruft Phoebe zurück und packt mich am Arm, um mich von der einzigen Sache wegzuziehen, die ich will.

31

Die originale Daphney

Zander

Ich sitze an einem Picknicktisch im Biergarten des Old George. Ein paar meiner Mannschaftskameraden laufen herum und feiern den großen Sieg von heute Abend, während ich hier sitze, schweigend mein Bier trinke und mich bemühe, Daphney nicht mit den Augen auszuziehen.

Das Adrenalin rauscht noch immer in meinen Adern. Dieses Spiel, das Foul, der Elfmeter am Ende. Ich habe gerade mein erstes Tor in England während eines FA-Cup-Spiels erzielt, und das ist ein verdammt gutes Gefühl. Und die Tatsache, dass Daphney auf der Tribüne saß und das Ganze gesehen hat? *Scheiße, ich werde allein beim Gedanken daran hart.*

Warum gefällt mir die Tatsache, dass sie da war, so verdammt gut? Ich hatte schon öfters Mädchen bei meinen Spielen. Ich habe immer ein paar Karten auf Abruf für diejenigen, mit denen ich gerade schlafe. Aber ich habe noch nie auf der Tribüne nach einem Mädchen gesucht. Ich habe mich nie darum geschert, eine zu beeindrucken, oder nach Ermutigung durch eine Frau gesucht. Mich hat nur interessiert, sie hinterher zu ficken.

Und genau das möchte ich auch mit Daphney machen.

Aber ich will mich auch einfach nur mit ihr in diesem Gefühl sonnen. Der heutige Abend war buchstäblich der unglaublichste Moment meiner gesamten Fußballkarriere, und ich sitze in einer überfüllten Bar und starre sie an wie ein Stalker, weil ich einfach nur zu ihr nach Hause gehen und in Ruhe feiern möchte.

So klar hat sich mein Kopf schon lange nicht mehr angefühlt. Ich denke nicht über die DNA-Ergebnisse nach. Ich denke nicht an den Stich der Eifersucht, den ich verspürte, als ich sah, wie Vaughn und Tanner Camden an der Seitenlinie umarmten, nachdem er ein Tor erzielt hatte. Ich denke nicht an meine Mutter oder meinen Vater.

Ich denke nur an Daphney und dass sie das Beste ist, was mir hier in London passieren konnte.

Phoebe reißt mich aus meinen Gedanken, als sie sich neben mir auf die freie Bank fallen lässt. Sie lehnt sich dicht an mich heran und schreit über die Live-Band hinweg: „Du willst nicht hier sein, oder?"

Ich löse meinen Blick von Daphney an der Bar und nehme einen Schluck meines Biers. „Wie kommst du darauf?"

„Weil du mit niemandem sprichst", ruft sie und stupst mich spielerisch an. „Du tanzt nicht. Du feierst deinen großen Sieg nicht mit deinen Mannschaftskameraden an der Bar. Du trinkst nur dein Bier in der Ecke und starrst meine beste Freundin an, als hättest du sie nackt gesehen."

Ich hebe die Augenbrauen und zucke mit den Schultern. Es hat keinen Sinn, Phoebe anzulügen, da sie die Situation bereits kennt.

„Du weißt, dass sie mehr ist als nur ein Stück Fleisch, oder?", sagt Phoebe mit ernstem Blick.

„Ich weiß."

„Aber tust du das wirklich?" Sie sieht mich mit zusammengekniffenen Augen an. „Weißt du, wie begabt sie ist?"

„Meinst du ihre Musik?" Ich werfe Phoebe einen Seitenblick zu, als sie nickt, bevor ich hinzufüge: „Natürlich, ich höre sie jeden Tag durch die Wände – sie ist fantastisch."

Phoebe hält einen Moment inne und tippt mit einem langen Fingernagel auf ihr Glas. „Hast du sie jemals etwas von ihrer eigenen Musik singen hören?"

Ich runzle die Stirn, als ich zu Daphney zurückblicke, die sich mit einem Typen an der Bar unterhält. „Du meinst das Zeug für Tire Depot?"

Phoebe schüttelt lachend den Kopf. „Nein, ihre eigene Originalmusik. Nicht das Zeug für die Werbung."

Ich halte inne, als ich diese Bemerkung verarbeite. „Sie sagte, sie mache nur kommerzielle Sachen."

„Jetzt vielleicht." Phoebe leckt sich nachdenklich über die Lippen. „Aber sie hat fast ein ganzes Album mit Originalmusik aufgenommen. Mindestens ein Dutzend Songs. Wirklich schöne Sachen. Sie ist poetisch – wie Sara Bareilles und Adele."

Ich räuspere mich ein wenig entnervt, weil ich nicht wusste, dass sie diese Art von Fähigkeit besitzt. Ich wusste, dass sie musikalisch ist. Sie spielt ihre Instrumente, als wären sie gar nicht da. Und ihre Stimme ist offensichtlich umwerfend. Aber warum macht sie dann nur kitschiges kommerzielles Zeug?

„Hat sie jemals versucht, etwas mit ihren Songs zu machen?"

„Das solltest du sie fragen."

Phoebe nimmt einen langen Schluck, und ich habe das Gefühl, dass sie versucht, das Feuer zu schüren und ich es sein lassen sollte. Aber eigentlich ärgert es mich, dass Daphney diesen Teil von sich vor mir verbirgt. Wozu? Warum ist es ein Geheimnis? Ich habe sie ganz unverblümt gefragt, ob sie ihre eigenen Sachen schreibt, und sie hat ganz klar Nein gesagt. Warum sollte sie deswegen lügen?

„Störe ich?", fragt Daphney, die mir gegenüber Platz nimmt und mit den Augenbrauen wackelt.

Mein Interesse ist geweckt, und so kann ich die Worte, die aus meinem Mund kommen, nicht mehr zurückhalten. „Phoebe hat mir gerade von all den originalen Songs erzählt, die du aufgenommen hast."

Daphney verzieht das Gesicht, als sie ihre Aufmerksamkeit auf Phoebe richtet. „Warum redest du davon?"

„Ich habe nichts Schlimmes gesagt." Phoebe hebt die Hände. „Ich habe nur gesagt, dass dein Talent über Tire Depot hinausgeht."

Daphney schüttelt den Kopf und schürzt die Lippen, bevor sie einen Schluck von ihrem Bier nimmt. „Das ist keine große Sache."

„Warum hast du mir gesagt, dass du nur Kommerzielles machst?", frage ich, stütze meine Ellbogen auf den Tisch und beobachte ihre Reaktion.

„Weil ich es tue", antwortet Daphney scharf und zeigt mir damit, dass sie mit der Richtung dieses Gesprächs offensichtlich nicht zufrieden ist. „Ich schreibe nicht mehr meine eigene Musik. Nur noch Sachen, die die Rechnungen bezahlen."

Ihre Nasenflügel blähen sich auf, als sie mir einen Blick zuwirft, als sollte ich das Thema fallen lassen. Das erinnert mich daran, wie meine Mutter reagiert hat, als ich anfing, sie über ihre Zeit in London auszufragen. Es macht mich nervös.

„Warum machst du es nicht mehr?", frage ich weiter.

Daphneys blaue Augen werden schmal. „Das spielt keine Rolle."

„Nun, wenn es keine Rolle spielt, solltest du heute Abend etwas davon hier spielen." Ich schenke ihr ein Lächeln, das sie nicht erwidert. „Das Mikrofon ist gerade frei."

„Vergiss es“, sagt Daphney und zwingt sich zu einem Lachen.

„Komm schon, Daph“, drängt Phoebe mit fast zärtlicher Stimme, während sie sie mit einem sanften Lächeln ansieht. „Ich habe schon seit Ewigkeiten keinen Song mehr von dir gehört. Es wäre so schön, mal wieder einen zu hören.“

„Würdet ihr bitte aufhören?“ Daphney steht auf und weicht vom Tisch zurück. Sie schüttelt den Kopf, dann nimmt sie ihre Handtasche. „Es ist schon spät. Ich werde nach Hause gehen.“

Sie winkt schwach und macht auf dem Absatz kehrt, um den Pub zu verlassen. Ich beobachte sie stumm, verblüfft über ihr offensichtlich aufgebrachtes Verhalten. Etwas, das ich bei Daphney seit unserem Kennenlernen nicht mehr gesehen habe. Ich habe sie wütend gesehen. Ich habe sie nervös gesehen. Aber in diesem Moment hier … sah sie fast … gebrochen aus.

„Kannst du mir sagen, worum es da ging?“, frage ich und schaue Phoebe an, um Antworten zu erhalten, von denen ich sicher bin, dass sie sie weiß.

Ein trauriger Ausdruck huscht über ihr Gesicht. „Ich glaube, ich habe schon zu viel gesagt.“

32

Nur Freunde

Daphney

Meine Gedanken kreisen, als ich meine Jeans und meinen Bethnal Green-Pullover ausziehe und in Seidenshorts und ein Unterhemd schlüpfe. Ich ziehe meinen Morgenmantel an und lege Musik auf, um meine Nerven zu beruhigen, während ich mich im Badezimmer abschminke.

Verdammte Phoebe. Das ist alles ihre Schuld. Wir haben uns so gut amüsiert, und sie musste es ruinieren, indem sie Dinge ansprach, von denen sie weiß, dass ich sie hasse. Und dass sie das ausgerechnet vor Zander ansprach, macht mich wahnsinnig.

Es gibt Dinge, die ich nicht mit Zander besprechen wollte. Mein Ex gehört dazu. Es war schön, mich hier in London neu zu erfinden und unabhängiger zu fühlen. Vielleicht bin ich jetzt ein Gelegenheitssex-Mädchen wie Phoebe. Ich habe das Gefühl, dass ich mit Zander bisher ganz gut zurechtkomme, warum muss sie alles kaputt machen?

Ein leises Klopfen an meiner Tür lässt mich vor meinem Spiegel erstarren. Es ist entweder Phoebe oder Zander, und ich bin mir nicht sicher, wen ich weniger sehen will. Schnell trockne ich mein Gesicht ab und stapfe barfuß zur Tür, um durch den Spion zu schauen.

Ich seufze schwer, als ich sehe, wer auf der anderen Seite ist. „Ich bin heute Abend nicht in der Stimmung, Zander.“

Ich kann Zanders gedämpftes Lachen durch die Tür hören. „Ich bin nicht wegen Sex hier, Ducky.“

Ich rolle mit den Augen und reiße die Tür auf. Der Schwung lässt ihn beinahe nach vorn fallen, weil er sich mit den Händen an der Tür abgestützt hat. „Wann bist du nicht für Sex hier?“ Ich verschränke die Arme vor der Brust.

Er stößt ein verletztes Lachen aus, und mir entgeht nicht, wie sein

Blick auf meine Brust fällt. Er richtet seinen Fokus wieder auf mich und hält eine Hand auf sein Herz. „Das trifft mich tief."

„Du wirst es überleben", murmle ich.

Er legt den Kopf schief und schenkt mir ein sanftes Lächeln. „Ich meine es ernst. Ich weiß nicht, was das für ein Scheiß da unten war, aber ich weiß, dass du verärgert gegangen bist, und ich mag es nicht, wenn du verärgert bist. Das erinnert mich an den Vorfall mit der Maus, und niemand will dich noch einmal in dieser schrecklichen Mäusefänger-Verkleidung sehen."

Ich kann mir das Lächeln nicht verkneifen, das sich auf meinem Gesicht ausbreitet. Verflucht sei er. „Also, was willst du dann von mir?"

„Ich will dich aufmuntern", antwortet er und berührt mein Kinn. „Aber dazu musst du mich reinlassen."

Ich atme schwer aus und trete einen Schritt zurück, um dem Mann Einlass zu gewähren, weil … nun ja … ich schwach bin und Zander im Moment wirklich gut riecht. „Willst du etwas trinken?"

„Ich nehme ein Wasser, danke."

Ich hole ein paar Flaschen Wasser, und als ich den Kühlschrank schließe, sehe ich den Keks, den ich heute Morgen aus dem Gefrierfach genommen habe. Ich hatte geplant, ihn ihm heute Abend zu geben, nachdem er von seinem Spiel zurückkam, und hätte es fast vergessen.

„Um die Tradition am Leben zu erhalten", verkünde ich, während ich ihm den Keks vor das Gesicht halte.

„Oh", ruft Zander etwas lauter als nötig. „Das hättest du nicht tun müssen."

„Natürlich musste ich das", schnaube ich, während ich mich auf die andere Seite des Sofas setze. „Du hast gerade eine Glückssträhne, die du dir nicht kaputt machen willst." Sein Gesicht sieht etwas seltsam aus, während ich dasitze und darauf warte, dass er isst. „Na, mach schon."

„Willst du nicht einen mit mir essen?", fragt er, und seine Augen wirken aus irgendeinem seltsamen Grund nervös. Vielleicht liegt es nur an der schummrigen Beleuchtung durch meine Lichterkette.

„Nein, ich kann Rosinen nicht ausstehen." Ich rümpfe die Nase und schüttle den Kopf. „Der ist für dich. Lass ihn dir schmecken."

Er nickt und lächelt, als er einen zaghaften Bissen nimmt. Er presst die Lippen zusammen und gibt einen kehligen Laut von sich.

„Gut?", frage ich aufgeregt.

„Mm-hmm", murmelt er und deutet dann auf seinen Mund, um zu zeigen, dass er nicht sprechen kann, da sein Mund voll ist. Nach langem Kauen für einen so kleinen Bissen schluckt er schließlich und sagt: „Sehr nett von dir", bevor er sich beeilt, sein Wasser zu öffnen und einen großen Schluck zu nehmen. „Das macht mich durstig."

„Du hast ein tolles Spiel gespielt, also hast du ihn dir verdient."

Er atmet aus und legt den Rest des Kekses zurück in den Behälter, dann stellt er ihn hinter sich auf die Armlehne des Sofas. Einen Moment lang ist es still. Keiner von uns sagt etwas, und wir konzentrieren uns beide viel mehr als nötig auf unsere Wasserflaschen.

„Nun, das ist peinlich", sage ich, um die Spannung zu lösen.

„Warum ist es peinlich?" Er sieht mich stirnrunzelnd an.

Ich stoße ein Lachen aus. „Vielleicht, weil wir noch unsere Klamotten anhaben?"

Zander lächelt und schüttelt den Kopf. „Wir könnten hier nackt sitzen, wenn du willst. Das würde ich für dich tun."

Er zwinkert mir zu, was mein Inneres zum Flattern bringt. „Danke, aber ich verzichte."

Er wischt sich ein paar Kekskrümel vom Oberschenkel, bevor er fragt: „Willst du mir erzählen, was es mit der Sache im Old George auf sich hatte?"

Mein Körper spannt sich vor Verlegenheit an, denn ich wünschte, ich hätte mich vorhin nicht so aufgeregt. Das war kindisch und dumm und nicht die Richtung, in die ich heute Abend gehen wollte.

Es ist ärgerlich, dass meine Vergangenheit versucht, meine Gegenwart zu überschatten. Vor allem, weil ich, wie sich herausstellt, meine gegenwärtigen Umstände mag! Ich habe einen süßen Fußballer auf meinem Sofa sitzen. Er ist sexy, groß und kräftig, und er sieht mich besorgt an und bietet mir irgendeine Form von Trost an. Worüber sollte ich mich eigentlich aufregen?

Ich zucke mit den Schultern. „Du weißt es im Grunde schon."

„Wirklich?"

„Ich habe dir schon mal von meinem Ex erzählt, der mich bestohlen hat", beginne ich, weil ich Zander lieber die ganze Geschichte erzähle, als dass er denkt, ich hätte im Pub ein Drama veranstaltet.

„Ja ..." Er sieht mich nachdenklich an.

„Nun, es war meine Musik, die er gestohlen hat."

Zander blinzelt mich mit ernster Miene an, während er darauf wartet, dass ich fortfahre.

„Ich habe mit sechzehn angefangen, meine eigenen Songs zu schreiben. Als ich zwanzig war, hatte ich vierzehn fertig produzierte Tracks. Ich hatte sie alle in meiner Tonkabine zu Hause aufgenommen. Nur ein akustisches Album. Nichts Ausgefallenes oder Professionelles. Aber ich träumte davon, meine Songs an eine Plattenfirma zu verkaufen und zu hören, wie sie von Florence + The Machine oder Tove Lo in einen ätherischen Popsong verwandelt werden oder sogar in etwas wirklich Stimmungsvolles und Eindringliches von Birdy."

„Das hört sich fantastisch an", sagt Zander, und seine Augen leuchten vor echter Begeisterung, sodass es mir das Herz bricht, da ich weiß, dass ich ihn mit meinen nächsten Worten enttäuschen werde.

„Na ja, ich war dreiundzwanzig und trat mit ein paar meiner Songs in örtlichen Pubs auf. Ich hasse es wirklich, auf der Bühne zu stehen, und das wird sich nie ändern, aber es ist der beste Weg, um wahrgenommen zu werden, wenn man seine Musik an ein Label verkaufen will."

„Okay …"

„Dann habe ich Rex getroffen", erkläre ich trocken, um keinen Raum für Interpretationen zu lassen. „Oder Rex the Hex, wie Phoebe und ich ihn jetzt nennen. Er war in einem Pub, in dem ich aufgetreten bin, sagte, dass ihm meine Musik gefällt, und wir haben uns sofort verstanden. Ehrlich gesagt habe ich mich Hals über Kopf in ihn verliebt. Ich glaube, er war der erste Kerl, mit dem ich wirklich zusammen war, der sich wie eine richtige erwachsene Beziehung angefühlt hat. Er sagte sogar, dass er Freunde in der Musikbranche hätte, denen er meine Tracks vorstellen könnte, also hatte ich das Gefühl, mit ihm den Jackpot geknackt zu haben.

Nachdem es mit uns etwas ernster geworden war, gab ich ihm die Dateien, damit er sie seinem Freund schicken konnte, aber monatelang passierte nichts, und dann sagte Rex mir schließlich, dass sie nicht interessiert seien. Ich war am Boden zerstört, aber nicht wirklich überrascht. Ehrlich gesagt finde ich meine Musik ziemlich beschissen. Ich habe das meiste davon geschrieben, als ich noch eine Jugendliche war, und sie muss dringend überarbeitet werden. Ich glaube, mein Tire Depot-Jingle hat viel mehr langfristiges Potenzial." Ich lache, in der Hoffnung, die Stimmung aufzulockern, aber Zander lacht nicht mit.

„Ich weiß nicht, ob du qualifiziert bist, deine eigene Arbeit zu beurteilen, oder?", fragt er mit ernstem Blick.

„Was meinst du?"

Er zuckt mit den Schultern und streckt einen Arm über die Rückenlehne des Sofas aus. „Wir sind immer unsere eigenen größten Kritiker, nicht wahr? Du solltest nicht über deine eigenen musikalischen Fähigkeiten urteilen, so wie ich nicht über meine fußballerischen Fähigkeiten urteilen kann. Wir brauchen unvoreingenommene Parteien."

„Richtig, aber das tut nichts zur Sache", antworte ich und verdrehe die Augen über Zanders süßen Optimismus. „Ungefähr ein Jahr, nachdem ich Rex meine Songs gegeben hatte, kam Phoebe in das Büro meines Vaters gerannt, wo ich damals arbeitete, und schrie, dass einer meiner Tracks auf Spotify sei. Ich hatte keine Ahnung, worauf sie hinauswollte. Ich hatte noch nie einen meiner Tracks auf irgendeine Website hochgeladen, aber tatsächlich war da mein Song."

„Er hat deinen Scheiß hochgeladen, ohne zu fragen?", fragt Zander mit angespanntem Kiefer. „Das ist totaler Bullshit."

„Nicht nur das, er hatte auch seit Monaten Tantiemen dafür kassiert. Zwar keine große Summe, aber es war meine Arbeit, und er hatte eindeutig nicht die Absicht, mir das Geld zu geben. Als ich herausfand, was er getan hatte, verlangte ich, dass er meine Musik rausnimmt. Ich versuchte, sie auf Spotify zu löschen, aber ich entdeckte, dass er nicht nur meine Arbeit gestohlen hatte …, er hatte auch Urheberrechte für alle meine Songs angemeldet. Er beanspruchte die Rechte an meinen Kreationen."

„Heilige verdammte Scheiße", antwortet Zander, dessen Nasenflügel sich aufblähen, während er seine Hände im Schoß zu Fäusten ballt. „Was hast du getan?"

„Ich musste einen Anwalt für geistiges Eigentum engagieren und ihn vor Gericht bringen. Es hat ein Vermögen gekostet, und ich hatte kein Geld dafür. Meine Eltern haben alles bezahlt, aber wir mussten etwas tun. Jeder Song, den ich je geschrieben hatte, war unter seinem verdammten Namen veröffentlicht worden."

„Verdammt, was für ein Stück Scheiße." Er schüttelt den Kopf, und ich spüre, wie mein Blutdruck steigt, als ich durch Zanders Reaktion alles noch einmal erlebe.

„Zum Glück habe ich den Prozess gewonnen und meine Rechte zurückerhalten, aber er hat mir immer noch nicht gezahlt, was er eigentlich müsste. Der Anwalt sagt, dass ich ihn vor ein Inkassogericht bringen muss. Das ist ein Albtraum. In der Zwischenzeit bringe ich mich mit all diesen Jobs um, damit ich meinen Eltern das Geld zurückzahlen kann, denn sie haben nichts von alledem gewollt."

„Du aber auch nicht, Daphney", schnauzt Zander stirnrunzelnd.

„Ich weiß, aber ich hätte nicht so dumm sein dürfen." Ich schüttle den Kopf, von mir selbst angewidert. „Ich war jung und naiv und dachte, ich sei verliebt. Rex hat mir ein gutes Gefühl für mein Talent gegeben. Er ermutigte mich, mehr Songs zu schreiben, und es war ein schönes Gefühl, dass jemand meine Musik ernst nahm. Hätte ich noch verzweifelter sein können?"

„Du warst nicht verzweifelt. Du warst hoffnungsvoll", antwortet Zander und rutscht näher an mich heran. Er legt eine Hand auf meinen Oberschenkel und drückt ihn sanft. „Du bist eine Künstlerin mit einem Traum, und du wurdest ausgenutzt. Das ist nicht deine Schuld."

Ich nehme einen reinigenden Atemzug. „Und das Schlimmste ist, dass ich in ihn verliebt war. Ich war in ihn verliebt, und er hat mich die ganze Zeit bestohlen. Weißt du, wie sehr mich das immer noch fertigmacht? Herauszufinden, dass jemand, den man liebt, einen nur ausnutzt? Das ist krank."

Zanders Hand bleibt auf meinem Bein liegen, und ein ungewöhnlicher Ausdruck huscht über sein Gesicht. Er schaut auf seine Hand auf meinem Bein hinunter, als er sagt: „Es tut mir leid, dass dir das passiert ist."

Der Stimmungsumschwung ist offensichtlich, also ergreife ich seine Hand und neige den Kopf, um ihm in die Augen zu sehen. „Ich hoffe, du weißt, dass ich nicht von dir rede, okay? Ich habe mich hierauf eingelassen, weil ich wusste, dass es bei uns nur um Sex geht und um nichts anderes. Das ist es, was ich ehrlich gesagt an unserer Situation schätze. Es gibt hier keine Geheimnisse. Was du siehst, ist, was du bekommst."

„Genau." Zander schnaubt, als der Muskel in seinem Kiefer zuckt. Er räuspert sich und sieht mir mit einem verlegenen Lächeln in die Augen. „Nun, es tut mir wirklich leid, dass dir das passiert ist. Es ergibt absolut Sinn, warum du den Pub verlassen hast."

Nachdenklich schürze ich die Lippen. „Phoebe will, dass ich darüber hinwegkomme und wieder meine Musik spiele. Ich habe noch nicht einmal einen meiner Songs gesummt, seit dieses Chaos passiert ist. Sie fühlen sich irgendwie befleckt an. Ruiniert von all seiner Hässlichkeit."

„Du weißt, dass das dumm ist, oder?", blafft Zander, seine Augen streng auf meine gerichtet.

„Fick dich." Ich lasse seine Hand los und sehe ihn stirnrunzelnd an.

„Es tut mir leid, aber so ist es", sagt er, legt einen Arm um mich und sieht mich streng an. „Es sind deine Worte, deine Noten, dein Herz und deine Seele. Niemand kann dir das ruinieren, so wie mir niemand den Fußball ruinieren kann. Wir ruinieren es nur für uns selbst." Er hält einen Moment inne und hat einen ernsten Blick, bevor er weitermacht. „Als ich hierherkam, habe ich dir erzählt, dass ich Schwierigkeiten auf dem Spielfeld hatte. Ich konnte nicht mithalten, ich konnte meinen Rhythmus nicht finden. Und du weißt, was heute Abend passiert ist. Ich habe das beste Spiel meines Lebens gemacht, und das lag nicht an einem besseren Coach oder einem zusätzlichen Training. Es lag daran, dass ich mir endlich selbst aus dem Weg gegangen bin." Seine glänzenden, haselnussbraunen Augen flackern zwischen meinen hin und her, als er sagt: „Lass dir von ihm nicht noch mehr wegnehmen, als er schon hat. Geh dir selbst aus dem Weg, Daphney."

Seine Worte haben so eine sofortige Wirkung auf mich, dass ich nicht anders kann, als mich nach vorn zu beugen und meine Lippen auf seine zu drücken. Es ist eine zärtliche Berührung, als ich sein Gesicht halte und seine leichten Stoppeln genieße, während meine Zunge sanft zwischen seine Lippen gleitet und nach mehr verlangt. Seine Hände landen auf meinem Rücken, als er mich näher zu sich zieht und an meiner Unterlippe saugt, wobei ein tiefes Knurren in seiner Brust vibriert.

Ich greife nach unten, um den Saum seines Hemdes zu packen, und spüre, wie er sich atemlos und mit zusammengekniffenen Augen zurückzieht. Er kämpft einen Moment, bevor er schließlich sagt: „Dafür bin ich heute Abend nicht hergekommen."

„Ich weiß", erwidere ich mit einem Lächeln und will ihn erneut küssen.

„Im Ernst." Er zieht sich zurück und schüttelt entschlossen den Kopf. „Ich bin hergekommen, um ein Freund zu sein, Daphney. Bitte, lass mich das tun."

Verwirrt, frustriert und auch ein wenig gerührt schaue ich ihn an. Ich beiße mir auf die Lippe, nicke langsam und ziehe mich zurück, wobei ich meinen Morgenmantel eng um meine Brust ziehe. „Okay."

Zander lächelt sanft, während er mir mit dem Daumen über den

Kiefer streicht. Sein Blick wandert zu meinen Lippen und ich schwöre, ich sehe Bedauern in seinen Augen, als er sich vorbeugt und meine Wange sanft küsst. Er verweilt einen Moment, bevor er sich zurückzieht und die Arme ausstreckt. „Lass uns einen Frauenfilm oder so was gucken. Hast du Popcorn hier?"

Das Lachen, das mir entweicht, entspannt meinen ganzen Körper. „Ich glaube, ich kann ein paar Snacks auftreiben."

„Großartig", sagt er und schnappt sich die Fernbedienung vom Couchtisch. „Du suchst die Snacks, und ich suche uns einen Film."

„Okay", antworte ich, und die Freude in meiner Stimme wird schmerzlich deutlich, als ich vom Sofa rutsche und mich auf den Weg in die Küche mache.

Zander Williams überrascht mich immer wieder, und wenn ich nicht aufpasse, wird er einen Weg in mein Herz finden, ob ich es will oder nicht.

33

Briefumschläge und Blumen

Zander

Als ich am frühen Samstagmorgen den Bus für unser Spiel in Southampton betrete, habe ich ein flaues Gefühl im Magen. Ich sehe Link und Knight im hinteren Teil des Busses und mache mich auf den Weg zu ihnen.

„Du siehst erschöpft aus", sagt Link und gibt mir einen Fauststoß, während ich meinen Rucksack auf den freien Sitz am Fenster werfe.

„Danke", murmle ich kopfschüttelnd und setze mich auf den Gangplatz ihnen gegenüber. „Ich habe letzte Nacht beschissen geschlafen."

„Warum?", fragt Knight und lehnt sich aus seiner Reihe zurück. „Bist du besorgt wegen heute? Letzte Woche hast du es geschafft. Du solltest immer noch in diesem Rausch sein."

Ich zögere einen Moment, bevor ich in meine Tasche greife und einen großen Umschlag herausziehe. „Das habe ich gestern mit der Post bekommen."

„Scheiße", flucht Link und starrt auf den Umschlag in meinen Händen. Mit leiser Stimme flüstert er: „Sind das die DNA-Ergebnisse?"

Ich nicke langsam. „Ja, und ich habe sie noch nicht geöffnet."

„Warum nicht?", hakt Link nach.

„Weil ich mein Spiel heute nicht versauen will", antworte ich ehrlich.

Die Wahrheit ist, dass ich in den letzten Wochen wirklich gut gespielt habe. In den Spielen, im Training. Ich bin hochkonzentriert und verdammt gut. Und wenn ich nicht gerade die vielen fußballbezogenen Dinge erledige, die ich tun muss, bin ich mit Daphney zusammen. Nachdem sie mir in der letzten Woche von ihrem Ex erzählt hat, haben wir angefangen, mehr miteinander zu unternehmen. Neulich saß ich sogar im Pub und habe gelesen, bis sie mit der Arbeit fertig war. Wir sind dabei, eine echte Freundschaft zu entwickeln. Ich kann nicht sagen, dass die Freundschaft besser ist als der Sex, weil der Sex verdammt unglaublich ist, aber es ist befreiend, Zeit mit jemandem zu verbringen, der nicht nur auf Fußball fixiert ist. Daphney ist eine dringend benötigte Abwechslung von der realen Welt, weshalb ich auch so genervt war, als der Umschlag in meinem Briefkasten auftauchte. Er hat diese wirklich schöne Blase, in der ich gelebt habe, zum Platzen gebracht.

Ich lecke mir über die Lippen. „Ich werde vielleicht bis Montag warten, um ihn zu öffnen", füge ich hinzu. „Am Sonntag gehe ich mit Daphney auf diese Hochzeit, und die ganze Harris-Crew wird dort sein. Wenn sich herausstellt, dass es eine Übereinstimmung gibt, kann ich mich in ihrer Gegenwart auf keinen Fall normal verhalten."

„Das ist wahrscheinlich klug", sagt Knight, der mich aufmerksam beobachtet. „Du wirst viel zu tun haben, wenn es eine Übereinstimmung gibt."

„Aber wahrscheinlich wird das nicht der Fall sein …, also wird all das Warten umsonst gewesen sein." Ich zwinge mich zu einem Lächeln, das ich gar nicht spüre, während ich den Umschlag zurück in meine Tasche stecke und versuche, ihn aus meinen Gedanken zu verdrängen.

Es gibt keinen Grund, auszuflippen. Der Inhalt dieses Umschlags wird mir nur verraten, ob mich meine Eltern mein ganzes Leben lang belogen haben oder nicht. Ein ganz normaler Samstag, oder?

Ich ziehe meine Kapuze hoch, um den neugierigen Blicken meiner beiden Teamkollegen zu entgehen. Jetzt ist nicht der richtige Zeitpunkt, um darüber nachzudenken. Ich muss mich auf ein Spiel konzentrieren.

Daphney

„Er hat mir Blumen zum Valentinstag geschickt", flüstere ich leise in mein Handy, während ich mich über das Waschbecken in meinem Bad lehne, um meine Wimperntusche aufzutragen.

„Was?", quiekt Phoebe aufgeregt. „Der Valentinstag ist schon fast eine Woche her. Warum, zum Teufel, erfahre ich das erst jetzt?"

Ich beiße mir nervös auf die Lippe. „Weil ich sehen wollte, wie der Rest der Woche verläuft, bevor ich es dir sage."

„Und?", blafft Phoebe, offensichtlich ungeduldig auf meine nächsten Worte wartend.

„Nun, es war eine außerordentlich gewöhnliche Woche."

„Was soll das denn bedeuten?"

Ich unterbreche mein Make-up, um mich auf das zu konzentrieren, was ich meiner besten Freundin gleich offenbaren werde. In einer Stunde muss ich am Veranstaltungsort für Santinos und Tillys Hochzeit sein und weiß immer noch nicht, welches Kleid ich tragen will, aber diese Art von Frauengespräch muss Vorrang haben.

„Es bedeutet, dass wir zusammen abgehangen haben", erkläre ich, drehe mich auf dem Absatz um und lehne mich nur mit BH und Höschen bekleidet an den Waschtisch. „Wir hatten also nicht nur Sex wie sonst. Ich meine, wir haben es getan. Mein Gott, er hat neulich diese Sache mit mir gemacht, und ich schwöre, ich habe ins Bett gepinkelt."

„Das hatte ich auch schon", lacht Phoebe. „Aber ich habe wirklich ins Bett gepinkelt."

„Halt die Klappe."

„Nun, da war irgendeine flüssige Substanz. Es ließ sich nicht sagen, was es war, und ich hatte sicher nicht vor, es zu untersuchen."

Ich lache über diese für Phoebe typische Antwort. „Aber abgesehen vom Vögeln haben wir viel Zeit miteinander verbracht und in meiner Wohnung abgehangen. Ich habe an einigen Tracks für Commercial Notes gearbeitet, und er lag auf meinem Bett und hat Sudoku-Rätsel gelöst. Wenn wir beide zu Hause waren, waren wir fast immer zusammen. Es war sehr seltsam."

„Ein Fußballer, der Sudoku macht, ist das Seltsame. Ich brauche einen fotografischen Beweis."

„Ich habe sogar ein Foto von ihm gemacht. Ich schicke es dir." Ich halte mir den Mund zu und kichere zusammen mit Phoebe.

„Heißt das, ich hatte recht und Daphney Clarke ist doch nicht fähig zu zwanglosem Sex?"

Ich gebe einen abfälligen Laut von mir. „Da könntest du recht haben."

„Oh, verdammt."

„Ich weiß."

„Du siehst ihn also als mehr als nur einen Fick?"

„Ich …" Ich zögere, bevor ich den letzten Teil hinzufüge: „Ich glaube, ich verliebe mich in ihn, Pheebs."

„Verdammte Scheiße", brummt sie, womit sie keinen Raum für Interpretationen lässt.

„Und ich bin sicher, dass er sich nicht in mich verliebt, also werde ich diesen Fun Fact natürlich mit ins Grab nehmen."

„Ich bringe dich eher um, als dass ich es dich zuerst sagen lasse."

„Danke dafür."

Sie hält einen Moment inne, bevor sie fragt: „Glaubst du, dass er auch Gefühle entwickelt?"

„Ich weiß es nicht." Ich seufze. „Er hatte gestern ein schweres Spiel und wollte gestern Abend allein sein. Das hat nach der Woche, die wir zusammen verbracht haben, etwas wehgetan, aber er hat mir versichert, dass er für die Hochzeit heute Abend so gut wie neu sein wird. Ich versuche, da nicht zu viel hineinzuinterpretieren. Fußballer hin oder her, ich werde nicht ewig darauf warten, dass er sich über seine Gefühle für mich klar wird."

„Bravo, Kumpel."

Ich nicke meinem Spiegelbild entschlossen zu. Nach dem ganzen Rex-Debakel dachte ich, wenn ich nach London käme, würde ich mich stärker und unabhängiger fühlen. Ich dachte, ich könnte mich neu erfinden und einen neuen Weg im Leben suchen. Aber in Wirklichkeit gehe ich denselben Weg wieder zurück. Diesmal besteht der einzige Unterschied darin, dass ich mich für diesen Weg entscheide, unabhängig davon, was irgendein Mann denken mag. Es fühlt sich gut an.

„Ich mag Zander, und wenn mehr daraus wird? Prima. Wenn nicht, werde ich mich nicht von ihm zerstören lassen, wie ich es mit Rex getan habe."

„Gut. Also …, was ziehst du heute zu dieser Hochzeit an? Du musst umwerfend aussehen, um diesen Fußballer abzuschleppen."

„Die Braut muss umwerfend aussehen", korrigiere ich. „Ich muss unsichtbar aussehen, deshalb habe ich mir nichts Ausgefallenes gekauft."

„Du solltest in deinem Kleiderschrank nachsehen", singt Phoebe. „Vielleicht habe ich da etwas reingesteckt, als du gestern Abend gearbeitet hast."

„Ein Kleid?", rufe ich aus, stapfe zu meinem Kleiderschrank und reiße die Türen auf. „Oh mein Gott, es ist perfekt."

„Dank mir später."

Ich lächle in das Handy. „Ich stehe tief in deiner Schuld … für mehr als nur das Kleid."

Sie schnaubt. „Du hast meine Brüste auf Knoten untersucht. Ich würde sagen, wir sind quitt."

34

Der Blick der Liebe

Zander

Als ich ein Kind war, hat meine Mutter mich immer angefleht, mich mit ihr ins Bett zu legen und Frauenfilme zu sehen. Prinzessinnenfilme, Teenager-Romanzen, Makeover-Filme, Tanzfilme, ein paar Musicals. Ich habe so getan, als würde ich es hassen. Ich verdrehte die Augen und marschierte in ihr Zimmer, als würde sie von mir verlangen, meine Seele aufzugeben.

Geständnis: Ich habe es verdammt noch mal geliebt.

Wir haben uns mit Filmsnacks vollgestopft, und sie hat mit meinen Haaren gespielt. Die Geschichten dieser Filme gaben mir immer ein warmes, wohliges Gefühl. Und ich schätzte die Tatsache, dass ich immer wusste, wie sie enden würden. Glücklich bis ans Ende aller Tage ist zwar total kitschig, aber es ist sehr beruhigend, keine Überraschungen zu erleben.

In all diesen Filmen gab es immer diesen Moment, den meine Mutter „den Blick der Liebe" nannte. Das ist der Moment, in dem die beiden Hauptfiguren ihre Gefühle füreinander den ganzen Film über verleugnen und dann, bei einer feierlichen Veranstaltung, einer Wohltätigkeitsveranstaltung, einem Ball oder einem Schultanz, wenn wir alle mitfiebern, das Mädchen in einem wunderschönen Kleid eine riesige Treppe hinuntergeht. Der Mann schaut auf und sieht sie … Bumm – der Blick der Liebe.

Ich habe immer erwartet, dieses Gefühl zu erleben, wenn ich älter bin. Wenn ich mit dem Fußball fertig bin und mich auf etwas anderes konzentrieren kann als auf meine unberechenbare und oft stressige Karriere. Ich hatte nicht erwartet, dass ich es erleben würde, während ich auf der Hochzeit eines Fremden im The Shard in London sitze.

Daphney musste wegen eines Soundchecks früh im The Shard sein, also hat sie Booker und Poppy dazu gebracht, mich mitzunehmen, weil sie mir nicht zutraute, den Weg allein zu finden. Ich kam mir ein bisschen kindisch vor, als ich zu den beiden ins Taxi kroch, aber um fair zu sein, hatte Daphney nicht unrecht. Es ist immer noch schwierig für mich, mich in London zurechtzufinden. Mein Leben hier besteht darin, dass ich nur an Orte gehe, zu denen ich laufen, gehen oder im Mannschaftsbus fahren kann.

Ich bin froh, dass ich wenigstens die Bustour durch London mit Daphney gemacht habe, sonst würde ich mich schämen, wie wenig ich bisher von der Stadt gesehen habe. Ich schätze, das passiert, wenn man anfängt, mit seiner heißen Nachbarin zu schlafen, die auch noch verdammt cool ist. Da bleibt nicht viel Zeit für andere Dinge.

The Shard ist ein cooles, gläsernes, pyramidenartiges Gebäude direkt an der Themse. Booker, Poppy und ich machen uns auf den Weg in den siebenundsechzigsten Stock und werden in einen kleinen Raum mit vielleicht fünfundsiebzig weißen, stoffbezogenen Stühlen geführt. Von der Decke hängen riesige glitzernde Kronleuchter in Gold, doch aufgrund der Aussicht könnte der Raum leer sein und wäre immer noch atemberaubend. Auf der linken Seite des Raums befinden sich raumhohe Fenster, die einen weiten Blick auf London bieten. Die Sonne beginnt gerade unterzugehen, und ich schäme mich nicht, zuzugeben, dass es mir den Atem verschlägt.

Ich begrüße den gesamten Harris-Clan und beginne zu schwitzen, als sie mich in ihren Sitzbereich ziehen. Ich habe gestern nicht gut gespielt, ganz und gar nicht. Booker war von meiner Unkonzentriertheit durcheinander, und Finney musste mir sogar einmal den Arsch retten. Ich hasse nichts mehr, als Finney gut aussehen zu lassen. Coach Zion nahm mich vor der Halbzeit raus und sagte mir, ich solle „meinen Kopf aus dem Arsch ziehen.“

Ich verfolgte den Rest des Spiels vom Spielfeldrand aus und fühlte mich wie eine komplette Platzverschwendung. Wie durch ein Wunder haben wir trotzdem gewonnen, und ich kann nur hoffen, dass ich meine Chancen auf einen Startplatz im FA-Cup-Viertelfinale nächste Woche nicht versaut habe.

Die traurige Tatsache ist, dass das Wissen um diese DNA-Ergebnisse in meiner Wohnung, zusammen mit dem dummen Brief, den meine Mutter vor all den Jahren geschrieben hat, ein echter Mindfuck ist, vor allem, da ich zwischen Booker und Gareth Harris mit Vaughn Harris am Ende der Reihe auf der Hochzeit eines ihrer engen Familienfreunde sitze.

Wie kam es, dass ich nicht nur auf dem Spielfeld an der Seite dieser Menschen spiele, sondern auch in ihr soziales Leben eingebunden wurde? Vielleicht habe ich das alles ein bisschen zu weit getrieben? Vielleicht hätte ich dieses Haar von Vaughn nie einsenden und diesen Weg einschlagen sollen, denn jetzt ist es zu spät für eine Umkehr.

Meine Gedanken werden abgelenkt, als sich Tanners Frau Belle und Camdens Frau Indie in ihren Plätzen direkt vor mir zu mir umdrehen.

„Was läuft da zwischen dir und Daphney?", fragt Belle, deren dunkler Blick mich auf meinem Stuhl fixiert. „Das ist schon das zweite Mal, dass sie dich mitbringt. Das muss etwas zu bedeuten haben."

„Wir sind nur Freunde", antworte ich und halte die Hände hoch, denn jetzt habe ich einen ganz anderen Grund zu schwitzen.

„So haben Booker und Poppy auch angefangen", zwitschert Indie. „Schau, was daraus geworden ist."

„Hey", jammert Booker und wendet den Blick von seiner Frau ab, die direkt neben ihm sitzt. „Lasst meinen Mannschaftskameraden in Ruhe."

„Niemals", ruft Belle in einem schrillen Flüsterton. „Sie war letztes Wochenende bei deinem Spiel. Das muss doch etwas bedeuten, oder?"

„Ihre Freundin hatte Freikarten", antworte ich ehrlich.

„Wie praktisch." Indie wackelt mit den Augenbrauen. „Seid ihr zwei oft zusammen?"

„Ich schätze schon. Wir sind Freunde und Nachbarn. Es ist praktisch."

„Praktisch für …" Sie leckt sich über die Lippen und führt eine Hand zum Mund, während sie „S-E-X" buchstabiert.

Gareth lehnt sich neben mir nach vorn. „Auf dieser Hochzeit gibt es keine Kinder, warum buchstabieren wir dann die unanständigen Wörter?"

„Niemand redet mit dir, Gareth", schnauzt Belle und hält ihm eine Hand ins Gesicht.

Gareth lehnt sich zurück, schüttelt den Kopf und lacht, als er sich umdreht, um seiner Frau Sloan etwas ins Ohr zu flüstern. Ich kann mir ein Lachen nicht verkneifen, denn Belle hat ihn auf so schwesterliche Art zurückgewiesen, dass ich schockiert bin, dass sie nur verschwägert sind. Gareth ist mit Abstand der beängstigendste aller Harris-Brüder, und Belle hat nicht einmal mit der Wimper gezuckt. Diese Familie ist wirklich ein seltsamer Haufen.

„Es war auch sehr *praktisch* für Belle, eine Beziehung mit Tanner vorzutäuschen, als sie nackt an einer Londoner Straßenecke erwischt wurden", fügt Indie kichernd hinzu.

Belles Augen werden groß. „Ich war nicht die Nackte! Das war nur Tanner. Und wenn wir schon alle Familiengeheimnisse ausplaudern, dann lass uns Zander erzählen, dass du mit Camden im Krankenhaus geknutscht hast, als er dein *Patient* war."

„Du hast es unterstützt!", zischt Indie, und die beiden schauen wieder nach vorn und beginnen leise zu diskutieren.

Ich frage mich kurz, ob ich diesen Streit ausgelöst habe, als plötzlich ein Pianist auf dem Flügel im vorderen Teil des Raumes Prozessionsmusik zu spielen beginnt. Ich runzle die Stirn, als ich sehe, dass es nicht Daphney ist, sondern eine alte Dame. Ich habe überall nach Daphney gesucht, sie aber immer noch nicht entdeckt. Wo sitzt sie?

Alle Blicke richten sich auf den Mittelgang, als Santino Rossi, der Anwalt des Teams, in einem klassischen schwarzen Smoking ein paarmal vorbeigeht. Er führt seine Eltern und Großeltern sowie die Eltern und Großeltern der Braut zu ihren Plätzen und nimmt sich einen Moment Zeit, um sie lange zu umarmen. Ich habe nicht mehr viel mit Santino gesprochen, seit dem Tag, an dem er mit dem Mietvertrag in meiner Wohnung auftauchte, als ich frisch in London war. Gelegentlich sehe ich ihn im Club, aber er wirkt in meiner Gegenwart immer ein wenig unbeholfen, also mache ich einen großen Bogen um ihn. Er ist ein schrulliger Typ.

Er schließt sich Mac Logan am Altar an, der ebenfalls einen Smoking trägt und Santino mit einem breiten Lächeln auf die Schulter klopft, bevor er sich eine Träne wegwischt.

Als Nächstes schreitet Macs Frau Freya den Gang hinunter, aber sie ist nicht allein. Sie zieht etwas hinter sich her, das ich nicht ganz sehen kann, bis sie unserer Reihe erreicht.

Das rothaarige Baby von Mac und Freya liegt in einem winzigen Smoking auf einem Berg von weißem Satinstoff im Wagen. Das Kind kann nicht älter als ein oder zwei Monate sein, aber seine Augen sind groß und auf die goldenen Kronleuchter über ihm gerichtet. Freya rollt den Wagen zu jemandem, der an der Seite sitzt, und nimmt ihren Platz Mac gegenüber am behelfsmäßigen Altar ein. Von Daphney ist immer noch nichts zu sehen, als die Pianistin die Instrumentalversion von „A Thousand Years" von Christina Perri zu spielen beginnt.

Alle erheben sich, als die Braut im hinteren Teil des Raumes erscheint. Sie kommt in ihrem langen weißen Kleid, ihr hellrotes Haar ist unter einem langen Schleier zurückgesteckt. Ich schaue nach vorn zu Santino, und der Kerl sieht ehrfürchtig aus. Meine Mutter würde diesen „Blick der Liebe" sicher zu schätzen wissen.

Die Zeremonie beginnt, und wir nehmen alle unsere Plätze ein. Daphney ist immer noch nicht aufgetaucht, also werfe ich einen Blick auf mein Handy, um sicherzugehen, dass sie keine SMS geschrieben hat, aber da ist nichts. Ich bin so abgelenkt, dass ich kaum mitbekomme, wie sie ihre Gelübde aufsagen.

Schließlich verkündet der Trauredner, dass Santino und Tilly eine Kerze der Einheit anzünden werden. In diesem Moment entdecke ich endlich Daphney. Sie hat die ganze Zeit hinter einer riesigen Säule gesessen.

Mein Blick wandert an ihrem langen schwarzen Kleid hinunter, das ihre Kurven perfekt umspielt. Die Träger hängen göttlich von ihren Schultern herab, und ihr blondes Haar ist gelockt und locker auf eine Seite gesteckt. Sie sieht einfach umwerfend aus.

Unsere Blicke treffen sich kurz, als sie mir ein sanftes Lächeln schenkt und sich bückt, um eine Akustikgitarre in die Hand zu nehmen, die in einem Ständer neben dem Klavier steht. Nachdem sie sich den Gurt über den Hals gelegt hat, stellt sie das Mikrofon ein, bevor sie ein leichtes, federndes Intro zu einem Lied anschlägt, das ich sofort als „The Book of Love" erkenne. Das ist nicht das Peter-Gabriel-Cover, das ich kenne. Es ist das Magnetic-Fields-Cover mit einer einzigartigen Gitarrenbegleitung.

Als sie nach vorn tritt und zu singen beginnt, entweicht mir die Luft aus den Lungen. Ihr Gesicht ist gefasst und emotionslos, ihre Finger streichen schnell und sicher über die Gitarrensaiten. Ihre Stimme hallt deutlich durch die Lautsprecher, und der Ton raubt mir den Atem. Als sie zu den längeren, langgezogenen Klängen des Songs kommt, bricht ihre Stimme mit Absicht und Schmerz. Wie ein heiserer Schrei. Es ist eine perfekte Mischung aus unmaskierten und mühelosen Emotionen. Es ist einfach eindringlich.

Meine Handflächen fangen an zu schwitzen, als ich sehe, wie sie die Melodie mit ganzem Herzen für dieses Paar singt, das sich entschieden hat, sein Leben miteinander zu teilen. Ich werfe einen Blick in die Reihen um mich herum und bemerke, dass alle Harris-Brüder und sogar Vi die Hände ihrer Lebensgefährten halten. Sie alle teilen die Stimmung, die hinter dem Song steckt, der von einem Buch der Liebe handelt, das voller Regeln und Anweisungen ist, aber im Grunde sind nur die Momente wichtig, in denen man sich gegenseitig vorliest oder vorsingt. Es geht um die stillen Momente der Liebe zwischen einem Paar, nicht um das, was wir alle denken, wie Liebe aussehen sollte.

Als Daphney fertig ist, stelle ich fest, dass der ganze Raum genauso von ihr fasziniert war wie ich. Wir waren alle gefesselt, auch die Braut und der Bräutigam. Sie schenkt Santino und Tilly ein sanftes Lächeln, bevor sie sich wieder auf ihren Platz setzt. Sobald sie aus dem Blickfeld verschwunden ist, fühle ich sofort, wie sehr ich sie vermisse. Ich wünschte, ich könnte jetzt mit ihr reden. Ihr sagen, wie unglaublich sie geklungen hat. Die ganze Zeit, in der sie die Ringe austauschen, sitze ich aufgeregt auf meinem Platz, gefangen mit den letzten Menschen auf der Welt, mit denen ich jetzt zusammen sein möchte. Ich will nicht hier bei dieser Familie sein. Ich möchte bei Daphney sitzen.

Schließlich endet die Zeremonie und wir werden aus dem Raum und eine Treppe hinunter in einen größeren Empfangsraum geführt. Er ist mit weißen und grünen Blumenarrangements geschmückt und bietet einen weiteren Ausblick, der mir völlig egal ist. Mein Blick schweift durch den Raum, und als ich Daphney mit einer Champagnerflöte in der Hand an der Bar stehen sehe, während sie mit dem Barkeeper spricht, lasse ich die Harris-Gruppe stehen und steuere direkt auf sie zu.

„Natürlich siehst du im Anzug gut aus", sagt sie, aber ich ignoriere das Kompliment, während ich ihr das Glas abnehme und es auf die Bar stelle. Ich verschränke meine Finger mit ihren und ziehe sie zwischen ein paar Tischen hindurch in einen kleinen Flur, wo die Toiletten sind.

„Was ist los?", fragt sie mit gerunzelter Stirn, als ich ihre Schultern umklammere und sie an die Wand drücke.

Meine Antwort besteht darin, ihr Gesicht zu ergreifen und meine Lippen auf ihre zu pressen.

Sie wimmert überrascht, aber es scheint ihr nichts auszumachen, denn sie greift nach oben und kämmt durch das Haar an meinem Hinterkopf. Ich hebe ihr Kinn an, um unseren Kuss zu vertiefen.

Unsere Zungen tanzen, während meine Hände ihren Nacken und die weiblichen Muskeln auf ihren Schultern erkunden. Sie drückt mich fest an sich, und das Gefühl ihrer Nägel, die über meine Kopfhaut kratzen, wandert bis in meine Eingeweide, während mich wieder dieses Gefühl der Atemlosigkeit durchströmt.

Ich fühle mich rasend und angespannt. Ich küsse das Leben aus ihr heraus, weil ich sicher bin, dass Worte niemals ausdrücken könnten, wie sehr ich es liebe, sie singen zu hören. Sie hat eine solche Gabe, eine so unschuldige Schönheit in ihrem ganzen Wesen. Es ist alles überwältigend.

Als ich mich schließlich von ihr löse, sind wir beide benommen, und ich spüre, wie ihr Puls rast, genau wie meiner. Ich fahre mit dem Daumen über ihre Unterlippe und sehe sie ernst an. „Du musst deine Songs zurücknehmen, Daphney."

„Was?", fragt sie. Ihre Augen tanzen verwirrt zwischen meinen hin und her.

„Du bist zu besonders, um deine Musik gehen zu lassen. Ich meine es ernst. Egal, was passiert, bitte lass diese Seite von dir nicht verschwinden. Du bist mehr als Werbejingles. Hörst du mich?"

Ihre Lippen zucken, als wolle sie widersprechen, aber als sie die Aufrichtigkeit in meinem Gesicht sieht, nickt sie und beißt sich auf die Lippe. „Okay."

„Okay?", wiederhole ich zur Bestätigung.

„Ja." Sie lacht und gibt mir einen leichten Schubs. „Du spinnst doch."

Ich beuge mich vor und drücke ihr einen keuschen Kuss auf die Lippen. „Außerdem siehst du verdammt gut aus." Ich drehe mich um, um mit ihr zurück zur Party zu gehen und erstarre, als ich ihrem Bruder Hayden gegenüberstehe.

„Ist hier alles in Ordnung?", fragt Hayden, wobei seine Augen sich erst auf mich und dann auf Daphney hinter mir richten. Sein Blick wandert hinunter zu unseren miteinander verschränkten Händen.

Daphney räuspert sich und legt ihre andere Hand um meinen Ellbogen. „Es ist alles fantastisch. Cheers, Hayden!" Sie schiebt sich an ihrem Bruder vorbei und versucht, mich hinter sich herzuziehen.

Ich schenke Hayden ein entschuldigendes Lächeln und rufe über meine Schulter: „Cheers heißt danke."

Der Empfang ist ein lockeres Buffet, und es gibt keine Sitzordnung, also schnappen Daphney und ich uns etwas zu essen und suchen uns einen leeren Tisch mit Aussicht.

„Also, wird dein Bruder mich umbringen?", frage ich, während ich eine Art Hühnchen am Spieß esse.

Daphney zuckt mit den Schultern. Ihre langen schwarzen Wimpern umrahmen ihre wunderschönen blauen Augen auf eine Weise, die es schwer macht, mich auf das zu konzentrieren, was aus ihrem Mund kommt. Sie stochert in ihrem Salat herum und murmelt: „Wahrscheinlich."

Angst macht sich in mir breit, und anscheinend zeigt sich das auch in meinem Gesicht, denn Daphney beginnt zu lachen. „Würdest du dich entspannen? Ich bin erwachsen. Was wird er schon tun?"

„Er könnte mich rauswerfen." Ich nehme einen Schluck von meinem Bier und merke, wie beschissen es wäre, nicht mehr im selben Gebäude wie Daphney zu wohnen. Wie sich herausstellt, bin ich ziemlich abhängig von ihr geworden.

„Er wird dich nicht rauswerfen. Ich bin mir sicher, dass dein Vertrag mit dem Club keine … Regel beinhaltet, dass du nicht mit Nachbarn ausgehen darfst." Sie rollt mit den Augen und nimmt einen Bissen von ihrem Salat.

„Er könnte mich heute Abend in die Enge treiben und nach meinen Absichten fragen." Ich sehe ihr einen Moment lang zu, wie sie zu Ende kaut und sich die Lippen abtupft.

„Was sind deine Absichten?", fragt sie, während sie mich mit ihren atemberaubenden blauen Augen ansieht. Darin liegt eine Verletzlichkeit, die sich wie ein heftiger Schlag in die Magengrube anfühlt. „Die vergangene Woche hat sich ganz anders angefühlt als das Gelegenheitssex-Arrangement, das wir ursprünglich vereinbart hatten, meinst du nicht?"

Ich stelle mein Getränk ab und stütze die Ellbogen auf den Tisch, um mich näher zu ihr zu beugen. „Was soll es denn sein?", frage ich ehrlich, denn wenn ich in dieser Woche eines gelernt habe, dann, dass ich Daphney nicht verlieren will.

Nervös beißt sie sich auf die Lippe, und das kleine Grübchen auf ihrem Kinn kommt zum Vorschein. „Ich habe dich zuerst gefragt."

Ich lächle, denn dieses Grübchen bedeutet, dass sie meine Frage beantwortet hat, ohne auch nur ein Wort zu sagen. Und die Tatsache, dass ich keine Angst davor habe, was sie denkt, ist eine neue und andere Erfahrung für mich. Vielleicht ist es an der Zeit, dass ich etwas Neues ausprobiere. Ich esse mein Kebab weiter und murmle um einen Bissen herum: „Gut.“

Stirnrunzelnd schaut sie auf das Essen in meiner Hand. „Was ist gut?“

„Gut, ich werde mit dir zusammen sein.“ Ich sehe sie an, während ich einen weiteren Bissen esse.

Sie zieht die Augenbrauen zu einer Art wütendem Ausdruck zusammen. „Was zum Teufel soll das bedeuten?“

„Ich werde eine Beziehung mit dir haben.“ Ich lecke mir über die Lippen und wackle mit den Augenbrauen.

„Machst du jetzt Witze?“, faucht Daphney, lehnt sich auf ihrem Stuhl zurück und verschränkt die Arme. „Nach all diesen Regeln und Wochen, in denen wir das gemacht haben, was wir machen, glaubst du, du kannst einfach so etwas ändern?“

Ich lege mein Hähnchen ab und wische meine Hände an meiner Serviette ab. „Ja. Warum nicht? Ich mag dich.“

„Er mag mich.“ Sie lacht, schüttelt den Kopf und blickt mit einem verärgerten Knurren in die Ferne, während sie einen Schluck von ihrem Champagner nimmt, bevor sie hinzufügt: „Wie kommst du darauf, dass ich überhaupt eine Beziehung mit dir führen will?“

Sie sieht aus, als wolle sie mir entweder das Gesicht zerfetzen oder mich küssen. Und ich setze ernsthaft auf Letzteres. Ich greife nach ihr und drehe sie so, dass sie mich ansieht. „Magst du mich?“

Sie schürzt die Lippen, während ihr Blick auf meine Lippen fällt. „Ich mag dich im Moment nicht.“

„Lügnerin“, flüstere ich, bevor ich ihr einen sanften Kuss auf die Lippen drücke. Als ich mich zurückziehe, verziehen sich ihre Mundwinkel zu einem Lächeln, das sie vergeblich zu verbergen versucht. Gott, sie ist so verdammt süß, wenn sie so tut, als sei sie wütend. „Wir haben hier etwas Gutes, und du weißt das, Ducky. Vertrau mir einfach.“

Der hitzige Blick in ihren Augen ist die einzige Antwort, die ich brauche, aber eine Stimme aus der Ferne reißt uns aus unserem Gespräch.

„Daphney, du klangst wunderschön“, sagt Tilly mit starkem schottischem Akzent, als Daphney aufsteht, um eine Umarmung von der Braut entgegenzunehmen. „Ich glaube, ich habe die ganze Zeit geweint, als du gesungen hast."

„Das hat sie." Santino lacht und beugt sich vor, um Daphney ebenfalls zu umarmen. „Meine Nonna hat sogar gesagt, du hättest wie ein Engel geklungen, und sie verteilt nicht so leicht Komplimente."

„Oh, gern geschehen", antwortet Daphney und winkt das Lob wie üblich ab. „Ich habe mich sehr gefreut, an eurem besonderen Tag dabei zu sein. Tilly, ich bin mir nicht sicher, ob du Zander schon kennst."

„Ich habe von Santino so viel über dich gehört", sagt Tilly und reicht mir die Hand. „Du bist ein hervorragender Libero für Bethnal Green. Gut gemacht."

Ich lache und zucke leicht zusammen. „Gestern hätte ich mich besser anstellen können."

„Jeder hat mal einen schlechten Tag", sagt Santino und schüttelt mir die Hand. „Es ist schön, dich wiederzusehen, Zander."

„Dich auch, Santino. Herzlichen Glückwunsch."

„Danke." Santino blickt zu Tilly hinüber, die sich weiter mit Daphney unterhält. „Ich kann ehrlich sagen, dass ich nie gedacht hätte, dass dieser Tag kommen würde."

„Das gilt wohl für die meisten Bräutigame, was?" Ich gluckse und stoße ihn spielerisch mit dem Ellbogen.

Er wendet seine Aufmerksamkeit wieder mir zu und starrt mir aufmerksam ins Gesicht. „Du scheinst bei … *allen* gut reinzupassen." Sein Lachen ist unbeholfen, und ich runzle die Stirn über seine seltsame Wortwahl.

„Das kann man wohl sagen." Ich zucke mit den Schultern und beobachte ihn spekulativ. „Du hast mir eine ziemlich gute Nachbarin besorgt." Daphney blickt kurz zu mir hinüber, und ich zwinkere ihr zu.

Santino beobachtet mich einen Moment lang, bevor er sagt: „Ich bin froh, dass du dich in Bethnal Green gut eingelebt hast. Ich war mir nicht so sicher, als du ankamst. Aber jetzt habe ich ein ziemlich gutes Gefühl."

„Warum warst du dir nicht sicher?", frage ich, während ich ihn neugierig beobachte.

Sein Gesicht verzieht sich kurz, bevor er schnell ein Lächeln aufsetzt. „Ach, nur … die Sache mit dem Amerikaner in London. Du weißt schon."

Ich bemerke den angespannten Ausdruck in Santinos Augen, aber unsere Aufmerksamkeit wird abgelenkt, als der DJ das Brautpaar zu ihrem ersten Tanz auf die Tanzfläche bittet. Santino und Tilly eilen davon, und ich versuche, den seltsamen Austausch abzuschütteln, während Daphney und ich ihnen dabei zusehen, wie sie über die Tanzfläche treiben.

Santino hat in kurzer Zeit eine Menge seltsamer Dinge zu mir gesagt, aber die, die ich immer wieder hören muss, sind: *„Ich hätte nie gedacht, dass dieser Tag kommen würde."*

Sieht ein Mann die Frauen kommen, in die er sich verliebt? Ich habe mir sicher nicht vorgestellt, mit Daphney auf einer Hochzeit zu sein, als ich sie im Old George zum ersten Mal angemacht habe. Ich hätte auch nicht gedacht, dass ich echte Gefühle für sie entwickeln würde. Aber jetzt ist sie ein fester Bestandteil meines Lebens geworden. Der Gedanke, sie zu verlieren, ist etwas, das ich mir nicht einmal vorstellen kann. Und wenn ich sie behalten kann, indem ich ihr fester Freund bin, dann werde ich der beste feste Freund sein, der ich sein kann.

„Okay, ihr Turteltäubchen. Es ist Zeit, die Party zu beginnen!", ruft Vi, die am Ende des Tanzes zu unserem Tisch kommt. Sie ergreift Daphneys Hand. „Kommt schon, wir brauchen junges Blut, das den alten Knackern zeigt, wie man richtig tanzt!"

„Wie perfekt", quietscht Daphney und greift nach hinten, um mich hinter sich herzuziehen. „Zander ist ein selbsternannter hervorragender Tänzer. Er tanzt wie Jagger, nicht wahr?"

Ich funkle Daphney angesichts ihres sarkastischen Tonfalls an, als wir uns zu Santino, Tilly, Mac und Freya auf die Tanzfläche gesellen. Aus einer Laune heraus drehe ich sowohl Daphney als auch Vi ein paarmal herum, bevor Hayden mit düsterer Miene auf mich zukommt.

„Ich vertraue dir meine Schwester an, Zander." Er sieht mich mit zusammengekniffenen Augen an und greift nach Vis Hand, während er sie an sich zieht und beginnt, sie wegzudrehen. „Aber nicht meine Frau."

Wir tauschen einen Blick über die Schultern unserer Partner aus, der keinen Raum für Interpretationen lässt. Etwas in der Art von *„Brich meiner Schwester das Herz, und ich breche dir dein verdammtes Genick."*

Botschaft erhalten, denke ich mir, während ich Daphney einen Moment lang von mir wegdrehe.

Die Tanzfläche füllt sich schnell, als alle vier Harris-Brüder mit ihren Ehefrauen dazukommen. Jeder tanzt auf seine eigene Art und Weise, und ich amüsiere mich prächtig. Mit Daphney in meinen Armen ist es einfach.

Ich ziehe sie dicht an mich heran. „Sind wir jetzt offiziell zusammen?", flüstere ich ihr ins Ohr. „Wirst du mich ab jetzt deinen festen Freund nennen?" Den letzten Teil singe ich wie der reife Erwachsene, der ich bin.

Daphney blickt zu mir auf. „Das kommt darauf an. Wirst du mich deine feste Freundin nennen?"

Ich schürze die Lippen und nicke. „Aber ich bevorzuge Süße." Wir halten inne, als ich ihr Gesicht umfasse und meine Lippen auf ihre Stirn presse. Ich verweile einen Moment, atme ihren Duft ein und bin erstaunt, dass ich mit einer Frau so glücklich sein kann.

Ein leiser Seufzer entweicht ihren Lippen, als sie ihren Kopf auf meine Brust legt. „Brich mir nicht das Herz, Zander."

Ihre Worte treffen mich wie ein Schlag, als ich erkenne, dass eine Beziehung mit ihr nicht nur Spaß und Spiel ist. Es ist eine Verantwortung, für die ich gut genug sein will. Mein Vater schätzte meine Mutter. Sie waren die Bezugspersonen voneinander. Das möchte ich mit Daphney aufbauen.

Alle um uns herum fangen an zu jubeln, als die Musik zu dem berüchtigten *Dirty Dancing*-Song „Time of My Life" wechselt. Ich sehe Daphney mit einem breiten Lächeln an.

„Es ist Schicksal", sage ich und drücke ihre Hüften an meine, während ich beginne, sie zu einem Salsa-Schritt zu führen. „Dieser Film war einer der Lieblingsfilme meiner Mutter. Und jetzt brauche ich mich nicht mehr zu benehmen, weil wir unsere Beziehung nicht mehr vor den Leuten verstecken."

„Du musst dich unbedingt benehmen", sagt sie und starrt auf unsere Hüften, die sich gemeinsam bewegen.

„Warum? Sie tun es nicht." Ich zeige hinüber zu Gareth, Camden, Tanner und Booker, die alle gerade versuchen, die große Hebefigur am Ende von *Dirty Dancing* zu machen. Die Szene, in der Baby in Johnnys Arme läuft und er sie über den Kopf hebt. Ihre Frauen wollen nichts damit zu tun haben, also versucht Tanner, Camden zu heben, und Booker versucht, Gareth dazu zu bringen, ihn zu heben, und sie scheitern alle kläglich. Schließlich ziehen sie Mac hinzu, weil er anscheinend der Stärkste ist, und wenn Tanner und Camden sich auf je eine Seite von ihm stellen und Gareth Mac auf den Rücken stützt, können sie Booker gemeinsam hochheben. Ihre Frauen stehen alle am Rande der Tanzfläche und lachen zusammen mit Santino und Tilly.

Sie wollen gerade loslegen, als Booker langsam zu Macs ausgestreckten

Händen zu joggen beginnt, als Vaughn sich zwischen sie drängt und Booker aufhält. Er zeigt mit dem Finger auf Booker und Camden und sagt ihnen, sie sollen aufhören, sich wie Idioten zu benehmen, bevor sie sich verletzen und ihre Saison sabotieren. Dann sieht er Mac, Gareth und Tanner an, als sollten sie es besser wissen.

Tanner nimmt das offenbar zum Anlass, um zu versuchen, Gareth hochzuheben, da sie keine Profisportler mehr sind. Nach einem massiven Fehlversuch brechen die beiden zusammen und fallen auf den Boden. Booker und Camden helfen ihnen auf, und die vier gestikulieren wild, um herauszufinden, was sie falsch gemacht haben, und sich für einen weiteren Versuch vorzubereiten. Tanner beginnt sogar, sich zu dehnen.

„Vertraust du mir?", murmle ich in Daphneys Ohr, bevor ich sie von mir wegdrehe.

„Was?", fragt sie, während sie mich neugierig ansieht.

Ich nicke und gehe langsam rückwärts, um uns mehr Raum zu geben. „Vertraust du mir?"

„Um das zu tun?" Sie zeigt auf die Jungs, die sich immer noch abklopfen. „Auf keinen Fall."

„Komm schon, Ducky. Das ist mein Partytrick."

„Meiner nicht", erwidert sie, die Hände in die Hüften gestemmt. „Auf keinen Fall. Wenn Profifußballer das nicht können, dann kann ich das auch nicht."

„Vertrau mir einfach", wiederhole ich, strecke die Hände aus und nicke.

Sie beißt sich auf die Lippe und wringt die Hände vor sich, aber ich kann sehen, wie die Unsicherheit langsam dahinschmilzt. Sie sieht mich mit dem Funken Selbstvertrauen in ihren Augen an, der mir bei unserer ersten Begegnung aufgefallen ist.

„Lass mich das nicht bereuen, Soccer Boy", sagt sie, zieht ihre Schuhe aus und wirft sie zur Seite. Die Mädchen bemerken, dass wir uns auf etwas Großes vorbereiten, und fangen an, uns beiden zuzujubeln.

Die Musik steigert sich bis zum großen Finale am Ende, als sie direkt auf mich zuläuft und sich in meine Arme wirft. Ich ergreife ihre Hüften und drücke sie gerade nach oben. Zuerst sind ihre Beine angewinkelt, sie hält sich an meinen Armen fest und quietscht nervös. Aber dann entspannt sie sich, streckt ihre Beine und Hände aus und hält die Pose ein paar Sekunden lang. Die ganze Hochzeit jubelt uns von den Tischen und der Tanzfläche zu, bevor sie zusammenbricht und in meine Arme fällt.

Sie lacht an meinem Hals, während sie sich an meine Schultern klammert. Ihre Euphorie ist ansteckend, während ich ihre Taille umfasse und ihr die Haare aus dem Gesicht streiche.

„Ich kann nicht glauben, dass wir das getan haben", quietscht sie, bevor sie sich umdreht, um die Frauen zu umarmen, die herüberkommen, um uns zu gratulieren.

„Das kann ich auch nicht", antworte ich lachend. Ich habe das nur ein einziges Mal gemacht, und das war mit der kleinen Schwester meines besten Freundes auf der Uni, und es war eine Menge Alkohol im Spiel. Schön zu wissen, dass ich es noch kann.

Die Jungs versammeln sich um mich herum und beginnen, mich mit Fragen über die Technik und wie ich das geschafft habe, zu löchern. Es ist ein seltsames Gefühl, denn wieder einmal bin ich von Menschen umgeben, die nicht nur Freunde sein könnten …, sie könnten sehr wohl viel, viel mehr sein.

35

Marisas Lied

Daphney

Küsse draußen …
    Im Taxi …
    Auf der Treppe …
    Auf dem Flur.
    Küsse vor meiner Tür …
    In meiner Tür …
    In meiner Küche.
    Küsse neben meinem Bett.

Meine Haut kribbelt von den endlosen Küssen, die Zander auf jeden Zentimeter meines Körpers verteilt, während er mich langsam meiner Kleidung entledigt und seine Lippen über all meine neu entblößten Stellen streifen. Als er seinen Anzug auszieht, tue ich dasselbe mit ihm. Ich genieße die warme Härte seiner Muskeln und seinen wild pochenden Herzschlag unter seinem Brustkorb.

Er legt mich sanft auf mein Bett, immer noch küssend, immer küssend. Er küsst, als könnte er nicht genug von mir bekommen, und ich kann nicht genug von ihm bekommen.

Zander greift nach einem Kondom, und ich schlinge die Beine um seine Hüften und drücke ihn an mich. „Ich nehme die Pille", sage ich und schaue zu ihm hoch.

Er blickt stirnrunzelnd auf mich herab, ein goldener Lichtschein umgibt ihn und lässt diesen Moment noch mehr wie eine außerkörperliche Erfahrung erscheinen. „Bist du sicher?"

Ich nicke. „Ich vertraue dir."

Seine Augen wandern zu meinen Lippen, und wir küssen uns wieder. Sanfte, süße, zärtliche Küsse, während seine Erektion über meine nackte Mitte streicht. Ich greife nach unten und positioniere ihn zwischen meinen Beinen, voller Sehnsucht, uns auf einer tieferen Ebene zu verbinden.

Zander unterbricht den Kuss lange genug, um mir in die Augen zu sehen, während er jeden einzelnen Zentimeter in mich hineinschiebt. Ich atme ein und die Luft stockt in meiner Brust, als ich zulasse, dass unsere Blicke aufeinander gerichtet bleiben. Ich bin mir sicher, dass ich mich noch nie in meinem Leben einem Mann so nahe gefühlt habe.

Zander und ich mögen zwanglos angefangen haben, aber ich kenne ihn, und er kennt mich auf einer tiefen, vertrauensvollen Ebene. Es ist dieses Vertrauen, das diesen Moment noch besonderer und realer macht.

Ich dachte, ich sei schon einmal verliebt gewesen. Ich dachte, ich wüsste, was Liebe sei und könnte sie sofort erkennen.

Ich lag völlig falsch.

Ich streiche mit meinen Händen an Zanders Wirbelsäule auf und ab, während er sich langsam in mir bewegt, lyrisch, als würde er sich jede Empfindung merken und in sein Gedächtnis einprägen. Seine Lippen verteilen Küsse auf meinen Brüsten und meinem Hals, während ich diese Nacht auch in mein Herz einbrenne. Diese Nacht, in der ich einem Mann, in den ich mich verliebt habe, ein Lied gesungen habe. Diese Nacht, in der ich jemandem mein Herz geöffnet habe und er es auf seine ganz eigene Weise angenommen hat. Diese Nacht, in der ich mich inspiriert fühlte, mein Leben zurückzuerobern und mein eigenes Schicksal zu gestalten.

Die Worte liegen mir auf der Zunge, aber ich halte sie zurück. Es ist noch zu früh. Ich will ihn nicht verschrecken. Es ist gut genug, sie jetzt zu denken, während er sich in mir bewegt und mich mit jedem Atemzug, der zwischen uns tanzt, dem Höhepunkt näher und näher bringt.

Orgasmen sind nicht nur mit gutem Sex verbunden. Sie sind mit Gefühlen und Emotionen verbunden. Sie sind mit dem Verstand und der Verbindung verbunden, die man mit jemandem empfindet. Ich hätte nicht gedacht, dass Zander das in mir wecken würde. Das zeigt einem, dass das Schicksal der wahre Motor des Lebens ist.

„Ich will, dass du in mir kommst, Zander", flüstere ich mit rauer Stimme, während er an meinen Nippeln saugt. In meinem Inneren steigt die Hitze bereits an, während ich darum kämpfe, meinen Höhepunkt zurückzuhalten.

„Süße", murmelt Zander gegen meine Haut, bevor er mir in die Augen sieht. Der Blick der schieren Verletzlichkeit darin ist atemberaubend. „Bist du sicher?"

„Ja", schreie ich und drücke meine Hüften nach oben, um seinen Stößen entgegenzukommen. „Ich bin so nah dran, Zander. Komm mit mir."

„Du fühlst dich zu gut an", stöhnt er, und sein Gesicht sieht einen Moment lang gequält aus, als er den Kopf hängen lässt und von einer Seite zur anderen bewegt. „Ich glaube nicht, dass ich aufhören kann."

„Ich will nicht, dass du das tust."

„Daphney." Er sagt meinen Namen wie eine Bitte und blickt auf unsere Körper hinunter.

„Zander", sage ich und hebe sein Kinn an, damit er meinen Blick erwidert. „Sieh mich an."

Seine Augen sind vernichtend, als er sich mit meinem Blick verbindet. Meine Lippen öffnen sich, als ich einen stummen Schrei ausstoße, und unsere beiden Körper erstarren, als wir in perfekter Harmonie zum Höhepunkt kommen, wobei meine Entladung die seine Tropfen für Tropfen melkt. Es ist die erotischste seelenverändernde Erfahrung, die ich je gemacht habe, und ich speichere sie sofort ab, um sie für immer festzuhalten.

Schließlich bricht Zander auf mir zusammen. Unsere Körper sind schweißnass, während sie sich im Gleichklang heben und senken und wir darum kämpfen, wieder zu Atem zu kommen. Er erschlafft ein wenig zwischen meinen Beinen, und es ist ein berauschendes Gefühl, zu spüren, wie seine Erlösung aus mir herausfließt.

„Scheiße, ich hole dir einen Waschlappen", sagt Zander, zieht sich aus mir heraus und lässt mich nackt auf dem Bett zurück.

Er hat dieses bezaubernde, schiefe Lächeln, als er zurückkommt, und sein Schwanz zeigt immer noch Lebenszeichen, als er den Waschlappen nimmt und mich sanft zwischen den Beinen reibt. Es ist zärtlich und süß.

Er lächelt und schüttelt den Kopf. „Das habe ich noch nie mit jemandem gemacht."

„Ich auch nicht", kichere ich, peinlich berührt und erheitert zugleich.

Er ist fertig und hält den Waschlappen hoch. „Wo soll ich den hintun?"

„Im Badezimmer steht ein Wäschekorb."

Er zieht sich ins Bad zurück, und während er sich dort sauber macht, kribbelt es in meinem Körper. Ich fühle mich inspiriert, gehe zu meiner Gitarre hinüber, nehme sie vom Ständer und bringe sie mit mir zurück zum Bett. Ich setze mich im Schneidersitz ans Fußende und halte sie mir vor die nackten Brüste. Das lackierte Holz ist kühl an meinen Brustwarzen, als ich beginne, ein paar Akkorde eines Songs zu spielen, den ich schon lange nicht mehr angerührt habe.

Ich verliere mich für einen Moment, während ich mich mit der Melodie vertraut mache. Ich schaue auf, als ich sehe, wie Zander wieder auf das Bett zugeht. Seine Augen sind auf mich gerichtet, als er sich hinsetzt, sich an das Kopfende lehnt und sich mit dem Laken zudeckt.

„Hör nicht auf, bitte", drängt er, und seine Augen glitzern in der Dunkelheit.

Ich lächle sanft, fahre fort und atme tief ein, bevor ich sage: „Das ist Marisas Lied."

Er zieht die Augenbrauen hoch. „Deine Schwester?"

Ich nicke nachdenklich. „Es heißt ‚Face in the Breeze'."

Emotionen strömen durch meine Adern, als ich die erste Strophe beginne.

Was that you just now
Touching my face in the breeze?
Did you hear my call
As I was down on my knees?
It felt just like
The times we fight
But I know you want for me
To be happy

Was that you just now
Touching my face in the breeze?
If you could see me now
Would you like what you see?
Sometimes I fear

I'll never know
But I know you want for me
To be happy

Breezes feel so sweet
But they can pack a sting
Like in a storm

Every now and then
It's a salty breeze
And it burns.

All I wish, is to know
If you're happy?

All I wish, is to know
Are you happy?

Ich spiele die letzte Zeile, schaue auf und sehe schockiert, dass Zander Tränen über das Gesicht laufen. Ich schnappe nach Luft, schwinge die Gitarre von meinem Körper und lege sie auf das Bett, bevor ich zu ihm hinüberkrieche. „Geht es dir gut?", frage ich und lege meine Hände um seinen Arm.

Er nickt, sein Körper zittert unter dem Laken. „Es geht mir gut."

„Dir geht es nicht gut. Was ist los?" Ich fahre mit dem Daumen über seine tränenverschmierten Wangen. „Ist es dein Vater?"

Er stößt einen erstickten Laut aus und schüttelt den Kopf. „Ja, ich denke schon."

Ich mache mir innerlich Vorwürfe, dass ich ausgerechnet diesen Song ausgewählt habe. Wie dumm von mir, wo es doch noch gar nicht so lange her ist, dass er seinen Vater verloren hat. „Es tut mir leid, ich hätte das nicht spielen sollen."

„Nein, Daphney. Es war wunderschön", sagt er, ergreift meine Hände und drückt sie zwischen uns. „Ich habe eigentlich …" Er räuspert sich. „Es hat mich sehr an meinen Vater denken lassen." Er wischt sich die Tränen aus den Augen, aber seine Wangen werden noch feuchter. „Es ist seltsam, das zu sagen, aber … ich habe nach seinem Tod nie geweint."

Ich runzle die Stirn und starre ihn in der Dunkelheit an. „Was?"

Er atmet tief ein. „Ich war zu sehr damit beschäftigt, die Beerdigung zu planen und mich um meine Mutter zu kümmern. Und dann habe ich noch in Seattle Fußball gespielt, und verdammt, ich weiß nicht. Irgendwo bei der Bewältigung all dieser Scheiße habe ich den Schmerz einfach … verdrängt."

Ich schlucke den Kloß in meiner Kehle hinunter, als sein gequältes Gesicht mich zerreißt. „Ich weiß, wie du dich fühlst."

„Wirklich?", fragt Zander mit heiserer Stimme, während er mich mit Fragen anschaut, von denen ich nicht sicher bin, ob ich die Antworten darauf habe.

Aber vielleicht sind es keine Antworten, die er braucht. Vielleicht braucht er nur Verständnis.

Ich wappne mich, bevor ich fortfahre: „Als die Jüngste in meiner Familie wurde ich nach Marisas Tod so sehr beschützt, dass ich buchstäblich von so viel Schmerz abgeschirmt wurde, den alle in der Folgezeit durchmachten. Es war, als würden sie mir nicht zutrauen, dass ich mit Theos PTBS oder Haydens Selbstmordgedanken umgehen könnte, weil er nicht aufhören konnte, sich die Schuld an Marisas Tod zu geben. Meine Mutter und mein Vater umgaben mich mit Stille, und das machte mich verrückt, denn ich wollte in dem Schmerz sitzen. Mich darin suhlen. Ich wollte über sie sprechen, mich an sie erinnern. Ihren Verlust anerkennen. Es ist jetzt zehn Jahre her, und sie versuchen immer noch, Marisas Namen in meiner Gegenwart nicht zu erwähnen, weil sie mich nicht traurig machen wollen."

„Es klingt, als ob sie dich lieben", sagt Zander mit zittriger Stimme.

„Ich weiß, dass sie es tun", antworte ich ehrlich. „Und ich respektiere, dass sie auf ihre eigene Art und Weise trauern. Aber ich musste auch auf meine eigene Weise trauern. Phoebe und ich reden oft über Marisa. Manchmal ist es traurig, aber meistens ist es lustig. Über sie zu reden, hilft mir, meine Erinnerungen zu bewahren. Ich möchte, dass sie immer noch ein Teil meines Lebens ist." Ich verschränke meine Finger mit Zanders und frage: „Kannst du mir mehr über ihn erzählen?"

„Über meinen Vater?", krächzt Zander und seine Stimme hebt sich vor Überraschung.

Ich nicke langsam. „Ja, warum nicht?"

„Ich bin zu aufgewühlt, um zu reden." Er wischt sich mit den Händen über das Gesicht und schüttelt angewidert den Kopf.

„Das ist okay." Ich drücke mich neben ihn und lehne meinen Kopf an seine Schulter. „Marisa hasste Fische, aber sie liebte es, im Teich meiner Eltern zu angeln. Sie konnte es nie tun, ohne dass einer meiner Brüder da war, um den Fisch vom Haken zu nehmen."

In Zanders Brust vibriert ein leises Lachen, bevor er einen tiefen, zittrigen Atemzug nimmt. „Mein Vater war ein furchtbarer Fußballspieler."

„Wirklich?" Ich kichere und sehe zu ihm auf. „Woher hast du es dann?"

Er zieht die Augenbrauen zusammen und blinzelt an die Decke. „Ich bin mir nicht sicher, aber seine Unfähigkeit hat ihn nie davon abgehalten, mit mir einen Ball zu dribbeln. Ich glaube wirklich, dass sein fehlendes Talent mir riesiges Selbstvertrauen gegeben hat."

„Das ist süß." Ich lächle und beobachte ihn weiter, während ich frage: „Worin war er gut?"

„Er war ein Meister des Sudoku-Rätsels", sagt Zander mit einem spielerischen Unterton, der mein Herz glücklich macht.

„Daher kommt also dein Hobby." Ich packe ihn fester am Arm und werfe einen Blick auf das Rätselbuch, das er Anfang der Woche auf meinem Beistelltisch hat liegen lassen.

Zander lächelt und nickt. „Er hat mich dazu gebracht, diese App herunterzuladen, mit der wir gegeneinander in denselben Rätseln antreten konnten. Das haben wir oft gemacht, wenn ich zum Fußballspielen unterwegs war."

„Wer hat gewonnen?"

„Meistens er." Zander lacht. „Ab und zu habe ich ihn geschlagen, und dann hat er mir gesagt, dass es daran lag, dass er seine Brille nicht aufhatte, oder dass meine Mutter ihn abgelenkt hat."

„Ein wetteifernder Kerl also?"

„Oh, ja …, und stolz. Unglaublich stolz."

„Stolz worauf?", frage ich, starre auf unsere ineinander verschränkten Hände und genieße die Intimität dieses Augenblicks.

„Er war stolz auf mich." Zanders Stimme bricht, und ich blicke auf, um zu sehen, wie sich sein Gesicht zu einem gequälten Lächeln verzieht. „Ich habe nie an seinem Stolz auf mich gezweifelt. Oder an seiner Liebe."

Mir kommen die Tränen, als ich sehe, wie er diese Erkenntnis offenbart. „Dein Vater klingt wunderbar.“

„Das war er.“ Der Muskel in Zanders Kiefer zuckt. „Ich vermisse ihn jeden Tag.“

Ich küsse Zanders Schulter und beobachte ihn schweigend, weil ich nicht glaube, dass er im Moment mit mir spricht.

„Es war so einfach, ihn zu lieben. Und er war einfach einer dieser guten Jungs, die in allen Dingen selbstlos waren.“

Ich nicke und erinnere mich an meine Schwester. Auch sie war leicht zu lieben. Freundlich und fröhlich. Albern und vergebend. Ich habe sie vergöttert und bin jetzt an einem Punkt angelangt, an dem ich dankbar für die Zeit bin, die ich mit ihr hatte. Ich hoffe, dass Zander eines Tages auch so über seinen Vater denken kann.

Zander schiebt seine Finger unter mein Kinn und hebt mein Gesicht an, damit ich ihn ansehe. „Danke für heute Abend.“

„Weil ich dich zum Weinen gebracht habe?“, antworte ich lachend. „Oh, jederzeit.“

Er schüttelt den Kopf. „Nicht nur für heute Abend …, nur … danke, dass du das Einzige bist, worauf ich mich im Moment verlassen kann.“

Diese bizarre Antwort lässt mich die Stirn runzeln. Ich öffne den Mund, um zu fragen, was er meint, aber er beugt sich vor und drückt mir einen zärtlichen Kuss auf die Lippen. Ich schmecke das Salz seiner Tränen, als er sich zurückzieht und murmelt: „Können wir jetzt bitte schlafen gehen? Nachdem ich all den Ballast abgeladen habe, möchte ich einfach mit dir in meinen Armen einschlafen.“

„Natürlich“, antworte ich, während wir es uns gemütlich machen und zudecken.

Ich liege auf Zanders Brust, und er küsst meinen Kopf und stößt einen Seufzer aus, der sich anfühlt, als würde er eine Million Pfund wiegen. Ich sehe zu ihm auf und sage: „Du solltest auf jeden Fall mehr über ihn reden.“

Zander nickt, seine Augen sind bereits geschlossen, während er murmelt: „Das werde ich.“

Ich genieße das Gefühl seines Herzschlags unter meiner Handfläche und bin schockiert, als er nur wenige Augenblicke später tief und fest eingeschlafen ist.

36

Besser allein

Zander

Ich erwache durch ein entferntes Klopfen und bin einen Moment lang verwirrt, bevor ich merke, dass ich nicht in meinem eigenen Bett liege. Ich liege in Daphneys Bett und bin an sie geschmiegt, als wäre sie mein eigener lebensgroßer Teddybär. Nun, das ist sicherlich neu für mich.

Vorsichtig nehme ich meinen Arm von ihrer nackten Taille und ziehe ihr die Decke über die Schulter, bevor ich mich auf den Rücken drehe. Mein Gott, was war das gestern Abend? Habe ich in der ersten Nacht vor meiner neuen Freundin geweint? *Freundin* ... das ist auch für mich neu.

Nicht dass ich noch nie eine Freundin gehabt hätte, aber es ist schon eine Weile her. Eine lange Weile. Ich drehe den Kopf, beobachte das langsame Heben und Senken von Daphneys Schultern und kann nicht anders als zu lächeln. Sie ist alles, wovon ich nie wusste, dass ich es brauche. Sie ist tröstlich und lustig, herzlich und herausfordernd. Es war leicht, mich in sie zu verlieben. Ich könnte ein wenig Leichtigkeit in meinem Leben gebrauchen.

Im Hintergrund erblicke ich ihre Gitarre, und eine Welle der Traurigkeit überkommt mich erneut. Als ich Daphney gestern Abend singen hörte, brach der Damm in mir, mit dem ich fast ein Jahr lang gekämpft habe. Mit ihrer Gitarre vor ihrem nackten Körper sah sie aus wie ein Engel. Und ihre Stimme hat all die harten Teile in mir weggeschmolzen, die seit dem Tod meines Vaters gefroren sind.

Gestern Abend war ich endlich in der Lage, um ihn zu trauern. Ihn zu vermissen. Meine Augen brennen wieder vor Tränen, die ich wegwische. Verdammt noch mal, was ist nur los mit mir? Ich habe es im letzten Jahr nicht geschafft, auch nur eine einzige Träne über seinen Verlust zu vergießen, und ein einziger Song von Daphney hat einen verdammten

Wasserhahn in meinem Körper aufgedreht. Ich muss meinen Scheiß auf die Reihe kriegen.

Das Klopfen von vorhin ertönt wieder, und ich höre Links vertraute Stimme rufen: „Komm schon, Alter, der Kaffee wird kalt."

„Ich rufe sein Telefon an", murmelt Knights Stimme etwas leiser.

Ich erschaudere darüber, wie laut sie da draußen klingen. Diese Wände sind wirklich hauchdünn. Zum Glück rührt Daphney keinen einzigen Muskel. Sie muss erschöpft sein, nachdem ich vor ihren Augen einen emotionalen Nervenzusammenbruch hatte und sie dann angefleht habe, mit mir zu kuscheln. Sie hat wahrscheinlich schlecht geschlafen, weil sie sich Sorgen um den Psychopathen in ihrem Bett gemacht hat.

Ich steige leise aus dem Bett und ziehe meine Boxershorts an, bevor ich meine Schlüssel und mein vibrierendes Handy vom Tresen nehme. Ich stapfe barfuß in den Flur und öffne Daphneys Tür, um Knight und Link vor meiner Tür stehen zu sehen. Ihre Blicke schweifen zu mir hinüber und sie öffnen den Mund, um etwas zu sagen, aber ich presse einen Finger auf meine Lippen. „Haltet die Klappe. Sie schläft noch", flüstere ich, während ich die Tür hinter mir schließe.

„Du hast bei ihr geschlafen?", flüstert Link.

Ich rolle mit den Augen und gebe ihnen ein Zeichen, mir in meine Wohnung zu folgen. Ich schließe die Tür auf und trete zurück, um sie hereinzulassen. „Ihr müsst trotzdem leise sein. Durch diese Wände kann man eine Stecknadel fallen hören."

Link zeigt auf die Wand, die Daphneys und meine Wohnung trennt. „Warum hast du bei ihr geschlafen? Ich dachte, du sagtest, eine deiner Regeln sei, nicht zu übernachten."

„Das geht dich nichts an", schnauze ich, und mein Kiefer spannt sich vor Verärgerung an, denn ich habe schon genug in meinem verdammten Kopf auszupacken, da muss ich mir nicht auch noch Gedanken über Links und Knights Meinung zu meinem Beziehungsstatus mit Daphney machen. Ich stelle mich vor meinen Esszimmertisch und verschränke die Arme vor der Brust. „Was macht ihr hier?"

„Wir dachten, du könntest moralische Unterstützung gebrauchen, wenn du den Umschlag öffnest", sagt Knight, während er den Kaffee auf dem Küchentisch abstellt. „Wir haben Kaffee mitgebracht."

Ich lache und reibe mir den Schlaf aus den Augen. „Glaubst du, dass Kaffee den Schmerz über den Inhalt des Umschlags lindern kann?"

Knight zuckt mit den Schultern und wirft mir einen Blick zu. „Ich glaube nicht, dass irgendetwas das kann, Mann."

Ich kaue nervös auf meiner Lippe und greife nach dem Umschlag, der hinter mir auf dem Tisch liegt. Er fühlt sich schwerer an als je zuvor. Ich klopfe damit auf meine Handfläche. „Ich glaube, ich habe beschlossen, ihn nicht zu öffnen."

„Was?", fragt Link und kommt zu mir herüber. „Du machst Witze, oder?"

Ich zucke mit den Schultern und schüttle den Kopf. „Ich glaube nicht, dass ich die Wahrheit wissen will."

„Du hast gesagt, dass du es willst", wirft Knight ein, der mich herausfordernd mustert.

„Nun, das war vor …"

„Vor was?", drängt Link.

„Bevor … Ich weiß es nicht. Vielleicht bevor ich mir hier ein Leben aufgebaut habe? Ich fühle mich jetzt einfach anders." Ich lege den Umschlag zurück auf den Tisch und gehe zu meiner Kommode hinüber. Ich ziehe mir ein weißes T-Shirt über und drehe mich zu meinen beiden Freunden um. „Ich glaube, ich muss es nicht wissen."

Knight wirft mir einen Blick zu. „Ich glaube, das musst du."

„Vorher warst du im Team *Unwissenheit ist ein Segen*", erwidere ich. „Was hat sich geändert?"

Knight sieht mich ernst an. „Du musst das hinter dir lassen, Mann. Du warst am Samstag nicht ganz bei der Sache. Das ist der Grund."

Ich rolle mit den Augen. „Wirf mir nicht noch mehr Sport-Psychogeschwätz entgegen."

„Das ist keine Sportpsychologie. Das ist nur gesunder Menschenverstand", schnauzt Knight, dessen Nasenlöcher sich vor Verärgerung aufblähen. „Dieser Umschlag wird dich genauso verfolgen wie dieser Brief."

Ich zögere, wie ich reagieren soll, denn tief im Inneren weiß ich, dass Knight recht hat. Dieser Umschlag ist wie eine verbotene Frucht. Man muss wissen, wie sie schmeckt, denn sie starrt einem direkt ins Gesicht. Nur habe ich das Gefühl, dass mir nichts davon schmecken wird.

Aber dann denke ich an meinen Vater und daran, dass ich ihn verloren habe, und daran, dass ich bis gestern Abend bei Daphney keine einzige Träne vergossen hatte. Ich weiß, warum das so ist. Ich habe meine

Trauer unterdrückt, weil ich mich auf die Tatsache konzentriert habe, dass mein Vater mich vielleicht mein ganzes Leben lang belogen hat. Aber nachdem ich Daphney mein Herz ausgeschüttet habe, geht es mir jetzt vielleicht wieder gut. Vielleicht hat Daphney mich geheilt.

Ich schüttle den Kopf über meine beiden Teamkollegen, die mich anstarren, als hätte ich zwei Köpfe. „Hört auf, mich so anzuschauen!", schnauze ich, während meine Frustration über den Druck, den sie auf mich ausüben, immer größer wird. „Ihr wisst nicht, wie schwer das ist."

„Doch, das tun wir", wirft Link ein, streicht sich die Haare hinter die Ohren und nimmt den Umschlag vom Tisch. „Wir haben gesehen, wie du seit dem ersten Tag damit zu kämpfen hattest. Beende einfach die Sache, die du dir vorgenommen hast. Du hast Daphney nicht umsonst benutzt, um eine Einladung zu diesem Harris-Familienessen zu bekommen, richtig?"

„Du hast keine Ahnung, wovon du redest." Meine Stimme bricht, denn zu hören, wie er mir meine eigenen Worte ins Gesicht wirft, ist wie ein verdammter Dolchstoß.

„Im Ernst!", ruft Link und knallt mir den Umschlag gegen die Brust. „Das ist deine Antwort. Deshalb hast du sie auf eine Doppeldeckerbustour mitgenommen, um nahe genug heranzukommen, um eine DNA-Probe von Vaughn zu bekommen. Jetzt musst du diesen Scheiß aufmachen und dich damit auseinandersetzen, oder du wirst das Gefühl haben, den Rest deines Lebens eine Lüge zu leben."

„Ich habe bereits das Gefühl, eine Lüge zu leben", schreie ich, und meine Stimme hallt in meinen Ohren, während ich den Umschlag wieder auf den Tisch knalle. „Ich weiß nicht einmal mehr, wer ich eigentlich bin. Ich fühle mich, als würde ich alle anlügen. Meine Mutter, meinen Manager, meine Mannschaftskameraden, meine Freundin. Ich habe sogar das Gefühl, dass ich meinen eigenen Vater anlüge!"

„Welche Freundin?", fragt Link verwirrt.

Ich fahre mir mit den Händen durch die Haare und schaue an die Decke, denn in meinem Kopf dreht sich alles. Ich will mit diesen Jungs nicht darüber reden. Mir ist klar, dass sie es gut meinen, aber ich hätte ihnen das alles gar nicht erst erzählen dürfen. Ich habe den Fehler gemacht, mich Jude in Seattle zu öffnen, und er ist derjenige, der mich in diesen verdammten Schlamassel gebracht hat. Jetzt habe ich diesen Fehler bei diesen Jungs noch verschlimmert. Vielleicht war es auch ein Fehler,

Daphney gestern Abend von meinem Dad zu erzählen. Allein bin ich besser dran. Das war ich schon immer.

„Danke, dass ihr gekommen seid, aber ich werde das nicht vor euch machen."

„Warum nicht? Wir sind deine Freunde", blafft Link, und seine Stimme ist so ernst, wie ich sie noch nie gehört habe.

„Wenn ihr meine Freunde seid, dann werdet ihr respektieren, dass ihr verdammt noch mal gehen müsst." Ich marschiere zur Tür und öffne sie.

„Du schmeißt uns raus?" Link lacht, sein Gesicht ist fassungslos.

Ich schüttle langsam den Kopf. „Danke für die Unterstützung, aber ich übernehme von hier aus."

Link schaut zu Knight hinüber, um zu sehen, ob er widersprechen wird. Knight deutet auf die Tür.

„So viel zu Teamkameraden", schnaubt Link, bevor er an mir vorbei stürmt.

Als Knight mich an der Tür erreicht, kann ich kaum Augenkontakt mit ihm aufnehmen, als er direkt vor mir innehält. „Es wird einsam auf einer Insel des Selbsthasses, mein Freund. Vergiss nur nicht, dass du derjenige bist, der uns weggestoßen hat."

Als ich die Tür hinter Knight schließe, fühle ich mich abartig und schmutzig aufgrund des Chaos in meinem Leben. Im einen Augenblick habe ich von meinem Vater geträumt, der ein guter Mann war, und jetzt stelle ich alles über ihn infrage. Und der Scheißkerl ist zu sehr damit beschäftigt, tot zu sein, um überhaupt hier zu sein, um die Millionen von Fragen zu beantworten, die ich an ihn habe. Ich bin verdammt verloren und weiß nicht, was ich tun soll.

Ich stapfe in meine Dusche, in der Hoffnung, dass ich etwas von diesem Gestank abwaschen und ein wenig Klarheit finden kann. Während das Wasser über mich hinwegrauscht, weiß ich, dass nur eine Person diesen Schmerz in mir wegnehmen kann.

Daphney.

Hastig ziehe ich mich an und stecke mein Handy in die Tasche. Ich kann es kaum erwarten, sie wiederzusehen, während ich mich auf den Weg in den Flur mache. Als ich ihren Türknauf drehen will und feststelle, dass er verschlossen ist, ziehe die Stirn in Falten. Ich klopfe an die Tür und rufe ihren Namen, aber es kommt keine Antwort. Ich bewege den Türknauf erneut, aber er rührt sich nicht.

„Daphney, bist du da drin?", rufe ich durch das Holz und drücke mein Ohr an die Tür, um auf die Dusche zu lauschen.

Es herrscht Schweigen, also ziehe ich mein Handy aus der Tasche, um sie anzurufen. Als ich ihren Namen aufrufe, sehe ich eine SMS von ihr.

Daphney: Ich dachte, ich könnte dir vertrauen … Ich habe mich geirrt.

Bei diesen ominösen Worten dreht sich mir der Magen um. Was zum Teufel ist passiert? Was meint sie damit, dass sie mir nicht vertraut? Ein Schauder überläuft meinen ganzen Körper, als es mir dämmert. *Sie hat alles gehört, was wir gesagt haben.*

„Wir alle haben euch gehört", ruft die Stimme von Miss Kitchems die Treppe hinauf.

„Scheiße!", rufe ich laut aus und wirble herum, um das verdammte Mäusehaus im Flur zu treten. Es zerbricht in mehrere Teile, die den Wirbel in meinem Inneren widerspiegeln.

„Das habe ich auch gehört", ruft Miss Kitchems wieder.

Ich bedecke meine Augen, mein Verstand ist ein nebliges Durcheinander aus Entsetzen und Schuldgefühlen. So, so viele Schuldgefühle. Sie hat gehört, was Link darüber gesagt hat, dass ich sie benutzt habe. Sie hat alles gehört. Ich wollte ihr von all dem erzählen. Ich wollte es ihr sagen. Ich hätte es ihr gestern Abend sagen sollen.

Verdammte Scheiße! Das kann doch nicht unlösbar sein. Sicherlich wird sie es verstehen, wenn ich ihr alles erkläre.

Ich eile barfuß die Treppe hinunter und sehe, dass ihr Auto weg ist. Wo ist sie nur hin? Ich drücke die Anruftaste auf meinem Telefon und höre die Leitung immer wieder klingeln.

Ich dachte, ich könnte dir vertrauen … Ich habe mich geirrt.

Das ist wirklich verdammt schlecht. Und leider ist es nur die Kirsche auf dem Sahnehäubchen des Scheiß-Eisbechers meines Lebens.

37

Das Spiel verschenkt

Zander

„Santino?", krächze ich in die Telefonleitung, die Finger fest um die Visitenkarte des Team-Anwalts geklammert, die in meiner Küchenschublade liegt, seit er nach meiner Ankunft in London in meiner Wohnung vorbeigeschaut hat.

„Ja?", antwortet er mit rauer Stimme, als wäre er gerade erst aufgewacht.

„Hier ist Zander Williams. Es tut mir leid, dass ich dich so kurz nach deiner Hochzeit anrufe, aber im Clubbüro hieß es, du würdest Anrufe von Spielern entgegennehmen." Ich atme schwer aus und zwinge mich, den Griff um mein Telefon zu lockern, bevor ich es breche.

Seit zwei Tagen bleiben die Anrufe von Daphney unbeantwortet. Zwei Tage, in denen sie nicht in ihrer Wohnung aufgetaucht ist und nicht im Old George gearbeitet hat. Und seit zwei Tagen sitze ich in meinem selbstverschuldeten Elend. Gestern und heute habe ich mich für das Training krankgemeldet, und morgen werde ich dem Team auf keinen Fall gegenübertreten können, wenn ich den Plan, den ich mir ausgedacht habe, nicht durchziehe.

„Es ist völlig in Ordnung, dass du angerufen hast, Zander. Ich bin nicht außer Landes oder so. Was kann ich für dich tun?", fragt Santino, seine Stimme klar und professionell.

Ich atme tief ein und sage, was ich zu sagen habe. „Ich muss zu einem neuen Team wechseln, wenn sich das Transferfenster diesen Sommer öffnet", sage ich, und meine Stimme klingt roboterhaft, nachdem ich den Satz so oft geübt habe. „Vorzugsweise zu einem Verein in London. Aber nicht Bethnal Green oder Arsenal. Ich habe keinen Agenten. Ich brauche nur einen Vertrag. Ich würde sogar in die Championship League oder eine Liga darunter gehen. Das ist mir egal. Ich will nur in London bleiben und weiter Fußball spielen."

Ich seufze schwer, als ich meinen Plan laut ausspreche. Für Santino hört es sich wahrscheinlich verrückt an, aber wenn ich von der Harris-Familie wegkomme und den ganzen DNA-Scheiß vergesse und ob unsere Hände gleich aussehen oder nicht, dann kann ich vielleicht einen Weg finden, meine Beziehung zu Daphney zu reparieren.

Es herrscht langes Schweigen, als Santino schließlich antwortet: „Deine Mutter hat es dir also erzählt."

Mein Kopf ruckt zurück. Was zum Teufel hat meine Mutter mit all dem zu tun? Warum sollte er etwas über meine Mutter wissen?

Ich lecke mir über die Lippen und beschließe, mitzuspielen. „Ja, sie hat es mir erzählt."

Er atmet heftig ein. „Hör zu, Zander. Ich denke, wir können das in aller Ruhe regeln, okay? Wir können uns einen Plan einfallen lassen, der alle zufriedenstellt. Und wir können eine Geschichte erfinden, die die Presse glauben wird. Wir müssen nicht einmal Vaughn davon erzählen, wenn du das nicht willst. Das liegt ganz bei dir."

Ein Schauder läuft mir über den Rücken. „Woher weißt du von Vaughn?"

„Weil deine Mutter mich angerufen hat", sagt Santino, als wäre es selbstverständlich.

„Wann genau hat sie dich angerufen?", frage ich mit hohler Stimme.

„Nun, wahrscheinlich vor sieben oder acht Monaten." Er schnaubt, und ich höre, wie er mit einigen Papieren raschelt. „Ich habe eine Firma für Krisenmanagement, die uns vielleicht helfen kann."

„Was hat meine Mutter bei diesem Anruf alles gesagt?", stoße ich mit zusammengebissenen Zähnen hervor.

Santino atmet schwer aus. „Hat sie dir das nicht alles erzählt?"

„Nein, Santino. Meine Mutter hat mir einen Scheißdreck erzählt", schnauze ich. „Ich hoffe, du kannst mich aufklären."

Santino stottert einen Moment lang. „W-W-Woher weißt du es dann?"

Ich weiß nicht, wie ich darauf antworten soll, denn die Wahrheit ist, dass ich nichts weiß, weil ich mich immer noch nicht dazu durchringen kann, den verdammten DNA-Umschlag zu öffnen. Und Knight hatte recht. Das verdammte Ding verfolgt mich. Deshalb will ich so weit wie möglich von Bethnal Green weg.

Mein Kiefer ist angespannt, als ich mit der Wahrheit antworte, denn ehrlich gesagt sind mir die Lügen ausgegangen, die ich erzählen kann. „Ich habe einen Brief gefunden, den meine Mutter an Vaughn Harris geschrieben hat, als sie mit mir schwanger war, in dem sie ihm mitteilte, dass ich sein Sohn bin. Ich weiß es seit dem Tag, an dem ich zu Bethnal Green rekrutiert wurde."

„Mein Gott", murmelt Santino.

„Meine Frage an dich lautet, wenn du mit meiner Mutter gesprochen hast, wie ist es dann möglich, dass du noch zu niemandem etwas gesagt hast?"

„Deine Mutter hat mich eine Geheimhaltungsvereinbarung unterschreiben lassen", antwortet er knapp. „Und ich bin Anwalt, also nehme ich solche Dinge ernst."

„Was wollte sie, als sie dich vor sieben Monaten anrief? Und bitte lüg mich nicht an. Ich habe die Nase voll von den verdammten Lügen."

Santino zögert am anderen Ende der Leitung.

„Sag es mir einfach", fordere ich.

Seine Stimme ist ernst, als er antwortet: „Sie wollte, dass ich einen Weg finde, deinen Vertrag mit dem Club zu beenden, weil sie Angst hatte, du würdest herausfinden, dass du der Sohn von Vaughn Harris bist."

Bei seiner Antwort dreht sich mir der Magen um, und ich muss mich bücken und auf den Knien abstützen. Es ist noch schlimmer, als ich es mir vorgestellt habe. Ehrlich gesagt weiß ich nicht, was ich mir vorgestellt habe. Mein Gehirn ist in diesen Tagen ein Haufen Brei, und meine Gefühle sind verbrannt. Aber dass meine Mutter versucht hat, meine Karriere wegen all dem zu ruinieren, ist mir nicht einmal in den Sinn gekommen.

Und … jetzt ist es raus. Die Bestätigung, die ich mit aller Macht vermieden habe. Vaughn Harris ist mein Vater.

Meine Stimme ist angespannt, als ich ein „Verstehe" hervorstoße.

„Zander, hör zu. Ich bin mit Tilly in Bath, aber ich kann einen Zug nehmen und in ein paar Stunden wieder in London sein. Lass uns ein Treffen vereinbaren."

Ich schüttle den Kopf, obwohl ich weiß, dass er es nicht sehen kann. „Ich brauche kein Treffen mit dir. Ich brauche ein Treffen mit jemand anderem."

„Was meinst du? Ich bin derjenige, der sich darum kümmern sollte."

„Du irrst dich", antworte ich mit zusammengebissenen Zähnen. „Meine Mutter ist diejenige, die sich darum kümmern sollte."

38

Die Bar ist geschlossen

Daphney

„Warum schreibt mir Zander Williams eine SMS und fragt, wo du bist?",
knurrt mein Bruder Hayden in mein Handy, während ich im Old George
das Tafelsilber einpacke, bevor wir öffnen.

„Weil ich seit ein paar Tagen nicht mehr in meiner Wohnung war",
antworte ich scharf.

„Wo hast du übernachtet?"

„Bei Phoebe."

„Was ist hier los?"

„Nichts, Hayden."

„Blödsinn", schnauzt er. „Zanders SMS scheinen nicht nichts zu sein.
Er sagt, du nimmst seine Anrufe nicht entgegen und er hat dich gesucht."

„Ich kümmere mich darum."

„Was hat er getan?", fragt Hayden bedrohlich. „Sag es mir einfach."

„Nein."

Er schnaubt in die Leitung. „Warum finden die Loser immer dich,
Daphney?"

„Weil ich leichte Beute bin, okay, Hayden?", fauche ich, und meine
Stimme bricht, als mich zum fünfzigsten Mal heute ein neuer Schmerz
durchfährt. „Weil ich ein Magnet für Arschlöcher bin. Weil ich nicht gut
genug bin, um jemanden zu finden, der sich auf bedeutsame Weise um
mich kümmert. Ist das die Antwort, die du suchst?"

„Daphney." Haydens Stimme klingt gequält, aber nicht so sehr wie
meine.

„Mach dir keine Sorgen um mich, Hayden. Mir geht's gut. Wir sprechen uns später." Ich lege auf, frustriert darüber, dass ich überhaupt ab-
genommen habe, aber ich wollte sichergehen, dass es nicht etwas ist,
um das ich mich im Gebäude kümmern muss, da ich schon seit ein paar

Tagen nicht mehr dort war. Der Himmel bewahre mich davor, dass ich eine meiner Pflichten vernachlässige, während ich mich in einem weiteren Beziehungsdesaster suhle. Es ist wie ein verdammtes Déjà-vu, immer und immer wieder.

Nach der Hochzeit wachte ich voller Selbstzufriedenheit auf. Ich schwöre, ich habe sogar im Schlaf gelächelt, um Himmels willen. Ich träumte von Zander, während er mich in seinen Armen hielt. Mein Herz war so verdammt voll, dass ich uns Kaffee kochte und dachte, ich könnte das mit ihm den Rest meines Lebens machen.

Dann hörte ich, wie er nebenan mit seinen Mannschaftskameraden sprach. Ich dachte mir nichts dabei und ging davon aus, er würde zurückkommen, weil sein Anzug noch auf dem Boden meiner Wohnung lag.

Dann hörte ich meinen Namen. Und ich hörte, wie Zander versuchte, Link zu sagen, er wisse nicht, wovon er rede. Und dann sagte Link etwas über die Doppeldecker-Bustour, und mir wurde ganz schlecht.

Es war, als hörte ich die Stimme eines völlig Fremden.

Mein Handy piept mit einer SMS-Benachrichtigung, und ich bin ein wenig erleichtert, als ich sehe, dass es Phoebe ist und nicht eine weitere SMS von Zander, denn ich habe ihn drei Tage lang ignoriert.

> **Phoebe: Bin spät von meiner Hörbuchsession gekommen. Bin in zwanzig Minuten da.**

> **Ich: Du brauchst nicht hierherzukommen.**

> **Phoebe: Einen Scheißdreck tue ich. Wenn dieser Wichser versucht, während deiner Schicht vorbeizukommen, muss er erst an mir vorbei. Wir sehen uns bald. xx**

Mein Kinn bebt angesichts der Überfürsorglichkeit meiner besten Freundin. Ich hasse es, dass sie mich in den letzten Tagen vom Boden aufheben musste. Ich hasse es, dass ich unzählige Tränen nach so vielen unzähligen Küssen vergossen habe. Ich hasse es, mich wieder wie mein altes Selbst zu fühlen, das sich leicht und blind verliebt.

Ich hasse den verdammten Zander Williams.

Ich nehme ein Gestell mit den Plastikgläsern für draußen und trage sie zur Biergartenbar, um die Regale für heute Abend aufzufüllen. Dabei muss ich mich lediglich darauf konzentrieren, einen Fuß vor den anderen zu setzen. Mich auf meine Arbeit konzentrieren. Mich auf die anstehende Aufgabe konzentrieren.

Ich kann meinen Atem in der Kälte sehen, als ich hinter die Bar gehe, um die Gläser umzustellen, als eine tiefe Stimme mich fast zu Tode erschreckt.

„Hey, Ducky."

Ich schnappe nach Luft und lasse fast das Glas in meiner Hand fallen, als ich aufschaue und Zander am Ende der Bar sitzen sehe. Er trägt seine Red-Sox-Kappe nach vorn gedreht und tief nach unten gezogen, während sein braunes Haar hervorquillt. Außerdem hat er nur einen Kapuzenpulli an, obwohl es hier draußen eiskalt ist.

„Zander, was zum Teufel machst du hier hinten?", frage ich mit zusammengebissenen Zähnen.

„Ich warte auf dich." Er leckt sich die Lippen und stützt seine Hände auf die Theke.

„Wie bist du hierhergekommen? Wir haben doch noch gar nicht geöffnet."

„Ich bin über den Zaun geklettert." Er hält einen Arm hoch und zeigt einen Riss in seinem Pullover. „Ich bin mit meinem Sweatshirt an einem Nagel im Efeu hängen geblieben."

„Nun, das war sinnlos, denn ich will dich nicht sehen." Ich nehme das Gestell mit den Biergläsern in die Hand und gehe wieder hinein.

Zander sprintet um mich herum und stützt sich mit den Händen auf beiden Seiten ab, um mir den Weg zu versperren. „Ich muss es erklären", sagt er, und ich kann nicht umhin, die dunklen Ringe unter seinen Augen zu bemerken.

„Du musst gar nichts erklären", erwidere ich entschlossen, während ich die Gläser auf den Tresen stelle und meinen Mantel bis zum Kinn hochziehe, als würde mich das irgendwie vor ihm schützen. „Ich habe alles ganz deutlich gehört. Wie du gesagt hast, die Wände sind hauchdünn."

Er zögert einen Moment, also mache ich einen Schritt, um wieder zu gehen, und er streckt eine Hand aus, um meine Taille zu berühren und mich aufzuhalten. Die Wärme seiner Handfläche hätte genauso gut ein heißes Brandeisen in meinem Mantel sein können. Es tut so verdammt weh.

„Fass mich nicht an", fauche ich mit zusammengebissenen Zähnen, als ich vor ihm zurückweiche. „Fass mich ja nicht an. Sprich nicht mit mir. Lass mich einfach in Ruhe, okay? Ich verstehe schon. Du brauchtest mich, um an Vaughn Harris heranzukommen. Ich kenne die Details nicht, aber ich habe genug gehört.“

„Du verstehst schon, was ich gemacht habe, oder?“, fragt er mit heiserer Stimme, weit aufgerissenen und geröteten Augen. „Ich habe versucht, herauszufinden, ob Vaughn Harris mein verdammter Vater ist.“

„Oh, das habe ich verstanden.“ Ich lache, schüttle den Kopf und verschränke die Arme fest vor der Brust. „Du hast also mit mir geflirtet, mich auf eine Bustour mitgenommen, warst nett zu mir, hast sogar mit mir geschlafen …, und das alles nur, um eine Einladung zu einem Harris-Sonntagsessen zu bekommen, damit du DNA von Vaughn Harris entnehmen kannst. Habe ich etwas vergessen?“

Zander blinzelt mich an. „Nein.“

„Gut, dann gibt es nichts mehr zu sagen. Du hast deinen Auftrag erfüllt. Gut gemacht.“ Mir dreht sich der Magen angesichts der Tatsache, dass ich ihm wieder so nahe bin und ihn so sehr hasse. Es ist ein absolut furchtbares Gefühl.

„Das mit uns ist noch nicht vorbei, Daphney“, sagt Zander mit rauer Stimme. „Wir können das hinter uns lassen.“

„Nein, das können wir nicht!“ Ich lache. „Das ist etwas, das ich nicht hinter mir lassen kann.“

Er senkt den Kopf, um mich mit einem tödlichen Blick zu fixieren. „Glaubst du nicht, dass das, womit ich zu tun habe, eine etwas größere Sache ist, als dass ich dir nicht davon erzählt habe?“

„Oh nein, das tue ich.“ Ich nicke nachdenklich. „Viel Glück bei der Entscheidung, ob du den Umschlag öffnen wirst. Klingt nach einer echten Zitterpartie.“

Zanders Nasenlöcher blähen sich auf. „Ich bin froh, dass du mein Leben für so einen verdammten Witz hältst.“

„Ich halte dein Leben nicht für einen Witz“, schreie ich, während ich näher an ihn herantrete. „Ich fand sogar, dass der *Vater*, den du mir beschrieben hast, sehr real klang. Ich mochte die Geschichten, die du mir über ihn erzählt hast. Ich konnte ihn mir fast vorstellen, so perfekt hast du ihn beschrieben. Aber jetzt bin ich mir nicht mehr sicher, wen du da eigentlich beschrieben hast.“

„Das … meinen Vater, Jerry“, stottert Zander, dem die Emotionen ins Gesicht geschrieben stehen.

„Also, ist Jerry wirklich gestorben? Oder ist er am Leben und wohlauf?" Meine Worte sind grausam und verletzend, aber der Schmerz in mir ist lauter als mein Mitgefühl.

„Ja. Scheiße, für wen hältst du mich eigentlich, Daphney?", schreit Zander, und seine Stimme erstickt vor Emotionen, für die ich im Moment kein Verständnis habe, weil ich zu verletzt bin.

„Ich weiß nicht, wer du bist, Zander! Ich dachte, ich sei mit einem Typen zusammen, der mir von einer sehr, sehr großen Sache erzählen würde, die in seinem Leben passiert. Wie zum Beispiel die Frage, wer sein richtiger Vater ist. Ich weiß, dass seine Teamkameraden es wussten. Sie wussten viel mehr als ich. Das ist wohl Fußball für dich, was? Es spielt keine Rolle, dass ich mit dir geschlafen habe. Warum um alles in der Welt sollte ich es verdienen, von einer möglichen genetischen Verbindung zum Manager deines Fußballvereins zu wissen? Das ist eindeutig ein zu unwichtiges Detail, um es mit der Freundin zu teilen."

„Du warst weniger als vierundzwanzig Stunden meine Freundin!", brüllt Zander, wobei die Adern an seinem Hals wütend vortreten.

„Und da ist es", erwidere ich mit schriller Stimme. „Die Wahrheit über deine Gefühle. Ich habe dir Dinge erzählt. Ich habe dir von meiner Schwester, meiner Familie und meinem Ex erzählt. Wir hatten schon seit Wochen mehr als nur zwanglosen Sex, und fick dich, dass du mir das Gefühl gegeben hast, darin sicher zu sein."

Tränen laufen ihm über die Wangen, als er seine Kappe abnimmt und mir den Blick auf den verheerenden Schmerz in seinen Augen freigibt. Er sieht gebrochen und leer aus, und ein Teil von mir möchte ihn trösten. Ihm verzeihen. Aber ich bin in meinem Leben schon zu weit gekommen, um mich noch einmal von einem anderen Mann manipulieren und benutzen zu lassen. Ich habe etwas Besseres verdient.

„Was willst du von mir, Daphney?", weint er mit schwacher Stimme. „Es tut mir leid, okay? Ich hätte es dir sagen sollen. Ich wollte es dir sagen. Ich konnte nur … die Worte nicht finden."

„Du konntest die Worte nicht finden, und ich kann keine Vergebung finden." Mein Kinn bebt und Tränen brennen mir in den Augen, als ich die schmerzliche Wahrheit erkenne. Ich war so dumm, als ich Zander für anders hielt. Ich war so dumm, als ich glaubte, dass er besser sein könnte als die anderen Männer in meinem Leben. Dass er sogar der Richtige sein könnte. Mein Gott, was bin ich dumm. Er steht vor mir und fragt mich, was ich von ihm will, und nach allem, was wir in den letzten Wochen miteinander erlebt haben, sollte das eigentlich klar sein.

Dieser Moment hier muss der Abschied sein. Wenn ich ihn auch nur eine Minute länger in mein Leben zurücklasse, werde ich mich nicht erholen, wenn es unweigerlich zu Ende geht. Und ich werde nicht zulassen, dass noch ein Mann mein Leben ruiniert.

Meine Stimme ist entschlossen, als ich vortrete und ihn mit der harten Wahrheit konfrontiere. „Der letzte Kerl hat mich überrumpelt, als ich herausfand, dass er mich wegen meiner Musik benutzt hat. Jetzt hast du mich wegen meiner Verbindung zur Harris-Familie benutzt, und ich wurde wieder einmal überrumpelt. Es ist klar, dass ich der gemeinsame Nenner in diesen beiden Szenarien bin." Meine Stimme bricht bei der schmerzhaften Erkenntnis, dass ich nicht nur Zander nicht trauen kann. Ich bin es. Ich bin diejenige, auf die ich mich nicht verlassen kann. Ich dachte, ich kenne Zander. Ich dachte, ich läge ihm am Herzen. Ich habe mich geirrt und war naiv. So, so naiv. Ich schüttle den Schmerz ab und füge mit Bestimmtheit hinzu: „Ich kann meinem Herzen nicht trauen, und dir kann ich auch nicht trauen."

Ich mache einen Schritt an ihm vorbei, und seine Stimme klingt flehend, als er sagt: „Daphney, bitte – bitte geh nicht weg."

Ich atme scharf ein und fixiere ihn mit einem Blick, der die Selbsterkenntnis in meiner Seele widerspiegelt. „Ich brauche vielleicht keinen Anwalt, um dich aus meinem Leben zu vertreiben, aber ich verspreche dir, dass ich vergessen werde, dass du je existiert hast, Zander Williams."

39

Nächstes Flugzeug nach London

Zander

„Du bist hier", sagt Link, als er in die Umkleidekabine geht und mich beim Wechsel zu meinen Trainingsklamotten vorfindet.

„Wo sollte ich denn sonst sein?", grummle ich und binde meine Schnürsenkel mit einer gesunden Portion Wut, die ich seit dem epischen Streit mit Daphney gestern an die Stelle meines Schmerzes treten lasse.

Link setzt sich neben mich, als Knight als Nächster hereinkommt. Er bleibt vor mir stehen und funkelt mich an, wobei sein Gesicht keinerlei Emotionen zeigt. „Du hast drei Trainingseinheiten verpasst."

Ich zucke mit den Schultern. „Ich musste mich um einiges kümmern."

„Also, hast du es getan?", fragt Link mit großen, besorgten Augen. „Hast du die Ergebnisse gelesen?"

Ich schüttle den Kopf. „Ich werde das tun, was ich von Anfang an hätte tun sollen."

„Das wäre?", hakt Link nach.

„Ich werde die Wahrheit von meiner Mutter erfahren." Ich blicke zu Knight auf, dessen Augenbrauen neugierig zucken. „Sie sitzt gerade im Flugzeug und sollte hier sein, wenn wir mit dem Training fertig sind."

Knight lässt sich auf die Bank mir gegenüber sinken. „Und was dann?"

„Und dann werden wir sehen." Ich setze meinen Fuß auf den Boden und lehne mich zurück. „Ich weiß nur, dass ich nicht mehr für diesen Verein spielen werde."

„Was?", fragen Knight und Link gleichzeitig.

Ich nicke ernst. „Ich kann es nicht tun, egal wie die Wahrheit aussieht. Es ist schon zu viel Scheiße passiert."

„Was meinst du?", fragt Link, dem vor Entsetzen der Mund offen steht.

Ich zucke mit den Schultern. „Daphney weiß, dass ich sie benutzt habe, um an Vaughn heranzukommen. Sie hat unser ganzes verdammtes Gespräch durch die Wand gehört.“

„Scheiße. Es tut mir so leid, Z.“ Link streicht sich die Haare hinter die Ohren. „Ich hätte nie etwas sagen sollen.“

Ich schüttle entschlossen den Kopf. „Es ist nicht deine Schuld. Es ist meine Schuld. Dieser ganze beschissene Schlamassel ist allein meine Schuld. Ich habe alle um mich herum belogen, auch euch. Ich habe euch erzählt, Daphney und ich hätten nur eine zwanglose Beziehung, und selbst das war eine verdammte Lüge. Mir wurde bewusst, dass ich in sie verliebt war, als ich sie bei diesem Arsenal-Spiel in einem Bethnal-Green-Sweatshirt auf der Tribüne gesehen habe. Ich wusste es, und trotzdem war ich nicht ehrlich zu ihr. Ich war nicht einmal ehrlich zu mir selbst. Mein Vater würde sich für mich schämen. Und das sind Worte, von denen ich nie dachte, dass ich sie sagen würde.“

Ich stehe auf und will die Umkleidekabine verlassen, aber Knight greift nach meinem Arm und dreht mich um, damit ich ihn ansehe. „Das war's also. Du willst einfach die Flinte ins Korn werfen?“

Ich nicke langsam. „Ich beende die Saison und wechsle, wenn sich das Fenster öffnet, denn ich brauche einen Neuanfang.“

„Und deine Mutter?“

Ich atme schwer aus. „Sie hat eine Menge zu verantworten. Und ich werde versuchen zuzuhören, denn ehrlich gesagt fällt der Apfel nicht weit vom Stamm.“

„Sei nicht so streng mit dir“, sagt Knight mit angespanntem Kiefer. „Du warst nicht allein mit diesem verrückten Plan. Wir waren von Anfang an da und werden auch am Ende dabei sein.“

Ich nicke und drücke dankbar Knights Arm, bevor ich aus der Umkleidekabine gehe. Als ich um die Ecke biege, um zum Trainingsplatz zu gehen, ruft mir eine Stimme zu: „Zander!“

Ich spanne mich an und zwinge mich, cool zu bleiben, als ich mich auf dem Absatz umdrehe, um Vaughn zu begegnen. Er kommt auf mich zu, während seine blauen Augen mich streng mustern. „Du hast drei Tage Training verpasst, mein Sohn. Wie geht es dir?“

„Lebensmittelvergiftung, aber jetzt ist es wieder in Ordnung“, antworte ich schroff. Was macht an diesem Punkt schon eine weitere Lüge?

„Du siehst immer noch ein wenig mitgenommen aus.“ Er sieht mich ernst an, sein Gesicht ist vor Mitleid verzogen. „Das hat doch nicht etwa etwas mit dem zu tun, was zwischen dir und Daphney läuft, oder?"

„Was?" Ich zucke verwirrt zurück. „Woher weißt du …?"

„Hayden hat mir gegenüber etwas erwähnt", sagt Vaughn schwer seufzend. „Willst du darüber reden?"

„Auf keinen Fall", schnauze ich in einem Tonfall, der an Respektlosigkeit grenzt.

Was ist nur mit dieser verdammten Familie los? Warum mischt sich jeder die ganze Zeit in die Angelegenheiten von anderen ein? Daphney ist nicht einmal ein Mitglied der Harris-Familie, und trotzdem müssen sie sich in ihr verdammtes Leben einmischen? Und warum zum Teufel musste Daphneys Bruder Daddy Harris Scheiße erzählen, die nichts mit ihm zu tun hat? Das ist der Grund, warum ich von dieser Familie wegkommen muss.

Vaughn beobachtet mich einen Moment lang aufmerksam, bevor er mir eine Hand auf die Schulter legt. „Weißt du, mein Sohn …"

„Ich sollte mich wirklich aufwärmen gehen", unterbreche ich ihn eilig, denn das Letzte, was ich jetzt brauche, sind väterliche Gefühle von diesem Mann. „Ich schwöre, am Samstag bin ich wieder fit."

Vaughn nickt langsam und entlässt mich schweigend. Meine Stollenschuhe klappern auf dem Beton, als ich mich auf den Weg zum Spielfeld mache und hoffe, dass Coach Zion heute eine Extraportion Sadismus für mich übrig hat. Ich kann sie verdammt gut gebrauchen.

Meine Muskeln sind wie Wackelpudding, als ich durch die kalte Londoner Luft nach Hause stapfe. Eine SMS von meiner Mutter nach dem Training besagte, dass sie in einem Taxi säße und auf dem Weg zum Old George wäre, wo ich sie gebeten hatte, mich zu treffen. Ich wollte dieses Gespräch in der Öffentlichkeit führen, denn meine Mutter muss sich lange genug zusammenreißen, um mir Antworten zu geben. Und ehrlich gesagt bin ich nicht bereit, sie in meine Wohnung einzuladen. Mein Leben hier in London fühlt sich an wie etwas, an dem sie noch nicht teilhaben sollte, besonders, falls sich etliche von Santinos Worten als wahr herausstellen sollten. Ich weiß, dass es möglich ist, dass Daphney dort sein wird. Ein Teil von mir will, dass sie da ist, ein Teil nicht.

Ehrlich gesagt weiß ich nicht, was ich von ihr halte. Es ist klar, dass sie nichts mit mir zu tun haben will, aber jetzt frage ich mich irgendwie, ob ich ohne sie besser dran bin. Zuerst wollte ich in London bleiben, damit ich ihr Vertrauen langsam zurückgewinnen kann, aber tief im Inneren bin ich auch von ihr enttäuscht. Die Tatsache, dass sie mir nicht einmal ein Mindestmaß an Gnade gewähren kann, während ich eine sehr harte Prüfung durchmache, verletzt mich zutiefst. Es war so einfach für sie, mich nach einem einzigen Fehler loszuwerden. Vielleicht hätte sich Vaughn Harris auch dafür entschieden, mich loszuwerden, wenn meine Mutter ihm jemals diesen Brief geschickt hätte.

Wenn meine Mutter bestätigt, was ich heute schon weiß, was wird dann der Rest der Harris-Familie denken? Die Chancen stehen gut, dass sie einen Kerl, der ihre Gruppe unter dem Deckmantel eines Freundes und Mannschaftskameraden infiltriert hat, nur um sie die ganze Zeit zu betrügen, nicht gutheißen werden. Ich würde diesen Kerl ganz sicher nicht mit offenen Armen empfangen.

Ich habe dieses ganze Szenario so verdammt falsch angepackt. Und Daphney war meine einzig gute Sache. Mein sicherer Hafen. Sie war die einzige Person in meinem Leben, auf die ich zählen konnte, und jetzt … hat sie mich ohne einen zweiten Gedanken verlassen.

Als ich den vertrauten Old George Pub betrete, geht mein Blick sofort zur Bar, um sie zu suchen. Ich kann nicht anders. Es ist eine verdammte Gewohnheit des Herzens, die zu brechen einige Zeit dauern wird.

Hubert schaut von seiner Arbeit auf und winkt mir leicht zu. Selbst er sieht aus, als würde er mich hassen. Mein Blick schweift über den Rest des Pubs, und in der Ecke entdecke ich sie …, die Frau, die mich geboren hat.

„Hey, Kumpel!", krächzt meine Mutter, als sie sich von ihrem Stuhl erhebt und mir zuwinkt.

Sie sieht kleiner aus, als ich sie in Erinnerung habe. Ihr kurzes braunes Haar ist immer noch der gleiche Bob, den sie seit fast einem Jahrzehnt trägt, aber ihre Figur scheint nach unserem letzten Zusammensein geschrumpft zu sein. Und sie sieht aus, als sei sie um einige Jahre gealtert.

„Hey, Mom", sage ich, gehe zu ihr hinüber und beuge mich hinunter, um sie zu umarmen.

Sie zittert in meinen Armen, und ich höre, wie sie ein Wimmern unterdrückt. „Ich kann nicht glauben, dass ich hier in London bin. Ich war seit vor deiner Geburt nicht mehr hier."

Wir trennen uns, und ich schenke ihr ein halbes Lächeln. „Ich kann es auch nicht glauben." Ich nehme meinen Rucksack ab und bedeute ihr, sich wieder hinzusetzen. „Willst du etwas trinken?", frage ich, während ich mich bemühe, Augenkontakt herzustellen. „Ich muss es an der Bar bestellen."

„Ähm, ich nehme einen Kaffee, wenn sie den hier haben."

Ich nicke und gehe zurück zur Bar, um zwei Tassen Kaffee und ein Kännchen Milch für meine Mutter zu holen. Meine Hände zittern, als ich damit zurückkomme, wobei ich die ganze Zeit ihre Augen auf mir spüre.

„Ist es möglich, dass du seit Weihnachten gewachsen bist?" Sie lacht, aber es ist schwach.

Ich schiebe ihr die Tasse und die Milch vor die Nase. „Sie trainieren mich hier ziemlich hart."

„Offensichtlich", sagt sie und starrt auf meine Arme. „Dein Mantel passt dir kaum noch."

„Er passt gut", antworte ich und starre auf meinen Kaffee.

Sie gibt einen leisen, singenden Kehllaut von sich. „Wirst du mir sagen, warum ich hier bin? Ich habe mir Sorgen gemacht, dass du verletzt bist, aber du scheinst mir in Ordnung zu sein."

Ich schüttle den Kopf und zwinge mich, ihr in die Augen zu sehen. Sie haben einen schönen Braunton. Die meines Vaters waren grün. Ich dachte immer, meine haselnussbraunen Augen wären eine Kombination aus beiden. Ich schätze, dieser Gedanke war falsch.

Ich stähle mich und beginne das Gespräch, das ich schon vor Jahren mit ihr hätte führen sollen. „Mom, du musst mir sagen, warum du vor sieben Monaten den Anwalt des Clubs, Santino Rossi, angerufen hast."

Die Hände meiner Mutter fangen an zu zittern, als sie die Milch in ihren Kaffee schüttet. Sie reibt ihre Lippen aneinander und blickt auf. „Was?"

Ich atme schwer aus. „Ich muss jedes Detail des Gesprächs wissen, das du mit Santino Rossi geführt hast, als ich bei Bethnal Green unterschrieb."

„W-W-Woher weißt du von diesem Gespräch?", fragt sie mit belegter Stimme.

Meine Augen brennen, als ich die nächsten zwei Worte krächze: „Mom, bitte."

Tränen steigen ihr in die Augen, ihr Kopf zuckt hin und her. „Ich wollte nicht, dass du herkommst."

„Warum nicht?"

„Weil es zu weit von zu Hause weg ist."

„Mom." Ich fixiere sie mit einem ernsten Blick. „Hör bitte einmal in meinem Leben mit dem Scheiß auf."

Sie schnaubt über meine Wortwahl. „Nun, es scheint, als wüsstest du es bereits, also warum sagst du es mir nicht?"

Ich reibe meine Lippen aneinander und beruhige stumm meine Nerven. „Ich muss es von dir hören."

„Das habe ich befürchtet", stottert sie, während ihr die Tränen über die Wangen laufen. „Ich wusste, dass du hierherkommen und es dann irgendwie herausfinden würdest. Ich wusste nicht, wie. Ich wusste nur, dass die Wahrheit ans Licht kommen würde, wenn du hier wärst …, neben ihm."

„Die Wahrheit wäre?", dränge ich meine Mutter erneut.

Sie dreht den Kopf zur Seite, ihre Lippen zucken, während sie nach Worten ringt.

„Mom, warum fällt es dir so schwer, das zu sagen?"

„Weil ich nie wollte, dass du weißt, dass Jerry nicht dein richtiger Vater war."

Und da ist sie.

Die Wahrheit …, endlich.

Sie tut millionenfach mehr weh, als ich es je für möglich gehalten hätte.

Meine Augen brennen vor Tränen. „Warum wolltest du nicht, dass ich es weiß?"

„Weil Jerry von dem Moment an, als du geboren wurdest, dein Vater war. Er war schon dein Vater, bevor du geboren wurdest. Er hat mich zu meinen Ultraschallterminen begleitet. Er hat dein Kinderbettchen zusammengebaut. Er hat für mich das Kinderzimmer tapeziert. Er war alles, was ein Vater sein sollte."

Ich schlucke den schmerzhaften Kloß in meinem Hals hinunter, als ich frage: „Wer ist mein richtiger Vater?"

Sie atmet durch die Nase ein und antwortet: „Vaughn Harris."

Ich schließe die Augen und lasse diese beiden Worte, die mir seit fast einem Jahr immer wieder durch den Kopf gehen, durch mich hindurchströmen. Ich habe die letzten zwei Monate in London damit verbracht, mir einzureden, dass er es nicht sein kann. Ich habe ihn mit seinen Kindern und Enkeln beobachtet und mir gesagt: Wenn er mein Vater wäre, würde ich es wissen. Ich würde es fühlen. Er würde es fühlen. Wir hätten eine instinktive Verbindung, die sich jeder Logik entzieht.

Ich habe ihn und seine Kinder fast ein Jahr lang im Internet recherchiert, weil ich das Gefühl hatte, dass es viel zu offensichtlich sei, dass eine Familie, die Profifußball spielt, auch meine Familie ist. Das gibt es nicht. Und dass ich von allen Clubs der Welt ausgerechnet von seinem Club angeworben werde? Das Leben kann nicht so komisch sein. Das Leben kann nicht so dumm sein.

Und doch sitze ich hier und stehe vor der Wahrheit, die ich seit Monaten verleugne.

Meine Stimme ist belegt, als ich frage: „Stimmt es, dass du versucht hast, meinen Vertrag mit Bethnal Green zu sabotieren?"

Das Kinn meiner Mutter bebt. „Ja, aber nur, weil ich den Wunsch deines Vaters erfüllen wollte. Wir hatten nie vor, es dir zu sagen."

„Warum nicht? Dachtet ihr, ich käme damit nicht klar? Dachtet ihr, ich würde Dad weniger lieben?"

„Ich nehme es an." Sie beugt sich vor und schaut mich mit großen, feuchten Augen an. „Vaughn Harris war ein Fußballprofi. Er war die Art von Vater, von der Kinder ohne Väter träumen. Jerry war ein einfacher Mann. Wunderbar und lieb, aber er hatte immer Angst, dass er dich eines Tages enttäuschen würde und du deinen leiblichen Vater suchen würdest, wenn du die Wahrheit wüsstest. Das hätte ihn niedergeschmettert, Zander."

Bei diesem Gedanken balle ich die Hände zu Fäusten. „Das hätte ich nie getan."

„Das kannst du unmöglich wissen", sagt sie und legt ihre Hände um die Kaffeetasse. „Kinder machen verrückte Sachen, wenn sie hormonelle Teenager sind. Jerry hatte zu viel Angst, dich zu verlieren. Deshalb wollte er nie, dass wir noch mehr Kinder haben. Er wollte dir keinen Anlass geben, an seiner Vaterschaft zu zweifeln."

Mit ihren Worten verzerrt sich meine Realität, und ich blinzle schnell in dem Versuch, mir meinen Vater mit diesen Ängsten vorzustellen. Selbst in meinen wütendsten Momenten als Kind gab es nie einen Moment, in dem ich mir andere Eltern vorgestellt habe. Meine Eltern waren nicht perfekt, aber sie waren meine, und ich liebte sie. Die Tatsache, dass mein Vater sein ganzes Leben lang an meiner Liebe zu ihm gezweifelt hat, erschüttert mich zutiefst.

„Ich wünschte, er wäre noch am Leben, damit ich ihm sagen könnte, dass seine Angst unnötig war", flüstere ich, und Tränen laufen mir über das Gesicht, während sich meine Hände zu klammen Fäusten ballen. „Er war der Beste, Mom."

„Ich weiß", flüstert sie und wischt sich die laufende Nase mit dem Handrücken ab. „Er war ein wunderbarer Vater und Ehemann. Ich habe nicht an das Schicksal geglaubt, bis ich ihn traf. Nicht viele Männer würden eine im vierten Monat schwangere Frau heiraten wollen. Aber dein Vater war voll dabei."

„Woher kanntest du Vaughn Harris überhaupt?", frage ich, auch wenn ich ein schlechtes Gewissen habe, weil ich so neugierig bin.

Die Mundwinkel meiner Mutter zucken. „Seine Frau Vilma war meine beste Freundin auf der Uni. Nachdem sie gestorben war, habe ich ab und zu nach Vaughn gesehen, aber er war sehr gestresst. Er zog fünf Kinder allein auf und hatte kein Kindermädchen oder Hilfe von der Familie. Ich machte mir Sorgen um ihn. Eines Abends traf ich ihn zufällig, und ich vermute, dass wir beide Vilma vermissten und Trost ineinander fanden. Ich hasste mich dafür, dass ich meine beste Freundin verraten hatte. Sie war zwar schon seit sechs Jahren tot, aber es war trotzdem unverzeihlich."

Ich starre meine Mutter an und habe das Gefühl, in einem Albtraum zu stecken, aus dem ich nicht aufwachen kann. „Verstehst du nicht, Mom? Jetzt weiß ich nicht, ob ich dir verzeihen kann."

„Sag das nicht." Ein leises Schluchzen entweicht ihren Lippen. „Wage es ja nicht, das zu sagen." Sie nimmt eine Serviette und tupft sich zittrig die Tränen aus den Augen. „Verzeihst du deinem Vater?"

Ich zucke bei diesem Wort zusammen, weil es sich jetzt befleckt anfühlt. Als würde es nicht ganz passen. Dennoch spüre ich, wie ich nicke. „Natürlich verzeihe ich ihm. Ich liebe ihn."

„Du liebst ihn, aber mich liebst du nicht?"

„Du hast versucht, meine Karriere zu ruinieren, Mom", sage ich wieder mit Nachdruck, denn die Realität ist wie eine offene Wunde, die nie heilen wird. „Und du hattest so viele Gelegenheiten, mir die Wahrheit zu sagen, bevor ich hierherkam. Als Dad tot war, brauchte es kein Geheimnis mehr zu sein. Ich wollte, dass du es mir sagst. Ich habe sogar meine Versetzung verschoben, um dir mehr Zeit zu geben, die Kraft zu finden, ehrlich zu mir zu sein."

„Ich wusste nicht, dass du es weißt", ruft sie mit vor Verwirrung erstickter Stimme . „Wie lange kennst du die Wahrheit schon?"

Meine Lippen werden schmal. „Als ich nach Fotos für Dads Beerdigung gesucht habe, bin ich auf einen Brief gestoßen, den du an Vaughn Harris geschrieben hast."

„Oh, mein Gott." Sie bedeckt ihr Gesicht mit den Händen. „Was habe ich getan?"

Ich ziehe ihre Handgelenke auseinander und zwinge sie, mich durch all das hindurch anzusehen. „Hast du Vaughn jemals einen Brief geschickt? Weiß er überhaupt, dass es mich gibt?"

Sie schüttelt weinend den Kopf, und jede einzelne Träne fühlt sich an, als würde Säure auf mein Herz geschüttet. Das ist zu viel. Es ist verdammt schmerzhaft, sie weinen zu sehen. Sie ist ein Wrack, genau wie nach Dads Tod, und damals habe ich ihren Schmerz den meinen übertrumpfen lassen. Aber dieses Mal nicht.

Ich lehne mich zurück und stehe von meinem Stuhl auf. „Ich brauche Zeit, um das zu verarbeiten."

„Zander, geh nicht." Sie streckt ein Hand aus und ergreift meine, ihre Handflächen sind schweißnass. „Du kannst mich nicht einfach hier lassen."

„Ich habe dir ein Zimmer in Shoreditch gebucht. Ich rufe einen Uber, der dich hinbringt. Dein Flug geht morgen früh."

„Das war's also? Das ist alles, was du mir zu sagen hast?" Ihre roten Augen blicken mich an, und ich fürchte, auch die werden mich mitten in der Nacht heimsuchen, genau wie dieser verdammte Brief.

„Ich brauche Abstand, um mich mit der Tatsache abzufinden, dass du mich mein ganzes Leben lang belogen hast. Und dieses eine Mal stelle ich meine Bedürfnisse über deine."

Sie stützt ihr Gesicht in die Hände und beginnt, leise zu schluchzen. Es ist ein schrecklicher, erbärmlicher Anblick. Aber ich habe es nicht verursacht. In diesem Wissen beuge ich mich vor und küsse sie auf die Wange, bevor ich hinausgehe, ohne mich umzudrehen.

40

Soccer Boy Save

Daphney

Mein Herz schlägt mir bis zum Hals, als ich von meinem versteckten Platz im Hinterzimmer aus beobachte, wie Zander das Old George verlässt. Der Ausdruck der Verzweiflung in seinem Gesicht war deutlich zu sehen. Und als die Frau am Tisch anfängt, in ihre Hände zu weinen, weiß ich ohne jeden Zweifel, dass es seine Mutter ist. Er hat sie hergebracht, um zu bestätigen, was er bereits herausgefunden hat.

Dass Vaughn Harris sein richtiger Vater ist.

Seit unserem Streit draußen im Biergarten plagen mich Schuldgefühle. Ich hätte Zander nicht fragen dürfen, ob sein Vater verstorben ist. Das war ein grausamer Schlag unter die Gürtellinie und hat die Erinnerung an den Mann, der ihn großgezogen hat, herabgesetzt. Ich hasse mich dafür, dass ich mich auf dieses Niveau herabgelassen habe.

Und nachdem ich diesen Austausch zwischen ihm und seiner Mutter beobachtet und den Schmerz in seinen Augen gesehen habe, als er ihr zuhörte, sehnt sich mein ganzer Körper danach, ihm diesen Schmerz zu nehmen. Ich brauche jeden Muskel in meinem Körper, um mich davon abzuhalten, Zander hinterherzulaufen und ihn zu trösten, nachdem er das wohl schwerste Gespräch seines Lebens geführt hat.

Aber das ist nicht mehr das, was Zander und ich füreinander sind. Ich kann niemanden lieben, dem ich nicht trauen kann. Und es ist erschreckend für mich, dass ich nicht gesehen habe, dass Zander genau wie Rex war. Offensichtlich werde ich blind, wenn sich mein Herz zu sehr einmischt.

Schuldgefühle treiben meine Füße an, als ich mich der weinenden Frau nähere. „Sind Sie Zanders Mutter?", frage ich, und sie sieht zu mir auf, ihr Gesicht rot und geschwollen, Rotz tropft aus ihrer Nase.

Sie nickt und krächzt: „Ja, ich bin Jane."

„Ich bin Zanders Nachbarin, Daphney."

„Oh, hallo", sagt sie schwach und nimmt meine Hand, aber es ist, als würde ich die Hand einer Leiche schütteln.

„Kann ich Ihnen etwas bringen?", frage ich und nehme den Platz ein, den Zander gerade freigemacht hat. „Tee?"

Sie schüttelt den Kopf und stößt ein ersticktes Lachen aus. „Eine Zeitmaschine, wenn Sie so etwas haben." Ihr amerikanischer Akzent ist genau wie der von Zander, und ich vermisse ihn.

„Wie lange bleiben Sie?", frage ich und hasse es, dass es mich interessiert, denn Zander hat es nicht verdient.

Jane rollt mit den Augen. „Ich reise morgen ab, wie es scheint."

„So bald?"

Sie zuckt mit den Schultern. „Mein Sohn ist sehr wütend auf mich."

Ich nicke langsam, und mein Herz bricht für die Frau, die vor mir sitzt. Die Tatsache, dass Zander seine Mutter hierhergeflogen hat, um mit ihr zu reden, bedeutet, dass er sie genug liebt, um dieses Gespräch von Angesicht zu Angesicht zu führen. Das muss doch etwas bedeuten, oder? Zander hat meine Hilfe nicht verdient, aber ich kann nicht anders.

„Ich weiß, dass Sie und Zander ein paar Dinge klären, aber ich weiß, dass es ihn schmerzt, Sie nicht in der Nähe zu haben, da er diese Saison in der Premier League spielt."

„Oh, Zander ist es egal, ob ich mir seine Spiele ansehe oder nicht", schnaubt sie und winkt ab, während sie sich die Tränen von den Wangen wischt. „Fußball war schon immer das Ding seines Vaters."

„Es ist ihm wichtig", sage ich schlicht und nehme wieder Blickkontakt mit ihr auf. „Und in ein paar Tagen findet das FA-Cup-Viertelfinale im Tower Park statt, der Spielstätte seines Teams. Das ist ein sehr wichtiges Spiel in der Welt des englischen Fußballs. Ich denke, es würde einiges bewirken, wenn Sie ihn bei diesem Spiel überraschen würden."

„Ich wüsste nicht einmal, wie ich an Karten komme", krächzt sie und starrt mich mit verzweifeltem Blick an. „Und Zander ist sicher zu sauer auf mich, um mich überhaupt einzuladen."

Ich greife über den Tisch und nehme ihre Hand. „Ich kann helfen."

41

Fußball statt Bullshit

Zander

Mein Körper ist auf Autopilot, während ich mich in völliger Stille für das heutige Spiel umziehe und Link nur halb zuhöre, wie er mir immer wieder erzählt, wie gut die Stürmer von Manchester City sind.

Ich weiß bereits, wie gut sie sind. Die ganze Woche über habe ich mir Spielmaterial von ihnen angeschaut, und zwar nicht nur mit der Mannschaft, sondern auch allein. Ich kenne diese Stürmer besser, als sie sich selbst kennen. Ich weiß, was sie können, und heute werde ich mich nicht von meinen Gefühlen leiten lassen. Heute heißt es *Fußball statt Bullshit*.

Meine Mutter ist wieder in Boston, Daphney ist immer noch nicht in ihre Wohnung zurückgekehrt, Link und Knight lassen mich in Ruhe, und die Harris-Familie meide ich wie die verdammte Pest.

Knight klopft mir auf die Schulter, um mir seine stille Unterstützung anzubieten, während Coach Zion die gesamte Umkleidekabine zum Schweigen bringt, um Vaughn für seine typische Manageransprache anzukündigen, die an Pokalspieltagen inzwischen zur Regel geworden ist. Vaughn hält wahrscheinlich gute Reden. Heute ist ein großer Tag, und große Tage erfordern große Reden. Aber ich brauche sie nicht zu hören, nicht von ihm. Ich muss nur die Stimme in meinem Kopf hören, die sagt … *vermassle es nicht, Zander.*

Wir legen die Hände aufeinander, und ich schweige, während das Team „Ich bin dein, du bist mein" ruft.

Auf Autopilot berühre ich den Spruch oben an der Tür, als wir aus der Umkleidekabine kommen und uns in den Tunnel begeben. Dort warten Kinder darauf, auf das Spielfeld begleitet zu werden. Das kleine Mädchen, das mir zugeteilt wurde, ergreift meine Hand und zieht mich auf ihr Niveau herunter.

„Bist du aus Amerika?" Ihr britischer Akzent ist süß, und ich hasse es, dass ihre blauen Augen mich an Daphney erinnern.

Ich nicke und beiße die Zähne zusammen, während ich versuche, meine Fassung zu bewahren.

„Kannst du etwas Lustiges sagen?" Sie blinzelt zu mir hoch, und ein Stück meiner Rüstung fällt zu Boden.

Schnaubend wiederhole ich: „Etwas Lustiges sagen", wobei ich meinen Bostoner Akzent ein wenig verstärke. „Wie war das?"

Sie kichert, und dann bewegen wir uns in einer Reihe auf das Spielfeld hinaus. Die Sonne glitzert auf dem makellosen Rasen, während die Fans lautstark den Bethnal-Green-Fight-Song singen.

Ich schaue auf und sehe, dass das Stadion voll ist, die Sonne scheint und die Luft ist kühl. Mir wird ganz flau im Magen, als ich diesen Moment in mich aufnehme, denn in der kurzen Zeit, die ich hier bin, ist mir der Tower Park ans Herz gewachsen. Ich liebe die Fans und die Atmosphäre. Bethnal Green fühlt sich wie ein Zuhause an, doch in ein paar Monaten werde ich längst weg sein. Santino und ich werden am Montag über meine Zukunft sprechen, und ich kann ganz ehrlich sagen, dass ich das hier vermissen werde.

Wir stellen uns am Spielfeldrand auf, und ich zwinge mich, nicht nach oben zu schauen, weil ich nicht sehen will, wie die Harris-Familie wie üblich in der ersten Reihe sitzt und Booker, Tanner und Vaughn lautstark anfeuert.

Die Wahrheit ist, dass ich eifersüchtig auf sie bin. Ich bin eifersüchtig auf ihre Kameradschaft und ihren Zusammenhalt. Ich bin eifersüchtig auf die unerschütterliche Unterstützung, die sie einander geben. Aber vor allem bin ich eifersüchtig auf ihre Unschuld. Ich weiß, dass sie bereits in sehr jungen Jahren ihre Mutter verloren haben, aber zumindest wussten sie, wer ihre Mutter und ihr Vater waren. Zumindest haben sie nie daran gezweifelt.

Während wir uns auf dem Spielfeld dehnen und auf den Beginn des Spiels warten, spüre ich einen festen Schlag auf meine Schulter. Ich wirble herum und stehe Booker Harris gegenüber.

„Hey, Mann, alles klar?", fragt er, während er die Riemen seiner Torwarthandschuhe zurechtrückt.

Ich beuge mich vor, um die Rückseiten meiner Oberschenkel zu dehnen. „Ja, mir geht's gut."

„Du bist in den letzten Tagen beim Training so still gewesen." Ich schaue auf und sehe, dass er mich mit einem ernsten Gesichtsausdruck beobachtet.

„Hat meine Leistung gelitten?", schnauze ich abwehrend.

„Nein", gibt Booker zurück und legt den Kopf herausfordernd schief. „Du hast dich auf dem Spielfeld wacker geschlagen. Ich wollte nur wissen, wie es dir geht. Ich habe von dir und Daphney gehört."

„Nicht du auch noch", knurre ich und stehe auf, um ihm Auge in Auge gegenüberzutreten. „Ich brauche nicht noch einen Harris, der sich in mein Leben einmischt, okay?"

Booker neigt den Kopf und weigert sich, nachzugeben. „Dann bring das verdammt noch mal in Ordnung, denn Daphney gehört für uns zur Familie. Wenn du einen Harris-Shakedown brauchst, damit du wieder klar denken kannst, kann das arrangiert werden."

„Familie?", blaffe ich. Meine Wut kocht über, während ich meine Fäuste balle und jeden Muskel in meinem Körper anspanne, um mich nicht sofort auf ihn zu stürzen. „Sprich mit mir nicht über Daphney oder *Familie*. Hast du verstanden?"

Booker stößt ein angewidertes Lachen aus und zieht die Stirn in Falten, während er sich zurückzieht. „Tut mir leid, dass ich mich darum kümmere."

Er dreht sich um und nimmt seinen Platz am Netz ein, während ich nach vorn schaue und mich auf das konzentriere, weshalb ich hergekommen bin.

Daphney

Das war eine dumme Idee, denke ich mir, als ich mit Jane Williams neben mir in der Tribüne im Tower Park sitze und darauf warte, dass die Spieler auf das Spielfeld kommen.

Ursprünglich dachte ich, dass ich nicht zum Spiel kommen müsste, aber Jane wollte nicht allein zum Spiel, und ich kann es ihr nicht verübeln. Es ist ihr erstes Mal bei einem FA-Cup-Spiel. Und ihr Sohn spricht gerade nicht mit ihr. Die Frau hält sich an einem sehr dünnen Faden fest, und ich wage zu behaupten, dass sie sich in guter Gesellschaft befindet.

Ich bin ein nervöses Wrack, seit ich Jane geholfen habe, ihren Rückflug umzubuchen und ihren Hotelaufenthalt um ein paar Nächte zu verlängern. Ich habe darauf gewartet, dass Zander herausfindet, was ich getan habe, und im Old George auftaucht, um mich wegen meiner Einmischung in sein Leben anzuschreien. Es war wirklich dumm, so etwas zu tun. Phoebe hat mir in siebenundvierzig Minuten siebenundvierzigmal gesagt, dass es dumm war. Ich weiß, dass es dumm ist!

Vor allem, weil die gesamte Harris-Meute in der ersten Reihe anwesend ist. Es ist ein Viertelfinalspiel, also sind alle zur Unterstützung hier. Es ist schwer, sie alle auszumachen, aber ich bin mir ziemlich sicher, dass ich Gareth und seine Frau Sloan erkenne. Poppy und Allie, sowie Belle, Vi und Hayden. Ich glaube, auch Camden hat es geschafft, dabei zu sein, da Arsenal vor ein paar Wochen von Bethnal Green aus dem Turnier geworfen wurde. Ich erkenne sogar Macs und Freyas rote Haare von hier oben, und sie sehen aus, als würden sie mit Santino und Tilly zusammensitzen. Ehrlich gesagt, ist es kein Wunder, dass ich heute Schwierigkeiten hatte, anständige Karten zu bekommen. Die Harris-Familie hat den größten Teil des Stadions ausgebucht.

Auf dem Weg zu unseren Plätzen habe ich meine Kapuze getragen, für den Fall, dass ich einem von ihnen begegne. Wenn Zander herausfindet, dass ich seine Mutter hierhergeschleppt und sie möglicherweise der ganzen Harris-Crew offenbart habe, wird er den Boden hassen, auf dem ich wandle. Was vielleicht gar nicht so schlecht wäre, denn egal, wie hart es war, ihn neulich verletzt zu sehen, habe ich immer noch nicht vergessen, was er mir angetan hat.

Ich bin heute nicht wegen Zander hier. Ich bin wegen seiner Mutter hier.

Jane sah an diesem Tag im Old George so traurig und allein aus. Ich konnte nicht zulassen, dass ihr sturer Arsch von einem Sohn sie nach Hause schickt, ohne auch nur das kleinste bisschen Abschluss zu schaffen. Wenn Jane nach dem Spiel zu Zander Kontakt aufnehmen kann und er sieht, dass sie sich ein wenig Mühe gegeben hat, wird er ihr vielleicht verzeihen.

„Gibt es hier denn niemanden, der Alkohol verkauft?", fragt Jane und zieht ihren Mantel eng über ihr Bethnal-Green-Trikot, das sie mit meiner Hilfe in den Geschäften draußen ausgesucht hat. „Meine Nerven sind am Ende."

„Kein Alkohol auf der Tribüne, fürchte ich."

Sie schnaubt und rückt ihre passende Bethnal Green-Mütze zurecht. „Ein weiterer Grund, warum ich nie zu einem Fußballspiel gegangen bin, als ich vor Jahren hier lebte. Das und … ich interessiere mich nicht wirklich für Fußball."

Ich ziehe die Augenbrauen hoch. „Wirklich? In all den Jahren, in denen Zander gespielt hat, bist du nie mit dem Spiel warm geworden?"

Sie rümpft die Nase und schüttelt den Kopf. „Nicht mit dem Spiel, nein. Aber ich war natürlich immer sehr stolz auf Zander. Ich habe jedes Mal geweint, wenn ich ihn auf das Spielfeld kommen sah. Er sieht einfach so erwachsen aus in seiner Uniform, und egal, wie oft ich ihn sehe, ich kann nicht anders, als darüber zu staunen, dass ich diesen kleinen Mann geschaffen habe."

Ein Lächeln breitet sich auf meinem Gesicht aus. „Er ist schon etwas Besonderes", sage ich und spüre, wie mich bei dieser Bemerkung ein Schmerz durchfährt.

Ihr Kinn zittert. „Ich hoffe nur, er kann mir verzeihen."

„Das wird er", sage ich und streiche ihr liebevoll über den Rücken. „Er hatte jetzt ein paar Tage Zeit, sich abzukühlen."

Jane leckt sich über die Lippen und nickt. „Weißt du, ich bin zu Vaughn Harris' Haus gegangen, um ihm zu sagen, dass ich schwanger bin."

Mir fällt vor Schreck die Kinnlade herunter. „Wirklich?"

„Ich bin nie dazu gekommen, Zander diesen Teil zu erzählen."

„Was ist passiert?" Ich kann mir die Frage nicht verkneifen. Gegen meinen Willen ist er mir immer noch wichtig.

„Ein kleines blondes Mädchen, das nicht älter als zehn Jahre alt sein konnte, öffnete die Tür. Sie war ihrer Mutter wie aus dem Gesicht geschnitten, und es verschlug mir den Atem. Vilma und ich standen uns im Studium sehr nahe, aber als sie Vaughn kennenlernte und Kinder bekam, verloren wir den Kontakt. Ich kannte ihre Kinder nicht so gut, wie ich es hätte tun sollen.

Aber diese kleine Blondine hielt die Hand ihres kleinen Bruders, und zwei andere blonde Jungen saßen auf der Treppe hinter ihr. Sie hatten alle Tränen in den Augen, also beugte ich mich vor, um sie zu fragen, was los war. In diesem Moment hörte ich weiter hinten im Haus Schreie. Es war Vaughn, der sich mit seinem ältesten Sohn stritt. Es musste der Älteste sein, denn dieser Junge war hörbar im Stimmbruch, als sie sich gegenseitig anbrüllten, und ich glaube, Vaughns Ältester war zu diesem Zeitpunkt ein junger Teenager. Das kleine Mädchen sah zu mir auf, wischte sich die Tränen weg und sagte mit der erwachsensten Stimme, die ich je gehört hatte: ‚Das ist nur eine Diskussion zwischen Daddy und Gareth. Ich kümmere mich darum.'"

Jane schüttelt erstaunt den Kopf. „So ein winziges Ding, aber sie sprach mit so viel Selbstvertrauen, dass ich nicht wagte, sie infrage zu stellen." Jane seufzt schwer. „In diesem Moment war klar, dass Vaughns Fass überquillt, und da ich in ein paar Wochen meinen neuen Job in Boston antreten sollte, wollte ich dem kleinen Mädchen nicht noch eine weitere Last aufbürden. Obwohl ich sicher bin, dass sie der Herausforderung gewachsen gewesen wäre."

„Vi wäre ihr auf jeden Fall gewachsen gewesen", sage ich, und meine Augen glänzen vor Tränen. Ich habe meine Schwägerin im Laufe ihrer Ehe mit Hayden sehr gut kennengelernt, und ihr selbstbewusstes Auftreten beschreibt sie auch heute noch.

„Du kennst Vi?", fragt Jane und sieht mich neugierig an.

Ich nicke langsam. „Sie ist mit meinem Bruder verheiratet."

„Oh", sagt Jane mit großen Augen und bedeckt ihren Mund. „Mein Gott, ich habe zu viel gesagt."

Ich strecke die Hand aus und nehme die von Jane. „Du hast mein volles Vertrauen, Jane. Aber ich hoffe, dass du diese Geschichte eines Tages mit Zander teilen wirst. Ich glaube, sie wird ihm viel bedeuten."

Sie nickt und reibt ihre Lippen aneinander. „Wenn er jemals wieder mit mir spricht."

„Das wird er."

Sie sieht mich einen Moment lang nachdenklich an. „Du hast gesagt, du und Zander seid nur Nachbarn? Nicht etwas mehr?"

Die Frage trifft mich mitten in die Brust, und ich bemühe mich, mein Gesicht ruhig und gefasst zu halten. „Nur Nachbarn."

„Es ist wunderbar, dass du dir all diese Mühe für mich gemacht hast. Ich bin sicher, du fühlst dich, als seist du direkt in eine Folge von Maury Povich hineingeworfen worden."

Sie lacht, und mir wird fast schlecht, als ich antworte: „Ich habe keine Ahnung, wer Maury Povich ist."

„Oh." Jane kichert und rollt die Augen. „Das ist eine widerliche

Talkshow, in der es fast nur um Vaterschaftstests geht. Schrecklicher Witz, den ich gerade gemacht habe."

Ich lächle und gebe ihr einen leichten Schubs. „Es ist gut, in stressigen Zeiten zu scherzen."

Plötzlich fängt das Stadion an, den Bethnal-Green-Fight-Song zu singen. Ich stimme mit ein, denn man kann nicht ein Jahr lang im Old George arbeiten, ohne dieses verdammte Lied zu lernen. Jane sieht ehrfürchtig zu, wie sich die Menge erhebt und in ohrenbetäubender Lautstärke zum Spielfeld brüllt. Ich zeige auf den Tunnel, und ihr Blick richtet sich auf die Spieler, die in Begleitung von lächelnden Kindern den Tunnel verlassen. Janes Augen werden groß, als sie Zander entdeckt. Es dauert nicht lange, bis sie die Tränen wegwischt, die ihr über die Wangen laufen.

„Jerry hätte das geliebt", schreit sie über die Fans hinweg. Ihr Gesicht verzieht sich vor Schmerz, während sie zum Himmel blickt und tief einatmet.

Ein wackeliges Lächeln hebt mein Gesicht, und ich erlaube mir schließlich, auf Zander hinunterzublicken. Mein Herz zerbricht bei seinem schönen Anblick, in seinem brandneuen, sauberen Trikot und mit einem kleinen Mädchen an der Hand. Wenn wir noch zusammen wären, wäre ich dann heute gekommen? Hätte er das gewollt?

Der Hass, den ich in den letzten Tagen für ihn empfunden habe, hat sich in etwas anderes verwandelt. Eine Melancholie hat sich über mich gelegt, als ich die Qualen in der Geschichte seiner Mutter nachfühlen konnte. Ich kann sogar ein wenig verstehen, warum Zander verzweifelt nach seinen eigenen Antworten suchen wollte. Ich glaube, ich könnte ihm sogar verzeihen, dass er mich benutzt hat, um an die Harris-Familie heranzukommen.

Aber das Problem ist, dass er mich nicht nur ausgenutzt hat. Er hat mich enttäuscht. Ich dachte, wir wären etwas Echtes, etwas Besonderes. Ich dachte, wir würden uns auf einer Ebene verbinden, die über all das hinausgeht. Er dachte eindeutig anders, und ich bin beschämt, dass ich mein Herz habe weglaufen lassen, ohne zu bemerken, dass er mich die ganze Zeit belogen hat.

Ich denke, es war besser, die Wahrheit jetzt zu erfahren, nicht Monate später, wenn ich ihm mein Herz geschenkt habe. Zander hat in seinem Leben genug zu verarbeiten. Seine Mutter, seine Karriere, seine Verstrickung mit der Harris-Familie. Ich muss kein Teil dieser Geschichte sein.

Zander

Ein Libero lebt in zwei Welten.

In der ersten ist er ein reiner Defensivspieler. Er hat die Aufgabe, den Gegnern den Ball abzunehmen, der aufgrund eines Fehlers im System in die Verteidigungslinie eingedrungen ist. Seine Aufgabe ist es, einen Mittelstürmer daran zu hindern, den Torhüter herauszufordern. Ein Libero muss sicher und clever sein. Er darf sich keine Fehler leisten, denn er steht buchstäblich vor seinem eigenen Tor. Fehler können hier tödlich sein.

In der anderen Welt ist ein Libero auch ein Angreifer. Er muss das Spiel lesen und die Bewegungen der anderen Spieler vorhersehen, um sich in die Positionen zu versetzen, die am dringendsten benötigt werden. Er hat die Fähigkeit, das gesamte Spieltempo zu kontrollieren, wann er passt, wann er den Ball behält, wann er kickt oder welchen Spielzug er als Nächstes einleitet. Die Entscheidung eines Liberos im Rückfeld hat einen Welleneffekt, der zu einem Tor im vorderen Feld führen kann.

In vielerlei Hinsicht ist es das Spiel des Liberos.

Und während ich mir den Arsch aufreiße und die euphorische Wirkung jedes Abfangens, jedes Passes, jedes Abstoßes und jedes Anfeuerungsrufs aus dem Stadion spüre, habe ich das Gefühl, dass mein eigenes Leben das eines Liberos widerspiegelt.

Gehe ich in meiner Position auf Nummer sicher und lebe das Leben, das meine Eltern für mich vorgesehen haben? Oder gehe ich ein Risiko ein und lege meine Karten auf den Tisch, um zu sehen, was die Kettenreaktion sein wird?

Und warum ist das alles meine Schuld? Warum muss ich derjenige sein, der über all das entscheidet? Ich habe es gar nicht gewollt. Ich habe nicht darum gebeten, diesen Brief zu finden. Ich habe nicht darum gebeten, in Vaughn Harris' Team rekrutiert zu werden. Nicht wirklich.

Ein Libero soll ein Anführer sein, aber wie soll ich führen, wenn der einzige Mann, der mir das beigebracht hat, verdammt noch mal tot ist?

Ich spiele heute das Spiel meines verdammten Lebens, aber für wen? Was bedeuten schon sieben Paraden und ein Pass zu Roan DeWalt aus der hinteren Hälfte des Feldes, damit er ein episches Tor schießen kann? Wer schaut überhaupt zu?

Sieht mein Vater zu? Bedauert er, dass er gestorben ist, ohne mir die Wahrheit zu sagen? Ist er untröstlich, dass ich die Wahrheit allein herausgefunden habe? Woher soll ich das wissen, wenn er nicht hier ist, damit ich ihn fragen kann?

Booker stürmt auf mich zu, um meinen Pass zu feiern, aber ich weise ihn mit steinernem Ernst im Gesicht ab, als ich die High-Fives und falschen Umarmungen ablehne.

„Zander, das war ein genialer Pass!", ruft er, das Gesicht vor Verwirrung über meine mangelnde Begeisterung verzogen, während wir zu unserem Ende des Spielfelds zurückgehen.

Ich erwidere nichts darauf und gehe wieder in Position.

„Du solltest deine Einstellung in den Griff bekommen, Kumpel", zischt Booker hinter mir, aber ich schaue nicht zurück. Ich gebe ihm keine Antwort, denn die Wahrheit ist, wenn ich jetzt auch nur eine verdammte Sekunde blinzle, könnte ich zusammenbrechen.

Das Spiel geht weiter, und ich habe das Gefühl, dass ich mir selbst von der Tribüne aus beim Spielen zuschaue. Es fühlt sich gar nicht wie ich an. Ich bin schneller, als ich es je zuvor war. Meine Berührungen sind schneller. Ich lasse Stürmer links und rechts stehen, und meine Bewegungen fühlen sich an, als hätte ich eine andere Dimension meiner Fähigkeiten erreicht, die ich noch nie zuvor genutzt habe.

Ich kämpfe mit einem Stürmer von Man City und komme in Ballbesitz. Schnell dribble ich den Ball nach vorn, umgehe Knight, der im Mittelfeld frei steht, und dränge nach vorn.

Ich befinde mich im letzten Drittel des Spielfelds, und sowohl Roan als auch Billy werden auf den Seiten flankiert und versuchen, ihre Verteidiger abzuschütteln. Es gibt Möglichkeiten für mich, zu passen. Ich kann ihnen den Ball zuspielen und in meine Position in der Verteidigung zurückkehren. Ich kann auf Nummer sicher gehen.

Aber ich will nicht sicher sein. Ich habe jetzt das Kommando auf diesem Feld, und ich will diese Chance.

Ich schieße einen langen, linksfüßigen Bomber über den Rasen auf die linke Seite des Torpfostens. Der Torhüter ist nicht in Position und macht einen Hechtsprung, wobei er die Hände nach oben streckt. Der Ball segelt knapp außerhalb seiner Reichweite ins Tor und das Stadion erwacht zum Leben, als der Ball im Netz landet und Bethnal Green mit zwei Treffern in Führung geht.

Ich drehe mich um und jogge zurück zu meiner Position, ignoriere meine Mannschaftskameraden, die mich zum Feiern umschwärmen. Knight kommt auf mich zu und versucht, einen Arm um mich zu legen, aber ich schüttle ihn ab. Er weiß, warum, aber der Rest meines Teams sieht mich an, als sei ich eine Freakshow. Ich tue mein Bestes, um diese Blicke zu verdrängen, damit ich konzentriert und bei der Sache bleiben kann.

Tanner Harris ruft mir vom Spielfeldrand aus zu. Ich werfe ihm einen kurzen Blick zu, um sicherzugehen, dass ich keine Entscheidung verpasst habe. Als ich sehe, dass auch er versucht, mir zu dem Ergebnis zu gratulieren, konzentriere ich mich wieder auf das Spiel. Keine Zeit zum Feiern.

Uns bleiben noch drei Spielminuten, und die Stürmer von Man City machen mich fertig. Sie ziehen billige Nummern ab, zerren an meinem Trikot und fluchen jedes Mal, wenn ich auf sie zukomme. Das kann ich ihnen nicht verdenken. Ich bin wie ein Dämon, besessen.

Ich klaue ihrem Starstürmer den Ball und will ihn gerade zu meinem Innenverteidiger weitergeben, als der andere Stürmer mit einem Hechtsprung direkt vor meinen Füßen landet. Sein Stollen erwischt die Innenseite meiner Wade und zwingt meinen Knöchel zum Umknicken. Ich höre ein leises Knacken, als ich daraufhin auf dem Boden lande.

Die Menge tobt, als ich mich auf den Rücken drehe und mir das Bein an die Brust drücke. Booker eilt herbei, und ich schüttle ihn ab, springe auf die Füße und versuche, es wegzustecken. Der Schiedsrichter zeigt dem Stürmer, der sich ebenfalls vor Schmerzen am Boden windet, die Gelbe Karte. *Das ist Karma, Arschloch*, denke ich, während ich versuche, den eisigen Schmerz abzuschütteln, der durch meinen linken Knöchel pocht. Ich hatte schon öfter solche Verletzungen. Sie sind schlimm, aber nicht karriereentscheidend. Ich kann das wegstecken. Es geht mir gut.

Sanitäter eilen auf das Spielfeld, um dem Stürmer von Man City zu helfen, und ich runzle die Stirn, als ich eine Bewegung an der Seitenlinie meiner Mannschaft bemerke. Tanner spricht mit dem vierten Schiedsrichter zwischen den Bänken der beiden Mannschaften. Er macht eine Bewegung und ich nehme an, dass er einen anderen Spieler einwechseln will, aber dann blickt er mich an und winkt mich zu sich.

Ich winke zurück und rufe: „Mir geht es gut!"

„Du kommst raus", brüllt Tanner zurück, die Hand an sein bärtiges Kinn gelegt. Der Schiedsrichterassistent hält meine Nummer hoch, und ich sehe Finney, der neben ihm steht und wie ein verdammter Flummi auf und ab hüpft, um sich aufzuwärmen.

Ich schüttle entschlossen den Kopf. „Mir geht's gut. Er ist nur verstaucht."

Ich erblicke Vaughn Harris, der zu Tanner hinübergeht und sich neben ihn stellt. Er fordert mich auf, das Spielfeld zu verlassen und bestätigt damit, was ich für einen dummen Scherz gehalten habe.

Ernsthaft? Ein böses Foul, und schon ziehen sie mich ab? Ich trage dieses verdammte Team im Moment! Es sind nur noch zwei Minuten übrig. Ich springe, um ihnen zu zeigen, dass es mir gut geht, aber das scheint sie nicht zu interessieren. Der Hauptschiedsrichter winkt mich herüber, um die Auswechslung zu beginnen.

Feurige Wut brodelt in meinem Bauch, als ich zur Seitenlinie hinüberstapfe, wo Finney, Tanner und Vaughn stehen. Tanner tritt zuerst vor und streckt eine Hand nach mir aus, aber ich schlage sie weg.

„Ich habe gesagt, dass es mir gut geht", brülle ich, und meine Zähne knirschen, weil ich sie so fest zusammenbeiße.

„Hey, achte auf deinen Ton!", blafft Tanner zurück.

Coach Zion tritt als Nächstes heran und legt mir eine Hand auf die Brust. „Du hast ein verdammt gutes Spiel gemacht. Lass Indie deinen Knöchel untersuchen und ruh dich aus. Du hast es dir verdient, Junge." Er streckt mir seine Hand entgegen, und ich starre sie an und lehne einen weiteren Glückwunsch ab.

Es ist unsportlich, dem Trainer nicht die Hand zu geben, wenn man vom Spielfeld kommt, aber das ist völliger Schwachsinn. Ich habe mir das Recht verdient, dieses verdammte Spiel zu Ende zu spielen.

Als ich an Coach Z vorbeikomme, remple ich ihn mit der Schulter an, und dann stehe ich Vaughn Harris persönlich gegenüber.

„Hör auf damit, Zander. Wir brauchen dich für das nächste Spiel, und wir führen mit zwei zu null. Das ist nur zu deinem Besten." Seine Augen sind eisig auf mich gerichtet, während sich seine Nasenflügel aufblähen. Er versucht, mich in die Schranken zu weisen.

Das lasse ich nicht zu.

„Du kannst unmöglich wissen, was gut für mich ist." Ich zeige zurück auf das Spielfeld und komme Vaughns Gesicht näher. „Da draußen zu sein, war gut für mich. Ich hatte nur noch zwei verdammte Minuten."

„Und mit so einer Einstellung kannst du froh sein, wenn du nächste Woche zwei Minuten im Spiel spielst, wenn du nicht aufpasst", donnert Vaughn, und die Wut in seinem Ton ist sonnenklar.

Ich knurre und breite die Hände aus, um zu widersprechen, als sich ein Arm fest um meine Taille legt. „Beruhige dich, Zander. Beruhige dich einfach. Das ist es nicht wert."

Ich drehe mich auf dem Absatz um und sehe, dass es Booker ist. „Geh zurück auf das verdammte Spielfeld", zische ich und reiße meinen Arm aus seinem Griff.

„Du hast brillant gespielt", sagt Booker und dreht mich zu sich um. Er senkt den Blick und umklammert meine Arme fest, während er mich mit einem Blick fixiert. „Lass dir diesen Moment nicht durch deine Gedanken kaputt machen."

„Verschwinde aus meinem verdammten Leben!", schreie ich und reiße meine Arme frei, um ihn von mir wegzuschubsen.

Booker stolpert rückwärts und sieht mich fassungslos an, als er fast auf den Hintern fällt. Plötzlich werde ich von Tanner und ein paar Spielern an der Seitenlinie umschwärmt. Sie halten mich zurück, als wäre ich ein Mörder, der Booker den verdammten Kopf abreißen will. Vielleicht bin ich das auch.

Die Menge hinter uns erschrickt hörbar über die Szene, die ich veranstalte. Ich blicke zurück und sehe, dass die gesamte Harris-Crew mich anstarrt, als sei ich ein tollwütiger Hund, der erschossen werden müsste.

Indie kommt herüber, ihre Stimme ist sanft, als sie sagt: „Zander, lass mich deinen Knöchel ansehen."

„Meinem Knöchel geht es gut", brülle ich, weil sie eine weitere verdammte Harris ist.

Ich kann nicht von ihnen wegkommen. Sie sind alle hier und sehen mich an, als sei ich eine Freakshow, und das ist zu viel. Ich laufe zur Seitenlinie und trete gegen einen Korb mit Wasserflaschen, woraufhin diese in alle Richtungen fliegen, bevor ich die Seitenlinie hinunter zum Tunnel stürme, der mich von hier wegbringt.

Es ist mir egal, ob ich gerade meine Karriere ruiniert habe. Wenigstens stimmt jetzt mein Äußeres mit meinem Inneren überein.

Meine Stollenschuhe klicken auf dem Betonboden des Tunnels, als die Stimme von Vaughn Harris hinter mir ertönt. „Gib mir einen guten Grund, dich nicht sofort zu suspendieren, Zander Williams", ruft er mit seiner untypisch bissigen Stimme.

Ich drehe mich auf dem Absatz um und starre mit zusammengekniffenen Augen auf seine Silhouette, die mir im dunklen Tunnel entgegenkommt. „Es muss schön sein", knurre ich mit tödlicher Stimme.

„Was?", fragt er, als er vor mir unter einer schummrigen Lampe stehen bleibt, die bedrohliche Schatten auf sein Gesicht wirft. In diesem Moment sieht er aus wie ein Bösewicht. Aber in Wirklichkeit bin ich der Bösewicht in dieser Geschichte.

„Das Nichtwissen muss schön sein", erwidere ich und spucke auf den Boden zwischen uns.

Vaughn sieht den Fleck an, als hätte ich ihm ins Gesicht gespuckt. „Wovon redest du?"

„Ich spreche davon, dass ihr alle keinen blassen Schimmer habt", schreie ich, wobei meine Stimme durch den langen, leeren Tunnel hallt.

„Wer?", blafft Vaughn, die Stirn verwirrt in Falten gezogen. „Ich und Coach Zion?"

„Nein, nicht du und Coach Zion", schnauze ich. „Ihr … die Harris-Familie. Ihr alle. Ihr lebt in eurer perfekten Scheißblase und habt keine Ahnung, wessen Leben ihr komplett versaut habt."

„Zander, du redest Unsinn", sagt Vaughn mit einem Kopfschütteln und wirft mir einen ernsten Blick zu. „Du verhältst dich völlig unprofessionell. Wir sind hier nicht beim College-Fußball. Das ist die Premier League. Wir sind ein Risiko mit dir eingegangen. Wir haben darauf vertraut, dass du dieser Herausforderung gewachsen bist, und jetzt vermasselst du es wegen eines Mädchens. Was würde dein Vater denken, wenn er dich gerade vom Spielfeld hätte gehen sehen?"

Es ist wie eine kalte Ohrfeige, mit der ich nicht gerechnet habe, und es dauert ein paar Sekunden, bis der Schmerz in meinem ganzen Körper explodiert.

„Warum fragst du nicht meine Mutter?", erwidere ich in einem leisen, tödlichen Ton. „Ihr beide kennt euch sehr gut, habe ich gehört."

Vaughns Gesicht wird lang. „Deine Mum?"

Ich nicke langsam. „Jane Woods war ihr Name, als ihr euch kennengelernt habt."

Vaughn schüttelt den Kopf und blinzelt schnell, als er diese neue Information verarbeitet. „Jane Woods war Vilmas Freundin."

„Und deine Fickfreundin für eine Nacht vor fünfundzwanzig Jahren", füge ich hinzu und zucke bei dem Gedanken zusammen. „Das muss eine tolle Nacht gewesen sein, wenn sie mich zur Folge hatte." Ich strecke die Hände weit aus, wie ein Opferlamm, das darum bettelt, geschlachtet zu werden.

Vaughns Gesicht verwandelt sich in Entsetzen, als es ihm dämmert. „Zander, was sagst du da?"

Ich schnaube, während Abscheu durch meinen Körper strömt. „Ich will damit sagen, dass ich, obwohl mein Vater nie mein Blut geteilt hat, irgendwie weiß, dass er doppelt so sehr Vater war, wie du es je für mich hättest sein können."

Ich mache auf dem Absatz kehrt und gehe weg, da ich mich weigere, Vaughn durch diesen Mindfuck zu begleiten, da mich auch niemand begleitet hat. Er kann das Durcheinander genauso ertragen wie ich.

42

Mein einziger Freund

Zander

Meine Hände zittern, als ich den Umschlag aufreiße, der vor über einer Woche mit der Post gekommen ist. Ich atme tief ein, bereit, die Ergebnisse zu lesen, deren Inhalt ich bereits wusste. Oben auf dem Blatt Papier stehen die Worte: **Bestätigte väterliche Übereinstimmung.**

Und da ist es.

Ich lege es auf den Tisch neben den Brief und starre auf die beiden Papiere, die meine ganze Welt auf den Kopf gestellt haben. Den hätte ich schon vor Tagen öffnen sollen. Ich hätte mich schon vor Betreten des Spielfelds mit dieser Realität abfinden sollen. Jetzt habe ich meine Karriere und jede Chance auf eine bedeutungsvolle Beziehung mit Vaughn Harris zunichtegemacht.

Und das ist das eigentliche Problem hier. Ich will ihn wirklich kennen. Ich habe die letzten Tage mit einem Haufen Wut verbracht, weil ich mir selbst etwas vorgemacht habe. Aber ich will ihn nicht nur kennen, weil er ein Profifußballer war und meinen eigenen Vater ersetzen könnte. Mein Vater ist unantastbar. Er war eine verdammte Legende, ohne es überhaupt zu versuchen.

Aber wenn ich mir die Harris-Familie ansehe, kann ich nicht anders, als Teil von ihnen sein zu wollen. Als Daphney mich in ihre Nähe brachte, war da ein Gefühl in mir, das ich so sehr zu ignorieren versuchte. Ein Gefühl der Zugehörigkeit. Das Einzelkind-Syndrom, das ich so hartnäckig zu verleugnen versuche, lebt in mir und gibt mir das Gefühl, um ein Leben betrogen worden zu sein, das mein eigenes hätte bereichern können, statt es in den Schatten zu stellen. Und das macht mich fertig, denn es ist, als würde ich auf das Grab meines Vaters spucken, dessen größte Angst es war, dass mir die anderen mehr am Herzen liegen würden als er.

Aber die Wahrheit ist, dass ich am Todestag meines Vaters nicht nur ihn verloren habe. Ich habe auch meine Mutter verloren. Und seit diesem Tag fühle ich mich so verdammt allein mit Informationen, mit denen ich nicht hätte allein fertig werden sollen. Deshalb war es für mich so einfach, mich in Daphney zu verlieben. Ich sehnte mich nach einer Beziehung zu jemandem, der ehrlich zu mir war. Sie war übermäßig ehrlich. So ehrlich, dass ich nicht einmal merkte, wann es von einer „Freundschaft mit Zusatzleistungen" zu einer aufrichtigen Intimität überging. Sie füllte all die leeren Stellen in meinem Herzen. Ich konnte mich an etwas Reales klammern, worauf ich mich verlassen konnte. Sie half mir, mich daran zu erinnern, dass ich mehr war als nur dieses Geheimnis. Mein Leben war mehr als die Lüge, die meine Eltern erfunden hatten.

Und jetzt habe ich auch sie verloren.

Noch mehr Schuldgefühle plagen mich, wenn ich daran denke, wie schrecklich ich zu Booker, Tanner und Vaughn war. Sie wollten das Beste für mich, und ich habe sie weggestoßen. Es ist seltsam, dass mir Menschen am Herzen liegen, die nichts mit meinem Leben zu tun haben, aber die Genetik ist eine seltsame und unbestreitbare Wissenschaft. Es gibt da eine Verbindung, die sich für mich wichtig anfühlt.

Meine Gedanken werden abgelenkt, als ich draußen im Flur Stimmen flüstern höre. Stirnrunzelnd gehe ich hinüber und reiße die Tür auf, in der Erwartung, dass Link und Knight hereinstürmen. Sie haben mir seit dem Ende des Spiels SMS geschrieben, und es ist ihr Stil, einfach so vorbeizukommen. Dafür liebe ich sie verdammt noch mal.

Aber sie sind es nicht.

Es ist meine Mutter.

Sie trägt ein Bethnal-Green-Trikot, auf dem meine Nummer steht, und hält einen Plastikbehälter in den Händen.

„Mom?", krächze ich, und mein Herz bleibt mir im Hals stecken, denn obwohl sie vor ein paar Tagen noch hier war, existiert sie für mich in dieser Welt nicht mehr.

„Herzlichen Glückwunsch zum Sieg", sagt sie mit zitternder Stimme, während sie mir die Dose mit Keksen in die Hand drückt.

„Was machst du hier? Wie? Wann?", frage ich schnell blinzelnd.

Sie schaut nervös zur Seite und murmelt etwas Unverständliches. Ich trete durch den Türrahmen, um zu sehen, mit wem meine Mutter spricht. Die Luft entweicht mir aus den Lungen, als ich sehe, wer es ist.

Daphney hat Mühe, mich anzulächeln. „Es tut mir leid, ich wollte gerade gehen." Sie zeigt auf ihre Tür, aber ich sehe, dass sie auch in Grün-Weiß gekleidet ist.

„Wart ihr zwei … zusammen?", frage ich, unfähig, dieses Bild in meinem Kopf zu verarbeiten.

Meine Mutter antwortet, wobei ihre Stimme so sicher ist wie schon lange nicht mehr. „Ja, Daphney hat mich heute zum Spiel mitgenommen. Du hast so toll gespielt, Buddy! Ich konnte nicht glauben, wie gut du warst!"

Mein Kopf zuckt zurück, und ich wende meinen Blick wieder Daphney zu. „Du bist mit meiner Mutter zum Spiel gegangen?"

Sie nickt und hält die Hände hoch. „Ja, und es tut mir leid, dass ich mich eingemischt habe. Es war völlig unangebracht, aber ich habe mit deiner Mutter im Old George gesprochen, und sie wollte dich unbedingt spielen sehen, also habe ich ihr einfach geholfen." Sie schenkt meiner Mutter ein wackeliges Lächeln und sieht mich nervös an. „Aber ich weiß, dass ihr beide viel zu besprechen habt, also lasse ich euch allein."

Sie macht einen Schritt auf die Treppe zu, und meine Stimme ist heiser vor Rührung, als ich rufe: „Bitte bleib."

Sie dreht sich auf dem Absatz um und schaut zu mir zurück. Ihre Schultern sinken vor tiefer Traurigkeit, die ich in meiner Seele spüre.

Ich zucke mit den Schultern und habe Mühe, die nächsten Worte auszusprechen. „Du bist im Grunde mein einziger Freund." Meine Augen brennen bei der schmerzhaften Erkenntnis, dass ich die einzige Beziehung, die mir im Moment wichtig ist, unwiderruflich ruiniert habe.

Daphney schnappt hörbar nach Luft, bevor sie den Abstand zwischen uns schließt und ihre Arme um meinen Hals schlingt.

Ich stehe wie erstarrt vor Schreck mit den Keksen in der einen Hand da, während meine andere Hand scheinbar an meiner Seite klebt. Daphney zittert an mir, und dieses Gefühl reißt mich aus meiner Ungläubigkeit, als ich meine Arme um ihre Taille schlinge und sie an mich drücke. Wir halten uns einen langen Moment fest, unsere Körper wiedervereint, nachdem sie gefühlt Jahre voneinander getrennt waren, obwohl es in Wirklichkeit nur Tage waren.

„Ich wusste, dass ihr nicht nur Nachbarn seid", sagt meine Mutter leise, aber nicht leise genug.

Daphney und ich stoßen beide ein nervöses Lachen aus, als wir uns lösen und uns einander ansehen, bevor wir zurücktreten. Meine Hand ergreift ihre wie eine Rettungsleine, während ich sie dicht an mich ziehe und meine Mutter ansehe. „Sollen wir ein paar Kekse essen?" Ich schenke ihr ein halbes Lächeln, und die Augen meiner Mutter füllen sich mit Tränen, als sie eifrig nickt.

Daphney

Ich koche eine Kanne Tee, während Zander seiner Mutter unbeholfen seine Wohnung zeigt. Es ist offensichtlich schwer für ihn, aber ich glaube, er hat ihre Anwesenheit beim heutigen Spiel und die Tatsache, dass sie nach ihrem Gespräch in London geblieben ist, als einen Olivenzweig verstanden. Ich bin froh, dass er ihr eine zweite Chance gibt, denn es ist offensichtlich, dass sie ihn liebt.

Zander zeigt ihr verschiedene Sehenswürdigkeiten vom Fenster aus, genau wie ich es tat, als ich ihn vor fast acht Wochen herumgeführt habe. Die Zeit ist eine komische Sache, nicht wahr? Vor drei Tagen habe ich den Boden gehasst, auf dem Zander wandelt. Aber vor ein paar Minuten war mir unser Streit oder wie sehr er mich verletzt hat, egal. Ich ließ alles hinter mir, damit ich für ihn da sein konnte. Wir mögen nicht die Person des anderen sein, aber das bedeutet nicht, dass ich aufhören kann, eine Freundin zu sein.

Ich bringe den Tee zu dem Tisch, an dem Zander und seine Mutter sitzen. Er zeigt ihr den Brief, den sie vor so vielen Jahren geschrieben hat, und die DNA-Ergebnisse, die er jetzt offenbar geöffnet hat. Es ist seltsam, dass ich bei all dem nicht dabei war, aber wenn ich den Blick in seinen Augen sehe, während er die Papiere betrachtet, kann ich verstehen, dass ihm der Umgang damit nicht leicht fiel.

Seine Mutter erzählt die Geschichte, die sie mir im Tower Park erzählt hat. Es scheint Zander ein kleines bisschen Frieden zu bringen, was viel bedeutet, denn als ich ihn nach seiner Auswechslung vom Spielfeld stürmen sah, wusste ich, dass er an einem dunklen Ort war. Seine Mutter hat es nicht gesehen, aber ich schon.

„Es ist mir ein bisschen peinlich, das jetzt zu sagen, aber ich war tatsächlich in Vaughn Harris verliebt, als wir zusammen waren", sagt Jane und nippt an ihrer Tasse Tee.

„Was?", fragt Zander, den Blick fest auf seine Mutter gerichtet.

Sie zuckt mit den Schultern. „Ich hatte schon Gefühle für Vaughn, als er noch mit Vilma verheiratet war. Ich hätte sie nie ausgelebt. Aber … Vaughn war ein Profifußballer, der Vilmas Herz im Sturm erobert hat. Er flog ein paar von uns Mädchen in einem Privatjet ein, um eines seiner Spiele bei Manchester United zu sehen. Alle waren vernarrt in Vaughn. Er war ein Charmeur."

Zander schüttelt den Kopf und schnaubt. „Hätten dich deine Gefühle dann nicht noch mehr motiviert, ehrlich zu ihm zu sein, was mich angeht?"

„Ganz und gar nicht", antwortet Jane und nimmt einen Schluck von ihrem Tee. „Meine Mutter hat immer gesagt, man soll jemanden finden, der einen mehr liebt als man ihn. Vaughn hätte nie jemanden so geliebt, wie er Vilma geliebt hat. Sie waren Seelenverwandte. Und dein Vater war meiner."

Sie beugt sich vor und ergreift Zanders Hand. „Und sosehr ich weiß, dass dieses Geheimnis dich verletzt hat, ich bereue nicht, dich mit deinem Vater großgezogen zu haben. Er war so erfüllt von dir. Ihr habt vielleicht nicht das gleiche Blut, aber er hat dir sein Herz und seine Seele geschenkt."

„Das weiß ich, Mom", krächzt Zander, während ihm Tränen über die Wangen laufen. Er wischt sie schnell weg. „Und ich hoffe, du weißt, dass Dad immer mein Dad sein wird, was auch immer zwischen der Harris-Familie und mir passiert. Keiner kann ihn ersetzen. Und niemand kann dich ersetzen."

Jane schluchzt leise, als sie aufsteht und ihren Sohn aus seinem Stuhl zieht, um ihn zu umarmen. Sie ist etwa halb so groß wie er, also ist es ein ungünstiger Winkel, aber es ist schön, ehrlich und unverfälscht. Und auch wenn ich mich in diesem intimen Moment wie ein Voyeur fühle und wegschauen sollte, ist es ein Privileg, diese Art der Heilung zwischen einer Mutter und ihrem Sohn zu beobachten.

43

Nenn mich Vaughn

Zander

Es klopft wieder an der Tür, als Daphney, meine Mutter und ich gerade beginnen, unsere Essenstüten vom Old George zu öffnen. Es ist dunkel draußen, und anscheinend kann ein Spiel im FA-Cup-Viertelfinale und ein Gespräch mit der Mutter, die einen das ganze Leben lang belogen hat, wirklich Appetit machen. Ich runzle die Stirn und entferne den Eisbeutel von meinem Knöchel, der gerade erste Anzeichen einer Verletzung zeigt. Nichts Karriereveränderndes. Ich muss ihn nur für den Rest der Saison gut bandagieren. Ich gehe hinüber, um zu sehen, wer um diese Zeit noch kommen könnte. Noch vor ein paar Stunden fühlte ich mich unheimlich allein. Jetzt finde ich keine Ruhe mehr. Ich öffne die Tür, und die Schläge nehmen kein Ende.

„Hallo, Zander", sagt Vaughn Harris, als er auf meiner Türschwelle steht, die Hände in die Hüften gestemmt. „Ich habe mich gefragt, ob wir reden können."

Ich ziehe die Augenbrauen hoch, als ich sehe, wie Vaughn an mir vorbei zu den Leuten drinnen schaut. An diesem Punkt kann ich genauso gut das Pflaster abreißen.

Ich trete zurück und mache eine Geste nach innen. „Vaughn, du erinnerst dich an meine Mutter, Jane?"

Vaughns Augen werden groß, als sein Blick von mir zu meiner Mutter am Tisch hin und her schweift. Man kann das Weiße in den Augen meiner Mutter sehen, die wie erstarrt mit einer Pommes in der Hand dasitzt. Oder einem Chip, wie Daphney es nennen würde.

„Hungrig?", frage ich, schließe die Tür und lache in mich hinein, denn das war der Tag aller Tage.

„Ähm …, nein. Ich kann später wiederkommen, wenn dir das lieber ist", antwortet Vaughn unbeholfen.

„Nun, meine Mutter weiß bereits, dass ich heute die Bombe bei dir habe platzen lassen, außerdem habe ich einen DNA-Test auf dem Tisch liegen, wenn du ihn dir ansehen möchtest. Und wenn man bedenkt, dass ich nicht weiß, ob ich noch für deinen Verein spiele, würde ich es lieber gleich hinter mich bringen, damit ich weiß, woran ich mit dir bin.“

Es ist unglaublich, wie entspannt ich im Moment bin. Ich weiß nicht, ob es immer noch das Adrenalin vom heutigen Spiel ist oder ob ich einfach keine Emotionen mehr aufbringen kann. Aber es ist, wie es ist.

Vaughn runzelt die Stirn, als er mich mit einem aufrichtigen Blick fixiert. „Natürlich spielst du noch für Bethnal Green. Warum sagst du das?“

Ich zucke mit den Schultern. „Mein Verhalten heute war ziemlich beschissen“, antworte ich ehrlich. Mein Vater hat immer gesagt, es sei besser, schlechtes Verhalten zuzugeben, als es zu vertuschen.

„Ich habe den Eindruck, dass du seit deiner Ankunft in London mit vielem fertig werden musstest“, sagt Vaughn und greift sich in den Nacken. Bei dieser Bewegung zucke ich zusammen, weil ich das auch oft tue. „Ich habe mit Santino gesprochen, und er hat mir etwas mehr von der Geschichte erzählt als du.“

Ich stoße ein Lachen aus. „Es waren ein paar merkwürdige Monate.“

„Woher hast du die DNA-Ergebnisse?“, fragt Vaughn und blinzelt mich neugierig an. „Davon hat Santino nichts gesagt.“

„Ich habe ein paar Haare von deiner Bürste gestohlen, als Daphney mich vor ein paar Wochen zu dir nach Hause gebracht hat.“ Ich sage das so, als würde ich einen Burger mit Pommes bestellen. Gott, das Leben ist heute verdammt seltsam.

„Ich verstehe.“ Vaughn runzelt die Stirn, als er diese Information verarbeitet.

„Daphney hatte keine Ahnung, was ich an diesem Tag getan habe“, verteidige ich sie. „Sie wurde von all dem genauso überrumpelt wie du.“

„Darauf kann man sich nicht wirklich vorbereiten, oder?“ Daphney schenkt mir ein sanftes Lächeln, das mich mitten in die Brust trifft. Ich kenne sie erst seit zwei Monaten, aber es ist, als wäre sie schon immer da gewesen. Wie ist das nur möglich?

„Nein, kann man nicht.“ Vaughn lacht und kratzt sich über die

Barthaare an seinem Kinn. Er sieht meine Mutter an. „Jane …, warum hast du es mir nie gesagt?"

Das Kinn meiner Mutter bebt, und sie zuckt mit den Schultern, wobei sie klein und traurig aussieht. „Du hattest alle Hände voll zu tun, Vaughn. Und ich bin nach Amerika gegangen. Das Timing war furchtbar."

„Ich weiß, aber …" Er sieht mich wieder an, seine Augen mustern jedes meiner Merkmale, als sähe er mich zum ersten Mal. Seine Stimme ist heiser, als er sagt: „Du spielst so sehr wie Gareth. Wie konnte ich das nur übersehen?"

Seine Worte sind offen, und aus irgendeinem seltsamen Grund beruhigen sie mich. Ein Teil von mir hat sich gefragt, ob Vaughn die Verbindung aus Angst vor einem Skandal leugnen würde. Die Harris-Familie macht sehr schnell Schlagzeilen, und falls so etwas durchsickert, wird es mit Sicherheit für Aufsehen sorgen. Aber nur weil er hier in meiner Wohnung ist und offen darüber spricht, heißt das noch lange nicht, dass er bereit ist, es vor allen zuzugeben. Anhand meiner früheren Gespräche mit Booker weiß ich, dass es lange gedauert hat, bis die Harris-Familie zu dem wurde, was sie heute ist. Ein Aufreger wie ich könnte zu viel Staub aufwirbeln.

„Ich habe das Gefühl, so viel verpasst zu haben", sagt Vaughn und sieht mich mit geröteten Augen an. „Aber es klingt, als hättest du einen tollen Vater gehabt?"

„Hatte er", sagt meine Mutter und steht mit grimmigem Blick in den Augen auf.

„Hatte ich", bestätige ich, wobei sich mein Kinn vor Stolz hebt. „Mein Vater war einmalig."

Vaughn nickt langsam. „Ich würde gern mehr über ihn und dich erfahren, wenn du bereit bist, davon zu erzählen. Ich glaube, er und deine Mutter haben einen großartigen Sohn großgezogen."

Als ich diese Worte von Vaughns Lippen höre, brennen meine Augen. Es ist fast so, als bekäme ich die Zustimmung meines Vaters durch Vaughns Mund. Es macht mich fertig. Vielleicht ist es doch nicht so schwer, wie ich dachte. Vielleicht kann es gut werden.

Ich schüttle die Emotionen ab, die meinen Verstand verstopfen, und frage: „Kann ich dir ein Bier holen, Vaughn?"

Er lacht und schüttelt den Kopf. „Ich nehme lieber zwei."

Ein paar Stunden später stehe ich vor der Tür und umarme Vaughn Harris. Es ist verdammt seltsam. Er fühlt sich nicht wie mein Vater an, aber auch nicht wie ein Fremder. Er fühlt sich ... wie etwas Neues an. Er und meine Mutter gehen zusammen weg. Er hat ihr angeboten, sie zu ihrem Hotel zu fahren, und ich habe das Gefühl, die beiden haben noch viel zu besprechen.

„Bist du sicher, dass es in Ordnung ist, wenn ich es morgen dem Rest der Familie erzähle?", fragt Vaughn, dessen Augen hoffnungsvoll blicken. „Ich weiß, dass das alles sehr schnell geht, aber Geheimnisse halten in unserer Familie nie sehr lange."

Ich lache und nicke langsam. „Ja, es ist in Ordnung."

„Gut, gut." Vaughn nickt nachdenklich. „Und dann kommst du gegen sechs zu unserem Sonntagsessen. Ich werde es allen früh genug sagen, damit sie Zeit haben, sich auf die Neuigkeiten einzustellen, aber ich bin mir sicher, dass sie Fragen an dich haben werden."

Ich nehme einen reinigenden Atemzug. Ich wusste, dass genau das kommen würde. Es Vaughn zu sagen, war einfach. Es war im Eifer des Gefechts, und ich hatte keine Zeit, über meine Worte oder die Situation nachzudenken. Der Rest der Familie wird eine ganz andere Erfahrung sein. Ein Teil von mir wünschte, ich könnte dabei sein, um ihre Reaktionen zu sehen, damit ich weiß, was Vi und die Brüder wirklich von all dem halten. Aber tief in ihrem Inneren verdienen sie es, ihren eigenen Familienmoment zu haben, so wie ich ihn mit meiner Mutter hatte.

„Ich werde um sechs Uhr da sein", sage ich und bemerke die Erleichterung in Vaughns Gesicht.

Er richtet den Blick auf meine Mutter. „Jane, du bist auch herzlich willkommen, wenn du möchtest."

„Ich glaube nicht, dass Zander mich dafür braucht." Meine Mutter schenkt Vaughn ein höfliches Lächeln, während sie meinen Arm streichelt. „Außerdem muss ich bald zurück nach Boston zur Arbeit. Aber ich habe vor, lange genug zu bleiben, um alles darüber zu erfahren. Ich bin nur froh, dass Zander weiß, was er will, denn es ist eine Menge zu verkraften."

Ich nicke entschlossen und lasse ihre Worte auf mich wirken. Das ist es, was ich will. Was eine weitere verdammt seltsame Sache ist. Ich weiß endlich, was ich will. Es gibt keinen Leitfaden, wie man damit um-geht, nur das, was sich richtig anfühlt. Ich bin nur dankbar, dass das, was sich für Vaughn richtig anfühlt, mit dem übereinstimmt, was sich für mich richtig anfühlt. Ich bin fertig mit den Geheimnissen. Morgen will ich zum Sonntagsessen gehen, wenn die Wahrheit auf dem Tisch liegt. Ich bin bereit dafür.

Ich umarme meine Mutter zum Abschied und halte sie einen Moment lang fest. Sie hat diese Woche eine Menge durchgemacht. Ich glaube, wenn es nach ihr ginge, würde ich in dieser Angelegenheit immer noch im Dunkeln tappen. Sie beschützt meinen Vater und mich. Ich bin mir sicher, dass ihre Vergangenheit mit Vaughn es ihr schwer macht, das alles zu akzeptieren, aber es liegt nicht an ihr. Sie wird sich zu gegebener Zeit mit all dem abfinden. Und die Tatsache, dass sie noch eine Weile in der Stadt bleibt, bedeutet, dass sie sich Sorgen macht. Und das ist mir mehr wert, als sie je wissen wird.

Ich schließe die Tür und drücke meine Stirn für einen Moment da-gegen, spüre, wie mein Körper vor Erleichterung nachgibt, und bin dank-bar, dass ich das alles jetzt hinter mir habe.

Als ich mich umdrehe, finde ich Daphney in meiner Küche. Sie wirft einen Lappen in die Spüle und schenkt mir ein sanftes Lächeln, das mir fast das Herz aus der Brust sprengt.

Schwer ausatmend gehe ich auf sie zu, um das zu tun, worauf ich seit dem Moment, als sie mit meiner Mutter meine Wohnung betrat, brennend gewartet habe. Ich umfasse ihr Gesicht und beuge mich vor, um sie zu küssen.

„Zander, nein", sagt sie, zieht sich zurück und bedeckt ihre Lippen.

„Nein?" Meine Augen suchen in ihrem Gesicht nach Antworten.

Sie kaut nervös auf ihrer Lippe, während die Spannung zwischen uns wächst. „Du kannst mich nicht küssen."

Ich stoße ein ungläubiges Lachen aus, als meine Hände von ihrem Gesicht fallen. „Warum nicht?"

„Weil … wir nicht zusammen sind", sagt sie schnell, als wäre es das Selbstverständlichste der Welt.

Ich fasse mir in den Nacken und deute auf die Tür hinter mir. „Du warst mit meiner Mutter bei einem Fußballspiel. Danach bist du mit ihr hier aufgetaucht. Du warst den ganzen Abend an meiner Seite. Was soll das heißen, wir sind nicht zusammen? Du stehst doch genau vor mir, Daphney."

Sie wirft mir einen schuldbewussten Blick zu, den ich verdammt noch mal hasse. „Ich kann verstehen, dass meine Verwicklung in all das dich verwirrt hat." Sie streicht sich die Haare hinter die Ohren und vermeidet den Blickkontakt. „Aber ich wollte nur, dass du Frieden mit deiner Mutter findest. Und ich schätze, ich habe mich heute in all das hineingesteigert. Die Emotionen waren stark, und ich war so froh, dass ihr euch unterhalten habt." Sie sieht zu mir auf, als sie hinzufügt: „Aber ich habe nicht vergessen, dass du mich benutzt hast, um das alles herauszufinden."

„Ich habe einen Fehler gemacht", sage ich entschlossen, die Hände an den Seiten zu Fäusten geballt. „Aber das ist alles, was es war. Ein Fehler. Wir sind doch viel mehr als das. Du hättest dich nicht um meine Mutter gesorgt, wenn du dich nicht immer noch um mich sorgen würdest."

„Zander, ich sorge mich um dich." Ihr Gesicht ist resigniert, ihre Körpersprache verschlossen. Sie steht in völligem Widerspruch zu dem Mädchen, das mich noch vor wenigen Stunden umarmt und mir das Leben geschenkt hat. „Wider besseres Wissen sorge ich mich um dich. Aber ich kann die Tatsache nicht ignorieren, dass du mich benutzt hast."

„Das war es also?", schnauze ich mit beißendem Tonfall, während Frustration durch meine Adern fließt. „Du bist fertig mit mir?"

„Du wusstest, dass ich wegen meines Ex durcheinander war, und trotzdem warst du nicht ehrlich." Sie zuckt mit den Schultern, als wäre das alles, aber das ist nicht alles. Dahinter steckt so viel mehr, dass sich mein Verstand und mein Herz gerade darum streiten, wer zuerst sprechen darf.

Ich schlucke den Kloß in meinem Hals hinunter und trete näher an Daphney heran, sodass sie gezwungen ist, mir in die Augen zu sehen. „Ich bin nicht dein Ex. Tatsächlich empfinde ich Reue, weil ich dich angelogen habe. Ich bin kein Soziopath, der dich verdammt noch mal bestohlen hat und mit dir vor Gericht gezogen ist. Ich hatte Schwierigkeiten, dich reinzulassen, aber das ist jetzt Vergangenheit. Ich will dich ganz. Lass dir das nicht von deinem vergangenen Trauma kaputt machen."

„Es geht nicht nur um Rex." Ihre Augenbrauen sind zusammengezogen, als sie zu mir aufschaut.

„Was ist es dann?", rufe ich und fahre mir mit den Händen durch die Haare. „Sag es mir, damit ich es in Ordnung bringen und dich küssen kann."

Ihr Gesicht ist voller Emotionen, während ihre Augen die meinen suchen. „Du kannst es nicht in Ordnung bringen, Zander. Es ist einfach so, wie es ist. Du und ich sind nicht auf derselben Wellenlänge, und deshalb weiß ich, dass es vorbei sein muss."

„Das ist es, was du wirklich siehst?", schnaube ich, trete zurück und breite die Hände aus. „Ich habe dir gesimst, dich angerufen und dich eine Woche lang gesucht. Ich musste mich auf das größte Spiel meines Lebens vorbereiten, und es gab nicht eine verdammte Minute, in der ich nicht an dich gedacht habe. Ich bin im Old George über einen Zaun geklettert, nur um dich um Verzeihung bitten zu können. Das bringt mich nicht auf dieselbe Wellenlänge?"

„Ich sage ja nicht, dass du nichts bereust. Ich weiß, dass du das tust." Sie senkt den Blick und fummelt nervös an den Schnüren ihres Kapuzenpullis herum. „Und ich weiß, dass du dankbar bist, dass ich dir und deiner Mutter geholfen habe, zusammenzukommen. Aber ich will nicht, dass du diese Geste von mir dazu benutzt, mehr daraus zu machen, als es ist. Das ist nicht das, was ich will."

„Was willst du?", krächze ich mit heiserer Stimme, während meine Augen zu brennen beginnen. Heilige Scheiße, ich werde aus ihr nicht schlau.

Daphney öffnet den Mund, um zu antworten, aber es kommt nichts heraus, und das verdammte Grübchen in ihrem Kinn, das ich früher so liebte, taucht auf und verhöhnt mich mit einer Million unbeantworteter Fragen. Ihr Blick geht nach unten, und ihre Stimme klingt resigniert, als sie schließlich sagt: „Ich glaube, es war ein Fehler, dass wir aus unserer Nachbarn-mit-Zusatzleistungen-Situation mehr gemacht haben. Es ist besser, die Sache jetzt zu beenden, bevor wir zu einem Punkt ohne Wiederkehr kommen. Auf diese Weise können wir Freunde bleiben."

„Freunde?" Ein verärgertes Lachen entweicht mir, während ein Schmerz in meiner Brust aufsteigt, dass ich mich über diese schreckliche Bezeichnung ärgere. „Das ist es also, was du von mir willst?"

Sie nickt hölzern. „Ich denke, das ist das Beste für uns beide."

„Es ist das Beste für dich", zische ich und trete dann zurück, weil mein Körper langsam zusammenbricht. Die Ereignisse der letzten vierundzwanzig Stunden fordern schließlich ihren Tribut. Ich habe das letzte

Jahr damit verbracht, mich zu zwingen, den Verlust meines Vaters nicht zu fühlen, und jetzt fühle ich alles auf einmal, und das ist verdammt noch mal zu viel. Ich bin es leid, zu fühlen. Und ich bin es leid, für jemanden zu kämpfen, der nicht für mich kämpfen will.

Ich mache auf dem Absatz kehrt und öffne die Tür, damit Daphney gehen kann. Ich vermeide Blickkontakt, während sie an mir vorbeigeht, denn falls sie mich ansieht, werde ich zusammenbrechen. Ich werde ihr sagen, dass sie eine Enttäuschung ist, weil sie mich nicht so sieht, wie ich wirklich bin. Aber wenn sie mich jetzt, in meinem schwächsten Moment, nicht sehen kann, wird sie es vielleicht nie tun.

Als sie auf den Hausflur hinausgeht und sich auf den Weg zu ihrer Wohnung macht, schließe ich meine Tür und kann nicht anders, als zu denken, dass der Endstand im Beziehungsspiel zwischen Zander und Daphney Zander: zwei, Daphney: zwei ist. Und mit einem Unentschieden gewinnt man nie.

44

Ein weiterer Harris-Bruder

Zander

Es ist Sonntagabend, als ich aus dem schwarzen Taxi vor der Einfahrt von Vaughn Harris' Haus in Chigwell aussteige. Ich blicke die Auffahrt hinunter auf die leuchtend gelbe Doppeltür. Das ist das Elternhaus der Harris'. Ich war schon einmal hier, aber jetzt, wo alles offen liegt, sehe ich es mit anderen Augen. Ich hoffe, ich weiß, worauf ich mich eingelassen habe.

„Ruf einfach an, wenn du willst, dass wir dich abholen", sagt Link und legt mir seine Hand auf die Schulter, während er feierlich neben mir steht. „Ich meine es ernst, wir sind nur eine Meile entfernt in einem Pub. Es wird nicht lange dauern, bis wir zurück sind. Wenn wir nicht schnell genug ein Taxi kriegen, werde ich verdammt noch mal laufen."

„Oder wenn du willst, dass wir mit dir reinkommen, machen wir das auch", bietet Knight an und lehnt sich gegen die offene Autotür. Er wirft mir wieder einen seiner legendären ernsten Blicke zu. „Die Harris-Familie kann einander stützen, und du gehst allein rein. Das gefällt mir nicht."

Ich lache und schüttle den Kopf. „Es ist ja nicht so, dass sie Fremde sind."

„Ich weiß", sagt Knight und blickt mich an. „Ich mag es trotzdem nicht."

Ich schaue zwischen meinen beiden Freunden hin und her. Brüder von einer anderen Mutter, Teamkameraden und so viel mehr. Diese Jungs haben nicht gezögert, als ich sie anrief und bat, sich heute Morgen mit mir zum Frühstück zu treffen. Und da ich sie in der letzten Woche so beschissen behandelt habe, verdammt, in den letzten Wochen, als ich mit dem ganzen Familienscheiß nicht zurechtkam, bin ich mir nicht sicher, ob ich ihre Freundschaft verdiene. Aber ich werde verdammt sicher alles in meiner Macht Stehende tun, um ihrer würdig zu sein.

Mein Handy piept mit einer Benachrichtigung, und ich schaue nach unten, um zu sehen, dass sie von Daphney ist. Kopfschüttelnd schiebe ich es zurück in meine Jeans.

„War sie das?", erkundigt Link sich mit neugierigem Blick.

Ich nicke und rolle mit den Augen. „Ja, aber ich werde die Nachricht nicht lesen."

„Jetzt ignorierst du sie?", fragt Link stirnrunzelnd.

„Sie hat sich gestern Abend entschieden", sage ich und spüre, wie der Muskel in meinem Kiefer zuckt. „Verdammt, sie hat ihre Entscheidung letzte Woche getroffen. Ich war nur zu dumm, es zu erkennen. Sie ist nicht in mich verliebt, und damit basta."

Knight wirft mir einen harten Blick zu.

„Hör zu, du warst nicht dabei, du weißt es nicht." Ich zucke zusammen, wenn ich daran denke, wie sie mich ansah, als sei ich nichts weiter als ein Kumpel, dem sie hilft. Es war niederschmetternd.

„Okay", sagt er, steigt aus dem Taxi aus und geht zu mir hinüber. „Lass uns heute nur ein Drama nach dem anderen angehen, okay?"

„Etwas Neues und anderes für mich", antworte ich lachend.

Knight schockt mich, indem er mich in eine Umarmung zieht. Er klopft mir auf den Rücken, dann zieht er sich zurück und stupst mir mit einem Finger gegen die Brust. „Du schaffst das."

„Verdammt, ja, das tut er." Link legt einen Arm um jeden von uns und lächelt. „Wir wären ein echt sexy Dreiergespann, Leute."

Knight und ich lachen beide und stoßen Link weg.

„Was?", ruft er beleidigt.

„Haut ab." Ich gebe ihm einen spielerischen Tritt in den Hintern, als er zurück ins Taxi gleitet. „Ich rufe euch später an."

Ich winke ihnen hinterher und drehe mich, um den langen Kiesweg zur Haustür hinaufzugehen. Ich fühle mich wie ein Kind, das am ersten Schultag in die Schule kommt und hofft, von den anderen Kindern gemocht zu werden.

„Zander", sagt Vaughn, als er die Tür öffnet und mit einem Lächeln auf die Stufe tritt. Er zieht mich in eine Umarmung und seufzt. „Ich bin so froh, dass du hier bist."

„Danke für die Einladung", antworte ich und schenke ihm ein höfliches Lächeln, als wir uns voneinander lösen. Als ich nur ein Fußballer in seinem Verein war, hatte ich keine Ahnung, dass dieser Typ so ein Umarmer ist. Daran werde ich mich wohl erst gewöhnen müssen.

„Alle warten in der Küche." Er deutet hinter sich. „Bitte komm rein."

Ich folge ihm den langen Flur mit den Marmorfliesen hinunter, wobei mein Magen ein wirbelnder Strudel aus Feuerwerk ist. Es ist wirklich verdammt seltsam, nervös darüber zu sein, Leute zu sehen, die man schon einmal getroffen hat. Aber jetzt, da die Wahrheit bekannt ist, haben sich all unsere Perspektiven geändert. Ob es uns gefällt oder nicht, es wird seltsam sein.

Vaughn stößt die Tür zur Küche auf, und ich schwöre, es ist wie in einem kitschigen Film, wenn die Platte kratzt und alle im Raum innehalten, um mich anzustarren. Vaughn bleibt stumm, während er zur Seite tritt und mich ganz allein in der Tür stehen lässt.

Ich öffne den Mund, um das Schweigen zu brechen, als Tanner herausplatzt: „Nun, das ist verdammt unangenehm."

„Tanner", ruft Vi und kommt hinter der Küchentheke hervor. Sie zeigt auf das Glas, das auf dem Tisch steht.

„Die Kinder sind alle im Wald. Sicherlich gilt die Regel nicht, wenn keine Kinder in der Nähe sind." Tanner wendet seine Aufmerksamkeit wieder mir zu. „Was ich eigentlich sagen wollte, ist … Willkommen, Zander."

Ich stoße ein nervöses Lachen aus. „Danke …, aber du hast recht …, das ist unangenehm."

„Nun, komm halt rein", sagt Vi und schlurft zu mir herüber. „Ich habe Tee auf dem Tisch, und ich denke, wir sollten uns alle hinsetzen und uns richtig unterhalten."

Ich nicke dankbar und nehme den Platz ein, auf den Vi bei der Mitte des langen Tisches zeigt. Sie setzt sich neben mich, und ich schaue nach draußen, da ich mich frage, wo die anderen sind.

„Wo sind denn alle?", frage ich und werfe einen Blick auf Vaughn, der den Stuhl direkt gegenüber von mir einnimmt.

„Hayden und die Mädchen sind alle draußen bei den Kindern", antwortet er und breitet seine Hände auf dem Tisch vor sich aus. „Vor ein paar Jahren haben Booker und die Jungs ein Spielhaus tiefer im Wald gebaut, und da es heute nicht furchtbar kalt ist, dachten wir, es wäre gut, wenn sie dort draußen sind, damit wir uns alle in Ruhe unterhalten können."

„Verstehe", sage ich und wische mir diskret die verschwitzten

Handflächen an meiner Jeans ab, bevor ich die Teetasse nehme, die Vi mir gerade eingeschenkt hat.

Mein Blick wandert um den Tisch herum, um schweigend die aktuelle Stimmung der anderen einzuschätzen. Gareth sitzt links neben Vaughn und hat einen sehr stoischen Gesichtsausdruck, den ich nicht ganz deuten kann. Camden sitzt neben Gareth und grinst lässig, als sei dies ein ganz normaler Sonntag. Tanner sitzt am Ende des Tisches neben Cam und ist mehr auf die Schale mit Nüssen vor sich konzentriert als auf die Tatsache, dass er einen neuen Halbbruder im Raum hat. Vi scheint nett und einladend neben mir zu wirken, ihr Lächeln ist aufrichtig, aber ich kann den Stress hinter ihren Augen sehen.

Booker stößt schließlich auf Vaughns anderer Seite zu uns, und seine Stimmung ist deutlich verschlossener als die aller anderen. Ich bin heute mit dem Wissen gekommen, dass ich bei ihm viel wiedergutmachen muss.

Ich schlucke den Kloß in meinem Hals hinunter und richte meine Aufmerksamkeit auf ihn. „Booker, ich möchte mich zuerst bei dir entschuldigen, wenn das okay ist."

Booker blickt zu mir auf, bevor er sich nervös am Tisch umsieht. „Bei mir? Weshalb?"

„Mein Verhalten dir gegenüber gestern war beschissen." Ich halte inne und krame in der Tasche meiner Jeans nach etwas Geld. Ich stecke einen Schein in das Schimpfwortglas, während ich fortfahre: „Ich war unhöflich und abweisend. Das hattest du nicht verdient. Und es tut mir wirklich leid, dass ich dich am Spielfeldrand so geschubst habe. Das war völlig unangebracht."

Booker rümpft die Nase, als er mich abwinkt. „Es war nichts."

„Ich habe Tanner mindestens dreimal ein blaues Auge verpasst", wirft Camden lachend ein. „Das letzte war erst vor ein paar Jahren."

„Das war billig." Tanner räuspert sich und berührt seinen Wangenknochen, als würde er immer noch wehtun.

Camden rollt mit den Augen. „Er hatte es verdient."

„Es war es wert." Ein schiefes Lächeln breitet sich auf Tanners Gesicht aus.

Ich nicke und lächle, dankbar für den Olivenzweig, den sie mir anbieten, aber das ist erst der Anfang meiner Entschuldigungstour. „Nun, das weiß ich zu schätzen, aber ich möchte mich bei euch allen dafür entschuldigen, dass ich nicht von Anfang an ehrlich war", sage ich, die Hände neben meiner Teetasse zu Fäusten geballt. „Ich wusste schon vor meiner Versetzung zu Bethnal Green, dass es hier eine mögliche Verbindung gibt, und es war hinterlistig von mir, mich unter euch alle zu mischen, ohne diese Information zu teilen."

„Es kann nicht leicht gewesen sein, sich zu öffnen", sagt Gareth mit tiefer Stimme, während er mir direkt in die Augen schaut. „Ich weiß nicht, wie ich damit umgegangen wäre."

„Wir sind eine verzeihende Familie", wirft Vaughn mit ernstem Gesicht ein. „Wir alle haben viel durchgemacht, nachdem wir Vilma verloren haben, als die Kinder noch so klein waren. Ich habe es nicht gut verkraftet und jedes meiner Kinder musste mir für die ein oder andere Sache vergeben."

Sie nicken alle zustimmend, aber ich spüre immer noch eine Stimmung von Booker, die überhaupt nicht verzeihend ist.

„Du bist also unser Bruder", verkündet Vi lachend und verdeckt nervös ihren Mund.

„Halbbruder, ja", korrigiere ich. Es fühlt sich seltsam an, es endlich laut auszusprechen.

Sie lächelt, während sie schnell blinzelt. „Warum, zum Teufel, konntest du nicht eine Schwester sein?"

Sie wirft die Hände in die Höhe, als wolle sie die Götter verfluchen, und alle am Tisch brechen in schallendes Gelächter aus, auch ich. Es fühlt sich gut an. Es hat das Eis gebrochen, das viel zu langsam unter unseren Füßen geschmolzen ist.

„Ich fürchte, ich hatte da nicht viel mitzureden", antworte ich achselzuckend. „Ich finde es nur unglaublich, dass ich mit der Liebe zum Soccer aufgewachsen bin, ohne etwas von euch zu wissen."

„Fußball", fügt Vi mit einem Augenzwinkern hinzu.

„Es liegt uns im Blut", sagt Camden und beobachtet mich nachdenklich, während Tanner zustimmend nickt.

Vi berührt meinen Arm, um meine Aufmerksamkeit wieder auf sie zu lenken. „Stimmt es, dass deine Mutter und unsere Mutter sich im Studium sehr nahe standen?"

Ich nicke langsam. „Ja, das hat sie gesagt. Ich weiß nicht viel über ihre Freundschaft, aber sie war auf der Hochzeit von Vaughn und eurer Mutter."

„Wow", keucht Vi mit einem zittrigen Lächeln.

„Und bei der Beerdigung", füge ich hinzu und verfluche mich, als die Stimmung im Raum augenblicklich kippt. Ich sage das Einzige, was mir als Nächstes einfällt. „Ich habe meinen Vater vor etwas mehr als einem Jahr verloren, ich weiß also ein bisschen, wie sich das anfühlt."

Vi nickt, und in ihren Augen steht Mitgefühl, bevor sie leise fragt: „Meinst du, deine Mutter würde sich gern mal mit mir unterhalten?" Sie schenkt mir ein zittriges Lächeln. „Wir waren alle noch so jung, als unsere Mutter gestorben ist, und das bedeutet, dass wir unbedingt Geschichten über sie hören wollen."

Vis Stimme bricht am Ende und Tränen füllen ihre Augen. Diese unerwartete Bitte verblüfft mich ein wenig, und ich schaue mich am Tisch um, um zu sehen, wie die Augen aller vier Brüder auf mich gerichtet sind, während sie auf meine Antwort warten. In diesem Moment wird mir klar, dass auch ich dieser Familie etwas geben kann. Oder zumindest kann meine Mutter das tun.

„Ich bin sicher, dass sie gern Geschichten über eure Mutter erzählt", antworte ich mit einem Lächeln. „Sie sagte, dass sie in einem Privatjet saß, den Vaughn für eure Mutter gebucht hatte, um zu einem seiner Spiele von ManU zu gehen, kurz nachdem sie sich kennengelernt hatten."

„Wirklich?", sagt Vi mit einem erstickten Lachen und wendet ihre Aufmerksamkeit ihrem Vater zu.

„Mein Gott, das hatte ich ganz vergessen", erwidert Vaughn, dessen Augen gerötet sind.

„Sie fliegt bald zurück nach Boston, aber vielleicht können wir vorher noch zusammen essen gehen", biete ich an, und Vis Lächeln ist herzerwärmend.

Camden räuspert sich. „Wie seltsam ist das alles für dich?"

„Unglaublich seltsam", stoße ich hervor, woraufhin er nickt. „Und ich möchte, dass ihr alle wisst, dass ich von keinem von euch etwas erwarte. Ich bin ehrlich gesagt nur dankbar, dass ich nicht mehr mit diesem Geheimnis leben muss. Es hat mich bei lebendigem Leibe aufgefressen."

Sie alle werfen mir verständnisvolle Blicke zu.

„Nun, ich würde auf jeden Fall gern eine Beziehung zu dir haben", sagt Vi mit einem aufrichtigen Lächeln. „Dad sagt, du und Daphney steht euch nahe, und sie ist meine Schwägerin, da liegt es nahe, dass wir uns kennenlernen."

Mein Körper verkrampft sich bei der Erwähnung von Daphneys

Namen. „Daphney und ich sind nur Freunde." Die Worte fühlen sich auf meiner Zunge fremd und falsch an, obwohl ich sie in dieser Gruppe schon unzählige Male gesagt habe. Das einzige Problem ist jetzt, dass sie wahr sind. Aber auch nicht wahr, denn ich weiß nicht, wie ich mit jemandem befreundet sein kann, in den ich mich verliebt habe.

Ich möchte die Worte, die ich zu Vi gesagt habe, zurücknehmen und mein Herz über die ganze beschissene Situation ausschütten, aber das sind weder der richtige Zeitpunkt noch der richtige Ort noch die richtigen Leute dafür. Für so etwas habe ich Link und Knight.

„Das ist vielleicht das Beste", sagt Gareth entschlossen, und Vi blickt stirnrunzelnd zu ihrem Bruder hinüber, der mich mit einem zweifelnden Blick ansieht. Er kneift warnend die Augen zusammen. „Wenn du ihr jemals das Herz brichst, könnte es für dich hier unangenehm werden."

Meine Brust schmerzt, und ich frage mich kurz, ob einer von ihnen jemals in Betracht ziehen würde, dass Daphney die Herzensbrecherin ist. Sie kennen sie und Hayden besser als mich, also kann ich wohl verstehen, wo ihre Loyalität liegt. „Das kann ich verstehen."

„Hör nicht auf Gareth", schnaubt Vi und winkt ihren Bruder ab, während sie mir ein beruhigendes Lächeln schenkt. „Alle vier meiner Brüder haben in ihren Beziehungen mehr Mist gebaut, als ich zählen kann. Dann kommen sie alle zu mir und bitten um Rat, und ich muss einen Weg finden, das Schlamassel zu beheben, das sie angerichtet haben. Das ist eine weit verbreitete Bruder-Schwester-Dynamik, die du sicher zu gegebener Zeit kennenlernen wirst. Wenn zwischen dir und Daphney etwas läuft, lass dich wegen dieser Idioten nicht von ihr abschrecken. Sie ist ein wunderbarer Mensch."

Ich zwinge mich zu einem Lächeln, das sicher gequält aussieht. Ich weiß es zu schätzen, dass Vi mit mir spricht, als gehöre ich bereits zur Familie, aber die Wahrheit ist, dass ihre Worte über Daphney mich tief getroffen haben. Daphney *ist* ein wunderbarer Mensch. Und ich bin mir nicht sicher, ob ich jemals darüber hinwegkommen werde, dass es mit uns vorbei war, bevor wir überhaupt angefangen haben. Es wird die Hölle sein, neben ihr zu wohnen, vor allem, weil ich nicht nur ein Freund sein will.

Ich richte meine Aufmerksamkeit wieder auf alle anderen am Tisch. Vi hat sehr deutlich gemacht, dass sie eine Beziehung mit mir will, aber ich würde gern wissen, wo die anderen gerade stehen.

Ich stähle mich, bevor ich frage: „Und was ist mit dem Rest von euch?“ Ich huste leise, als mir die Stimme im Hals stecken bleibt. „Wo stehe ich mit euch allen?“

„Ich möchte, dass du so oft hier bist, wie du dich wohl fühlst“, sagt Vaughn, der mich mit ernstem Blick fixiert. „Ich möchte deinen Vater in keiner Weise ersetzen, aber ich möchte dich kennenlernen, Zander. Ich möchte etwas über deine Erziehung erfahren und dich in deiner Zukunft anfeuern. Ich möchte ein Teil deines Lebens sein, so wie es sich für uns richtig anfühlt.“

Ich nicke Vaughn langsam zu, und ein Bild meines Vaters überflutet mich. Ich kann mir nicht vorstellen, wie er über all das denken würde. Wäre er verletzt? Eifersüchtig? Enttäuscht?

Dann erinnere ich mich an die Art von Mann, die er in seinem Innersten war. Die Art von Mann, die das Baby eines anderen Mannes ohne Zögern aufziehen wollte. Die Art von Mann, die meine Fußballambitionen unterstützte, obwohl Fußball nie sein Ding war. Die Art von Mann, die ein verdammtes Highlight-Reel zusammenstellte, um mir ein Stipendium an der Universität zu verschaffen. Die Art von Mann, die mir das beste Beispiel dafür gab, wie man ein Vater ist, damit ich das eines Tages auch für meine eigenen Kinder sein kann.

Meinem Vater wird es nicht wehtun. Er wird sich für mich freuen. Vielleicht sogar stolz darauf sein, dass ich den Mut hatte, das zu tun. Und das habe ich alles von ihm.

„Das würde mir sehr gefallen“, antworte ich, denn es ist die Wahrheit. Ich versuche nicht, meinen Vater zu ersetzen, aber ich werde nicht so tun, als würde ich eine Verbindung zu dem Mann, der für meine Existenz verantwortlich ist, nicht zu schätzen wissen.

„Teamkollege ist nur ein anderes Wort für Familie, nicht wahr?“, sagt Tanner, lehnt sich zurück und verschränkt lässig die Arme vor der Brust. „Ich akzeptiere beide Bezeichnungen bei dir. Was ist schon ein weiterer Harris-Bruder in dieser Truppe?“

„Er ist ein Williams“, korrigiert Vaughn, und Tanner neigt respektvoll den Kopf.

Meine Augenbrauen zucken, denn ich fühle mich von seiner überraschend poetischen Erklärung überrumpelt. So hört er sich im Tower Park sicher nicht an.

„Meine Tochter Sophia ist adoptiert“, erklärt Gareth und faltet seine Hände vor sich. „Aber ich muss keine DNA mit ihr teilen, um zu wissen, dass sie zu mir gehört. Ich bin sicher, dass ich mit der Zeit das Gleiche für dich empfinden werde."

Ein Kloß bildet sich in meiner Kehle, als Camden hinzufügt: „Ich sage, lasst den Spaß beginnen. Es wird schön sein, noch einen Bruder zu haben, mit dem man auf dem Spielfeld herumalbern kann, seit die beiden Wichser im Ruhestand sind."

Ich lache und schüttle den Kopf. „Ich glaube, ich habe dir im Emirates gehörig in den Hintern getreten."

„Schwachsinn", schnaubt Camden und winkt ab. „Ein schlechtes Spiel macht noch keine Karriere. Ich habe noch viele Jahre vor mir, um dich da draußen in Verlegenheit zu bringen."

„Ich freue mich darauf", antworte ich nickend.

Alle Augen richten sich auf Booker, denn er ist der Einzige, der noch nicht klar offenbart hat, wie er über all das denkt. Von allen Brüdern habe ich mich ihm seit meiner Ankunft in London am nächsten gefühlt. Wir haben uns gut verstanden, und auf dem Spielfeld hat die Chemie gestimmt. Wir haben das Netz gemeinsam wie Brüder beschützt ..., weil wir es waren.

Booker rutscht nervös auf seinem Sitz hin und her und meidet den Blickkontakt. „Booker, ich verstehe, wenn du Zeit brauchst", sage ich mit belegter Stimme. „Wir sind uns nahegekommen, seit ich im Team bin, und ich bin sicher, du fühlst dich verraten, weil ich dir nichts von all dem erzählt habe."

Bookers Kiefer spannt sich an, er nickt und starrt auf seine Hände. „Es ist nur ..." Er sieht auf, und ich bin schockiert, als ich sehe, dass seine Augen voller Tränen sind. „Ich fühle mich irgendwie betrogen. Als hätten wir ein ganzes Leben mit dir verpasst."

Erleichterung und Traurigkeit durchdringen mich bei seinen Worten, denn sie sind nicht so schlecht, wie ich befürchtet habe. Sie sind sogar gut. Sehr, sehr gut. Meine Stimme ist heiser, als ich antworte: „Zum Glück sind wir jung, unsere Leben fangen also gerade erst an, oder?"

Booker lächelt halb und nickt mir zu. „Ich schätze, ich wusste nicht, wie sehr ich einen Libero in meinem Leben brauche."

Mein Lächeln ist aufrichtig. „Ich bin dankbar, einen Torwart zu haben."

„Oh, verdammt noch mal", spottet Tanner und breitet die Arme aus.

„Wenn das hier ein rührseliger Fernsehfilm werden soll, reicht mir bitte einen Eimer, denn mir wird schlecht.“

Booker rollt mit den Augen, während Gareth Tanner einen tödlichen Blick zuwirft. „Wir mussten alle damit klarkommen, dass du und Camden euch gegenseitig abgeleckt habt …“

„Was, abgeleckt?“, werfe ich ein, aber meine Worte bleiben ungehört.

„Bacon-Sandwich-Regel dies und Bacon-Sandwich-Regel das“, fährt Gareth fort. „Sie waren Zimmergenossen, heirateten beste Freundinnen und bekamen gleichzeitig verdammte Kinder. Im Ernst, bei den verrückten Dingen, die die beiden miteinander anstellen, mussten Vi und ich uns jahrelang einen Kotzeimer teilen. Sie können es Booker nicht vergönnen, zum ersten Mal in seinem Leben einen kleinen Bruder zu haben.“

„Das war nur ein Scherz, Kumpel.“ Tanner rümpft die Nase. „Kein Grund, persönlich zu werden. Und die Bacon-Sandwich-Regel ist eine heilige Harris-Tradition. Wenn du es ableckst, gehört es dir. Zander, komm her, damit ich dich ablecken und als meinen Bruder beanspruchen kann.“

Gareth rollt mit den Augen und wendet sich wieder mir zu. „Ich hoffe, du bist bereit für diesen Haufen, Zander. Wir sind … anstrengend.“

Ich lache und schüttle den Kopf. „Ich glaube, ich schaffe das schon.“

Es steht unentschieden, dreizehn Tore für beide Seiten. Es ist das torreichste Fußballspiel, an dem ich je teilgenommen habe, aber wenn man im Garten von Vaughn Harris’ Haus einen Ball herumkickt und Kinder im Spiel sind, ist offenbar alles möglich.

Die Teams sind wie folgt aufgeteilt:

Ich, Booker und Camden sind in einem Team mit Rocky, Teddy, Milo und Bex.

Gareth, Tanner und Hayden sind im anderen Team, und ihre Kinder bestehen aus Sophia, Oliver und Josephine.

Camden und Tanner halten beide ihre Jüngsten auf dem Arm, während sie spielen, also hat mein Team eigentlich auch den kleinen Porter und Gareths Team hat Alexandra. Camden und Tanner dabei zuzusehen, wie sie mit Kindern auf dem Arm aufeinander losgehen, sieht nicht gerade nach der sichersten Sache aus, die ich je erlebt habe, aber die

Mütter sitzen alle auf der Terrasse, trinken Tequila Sunrise und lachen, also haben sie offensichtlich Vertrauen in die Fähigkeiten ihrer Männer, kein Kind fallen zu lassen.

Zum Glück habe ich den besten Teamkollegen und Schatten aller Zeiten … Teddy. Der kleine Kerl lässt mich nicht allein. Aber für einen Fünfjährigen hat er wirklich gute Füße, also nutze ich ihn zu meinem Vorteil.

Als Cam und Tan in einen Kampf um den Ball verwickelt werden und anfangen, Kinder wie Dominosteine auf der Wiese umzuwerfen, stürmen Gareth, Booker und Hayden herbei, um den Tag zu retten. Ich bleibe mit Teddy zurück.

„Jage nicht die Meute", sage ich, einen Zeigefinger an meine Schläfe gedrückt. „Bleib zurück. Der Haufen wird sich auflösen, und dann greifen wir an."

Teddy nickt, seine Augen groß und aufgeregt. Wie aufs Stichwort fliegt der Fußball auf mich zu. „Ab zum Netz!", rufe ich Teddy zu.

Er tut genau, was ich sage, und ich kicke einen Pass mit dem linken Fuß direkt vor ihn. Er verlangsamt sein Tempo kein bisschen, schwingt seinen rechten Fuß auf den Ball, schießt und erzielt ein Tor!

Seine kleinen Fäuste sind in die Luft gestreckt, während ich auf den Knien zu ihm hinüberrutsche. „Ja, Kumpel! Tolles Tor!" Ich springe wieder auf die Beine, hebe ihn hoch und halte ihn in einer Superman-Pose, während ich vor all den Müttern herlaufe, die ihre Hände ausstrecken, um ihm ein High-Five zu geben.

Wir beenden unsere Siegesrunde mit Booker, der lacht und den Kopf schüttelt, als ich sein Kind wieder auf dem Rasen absetze. Er streichelt Teddys Haare und sagt: „Gut gemacht, Teddybär."

„Lasst uns noch mal spielen!", kreischt Teddy und packt mein Bein.

„Lass Zander eine Pause machen. Geh und terrorisiere deinen Bruder." Teddys Augen leuchten bei dieser Aussicht auf, und er nimmt die Verfolgung auf Oliver auf, ohne sich umzudrehen. Booker stützt sich auf den Knien ab, in dem Versuch, wieder zu Atem zu kommen. „Dieses Spiel war noch intensiver als das gestrige!"

„Das kannst du laut sagen", antworte ich, selbst noch schwer atmend.

Ich beobachte, wie sich alle in ihre jeweiligen Bereiche des Gartens zurückziehen. Gareth und Vaughn diskutieren über die Möglichkeit einer Gelben Karte für Tanner und Camden. Die Mädchen schenken den Jungs Getränke ein, während die Kinder immer noch mit unendlicher Energie herumrennen. Es ist ein Chaos, aber ein glückliches Chaos.

„Spielt ihr jeden Sonntag?", frage ich neugierig.

„Mehr und mehr, da die Kinder älter werden." Booker richtet sich auf und geht zu dem Tisch hinüber, auf dem Vi gerade mehrere Wasserflaschen abgestellt hat. Er ruft über die Schulter: „Willst du welche?"

„Wasser? Ja", antworte ich und jogge zu ihm hinüber.

Er lächelt mich halb an. „Ich meinte, ob du Kinder willst?" Meine Augen quellen mir fast aus dem Kopf, was Booker zum Lachen bringt. Er schubst mich leicht. „Schau nicht so ängstlich. Du kannst gut mit ihnen umgehen."

„Nun, ich bin mir ziemlich sicher, dass ich eine Partnerin brauche, um Kinder zu bekommen, und das scheint für mich im Moment nicht infrage zu kommen." Ich nehme eine Wasserflasche vom Tisch und schraube den Deckel ab.

Booker sieht mich nachdenklich an. „Darf ich es wagen, nach Daphney zu fragen? Ich weiß, du wolltest gestern, dass ich mich raushalte, aber du wirst schnell lernen, dass die Harris-Familie langsam lernt."

Ich lächle und seufze. „Ich wünschte, ich wüsste, was ich dir sagen soll."

„Da musst du dich schon mehr anstrengen", mischt sich Haydens Stimme von irgendwo hinter mir ein. Er stößt mich mit der Schulter an, als er nach einer Wasserflasche greift.

Der Typ hat kein Wort mit mir gesprochen, seit er vor über einer Stunde zum Abendessen kam. Er hat mir den ganzen Abend kaum in die Augen geschaut, und ich habe immer erwartet, dass er mich während unseres freundschaftlichen Fußballspiels im Garten niederreißt.

Ich räuspere mich. „Was meinst du?"

„Ich meine, ich brauche mehr Details darüber, was zwischen euch beiden passiert ist, bevor ich dich heute aus dem Haus gehen lasse." Hayden sieht mich mit zusammengekniffenen Augen an. „Ich weiß nur, dass du mir auf der Suche nach ihr eine SMS geschickt hast, und sie will mir nichts sagen. Offensichtlich stimmt etwas nicht, denn das letzte Mal, als ich euch beide zusammen gesehen habe, war auf der Hochzeit, und ihr wart wie besessen voneinander." Er atmet schwer aus und spricht die nächste Frage in einer langsamen, deutlichen Drohung aus. „Was hast du getan?"

Ich zucke zusammen, als die Bilder von Daphney, wie sie auf dieser Hochzeit sang, tanzte und lachte, meine Erinnerung überfluten. Es war ehrlich gesagt einer der besten Abende, die ich seit meinem Umzug nach London erlebt habe. Vielleicht sogar einer der besten Abende meines Lebens. Ich wünschte, ich könnte die Zeit zurückdrehen und einfach ehrlich zu ihr sein. Andererseits, wären Daphney und ich zu dem geworden, was wir geworden sind, wenn sie die Wahrheit gewusst hätte, bevor wir miteinander geschlafen haben?

Ich richte meinen Blick auf Hayden und antworte ehrlich: „Ich habe sie über all das angelogen." Ich zeige auf die Harris-Familie, die unbekümmert im Garten herumläuft. „Über meine angebliche Verbindung hier. Sie glaubt, ich hätte sie benutzt, um an alle heranzukommen, und das war wohl auch so, aber das ändert nichts an der Tatsache, dass ich mich auf diesem Weg in sie verliebt habe."

Hayden blinzelt mich mit undurchdringlicher Miene an. „Hast du ihr das gesagt?"

Ich zucke mit den Schultern. „Sie weiß es."

Er nimmt einen großen Schluck und leckt sich langsam über die Lippen, während er den Deckel wieder auf die Flasche setzt. Falls er schockiert oder sauer ist, versteckt er es gut. Mit einem entschlossenen Nicken klopft er mir auf die Schulter, bevor er zurück zum Rest der Familie geht. Ich sehe ihm zu, wie er sich neben Vi setzt, als hätte ich ihm nicht gerade gestanden, dass ich seine Schwester zu meinem persönlichen Vorteil benutzt habe.

„Sollte ich Angst haben?", flüstere ich Booker zu, während mir das Herz in die Hose rutscht.

„Ja", antwortet Booker schnell.

45

Es ist 11:11 Uhr ... Wünsch dir was

Daphney

Phoebe: Ich verstehe nicht, warum du nicht mit mir trinken willst. Es ist Samstagabend!

Ich: Ich will meine Wohnung nicht verlassen.

Phoebe: Alkohol ist auf magische Weise tragbar. Ich kann sogar eine Weinflasche in meinen BH stecken.

Ich: Ich will einfach nur allein sein, Pheebs. Es tut mir leid.

Phoebe: Du suhlst dich in Selbstmitleid.

Ich: Ich arbeite.

Phoebe: Das ist nur Erwachsenensprache für Suhlen. Du kannst nicht ewig in der Wohnung eingesperrt bleiben. Irgendwann wirst du ihm über den Weg laufen.

Ich: Ich weiß. Ich will heute Abend nur nicht ausgehen, weil ich noch an einem anderen Jingle arbeiten muss, und da Zander wegen eines Fußballspiels in Watford ist, ist das eine gute Gelegenheit für mich, zu arbeiten, bevor er später am Abend zurückkommt.

Phoebe: Hat er immer noch nicht auf eine deiner „Kumpel-Geplänkel"-SMS geantwortet?

Ich: Nein, nichts. Er hasst mich.

Phoebe: Du hast ihm das Herz gebrochen.

Ich: Er hat meins zuerst gebrochen. So ist es besser.

Phoebe: Für wen genau?

Ich: Das hätte nie geklappt.

Phoebe: Und warum?

Es klopft an meiner Tür, und sofort möchte ich meine beste Freundin schlagen und umarmen, denn sie war noch nie jemand, der Grenzen respektiert. Ich marschiere zu meiner Tür und reiße sie auf. „Phoebe, es war mein …" Meine Stimme bricht ab, als ich sehe, dass es nicht meine hartnäckige beste Freundin ist, die vor meiner Tür steht. Es ist mein Bruder.

„Hallo, Daph", sagt Hayden und kommt herein, als würde ihm der Laden gehören, was er wohl auch tut.

„Hayden, was machst du denn hier?", frage ich und werfe einen Blick auf die Uhr, um festzustellen, dass es schon nach sieben ist.

„Ich komme nur vorbei, um nach dem Gebäude zu sehen." Er geht durch meine Wohnung, inspiziert die Wände, die Decke, meine Musikanlage. Er zupft sogar nervigerweise an meiner Gitarre, bevor er sich auf mein Sofa setzt und die Arme ausbreitet.

Ich verschränke die Arme und werfe ihm einen bösen Blick zu. „Warum bist du wirklich hier?"

Ein unbeholfener Blick huscht über sein Gesicht. „Ich muss Fotos von der Wohnung nebenan machen, weil ich bald einen neuen Mieter suchen werde. Zander sagte, ich könnte heute mal vorbeikommen, während er bei einem Fußballspiel ist."

Ein Schauer durchfährt meinen ganzen Körper. „Zander zieht um?"

Hayden nickt langsam. „Es scheint so."

Zittrig lasse ich mich neben meinem Bruder auf das Sofa sinken, da ich damit kämpfe, den Schock über diese Nachricht zu überwinden. Die letzte Woche war schlimmer als die erste Woche, in der wir nicht miteinander gesprochen haben. In der ersten Woche war ich zu wütend, um seinen Verlust zu spüren. Jetzt, da ich weiß, dass es mit uns vorbei ist und ich ihn durch diese blöden dünnen Wände kommen und gehen höre, ist es jeden Tag wie ein emotionaler Schnitt mit einem Messer. Das ist genau der Grund, warum man sich nicht mit einem Nachbarn einlässt. Dass er geht, sollte sich nicht so verheerend für mich anfühlen. Ich sollte mich freuen. Ich sollte Phoebe anrufen und ihr sagen, dass es doch Zeit ist, zu trinken.

Aber ich freue mich nicht. Ich bin niedergeschmettert. „Weißt du, warum er umzieht?", frage ich mit schwacher Stimme.

Er zieht die Brauen hoch. „Ich vermute, es hat etwas mit dir zu tun."

„Was habe ich getan?", frage ich abwehrend, denn ich war nicht diejenige, die in unserer Beziehung gelogen hat.

Hayden zuckt mit den Schultern und richtet die Ledermanschette um sein Handgelenk, die er immer trägt. „Ich hatte gehofft, du könntest es mir sagen. Zander hat mir zu wenige Details erzählt."

„Du hast also mit ihm gesprochen?"

Er nickt. „Ein wenig. Du weißt, dass er letzte Woche zum Sonntagsessen kam, oder?"

Ich nicke langsam. „Wie ist es gelaufen? Wie haben alle die Nachricht über seine Verbindung aufgenommen?" Meine Nerven flattern, denn ich frage mich, ob es schlecht gelaufen ist und er deshalb umzieht.

„Es lief ungefähr so, wie man es erwarten würde. Die Harris-Familie wird immer größer. Was macht da schon ein weiterer Halbbruder?" Hayden lacht und schüttelt den Kopf. „Die Harris-Familie liebt es dysfunktional, und nichts sagt dysfunktional wie ein heimliches Liebeskind, von dem fünfundzwanzig Jahre lang niemand etwas wusste."

Ich muss lachen, weil mein Bruder diese Situation so treffend beschrieben hat. „Aber sie haben ihn akzeptiert?", frage ich mit angehaltenem Atem.

Hayden neigt den Kopf zu mir. „Warum interessiert dich das so sehr?"

„Tut es nicht." Ich richte meinen Blick nach vorn und verschränke die Arme vor der Brust.

„Doch, das tut es", sagt Hayden und stupst mir mit dem Finger in die Wange. „Dein Gesicht wird knallrot, wenn du lügst, genau wie es bei Marisa war."

Mit großen Augen blicke ich zu Hayden. „Ich habe dich schon lange nicht mehr ihren Namen sagen hören."

Er zuckt mit den Schultern, aber ich sehe die Emotionen in seinen Augen. „Ich habe heute 11:11 Uhr auf der Uhr gesehen und musste an sie denken."

Ein Lächeln hebt meine Mundwinkel. Als Hayden vor vielen Jahren mit Depressionen zu kämpfen hatte und sich die Schuld an Marisas Tod gab, war die Uhrzeit 11:11 ein Trigger für ihn. Sie brachte ihn an einen sehr dunklen Ort, und ich war es, die ihm sagte, dass 11:11 Uhr Glück bringt und er sich jedes Mal, wenn er sie sieht, etwas wünschen sollte. Das ist jetzt irgendwie Haydens Ding. Er ist heute ein ganz anderer Mensch als damals, als er nach Marisas Tod mit seiner Sucht zu kämpfen hatte. Ich gebe ihm nicht genug Anerkennung für die Arbeit, die er investiert.

„Ich vermisse sie", sage ich und spüre das Zittern meines Kinns. „Schwestern sind gut, um über Jungensachen zu reden."

„Brüder sind auch nicht schlecht", sagt Hayden und sieht mich stirnrunzelnd an. „Im Ernst, Daphney, rede mit mir. Hilf mir zu verstehen, warum das, was Zander getan hat, so unverzeihlich sein soll."

„Du bist also auf seiner Seite?", erwidere ich.

„Das habe ich nicht gesagt." Er hält die Hände hoch. „Ich bin immer auf deiner Seite, aber wenn du auf der falschen Seite bist, ist es meine Aufgabe als dein großer Bruder, deinen Arsch auf die richtige Seite zu ziehen."

Ich beiße die Zähne zusammen vor Wut darüber, dass ich diesen ganzen Albtraum noch einmal aufwärmen muss. Ich quäle mich nun schon seit zwei Wochen damit und hasse es. Jetzt muss Zander ausziehen und der Märtyrer dieser Geschichte sein. Das ist totaler Mist.

„Zander hat mich benutzt, um der Harris-Familie näherzukommen." Ich lege alles offen, da ich mich nicht länger darum schere, ob Hayden Zander hassen wird, wenn er die Wahrheit kennt. Wenn er mir nicht einmal eine SMS schicken kann, um mir zu sagen, dass er umzieht, verdient er meine Loyalität nicht.

„Ich weiß." Hayden blinzelt mich ausdruckslos an.

Ich runzle die Stirn, denn es scheint, als bräuchte er mehr, um weiterzumachen. „Er hat mir von all den wichtigen Dingen nichts erzählt, die in seinem Leben vor sich gehen."

„Er hat dir von einer Sache nichts erzählt", korrigiert Hayden.

„Sich zu fragen, ob Vaughn Harris sein leiblicher Vater ist, ist ein ziemlich bedeutendes Lebensdetail!", rufe ich aus, das Kinn abwehrend in die Luft gereckt.

„Was ist hier wirklich los, Daphney?", fragt Hayden, und seine Augen durchbohren mich mit einem wissenden Blick. „Denn mein Bullshit-Radar ist verdammt gut, und soweit ich das beurteilen kann, kommt der einzige Bullshit, den ich wahrnehme, von dir."

„Was?", krächze ich.

„Glaub mir, ich habe versucht, den Bullshit in Zander zu finden. Ein Fußballer, der neben meiner Schwester wohnt, sollte mit Adleraugen beobachtet werden. Aber bei all meinen Begegnungen mit ihm war der einzige Makel, den ich feststellen konnte, dass er den Blick nicht von dir abwenden konnte."

Ich rolle mit den Augen zur Decke. „Nur weil er mich oft angeschaut hat, hast du ihn also für würdig befunden? Das ist das Lächerlichste, was ich je gehört habe."

„Es geht nicht darum, dass er dich angesehen hat, Daphney. Es geht darum, *wie* er dich angesehen hat. Der Kerl ist in dich verliebt."

„Nein, ist er nicht", gebe ich zurück, während die Wut in meinen Adern scharf und heiß aufblitzt. „Du weißt nicht, wovon du redest."

„Du weißt nicht, wovon du redest", kontert Hayden. „Daphney, wenn du ihn wegstößt, weil du seine Liebe nicht erwiderst … großartig … ich bin auf deiner Seite. Ich werde ihm helfen, aus diesem Gebäude auszuziehen, damit er von dir wegkommt. Aber wenn du ihn wegstößt, weil du Angst hast, ihm eine zweite Chance zu geben? Mein Schatz, ich bin der lebende Beweis dafür, dass es zweite Chancen aus gutem Grund gibt. Ich wäre buchstäblich nicht mehr am Leben, wenn es keine zweiten Chancen gäbe."

Meine Augen füllen sich mit Tränen, als ein verheerender Schmerz in Haydens Stimme dringt, als er einen Teil seiner Vergangenheit anspricht, über den wir nie sprechen.

Haydens Vergangenheit ist dunkel und gequält, und es gab Jahre, in denen er in meiner Welt nicht existierte, weil er zu sehr damit beschäftigt war, in einer Hölle zu leben, die er selbst geschaffen hatte. Aber jetzt ist er hier, auf meinem Sofa, in meiner Wohnung, als Vater und Ehemann, und passt auf mich auf wie ein richtiger großer Bruder. Ich bin so froh, dass er noch da ist.

Hayden vertreibt den gequälten Blick aus seinen Augen, während er mir eine Träne von der Wange wischt. „Du, Theo, Mum, Dad …, sogar Leslie, ihr alle habt mir viele Fehler in meinem Leben verziehen. Du kannst mir nicht erzählen, dass das, was Zander getan hat, auch nur annähernd mit dem vergleichbar ist, was ich getan habe."

„Nein", stottere ich, meine Stimme voller Emotionen. „Aber Hayden, du verstehst das nicht. Ich bin in ihn verliebt, und es passierte so schnell und so einfach. Und es ist größer, als ich verkraften kann. Ich habe schreckliche Angst davor."

„Aber warum?"

„Weil ich nicht weiß, ob ich mir zutraue, die richtige Person zu wählen!", weine ich, als die Emotionen der letzten zwei Wochen aus meinen Augen strömen. „Was ist, wenn Zander genau wie Rex ist?"

„Ist er nicht", schnaubt Hayden und winkt abweisend mit der Hand. „Rex und all die anderen Typen, mit denen du in der Vergangenheit zusammen warst, waren alle ein Haufen Idioten."

„Danke dafür", krächze ich und wische mir krampfhaft die Tränen aus dem Gesicht. Gott, große Brüder können solche Tyrannen sein.

Hayden mustert mich mit ernstem Blick. „Es ist wahr. Keiner von ihnen hatte dieses Ding … diesen Funken. Sag mir, dass du in dem Moment, als du Vi kennengelernt hast, nicht wusstest, dass sie die Richtige für mich ist."

Die Worte entlocken mir ein Schnauben. „Ihr wart wie füreinander geschaffen."

„Weil sie diesen Funken hatte", sagt er selbstbewusst. „Und du und Zander habt das auch."

Ich schlucke den schmerzhaften Kloß in meiner Kehle hinunter. „Was, wenn es mit uns nicht klappt? Was, wenn noch so etwas wie das hier passiert? Was, wenn er mich wieder anlügt? Was, wenn er mich nicht liebt, und ich ihn verliere?"

Hayden legt mir eine Hand auf die Schulter und fixiert mich mit aufrichtigem Blick. „Daphney, du darfst dich nicht von der Angst, die Liebe zu verlieren, davon abhalten lassen, dich zu verlieben. Das Verlieben ist das Beste, vor allem, wenn man einen Partner gefunden hat, der einen bildlich in die Höhe hebt. Vi hebt mich immer noch jeden verdammten Tag auf. Das ist es, was große Liebe ausmacht. Man muss sich um die große Liebe bemühen, egal, wie hoch das Risiko ist."

Haydens Worte sind hart und unerbittlich, denn sie durchlöchern den Schutzschild, den ich aufrechterhalten habe, seit ich gehört habe, wie Zander durch die Wände über mich gesprochen hat. Die Wahrheit ist, ich war nicht niedergeschmettert, weil er diesen Teil von sich vor mir versteckt hat. Ich war niedergeschmettert, weil ich ihn liebte und befürchtete, dass er meine Liebe nicht erwidert. Diese Angst hat mich dazu gebracht, ihn wegzustoßen, und jetzt, wo er umzieht, habe ich Angst, dass er damit abgeschlossen hat. Verdiene ich überhaupt eine zweite Chance, nachdem ich mich geweigert habe, ihm eine zu geben?

46

Zanders Lied

Zander

Als unser Bus nach dem Spiel gegen Watford wieder im Tower Park ankommt, bin ich völlig erschöpft. Es ist dunkel, ich habe Hunger, und will nur noch den Komfort meines eigenen Bettes spüren.

Schmerz durchfährt mich, wenn ich daran denke, wie leer sich mein Bett die ganze Woche über angefühlt hat. Es ist lächerlich, wie man nach einer Nacht süchtig nach dem Gefühl werden kann, dass jemand neben einem liegt. Ernsthaft, wie hat Daphney das hingekriegt? Wie hat sie es geschafft, dass ich das Gefühl, ihren Körper in meinen Armen zu halten, nach einer verdammten Nacht vermisse? Meine Nachbarin hat mich verzaubert, und deshalb musste ich Hayden anrufen, um zu fragen, ob ich meinen Mietvertrag kündigen kann.

Ich kann nicht in meiner Wohnung sitzen und ihr jeden Tag zuhören, wie sie durch die Wände hindurch an ihrer Musik arbeitet, ohne dass mir bei jeder Note das Herz bricht. Diese Woche war ich mit der Abreise meiner Mutter und dem Abendessen mit ihr und Vi vor ihrer Abreise beschäftigt und abgelenkt.

Nächste Woche werde ich wieder allein mit meinen Gedanken sein und neben dem ersten Mädchen wohnen, das mir das Herz gebrochen hat. Das ist zu viel. Woanders hinzuziehen und neu anzufangen, ist das Beste für alle.

Ich verabschiede mich von Link und Knight und bedanke mich für ein gutes Spiel, während ich mich auf den Weg zurück in meine Wohnung mache. Schwer seufzend stapfe ich die drei Stockwerke hinauf und hasse es, dass ich mir immer noch Daphneys Hintern an diesem ersten Tag vorstellen kann, als sie mir meine Wohnung zeigte. Werde ich überhaupt in London leben können, wenn ich nicht mit ihr zusammen bin?

Scheiße, es hat mich erwischt.

Ich verdrehe die Augen, als ich in meinem Flur stehe und sehe, dass das leuchtend rosa Mäusehaus wieder aufgestellt ist. Da ich heute nicht da war, war sie wohl mutig genug, die Falle aufzustellen, ohne von mir gesehen zu werden. Sie hat es geschafft, mir die ganze Woche aus dem Weg zu gehen, und das ist wohl auch gut so. Ich will sie genauso wenig sehen wie sie mich.

Ich ziehe bequeme Kleidung an, lasse mich auf mein Bett fallen und betrachte die Lichter, die von der Straße hereinscheinen. Sie werfen seltsame Schatten an die Wände, die perfekt zu meiner Stimmung passen.

Plötzlich ertönt Daphneys Gitarre in meinem Zimmer. Ich setze mich auf, runzle die Stirn und schaue auf die Uhr, um festzustellen, dass es schon nach elf ist. Daphney spielt nie so spät. Ich habe sogar angenommen, dass sie heute Abend im Old George arbeitet, aber selbst wenn nicht, würde sie so spät nicht mehr spielen. Sie wäre zu besorgt, die anderen Nachbarn im Gebäude zu verärgern. Vielleicht bin ich der einzige Nachbar, der sie jemals hören kann, und sie hat es satt, höflich zu mir zu sein. Vielleicht entfacht sie damit die Nachbarschaftskriege neu. Wenn ja, hat sie sich den falschen Nachbarn ausgesucht, denn ich habe keine Lust mehr auf Spielchen.

Ich springe aus dem Bett und marschiere zu den dünnen Rigipsplatten in meinem Wohnzimmer. Ich hebe eine Hand, um gegen die Wand zu hämmern, als ihre Stimme in meinem Raum widerhallt und mich innehalten lässt.

Es ist die Melodie von „Hey There Delilah", aber sie hat den Text in etwas geändert, das ich noch nie gehört habe.

Hey, hiya there neighbor
When you moved in next door to me
You seemed a pretty mystery
But instead, you brought some history
In your bags.
I should have assumed a big snag
There always is.

Hey, hiya there neighbor
You're painfully awfully noisy
Don't you ever hear your alarm clock ring

Surely you know that it annoys me
Just wake up.
Or I might just blow up.
Like I do.

But then, you read Bridget Jones.
And I was cursed.
By your smile.
But then, you read Bridget Jones.
And I was cursed.
By your eyes.

Hey, hiya there neighbor
Turns out your noises don't bother me
Because your kiss has freed me
From an awful past history
That was a drag.
How did you know just how to act?
To bring me back?

Hey, hiya there neighbor
When you told me you were a dancer
I had no idea I was looking for
Someone to take a chancer
On me.
You seemed to know instinctually
You were what I need

But then, you read Bridget Jones.
And I was cursed.
By your smile.
But then, you read Bridget Jones.
And I was cursed.
By your eyes.

The biggest thing I've come to find
Is that my heart just isn't mine.

It was yours the moment that you read that book.
Soccer Boy, I want you to know
That I'm so sorry for all I've done.
I want you to forgive me.
Cuz I forgive you.

Hey, hiya there neighbor
Turns out I'm kinda in love with you
Is it possible that you could love me too
Or have I tarnished everything today?
Because I let my fears get in my way.
I'm so sorry.

Zander, I love you.
Could you try to love me too?
Zander, I want you to stay.
Could you stay a little while?
Could you stay a little while?

Wie in einem Traum höre ich Daphney ein Lied über mich singen. Über sie. Über uns. Darüber wie laut ich war, wie mein Kuss sie befreit hat, dass mein Lesen von Bridget Jones ihr Herz für mich geöffnet hat. Und vor allem, dass sie ihre Taten aus der Angst heraus ehrlich bedauert und… mich liebt. Ihre Stimme ist rein und ehrlich, und ich folge ihr aus meiner Wohnung heraus, höre sie im Hausflur und vor ihrer Tür, die angelehnt ist, als würde sie mich erwarten. Ich gehe in ihre Wohnung und finde sie in der Badewanne sitzend mit ihrer Gitarre vor sich. Sie trägt ihren Seidenpyjama und hat ihr Haar zu einem unordentlichen Dutt auf dem Kopf zusammengebunden.

Sie hat noch nie so schön ausgesehen.

Der letzte Ton hallt von den Fliesenwänden wider, und ihr wackeliges Lächeln findet meins. Mein ganzer Körper zittert von den zahlreichen Proklamationen in ihrem Text. Sie sagt nicht nur all die Dinge, die ich in der letzten Woche hören wollte. Sie singt sie.

„Du weckst noch die Nachbarn auf", sage ich mit einem schwachen Lachen, weil ich ein Idiot bin und mir in diesem Moment nichts Sinnvolleres einfallen kann.

„Ich wollte nur einen Nachbarn wecken." Sie steigt aus der Wanne, und ich biete ihr schnell meine Hand an. Sie nimmt sie, und das Gefühl, als sich unsere Haut berührt, ist gleichermaßen himmlisch und schmerzhaft, als sie auf den Fliesenboden tritt.

Sie sieht so klein aus, wie sie barfuß und verletzlich in ihrem Badezimmer steht. Ihre Gitarre hält sie fest umklammert vor sich, als müsste sie sie zum Schutz festhalten.

„Hast du alles gehört?", fragt sie, und ihre blauen Augen leuchten magisch im Licht des Waschtisches.

Ich nicke langsam, meine Augen suchen ihre. „Es war wunderschön."

„Ich habe schon vor Wochen damit angefangen, als ich zu meinen Eltern gefahren bin, um an dem Jingle zu arbeiten." Sie lacht trocken. „Ich habe heute Abend ein paar Zeilen geändert, weil ... na ja, von damals bis heute hat sich eine Menge geändert."

Ich schlucke den Kloß in meiner Kehle hinunter. „Wirklich?"

„Ja, deshalb habe ich dich weggestoßen." Ihr Kinn zittert, als sie zur Seite schaut und meinem Blick ausweicht, während sie Schwierigkeiten hat, den nächsten Teil zu sagen. „Mit dir sollte es einfach nur Spaß machen, Zander. Ich hatte gerade eine schreckliche Beziehung hinter mir, und du solltest eine lustige Ablenkung von meinem stressigen und etwas enttäuschenden Leben sein. Es war nicht vorgesehen, dass ich eine Bindung zu dir aufbaue und mich um dich und deine Mutter und deine Keks-Sucht sorge. Du hättest nicht *Bridget Jones* lesen sollen!"

Mein Gesicht verzieht sich zu einem verwirrten Lachen. „Tut mir leid?"

„Es muss dir nicht leidtun." Sie schnieft und schüttelt den Kopf, während sich ihr Blick in mich hineinbohrt. „Ich bin ganz vernarrt in dich. Deine Ausgelassenheit und überraschende Zärtlichkeit waren die beste Überraschung meines Lebens. Ich habe dich weggestoßen, weil ich Angst hatte, wieder so verletzt zu werden wie früher, aber erst jetzt habe ich begriffen, dass es auf früher nicht ankommt. Kein Mann hat mich jemals so fühlen lassen, wie du mich fühlen lässt. Orgasmen eingeschlossen." Sie stößt ein ersticktes Lachen aus und fügt hinzu: „Und ich lebe lieber in Angst und liebe dich, als sicher zu leben und dich nicht zu lieben."

Es ist, als würde sie mir die Worte direkt aus dem Mund nehmen. Und sie all die Dinge sagen zu hören, die sie vorher gesungen hat, bedeutet mir so viel. Aber sie hat es immer noch nicht ganz geschafft.

„Ich will nicht, dass du Angst hast, Daphney", sage ich und greife nach ihrem Kinn, damit sie mich ansehen muss. Ich muss ihr Gesicht sehen, wenn sie diese Frage beantwortet. „Was macht dir so viel Angst vor mir?"

„Dass du meine Liebe nicht erwiderst." Sie zuckt hilflos mit den Schultern. „Ich kann mir einfach nicht vorstellen, dass dir das so wichtig ist, wenn du einen derart großen Teil deines Lebens vor mir verborgen hast."

Angesichts des offensichtlichen Schmerzes in ihrem Gesicht runzle ich die Stirn. Sie begreift es nicht. Sie begreift nicht, dass ich das vor ihr verheimlicht habe, weil ich sie liebe. Ich atme tief ein und rücke näher an sie heran, mein Körper dicht an ihrem, da ich sie einfach in die Arme nehmen will, aber ich weiß, dass sie zuerst diese Worte hören muss.

„Daphney, ich habe es dir nur deshalb nicht gesagt, weil du seit dem Tag unserer Anfänge mein sicherer Hafen bist. Meine Verbündete." Meine Stimme bricht am Ende, denn die Wahrheit dieser Worte ist schwer und real. „Zu einer Zeit, als ich nicht wusste, wo ich in dieser Welt hingehöre, hast du mir das Gefühl gegeben, zu Hause zu sein. Deine Wohnung, meine Wohnung, der verdammte Hausflur mit dem Mäusehaus. Wenn du da warst, war ich zu Hause. Und ich wollte die einzige gute Sache in meinem Leben, auf die ich mich verlassen konnte, nicht beschmutzen. Das warst du, Ducky. Du und deine Musik und deine furchtbaren Kekse."

„Was?" Ihr Gesicht wechselt innerhalb eines Wimpernschlags von emotionaler Verarbeitung zu verwirrter Verärgerung. „Meine Kekse?"

„Sie waren furchtbar. Sie schmecken nach Spielknete und schlechten Gefühlen", antworte ich leise und rümpfe angewidert die Nase.

„Glaubst du wirklich, dass das der richtige Zeitpunkt für Witze ist?" Ihr Tonfall ist schimpfend, während sie die Gitarre zur Seite legt. „Ich habe gerade ein Lied gesungen, in dem ich dich um Verzeihung bitte, und du machst Witze."

„Ich mache keine Witze", sage ich ernst und fühle, wie sich allein beim Sprechen über dieses Thema mein Magen dreht. „Ich meine es ernst, Ducky. Du darfst diese Kekse nie wieder backen. Ich liebe dich, aber diese Kekse schmecken nach Gefängnisessen und Reue."

Sie stößt einen entrüsteten Laut aus, und dann richten sich ihre strahlend blauen Augen auf mich. „Warte … hast du gerade gesagt, dass du mich liebst?"

„Verdammt, ja, das habe ich", antworte ich und trete einen Schritt näher, um die süße, schockierende Unschuld zu verschlingen, die ihr ins Gesicht geschrieben steht. Sie ist so blind, aber ich werde es zu meiner Lebensaufgabe machen, sie das sehen zu lassen.

„Du machst dich doch sicher nur lustig", murmelt sie und ihre Atmung beschleunigt sich, als sie ihre Gitarre mit zittrigen Händen an der Wand abstützt. Sie dreht sich um und blickt mit fast manischen Augen zu mir hoch.

„Sieht es aus, als würde ich lachen?" Ich starre sie ohne zu blinzeln an, weil sie es sehen und akzeptieren muss. Es muss uns beide durchdringen, damit wir wieder sauber und neu sind. „Ich liebe dich, Ducky."

Ihr Kinn zittert, als sie stottert: „Warum zum Teufel hast du mir das nicht früher gesagt?" Sie beißt sich auf die Wangen, als sie die Augenbrauen in ihrem typischen strafenden Blick zusammenzieht. Sie wechselt innerhalb von drei Sekunden von traurig zu emotional zu wütend. Es ist eine beeindruckende emotionale Bandbreite. Im Moment gibt sie mir das Gefühl, dass wir uns bekriegen, wie damals, als wir das erste Mal aneinandergeraten sind, und ich bin ganz dafür.

„Süße." Meine Stimme ist flehend, während ich ihr Gesicht in meinen Händen halte, damit sie die Aufrichtigkeit in meinen Augen sehen kann. „Ich wusste, dass ich dich liebe, als ich auf die Tribüne des Emirates-Stadions blickte und dich dort in meinen Teamfarben stehen sah. Ich habe mir noch nie in meinem verdammten Leben gewünscht, dass jemand mein Trikot trägt. Es tut mir leid, dass ich es nicht schon früher gesagt habe. Ich schätze, ich hatte auch Angst, aber nachdem ich dein Lied gehört habe, weiß ich mit Sicherheit, dass ich dich liebe. Ich bin nicht einfach in dich verknallt, denn das würde bedeuten, dass es wieder verpuffen könnte. Und diese Liebe, die ich für dich empfinde, fühlt sich wie eine ewige Liebe an. Wie die Art von Liebe, die mein Vater für meine Mutter empfand. Die Art von Liebe, die er gehabt haben muss, um mich aufzuziehen und mich sein ganzes Leben lang ohne Zögern als seinen Sohn zu sehen. Ich liebe dich, Daphney. Ich liebe dich."

Am Ende bricht meine Stimme, und ich schnappe nach Luft, als mir klar wird, dass ich bei all dem den Atem angehalten habe. Aber es sind Dinge, die mir seit zwei Wochen im Kopf herumschwirren, und es fühlt sich so verdammt gut an, sie rauszulassen.

Daphney atmet zittrig ein, während sich ihre Augen mit Tränen füllen. Sie greift nach oben und legt meine Hände auf ihre Wangen. Ihr Lächeln und ihre Tränen sind ansteckend, und ich kann nicht anders, als sie zu erwidern, als sie drei kleine Worte zu mir sagt. „Bitte nicht bewegen.“

Ich lache und drücke meine Stirn an ihre, um ihren süßen Duft einzuatmen, den ich mehr vermisst habe, als ich je für möglich gehalten hätte. „Das waren nicht die drei Worte, die ich erwartet habe.“

„Nein?“, krächzt sie und beißt sich nervös auf die Lippe. „Dann beweg dich nicht, vielleicht komme ich dann dazu.“

Ich ziehe mich zurück und schüttle den Kopf über sie. „Du bist sehr herrisch, wenn du zu Kreuze kriechst, weißt du.“

„Ich bin ein Mädchen, das weiß, was es will.“ Sie zuckt niedlich mit den Schultern, dann wird ihr Gesicht ernst, als ihre Augen auf meine treffen. „Ich liebe dich, Zander.“

Diese Worte laut zu hören, schickt ein Adrenalinstoß durch meinen Körper, der stärker ist als alles, was ich je beim Fußball gespürt habe, und ich presse meine Lippen auf ihre. Ich mache mir nicht die Mühe, bei diesem Kuss um Erlaubnis zu fragen. In der Sekunde, in der sie mir ihre Liebe schenkte, wurden ihre Lippen zu meinen. *Sie gehört mir.*

Meine Hände streicheln ihren Nacken, ihren Rücken und ihre Hüften, ich ziehe sie an mich und präge mir alle Kurven ihres Körpers ein. Sie schmeckt weich und süß, und ich kann nicht anders, als mich darüber zu wundern, dass ich es knapp zwei Wochen ohne sie geschafft habe. Tief in meinem Inneren weiß ich, dass es nie wieder ein Mädchen geben wird, das ich so gern küssen möchte wie dieses Mädchen in meinen Armen. Dieser Gedanke hätte mir vor einem Jahr noch Angst gemacht. Jetzt begrüße ich ihn. Ich begrüße jemanden in meinem Leben, der von Dauer ist. Jemanden, für den ich kämpfen will und der bereit ist, für mich zu kämpfen. Dieses Lied, ihre Stimme. Das sind einige der besten kämpfenden Worte, die ich mir je aus ihrem Mund vorstellen konnte, und es erfüllt mein Herz mit Erleichterung, dass dieses Gefühl in mir endlich erwidert wird.

Daphney fährt mit ihren Fingern durch mein Haar und zupft leicht an den Strähnen. *Gott, ich habe ihre Hände in meinem Haar vermisst.* Ihre Zunge neckt meine Unterlippe, während ich auf ihre beiße. Ich will diese Frau verschlingen. Ich möchte sie mit ins Bett nehmen und es nie wieder verlassen. Ich will über jeden Zentimeter ihrer Haut flüstern, dass ich sie liebe, bis sie so verdammt erschöpft ist, dass sie keine Worte mehr findet, um mir zu sagen, dass ich aufhören soll.

„Warte, ich habe eine Frage", keucht sie und zieht mich an den Haaren von ihrem Hals weg. „Sind meine Kekse wirklich so schlimm?"

„Gott, ja." Ich seufze, bevor ich meine Lippen wieder auf ihre Haut presse. „Hast du sie wirklich nie probiert?"

„Nein, sie rochen furchtbar."

Mein Körper bebt vor lauter Lachen, als ich sie hochhebe und ins Bett trage, wobei ich mich so gut fühle wie schon lange nicht mehr.

47

Traumweber

Daphney

Die Lichterketten werfen einen goldenen Schein auf unsere Körper, während wir auf meinem Bett liegen, einander zugewandt in einem Durcheinander aus zerknitterten Laken und nackten Gliedmaßen. Zanders Lippen streicheln immer noch meinen Nacken und meine Schultern, seine Hände fahren über meinen Hintern in einer Weise, die deutlich macht, dass er keineswegs bettfertig ist. Woher hat er nur die Ausdauer dafür? Er hat heute ein Fußballspiel in der Premier League gespielt. Ehrlich gesagt, der Mann ist übermenschlich.

„Und, wie fühlst du dich mit allem?", frage ich und zwinge seine Lippen von meinen Brüsten weg, damit ich ihm in seine schönen haselnussbraunen Augen schauen kann.

Er blinzelt schläfrig. „Ich bin ein großer Fan von Versöhnungssex."

Ich schmunzle und kneife die Augen zusammen. „Ich meine das mit der Harris-Familie. Hayden ist heute Morgen vorbeigekommen und hat mir ein bisschen was über letzten Sonntag erzählt."

Zander zieht die Stirn in Falten. „Ist Hayden derjenige, dem ich für diesen epischen Versöhnungssex danken muss? Das wird eine peinliche Dankeskarte."

Ich verdrehe die Augen und kneife Zander in die Seite. Er spannt sich an, und seine Muskeln verhärten sich auf eine wirklich köstliche Art und Weise, die mich auch nicht gerade bettfertig macht. „Komm schon, ich will es wissen. Du bist die ganze Woche über meinen SMS ausgewichen."

„Ich habe dich mit deinen eigenen Waffen geschlagen", sagt Zander, wobei ein trauriger Blick durch seine Augen huscht.

Ich streichle seine Wange, in dem Versuch, den Schmerz in seinem Gesicht zu lindern. „Ich verspreche, dass ich dich nie wieder ignorieren werde. Egal, wie sehr wir uns streiten, keiner von uns wird den anderen ignorieren.“

„Abgemacht.“ Zander drückt seine Stirn an meine. „Ich habe dich wahnsinnig vermisst, Ducky.“

Ich atme seinen männlichen Duft ein. „Ich habe dich mehr vermisst.“

„Unmöglich.“ Seine Augen sehen in der Dunkelheit verletzlich aus, als er hinzufügt: „Du weißt aber, dass ich es wieder vermasseln werde, oder? Ich bin kein Beziehungsexperte, aber niemand ist perfekt.“ Er hält einen Moment inne, bevor er fortfährt: „Ich schätze, ich muss wissen, dass ich es hin und wieder vermasseln kann und du nicht wieder an mir zweifelst.“

„Ich werde nicht an dir zweifeln“, sage ich, lasse meine Hand in seinem Haar ruhen und hasse den unsicheren Blick auf seinem Gesicht. „Ich habe an mir gezweifelt. Ich habe daran gezweifelt, ob ich stark genug bin, das zu überleben, wenn es mit uns nicht klappt.“

„Nun, das ist ein leicht zu lösendes Problem. Wir werden uns einfach nicht trennen.“ Er kneift mich frech in die Seite und beißt sich auf die Lippe.

„Das wäre hilfreich“, antworte ich kokett, während sich mein Körper an seinen krümmt. „Aber vor allem hat Hayden mir gezeigt, dass die Liebe das Risiko wert ist. Und ich fühle mich noch sicherer, wenn ich weiß, dass du mich auch liebst.“

„Ich liebe dich“, sagt Zander und drückt seine Lippen auf meine. „Es tut mir leid, dass du das nicht deutlicher sehen konntest.“ Er schweigt einen Moment lang, während meine Finger mit seinem Haar spielen. „Ich glaube, es fiel mir schwer, mich dir gegenüber zu öffnen, weil ich nicht sicher war, ob ich die Wahrheit überhaupt wissen wollte. Und da du bereits so eng mit der Harris-Familie verbunden warst, gab es keine Möglichkeit, es zurückzunehmen, wenn ich es dir gesagt hätte …“

Ich nicke nachdenklich, denn diese Antwort kann ich vollkommen nachempfinden. „Bist du froh, dass jetzt alles offengelegt ist? Bereust du es nicht?“

„Ich bereue nichts.“ Zander atmet schwer aus. „Wenn ich nicht wenigstens versucht hätte, eine Beziehung zu ihnen aufzubauen, würde ich mich immer nach dem Was-wäre-wenn fragen. Und alle haben die Nachricht erstaunlich gut aufgenommen. Sogar die Enkelkinder wissen es, und sie sind irgendwie so … ‚Wen kümmert's, lasst uns Fußball spielen.' Es ist lustig."

„Das ist unglaublich." Ich lächle Zander an. „Ich wäre gern dabei gewesen, um zu sehen, wie sich das alles entwickelt."

„Ich glaube, es war gut, dass ich es allein gemacht habe." Zanders Augen sehen in der Dunkelheit hoffnungsvoll aus, als er mich anschaut. „Aber ich würde mich freuen, wenn du morgen mit mir zum Sonntagsessen kommst."

„Ich würde es nicht verpassen wollen." Ich beuge mich vor und küsse ihn erneut, denn es ist unmöglich, es nicht zu tun. „Ich finde, du bist sehr mutig."

„Ich finde, du bist sehr mutig", murmelt Zander und kuschelt sich an meinen Hals. „Letzte Woche bist du mit meiner Mutter zu einem Fußballspiel gegangen, ohne es mir zu sagen. Ich würde schwören, dass du Eier aus Stahl hast, wenn ich nicht erst vor ein paar Minuten da unten gewesen wäre und alles genau inspiziert hätte."

„Sei nicht so gemein", sage ich, lache und schiebe ihn weg. Er zieht mich näher an sich, und es fühlt sich so köstlich an, dass es schwer ist, mich zu konzentrieren. „Deine Mutter war nett. Ich habe sie gern kennengelernt, auch wenn die Umstände nicht so toll waren."

„Nun, du hast auf jeden Fall einen guten Eindruck hinterlassen", bemerkt Zander, der sein Gesicht an meinen Hals schmiegt und tief einatmet. „Jetzt muss ich das Gleiche bei deinen Eltern tun."

„Oh?", frage ich und ziehe die Stirn in Falten, während ich Zander anstarre, der sich zu sehr an meinem Hals vergräbt, um sehen zu können, ob er mich verarscht. „Du willst meine Eltern kennenlernen?"

„Nun ja." Er verteilt Küsse auf meiner Schulter, als hätte er gerade nicht die süßeste Sache der Welt gesagt. „Ich meine, ich habe offensichtlich schon deinen Bruder für mich gewonnen. Jetzt muss ich nur noch den Rest der Clarke-Familie mit meinem umwerfenden Charme erobern, damit du mich nicht mehr loswirst."

Mir geht das Herz auf bei all dem Gerede über die Zukunft. Ich weiß, dass Zander gesagt hat, dass er mich liebt, aber zu fragen, ob er meine Eltern kennenlernen darf, ist eine ganz andere Sache.

„Ich könnte sicher etwas arrangieren", sage ich in dem Versuch, entspannt zu klingen.

„Vielleicht kannst du sie zu einem meiner Spiele mitbringen", sagt er und reibt kleine Kreise auf meinen Hüften. „Ich möchte, dass du öfter zu meinen Spielen kommst. Und wenn das bedeutet, dass ich bei deinen Musikauftritten dabei sein muss, ist das ein Preis, den ich sehr gern zahle.“

„Welche Musikauftritte?“, blaffe ich und packe ihn an den Haaren, um ihn zu zwingen, mich anzuschauen.

Er zuckt angesichts des Ziepens zusammen, aber das Lächeln auf seinem Gesicht ist nicht zu leugnen. „Nun, du wirst deine Musik nicht an eine Plattenfirma verkaufen können, wenn du nicht wieder anfängst, sie zu spielen.“

„Und wie kommst du darauf, dass ich meine Musik überhaupt noch verkaufen will?“ Ich kneife die Augen zusammen.

„Komm schon, Süße“, murmelt er, während er mich für einen sanften, sinnlichen Kuss an sich zieht. „Du hast einen Hit-Song über mich, der nur darauf wartet, entdeckt zu werden. Und nach allem, was du getan hast, um mir mit meiner Mutter zu helfen, bin ich an der Reihe, dir beim Verwirklichen deiner Träume zu helfen.“

48

FA-Cup-Sieger

Zander

Ein paar Monate später

Gerade als der Schiedsrichter das Spiel in die Verlängerung schicken will, schießt Roan ein Tor ins Netz. Vor Ehrfurcht falle ich auf die Knie und schaue ungläubig auf die Anzeigetafel. Bethnal Green eins, Chelsea null. Ich kann nicht glauben, dass wir gerade gewonnen haben.

Mein Blick schweift zu den Tribünen, um Daphney zu suchen, aber ich werde sofort abgelenkt, als mich etwas in den Rücken stößt.

„Wir haben es verdammt noch mal geschafft!", schreit Booker, als er mich für eine Umarmung zu Boden reißt. „Wir haben gerade den verdammten Cup gewonnen!" Booker lacht mich vom Boden aus an, während er mein Gesicht in seine behandschuhten Hände nimmt und meinen Kopf an sich zieht, um mir einen feuchten Kuss auf die Stirn zu drücken. „Wir haben es geschafft, Bruv!"

Der Spitzname Bruv ist britischer Slang für Bruder, und alle vier Harris-Brüder haben sich in den letzten Monaten angewöhnt, mich so zu nennen. Ich höre ihn bei jedem Sonntagsessen, auf dem Spielfeld, bei den verschiedenen Doppeldates, die Daphney und ich mit den Geschwistern und ihren Ehepartnern hatten. Es wurde sogar von den Medien aufgegriffen, nachdem die Wahrheit über meine Verbindung zur Familie an die Öffentlichkeit gelangt ist.

Es fühlt sich gut an.

Vaughn ließ mich entscheiden, ob wir der Presse von meiner Beziehung zu ihm erzählen sollen. Er sagte, wenn ich nicht wolle, dass es jemand erfährt, würde er das verstehen. Aber ich wusste, dass wir bei Verheimlichung Gefahr laufen, dass sie es sowieso herausfinden. Dann würde es so aussehen, als wäre ich ein schmutziges kleines Geheimnis, und die Schlagzeilen wären hässlich.

Und im Ernst, warum scherte ich mich darum, ob die Presse es wusste oder nicht? Nur weil ich die gleiche DNA habe wie Vaughn Harris, ist mein Vater nicht weniger mein Vater. Die Tatsache, dass ich mit der Harris-Familie verwandt bin, bedeutet nur, dass mein innerer Kreis gewachsen ist. Und nach ein paar Monaten wurde mir klar, dass die Harris' diese unheimliche Art haben, Menschen mit wenig Aufwand in ihre Welt zu holen. Sie sind wie ein alter Freund aus Kindertagen, mit dem man nie spricht, aber wenn man sich zufällig trifft, ist es, als sei keine Zeit vergangen. Es ist seltsam, aber tröstlich. Es war dieser Trost, der mir den Mut gab, eine Erklärung abzugeben.

Die Medien haben die Nachricht viel positiver aufgenommen, als ich jemals erwartet hätte. Jude hatte mir Horrorgeschichten über die britischen Zeitungen erzählt, aber es scheint, dass die Presse viel freundlicher zu ihnen ist, seit die Harris-Brüder alle sesshaft geworden sind und Familien gegründet haben. Ich schätze, diese Freundlichkeit wurde mir standardmäßig zuteil, und ich werde mein Bestes tun, um sie nicht als selbstverständlich anzusehen.

Booker stürmt das Spielfeld und feiert mit dem Rest der Mannschaft, während ich wieder aufstehe und zur Seitenlinie jogge. Mein Blick trifft auf Daphney. Sie sitzt neben meiner Mutter, die gestern hergeflogen ist, um das Finale zu sehen. Beide heben die Arme, um mich anzufeuern, und als ich mich auf sie zubewege, werde ich von einem anderen Bruder zur Seite gestoßen.

„Verdammt gutes Spiel, Bruv!", brüllt Tanner, der seinem Stoß eine aggressive Umarmung folgen lässt. „Mein Gott, ich habe einen Steifen, der Glas schneiden könnte!"

Er deutet anzüglich auf seine Leistengegend, während ich lache und den Kopf schüttle. „Viel Glück damit."

Er wackelt spielerisch mit den Augenbrauen und joggt auf das Spielfeld, sodass ich meine Verfolgung der Frau in der ersten Reihe fortsetzen kann. Als Nächstes wird mein Blick von Vaughn Harris behindert. Er hat Tränen in den Augen, als er mir seine Arme entgegenstreckt.

Ich umarme ihn freudig, in dem Wissen, dass dies ein großer Tag für ihn ist. Bei fast jedem Sonntagsessen hat er gesagt, dass er sich zur Ruhe setzen wird, wenn wir den FA-Cup gewinnen, und dieses Mal meint er es ernst. Ich bin sicher, dass dies ein emotionaler Moment für ihn ist, weil er weiß, dass sich sein Leben verändern wird.

„Dein Vater wäre so stolz gewesen", sagt Vaughn und umfasst meinen Hinterkopf.

Ein Kloß bildet sich in meinem Hals, während ich zum Himmel zeige. „Er sieht zu."

Vaughn lässt mich los und wirft mir noch einen stolzen, väterlichen Blick zu, bevor ich mich mit einem ganz anderen Ziel vor Augen als ich mich an der Bank vorbei bewege.

Ich springe über die Absperrung der Tribüne und ziehe mich über das Tor vor der ersten Reihe hoch. Als ich den Blick hebe, sehe ich Daphney inmitten der ganzen Harris-Horde, meine Mutter direkt neben ihr. Sie haben beide Tränen in den Augen, als ich mich durch die Menschen kämpfe, die sich für das Spektakel dicht aneinander drängen.

Ich schaffe es zu Daphney und sie starrt mich völlig verwirrt an, als ich hinter meinen Kopf greife und mein Trikot ausziehe. Die Menge um uns herum jubelt laut, als ich ohne Hemd, schwitzend und atemlos dastehe, aber ich blende den ganzen Lärm aus, als ich an Daphney vorbeigehe.

„Für Dad", sage ich und reiche Mom mein Trikot, deren Gesicht sich vor Rührung verzieht.

Sie nickt, während sie mich an ihren schluchzenden Körper zieht. Wir halten uns lange aneinander fest, während wir uns beide vorstellen, wie Dad hier auf der Tribüne sitzt und lauter jubelt als selbst Vi Harris, die wirklich ein ordentliches Organ hat. Aber Dads Geist ist hier. Da bin ich mir sicher.

Mom zieht sich zurück, um sich die Tränen aus dem Gesicht zu wischen und lässt mich los. Sie hält mein Trikot an ihre Wange und schließt die Augen.

Ohne Zögern drehe ich mich auf dem Absatz um und packe die überraschte Daphney. Ich drücke meine Lippen so fest auf ihre, dass ihr überraschter Schrei auch mir einen kleinen Steifen verpasst. Die Menge um uns herum verliert den Verstand, als ich sie auf dramatische Weise nach hinten neige. Ihr freudiges Lachen an meinen Lippen ist der Stoff, aus dem Träume gemacht sind.

Ich stelle sie wieder auf die Beine und nehme ihr Gesicht in meine Hände, während ich die drei Worte sage, die ich ihr für immer sagen könnte. „Ich liebe dich."

Sie lächelt und drückt ihre Stirn an meine. „Ich liebe dich."

Es fällt mir schwer, sie loszulassen und zurück auf das Spielfeld zu gehen. Ich sollte da draußen bei meinem Team sein. Ich sollte diesen Sieg mit meinen Brüdern und meinem Trainer feiern. Aber ganz ehrlich, ich glaube nicht, dass ich ohne Daphney hier wäre. Sie hat mein Herz geöffnet, nachdem ich es über ein Jahr lang verschlossen hatte. Sie hat mich gelehrt, verletzlich und ehrlich zu sein. Sie hat mich auf eine Art und Weise herausgefordert, wie es keine andere Frau je getan hat, und sie hat in mir den Wunsch ausgelöst, ein besserer Mann zu werden. Ich möchte für sie der beste Mann sein, der ich sein kann. Ich habe diejenige gefunden, die meine Seele liebt, und ich möchte dieses Mädchen heiraten. Sie ist meine Familie.

Und wenn mich die letzten Monate irgendetwas gelehrt haben, dann, dass Familie nichts mit Genen, DNA oder den Menschen zu tun hat, die einen großgezogen haben – in der Familie geht es darum, wen man liebt und von wem man geliebt wird.

Familie statt Bullshit.

49

Endstand

Daphney

„Wir nehmen buchstäblich ein Bad in Bath." Zander lacht und zieht mich zurück an seine Brust, als ich in die riesige Badewanne steige.

Ich kuschle mich in seine Arme, während die Seifenblasen um unsere Körper herum platzen und sprudeln. Zanders Saison ist endlich vorbei, und er hat mich mit diesem wunderschönen kleinen Urlaub in Bath überrascht. Wir sind gestern in den Zug gestiegen, haben heute den ganzen Tag im Bett verbracht und überlegen nun, ob wir uns aufraffen sollen, um das historische Dorf zu besichtigen. Das heißt, wenn wir die Energie aufbringen können, uns etwas anzuziehen, wenn wir hier fertig sind. Ich wage zu behaupten, mit diesem Mann in der Wanne zu liegen, während seine Lippen beim Sprechen immer meine Ohrmuschel kitzeln, klingt besser als ein Abendessen im Restaurant.

Anscheinend haben Santino und Tilly hier ihre Flitterwochen verbracht. Zander hat alle Details von Santino erfahren, nachdem sie letzte Woche ihr großes Treffen hatten, um zu entscheiden, ob er bei Bethnal Green bleibt oder für einen anderen Verein spielt.

Zander hat die letzten Monate damit verbracht, sich zu überlegen, ob es nicht doch eine gute Idee wäre, den Club zu verlassen. Nicht wegen Problemen mit Vaughn, Tanner und Booker, sondern weil er sich fragte, ob er sie abseits des Fußballplatzes besser kennenlernen könnte.

Bethnal Green scheint sich jedoch in einer Übergangsphase zu befinden. Kurz nachdem Vaughn seinen lang erwarteten Rücktritt verkündet hatte, schockierte Coach Zion alle, indem er ein Angebot eines anderen Vereins annahm und damit zwei sehr große freie Stellen bei Bethnal Green hinterließ.

Ich glaube nicht, dass jemand überrascht war, als Tanner Harris der Posten des Cheftrainers angeboten wurde. Jetzt warten wir alle auf die Bekanntgabe, wer der neue Manager sein wird. Es muss eine starke Person sein, die mit Tanners Persönlichkeit umgehen kann.

Trotzdem blieb Zander damit in der Position, für seine Familie zu spielen, und er war sich nicht sicher, ob das eine kluge Entscheidung war. Er kennt keine Familie wie die Harris-Familie, die buchstäblich alles zusammen macht. Letztes Wochenende waren sie alle bei Sophias Fußballturnier. Es gab so viele Leute, die Fotos machten, dass mir die Mädchen, die sich auf dem Spielfeld den Arsch aufrissen, wirklich leidtaten. Die Harris' sind alles andere als unauffällig. Ich kann verstehen, dass Zander ein wenig Abstand von ihnen haben möchte, denn er ist in einer kleinen Familie aufgewachsen und ist es nicht gewohnt, Teil eines solchen Trubels zu sein.

Booker Harris kann jedoch sehr überzeugend sein, und er ist offenbar ein Meister der großen Gesten. Er hat sehr deutlich gemacht, dass er möchte, dass Zander bei Bethnal Green bleibt. Er hat sich sogar eine ganze Präsentation im Tower Park ausgedacht, an der alle Harris-Enkelkinder beteiligt waren. Es war wie eine seltsame kleine sportliche Varietéshow, bei der alle Kinder aufmarschierten und ihren auswendig gelernten Text vortrugen, der einen Grund enthielt, warum Zander bei Bethnal Green bleiben muss.

Es endete damit, dass Bookers Zwillinge sich stritten und einer von ihnen sich so sehr am Handgelenk verletzte, dass er zum Röntgen ins Krankenhaus musste, aber Zander hatte die Botschaft verstanden: Bethnal Green eins, anderer Fußballverein null.

Ausschlaggebend war jedoch wahrscheinlich das unglaubliche Angebot für eine Vertragsverlängerung, das Santino und Tanner Zander unterbreiteten. Offenbar gab es Interesse von anderen Vereinen an Zander, und Bethnal Green wollte sicherstellen, dass er in absehbarer Zukunft sehr gern Grün und Weiß tragen würde.

Ich dachte, ich hätte eine gute Vorstellung davon, was Fußballer verdienen. *Ich lag falsch.*

„Jetzt, da du dich entschieden hast, bei Bethnal Green zu bleiben, werden wir noch mehr solcher kleinen Ausflüge machen müssen, und wir müssen uns keine Sorgen machen, dass du in nächster Zeit zu einem weit entfernten Verein wechseln wirst."

„Ich wollte nie zu einem weit entfernten Verein gehen", knurrt Zander mir ins Ohr und greift unter das Wasser, um einen meiner ahnungslosen Nippel zu bestrafen.

Ich quieke und schiebe seine Hand von mir weg, aber mein Körper erhitzt sich bei diesem kleinen Druckpunkt vor Erregung. Mein Gott, ich kann gar nicht mehr zählen, wie oft wir schon Sex in diesem bezaubernden Himmelbett hatten. Wann werde ich endlich genug haben?

„Du brauchst mich nicht zu disziplinieren", sage ich und lasse meine Hände unter das Wasser gleiten, um unter seine muskulösen Beine zu kommen, die auf beiden Seiten von mir aufgestützt sind. „Ich bin immer noch sauer auf dich, weil du versucht hast, aus unserem Gebäude auszuziehen."

„Nun, du hast nicht mit mir gesprochen", argumentiert Zander, und obwohl wir einander aufziehen, kann ich den Schmerz in seiner Stimme hören. „Ich habe nicht gerade rational gedacht."

Es muss ihm sehr schlecht gegangen sein, dass er Santino anrief und um einen Wechsel bat und dann meinen Bruder bat, seinen Mietvertrag zu kündigen. Und das alles, während er eine unglaubliche Saison mit Bethnal Green hatte. Ich hasse es, dass ich Zander all diesen Schmerz zugefügt habe, indem ich ihm nicht sofort verziehen habe, aber ich denke, wir mussten einige Hindernisse überwinden, um am Ende auf den richtigen Weg zu kommen.

Ehrlich gesagt fühlte es sich in den letzten Monaten, in denen wir mit Zander zum Sonntagsessen in Vaughns Haus gegangen sind, so an, als wäre er schon immer ein Teil dieser Familie gewesen. Er passt so gut zu allen, und sie haben keine Zeit damit verschwendet, ihn in verschiedene Bereiche ihres Lebens einzubeziehen. Diesen Sommer nimmt er sogar freiwillig an einigen von Gareths Jugendfußballcamps teil. Wenn Zanders amerikanischer Akzent nicht wäre, hätte ich gedacht, dass er wirklich mit den Harris-Brüdern aufgewachsen ist.

Sogar meine Brüder haben sich mit Zander angefreundet. Es hat geholfen, dass er vor einem Monat zum Geburtstag meiner Nichte Marisa zu mir nach Hause nach Essex kam und ihr und Rocky Karten für *König der Löwen* schenkte. Das Bonusgeschenk bestand darin, dass Zander und ich mit den Mädchen in das Musical im West End gehen würden, sodass Mom und Dad einen richtigen freien Abend hätten.

Das war eine geniale Idee von Zander. Wenn es jemals einen Weg gab, meine beiden Brüder für sich zu gewinnen, dann war es dieser.

Meine Eierstöcke haben praktisch Salsa getanzt, als ich sah, wie Zander die Hände meiner kleinen Nichten hielt, als wir den Saal betraten. Er trug einen Anzug, und die Mädchen hatten passende Kleider an, die meine Schwägerin Leslie genäht hatte. Ich hasse es, „dieses Mädchen" zu sein, aber es war unmöglich, sich nicht vorzustellen, mit diesem Mann Babys zu bekommen, nachdem ich gesehen hatte, wie er sich während „Circle of Life" eine Träne wegwischte. Meine Nichte Marisa erwischte ihn beim Weinen, und sie stritten darüber, ob es Staub war oder nicht.

Eierstöcke, Gebärmutter, Vagina … alle meine weiblichen Teile tanzten.

Zander stößt einen zufriedenen Seufzer in mein Ohr, bevor er sagt: „Ich habe mir überlegt, dass es vielleicht ganz lustig wäre, einen kurzen Ausflug nach Boston zu machen, bevor das Training für die Vorsaison beginnt."

„Oh?"

„Ja, du kannst dir die Zeit freinehmen, jetzt, wo du nicht mehr im Old George arbeitest, oder?" Seine Arme tauchen unter den Blasen auf, er legt sie um meine Schultern und küsst meine Schläfe.

Ich presse meine Lippen zusammen. „Ich muss immer noch arbeiten, weißt du. Diese Jingles verkaufen sich nicht von selbst."

„Oh, ich weiß", sagt Zander und streicht Seifenblasen über meinen Brustkorb, wobei er die Wölbungen meiner Brüste nur streift. „Aber du hast in den letzten zwei Monaten zwei Jingles verkauft. Sicherlich hast du es verdient, für deine harte Arbeit belohnt zu werden."

„Was glaubst du, was diese Reise ist?", frage ich und deute auf unser kleines, idyllisches Refugium.

Zander haucht mir ein unzufriedenes Geräusch ins Ohr. „Eine Zugfahrt für einen Wochenendausflug ist kein richtiger Urlaub."

„Nun, dann lass uns nach Hause gehen, wenn dir das so wenig bedeutet." Ich mache Anstalten, aus der Wanne zu steigen, und Zander knurrt mir ins Ohr, während er seinen Griff um mich festigt.

„Erstens … liebe ich es, wenn du unsere Wohnung als Zuhause

bezeichnest, also argumentierst du im Moment nicht einmal besonders gut mit mir."

Ich rolle mit den Augen.

„Zweitens, ist es wirklich eine so schreckliche Bitte, dass ich dich mit nach Boston nehmen will, um dich ein bisschen zu zeigen?"

„Nein, es ist nicht furchtbar", antworte ich und beiße mir aufgeregt auf die Lippe.

Die Wahrheit ist, dass ich gern mit ihm nach Hause gehen würde, aber ich fühle mich immer noch etwas komisch, wenn ich ihn für mich bezahlen lasse. Zander verdient viel mehr Geld als ich, und seit ich im Old George aufgehört habe, um mich mehr auf meine Musik zu konzentrieren, spüre ich den Druck, erfolgreich sein zu müssen. Deshalb sage ich auch immer wieder Ja zu den Jingle-Projekten. Die geben mir ein Sicherheitsnetz, während ich ein paar Gigs in verschiedenen Pubs buche, die *nicht* gut bezahlt werden – überhaupt nicht.

Der Versuch, meine Musik zu verkaufen, ist kein einfacher Karriereweg. Aber ich würde lügen, wenn ich nicht zugäbe, dass es mich in vielerlei Hinsicht ins Leben zurückgebracht hat. Letztes Wochenende habe ich in einem Club in Soho gespielt, und Zander, meine Brüder, ihre Frauen und die gesamte Harris-Crew saßen im Publikum und feuerten mich an. Es war aufregend, und der Club war voll. Ich wurde zwar nicht von einer großen Plattenfirma entdeckt, aber ich forderte meine Musik vom Universum zurück, genau wie Zander mich dazu ermutigt hatte. Das allein war mehr wert als jeder Plattenvertrag. Beinahe.

„Und was würden wir in Boston machen?", frage ich und schiebe meinen Stolz beiseite, denn wenn dein Freund dich zu dem Zuhause bringen will, in dem er aufgewachsen ist, musst du einfach Ja sagen.

„Nun, als Erstes möchte ich dir das Boston College zeigen, damit wir Sex auf dem Feld haben können, auf dem ich meinen ersten großen Durchbruch hatte." Seine Stimme klingt jungenhaft, frech und sexy zugleich.

„Oh, wie aufregend", rufe ich aus, wobei meine Stimme immer schriller wird. „Ich kann also eines der vielen Mädchen sein, die du gevögelt hast, als du dort ein Fußballer-Hurenbock warst. Bekomme ich meinen eigenen Rasenplatz oder benutzt du den gleichen Platz für alle?"

„Süße", sagt Zander und beißt mir ins Ohrläppchen. „Ich bringe nur heiratsfähige Mädchen auf mein heiliges Boston College Fußballfeld."

Wasser schwappt auf den Fliesenboden, als ich mich zu ihm umdrehe. Ich starre ihm in die Augen und lege die Stirn in Falten, um zu sehen, ob er mich verarschen will. „Willst du damit sagen, dass ich heiratsfähig bin, Soccer Boy?"

Seine Augen werden zärtlich, als er die Hand ausstreckt und mir Seifenblasen von der Wange wischt. „Ist das nicht offensichtlich, Duckmeister?"

Ich rolle mit den Augen und lächle. „Ich kann nie sagen, ob du es ernst meinst oder dich nur lustig machst."

Er fährt mit dem Finger an meinem Kinn entlang und berührt mein Grübchen, das sicherlich voll zu sehen ist. „Du weißt genau, dass ich es ernst meine."

Ich atme scharf ein und bekomme eine Gänsehaut auf meinem nackten Körper, während ich in diese wunderschönen haselnussbraunen Augen blicke. *Verdammt, er meint es ernst.*

Ich schlucke den freudigen Kloß in meinem Hals hinunter, während ich ruhig antworte: „So weit ist es also mit unserer Beziehung gekommen? Wir fangen an, über die Ehe zu reden?"

Er zuckt mit den Schultern. „Zuerst dachte ich, du könntest bei mir einziehen, ganz offiziell."

Mir fällt die Kinnlade runter. „Bei dir einziehen? Wir sind erst seit vier Monaten zusammen."

„Wir sind sowieso schon ständig in der Wohnung des anderen", sagt er. „Und ich bin so viel mit dem Fußball unterwegs, dass du immer noch viel Zeit für dich hast, um in meiner Badewanne zu sitzen und deine Musik zu üben, um eine gute Akustik zu bekommen. Und bei mir gibt es jede Menge Platz für deine Musikausrüstung."

Ich beiße mir nervös auf die Lippe. „Du meinst das ernst?"

Er nickt langsam. „Außerdem bist du mein absoluter Lieblingswecker."

Ich schüttle den Kopf und fixiere ihn mit wissendem Blick. Der Trottel verschläft seinen Wecker immer noch eine Million Mal. Wenn ich nicht jeden Tag glücklich neben ihm aufwachen würde, wäre das wirklich ziemlich nervig.

„Ich schätze, ich könnte deine Mitbewohnerin mit Zusatzleistungen sein, anstatt deine Nachbarin." Ich verdrehe die Augen, als wäre dieses Gespräch so lästig, obwohl mein Herz vor Aufregung fast zerspringt.

Zander schüttelt den Kopf und lacht. „Vorsicht, wenn du uns so bezeichnen willst, stecke ich dir einen Ring an den Finger und schaue, wie dir diese Bezeichnung gefällt."

Ich drücke meinen Kopf an Zanders Brust und halte mich davon ab, wie ein albernes kleines Mädchen zu schreien. Obwohl ich wage zu behaupten, dass es schwer sein wird, den Endstand in der Beziehung zwischen Daphney Clarke und Zander Williams zu erklären. Ich schätze, das macht uns beide zu Gewinnern.

Ende

Interessiert zu wissen, wie alles begann? Dann tauche in die Vorgeschichte zu den Harris-Brüdern ein, und finde heraus, wie Vi und Hayden ein Paar wurden in Strength – Die Schwester der Fußballstars.

Lust auf weitere heiße Sport-Romance-Bücher? Du kannst alle Harris-Brüder in ihren eigenen Geschichten, und die ihrer Teamkameraden jetzt mit Kindle Unlimited hier lesen:
geni.us/HarrisBrosGermanSeries

Oder stürze dich in meine heiße romantische Komödie namens „Ein Mechaniker zum Verlieben – Wait With Me" – und als Verfilmung gibt es die auch!

Und melde dich für meinen deutschen Newsletter an, um alle Updates darüber zu erhalten, wann meine nächsten Bücher erscheinen:
www.subscribepage.com/amydaws_deutscher_newsletter

WEITERE BÜCHER VON AMY DAWS

Die Harris-Brüder-Reihe:

Challenge – Ein Bad Boy zum Verlieben: Camdens Geschichte
Endurance – Ein Feind zum Verlieben: Tanners Geschichte
Keeper – Ein bester Freund zum Verlieben: Bookers Geschichte
Surrender – Ein Boss zum Verlieben und *Dominate – Ein Fußballstar zum Verlieben*: Gareths Geschichte

Payback – Ein knisternder Racheplan Roans Geschichte
Blindsided – Eine beste Freundin mit gewissen Vorzügen Macs Geschichte
Replay – (K)eine Chance für Mr. Dunkel und Gefährlich Santinos Geschichte
Sweeper - Mein heißer Nachbar, der Fußballstar Zanders Geschichte
Strength – Die Schwester der Fußballstars Vis Geschichte

Ein Mechaniker zum Verlieben - Wait With Me

Wait With Me als Verfilmung

Für weitere Informationen zu allen Büchern von Amy, schau hier auf Amys Website nach: amydawsauthor.com/deutsch/

Und wenn du einfach per E-Mail informiert werden möchtest, wenn das nächste Buch erscheint, abonniere Amys deutschen Newsletter: www.subscribepage.com/amydaws_deutscher_newsletter

MEHR ÜBER DIE AUTORIN

Amy Daws ist eine Amazon-Bestsellerautorin der Harris-Brüder-Reihe und vor allem für ihre wortwitzigen, fußballspielenden britischen Playboys bekannt. Die Harris-Brüder und ihre London-Lovers-Reihe fachen ihre Leidenschaft für alles an, das mit London zu tun hat. Wenn Amy nicht gerade schreibt, schaut sie Gilmore Girls oder singt mit ihrer Tochter Karaoke im Wohnzimmer, während Dad hilflos lächelnd aus der Ferne zusieht.

Mehr von den deutschen Ausgaben von Amys Büchern findest du auf ihrer Website amydawsauthor.com/deutsch und generell alles von Amy unter den unten stehenden Links.

www.facebook.com/amydawsauthor
www.instagram.com/amydaws.deutsch
www.tiktok.com/@amydaws_deutsch

Abonniere auch den deutschen Newsletter, um keine Neuigkeit zu den deutschen Veröffentlichungen von Amy zu verpassen:
www.subscribepage.com/amydaws_deutscher_newsletter